OS VERSOS
SATÂNICOS

SALMAN RUSHDIE

OS VERSOS SATÂNICOS

Tradução
Misael Dursan

4ª reimpressão

Copyright © 1988 by Salman Rushdie

Título original
The satanic verses

Capa
Jeff Fisher

Preparação
Maria Seth

Revisão
Renato Potenza Rodrigues
Flávia Yacubian

Dados Internacionais de Catalogação na Publicação (CIP)
(Câmara Brasileira do Livro, SP, Brasil)

Rushdie, Salman.
  Os versos satânicos / Salman Rushdie ; tradução Misael Dursan.
— 1ª ed. — São Paulo : Companhia das Letras, 2008.

  Título original: The satanic verses.
  ISBN 978-85-359-1287-6

  1. Ficção indiana (Inglês) I. Título.

08-06623   CDD-823

Índice para catálogo sistemático:
1 Ficção indiana em inglês 823

2022

Todos os direitos desta edição reservados à
EDITORA SCHWARCZ S.A.
Rua Bandeira Paulista, 702, cj. 32
04532-002 — São Paulo — SP
Telefone: (11) 3707-3500
www.companhiadasletras.com.br
www.blogdacompanhia.com.br

*Dedicado aos indivíduos
e organizações que
possibilitaram esta publicação.*

Satã, confinado assim à instável condição de vagabundo, sem rumo, não possui morada certa; pois embora tenha, como conseqüência de sua natureza angélica, uma espécie de império na vastidão líquida ou no ar, decerto faz parte de seu castigo não ter [...] um lugar em que possa pousar a sola do pé.

DANIEL DEFOE, *The History of the Devil*

SUMÁRIO

I
O anjo Gibreel *9*

II
Mahound *103*

III
Eleoene Deoene *143*

IV
Ayesha *223*

V
Uma cidade visível, mas não vista *263*

VI
Retorno a Jahilia *389*

VII
O anjo Azraeel *429*

VIII
A abertura do Mar da Arábia *509*

IX
A lâmpada maravilhosa *547*

Agradecimentos 587
Glossário 589
Sobre o autor 597

I
O ANJO GIBREEL

1

"Para nascer de novo", cantava Gibreel Farishta despencando do céu, "é preciso morrer primeiro. Ho ji! Ho ji! Para pousar no seio da terra, é preciso voar primeiro. Tat-taa! Takathun! Como sorrir de novo, se não se chorou primeiro? Como conquistar o coração da amada, mister, sem um suspiro? *Baba*, se você quer nascer de novo..." Pouco antes do amanhecer de uma manhã de inverno, no dia de Ano-Novo, ou por aí, dois homens de verdade, adultos, vivos, caíram de grande altura, vinte e nove mil e dois pés, em direção ao canal da Mancha, sem a garantia de pára-quedas nem de asas, caíram do céu limpo.

"Tem de morrer, estou dizendo, tem de morrer, tem de morrer", e assim foi, sob uma lua de alabastro, até que um grito alto atravessou a noite: "Pro inferno com essa música", as palavras suspensas, cristalinas, na branca noite gelada. "Nos filmes você usava playback e só mexia a boca, portanto me poupe desse barulho infernal."

Gibreel, o solista desafinado, brincava ao luar, cantando seu gazal improvisado, nadando no ar, borboleta, de peito, se enrolava numa bola, abria braços e pernas no quase-infinito do quase alvorecer, adotava posturas heráldicas, rampante, agachado, opondo leveza à gravidade. Ele rolou, feliz, na direção da voz sardônica. "Alô-alô, Salad *baba*, é você, que bom. Que tal, Chumch?" Ao que o outro, uma sombra meticulosa caindo de cabeça, o terno cinzento com todos os botões do paletó abotoados, braços colados ao corpo, confiante na improbabilidade do chapéu-coco na cabeça, fez uma careta de quem não gosta de apelidos. "E aí, Spoono", Gibreel gritou, provocando uma segunda careta de ponta-cabeça, "A Própria Londres, *bhai*! Lá vamos nós! Aqueles filhos-da-puta lá embaixo não vão nem saber o que foi que caiu em cima deles. Se foi meteoro ou raio ou a ira de Deus. Saído do nada, baby. Drrraaammm! Rrram, na? Que chegada, yaar. É ou não é: splat."

Saindo do nada: um big bang, seguido de estrelas cadentes. Um começo universal, um eco em miniatura do nascer do tempo... o jato jumbo *Bostan*, vôo AI-420, desintegrou-se sem aviso prévio, muito acima da grande, podre, bela, branca de neve, iluminada cidade, Mahagonny, Babilônia, Alphaville. Mas Gibreel já a batizou, não devo interferir: Própria Londres, capital de Vilayet, cintilando, piscando, acenando na noite. Enquanto nas alturas himalaias um sol breve e prematuro explodia no ar empoeirado de janeiro, um bip desaparecia das telas de radar, e o ar rarefeito se enchia de corpos, despencando do Everest da catástrofe para a palidez leitosa do mar.

Quem sou eu?

Quem mais está aí?

A aeronave partiu-se em dois, como uma vagem cuspindo sementes, como um ovo que revela seu mistério. Dois atores, o irrequieto Gibreel e o abotoado, carrancudo Mr. Saladin Chamcha, caíam como farelos de tabaco de dentro de um velho charuto partido. Acima, atrás, abaixo deles no vazio, poltronas reclináveis, fones de ouvido estereofônicos, carrinhos de bebidas, saquinhos para enjôo, cartões de embarque, videogames do free shop, toucas, copos de papel, cobertores, máscaras de oxigênio. Além disso — pois havia mais do que uns poucos migrantes a bordo, sim, uma boa quantidade de esposas que tinham sido interrogadas por razoáveis, aplicados funcionários sobre o tamanho e as pintas da genitália dos maridos, um bom número de crianças cuja legitimidade o governo britânico colocava em mui compreensível dúvida — misturados aos restos do avião, igualmente fragmentados, igualmente absurdos, flutuavam fragmentos de alma, memórias partidas, eus degradados, línguas pátrias cortadas, privacidades violadas, piadas intraduzíveis, futuros extintos, amores perdidos, sentidos esquecidos de palavras ocas e sonoras, *terra*, *vínculo*, *lar*. Um pouco tontos por causa da explosão, Gibreel e Saladin caíam como trouxas derrubadas pelo bico aberto de uma cegonha descuidada, e como Chamcha estava caindo de cabeça para baixo, na posição recomendada para os bebês que penetram no canal de parto, começou a sentir uma surda irritação pela recusa do outro em cair do jeito normal. Saladin mergulhava de cabeça enquanto Farishta abraçava o ar com pernas e braços, um ator excessivo, exagerado, sem nenhuma técnica de contenção. Lá embaixo, cobertas de nuvens, esperando a entrada deles, as correntes congeladas do canal da Mancha, área escolhida para sua reencarnação aquática.

"Oh, meu sapato é japonês", Gibreel cantava, traduzindo a velha canção para o inglês, em deferência semiconsciente à nação hospedeira que se aproximava depressa, "este meu terno é bem inglês. Meu chapéu russo é vermelho, mas eu sou indiano, meu velho." As nuvens borbulhavam na direção deles, e talvez por causa da grande mistificação de cúmulos e cúmulos-nimbos, poderosos focos de trovão eretos como martelos no alvorecer, ou talvez por causa da cantoria (um aplicado no desempenho, o outro vaiando o desempenho), ou por causa do delírio da explosão que lhes poupava a previsão do iminente... pela razão que fosse, os dois homens, Gibreelsaladin Farishtachamcha, condenados a essa infindável, mas também finita queda angélicodivina, não se deram conta do momento em que os seus processos de transmutação começaram.

Mutação?

Simssenhor, mas não ao acaso. Lá em cima, no ar-espaço, naquele campo macio, imperceptível, que o século tornou possível, e que, desde então, tornou o século possível, transformando-se numa de suas locações definidoras, campo de movimento e guerra, redutor do planeta e vácuo de poder, mais insegura e transitória das zonas, ilusória, descontínua, metamórfica — porque quando se joga alguma coisa para o ar qualquer coisa passa a ser possível — láemcima, ocorreram nos delirantes atores mudanças que alegrariam o coração do velho Lamarck: sob pressão ambiental extrema, adquirem-se características.

Que características quais? Calma; está pensando que a Criação é coisa rápida? Então, a revelação também não... dê uma olhada nos dois. Está notando alguma coisa estranha? São só dois homens escuros, caindo depressa, nada de novo aí, você pode achar; subiram alto demais, acima de si mesmos, voaram perto demais do Sol, é isso?

Não é. Escute só:

Mr. Saladin Chamcha, horrorizado com os ruídos que emanavam da boca de Gibreel Farishta, reagiu com versos próprios. O que Farishta escutou flutuando pelo improvável céu noturno foi uma canção velha também, letra de Mr. James Thomson, mil setecentos a mil setecentos e quarenta e oito. "... por ordem do Céu", Chamcha cantarolou com lábios jingoisticamente vermelhobrancoazuis por causa do frio, "surgiiiiiu da aaaazul imensidão". Farishta, horrorizado, cantou mais e mais alto os sapatos japoneses, os chapéus russos, os corações subcontinentais inviolados, mas não conseguiu silenciar o louco recital de Saladin: "e os anjos da guaaaaarda cantaram a missão".

Vamos encarar os fatos: era impossível um ouvir o outro, muito menos conversar e mesmo ainda competir, assim, cantando. Acelerando na direção do planeta, a atmosfera rugindo à sua volta, como poderiam? Mas encaremos também este fato: eles conseguiram.

Caindocaindo iam eles, e o vento de inverno que lhes congelava os cílios e ameaçava congelar seus corações estava a ponto de despertá-los daquele delírio sonhado, os dois estavam a ponto de tomar consciência do milagre do canto, da chuva de membros e de bebês de que faziam parte, e do terror do destino que se precipitava para eles, vindo lá de baixo, quando mergulharam na fervura a zero grau das nuvens e ficaram imediatamente encharcados e congelados.

Estavam no que parecia um longo túnel vertical. Chamcha, primoroso, rígido e ainda de cabeça para baixo, viu Gibreel Farishta com sua camisa-safári roxa, nadando na direção dele pelo funil de nuvens, e podia ter gritado: "Fique longe, longe de mim", mas algo o impediu, o começo de uma espécie de gritinho flauteado em seu intestino, e, portanto, em vez de enunciar palavras de rejeição, abriu os braços, e Farishta nadou para dentro deles até que estavam abraçados, pés com cabeças, a força da colisão fazendo os dois rolarem em saltos estrela geminados ao longo de todo o buraco que ia até o País das Maravilhas; enquanto perfuravam seu trajeto pelo branco passou uma sucessão de formas nebulosas, em incessante metamorfose, deuses virando touros, mulheres virando aranhas, homens virando lobos. Híbridas criaturas de nuvens se lançavam sobre eles, flores gigantes com seios humanos dependurados de caules carnosos, gatos alados, centauros, e Chamcha em sua semiconsciência foi tomado pela idéia de que também ele tinha adquirido a qualidade nebulosa, também ele metamórfico, híbrido, como se estivesse se transformando na pessoa cuja cabeça se aninhava entre suas pernas e cujas pernas enlaçavam seu longo pescoço senhorial.

Essa pessoa não tinha, porém, tempo para tão "altas pretensões"; era, na verdade, inteiramente incapaz de qualquer pretensão; tendo acabado de ver, surgindo do redemoinho de uma nuvem, a figura de uma sedutora mulher de certa idade, usando um sari de brocado verde e ouro, com um diamante na aba do nariz e os cabelos penteados para cima protegidos com laquê contra a pressão do vento naquela altitude, sentada com toda a serenidade sobre um tapete voador. "Rekha Merchant", Gibreel a saudou. "Perdeu o caminho do céu ou o quê?" Palavras poucos sensíveis para se dizer a uma morta! O estado de concussão mergulhatória, porém, pode servir de desculpa para ele... Chamcha, agarrado a suas pernas, demonstrou incompreensão: "Que diabo?".

"Não está vendo?", Gibreel gritou. "Não está vendo o seu maldito tapete de Bukhara?"

Não, não, Gibo, a voz dela sussurrou no ouvido dele, não espere que ele diga sim. Eu só existo para os seus olhos, talvez você esteja ficando louco, que tal?, seu *namaqool*, pedaço de excremento de porco, meu amor. A morte traz a franqueza, meu amado, de forma que posso chamar você por seus nomes verdadeiros.

A nebulosa Rekha murmurou ácidas trivialidades, e Gibreel tornou a gritar para Chamcha: "Então, Spoono? Está vendo ou não?".

Saladin Chamcha não via nada, não ouvia nada, não dizia nada. Gibreel enfrentou-a sozinho: "Você não devia ter feito aquilo", censurou. "Não, senhora. Que pecado. Coisa mais feia."

Ah, pode fazer o sermão que quiser agora, ela riu. Você cheio de moralismos, essa é boa. Foi você que me abandonou, a voz dela relembrou no ouvido dele, parecendo mordiscar-lhe o lóbulo. Foi você, oh, lua das minhas delícias, que se escondeu atrás de uma nuvem. E eu no escuro, cega, perdida de amor.

Ele ficou com medo. "O que você quer? Não, não diga, vá embora."

Quando esteve doente eu não podia ver você, para evitar um escândalo, você sabia que eu não podia, e me afastei por sua causa, mas depois você se vingou, usou isso como desculpa para ir embora, como uma nuvem para se esconder. Isso, e ela também, a mulher de gelo. Filho-da-puta. Agora que morri esqueci como perdoar. Eu maldigo você, meu Gibreel, que a sua vida seja um inferno. Inferno, porque foi para lá que você me mandou, maldito, de lá que você saiu, demônio, e para onde está indo, idiota, aproveite a descida. A maldição de Rekha; e depois disso, versos numa língua que ele não entendia, toda aspereza e sibilos, na qual imaginou entender, mas talvez não, o nome *Al-Lat* várias vezes repetido.

Agarrou-se a Chamcha; e atravessaram o fundo das nuvens.

Velocidade, a sensação de velocidade voltou, assobiando sua nota apavorante. O teto de nuvens subia, o chão de água vinha em zoom na direção deles, seus olhos se abriram. Um grito, o mesmo grito que tinha flauteado em suas entranhas quando Gibreel nadava pelo céu, explodiu dos lábios de Chamcha; um raio de sol penetrou sua boca aberta e o libertou. Mas eles tinham atravessado as transformações das nuvens, Chamcha e Farishta, e era a fluidez, uma indistinção nos limites dos dois, e quando o sol tocou Chamcha ele liberou mais do que ruído:

"Voe", Chamcha gritou para Gibreel. "Comece a voar agora." E acrescentou, sem identificar a fonte, um segundo mandamento: "E cante".

Como a novidade penetra no mundo? Como é que nasce? De que fusões, transformações, conjunções é feita?

Como sobrevive, extrema e perigosa como é? Que concessões, que acordos, que traições de sua natureza secreta tem ela de fazer para repelir a fúria das multidões, o anjo exterminador, a guilhotina?

Nascer é sempre uma queda?

Anjos têm asas? Homens podem voar?

Quando Mr. Saladin Chamcha caiu das nuvens sobre o canal da Mancha, sentiu o coração cerrado por uma força tão implacável que compreendeu ser-lhe impossível morrer. Depois, quando seus pés estavam de novo plantados com firmeza no chão, ele começaria a duvidar disso, e a atribuir as implausibilidades do seu trânsito à confusão provocada pela explosão em suas percepções, e a atribuir sua sobrevivência, a sua e a de Gibreel, à mera e cega sorte. Mas, naquele momento, ele não tinha dúvida; o que o dominara era a vontade de viver, não adulterada, irresistível, pura, e a primeira coisa que essa vontade fez foi informá-lo de que não queria ter nada a ver com sua patética personalidade, aquela coisa semi-reconstruída feita de mímica e vozes, que pretendia passar por cima de tudo aquilo, e ele se viu cedendo à vontade de viver, sim, continue, como se fosse um espectador de sua própria mente, de seu próprio corpo, porque a sensação começava no centro mesmo de seu corpo e se espalhava para fora, transformando o sangue em ferro, mudando a carne em aço, só que havia uma outra sensação também, como um punho que o envolvia de fora, prendendo-o de uma forma que era, ao mesmo tempo, insuportavelmente forte e intoleravelmente suave; até que finalmente o dominou por inteiro e podia mover sua boca, seus dedos, o que escolhesse, e ao ter segurança de seu domínio começou a expandir-se para fora de seu corpo até agarrar Gibreel Farishta pelo saco.

"Voe", a força ordenava a Gibreel. "Cante."

Chamcha continuou agarrado a Gibreel até que o outro começou, primeiro devagar, depois com progressiva rapidez e força, a bater os braços. Mais e mais forte ele batia os braços, e, enquanto batia, uma canção brotou de dentro dele, assim como a canção do espectro de Rekha Merchant, essa também era cantada numa língua que ele não conhecia, com melodia que nunca tinha ouvido. Gibreel jamais repudiava o milagre; ao contrário de Chamcha, que tentava expulsá-lo racionalmente da existência, ele não parava de dizer que o gazal tinha sido celestial, que sem a canção o bater de braços não teria adiantado nada, e que sem o bater de braços com toda a certeza teriam atingido as ondas como pedras ou qualquer outra coisa e simplesmente explodido em pedaços ao fazer contato com a pele esticada do tambor do mar. E, em vez disso, começaram a ir mais devagar. Quanto mais enfaticamente Gibreel batia os braços e cantava, cantava e batia, mais pronunciada era a desaceleração, até que finalmente os dois estavam flutuando em direção ao canal como pedaços de papel em uma brisa.

Eram os únicos sobreviventes do desastre, os únicos a despencar do *Bostan* e sobreviver. Foram encontrados atirados numa praia. O mais falante dos dois, o de camisa roxa, jurou, em seu matraquear descontrolado, que tinham caminhado sobre a água, que as ondas os tinham depositado suavemente na costa; mas o outro, em cuja cabeça um chapéu-coco ensopado parecia preso por mágica, negou. "Meu Deus, que sorte tivemos", disse. "Até onde vai a sorte?"

Evidentemente, eu sei a verdade. Eu vi tudo. Quanto a onipresença e potência, não estou pleiteando nenhuma das duas no momento, mas até esse ponto posso ir, acho. Chamcha decidiu assim e Farishta fez o que foi decidido.

Qual dos dois era o milagroso?

De que tipo — angélica, satânica — era a canção de Farishta?

Quem sou eu?

Vamos colocar da seguinte maneira: quem tem as melhores melodias?

Estas foram as primeiras palavras que Gibreel Farishta disse ao despertar na praia inglesa coberta de neve com a improbabilidade de uma estrela-do-mar ao lado da orelha: "Nascemos de novo, Spoono, você e eu. Feliz aniversário, mister; parabéns a você".

Ao que Saladin Chamcha tossiu, gaguejou, abriu os olhos e, como convém a um bebê recém-nascido, caiu no choro.

2

A REENCARNAÇÃO SEMPRE FOI um assunto importante para Gibreel, durante quinze anos o maior astro da história do cinema indiano, mesmo antes de derrotar "miraculosamente" o Vírus Fantasma que todo mundo começara a acreditar que ia pôr um fim em seus contratos. Alguém, portanto, devia ter sido capaz de prever, só que ninguém previu, que quando ele se levantasse e voltasse à ativa conseguiria porassimdizer transformar em sucesso o fracasso dos germes e abandonar para sempre sua velha vida, uma semana depois de seu quadragésimo aniversário, desaparecendo, puf!, como num truque, *sumindo no nada*.

Os primeiros a notar sua ausência foram os quatro membros da equipe de sua cadeira de rodas no estúdio de cinema. Muito antes da doença, ele tinha adquirido o hábito de ser transportado de cenário para cenário, no grande estúdio de D. W. Rama, por esse grupo de velozes e confiáveis atletas, porque um homem que chega a fazer onze filmes "si-multâneos" precisa preservar suas energias. Guiados por um complexo código de traços, círculos e pontos que Gibreel recordava de sua infância passada entre os famosos entregadores de almoço de Bombaim (de que se falará mais adiante), os homens da cadeira de rodas o transportavam de personagem para personagem, entregando-o pontualmente e sem erro, da mesma forma que seu pai costumava entregar almoços. E, depois de cada tomada, Gibreel voltava para a cadeira e era empurrado em alta velocidade até o próximo cenário, para receber novos figurinos, nova maquiagem e novas falas. "Uma carreira no cinema falado de Bombaim", ele dizia à sua leal equipe, "parece mais uma corrida de cadeira de rodas com uma-duas paradas no box durante o trajeto."

Depois da doença, do Germe Fantasma, da Moléstia Misteriosa, do Vírus, voltou ao trabalho, cuidando-se mais, só sete filmes de cada vez... e então, semaisnemenos, não estava mais lá. A cadeira de rodas ficou vazia no meio dos estúdios silenciosos; sua ausência revelando o mau gosto da artificialidade dos cenários. Os empurradores da cadeira de rodas, de um a quatro, inventaram desculpas para a ausência da estrela quando os executivos cinematográficos caíram em fúria sobre eles: *Ji*, deve estar doente, sempre foi famoso pela pontualidade, não, por que a crítica?, *maharaj*, grandes artistas têm o direito de ser temperamentais de vez em quando, *na*, e por causa desses argumentos transformaram-se nas primeiras vítimas do inexplicável passe de mágica de Farishta, sendo despedidos, quatro três dois um, *ek-dumjaldi*, chutados para fora dos portões do estúdio, de forma que uma cadeira de rodas ficou abandonada, juntando poeira debaixo dos coqueiros pintados em torno de uma praia de serragem de madeira.

Onde estava Gibreel? Os produtores cinematográficos, deixados sete vezes na mão, entraram em custoso pânico. Está vendo, ali, o campo de golfe do Willingdon Club? — só nove buracos hoje em dia, os arranha-céus brotaram dos outros nove como gigantescas ervas daninhas, ou, digamos, como lápides marcando o local onde jaz o corpo esquartejado da cidade velha — ali, bem ali, executivos de alto-escalão, errando até as tacadas mais simples; e, olhe para cima, tufos de cabelos angustiados, arrancados de cabeças importantes, esvoaçando das janelas dos níveis superiores. A agitação dos produtores era fácil de entender, porque naqueles dias de platéias declinantes e da criação de novelas históricas e donas de casa contemporâneas batalhando na rede de televisão, havia um único nome que, colocado acima do título do filme, podia ainda ser um tiro certo, uma garantia cem por cento de um Ultratriunfo, de um Supersucesso, e o dono do citado nome tinha partido, para cima, para baixo ou para o lado, mas seguramente e inquestionavelmente tinha se escafedido...

Por toda a cidade, depois que telefones, motociclistas, policiais, homens-rãs e dragas raspando o fundo da baía em busca de seu corpo trabalharam exaustivamente, mas sem sucesso, epitáfios começaram a ser pronunciados em memória do astro que se tinha apagado. Em um dos sete impotentes cenários do Rama Studios, Miss Pimple Billimoria, a última deusa apimentada — *ela não é nenhuma senhorita frívola e falante, é uma explosão de dinamite, sim senhor* — desvestida com os véus de uma dançarina do templo e posicionada debaixo das contorcidas representações em papelão de figuras tântricas copulantes do período Chandela — e percebendo que a sua grande cena não aconteceria, que sua grande chance se espatifara — apresentou suas desdenhosas despedidas a uma platéia de operadores de som e eletricistas que fumavam seus cínicos *bidis*. Assistida por uma *ayah* tonta de tristeza, toda atrapalhada, Pimple tentou o desprezo. "Meu Deus, que sorte!", disse. "Pois hoje era a cena de amor, *chhi chhi*, e eu estava desesperada pensando como ia agüentar aquela bocona com aquele hálito de merda de barata podre." Os muitos guizos das tornozeleiras tilintavam quando ela batia o pé. "Sorte dele que cinema não tem cheiro, porque se tivesse ele não conseguia nem papel de leproso." E o solilóquio de Pimple chegou ao clímax numa torrente de obscenidades que fez os fumantes de *bidis* se levantarem pela primeira vez e começarem animadamente a comparar o vocabulário de Pimple com o de Phoolan Devi, aquela infame rainha dos bandidos, cujos palavrões podiam, num estalar de dedos, derreter canos de rifles e transformar em borracha os lápis dos jornalistas.

Sai de cena Pimple, chorando, censurada, um resto de filme na sala de montagem. Enquanto ela se afastava, falsos brilhantes iam caindo de seu umbigo, arremedando suas lágrimas... mas na questão do hálito de Farishta, porém, ela não deixava de ter razão; a atriz tinha até sido branda sobre esse assunto. As exalações de Gibreel, aquelas nuvens ocres de súlfur e enxofre — quando vistas ao lado de seu pronunciado bico-de-viúva e dos cabelos negros cor-de-corvo — tinham sempre conferido a ele um ar mais saturnino do que aureolado, a despeito de seu nome arcangélico. Comentou-se, quando ele desapareceu, que devia ser fácil localizá-lo, bastando para isso um nariz mais ou menos em ordem... e uma semana depois do sumiço, uma saída de cena mais trágica que a de Pimple Billimoria muito fez para intensificar o odor demoníaco que estava começando a pregar-se àquele nome hátantotempo perfumado. Pode-se dizer que ele desceu da tela do cinema para o mundo, e na vida, ao contrário do cinema, as pessoas sabem quando você fede.

Somos criaturas de ar, Nossas raízes nos sonhos E nas nuvens, renascidos Em vôo. Adeus. O bilhete enigmático, encontrado pela polícia na cobertura de Gibreel Farishta, localizada no último andar do arranha-céu Everest Vilas, em Malabar Hill, a residência mais alta do prédio mais alto do ponto mais alto da cidade, um daqueles apartamentos com dupla vista do qual se pode apreciar deste lado o colar noturno do Marine Drive e daquele o Scandal Point e o mar, permitiu que as manchetes de jornal ampliassem suas cacofonias. FARISHTA MERGULHA NAS TREVAS, opinou o *Blitz*, um tanto macabro, enquanto Busybee no *The Daily* preferiu GIBREEL BATE AS ASAS. Foram publicadas muitas fotografias da lendária residência na qual decoradores franceses, portando cartas de recomendação de Reza Pahlevi pelo trabalho que tinham feito em Persépolis, gastaram um milhão de dólares para recriar naquela excelsa altitude o efeito de uma tenda de beduíno. Outra ilusão desfeita por sua ausência; GIBREEL LEVANTA ACAMPAMENTO, gritavam as manchetes, mas ele tinha ido para cima ou para baixo ou para que lado? Ninguém sabia. Naquela metrópole de línguas e murmúrios, nem mesmo os ouvidos mais sensíveis ouviam nada que merecesse confiança. Mrs. Rekha Merchant, porém, lendo os jornais, ouvindo todos os programas de rádio, grudada na programação de TV da *Doordarshan*, percebeu alguma coisa na mensagem de Farishta, ouviu uma nota que escapou a todo mundo, e levou as duas filhas e um filho para um passeio no terraço superior de sua alta residência. Que se chamava Everest Vilas.

Era vizinha dele; na verdade, do apartamento imediatamente abaixo do dele. Sua vizinha e amiga; por que dizer mais? Claro que as maliciosas revistas de escândalos da cidade encheram suas colunas com insinuações, sugestões e alfinetadas, mas não há razão para descermos a esse nível. Por que macular sua reputação agora?

Quem era ela? Rica, sem dúvida, pois afinal Everest Vilas não era exatamente um prédio de aluguel em Kurla, não é? Casada, simsenhor, há treze anos, com um marido que era o rei dos rolamentos. Independente, seus showrooms de tapetes e antiguidades prosperando em prestigiados endereços em Colaba. Ela chamava seus tapetes de *klims* e *kleens* e os objetos antigos de *anti-queues*. Sim, e ela era bela, bela daquela maneira dura e espalhafatosa dos rarefeitos ocupantes dos arranha-céus residenciais da cidade, os ossos a pele a postura anunciando o seu prolongado divórcio da terra empobrecida, pesada, pululante. Todos concordavam que tinha personalidade forte, que bebia *como uma esponja* em cristais Lalique e que *era uma vergonha* ela usar uma escultura Chola Natraj como cabide de chapéus e que ela sabia o que queria e como consegui-lo depressa. O marido era um rato endinheirado e bom jogador de squash. Rekha Merchant leu o bilhete de despedida de Gibreel Farishta nos jornais, escreveu uma carta ela também, pegou os filhos, chamou o elevador e subiu em direção ao céu (um andar) ao encontro do destino que escolheu.

"Muitos anos atrás", dizia sua carta, "casei-me por covardia. Agora, finalmente, estou fazendo uma coisa valente." Ela deixou em cima de sua cama um jornal com a mensagem de Gibreel circundada de vermelho e sublinhada com força — três linhas ásperas, uma delas rasgando a página de tanta fúria. Naturalmente, portanto, os jornais sensacionalistas foram à luta e era tudo MORRE A DAMA DESPREZADA, e BELDADE ABANDONADA MERGULHA PARA A MORTE. Mas:

Talvez ela também tivesse o vírus do renascimento, e Gibreel, não entendendo o terrível poder da metáfora, tivesse recomendado o vôo. *Para nascer de novo, é preciso primeiro*, e ela era uma criatura do céu, bebia champanhe Lalique, morava no Everest, e um dos seus pares no Olimpo tinha batido as asas; e se ele podia, então ela também podia ter asas e raízes nos sonhos.

Não deu certo com ela. O *lala* empregado como porteiro no complexo Everest Vilas brindou o mundo com seu testemunho franco. "Eu estava andando por aqui, por aqui mesmo, no conjunto, quando ouvi um baque, *taraap*. Virei. Era o corpo da filha mais velha. A cabeça esmagada de uma vez. Olhei pra cima e vi o menino caindo, e atrás dele a menina mais nova. O que é que eu posso dizer, os dois quase caíram em cima de mim. Pus a mão na boca e fui até eles. A menina mais nova choramingava baixinho. Aí, olhei pra cima outra vez e vinha vindo a *begum*. O sari dela voando feito um balão e o cabelo todo solto. Virei a cara porque ela estava caindo e não podia faltar com o respeito e olhar por baixo da roupa dela."

Rekha e seus filhos caíram do Everest; não houve sobreviventes. As más línguas culparam Gibreel. Mas deixemos isso de lado por enquanto.

Ah: não se esqueça: ele a viu depois de morta. Ele a viu diversas vezes. Levou muito tempo para as pessoas entenderem como estava doente o grande homem. Gibreel, o astro. Gibreel, que derrotou a Doença Sem Nome. Gibreel, que temia o sono.

Depois que ele partiu, as ubíquas imagens de seu rosto começaram a se deteriorar. Nos gigantescos tapumes de cores vivas de onde vigiava o populacho, suas pálpebras pesadas começaram a se esfarelar e desfazer, descendo mais e mais sobre as íris que pareciam duas luas cortadas por nuvens, ou pelas suaves lâminas dos cílios longos. As pálpebras acabaram caindo, deixando os olhos pintados com um ar estranho, saltado. Nas fachadas dos grandes cinemas de Bombaim, monumentais efígies de Gibreel feitas de papelão foram se desfazendo e entortando. Dependuradas dos andaimes que as sustentavam, perderam os braços, desbotaram, quebraram o pescoço. Os retratos dele nas capas das revistas de cinema adquiriram a palidez da morte, um nada nos olhos, um vazio. Suas imagens acabaram simplesmente se apagando das páginas impressas, as capas brilhantes de *Celebrity* e *Society* e *Illustrated Weekly* ficaram em branco nas bancas e os editores despediram os gráficos e colocaram a culpa na qualidade da tinta. Até mesmo nas telas, acima dos seus adoradores sentados no escuro, aquela fisionomia tida por imortal começou a se putrefazer, a encher-se de bolhas, a descorar; projetores quebravam sem razão aparente toda vez que ele passava pela janela de projeção, as bobinas de filme paravam, e o calor da lâmpada dos projetores defeituosos queimava sua memória gravada no celulóide: um astro que se transformava em supernova, com o fogo que o consumia saindo, muito adequadamente, de seus lábios.

Era a morte de Deus. Ou algo muito semelhante; pois aquele rosto gigantesco, suspenso acima de seus devotos na noite artificial do cinema, não tinha brilhado como o rosto de alguma Entidade sobrenatural que existia a meio caminho, pelo menos, entre o mortal e o divino? Mais que a meio caminho, muitos argumentariam, pois Gibreel tinha passado a maior parte de sua carreira singular encarnando, com absoluta convicção, as incontáveis divindades do subcontinente no gênero de cinema popular conhecido como "teológico". Parte da magia de sua persona vinha do fato de ele conseguir cruzar fronteiras religiosas sem nunca ofender. Com a pele azul, fazendo Krishna, ele dançava, de flauta na mão, entre as belas *gopis* e suas vacas de grandes tetas; com as palmas viradas para cima, sereno, ele meditava (como Gautama) sobre os sofrimentos da humanidade debaixo de uma figueira capenga construída em estúdio. Nas raras ocasiões em que descia dos céus, nunca ia muito longe, representando, por exemplo, tanto o Grand Mughal como o seu famoso ministro ardiloso no clássico *Akbar e Birbal*. Durante mais de uma década e meia ele representou, para centenas de milhões de crentes nesse país em que, até hoje, a população humana supera a população divina na proporção de menos de três para um, a face mais aceitável e mais instantaneamente reconhecível do Ser Supremo. Para muitos de seus fãs, a fronteira que separava o intérprete de seus papéis há muito deixara de existir.

Os fãs, sim, e? E Gibreel?

Aquele rosto. Na vida real, reduzido ao tamanho natural, colocado entre mortais comuns, acabava parecendo muito pouco estelar. Aquelas pálpebras dependuradas podiam dar a ele um ar exausto. Havia, também, algo grosseiro no nariz, a boca era carnosa demais para ser forte, as orelhas tinham lóbulos longos como uma jaca nova e nodosa. Um rosto dos mais profanos, dos mais sensuais. No qual, ultimamente, tinha sido possível perceber as rugas cavadas pela doença recente, quase fatal. E mesmo assim, apesar da profanidade e da debilitação, um rosto que misturava inextricavelmente o sagrado, a perfeição, a graça: coisa de Deus. Gosto não se discute, pronto. De qualquer forma, você há de concordar que para um tal ator (para qualquer ator, talvez, mesmo para Chamcha, mas principalmente para ele) ter uma fixação em avatares, como o mui metamorfoseado Vishnu, não era nada surpreendente. Renascimento: coisa de Deus também.

Ou, mas, poroutrolado... nem sempre. Existem reencarnações seculares também. Gibreel Farishta tinha nascido Ismail Najmuddin, em Poona, a Poona britânica no extremo mais pobre do império, muito antes da Pune do Rajneesh etc. (Pune, Vadodara, Mumbai; até mesmo cidades podem assumir nomes artísticos hoje em dia.) Ismail em homenagem à criança personagem do sacrifício de Ibrahim, e Najmuddin, *estrela da fé*; ele renunciara a um tal nome quando assumiu o do anjo.

Depois, quando o avião *Bostan* estava em poder dos seqüestradores, e os passageiros, temendo por seu futuro, regressavam a seus passados, Gibreel confidenciou a Saladin Chamcha que a escolha de seu pseudônimo tinha sido uma forma de homenagear a memória da mãe, "minha *mummyji*, Spoono, minha primeira e única *Mamo*, porque não foi outra quem começou essa história toda de anjo, meu anjo da guarda, ela me chamava, *farishta*, porque ao que parece eu era um doce, acredite se quiser, era um menino de ouro".

Poona era pequena para ele; e ainda criança foi levado para a cidade-puta, sua primeira migração; o pai lhe conseguiu um emprego entre os ágeis inspiradores dos futuros quartetos da cadeira de rodas, os entregadores de almoço ou *dabbawallas* de Bombaim. E Ismail, o *farishta*, aos treze anos, seguiu os passos do pai.

Gibreel, cativo a bordo do AI-420, mergulhava em compreensíveis rapsódias, fixando Chamcha com olhos brilhantes, explicando os mistérios do código de sinais dos portadores, suástica preta círculo vermelho traço amarelo ponto, percorrendo na cabeça o trajeto inteiro de casa até os escritórios, aquele sistema improvável que permitia que dois mil *dabbawallas* entregassem, todos os dias, mais de cem mil marmitas de almoço, e num dia ruim, Spoono, talvez quinze acabassem extraviadas, a gente era analfabeto, quase todos, mas os sinais eram a nossa língua secreta.

O *Bostan* sobrevoava Londres, homens armados patrulhando os corredores, as luzes da cabine de passageiros tinham sido apagadas, mas a energia de Gibreel iluminava o escuro. Na tela miserável em que, no começo da viagem, a inevitabilidade de vôo que era Walter Matthau tinha tropeçado lugubremente na ubiqüidade aérea de Goldie Hawn, havia agora sombras em movimento, projetadas pela nostalgia dos reféns, e a mais claramente definida de todas elas era a daquele adolescente franzino, Ismail Najmuddin, o anjinho da mamãe, com um gorro de Gandhi, entregando refeições pela cidade inteira. O jovem *dabbawalla* deslizava ágil por entre a multidão de sombras, porque estava acostumado a essas condições, imagine, Spoono, trinta e cinco marmitas numa bandejona de madeira em cima da cabeça, e quando o trem pára na estação você tem talvez um minuto para conseguir sair ou entrar, e depois correr pela rua, depressa, *yaar*, no meio dos caminhões ônibus vespas bicicletas e tudo, um-dois, um-dois, almoço, almoço, tem de entregar as *dabbas*, e na época das monções, correndo pelos trilhos quando o trem quebrava ou com água até a cintura em alguma rua inundada, e tinha as gangues, Salad *baba*, gangues mesmo, organizadas, de ladrões de *dabba*, é uma cidade morta de fome, baby, pode crer, mas a gente conseguia entregar todas, estava em toda parte, conhecia tudo, não tinha ladrão que escapasse dos nossos olhos e ouvidos, a gente nunca chamava a polícia, um cuidava do outro.

À noite, pai e filho voltavam exaustos para o barraco construído ao lado da pista do aeroporto de Santacruz, e quando a mãe de Ismail via o menino chegando, iluminado pelas luzes verdes vermelhas amarelas dos aviões a jato que decolavam, ela dizia que simplesmente pousar os olhos nele realizava todos os seus sonhos, o que era um primeiro indício de que havia algo peculiar em Gibreel, porque desde o começo, parece, ele conseguia realizar os desejos mais secretos das pessoas sem ter a menor idéia de como fazia isso. Najmuddin pai parecia não se importar de a mulher só ter olhos para o filho, de os pés do menino receberem massagens toda noite enquanto os do pai nem eram tocados. Um filho é uma bênção, e uma bênção exige a gratidão do abençoado.

Naima Najmuddin morreu. Um ônibus a atropelou e se acabou, Gibreel não estava por perto para atender a suas preces pela vida. Nem pai nem filho jamais falaram da dor da perda. Calados, como se isso fosse costumeiro e esperado, enterraram a tristeza em trabalho extra, embarcando numa disputa não expressa, para ver quem conseguia carregar mais *dabbas* na cabeça, quem conseguia mais encomendas por mês, quem corria mais depressa, como se mais trabalho indicasse mais amor. Quando via o pai, à noite, as veias nodosas salientes no pescoço e nas têmporas, Ismail Najmuddin entendia quanto ressentimento aquele homem mais velho sentia por ele, e como era importante para o pai derrotar o filho e recuperar, assim, a primazia usurpada no afeto da esposa morta. Ao compreender isso, o jovem abrandou, mas o afinco do pai continuou imutável, e ele logo conseguiu uma promoção, não era mais um mero entregador, mas um dos *muqaddams* organizadores. Quando Gibreel fez dezenove anos, Najmuddin pai filiou-se ao sindicato dos entregadores de almoço, a Associação de Transportadores de Marmita de Bombaim, e quando Gibreel tinha vinte anos, o pai morreu, a carreira interrompida por um enfarte que quase o partiu em dois. "Ele correu para a morte", disse o próprio secretário-geral do sindicato, *Babasaheb* Mhatre. "O pobre coitado correu até se acabar." Mas o órfão sabia que não era só isso. Sabia que seu pai tinha corrido com tamanho empenho e por tanto tempo para superar a fronteira entre os mundos, que ele saltara de dentro de sua pele para os braços da esposa, a quem provava assim, definitivamente, a superioridade de seu amor. Alguns migrantes ficam felizes de partir.

Sentado numa sala azul, atrás de uma porta verde, sobre um bazar labiríntico, *Babasaheb* Mhatre era uma figura impressionante, gordo como um buda, uma das grandes forças motrizes da metrópole, que possuía o dote secreto de ficar absolutamente imóvel, sem nunca sair de sua sala, e assim mesmo ser importante em toda parte e conhecer todo mundo interessante em Bombaim. Um dia, depois que o pai do jovem Ismail atravessou a fronteira para encontrar Naima, o *Babasaheb* convocou o jovem a sua presença. "Então? Triste ou o quê?" A resposta, de olhos baixos: *ji*, obrigado, *Babaji*, tudo bem. "Cale a boca", disse o *Babasaheb* Mhatre. "De hoje em diante você mora comigo." Masmasmas, *Babaji*... "Não me venha com mas. Já contei para minha mulher. Está resolvido." Desculpe *Babaji* mas por que como onde? "Está *resolvido*."

Gibreel Farishta nunca soube por que o *Babasaheb* tinha resolvido sentir pena dele e arrancá-lo da sua falta de futuro nas ruas, mas depois de algum tempo começou a fazer uma idéia. Mrs. Mhatre era uma mulher magra como um lápis ao lado do borrachento *Babasaheb*, mas era tão cheia de amor materno que deveria ser gorda como uma batata. Quando o *Baba* voltava para casa ela lhe dava doces na boca com as próprias mãos, e de noite o recém-chegado à casa ouvia o grande secretário-geral da ATMB protestando, "me deixe, mulher, eu sei tirar a roupa sozinho". No café-da-manhã, ela dava a Mhatre grandes colheradas de malte, e antes de ele sair para o trabalho escovava seus cabelos. Eram um casal sem filhos, e o jovem Najmuddin entendeu que o *Babasaheb* queria dividir a carga com ele. O estranho, porém, é que a *begum* não tratava o rapazinho como criança. "Olhe, ele já está crescido", respondeu ao marido quando Mhatre protestou: "Dê para o menino essa bendita colherada de malte". É um rapaz crescido, "temos de fazer dele um homem, marido, não tratar feito criancinha". "Mas que diabo", o *Babasaheb* explodiu, "então por que faz isso comigo?" Mrs. Mhatre caiu em prantos. "Você é tudo para mim", choramingou, "meu pai, meu amante, meu filho também. Você é meu senhor e meu bebezinho de peito. E se não gosta de mim então não tenho por que viver."

Aceitando a derrota, o *Babasaheb* Mhatre engoliu a colherada de malte.

Era um homem bom, coisa que disfarçava com insultos e gritos. Para consolar o jovem órfão, conversava com ele, no escritório azul, sobre a filosofia do renascimento, convencendo-o de que seus pais já estavam escalados para reentrar em algum lugar, a menos, claro, que suas vidas tivessem sido tão puras que já houvessem atingido a graça final. Portanto, foi Mhatre quem iniciou Farishta em toda essa história de reencarnação, e não só de reencarnação. O *Babasaheb* era um médium amador, que fazia bater as pernas das mesas e invocava espíritos com copos. "Mas desisti disso", contou ao protegido, com todos os gestos, expressões e inflexões melodramáticos mais adequados, "depois do grande susto de minha vida."

Uma vez (contou Mhatre), o copo atraiu um espírito dos mais cooperativos, um sujeito amigável demais, sabe, de forma que pensei em fazer umas perguntas importantes. *Existe um Deus*, e aquele copo que tinha corrido pela mesa feito um ratinho de repente parou, no meio da mesa, nem um movimento, completamente pfut, *kaput*. Aí, então, certo, eu disse, se não quer responder isso vamos tentar esta então, e falei direto, *Existe um Diabo*. E aí o copo — *baprebap*! — começou a sacudir — preste atenção! — lentolento primeiro, depois mais e mais depressa, feito geléia, até que pulou — ai-ai! — de cima da mesa, no ar, caiu de lado, e — o-ho! — se espatifou em mil e um pedaços. Acredite se quiser, *Babasaheb* Mahtre disse a seu protegido, e namesmahora aprendi a lição: não mexa, Mhatre, com aquilo que não entende.

Essa história teve um efeito profundo na consciência do jovem ouvinte, porque mesmo antes da morte da mãe, ele já tinha se convencido da existência do mundo sobrenatural. Às vezes, quando olhava em torno de si, principalmente no calor da tarde, quando o ar ficava gelatinoso, o mundo visível, seus aspectos e habitantes e coisas pareciam espetados no ar como uma profusão de icebergs quentes, e ele teve a noção de que tudo continuava abaixo da superfície do ar grosso: as pessoas, as motos, os cachorros, os cartazes de cinema, as árvores, nove décimos da realidade de tudo oculto a seus olhos. Ele piscava, e a ilusão se desfazia, mas aquela sensação nunca o abandonou. Ele cresceu acreditando em Deus, anjos, demônios, afreets, djins, com tanta certeza quanto teria se essas coisas fossem carros de boi ou postes de iluminação, e achava que era uma falha de sua própria visão nunca ter visto um fantasma. Sonhava encontrar um optometrista mágico de quem pudesse comprar óculos verdes que corrigissem sua lamentável miopia, para ser capaz de enxergar, através do ar denso e cegante, o fabuloso mundo inferior.

De sua mãe, Naima Najmuddin, ouviu muitas histórias do Profeta, e se havia inexatidões em suas versões, ele não estava interessado em saber quais eram. "Que homem!", pensou. "Que anjo não gostaria de conversar com ele?" Às vezes, porém, pegava a si mesmo no ato de formular pensamentos blasfemos, como por exemplo quando, sem querer, caiu no sono em seu catre na casa de Mhatre, e por um capricho sonolento começou a comparar sua própria condição com a do Profeta na época em que, tendo ficado órfão e sem fundos, conseguiu grande sucesso em seu emprego de gerente de negócios da rica viúva Khadija, e acabou se casando com ela. Ao mergulhar no sono, ele viu a si mesmo sentado num estrado coberto de rosas, sorrindo timidamente debaixo do *sari-pallu* que tinha, modestamente, colocado sobre o rosto, quando seu novo marido, o *Babasaheb* Mhatre, esticou uma mão amorosa para retirar o tecido e olhar suas feições num espelho colocado no colo dele. Esse sonho de se casar com o *Babasaheb* o despertou, vermelho e quente de vergonha, e depois disso ele começou a se preocupar com a impureza de sua constituição, capaz de criar visões tão terríveis.

31

Geralmente, porém, sua fé religiosa era uma coisa discreta, uma parte dele que não exigia nenhuma atenção. Quando o *Babasaheb* Mhatre levou-o para casa, o jovem sentiu confirmar-se o fato de que não estava sozinho no mundo, que alguma coisa estava tomando conta dele, de forma que não foi surpresa completa quando o *Babasaheb* o chamou para a sala azul na manhã de seu vigésimo primeiro aniversário e o despediu sem sequer estar preparado para ouvir um apelo.

"Está despedido", Mhatre insistiu, sorrindo. "Dispensado, quitado. Na rua."

"Mas tio,"

"Cale a boca."

Então o *Babasaheb* deu ao órfão o maior presente de sua vida, informando-o de que tinha arranjado para ele uma reunião nos estúdios do legendário magnata do cinema Mr. D. W. Rama; um teste. "Só para manter as aparências", disse o *Babasaheb*. "Rama é muito amigo meu e nós conversamos. Um pequeno papel para começar, depois só depende de você. Agora, suma da minha frente e pare de fazer essa cara de coitado que não combina com você."

"Mas tio,"

"Um rapaz como você é bonito demais para carregar marmitas na cabeça a vida inteira. Suma daqui agora, suma, vá ser um ator de cinema homossexual. Já despedi você faz cinco minutos."

"Mas tio,"

"Está resolvido. Agradeça a sua boa estrela."

Ele se transformou em Gibreel Farishta, mas durante quatro anos não chegou a ser um astro, fazendo seu aprendizado numa sucessão de pequenos papéis cômicos como saco de pancadas. Manteve-se calmo, sem pressa, como se pudesse ver o futuro, e sua aparente falta de ambição fez dele uma espécie de marginal naquela que é a mais egoísta das indústrias. Era considerado burro ou arrogante ou ambas as coisas. E ao longo desses quatro anos de marginalidade não beijou na boca uma única mulher.

Na tela, representava o bode expiatório, o idiota que ama a moça bonita e não percebe que ela não vai lhe dar atenção nem em mil anos, o tio engraçado, o parente pobre, o idiota da aldeia, o criado, o malandro incompetente, nenhum deles o tipo de papel que um dia mereça uma cena de amor. As mulheres o chutavam, esbofeteavam, caçoavam dele, riam dele, mas nunca, no celulóide, olhavam para ele ou cantavam para ele ou dançavam em volta dele com amor cinematográfico brilhando nos olhos. Fora da tela, ele vivia sozinho em dois cômodos vazios perto dos estúdios e tentava imaginar como seria uma mulher sem roupa. Para afastar da cabeça o assunto amor e desejo, ele estudava, tornando-se um autodidata onívoro, devorando os mitos metamórficos da Grécia e de Roma, os avatares de Júpiter, o garoto que vira flor, a mulher-aranha, Circe, tudo; e a teosofia de Annie Besant, a teoria do campo unificado, e o incidente dos versos satânicos no começo da carreira do Profeta, e a política do harém de Maomé depois de seu retorno em triunfo a Meca; e o surrealismo dos jornais, segundo o qual borboletas podiam entrar na boca de jovens garotas, pedindo para ser devoradas, e crianças nascidas sem rosto, e meninos que viam em sonhos detalhes impossíveis de encarnações anteriores, por exemplo numa fortaleza dourada, cheia de pedras preciosas. Ele se empanturrava de sabe Deus o que mais, mas não podia negar, nas horas miúdas de suas noites de insônia, que estava cheio de algo que jamais fora utilizado, que ele não sabia como começar a usar, ou seja, amor. Em seus sonhos, era atormentado por mulheres de intolerável doçura e beleza, e por isso preferia ficar acordado e forçar-se a ensaiar algum papel de seu conhecimento geral, a fim de apagar a trágica sensação de ser dotado de uma capacidade de amor acima do normal, que não tinha uma única pessoa no mundo a quem oferecer.

Sua grande chance apareceu com o surgimento dos filmes teológicos. Ao se constatar que era lucrativa a fórmula de fazer filmes baseados nas *puranas*, com o acréscimo da mistura usual de canções, danças, tios engraçados etc., todos os deuses do panteão tiveram a sua chance de estrelato. Quando D. W. Rama resolveu produzir um filme baseado na história de Ganesh, nenhum dos nomes de sucesso mais importantes estava disposto a passar o filme inteiro escondido dentro de uma cabeça de elefante. Gibreel agarrou a oportunidade. Foi seu primeiro sucesso, *Ganpati Baba*, e, de repente, era um superastro, mas só vestindo tromba e orelhas. Depois de seis filmes em que fazia o deus com cabeça de elefante, teve permissão para remover a pesada máscara cinzenta pendular e colocar, em vez dela, um rabo longo e peludo, para representar Hanuman, o rei macaco, numa seqüência de filmes de aventura mais próximos de um certo seriado vagabundo de televisão produzido em Hong Kong do que do *Ramayana*. Essa série acabou sendo tão popular que os rabos de macaco passaram a ser item obrigatório para os garotos elegantes da cidade naquele tipo de festas freqüentadas pelas garotas dos colégios de freiras conhecidas como "traques" por sua prontidão em explodir.

Depois de Hanuman, nada mais podia deter Gibreel, e seu sucesso fenomenal aprofundou sua crença no anjo da guarda. Mas levou também a um desenvolvimento mais lamentável.

(Vejo que, afinal, sou obrigado a revelar os segredos da pobre Rekha.)

Mesmo antes de trocar a cabeça falsa pelo rabo falso, ele já tinha se tornado irresistivelmente atraente às mulheres. A sedução de sua fama era tão grande que muitas dessas jovens damas pediam que ele ficasse com a máscara de Ganesh enquanto faziam amor, coisa que ele recusava por respeito à dignidade do deus. Dada a inocência de sua formação, naquela época ele não conseguia diferenciar entre quantidade e qualidade e conseqüentemente sentia a necessidade de compensar o tempo perdido. Teve tantas parceiras sexuais que não era raro esquecer seus nomes antes mesmo de elas terem deixado o quarto. Ele se transformou não só num casanova da pior espécie, como aprendeu também as artes da dissimulação, porque um homem que representa deuses tem de ser inatacável. Era tão hábil em ocultar sua vida de escândalo e deboche que seu antigo patrão, o *Babasaheb* Mhatre, em seu leito de morte, dez anos depois de ter enviado o jovem *dabbawalla* para aquele mundo de ilusão, dinheiro sujo e luxúria, implorou a ele que se casasse para provar que era homem. "Pelo amor de Deus, mister", pediu o *Babasaheb*, "quando eu disse, naquela época, para você ir embora e ser homossexual nunca pensei que fosse me levar a sério, existe um limite para o respeito aos mais velhos, afinal de contas." Gibreel espalmou as mãos e jurou que não era essa desgraça e que, quando aparecesse a mulher certa, ele sem dúvida se casaria de boa vontade. "O que é que está esperando? Alguma deusa do céu? Greta Garbo, Gracekali, quem?", gritou o velho, escarrando sangue, mas Gibreel o deixou com o enigma de um sorriso que lhe permitiu morrer não inteiramente tranqüilo.

A avalanche de sexo em que Gibreel Farishta estava soterrado conseguia sepultar tão profundamente seu maior talento que ele podia ter sido perdido para sempre, o talento, quero dizer, de amar de verdade, profundamente e sem reservas, o raro e delicado dom que ele nunca tinha tido oportunidade de exercitar. À época de sua doença, havia praticamente esquecido a angústia que costumava experimentar por sua ânsia de amor, que se torcia e retorcia dentro dele como a lâmina de um feiticeiro. Agora, ao fim de cada noite de atletismo, dormia com facilidade e prolongadamente, como se nunca tivesse sido assolado por mulheres de sonho, como se nunca tivesse desejado entregar o coração.

"Seu problema", disse-lhe Rekha Merchant quando se materializou nas nuvens, "é que todo mundo sempre perdoou você, sabe Deus por que, você sempre se dá bem, até com assassinato. Ninguém nunca responsabilizou você pelo que fez." Ele não pôde contestar. "Dom de Deus", ela gritou na cara dele, "Deus sabe de onde você acha que saiu, tirado da sarjeta, Deus sabe os males que causou."

Mas assim eram as mulheres, pensava ele naqueles dias, recipientes em que podia se derramar, e quando ia embora, elas entendiam que aquela era a sua natureza e o perdoavam. E era verdade que ninguém o censurava por ir embora, por seus mil e um atos de indiferença, quantos abortos, Rekha perguntou no buraco de nuvens, quantos corações partidos. Ao longo de todos aqueles anos, ele foi beneficiário da infinita generosidade das mulheres, mas era também vítima, porque esse perdão tornava possível a mais profunda e mais doce de todas as corrupções, ou seja, a idéia de que não estava fazendo nada de errado.

Rekha: entrou em sua vida quando ele comprou a cobertura no Everest Vilas e ela se ofereceu, na qualidade de vizinha e mulher de negócios, para mostrar a ele seus tapetes e antiguidades. O marido dela estava num congresso mundial de fabricantes de rolamentos em Gotemburgo, Suécia, e na ausência dele ela convidou Gibreel para ir a seu apartamento cheio de treliças esculpidas em pedra de Jaisalmer e corrimãos esculpidos em madeira vindos dos palácios de Keralan e uma *chhatri* ou cúpula Mughal transformada em banheira de hidromassagem; enquanto servia champanhe francês, ela se encostou na parede de mármore e sentiu os frescos veios da pedra nas costas. Quando ele tomou o champanhe, ela brincou com ele, os deuses decerto não deveriam tomar álcool, e ele respondeu com uma frase que tinha lido em uma entrevista do Aga Khan, Ah, sabe de uma coisa, este champanhe é só pela aparência, no momento em que toca meus lábios se transforma em água. Depois disso, não levou muito tempo para ela tocar os lábios dele e liquefazer-se em seus braços. Quando os filhos voltaram da escola com a *ayah*, ela já estava imaculadamente vestida e penteada, sentada ao lado dele na saleta, revelando os segredos do comércio de tapetes, confessando que seda *art* queria dizer seda artificial e não artística, aconselhando que ele não se deixasse enganar por seu folheto em que um tapete era sedutoramente descrito como feito de lã de pescoço de carneiros recém-nascidos, porque isso quer dizer, sabe, *lã de qualidade inferior*, a publicidade, o que se há de fazer, é assim.

Ele não a amava, não era fiel a ela, esquecia seus aniversários, deixava de responder a seus telefonemas, aparecia em sua casa quando era menos conveniente, por causa da presença de convidados do mundo dos rolamentos, e, como todo mundo, ela o perdoava. Mas o perdão dela não era a silenciosa, passiva tolerância que ele recebia das outras. Rekha reclamava como uma louca, infernizava a vida dele, gritava e xingava porque ele era um inútil *lafanga* e *haramzada* e *salah* e mesmo, *in extremis*, que era culpado do feito impossível de trepar com a irmã que ele não tinha. Ela não o poupava de nada, acusando-o de ser uma criatura que era só superfície, como uma tela de cinema, e depois acabava lhe dando o perdão e permitindo que desabotoasse sua blusa. Gibreel não conseguia resistir ao perdão operístico de Rekha Merchant, que era ainda mais comovente pela brecha que abria na posição dela, pela infidelidade ao rei dos rolamentos, coisa que Gibreel evitava mencionar, aceitando o castigo verbal como homem. De forma que, enquanto os perdões que recebia do resto das mulheres o deixavam frio e ele os esquecia no momento em que eram pronunciados, acabava voltando sempre para Rekha, para que ela abusasse dele e depois o consolasse como só ela sabia.

Então ele quase morreu.

Estava filmando em Kanya Kumari, na pontinha da Ásia, participando de uma cena de luta que se passava no ponto do cabo Comorin em que se tem a impressão de que três oceanos estão realmente se entrechocando. Três ondas rolaram do oeste do leste do sul e colidiram num poderoso aplauso de mãos aquáticas no momento em que Gibreel levava um soco no queixo, sincronia perfeita, e ele desmaiou ali mesmo, caindo de costas na espuma tri-oceânica. Não se levantou.

Para começar, todo mundo colocou a culpa no gigantesco dublê inglês Eustace Brown, que tinha dado o soco. Ele protestou veementemente. Não era ele quem contracenara com o ministro-chefe N. T. Rama Rao em seus muitos papéis em filmes teológicos? Não tinha ele aperfeiçoado a arte de fazer o velho se sair bem em cenas de combate sem se machucar? Alguma vez tinha reclamado de NTR nunca segurar os *próprios* socos, de forma que ele, Eustace, acabava invariavelmente todo roxo, apanhando como um idiota de um velhote que podia devorar no café-da-manhã, com uma torrada, e tinha alguma vez, uma só que fosse, perdido a paciência? E então? Como alguém podia pensar que iria machucar o imortal Gibreel? — Mesmo assim, foi despedido e a polícia o botou na cadeia, pelo sim, pelo não.

Mas não fora o soco que derrubara Gibreel. Depois que o astro foi levado para o Hospital Breach Candy, em Bombaim, no jato da Força Aérea destacado para esse objetivo; depois que exaustivos exames não chegaram a quase nenhum resultado; e enquanto ele jazia inconsciente, morrendo, com uma contagem de glóbulos sanguíneos que caíra dos quinze normais para um criminoso quatro vírgula dois, um porta-voz do hospital enfrentou a imprensa nacional na grande escadaria branca do Breach Candy. "É um mistério total", disse. "Podem dizer, se quiserem, que é um ato de Deus."

Gibreel Farishta começou a apresentar hemorragias em todos os órgãos internos sem nenhuma causa aparente, e estava simplesmente sangrando até a morte por dentro da pele. No momento pior, o sangue começou a vazar pelo reto e pelo pênis, e parecia que a qualquer momento começaria a jorrar pelo nariz e ouvidos e pelos cantos dos olhos. Durante sete dias ele sangrou e recebeu transfusões e tomou todos os agentes coagulantes conhecidos pela ciência médica, inclusive uma forma concentrada de veneno para ratos, e apesar de o tratamento resultar numa pequena melhora, os médicos desistiram dele, esperando o pior.

Toda a Índia velou por Gibreel. Seu estado de saúde era o assunto principal de todos os noticiários radiofônicos, foi objeto de flashes de hora em hora na rede nacional de televisão, e a multidão que se juntou na Warden Road era tão grande que teve de ser dispersada pela polícia a golpes de *lathi* e gás lacrimogêneo, usado mesmo sabendo-se que aquele meio milhão de fãs preocupados já estava lacrimejando e gemendo. A primeira-ministra cancelou seus compromissos e veio de avião para visitá-lo. O filho dela, piloto de avião comercial, ficou sentado no quarto de Farishta, segurando a mão do ator. Uma sombra de apreensão instalou-se sobre a nação, porque se Deus tinha golpeado assim a sua mais celebrada encarnação, o que não seria capaz de fazer com o resto do país? Se Gibreel morresse, quanto tempo mais duraria a Índia? Nas mesquitas e templos do país, multidões compactas rezavam, não só pela vida do ator moribundo, mas pelo futuro, por eles mesmos.

Quem não foi visitar Gibreel no hospital? Quem deixou de escrever, de telefonar, de mandar flores, de mandar deliciosas refeições feitas em casa? Enquanto as muitas amantes mandavam descaradamente cartões de bons votos e *pasandas* de carneiro, quem, amando-o mais que todos, guardou tudo para si, sem nada revelar ao rolamento do marido? Rekha Merchant trancou o coração e prosseguiu com os afazeres de sua vida diária, brincando com os filhos, conversando com o marido, recebendo convidados quando solicitada, e nunca, nem uma vez, revelou a arrasadora devastação de sua alma.

Ele se recuperou.

A recuperação foi tão misteriosa, e tão rápida, quanto a doença. Também isso foi qualificado (pelo hospital, pelos jornalistas, pelos amigos) como um ato do Ser Supremo. Foi decretado feriado nacional; houve queima de fogos de artifício por toda parte. Mas quando Gibreel recobrou as forças, ficou claro que tinha mudado, e de forma assustadora, porque perdera a fé.

No dia em que recebeu alta do hospital, escoltado pela polícia atravessou uma imensa multidão, reunida para celebrar a própria recuperação além da dele, subiu em seu Mercedes e mandou o chofer escapar de todos os veículos que o seguiam, o que levou sete horas e cinqüenta e um minutos, e, ao final da manobra, já tinha resolvido o que precisava ser feito. Desceu da limusine no Hotel Taj e sem olhar nem para a direita nem para a esquerda foi direto para o grande salão de jantar com seu bufê gemendo sob o peso de comidas proibidas, e encheu o prato com tudo aquilo, salsichas de porco de Wiltshire e presunto curado de York e fatias fritas de bacon sabe-se lá de onde; com as fatias de pernil de sua descrença e os pés de porco do secularismo; e então, parado ali no meio da sala, enquanto fotógrafos apareciam do nada, começou a comer o mais depressa que podia, enchendo-se de porcos mortos com tanta pressa que as fatias de toucinho ficavam dependuradas dos cantos de sua boca.

Durante a doença ele passara cada minuto desperto chamando por Deus, cada segundo de cada minuto. *Ya Alá* cujo servo jaz sangrando não me abandone agora depois de ter zelado tanto tempo por mim. *Ya Alá* dê-me um sinal, uma pequena marca que seja de seu favor, para que eu encontre em mim a força para curar meus males. Oh, Deus, o mais magnânimo, o mais misericordioso, venha a mim neste momento de aflição, de dolorosa aflição. Ocorreu-lhe então que estava sendo castigado, e durante algum tempo isso permitiu que suportasse a dor, mas depois de algum tempo sentiu raiva. Basta, Deus, pediam suas palavras não ditas, por que devo morrer se não matei, o senhor é vingança ou é amor? A raiva de Deus deu-lhe forças para mais um dia, mas acabou se apagando, e em seu lugar veio um terrível vazio, um isolamento, quando ele compreendeu que estava falando com o *nada*, que não havia ninguém, e sentiu-se então mais tolo que nunca em sua vida, e começou a apelar para o vazio, *ya Alá*, pelo menos esteja aí, droga, exista. Mas não sentiu nada, nada nada, e descobriu um dia que não precisava mais que existisse algo a sentir. Nesse dia de metamorfose, a doença mudou, e começou sua recuperação. E para provar a si mesmo a não-existência de Deus, ele agora estava no salão de jantar do hotel mais famoso da cidade, com pedaços de porco caindo pela cara.

Levantou os olhos do prato e viu uma mulher olhando para ele. Tinha os cabelos tão claros que eram quase brancos, e a pele possuía a cor e transparência do gelo da montanha. Ela riu para ele e virou-se.

"Você não entende?", gritou para ela, fragmentos de salsichas saltando da boca. "Nada de raios. Essa é a questão."

Ela voltou e parou diante dele. "Você está vivo", disse. "Recebeu sua vida de volta. *Essa* é a questão."

Ele contou a Rekha: assim que ela se virou e começou a voltar para mim, me apaixonei por ela. Alleluia Cone, escaladora de montanhas, conquistadora do Everest, loura *yahudan*, rainha do gelo. Ao desafio que me fez, *mude de vida, ou será que ganhou a vida de novo para nada*, eu não pude resistir.

"Você e essas bobagens de reencarnação", Rekha brincou. "Que cabeça oca. Você sai do hospital, depois de estar às portas da morte, e deixa que isso lhe suba à cabeça, seu maluco, tem logo de dar uma escapada, e lá está ela, saída do nada, a *mame* loira. Acha que eu não sei como você é, não, Gibbo? E então, quer que eu perdoe você ou não?"

Não precisa, disse ele. Saiu do apartamento de Rekha (a amante ficou chorando, de bruços, no chão); e nunca mais voltou.

Três dias depois que, com a boca cheia de carne impura, ele a encontrou, Allie tomou um avião e foi embora. Três dias fora do tempo passados atrás de um aviso de não-perturbe, mas no fim os dois concordaram que o mundo era real, que o que era possível era possível e que o que era impossível era im-, um breve encontro, navio que passa, amor em trânsito. Depois que ela foi embora, Gibreel descansou, tentou não dar ouvidos ao seu desafio, resolveu colocar a vida de volta nos trilhos. Só porque tinha perdido a fé não queria dizer que não podia trabalhar, e a despeito do escândalo das fotos comendo presunto, o primeiro escândalo jamais vinculado a seu nome, ele assinou contratos cinematográficos e voltou ao trabalho.

E então, uma manhã, a cadeira de rodas ficou vazia e ele tinha desaparecido. Um passageiro barbudo, um certo Ismail Najmuddin, embarcou no vôo AI-420 para Londres. O 747 tinha o nome de um dos jardins do Paraíso, não Gulistan, mas *Bostan*. "Para nascer de novo", Gibreel Farishta diria a Saladin Chamcha muito depois, "é preciso morrer primeiro. Eu, eu só expirei pela metade, mas expirei em duas ocasiões, no hospital e no avião, portanto as coisas se somam e isso conta. E agora, Spoono, meu amigo, aqui estou na sua frente na Própria Londres, Vilayet, regenerado, um novo homem com uma nova vida. Spoono, não é ótimo?"

Por que ele foi embora?

Por causa dela, do desafio dela, da novidade, da ferocidade dos dois juntos, da inexorabilidade de uma coisa impossível que estava insistindo em seu direito de vir a ser.

E, ou, talvez: porque depois de ter comido os porcos começou o castigo, um castigo noturno, uma punição de sonhos.

3

QUANDO O VÔO PARA LONDRES decolou, graças ao truque mágico de cruzar dois pares de dedos de cada mão e rolar os polegares, o homem magro, de seus quarenta anos, sentado numa poltrona da ala de não-fumantes, na janela, olhando a cidade em que nascera descolar-se dele como uma pele de cobra, permitiu que uma expressão de alívio passasse brevemente por seu rosto. Esse rosto era de uma beleza um tanto amarga, altiva, com os lábios grossos, grandes, voltados para baixo como os de um linguado desgostoso, e sobrancelhas finas arqueadas sobre olhos que olhavam o mundo com uma espécie de desprezo alerta. Mr. Saladin Chamcha tinha construído esse rosto com esmero — levara alguns anos para conseguir a expressão exata — e durante muitos anos mais pensara nele simplesmente como *seu rosto* — na verdade, esquecera-se da aparência que tinha antes. Além disso, tinha inventado para si uma voz que combinasse com o rosto, uma voz em que as vogais lânguidas, quase preguiçosas, contrastavam, desconcertantes, com as consoantes abruptas, secas. A combinação de rosto e voz era poderosa; mas durante sua recente visita à cidade natal, a primeira em quinze anos (período exato, devo observar, do sucesso cinematográfico de Gibreel Farishta), tinham ocorrido coisas estranhas e preocupantes. Infelizmente o que ocorrera é que sua voz (a primeira a ser afetada) e, em seguida, seu próprio rosto, começaram a traí-lo.

Tudo começara — relaxando os dedos, Chamcha esperava, um tanto embaraçado, que a última superstição que ainda cultivava tivesse passado despercebida pelos outros passageiros, fechou os olhos e se pôs a recordar com um delicado estremecimento de horror — no vôo para o Oriente semanas antes. Tinha caído num sono letárgico, bem acima das areias desertas do golfo Pérsico, sendo visitado em sonho por um desconhecido bizarro, um homem com pele de vidro, que, lamentoso, batia os nós dos dedos sobre a fina e quebradiça membrana que lhe cobria todo o corpo e implorava a Saladin que o ajudasse a libertar-se da prisão de sua pele. Chamcha pegou uma pedra e começou a bater no vidro. Imediatamente uma treliça de sangue porejou da superfície rachada do corpo do estranho, e quando Chamcha tentou remover os cacos, o outro começou a gritar, porque pedaços de sua carne saíam junto com o vidro. Nesse ponto, uma aeromoça curvou-se sobre Chamcha adormecido e perguntou, com a impiedosa hospitalidade de sua tribo: *Aceita uma bebida? Um drinque?*, e Saladin, emergindo do sonho, descobriu sua fala inexplicavelmente metamorfoseada na melodia de Bombaim que ele tinha tão diligentemente (e tanto tempo atrás!) abandonado. "*Achha*, o que foi?", resmungou. "Bebida alcoólica, é?" E quando a aeromoça respondeu, o que o senhor quiser, todas as bebidas são grátis, ele ouviu de novo a voz traidora: "Então tudo bem, *bibi*, me dê um uísque soda só".

Que surpresa desagradável! Despertara de um salto e ficara sentado duro na cadeira, ignorando o álcool e os amendoins. Como o passado tinha borbulhado à tona, em vogais e vocabulário transdeformados? O que aconteceria em seguida? Ia começar a passar óleo de coco no cabelo? Ia começar a apertar as narinas entre indicador e polegar, assoando-se ruidosamente, ejetando um arco prateado de muco gelatinoso? Ia acabar aficionado de luta livre profissional? Quais outras diabólicas humilhações estariam a sua espera? Ele devia ter sabido que seria um erro *voltar para casa* depois de tanto tempo, o que podia ser aquilo senão uma regressão? Era uma viagem antinatural; uma negação do tempo; uma revolta contra a história; a coisa toda só podia terminar em desastre.

Estou fora de mim, pensou com um tênue tremor em torno do coração. Mas o que significa isso tudo, perguntou-se amargo. Afinal, *les acteurs ne sont pas des gens*, como explicava o grande canastrão Frederick em *Les enfants du paradis*. Máscara sob máscara até chegar ao crânio nu e exangue.

O aviso luminoso de apertar cintos acendeu-se, a voz do capitão anunciou turbulência, entraram e saíram de bolsões de vácuo. O deserto ondulava abaixo deles, e o operário migrante que tinha embarcado em Qatar agarrou seu gigantesco rádio-transistor e começou a vomitar. Chamcha notou que o homem não tinha apertado o cinto e controlou-se, fazendo a voz retomar o tom inglês orgulhoso: "Olhe, por que não..." e apontou, mas entre um espasmo e outro para dentro do saco de papel que Saladin tinha passado a ele em cima da hora, o homem enjoado sacudiu a cabeça, deu de ombros, respondeu: "Para que, *sahib*? Se *Alá* quiser que eu morra, eu morro. Se não quiser, não morro. Então, o que adianta a segurança?".

Maldita seja, Índia, Saladin Chamcha xingou em silêncio, afundando de volta em sua poltrona. Que vá para o inferno, eu escapei de suas garras faz muito tempo, não vai me pegar de novo, não vai me puxar de volta.

*

Era uma vez — *era uma vez ou não era não*, como costumavam dizer as velhas histórias, *aconteceu ou não aconteceu nunca* — talvez, então, ou talvez não, um menino de dez anos de idade, de Scandal Point, em Bombaim, encontrou uma carteira na rua em frente a sua casa. Estava voltando da escola, tinha acabado de descer do ônibus escolar onde fora obrigado a sentar-se espremido ao suor grudento de meninos de shorts, ensurdecido pelo barulho, e como, mesmo naqueles dias, já era uma pessoa que se esquivava da grosseria, da violência e da transpiração de estranhos, tinha se sentido ligeiramente enjoado no longo e esburacado caminho para casa. No entanto, quando viu a carteira de couro preto no chão a seus pés, a náusea desapareceu, ele se abaixou excitado e agarrou-a — abriu — e descobriu, para sua satisfação, que estava cheia de dinheiro — e não meras rupias, mas dinheiro de verdade, negociável nos mercados negros e nas casas de câmbio internacionais — libras! Libras esterlinas, da Própria Londres, no fabuloso país de Vilayet, do outro lado do negro mar, distante. Deslumbrado com a gorda pilha de dinheiro estrangeiro, o menino levantou os olhos para ter certeza de que não estava sendo observado, e por um momento pareceu-lhe que um arco-íris curvava-se sobre ele vindo do céu, um arco-íris como o sopro de um anjo, como uma prece atendida, que terminava exatamente no ponto onde estava. Seus dedos tremiam tocando o tesouro fabuloso na carteira.

"Entregue." Parecia-lhe, anos depois, que seu pai o vigiara durante toda a infância, e mesmo sendo Changez Chamchawala um homem grande, um gigante mesmo, sem falar de sua riqueza e projeção pública, tinha sempre o passo leve e também a tendência de se esgueirar por trás do filho e estragar o que quer que estivesse fazendo, arrancando os lençóis da cama de Salahuddin de noite para revelar o pênis vergonhoso apertado na mão vermelha. E era capaz de farejar dinheiro a cento e uma milhas de distância, mesmo através do fedor de produtos químicos e fertilizantes que sempre pairava a sua volta devido ao fato de ser o maior fabricante de pulverizadores e fluidos agrícolas e de estrume artificial de todo o país. Changez Chamchawala, filantropo, conquistador, lenda viva, luminar do movimento nacionalista, saltou da entrada de sua casa para arrancar uma carteira polpuda da mão do filho frustrado. "Tsk, tsk", ele censurou, guardando no bolso as libras esterlinas, "não devia pegar coisas da rua. O chão é sujo, e o dinheiro mais sujo ainda."

Numa estante do escritório, todo revestido de teca, de Changez Chamchawala, ao lado da coleção em dez volumes da tradução de Richard Burton para *As mil e uma noites*, que estava sendo lentamente devorada pelo mofo e pelas traças devido ao arraigado preconceito contra livros que levava Changez a possuir milhares daquelas coisas perniciosas só para humilhá-las deixando que apodrecessem sem ser lidas, havia uma lâmpada mágica, um avatar de cobre e latão polido e brilhante do próprio recipiente do gênio de Aladim: uma lâmpada pedindo para ser esfregada. Mas Changez não a esfregava, nem permitia que fosse esfregada por um filho, por exemplo. "Um dia", garantia ao menino, "ela será sua. Daí você poderá esfregar o quanto quiser e descobrir o que não vai acontecer com você. Agora, porém, é minha." A promessa da lâmpada mágica infectava o jovem Salahuddin com a idéia de que um dia seus problemas teriam fim e seus desejos mais íntimos seriam realizados, tudo o que tinha de fazer era esperar; mas ocorreu então o incidente da carteira, quando a magia do arco-íris funcionou com ele, não com seu pai, mas com ele, e Changez Chamchawala roubou-lhe o pote de ouro. Depois disso, o filho se convenceu de que o pai sufocaria todas as suas esperanças, a menos que escapasse, e desse momento em diante ficou desesperado para partir, escapar, colocar oceanos entre o grande homem e ele.

Aos treze anos, Salahuddin Chamchawala tinha entendido que estava destinado à fria Vilayet cheia das crepitantes promessas de libras esterlinas que a carteira mágica revelara, e foi ficando progressivamente mais impaciente com aquela Bombaim de poeira, vulgaridade, policiais de calças curtas, travestis, revistas cinematográficas, de gente dormindo nas calçadas e das faladas prostitutas cantoras da Grant Road que tinham começado como devotas do culto *Yellamma* em Karnataka, mas tinham acabado ali, como dançarinas dos mais prosaicos templos da carne. Estava cheio das fábricas têxteis e dos trens locais e de toda a confusão e superabundância daquele lugar, e ansiava por aquela sonhada Vilayet de equilíbrio e moderação que passou a obcecá-lo dia e noite. Seus versos favoritos eram os que evocavam cidades estrangeiras: *kitchy-con kitchy-ki kitchy-con stanti-ai kitchy-opla kitchy-copla kitchy Con-stanti-nopla*. E sua brincadeira favorita era uma versão de esconde-esconde em que, quando era sua vez de procurar, voltava as costas aos companheiros escondidos para repetir, como um mantra, como um encantamento, as seis letras da cidade de seus sonhos, *eleoene deoene*. No fundo do coração, rastejava em silêncio para Londres, letra por letra, da mesma maneira que os amigos rastejavam até ele. *Eleoene deoene London*.

A mutação de Salahuddin Chamchawalla em Saladin Chamcha começou, como veremos, na velha Bombaim, muito antes de ele chegar sequer perto de escutar rugirem os leões de Trafalgar. Quando o time inglês de críquete enfrentou o time da Índia no Brabourne Stadium, ele rezou por uma vitória da Inglaterra, para que os criadores do jogo derrotassem os novos-ricos locais, para que fosse mantida a ordem natural das coisas. (Mas os jogos terminavam invariavelmente empatados, devido à sonolência de travesseiro de plumas do *wicket* de Brabourne Stadium; a grande questão, criador *versus* imitador, colonizador contra colonizado, tinha forçosamente de terminar sem solução.)

Em seu décimo terceiro ano, tinha idade suficiente para brincar nas pedras de Scandal Point sem precisar ser cuidado pela *ayah* Kasturba. E um dia (era uma vez, ou não era não), ele saiu da casa, aquela ampla, decadente construção em estilo parsi, coberta de sal, toda colunas e venezianas e pequenas sacadas, e atravessou o jardim que era o orgulho e alegria de seu pai e que sob certa luz noturna dava a impressão de ser infinito (e que era também enigmático, uma charada não resolvida porque ninguém, nem seu pai, nem o jardineiro, era capaz de lhe dizer os nomes da maioria das plantas e árvores) e atravessou o portão principal, uma fantasia grandiosa, reproduzindo o arco do triunfo romano de Sétimo Severo, e cruzou a agitada insanidade da rua e subiu a muralha do mar, chegando, finalmente, ao vasto espaço de negras rochas brilhantes com suas poças cheias de camarões. Meninas cristãs riam com seus uniformes, homens de guarda-chuvas fechados fixavam em silêncio o horizonte azul. No oco de uma pedra negra, Salahuddin viu um homem de *dhoti* curvado sobre uma poça. Seus olhos se encontraram, e o homem o chamou com um dedo que em seguida pousou sobre os lábios. *Shh*, e o mistério das poças rochosas atraiu o menino para o estranho. Era uma criatura de ossos. Óculos de aros que podiam ser de marfim. O dedo curvando, curvando, como um anzol com isca, venha. Quando Salahuddin desceu, o outro o agarrou, tapou-lhe a boca com uma mão e com força colocou sua jovem mão entre as pernas velhas e descarnadas, para sentir aquele osso ali. O *dhoti* aberto ao vento. Salahuddin nunca soubera lutar; fez o que foi forçado a fazer, e depois o outro simplesmente virou as costas e deixou que se afastasse.

Depois disso, Salahuddin nunca mais foi até as pedras de Scandal Point; nem contou a ninguém o que tinha acontecido, prevendo as crises neurastênicas que provocaria na mãe e suspeitando que o pai diria que a culpa era dele mesmo. Parecia-lhe que tudo o que havia de repugnante, tudo o que achava de detestável em sua cidade natal, tinha se concretizado no abraço ossudo do estranho, e agora que escapara daquele esqueleto maligno tinha de escapar também de Bombaim, ou morrer. Começou a concentrar-se ferozmente nessa idéia, a concentrar nela a sua vontade em todos os momentos, comendo cagando dormindo, convencendo-se de que era capaz de fazer o milagre acontecer mesmo sem a ajuda da lâmpada do pai. Sonhava sair voando pela janela de seu quarto e descobrir que lá, abaixo dele, estava não Bombaim, mas a Própria Londres de fato, Bigben Colunadenelson Lordstavern Torredelondres Rainha. Mas quando flutuava sobre a grande metrópole sentia que começava a perder altura, e por mais que lutasse chutasse nadasse no ar, continuava a descer lentamente em espiral para a terra, depois depressa, mais depressa ainda, até que gritava de ponta-cabeça na direção da cidade, Saintpaul, Puddinglane, Threadneedlestreet, mirado para Londres como uma bomba.

*

Quando o impossível aconteceu, e seu pai, sem nenhuma razão, propôs que fosse estudar na Inglaterra, *para me tirar do caminho*, pensou, *por que mais?, é claro, mas a cavalo dado eassimpordiante*, sua mãe, Nasreen Chamchawala recusou-se a chorar e, ao contrário, ofereceu a bênção de seus conselhos. "Não vá ficar sujo como aqueles ingleses", alertou. "Eles limpam as be u ene de as só com papel. E também entram na água do banho dos outros." Essas vis calúnias comprovaram a Salahuddin que a mãe estava fazendo todo o possível para impedir que fosse embora e, a despeito do mútuo amor que sentiam, ele respondeu: "O que está dizendo, *Ammi*, é inconcebível. A Inglaterra é uma grande civilização, o que está dizendo é bobagem".

Ela sorriu seu sorrisinho nervoso e não discutiu. E depois ficou de olhos secos debaixo do arco do triunfo da entrada, recusando-se a ir se despedir dele no aeroporto de Santacruz. Seu filho único. Empilhou guirlandas em seu pescoço até ele ficar tonto com o excesso de perfumes do amor materno.

Nasreen Chamchawala era a mais delicada, a mais frágil das mulheres, ossos como *tinkas*, como minúsculas lâminas de madeira. Para compensar a insignificância física, ainda muito jovem passou a se vestir com certa verve excessiva e espalhafatosa. Os padrões de seus saris eram chamativos, até berrantes: seda cor de limão enfeitada com grandes losangos de brocado, vertiginosos redemoinhos de op-art, gigantescos beijos de batom sobre fundo branco brilhante. As pessoas perdoavam seu mau gosto porque ela vestia as roupas ofuscantes com tamanha inocência; porque a voz que emanava daquela cacofonia têxtil era tão miúda e hesitante e própria. E por causa de suas recepções.

Todas as sextas-feiras de sua vida de casada, Nasreen encheu os salões da residência Chamchawala, aqueles cômodos geralmente tenebrosos que pareciam grandes câmaras mortuárias ocas, com luzes brilhantes e amigos por interesse. Quando Salahuddin era pequeno, insistia em fazer o papel de porteiro, e recebia os convidados cobertos de laquê e jóias com grande gravidade, deixando que lhe dessem tapinhas na cabeça e o chamassem de *cuteso* e *chweetie-pie*. Às sextas-feiras, a casa ficava cheia de sons; havia músicos, cantores, dançarinos, os últimos sucessos ocidentais que tocavam na Rádio Ceylon, ruidosos teatros de fantoches em que marajás de cerâmica pintada montavam cavalos de pano, decapitando marionetes inimigas com imprecações e espadas de madeira. Durante o resto da semana, porém, Nasreen vagava pela casa cautelosamente, uma pombinha de mulher pisando nas pontas dos pés na penumbra, como se tivesse medo de perturbar as sombras silenciosas; e o filho, seguindo seus passos, aprendeu também a pisar leve, para não despertar um eventual elfo ou *afreet* que pudesse estar à espreita.

Mas: os cuidados de Nasreen Chamchawala não conseguiram salvar-lhe a vida. O horror a dominou e matou quando ela acreditava estar inteiramente segura, vestindo um sari estampado com fotos e manchetes de jornais baratos, iluminada pelos candelabros, cercada de amigos.

*

Cinco anos e meio já haviam se passado desde que o jovem Salahuddin, engalanado e aconselhado, embarcara num Douglas DC-8 e viajara para o Ocidente. À frente dele, a Inglaterra; a seu lado, seu pai, Changez Chamchawala; abaixo dele, a terra natal e a beleza. Como Nasreen, o futuro Saladin nunca tivera facilidade para chorar.

Naquele primeiro avião, leu contos de ficção científica sobre migrações interplanetárias: *Fundação*, de Asimov, *Crônicas marcianas*, de Ray Bradbury. Imaginou que o DC-8 era a nave-mãe, levando o Escolhido, o Eleito de Deus e dos homens, atravessando distâncias impensáveis, viajando durante gerações, reproduzindo-se por eugenia, para que sua semente pudesse um dia deitar raízes em algum lugar de um admirável mundo novo sob um sol amarelo. Ele se corrigiu: não a nave-mãe, mas a nave-pai, porque ali estava, afinal, o grande homem, *Abbu*, Papai. O Salahuddin de treze anos, deixando de lado as dúvidas e mágoas recentes, mergulhara uma vez mais na adoração infantil ao pai, porque o tinha adorado, tinha, sim, ele era um grande pai até você começar a desenvolver suas próprias opiniões, e então o ato de discutir com ele passou a ser chamado de trair o seu amor, mas isso não importa agora, *eu o acuso de ter se transformado em meu ser supremo, de forma que o que aconteceu foi como uma perda de fé*... sim, a nave-pai, uma aeronave não era um útero voador, mas um falo de metal, os passageiros espermatozóides esperando para ser ejaculados.

Cinco horas e meia de fusos horários; vire o relógio de cabeça para baixo em Bombaim e você tem a hora de Londres. *Meu pai*, Chamcha pensaria, anos depois, mergulhado em amargura, *eu o acuso de ter invertido o Tempo*.

Que distância voaram? Cinco mil e quinhentas milhas em linha reta. Ou: da indianidade para a anglicidade, uma distância incomensurável. Ou, nada longe, porque eles decolaram de uma grande cidade e caíram em outra. A distância entre cidades é sempre pequena; um aldeão, atravessando centenas de milhas até a cidade, atravessa espaços mais vazios, mais escuros, mais aterrorizantes.

O que fez Changez Chamchawala quando o avião decolou: tentando impedir que o filho percebesse o que fazia, ele cruzou dois pares de dedos de cada mão e rolou os polegares.

E quando estavam instalados num hotel a pouca distância da antiga localização da forca de Tyburn, Changez disse ao filho: "Tome. Isto é seu". E entregou, com o braço estendido, uma carteira preta cuja identidade era inequívoca. "Agora você é um homem. Pegue."

A devolução da carteira confiscada, completa, com todo o dinheiro dentro, resultou uma das pequenas armadilhas de Changez Chamchawala. Durante toda a vida, Salahuddin deixou-se enganar por elas. Sempre que seu pai queria castigá-lo, oferecia-lhe um presente, uma barra de chocolate importado ou uma lata de queijo Kraft, e agarrava-o quando ele se aproximava para pegar o presente. "Burro", Changez caçoava do filho menino. "Toda vez, toda vez, a cenoura traz você para o meu chicote."

Em Londres, Salahuddin pegou a carteira ofertada, como quem aceita um presente de maioridade; ao que seu pai disse: "Agora que já é um homem, você tem de cuidar de seu velho pai enquanto estamos em Londres. Você paga as contas".

Janeiro, 1961. Ano que se podia virar de cabeça para baixo e que continuaria, ao contrário do relógio, a indicar o mesmo tempo. Era inverno; mas quando Salahuddin Chamchawala começou a tremer em seu quarto de hotel, foi porque estava quase inteiramente aterrorizado: seu pote de ouro se transformara, de repente, numa maldição de bruxa.

Aquelas duas semanas em Londres, antes de ir para o colégio interno, resultaram um pesadelo de caixas registradoras e cálculos, porque Changez estava falando sério e não meteu a mão no bolso nem uma vez. Salahuddin teve de comprar suas próprias roupas, como uma capa de sarja azul trespassada no peito e sete camisas Van Heusen listadas de azul e branco com colarinhos semi-rígidos removíveis que Changez o forçava a vestir todos os dias, para se acostumar com os botões, e Salahuddin tinha a sensação de que uma faca sem ponta penetrava abaixo do recém-nascido pomo-de-adão; e ele tinha de garantir que ia sobrar o suficiente para pagar o quarto de hotel e tudo, e por isso estava nervoso demais para perguntar ao pai se podiam ir a um cinema, pelo menos um, pelo menos *The pure hell of St. Trinians*, ou sair para comer fora, pelo menos comida chinesa, e nos anos seguintes ele não se lembraria de nada da primeira quinzena em sua adorada *Eleoene deoene* a não ser libras xelins pence, como o discípulo do rei filósofo Chanakya que perguntou ao grande homem o que ele queria dizer quando afirmava que se podia viver no mundo e ao mesmo tempo não viver no mundo, e recebeu então o encargo de carregar um balde cheio até a borda de água no meio do povaréu que festejava um feriado sem derrubar nem uma gota, sob pena de morte, de forma que quando voltou não foi capaz de descrever as festividades do dia, tendo andado como um cego, enxergando apenas o balde em cima de sua cabeça.

Changez Chamchawala ficou muito quieto naqueles dias, parecendo não se importar se comia, se bebia, se fazia qualquer coisa, contente de ficar sentado no quarto de hotel assistindo televisão, principalmente quando passavam os Flintstones, porque, como disse a seu filho, a *bibi* Vilma o lembrava de Nasreen. Salahuddin tentava provar que era um homem jejuando ao lado do pai, tentando resistir mais do que ele, mas não conseguia nunca, e, quando a fome era muito grande, saía do hotel até o boteco vagabundo ao lado, onde se podia comprar para viagem os frangos assados gordurosos dependurados na vitrina, girando lentamente nos espetos. Quando entrava no saguão do hotel com o frango, sentia vergonha, não queria que os funcionários percebessem, e enfiava o frango dentro da capa de peito trespassado e entrava no elevador rescendendo a frango assado, o impermeável estufado, a cara ficando vermelha. Com frango no peito, sob os olhares de velhas damas e ascensoristas, sentiu nascer aquela raiva implacável que iria queimar dentro dele, inalterada, por mais de um quarto de século; que faria evaporar a adoração infantil pelo pai e iria torná-lo um homem secular, que faria todo o possível, a partir de então, para viver sem nenhum tipo de deus; que alimentaria, talvez, a determinação de se tornar aquilo que seu pai não-era-nem-jamais-seria, ou seja, o próprio inglês dospésàcabeça. Um inglês, sim, mesmo tendo de dar razão à mãe, mesmo havendo só papel nas privadas e água tépida, usada, cheia de lama e sabão para se mergulhar depois de fazer exercícios, mesmo que isso significasse uma vida passada entre árvores desnudadas pelo inverno com dedos que se agarravam desesperadamente às poucas e pálidas horas de luz aquosa e coada. Nas noites de inverno, ele, que nunca tinha dormido com nada além de um lençol, deitava-se sob montanhas de lã e sentia-se como uma figura antiga de mito, condenado pelos deuses a ter um rochedo pesando sobre o peito; mas nunca se importou, ia ser inglês, mesmo que os colegas de sala rissem de sua voz e o deixassem de fora de seus segredos, porque essas exclusões só aumentavam sua determinação, e foi então que começou a atuar, a encontrar máscaras que esses sujeitos reconhecessem, máscaras pálidas, máscaras de palhaço, até que os enganou a ponto de acharem que era o.k., que era *gente como nós*. Ele os enganou da mesma maneira que um ser humano sensível é capaz de convencer gorilas a aceitá-lo como parte da família, recebendo agrados e carinhos e bananas dadas na boca.

(Depois de pagar a última conta, e a carteira que tinha achado um dia no fim do arco-íris estar vazia, seu pai lhe dissera: "Está vendo? Você pagou tudo. Fiz de você um homem". Mas que homem? Isso é o que os pais nunca sabem. Não com antecedência; não até ser tarde demais.)

Um dia, logo depois de ter começado na escola, desceu para o café-da-manhã e encontrou um arenque no prato. Ficou ali sentado, olhando, sem saber por onde começar. Cortou o peixe e pôs na boca um bocado de pequenos espinhos. Depois de extrair todos eles, mais um bocado, mais espinhos. Os colegas olhavam enquanto ele sofria em silêncio; nenhum deles disse, olhe, vou mostrar para você, é assim que se come. Levou noventa minutos para comer o peixe e não teve permissão para se levantar da mesa enquanto não terminasse. Estava tremendo e, se fosse capaz de chorar, teria chorado. Ocorreu-lhe, então, que tinha aprendido uma importante lição. A Inglaterra era um peixe defumado de gosto esquisito cheio de espinhos, e ninguém ia ensiná-lo como comer. Descobriu que era teimoso. "Vou mostrar a eles todos", jurou. "Vocês vão ver." O arenque comido era sua primeira vitória, seu primeiro passo na conquista da Inglaterra.

Dizia-se que Guilherme, o Conquistador, tinha começado comendo um bocado de areia inglesa.

*

Cinco anos depois, estava de volta a casa, terminada a escola, esperando começar o semestre da universidade inglesa, e sua transformação num vilayetiano ia bem avançada. "Veja só como ele reclama", brincava Nasreen, na frente do pai. "Tudo ele critica muito-muito, os ventiladores estão mal presos no teto e vão cair e degolar a cabeça da gente enquanto a gente está dormindo, ele diz, e a comida engorda muito, por que não fazemos alguma coisa sem fritar, ele quer saber, as sacadas do andar de cima são inseguras e a tinta está descascando, porque não temos orgulho do nosso ambiente, não é?, e o jardim está muito crescido, não passamos de gente da selva, ele acha, e veja como os nossos filmes são grosseiros, agora ele não gosta mais, e tanta doença que não se pode nem beber água da torneira, meu Deus, ele está mesmo bem-educado, marido, o nosso Salluzinho, chegado da Inglaterra, e falando tão bem e tudo."

Estavam passeando no gramado à noitinha, olhando o Sol mergulhar no mar, vagando à sombra daquelas grandes árvores espalhadas, algumas sinuosas, outras barbudas, que Salahuddin (agora chamado Saladin, segundo o costume da escola inglesa, mas que continuaria sendo ainda Chamchawala por algum tempo, até um agente teatral abreviar seu nome por razões comerciais) começava a ser capaz de identificar, jaqueira, figueira, jacarandá, ixora, plátano. Pequenas *chhooi-mooi* não-me-toques cresciam ao pé da árvore de sua vida, a nogueira que Changez havia plantado com suas próprias mãos no dia da chegada do filho. Pai e filho debaixo da árvore natal, ambos sem jeito, sem saber como responder às carinhosas brincadeiras de Nasreen. Saladin foi tomado pela idéia melancólica de que o jardim fora um lugar mais agradável quando ele ainda não sabia os nomes das árvores, que algo havia se perdido que ele jamais conseguiria recuperar. E Changez Chamchawala descobriu que não conseguia mais olhar o filho nos olhos, porque a amargura que via neles chegava quase a gelar seu coração. Quando ele falou, afastando-se rudemente da nogueira de dezoito anos na qual, algumas vezes, durante as longas separações, imaginara residir a alma de seu único filho, as palavras saíram incorretas e fizeram com que soasse como a figura rígida e fria que tinha esperado não ser nunca, e que temia não poder evitar.

"Diga para seu filho", Changez fuzilou para Nasreen, "que se ele foi para o estrangeiro para aprender a desprezar sua própria gente, sua própria gente só pode se sentir desprezada por ele. O que ele é? Um pequeno lorde, um grande *panjandrum*? É isso que eu ganho: perco um filho e ganho um monstro?"

"Tudo o que eu sou, meu caro pai", Saladin disse ao homem mais velho, "devo exclusivamente ao senhor."

Foi a última conversa familiar. Durante todo aquele verão, os ânimos continuaram exaltados, apesar de todas as tentativas de mediação feitas por Nasreen, *tem de pedir desculpas para seu pai, querido, o coitado está sofrendo o diabo, mas é orgulhoso e não consegue abraçar você*. Até a *ayah* Kasturba e o velho criado Vallabh, seu marido, tentaram intermediar, mas nem pai, nem filho se deixaram dobrar. "O problema é que os dois são feitos do mesmo material", disse Kasturba a Nasreen. "Pai e filho, do mesmo material, do mesmíssimo."

Quando começou a guerra contra o Paquistão, naquele mês de setembro, Nasreen decidiu, com uma espécie de audácia, que não ia cancelar suas festas das sextas-feiras, "para mostrar que hindus-muçulmanos podem amar também, além de odiar", explicou. Changez viu um brilho nos olhos dela e, em vez de discutir, mandou os criados colocarem cortinas de blecaute em todas as janelas. Nessa noite, pela última vez, Saladin Chamchawala desempenhou seu velho papel de porteiro, vestido num smoking inglês, e quando os convidados chegaram — os mesmos velhos convidados, empoados com a poeira cinzenta da idade, mas, fora isso, os mesmos —, brindaram a ele os mesmos carinhos e beijos, com nostálgicas bênçãos a sua juventude. "Veja como ele cresceu", diziam. "Um encanto, nem sei o que dizer." Estavam todos tentando esconder o medo da guerra, *risco de bombardeios*, dizia o rádio, e quando acariciavam os cabelos de Saladin, suas mãos estavam um pouco trêmulas ou, ao contrário, um pouco duras demais.

Mais tarde, nessa mesma noite, as sirenes soaram, e os convidados correram para se proteger, escondendo-se debaixo de camas, em armários, em qualquer lugar. Nasreen Chamchawala se viu sozinha em frente à mesa coberta de comida, e tentava tranqüilizar os convidados ali ficando em seu sari com estampa de jornal, mastigando um pedaço de peixe, como se não estivesse acontecendo nada. E aconteceu que, quando ela começou a engasgar com o espinho de sua morte, não havia ninguém para ajudá-la, estavam todos acocorados pelos cantos com os olhos fechados; até mesmo Saladin, o vencedor dos arenques, Saladin, com sua pose trazida da Inglaterra, tinha perdido a coragem. Nasreen Chamchawala caiu, contorceu-se, engasgou, morreu, e quando soou o fim do alerta, os hóspedes foram emergindo passivamente, para descobrir a dona da casa extinta no meio da sala de jantar, levada pelo anjo exterminador, *khali-pili khalaas*, como se diz em Bombaim, morta sem razão nenhuma, desaparecida para sempre.

*

Menos de um ano depois da morte de Nasreen Chamchawala devido à sua incapacidade de triunfar sobre os espinhos de peixe à maneira do filho educado no exterior, Changez casou-se de novo, sem avisar ninguém. Na faculdade inglesa, Saladin recebeu uma carta do pai em que, no fraseado irritantemente pomposo e obsoleto que Changez sempre usava na correspondência, ordenava ao filho que ficasse feliz. "Alegre-se", dizia a carta, "pois o que estava perdido renasceu." A explicação para a frase um tanto críptica vinha logo abaixo no aerograma, e quando Saladin ficou sabendo que sua nova madrasta chamava-se também Nasreen, algo entrou em choque em sua cabeça e ele escreveu ao pai uma carta cheia de raiva e crueldade, com uma violência que só existe entre pais e filhos, diferente da que ocorre entre filhas e mães porque há, subjacente, a possibilidade de uma verdadeira luta de socos de quebrar queixos. Changez respondeu no mesmo dia; uma carta breve, quatro linhas de ofensas arcaicas, malcriado canalha salafrário patife biltre vil velhaco. "Por favor, considere irreparavelmente cortadas todas as ligações familiares", concluía. "Todas as conseqüências serão culpa sua."

Depois de um ano de silêncio, Saladin recebeu outra comunicação, uma carta de perdão que era, sob todos os aspectos, mais difícil de aceitar do que a excomunhão de raios e trovões anterior. "Quando você for pai, oh, meu filho", confessava Changez Chamchawala, "conhecerá então os momentos — oh! tão doces! — em que, por amor, se monta o bebezinho no joelho; e ele, então, sem aviso ou provocação, a abençoada criatura — posso ser franco? — *molha* sua perna. Talvez por um momento se possa sentir a ira subindo, uma onda de raiva acelerando o sangue — mas isso tudo passa tão depressa quanto veio. Pois não é fato que nós, adultos, compreendemos que o pequeno não tem culpa? Ele não sabe o que faz."

Profundamente ofendido por ter sido comparado a um bebê que urina, Saladin manteve o que esperava ser um digno silêncio. À época de sua formatura, tinha obtido passaporte britânico, porque chegara ao país imediatamente antes do endurecimento das leis, portanto pôde informar a Changez, num bilhete breve, que pretendia estabelecer-se em Londres e procurar trabalho como ator. A resposta de Changez Chamchawala veio por via expressa. "Podia também virar um maldito gigolô. Estou convencido de que algum diabo deve ter se apossado de você e virado sua cabeça. Você que tanto recebeu: será que sente que não deve nada a ninguém? Ao seu país? À memória de sua querida mãe? A você mesmo? Vai passar o resto da vida se exibindo e se pavoneando sob a luz dos refletores, beijando loiras diante do olhar de estranhos que pagaram para assistir sua vergonha? Você não é mais meu filho, é um ogro, um *hoosh*, um demônio dos infernos. Ator! Responda uma coisa: o que vou dizer a meus amigos?"

E abaixo da assinatura, um pós-escrito patético, petulante. "Agora que já tem seu próprio djim mau, não pense que vai herdar a lâmpada mágica."

*

Depois disso, Changez Chamchawala escreveu ao filho a intervalos irregulares, e em todas as cartas voltava sempre ao tema do demônio e da possessão: "Um homem que trai a si mesmo transforma-se numa mentira sobre duas pernas, e esse tipo de fera é a obra-prima de Shaitan", escreveu; e também, em veia mais sentimental: "Guardo sua alma em segurança, meu filho, aqui na nogueira. O diabo tem só o seu corpo. E quando você se libertar dele, volte e reclame seu espírito imortal. Ele floresce no jardim".

A caligrafia nessas cartas foi se alterando ao longo dos anos, perdendo a floreada segurança que a tornava instantaneamente identificável e estreitou-se, sem enfeites, purificada. As cartas acabaram parando de chegar, mas Saladin sabia, por outras fontes, que a preocupação de seu pai com o sobrenatural continuara a se aprofundar, até que ele afinal se tornou um recluso, talvez para escapar deste mundo em que demônios eram capazes de roubar o corpo de seu próprio filho, um mundo nada seguro para um homem de verdadeira fé religiosa.

A transformação do pai desconcertava Saladin, mesmo a grande distância. Seus pais eram muçulmanos daquela maneira leve e preguiçosa dos bombainenses; para o filho, em criança, Changez Chamchawala parecia muito mais divino que qualquer *Alá*. Era difícil para o filho ateu aceitar que esse pai, essa divindade profana (mesmo ora desacreditada), tinha, na velhice, caído de joelhos e começado a prostrar-se na direção de Meca.

"A culpa é dessa bruxa", disse a si mesmo, caindo, por questão retórica, na mesma linguagem de encantamentos e seres fantásticos que seu pai começara a empregar. "Essa Nasreen Dois. Eu é que fui objeto do diabo, sou eu o possuído? Não foi a minha caligrafia que mudou."

As cartas não vieram mais. Passaram-se anos; e então, Saladin Chamcha, ator, homem que se fez por si mesmo, voltou a Bombaim com os Prospero Players, para interpretar o papel do médico indiano em *A milionária*, de George Bernard Shaw. No palco, ele modulava a voz às exigências do papel, mas aquelas locuções há muito suprimidas, aquelas vogais e consoantes descartadas começaram a vazar de sua boca fora do teatro também. Sua voz o traía; e ele descobriu que suas partes componentes eram capazes de outras traições também.

*

Um homem que se propõe construir a si mesmo está assumindo o papel do Criador, segundo uma determinada maneira de ver as coisas; ele é antinatural, blasfemador, abominação das abominações. Sob outro ângulo, pode-se ver carisma nele, heroísmo em sua luta, em sua disposição de arriscar: nem todos os mutantes sobrevivem. Ou se pode considerá-lo sociopoliticamente: a maioria dos migrantes aprende, e pode se transformar em disfarces. Nossas próprias descrições falsas para contrapor às falsidades inventadas sobre nós, escondendo, por questão de segurança, os nossos eus secretos.

Um homem que inventa a si mesmo precisa de alguém que acredite nele para provar que conseguiu. Fazendo o papel de Deus outra vez, você poderia dizer. Ou você poderia descer um tom e pensar em Sininho; as fadas não aparecem se as crianças não baterem palmas. Ou você poderia simplesmente dizer: isso é que é ser um homem.

Não só a necessidade de ser acreditado, mas de acreditar no outro. Isso mesmo: Amor.

Saladin Chamcha conheceu Pamela Lovelace cinco dias e meio antes do fim dos anos 60, quando as mulheres ainda usavam bandanas na cabeça. Ela estava no centro de uma sala cheia de atrizes trotsquistas e fixou nele olhos tão brilhantes, tão brilhantes. Ele a monopolizou a noite inteira, e ela não parou de sorrir nem um minuto e foi embora com outro. Ele voltou para casa para sonhar com os olhos e o sorriso dela, a esbelteza dela, a pele dela. Perseguiu-a por dois anos. A Inglaterra reluta em ceder seus tesouros. Ficou perplexo com a própria perseverança, e entendeu que ela tinha se transformado na dona de seu destino, que, se ela não cedesse, todo o seu empenho de metamorfose teria falhado. "Deixa", ele implorava, lutando polidamente com ela em cima do tapete branco que enchia sua roupa de fiapos reveladores quando ia para o ponto do ônibus à meia-noite. "Acredite. Sou eu o escolhido."

Uma noite, *porque sim*, ela deixou, disse que acreditava. Ele se casou antes que ela mudasse de idéia, mas nunca aprendeu a ler seus pensamentos. Quando ela estava infeliz, trancava-se no quarto até se sentir melhor. "Não é da sua conta", dizia. "Não quero que ninguém me veja quando estou assim." Ele costumava dizer que ela era como uma concha. "Abra", martelava em todas as portas trancadas da vida em comum, primeiro no porão onde moraram, depois na casa, depois na mansão. "Eu te amo, me deixe entrar." Ele precisava tanto dela para garantir a própria existência, que jamais compreendeu o desespero daquele sorriso brilhante e permanente, o terror daquele brilho com que ela enfrentava o mundo, ou as razões por que se escondia quando não conseguia sorrir. Só quando já era tarde demais foi que ela revelou que seus pais tinham se suicidado juntos quando começara a menstruar, afogados em dívidas de jogo, deixando-a com aquela voz potente e aristocrática que a destacava como uma garota de ouro, uma mulher invejável, quando, na verdade, estava abandonada, perdida, os pais não se deram nem ao trabalho de esperar e observar seu crescimento, era essa a medida de seu amor, portanto, evidentemente, não tinha nenhuma segurança, e cada momento que passava no mundo era cheio de pânico, e por isso sorria e sorria, e talvez uma vez por semana, trancava a porta e tremia e se sentia como uma casca, como um amendoim vazio, um macaco sem coco.

Não conseguiram ter filhos; ela achava que a culpa era dela. Depois de dez anos, Saladin descobriu que havia algum problema com seus cromossomos, dois bastões longos demais, ou curtos demais, ele não se lembrava. Herança genética; aparentemente era sorte ele existir, sorte não ser alguma espécie de monstro deformado. Aquilo lhe vinha da mãe ou do pai? Os médicos não sabiam dizer; é fácil descobrir qual dos dois ele culpava, afinal, não ficava bem pensar mal dos mortos.

Não vinham se dando bem ultimamente.

Ele disse isso a si mesmo depois, mas não durante.

Depois, ele disse a si mesmo, nossa relação ia mal, talvez pela falta de um bebê, talvez porque simplesmente nos afastamos um do outro, talvez isto, talvez aquilo.

Durante, ele fingia não ver todo o desgaste, toda a aspereza, todas as brigas que nunca evoluíam, fechava os olhos e esperava até o sorriso dela voltar. Ele se permitia acreditar naquele sorriso, naquela imitação de alegria.

Tentou inventar um futuro feliz para ambos, tentou torná-lo real acreditando nele. A caminho da Índia, pensava na sorte que era ter aquela mulher, tenho sorte, sim, tenho, nem discuto, sou o maior felizardo do mundo. E: que maravilha era ter diante dele a longa, sombreada avenida dos anos, a perspectiva de envelhecer em presença da doçura dela.

Empenhou-se tanto e chegou tão perto de convencer a si mesmo da verdade dessas tolas ficções que quando foi para a cama com Zeeny Vakil, quarenta e oito horas depois de chegar a Bombaim, a primeira coisa que fez, antes mesmo de fazerem amor, foi desmaiar, cair duro, porque as mensagens que lhe chegavam ao cérebro estavam em sério conflito umas com as outras, como se seu olho direito visse o mundo girando para a esquerda enquanto o olho esquerdo via o mundo deslizando para a direita.

*

Zeeny foi a primeira mulher indiana com quem fez amor. Ela invadiu seu camarim depois da estréia de *A milionária*, com os braços operísticos e a voz de cascalho, como se não tivessem se passado anos. *Anos*. "*Yaar*, que decepção, juro mesmo, agüentei a peça inteira só para ouvir você cantar 'Goodness gracious me' como Peter Sellers, sei lá, pensei assim: vamos ver se o cara aprendeu a cantar, lembra quando você imitava o Elvis com a raquete de squash, querido, tão engraçado, completamente desafinado. Mas como é isso? Não tem música em drama. Que droga. Escute, será que você consegue escapar desses caras-pálidas e sair com a gente, com os *wogs*? Vai ver que já esqueceu como é."

Lembrava-se dela como uma adolescente magra como um palito com o cabelo assimétrico no estilo de Quant e um sorriso igualmente assimétrico, mas para o lado contrário. Uma garota saliente e malcomportada. Uma vez, só para ver no que dava, ela entrou numa famosa *adda*, uma espelunca em Falkland Road, e ficou lá sentada, fumando e tomando Coca-Cola, até os gigolôs que eram donos do bar ameaçarem cortar a cara dela, porque não admitiam freelances. Ela encarou os bandidos, fumou até acabar o cigarro e saiu. Destemida. Maluca, talvez. Agora, com seus trinta e tantos anos, era médica, clinicava no Hospital Breach Candy, atendia aos sem-teto da cidade e tinha ido para Bhopal no momento em que se espalhou a notícia da nuvem norte-americana invisível que devorava os olhos e pulmões das pessoas. Era crítica de arte, e seu livro sobre o aspecto restritivo do mito da autenticidade — essa camisa-de-força folclórica que ela tentava substituir por uma ética do ecletismo validado pela História, pois a cultura nacional não era toda baseada no princípio de pegar emprestada a roupa que servisse, ariana, *mughal*, britânica, pegue-o-que-presta-e-largue-o-que-resta? — tinha criado uma previsível celeuma, principalmente por causa do título. Ela chamou o livro de *O único indiano bom*. "É o indiano morto, é isso", explicou a Chamcha quando lhe deu de presente um exemplar. "Por que deveria existir uma maneira boa, correta de ser *wog*? Isso é o fundamentalismo hindu. Na verdade, somos todos maus indianos. Alguns piores que outros."

Estava na plenitude de sua beleza, os cabelos longos soltos, e agora não tinha mais nada de palito. Cinco horas depois de ela entrar no camarim, os dois estavam na cama, e ele apagou. Quando acordou, ela explicou: "Botei um remédio para dormir na sua bebida". Ele nunca descobriu se ela estava dizendo a verdade ou não.

Zeenat Vakil fez de Saladin um projeto seu. "A recuperação de", explicou. "Mister, vamos trazer você de volta." Às vezes achava que ela pretendia conseguir isso devorando-o vivo. Fazia amor como uma canibal e ele era sua presa humana. "Você sabia", ele perguntou, "que existe uma ligação cientificamente comprovada entre o vegetarianismo e o impulso de comer carne humana?" Zeeny, devorando sua coxa nua, sacudiu a cabeça. "Em certos casos extremos", ele continuou, "o consumo excessivo de vegetais pode liberar no corpo substâncias bioquímicas que induzem fantasias canibais." Ela levantou a cabeça e deu aquele sorriso torto. Zeeny, a bela vampira. "Pare com isso", respondeu. "Somos uma nação vegetariana, e nossa cultura é mística e pacífica, todo mundo sabe."

Dele, porém, exigiu cuidado no manuseio. Quando tocou seus seios pela primeira vez, ela derramou lágrimas quentes e assustadoras, da cor e com a consistência de leite de búfala. Tinha visto a mãe morrer como uma ave sendo trinchada para o jantar, primeiro o seio esquerdo, depois o direito, e mesmo assim o câncer se espalhara. O medo de reproduzir a morte da mãe tornava seu peito zona proibida. Era o terror secreto da destemida Zeeny. Nunca tinha tido filhos, mas de seus olhos jorrava leite.

Depois da primeira relação, ela o atacou direto, as lágrimas já esquecidas. "Sabe o que você é? Vou contar para você. Um desertor, isso que você é, mais inglês que, sua pronúncia *angrez* enrolada em você como uma bandeira, e não pense que é tão perfeita assim, ela escorrega, *baba*, como um bigode falso."

"Está acontecendo uma coisa esquisita com a minha voz", ele quis dizer, mas não sabia como colocar em palavras, e calou a boca.

"Gente como você", ela grunhiu, beijando-lhe o ombro, "volta depois de tanto tempo achando sei lá o que de si mesmos. Bom, baby, nós temos uma opinião não muito boa a seu respeito." O sorriso dela era mais brilhante que o de Pamela. "Sei", ele respondeu, "Zeeny, você não perdeu o sorriso Binaca."

Binaca. De onde tinha surgido aquilo, o anúncio de pasta de dentes há tanto tempo esquecido? E o som das vogais distintamente alterados. Atenção, Chamcha, cuidado com sua sombra. Esse sujeito negro se esgueirando pelas suas costas.

Na segunda noite, ela chegou ao teatro com dois amigos a tiracolo, um jovem cineasta marxista chamado George Miranda, uma baleia desconjuntada com as mangas da *kurta* arregaçadas, um colete solto exibindo manchas antigas e um surpreendente bigode militar de pontas enceradas; e Bhupen Gandhi, poeta e jornalista, prematuramente grisalho, mas cujo rosto tinha uma inocência de bebê até ele soltar sua risada dissimulada e cascateante. "Vamos lá, Salad *baba*", Zeeny anunciou. "Vamos mostrar a cidade para você." Ela se voltou para os companheiros. "Esses *asiáticos* do estrangeiro não têm vergonha", declarou. "Saladin, como uma bendita alface, que tal?"

"Apareceu uma repórter de televisão faz alguns dias", disse George Miranda. "Cabelo cor-de-rosa. Disse que o nome dela era Kerleeda. Eu não consegui entender."

"Olhe, George é muito ingênuo", Zeeny interrompeu. "Ele não sabe o monstro que gente como vocês acaba virando. Essa Miss Singh, um horror. Eu disse para ela, o nome Khalida, meu bem, rima com *dalda* que é um ingrediente de cozinha. Mas ela não conseguia repetir. O próprio nome dela. Leve-me até seu chefe. Vocês não têm cultura. Não passam de *wogs* agora. Não é verdade?", acrescentou, subitamente alegre, de olhos arregalados, temendo ter ido longe demais. "Pare de brigar com ele, Zeenat", disse Bhupen Gandhi com sua voz tranqüila. E George, desajeitado, murmurou: "Não se ofenda, cara. É brincadeira".

Chamcha resolveu sorrir e revidar. "Zeeny", disse, "a terra está cheia de indianos, você sabe, nós vamos para todo lado, somos funileiros na Austrália e nossas cabeças acabam nas geladeiras de Idi Amin. Vai ver que Colombo tinha razão; o mundo é feito de Índias, Orientais, Ocidentais, do Norte. Que droga, você devia ter orgulho de nós, do nosso empenho, da maneira como expandimos fronteiras. A diferença é que não somos indianos como você. É melhor se acostumar conosco. Como é mesmo o nome do livro que você escreveu?"

"Escutem", Zeeny enlaçou o braço dele. "Escutem o meu Salad. De repente, ele quer ser indiano depois de ter passado a vida inteira tentando virar branco. Nem tudo está perdido, estão vendo. Alguma coisa ainda sobrevive dentro dele." E Chamcha sentiu que estava ficando vermelho, a confusão crescendo. A Índia; sempre bagunçando tudo.

"Pelo amor de Deus", ela continuou, dando-lhe uma facada de beijo. "*Chamcha*. Quer dizer, que porra, você assume o nome de Mister Sapo e não quer que a gente dê risada."

*

No Hindustan bem castigado de Zeeny, um carro fabricado para uma cultura que conta com criados, o assento de trás mais bem estofado que o da frente, ele sentiu que a noite o engolia como uma multidão. A Índia o confrontava com sua esquecida imensidão, sua mera presença, a velha desordem desprezada. Um *hijra* surgiu como uma amazona, uma Mulher Maravilha indiana, com tridente de prata e tudo, detendo o tráfego com um gesto imperioso, caminhando devagar na frente deles. Chamcha olhou os fulminantes olhos dele/dela. Gibreel Farishta, o astro de cinema inexplicavelmente desaparecido, apodrecia nos cartazes. Lixo, detritos, barulho. Anúncios de cigarro passavam fumando: *SCISSORS* — PARA O HOMEM DE AÇÃO, SATISFAÇÃO. E, mais improvável: PANAMÁ — PARTE DO GRANDE CENÁRIO INDIANO.

"Onde nós vamos?" A noite tinha adquirido a qualidade do fulgor esverdeado dos anúncios de néon. Zeeny parou o carro. "Você está perdido", ela acusou. "Conhece o que de Bombaim? Sua própria cidade, que nunca foi sua. Para você, é um sonho de infância. Crescer em Scandal Point é igual a morar na Lua. Nada de *bustees* por ali, não senhor, só o casario da criadagem.

Os militantes do Shiv Sena apareciam por lá para armar alguma confusão sectária? Seus vizinhos morriam de fome na greve dos trabalhadores têxteis? E Datta Samant aprontou alguma manifestação na frente dos seus bangalôs? Que idade você tinha quando conheceu o primeiro sindicalista? Quantos anos tinha a primeira vez que entrou num trem em vez do carro com chofer? Aquilo não era Bombaim, meu querido, me desculpe. Era o País das Maravilhas, Peristan, a Terra do Nunca, Oz."

"E você?", Saladin interrogou. "Onde você estava nessa época?"

"No mesmo lugar", ela respondeu feroz. "Com os outros *munchkin* todos."

Vielas. Estavam repintando um templo jainista, os santos todos embrulhados em sacos plásticos para protegê-los dos respingos. Uma banca na calçada exibia os jornais cheios de horrores: um desastre de trem. Bhupen Gandhi começou a falar no seu sussurro manso. Depois do acidente, contou, os passageiros sobreviventes nadaram para a margem (o trem despencara de uma ponte) onde foram recebidos pelos moradores locais, que os empurraram de volta para a água até morrerem afogados, para saquearem os corpos.

"Cale a boca", Zeeny gritou para ele. "Por que falar dessas coisas? Ele já acha que a gente é selvagem, que somos uma forma de vida inferior."

Uma loja vendia madeira de sândalo, para queimar num templo de Krishna próximo, e olhos de Krishna de esmalte rosa e branco que tudo viam. "E não falta o que ver", disse Bhupen. "Essa é que é a verdade."

*

Num *dhaba* lotado que George tinha começado a freqüentar quando estava fazendo contatos para o cinema com os *dadas* ou chefões que controlavam o comércio de carne na cidade, bebia-se rum escuro em mesas de alumínio; George e Bhupen, um tanto bêbados, começaram a discutir. Zeeny bebeu Thums Up Cola e denunciou seus amigos a Chamcha. "Problemas com bebida, todos os dois, duros, os dois maltratam as mulheres, vivem pelos bares, desperdiçam as vidas fedidas. Não é de admirar que eu tenha ficado caída por você, bonitão; quando o produto nacional é tão vagabundo, a gente acaba gostando do produto importado."

George tinha acompanhado Zeeny até Bhopal e agora estava fazendo barulho com o assunto catástrofe, dando sua interpretação ideológica. "O que é a *Amrika* para nós?", perguntava. "Não é um lugar de verdade. É o poder em sua forma mais pura, incorpóreo, invisível. A gente não pode ver, mas ele ferra com a gente totalmente, não tem escapatória." Comparou a Union Carbide ao Cavalo de Tróia. "Nós que convidamos os filhos-da-puta." Era como a história dos quarenta ladrões, disse. Escondidos dentro dos odres, esperando a noite. "Infelizmente, não tínhamos nenhum Ali Babá", gritou. "Quem a gente tinha? Mr. Rajiv G."

Nessa altura, Bhupen Gandhi levantou-se de repente, mal se equilibrando, e começou, como que possuído, como que dominado por um espírito, a *dar testemunho*. "Para mim", disse, "a questão não pode ser a intervenção estrangeira. Nós sempre perdoamos a nós mesmos culpando o estrangeiro, da América, do Paquistão, de qualquer lugar. Desculpe, George, mas para mim a coisa vem desde Assam, a gente tem de começar por lá." O massacre dos inocentes. As fotografias de crianças mortas arrumadas em fileiras como soldados em desfile. Mortas a pauladas, apedrejadas, os pescoços cortados a faca. Aquelas alas de morte organizadas, Chamcha se lembrava. Como se só o horror pudesse empurrar a Índia para a ordem.

Bhupen falou durante vinte minutos sem hesitações nem pausas. "Assam é culpa de todos nós", disse. "De cada um de nós. Enquanto não encararmos o fato de que a morte das crianças é culpa nossa, não vamos poder nos considerar um povo civilizado." Bebia rum depressa enquanto falava, a voz foi ficando mais alta, e o corpo começou a se inclinar perigosamente, mas embora a sala ficasse em silêncio, ninguém foi até ele, ninguém tentou impedir que falasse, ninguém o chamou de bêbado. No meio de uma frase, *a cegueira diária, os fuzilamentos, a corrupção, quem pensamos que*, caiu sentado na cadeira, pesadamente, fixando o copo.

Um jovem, então, levantou-se do outro lado do bar e contestou. Assam tinha de ser entendido politicamente, gritou, havia razões econômicas, e um outro sujeito se levantou para responder, uma simples questão de dinheiro não explica por que um homem adulto mata a pauladas uma menina, e outro sujeito disse, se você acha isso é porque nunca passou fome, *salah*, que romantismo achar que a economia não é capaz de transformar homens em feras. Chamcha agarrou seu copo enquanto o barulho crescia, e o ar parecia estar ficando mais espesso, dentes de ouro rebrilhando diante de seu rosto, ombros roçando os seus, cotovelos abrindo espaço, o ar virando uma sopa, e em seu peito começaram as palpitações irregulares. George o agarrou pelo pulso e puxou-o para a rua. "Tudo bem, cara? Você estava ficando verde." Saladin agradeceu com um gesto de cabeça, aspirou fundo a noite, acalmou-se. "Rum e cansaço", disse. "Eu tenho o estranho costume de ficar nervoso depois do espetáculo. Muitas vezes fico tremendo. Devia ter pensado nisso." Zeeny o observava, e havia nos olhos dela mais que simpatia por seu estado. Um brilho triunfante, duro. *Alguma coisa conseguiu atingir você*, dizia sua expressão. *Já estava na hora*.

Quando a gente se recupera de tifo, Chamcha refletiu, fica imune à doença por dez anos ou mais. Mas nada dura para sempre; os anticorpos podem acabar desaparecendo do corpo. Tinha de aceitar o fato de que seu sangue não continha mais os agentes imunizadores que podiam permitir sua exposição à realidade da Índia. Rum, palpitações, um enjôo do espírito. Hora de ir para a cama.

Ela não o recebia em casa. Sempre e só no hotel, onde jovens árabes com medalhões de ouro desfilavam nos corredores da meia-noite levando garrafas de uísque contrabandeado. Ele se deitou na cama com os sapatos nos pés, gravata e colarinho soltos, o braço direito dobrado sobre os olhos; ela, no roupão branco do hotel, inclinou-se sobre ele e beijou-lhe o queixo. "Vou contar o que aconteceu com você hoje à noite", disse. "Pode-se dizer que abrimos sua concha."

Ele se sentou, zangado. "Bom, e é isto o que tinha dentro", fuzilou. "Um indiano traduzido para o inglês. Quando tento falar hindustani hoje, as pessoas me olham com cerimônia. Isso sou eu." Preso na gelatina de sua língua adotada, tinha começado a ouvir, na babel indiana, um alerta ameaçador: não volte mais aqui. Depois que você atravessou o espelho, a volta é por sua conta e risco. O espelho pode cortá-lo em tiras.

"Fiquei tão orgulhosa de Bhupen hoje", disse Zeeny, entrando debaixo dos lençóis. "Em quantos países é possível entrar em um bar qualquer e começar um debate daqueles? A paixão, a seriedade, o respeito. Pode ficar com a sua civilização, Sapinho; eu gosto mesmo é desta aqui."

"Esqueça de mim", ele implorou. "Não gosto de gente aparecendo para me visitar sem avisar. Já esqueci a regra do jogo das sete pedras e do *kabaddi*, não consigo recitar minhas orações, não sei o que tem de acontecer numa cerimônia *nikah*, e nesta cidade em que cresci eu me perco se sair sozinho. Não é minha terra. Me deixa tonto porque parece minha terra e não é. Deixa meu coração tremendo e a cabeça girando."

"Você é um idiota", ela gritou. "Um idiota. Mude de volta! Idiota! Claro que é capaz." Ela era um vórtice, uma sereia, tentando-o com seu eu antigo. Mas era um eu morto, uma sombra, um fantasma, e ele não podia se transformar num fantasma. Havia um bilhete de volta para Londres em sua carteira e ia usá-lo.

*

"Você nunca se casou", ele disse, quando estavam os dois deitados, sem dormir, nas horas antes do amanhecer. Zeeny grunhiu. "Você ficou mesmo muito tempo longe. Não é capaz de me enxergar? Eu sou preta." Arqueou as costas e afastou os lençóis para exibir a própria prodigalidade. Quando a rainha dos bandidos Phoolan Devi saiu das ravinas para se render e ser fotografada, os jornais imediatamente desmancharam o mito que eles próprios tinham criado sobre sua *legendária beleza*. E passou a ser *sem graça, uma criatura comum, desinteressante*, quando antes era *deliciosa*. Pele escura no norte da Índia. "Essa eu não engulo", Saladin disse. "Você não vai querer que eu acredite nisso."

Ela riu. "Bom, você não é um completo idiota, ainda. Quem precisa casar? Eu tenho um trabalho a fazer."

E depois de uma pausa, devolveu a ele a pergunta. *Então. E você?*

Não só casado, mas rico. "Conte, *na*. Como vivem, você e a *mame*." Numa mansão de cinco andares em Notting Hill. Ele tinha começado a se sentir inseguro ali ultimamente, porque a última fornada de ladrões tinha levado não só o vídeo e o aparelho de som, como sempre, mas também o cão mastim de guarda. Ele começara a sentir que não era possível morar num lugar onde os criminosos raptavam os animais. Pamela contou que era um velho costume local. Nos Velhos Tempos, disse ela (a História, para Pamela, dividia-se em Era Antiga, Idade das Trevas, Velhos Tempos, Império Britânico, Idade Moderna e o Presente), roubar bichos de estimação era um bom negócio. Os pobres roubavam os caninos dos ricos, treinavam os animais para esquecer os nomes e vendiam de volta para os donos tristes e desamparados nas lojas de Portobello Road. A história local contada por Pamela era sempre cheia de detalhes e quase sempre nada confiável. "Mas meu Deus", Zeeny Vakil disse, "você tem de vender a casa logo e mudar daí. Eu conheço esses ingleses, tudo a mesma coisa, gentalha e nababos. Não se pode combater as malditas tradições."

Minha mulher, Pamela Lovelace, frágil como porcelana, graciosa como uma gazela, relembrou. *Eu deito raízes nas mulheres que amo*. As banalidades da infidelidade. Afastou o pensamento e falou de seu trabalho.

Quando Zeeny Vakil descobriu como Saladin Chamcha ganhava dinheiro, soltou uma série de gritos que fez um dos árabes de medalhão bater na porta para ver se estava tudo bem. O que ele viu foi uma bela mulher sentada na cama com algo que parecia leite de búfala escorrendo pelo rosto e pingando do queixo, e, desculpando-se com Chamcha pela intrusão, retirou-se depressa, *desculpe, amigo, puxa, você é um cara de sorte*.

"Coitado de você", Zeeny exclamou entre dois ataques de riso. "Aqueles *angrez* filhos-da-mãe. Eles foderam com você."

Então o trabalho dele agora era engraçado. "Eu tenho um dom para sotaques", disse, altivo. "Por que não usar isso?"

"*Por que não usar isso?*", ela imitou, chutando as pernas no ar. "Mister ator, seu bigode escorregou de novo."

Ah, meu Deus.

O que está acontecendo comigo?

Que diabo?

Socorro.

Porque ele tinha aquele dom, realmente tinha, era o Homem das Mil e Uma Vozes. Se você queria saber como o seu vidro de ketchup tinha de falar no comercial de televisão, se estava inseguro quanto à voz ideal para o seu pacote de batatas fritas com sabor de alho, ele era o homem de que você precisava. Fazia tapetes falarem em anúncios de casas de decoração, fazia imitações de celebridades, feijões enlatados, ervilhas congeladas. No rádio, podia convencer os ouvintes que era russo, chinês, siciliano, presidente dos Estados Unidos. Uma vez, numa peça radiofônica para trinta e sete vozes, interpretou todos os papéis usando uma variedade de pseudônimos e ninguém jamais descobriu. Ao lado de sua equivalente feminina, Mimi Mamoulian, ele dominava as ondas de rádio britânicas. Os dois detinham uma fatia tão grande do mercado de locuções que, como dizia Mimi, "É melhor ninguém falar de nós para a Comissão de Monopólios, nem de brincadeira". Seu alcance era assombroso; podia fazer qualquer idade, de qualquer parte do mundo, em qualquer registro vocal, da angelical Julieta à diabólica Mae West. "A gente devia se casar qualquer hora, quando você tiver tempo", Mimi sugeriu uma vez. "Você e eu, juntos, podíamos ser as Nações Unidas."

"Você é judia", ele observou. "Eu fui criado com certas opiniões sobre os judeus."

"Eu sou judia", ela disse, encolhendo os ombros, "mas você que é circuncidado. Ninguém é perfeito."

Mimi era minúscula com os cabelos escuros encaracolados e parecia um pôster da Michelin. Em Bombaim, Zeenat Vakil se espreguiçou e bocejou e afastou outras mulheres da cabeça. "Demais", ela riu para ele. "Eles pagam você para imitar a eles mesmos, contanto que não tenham de olhar para a sua cara. Sua voz fica famosa, mas eles escondem sua cara. Faz alguma idéia de por quê? Verruga no nariz, vesgo, o quê? Alguma coisa lhe vem à mente, baby? Que cabeça de alface, nossa!"

Era verdade, ele pensou. Saladin e Mimi eram uma espécie de lenda viva, mas lendas aleijadas, estrelas escuras. O campo gravitacional de suas habilidades atraía-lhes trabalho, mas permaneciam invisíveis, trocando corpos por vozes falsas. No rádio, Mimi podia se transformar na Vênus de Botticelli, podia ser Olympia, Monroe, a mulher que quisesse. Ela não ligava a mínima para a própria aparência; tinha se transformado em sua voz, valia uma fortuna, e três mulheres jovens estavam desesperadamente apaixonadas por ela. Além disso, ela comprava imóveis. "Neurose", confessava despudoradamente. "Necessidade excessiva de ter raízes devido aos altos e baixos da história armênio-judaica. Um certo desespero devido ao avanço dos anos e a pequenos pólipos detectados na minha garganta. Ter imóveis é tão tranqüilizador. Eu recomendo." Era dona de um vicariato em Norfolk, de uma fazenda na Normandia, de um campanário na Toscana, de uma praia na Boêmia. "Tudo assombrado", explicava. "Bater de correntes, uivos, manchas de sangue nos tapetes, mulheres de camisola, tudo. Ninguém se livra de uma propriedade sem luta."

Ninguém a não ser eu, Chamcha pensou, sentindo um aperto de melancolia, deitado ao lado de Zeenat Vakil. Talvez eu já seja um fantasma. Mas pelo menos um fantasma com uma passagem aérea, sucesso, dinheiro, esposa. Uma sombra, mas vivendo no mundo tangível, material. Com *posses*. Sim senhor.

Zeeny acariciou os cabelos que ondulavam sobre as orelhas dele. "Às vezes, quando você está quieto", murmurou, "quando não está fazendo vozes engraçadas, nem fazendo pose, quando esquece que as pessoas estão olhando, você parece estar em branco. Entende? Uma tábula rasa, ninguém em casa. Isso às vezes me deixa louca, sinto vontade de bater em você. De beliscar você para voltar à vida. Mas fico triste também. Tão bobo, você, o grande astro que tem a cara da cor errada para as TVs coloridas deles, que tem de viajar para a woglândia com uma companhia vagabunda, e ainda por cima fazendo o papel do *babu*, só para entrar numa peça de teatro. Eles chutam você para lá e para cá e mesmo assim você fica, tem amor por eles, maldita mentalidade de escravo, Chamcha", ela o agarrou pelos ombros e sacudiu, montada em cima dele, com os seios proibidos a poucos centímetros de seu rosto, "Salad *baba*, seja lá qual for o nome que você usa, pelo amor de Deus, *volte para casa*."

Sua grande chance, aquela que logo faria o dinheiro perder o sentido, tinha começado pequena: um programa de televisão para crianças, uma coisa chamada The Aliens Show, tipo The Munsters no estilo de Guerra nas Estrelas via Vila Sésamo. Era uma comédia de situações sobre um grupo de extraterrestres que iam do engraçadinho ao psicótico, do animal ao vegetal, e também ao mineral, porque tinha uma artística rocha espacial capaz de minerar de si mesma sua própria matéria-prima e se regenerar a tempo para o episódio da semana seguinte; essa rocha se chamava Pigmalien, e devido ao senso de humor retardado dos produtores do programa, havia também uma criatura rústica e nojenta que parecia um cacto vomitando que vinha de um planeta deserto do final dos tempos: era Matilda, a Australien, e havia três sereias espaciais cantoras, grotescamente pneumáticas, conhecidas como Alien Korns, talvez porque se podia deitar com elas, e havia um grupo de *hip-hoppers*, pichadores de metrô, negros, que se intitulava Alien Nação, e debaixo de uma cama na espaçonave que era o cenário principal do programa vivia Bugsy, o gigantesco besouro vira-bosta que vinha da nebulosa do Caranguejo e tinha fugido do pai, e num aquário podia-se encontrar o Cérebro, um molusco gigantesco, superinteligente, que gostava de devorar chineses, e havia também Ridley, o mais aterrorizador do elenco permanente, que parecia uma boca cheia de dentes balançando na ponta de uma vagem cega pintada por Francis Bacon, e que tinha uma obsessão pela atriz Sigourney Weaver. As estrelas do programa, o seu Caco, o sapo, a sua Miss Piggy, eram uma dupla vestida na última moda, com penteados incríveis, Maxim e Mamma Alien, que sonhavam — como não? — ser personalidades da televisão. Quem fazia esses papéis eram Saladin Chamcha e Mimi Mamoulian, e os dois mudavam de voz para combinar com as roupas, sem falar dos cabelos, que podiam ir do roxo ao vermelhão de uma tomada para outra, que podiam ficar espetados em diagonal até um metro de altura ou desaparecer de uma vez; ou para acompanhar os traços e membros, pois eram capazes de mudar todos, trocando de pernas, braços, narizes, orelhas, olhos, e cada troca produzia um sotaque diferente das legendárias protogargantas. O que fazia o sucesso do programa era a utilização da mais moderna computação gráfica. Os fundos eram todos simulados: espaçonaves, paisagens de outros mundos, estúdios de programas de auditório intergalácticos; e os atores também eram processados pelas máquinas, obrigados a passar quatro horas por dia enterrados debaixo da mais moderna maquiagem protética que — assim que os computadores funcionavam — fazia com que ficassem parecendo simulações também. Maxim Alien, playboy espacial, e Mamma, campeã de luta livre invicta na galáxia e rainha do macarrão universal, fizeram sucesso da noite para o dia. O horário nobre os convocou; a América, a Eurovision, o mundo.

Ao crescer, The Aliens Show começou a atrair críticas políticas. Os conservadores atacavam o programa porque era muito assustador, sexualmente muito explícito (Ridley ficava definitivamente ereto quando pensava muito em Miss Weaver), *esquisito* demais. Os comentaristas radicais começaram a atacar os estereótipos, o reforço à idéia de que os alienígenas eram monstros, a falta de imagens positivas. Chamcha foi pressionado a deixar o programa; recusou; transformou-se em alvo de crítica. "Tem sempre um problema a minha espera quando volto para casa", contou a Zeeny. "O bendito programa não é uma alegoria. É mero divertimento. Só quer agradar."

"Agradar a quem?", ela quis saber. "Eles só deixam você ir para o ar depois de cobrir sua cara com borracha e colocar em sua cabeça uma peruca vermelha. Belo sucesso, esse."

"O problema", disse ela quando se levantaram na manhã seguinte, "Salad querido, é que você é de fato bonito, não resta dúvida. Pele branca como leite, produzida na Inglaterra. Esse tal de Gibreel desapareceu, você pode ser o próximo. Estou falando sério, *yaar*. Estão precisando de uma cara nova. Volte para casa e seja o próximo, maior que Bachchan, maior que Farishta. Sua cara não é engraçada como a deles."

Quando era mais moço, contou a ela, cada fase de sua vida, cada eu que experimentava parecia tranqüilizadoramente temporário. Suas imperfeições não importavam, porque ele podia, com toda facilidade, substituir um momento por outro, um Saladin por outro. Agora, porém, a mudança começava a ser dolorosa; as artérias do possível tinham começado a endurecer. "Não é fácil dizer isto, mas estou casado agora; e não só com a esposa, mas com a vida." *O deslize de pronúncia de novo*. "É verdade que existe uma razão que não é a peça, para minha vinda a Bombaim. Tem setenta e tantos anos, e não vou ter muitas chances mais. Ele não foi ver o espetáculo; Maomé tem de ir à montanha."

Meu pai, Changez Chamchawala, dono da lâmpada mágica. "Changez Chamchawala? Você está brincando, nem pense que vai me deixar para trás", ela bateu palmas. "Quero conferir o cabelo e as unhas dos pés." O pai dele, o famoso recluso. Bombaim era uma cultura de remakes. A arquitetura imitava os arranha-céus, o cinema reinventava infindavelmente *Sete homens e um destino* e *Love story*, obrigando seus heróis a salvar pelo menos uma aldeia dos assassinos *dacoit* e todas as suas heroínas a morrer de leucemia pelo menos uma vez em suas carreiras, de preferência no começo. Os milionários locais também tinham passado a importar suas vidas. A invisibilidade de Changez era um sonho indiano do miserável *crorepati* enfurnado em sua cobertura em Las Vegas; mas um sonho não é uma fotografia, afinal, e Zeeny queria ver com os próprios olhos. "Ele faz caretas para as pessoas quando está de mau humor", Saladin preveniu. "Ninguém acredita até acontecer, mas é verdade. Cada cara! Gárgulas. Além disso, é pudico, vai chamar você de puta e provavelmente vou ter uma briga com ele, é esse o jogo."

Era por isso que Saladin Chamcha tinha vindo à Índia: perdão. Era essa sua questão com a cidade natal. Mas não sabia dizer se era para dar ou para receber.

*

Aspectos bizarros das atuais circunstâncias de Mr. Changez Chamchawala: com sua nova esposa, Nasreen Segunda, ele morava cinco dias por semana no complexo de altos muros apelidado Red Fort, no bairro de Pali Hill, querido pelas estrelas de cinema; mas todo fim de semana voltava sem a mulher para a velha casa de Scandal Point, para passar os dias de descanso no mundo perdido do passado, em companhia da primeira, e morta, Nasreen. Além disso: dizia-se que sua segunda mulher se recusava a botar o pé na velha casa. "Ou ele não deixa", Zeeny ponderou no banco de trás da limusine Mercedes de vidros negros que Changez tinha mandado para buscar o filho. Quando Saladin terminou de pintar o cenário, Zeenat Vakil assobiou admirada. "Que lou*cuuuura*."

A empresa de fertilizantes de Chamchawala, o império do esterco de Changez, estava para ser investigada por uma comissão do governo por causa de fraudes no recolhimento de impostos e evasão de taxas de importação, mas Zeeny não estava interessada em nada disso. "Agora", disse ela, "vou conseguir descobrir como você é de verdade."

Scandal Point desdobrou-se diante deles. Saladin sentiu o passado rolar como uma onda que o afogava, enchendo-lhe os pulmões com o sal do retorno. *Estou fora de mim hoje*, pensou. O coração se agita. A vida machuca os vivos. Nenhum de nós está em si. Nenhum de nós é *assim*.

Agora havia portões de aço, operados de dentro por controle remoto, isolando o decadente arco do triunfo. Eles se abriram com um lento som vibratório para admitir Saladin naquela morada do tempo perdido. Quando viu a nogueira na qual o pai dizia guardar sua alma, sentiu as mãos começarem a tremer. Escondeu-se na neutralidade dos fatos. "Em Kashmir", disse para Zeeny, "a árvore natal é uma espécie de investimento financeiro. Quando o filho atinge a maioridade, a nogueira crescida é comparável a uma apólice de seguro quitada; é uma árvore valiosa, pode ser vendida, para pagar casamentos ou começar a vida. Os adultos abatem a infância para ajudar o ser crescido. Essa falta de sentimentalismo é atraente, não acha?"

O carro parou na varanda da entrada. Zeeny ficou em silêncio enquanto subiam os seis degraus da entrada principal, onde foram recebidos por um criado antigo e formal, vestido de branco, uniforme de botões de latão, cujos cabelos brancos Chamcha subitamente reconheceu, traduzindo a cor para preto, como a cabeleira daquele mesmo Vallabh que controlava a casa como mordomo nos Velhos Tempos. "Meu Deus, Vallabhbhai", conseguiu dizer, e abraçou o velho. O criado sorriu um sorriso difícil. "Estou ficando tão velho, *baba*, que achei que não ia me reconhecer." Ele os conduziu pelos corredores cheios de cristais da mansão, e Saladin se deu conta de que a ausência de mudanças era excessiva e inteiramente deliberada. Era verdade, Vallabh explicou, quando a *begum* morreu, Changez *Sahib* tinha jurado que a casa seria o seu memorial. O resultado era que nada tinha mudado desde o dia de sua morte, pinturas, móveis, saboneteiras, as figuras de touros de vidro vermelho e as bailarinas de porcelana de Dresden, tudo deixado nas posições exatas, as mesmas revistas nas mesmas mesas, os mesmos papéis amassados nas latas de lixo, como se a casa também tivesse morrido e sido embalsamada. "Mumificada", Zeeny falou, dizendo o que não se diz, como sempre. "Meu Deus, mas é assustador, não é?" Foi nesse momento, quando Vallabh, o criado, estava abrindo as portas que davam para a sala azul, que Saladin Chamcha viu o fantasma da mãe.

Deu um grito, e Zeeny girou sobre os calcanhares. "Olhe lá", ele apontou para o fim do escuro corredor, "é ela, aquele maldito sari de jornal, as manchetes enormes, que ela estava usando no dia que, que", mas Vallabh tinha começado a bater os braços como um pássaro fraco e incapaz de voar, não, *baba*, é Kasturba, o senhor esqueceu, minha mulher, minha única esposa. *Minha* ayah *Kasturba com quem eu brincava nas poças das pedras. Até eu crescer e não precisar mais dela e num buraco um homem com óculos de marfim.* "Por favor, *baba*, não fique zangado, é que quando a *begum* morreu Changez *Sahib* deu umas roupas para minha mulher, o senhor não vai achar ruim? Sua mãe, uma mulher tão generosa, quando viva era sempre mão-aberta." Chamcha recuperou o equilíbrio, sentindo-se bobo. "Pelo amor de Deus, Vallabh", disse. "Pelo amor de Deus. É claro que não vou achar ruim." Uma antiga rigidez ressurgiu em Vallabh; o direito de falar com liberdade ao antigo patrão permitia-lhe censurar. "Desculpe, *baba*, mas não deve blasfemar."

"Olha quem está suando", Zeeny sussurrou, como num palco. "Parece morto de medo." Kasturba entrou na sala, e, apesar de o encontro com Chamcha ser caloroso, ainda havia no ar algo errado. Vallabh saiu para trazer cerveja e Thums Up, e quando Kasturba também pediu licença e saiu, Zeeny foi logo dizendo: "Tem alguma coisa esquisita. Ela anda como se fosse dona do lugar. A postura dela. E o velho está com medo. Esses dois estão aprontando alguma coisa, aposto". Chamcha tentou ser razoável. "Eles ficam sozinhos aqui quase todo o tempo, devem dormir no quarto principal e comer nos pratos bons, devem sentir que a casa é deles." Mas estava pensando que, com aquele sari, era incrível a semelhança da *ayah* Kasturba com sua mãe.

"Ficou tanto tempo longe", disse a voz do pai, atrás dele, "que nem é capaz de ver a diferença entre uma *ayah* viva e a mãe falecida."

Saladin virou-se para a visão melancólica de um pai que tinha murchado como uma maçã velha, mas que mesmo assim insistia em vestir os caros ternos italianos de seus dias de opulência carnal. Agora que perdera os antebraços de Popeye e a barriga de Brutus, parecia solto dentro das roupas como um homem em busca de alguma coisa que não consegue identificar bem. Ficou à porta olhando o filho, o nariz e os lábios curvados pela bruxaria ressecante dos anos, num frágil simulacro da antiga cara de ogro. Chamcha estava começando a entender que o pai não era mais capaz de assustar ninguém, que seu encanto tinha se quebrado e que era apenas um velho esquisitão a caminho do túmulo; enquanto Zeeny observava, um tanto decepcionada, que o cabelo de Changez Chamchawala era conservadoramente curto, e como estava calçando sapatos estilo Oxford de amarrar, muito brilhantes, não parecia provável que fosse verdadeira a história das unhas dos pés com vinte centímetros de comprimento; quando a *ayah* Kasturba voltou, fumando um cigarro, passou pelos três, filho pai amante, indo para um sofá Chesterfield de veludo azul com botões no encosto, no qual acomodou o corpo com a sensualidade de qualquer *starlet* cinematográfica, apesar de ser uma mulher bem avançada em anos.

Nem bem Kasturba tinha terminado a sua chocante entrada, Changez passou pelo filho e plantou-se ao lado da antiga *ayah*. Zeeny Vakil, os olhos cintilando em pequenos pontos luminosos de escândalo, ciciou para Chamcha: "Feche a boca, querido. A coisa está preta". Na porta, o criado Vallabh, empurrando um carrinho de bebidas, não demonstrou nenhuma emoção quando o patrão de muitos anos passou um braço em torno de sua receptiva esposa.

Quando o progenitor, o criador, revela-se satânico, o filho quase sempre acaba puritano. Chamcha ouviu a si mesmo perguntando: "E minha madrasta, querido pai? Ela está bem?".

O velho dirigiu-se a Zeeny: "Ele não é tão bonzinho assim com você, espero. Porque se for, você deve estar bem infeliz". E para o filho, em tom mais áspero. "Que interesse é esse pela minha mulher agora? Ela não está nada interessada em você. Não quer nem encontrar você. Por que deveria perdoar? Você não é filho dela. Ou, quem sabe, agora, nem meu."

Não vim aqui para brigar com ele. Olhe só, o sátiro. Não vou brigar. Mas isto, isto é intolerável. "Na casa de minha mãe", Chamcha gritou, melodramático, perdendo a batalha consigo mesmo. "O governo acha que seu negócio é corrupto, aqui existe corrupção da alma. Olhe o que você fez com eles. Vallabh e Kasturba. Com seu dinheiro. Quanto precisou? Para envenenar a vida deles. Você é doente." Ele na frente do pai, fumegando de raiva justiceira.

Vallabh, o criado, interveio, inesperadamente. "*Baba*, com todo respeito, desculpe, mas o que é que o senhor está sabendo? O senhor foi embora e agora volta para julgar a gente." Saladin sentiu o chão cedendo debaixo dos pés; estava diante do inferno. "É verdade que ele paga para nós", Vallabh continuou. "Pelo nosso trabalho, e também pelo que você está vendo. Por isso." Changez Chamchawala apertou o abraço em torno dos ombros passivos da *ayah*.

"Quanto?", Chamcha gritou. "Vallabh, quanto foi que vocês dois acertaram? Quanto para prostituir sua mulher?"

"Que idiota", Kasturba disse, com desprezo. "Educado na Inglaterra e tudo, com a cabeça cheia de palha. Você vem falando alto, *na casa de sua mãe* et cetera, mas talvez nem gostasse tanto dela. Só que a gente gostava, nós todos. Nós três. E deste jeito a gente pode manter vivo o espírito dela."

"É a *pooja*, digamos", soou a voz baixa de Vallabh. "Um ato religioso."

"E você", disse Changez Chamchawala, tão macio quanto o criado, "Você vem a este templo. Com a sua descrença. Mister, é muita coragem!"

E, finalmente, a traição de Zeenat Vakil. "Pare com isso, Salad", disse, indo sentar-se no braço do Chesterfield, ao lado do velho. "Que azedume é esse? Você não é nenhum anjo, baby, e eles parecem ter se arranjado muito bem aqui."

Saladin abriu a boca e fechou. Changez deu tapinhas no joelho de Zeeny. "Ele veio para acusar, minha querida. Veio vingar sua juventude, mas nós viramos a mesa e ele está confuso. Agora temos de dar uma chance para ele, e você vai ser o juiz. Não admito ser julgado por ele, mas de você aceito o pior."

O filho-da-puta. O velho filho-da-puta. Ele queria me tirar do eixo, e aqui estou eu, torto. Não vou falar nada, para quê?, não assim, essa humilhação. "Era uma vez", disse Saladin Chamcha, "uma carteira de libras e um frango assado."

*

De que o filho acusava o pai? De tudo: de espionagem no seu eu da infância, de roubar o pote de ouro do fim do arco-íris, do exílio. De transformá-lo em algo que ele podia não ter sido. De fazer dele um homem. Daquele "o que vou dizer a meus amigos?". De rompimentos irreparáveis e perdão ofensivo. De sucumbir ao culto de Alá com a nova esposa e também do culto blasfemo à falecida esposa. Acima de tudo, de lâmpada-magicismo, de ser um abre-te-sesamista. Tudo lhe tinha vindo com facilidade, charme, mulheres, fortuna, poder, posição. Esfrega, puf, gênio, desejo, é pra já, mestre, pronto. Ele era um pai que tinha prometido, e depois retido, uma lâmpada mágica.

*

Changez, Zeeny, Vallabh, Kasturba ficaram imóveis e em silêncio enquanto Saladin Chamcha se calava, vermelho e embaraçado. "Tanta violência do espírito depois de tanto tempo", disse Changez depois de uma pausa. "Que triste. Um quarto de século e o filho ainda se ressente dos pecadilhos do passado. Ah, meu filho. Tem de parar de me levar com você como um papagaio no ombro. O que eu sou? Estou acabado. Não sou o seu Velho do Mar. Encare os fatos, mister: eu não sirvo mais de explicação para você."

Por uma janela, Saladin Chamcha avistou uma nogueira de quarenta anos de idade. "Corte a árvore", disse ao pai. "Corte, venda e me mande o dinheiro."

Chamchawala pôs-se de pé e estendeu a mão direita. Zeeny, levantando-se também, pegou a mão dele como uma dançarina que aceita um buquê; imediatamente, Vallabh e Kasturba encolheram-se à dimensão de criados, como se um relógio tivesse soado em silêncio a hora de virar abóbora. "Seu livro", ele disse a Zeeny. "Eu tenho uma coisa que você vai gostar de ver."

Os dois saíram da sala; o impotente Saladin, depois de hesitar um momento, foi batendo os pés, petulante, atrás deles.

"Chato", Zeeny disse, brincando, por cima do ombro. "Vamos lá, pare com isso, cresça."

A coleção Chamchawala, abrigada ali em Scandal Point, tinha um grande conjunto das legendárias pinturas *Hamza-nama*, parte daquela seqüência do século XVI que mostrava cenas da vida de um herói que podia ser ou não o mesmo famoso Hamza, tio de Maomé, cujo fígado foi devorado por uma mulher de Meca, Hind, quando ele morreu no campo de batalha em Uhud. "Gosto dessas figuras", Changez Chamchawala disse a Zeeny, "porque o herói tem o direito de falhar. Veja quantas vezes ele tem de ser resgatado das suas aflições." As imagens forneciam também provas eloqüentes da tese de Zeeny Vakil sobre a natureza eclética, híbrida, da tradição artística indiana. Os Mughal tinham trazido artistas de todas as partes da Índia para trabalhar nas pinturas; a identidade individual submergira para criar um Suprartista de muitas cabeças, de muitos estilos, que, literalmente, *era* a pintura indiana. Uma mão desenhava os chãos de mosaicos, uma segunda as figuras, uma terceira pintava as nuvens dos céus chineses. Nas costas dos panos havia a história que acompanhava as cenas. Os quadros eram mostrados como num filme: suspensos no alto por alguém que ia lendo a história do herói. Nas *Hamza-nama* podia-se ver a miniatura persa fundindo-se aos estilos Kannada e Keralan, podia-se ver a filosofia hindu e muçulmana formando sua característica síntese do último período Mughal.

Um gigante preso num poço e seus torturadores humanos furando-lhe a testa com lanças. Um homem cortado em dois, verticalmente, do alto da cabeça aos fundilhos, ainda segurando a espada ao cair. Por todo lado, borbulhante derramamento de sangue. Saladin Chamcha conseguiu controlar-se. "A selvageria", disse alto, com sua voz inglesa. "O puro amor bárbaro pela dor."

Changez Chamchawala ignorou o filho, só tinha olhos para Zeeny; que o encarava, direta. "Nosso governo é de ignorantes, minha jovem, não concorda comigo? Eu ofereci esta coleção inteira, grátis, sabe? Que eles instalassem as pinturas devidamente, que construíssem um lugar. O estado do tecido não é de primeira, está vendo... não quiseram. Nenhum interesse. Enquanto isso, todo mês recebo ofertas da *Amrika*. Cada oferta! Você nem acreditaria. Não vendo. Nossa herança, minha querida, os EUA estão levando embora todo dia. Pinturas de Ravi Varma, bronzes Chandela, entalhes Jaisalmer. Nós nos vendemos, não é mesmo? Eles derrubam as carteiras no chão e a gente se ajoelha aos pés deles. Nossos touros Nandi acabam em algum pasto do Texas. Mas você já sabe disso tudo. Sabe que a Índia é um país livre hoje em dia." Ele se calou, mas Zeeny esperou; tinha mais a dizer. E disse: "Um dia, eu também vou aceitar os dólares. Não pelo dinheiro. Pelo prazer de ser uma prostituta. De me transformar em nada. Em menos que nada". E agora, finalmente, a verdadeira tempestade, as palavras debaixo das palavras, *menos que nada*. "Quando eu morrer", disse Changez Chamchawala a Zeeny, "o que serei eu? Um par de sapatos vazio. É o meu destino, que ele preparou para mim. Esse ator. Esse fingidor. Ele fez de si mesmo um imitador de homens que não existem. Não tenho ninguém para me substituir, para quem dar tudo o que eu ganhei. Essa é a vingança dele: ele me rouba a minha posteridade." Sorriu, acariciou a mão dela e passou-a aos cuidados do filho. "Pronto, contei a ela", disse a Saladin. "Você ainda está carregando o seu frango assado para viagem. Contei a ela minha queixa. Agora ela vai julgar. Foi esse o combinado."

Zeenat Vakil caminhou até o homem de terno largo, pôs as mãos em suas faces e beijou-o na boca.

*

Depois da traição de Zeenat na casa de perversões de seu pai, Saladin Chamcha recusou-se a vê-la e a responder aos recados que deixava na recepção do hotel. *A milionária* terminou a temporada; a turnê estava acabada. Hora de voltar para casa. Depois da festa de encerramento, Chamcha resolveu ir para a cama. No elevador, um jovem casal, evidentemente em lua-de-mel, ouvia música com fones de ouvido. O jovem murmurou à mulher: "Escute, me diga uma coisa. Você acha que eu às vezes ainda pareço um estranho para você?". A moça, sorrindo carinhosa, sacudiu a cabeça, *não dá para ouvir*, tirou os fones de ouvido. Ele repetiu, sério: "Um estranho para você, eu não pareço às vezes?". Sem desmanchar o sorriso, ela pousou por um momento o rosto nos ombros altos e ossudos dele. "Parece, de vez em quando", disse, e tornou a colocar os fones. Ele fez a mesma coisa, aparentemente satisfeito com a resposta. Seus corpos retomaram o ritmo da música que ouviam. Chamcha saiu do elevador. Zeeny estava sentada no chão, encostada na porta.

*

Dentro do quarto, ele se serviu de uma grande dose de uísque e soda. "Você parecia um bebê", ela disse. "Devia ter vergonha."

À tarde, ele tinha recebido um pacote do pai. Dentro, encontrou um pequeno pedaço de madeira e um grande número de notas, não de rupias, mas de libras esterlinas: as cinzas, por assim dizer, da nogueira. Estava cheio de sentimentos indistintos, e, como Zeenat tinha aparecido, ela serviu de alvo. "Você acha que eu te amo?", perguntou, usando um tom voluntariamente maldoso. "Acha que vou ficar com você? Sou um homem casado."

"Eu não quero que fique por minha causa", ela respondeu. "Por alguma razão, desejava isso por você."

Poucos dias antes, ele tinha assistido à dramatização indiana de uma história de Sartre sobre a vergonha. No original, um marido suspeita que a mulher é infiel e prepara uma armadilha para apanhá-la. Finge sair em viagem de negócios, mas volta horas depois para espioná-la. Quando está de joelhos no chão, olhando pelo buraco da fechadura, sente uma presença atrás de si. E lá está ela, olhando para ele de cima, cheia de repulsa e desgosto. Esse quadro, ele ajoelhado, ela olhando para baixo, é o arquétipo sartreano. Mas na versão indiana, o marido de joelhos não sentia presença nenhuma; era surpreendido pela mulher; encarava-a em pé de igualdade; explodia aos gritos; ela caía em prantos, ele a abraçava e reconciliavam-se.

"Você me dizendo para ter vergonha", Chamcha disse a Zeeny, cheio de amargura. "Você, que não tem vergonha nenhuma. Na verdade, essa talvez seja uma característica nacional. Começo a desconfiar de que falta aos indianos o refinamento moral indispensável para um verdadeiro sentido da tragédia, e, portanto, é impossível entenderem a idéia de vergonha."

Zeenat Vakil terminou seu uísque. "Tudo bem, não precisa dizer mais nada." Levantou as mãos. "Eu me rendo. Vou embora. Mr. Saladin Chamcha. Pensei que ainda estivesse vivo, pelo menos respirando, mas eu estava errada. O tempo todo você estava morto."

E disse uma coisa mais antes de sair pela porta, com os olhos banhados em leite. "Não deixe as pessoas chegarem muito perto de você, Mr. Saladin. Se deixar as pessoas atravessarem suas defesas, os desgraçados acabam enfiando uma faca em seu coração."

Depois disso, não havia mais por que ficar. O avião levantou vôo e sobrevoou a cidade. Em algum lugar, lá embaixo, seu pai vestia uma criada com as roupas da mulher morta. O novo esquema de tráfego tinha engarrafado inteiramente o centro da cidade. Políticos tentavam construir carreiras saindo em *padyatras*, peregrinações a pé pelo país. Havia grafites que diziam: *Conselho aos políticos. Caminho a tomar*: padyatra *pro inferno*. Ou, algumas vezes: *para Assam*.

Atores estavam se metendo na política: M. G. R, N. T. Rama Rao, Bachchan. Dugar Khote reclamava que uma associação de atores era uma "frente vermelha". Saladin Chamcha, no vôo 420, fechou os olhos; sentiu na garganta, com grande alívio, as alterações e acomodações indicativas de que sua voz tinha começado, por vontade própria, a retornar a seu eu inglês e confiável.

A primeira perturbação que aconteceu a Mr. Chamcha naquele vôo foi que ele reconheceu, entre os passageiros, a mulher de seus sonhos.

4

A MULHER DO SONHO ERA mais baixa e menos graciosa que a verdadeira, mas no instante em que Chamcha a viu circulando calmamente pelos corredores do *Bostan*, lembrou-se do pesadelo. Quando Zeenat Vakil foi embora, caíra num sonho agitado e tinha lhe vindo aquela premonição: a imagem de uma mulher terrorista com um suave sotaque canadense, quase imperceptível, na voz cuja profundidade e melodia lembravam o som de um oceano ao longe. A mulher do sonho estava a tal ponto carregada de explosivos que não era a bombardeadora, mas a própria bomba; a mulher caminhando pelos corredores carregava um bebê que parecia dormir em silêncio, um bebê tão bem embrulhado e tão colado ao peito que Chamcha não via mais do que um cacho de cabelos recém-nascidos. Influenciado pela lembrança do sonho, concebeu que o bebê podia ser de fato um pacote de bananas de dinamite, ou algum tipo de bomba-relógio, e estava a ponto de gritar um alerta quando caiu em si e censurou-se, severo. Era exatamente esse tipo de superstição tola que estava deixando para trás. Era um homem muito próprio, vestindo um terno abotoado, indo para Londres e para uma vida ordenada e satisfeita. Fazia parte do mundo real.

Viajava sozinho, evitando a companhia dos outros membros do grupo Prospero Players, que tinham se espalhado pela cabine da classe econômica vestindo camisetas *Fancy-a-Donald*, tentando mexer o pescoço para os lados como as dançarinas *natyam*, ou ridículas nos saris *benarsi*, bebendo demais do champanhe barato do avião e importunando a aeromoça desdenhosa que, sendo indiana, compreendia que atores eram gentinha; comportando-se, em resumo, com a costumeira téspica impropriedade. A maneira como a mulher que carregava o bebê olhava os pálidos atores transformava-os em espirais de fumaça, em miragens, em fantasmas. Para um homem como Saladin Chamcha, o rebaixamento da própria nacionalidade por parte dos ingleses era uma coisa dolorosa de observar. Voltou para o jornal no qual uma manifestação *rail roko* em Bombaim fora dispersada pela polícia a golpes de *lathi*. O repórter teve um braço quebrado e a câmera destruída. A polícia emitiu uma "nota". *Nenhum jornalista nem qualquer outra pessoa foi atacada intencionalmente.* Chamcha deslizou para um sono aéreo. A cidade das histórias perdidas, das árvores derrubadas e dos ataques não intencionais sumiu de sua cabeça. Quando abriu os olhos, pouco depois, teve sua segunda surpresa naquela macabra jornada. Um homem estava passando por ele a caminho do banheiro. Tinha barba comprida e usava óculos escuros vagabundos, mas Chamcha o reconheceu mesmo assim: ali, viajando incógnito na classe econômica do vôo AI-420, estava o astro desaparecido, a lenda viva, Gibreel Farishta em pessoa.

"Dormiu bem?" A pergunta era dirigida a ele, e Chamcha desviou o olhar do grande ator de cinema para encontrar outra visão igualmente extraordinária sentada a seu lado: um improvável norte-americano usando boné de beisebol, óculos de aros metálicos e uma camisa verde néon que trazia no peito as formas douradas e luminosas de dois dragões chineses entrelaçados. Chamcha tinha eliminado aquele ente do seu campo de visão na tentativa de se enrolar num casulo de privacidade, mas a privacidade não era mais possível.

"Eugene Dumsday às suas ordens", disse o homem-dragão estendendo uma imensa mão vermelha. "Às suas e às da guarda cristã."

Sonolento, Chamcha sacudiu a cabeça. "O senhor é militar?"

"Ha, ha! Sim, senhor, pode até ser. Um humilde soldado de infantaria, moço, no exército da Guarda Onipotente." Ah, claro, a guarda onipotente, por que não disse logo? "Sou um homem de ciência e minha missão, minha missão e privilégio, foi visitar a sua grande nação para combater a mais perniciosa das heresias que domina os cérebros das pessoas."

"Não estou entendendo."

Dumsday baixou a voz: "Estou falando dessa história de macacos, moço. Do darwinismo. A heresia evolucionista de Mr. Charles Darwin". O tom da voz deixava bem claro que o nome do angustiado Darwin, atormentado pela idéia de Deus, era tão desagradável quanto o de qualquer demônio com rabo bifurcado, Belzebu, Asmodeu ou o próprio Lúcifer. "Estive alertando seus compatriotas", Dumsday revelou, "contra Mr. Darwin e suas obras. Apoiado na minha coleção pessoal de cinqüenta e sete slides. Minha última palestra foi no banquete do Dia do Entendimento Mundial no Rotary Club de Cochin, Kerala. Falei do meu país, dos jovens. Parecem tão perdidos. Os jovens da América: vejo que em seu desespero, eles se voltam para os narcóticos e até, porque sou um homem que fala abertamente, para as relações sexuais pré-matrimoniais. E disse isso lá e digo para o senhor agora. Se eu acreditasse que o meu bisavô era um chimpanzé, nossa!, até eu ficaria bem deprimido."

Gibreel Farishta estava sentado do outro lado do corredor, olhando pela janela. A projeção do filme de bordo estava começando, e as luzes da aeronave foram se apagando. A mulher com o bebê ainda estava de pé, andando de um lado para outro, talvez para aquietar a criança. "E como foi lá?", Chamcha perguntou, sentindo que era esperada uma contribuição de sua parte.

Seu vizinho foi tomado por uma hesitação. "Acho que aconteceu algum problema com o sistema de som", disse, afinal. "Só pode ter sido isso. Não entendo por que aquela boa gente ia começar a conversar se não achasse que eu já tinha terminado de falar."

Chamcha ficou um pouco constrangido. Pensara que num país de crentes fervorosos a idéia de que a ciência era inimiga de Deus exerceria um forte apelo; mas o desinteresse dos rotarianos de Cochin provava que estava errado. Sob a luz oscilante da projeção, Dumsday continuou falando, com sua voz de boi ingênuo, contando histórias autodepreciativas sem o menor indício de ter consciência do que estava fazendo. Ao fim de uma excursão pelo magnífico porto natural de Cochin, onde Vasco da Gama havia aportado em busca de especiarias, dando assim início a toda a ambígua história oriente-ocidente, Dumsday tinha sido abordado por um jovem malandro cheio de *pssts* e *hey mister okay*. "E aí, *yes*! Haxixe, *sahib*? Ei, *misteramerica*. *Yes, tiosam*, ópio não quer?, alta qualidade, baixo preço. *Okay*, cocaína, quer?"

Saladin começou a rir, incontrolavelmente. O incidente pareceu-lhe a vingança de Darwin: se Dumsday considerava o pobre vitoriano e engomado Charles como responsável pela cultura de drogas norte-americana, que delícia ele ser considerado, do outro lado do globo, como representante da própria ética que combatia com tanto fervor. Dumsday fixou nele um olhar de dolorosa reprovação. Triste destino ser um norte-americano no estrangeiro e nem suspeitar por que era odiado.

Depois que o riso involuntário escapou dos lábios de Saladin, Dumsday deslizou para um cochilo emburrado e ofendido, deixando Chamcha livre com seus pensamentos. Será que o filme de bordo devia ser considerado como uma vil mutação acidental que acabaria sendo extinta por seleção natural, ou haveria um futuro para o cinema? Um futuro de comédias malucas eternamente estreladas por Shelley Long e Chevy Chase era hediondo demais para se imaginar; era uma visão do inferno... Chamcha estava voltando a cochilar quando as luzes da cabine se acenderam; o filme parou; e a ilusão do cinema foi substituída pela de alguém que assiste ao noticiário na televisão, quando quatro figuras armadas atravessaram correndo, aos gritos, os corredores.

*

Os passageiros ficaram detidos dentro do avião seqüestrado durante cento e onze dias, perdidos numa escaldante pista de pouso em torno da qual quebravam-se as ondas de areia do deserto, porque assim que os seqüestradores, três homens e uma mulher, forçaram o piloto a aterrissar, ninguém conseguia resolver o que fazer com eles. Tinham pousado não num aeroporto internacional, mas na loucura absurda de uma pista de pouso tamanho jumbo, construída para atender aos caprichos do sheik local em seu oásis favorito no meio do deserto, para o qual se dirigia também uma rodovia de seis pistas, muito popular entre rapazes e garotas solteiros que rodavam lentamente por seus vastos vazios, namorando pelas janelas dos respectivos veículos... assim que o 420 pousou ali, porém, a estrada foi tomada por carros blindados, caminhões de transporte de tropas, limusines embandeiradas. E enquanto diplomatas negociavam o destino do aparelho, se atacavam ou não atacavam, enquanto decidiam se cediam ou mantinham a posição às custas das vidas de outros, uma grande quietude instalou-se em torno do avião e não demorou muito para começarem as miragens.

No começo, tinha havido um fluxo constante de acontecimentos, o quarteto seqüestrador, cheio de eletricidade, alerta, com o dedo no gatilho. São os piores momentos, Chamcha pensou enquanto crianças gritavam e o medo espalhava-se como uma nódoa, nessa hora é que podemos ir todos para o além. Então eles tomaram o controle, três homens e uma mulher, todos altos, nenhum deles com o rosto coberto, todos bonitos, eram atores também, eles as estrelas agora, estrelas cadentes, meteoros, e tinham seus próprios pseudônimos. Dara Singh Buta Singh Man Singh. E a mulher era Tavleen. A mulher de seu sonho era anônima, como se a fantasia onírica de Chamcha não tivesse tempo para pseudônimos; mas igual a ela, Tavleen falava com sotaque canadense, sem arestas, com aqueles Os redondos e generosos. Quando o avião pousou no oásis de Al-Zamzam, ficou claro para os passageiros, que observavam seus seqüestradores com a obsessiva atenção que um mangusto concentrado presta na serpente, que havia uma certa pose na beleza dos três homens, um certo gosto amador pelo perigo e pela morte que os levava a aparecer com freqüência nas portas abertas do avião, expondo seus corpos aos atiradores de elite que sem dúvida deviam estar escondidos entre as palmeiras do oásis. A mulher mantinha-se alheia a essa tolice e parecia estar se controlando para não censurar os três colegas. Parecia imune à própria beleza, o que fazia dela a mais perigosa dos quatro. Para Saladin

Chamcha, os três jovens pareciam muito suscetíveis, muito narcisistas, para querer sujar as mãos com sangue. Para eles seria difícil matar; ali estavam para aparecer na televisão. Mas Tavleen estava ali a sério. Ficou olhando para ela. Os homens não *sabem*, pensou. Procuram comportar-se da maneira como viram seqüestradores agindo no cinema e na televisão; eles são a realidade macaqueando uma rústica imagem de si mesma, são vermes engolindo as próprias caudas. Mas ela, a mulher, ela *sabe*... enquanto Dara, Buta, Man Singh marchavam, se exibiam, ela ficava quieta, o olhar voltado para dentro, e era a ela que os passageiros mais temiam.

O que eles queriam? Nada de novo. Uma pátria independente, liberdade religiosa, libertação de presos políticos, justiça, dinheiro de resgate, salvo-conduto para um país de sua escolha. Muitos passageiros passaram a simpatizar com eles, mesmo estando sob constante ameaça de execução. Se você vive no século XX, não é difícil se identificar com aqueles que, mais desesperados que você, tentam mudar os tempos à sua vontade.

Quando aterrissaram, os seqüestradores libertaram todos, menos cinqüenta passageiros, tendo decidido que cinqüenta era o maior número que seriam capazes de vigiar com conforto. Mulheres, crianças e sikhs foram todos libertados. Resultou que Saladin Chamcha foi o único membro da Prospero Players a não ser posto em liberdade; ele se viu sucumbindo à perversa lógica da situação, e em vez de se incomodar por ter sido retido, ficou contente de ver pelas costas seus colegas malcriados; livrei-me de boa, pensou.

O cientista criacionista Eugene Dumsday não conseguiu entender que os seqüestradores não pretendiam libertá-lo. Levantou-se, oscilando sua grande estatura como um arranha-céu num tufão, e começou a gritar incoerências histéricas. Um fio de baba escorreu-lhe pelo canto da boca; ele o limpou com a língua febril. *O que significa isso agora, seus malandros, tudo tem limite e agora CHEGA, o que é que vocês, quem é que vocês* e daí por diante, tomado por aquele pesadelo acordado continuou falando sem parar, até que um dos quatro, evidentemente a mulher, veio até ele e, com um golpe da coronha do rifle, quebrou aquele queixo agitado. E pior: como o baboso Dumsday estava lambendo os lábios quando recebeu o golpe no queixo, a ponta de sua língua foi cortada fora e caiu no colo de Saladin Chamcha, logo seguida pelo antigo proprietário. Eugene Dumsday caiu, sem língua e sem sentidos, nos braços do ator.

Eugene Dumsday ganhou a liberdade em troca da língua; o persuasor conseguiu persuadir seus captores renunciando ao instrumento de persuasão. Eles não queriam cuidar de um homem ferido, correndo o risco de gangrena etc., e assim ele se juntou ao êxodo do avião. Naquelas primeiras horas de confusão, Saladin Chamcha não parava de formular perguntas na cabeça; essas armas são rifles ou submetralhadoras, como eles conseguiram trazer para bordo todos esses objetos de metal, em que partes do corpo se pode levar um tiro e sobreviver, até que ponto estavam apavorados, aqueles quatro, até que ponto imbuídos da própria morte... e quando Dumsday foi embora, achou que ia ficar sozinho, mas um homem veio ocupar o lugar do criacionista, dizendo tudo bem com você, *yaar*, numa situação dessas a gente precisa de companhia. Era o astro de cinema, Gibreel.

*

Depois dos primeiros dias nervosos em terra, durante os quais os três seqüestrados de turbante chegaram perigosamente perto dos limites da insanidade, gritando para a noite do deserto *seus filhos-da-puta, venham pegar a gente*, ou, ao contrário, *ah meu Deus ah meu Deus vão mandar algum comando, os norte-americanos filhos-da-puta*, yaar, *os fodidos dos ingleses* — momentos em que os reféns fechavam os olhos e rezavam, porque sempre ficavam com mais medo quando os seqüestradores demonstravam sinais de fraqueza — depois de tudo isso, as coisas se assentaram em algo que dava a sensação de normalidade. Duas vezes por dia, um veículo solitário trazia comida e bebida para o *Bostan* e deixava no asfalto da pista. Os reféns tinham de trazer para dentro as caixas de papelão, enquanto os seqüestradores vigiavam da segurança do interior do avião. À parte essa visita diária, não havia contato com o mundo exterior. O rádio estava mudo. Era como se o incidente tivesse sido esquecido, como se fosse tão embaraçoso a ponto de ter sido simplesmente apagado. "Os filhos-da-puta vão deixar a gente apodrecer aqui", gritava Man Singh, e os reféns se juntavam a ele com entusiasmo. "*Hijras! Chootias!* Merdas!"

Estavam envoltos em calor e silêncio e agora começavam a ver com o rabo dos olhos espectros bruxuleantes. O mais nervoso dos reféns, um jovem de cavanhaque e cabelos encaracolados, curtos, acordou numa madrugada gritando de medo porque tinha visto um esqueleto montado sobre um camelo nas dunas. Outros reféns viam globos coloridos flutuando no céu, ou ouviam o bater de asas gigantescas. Os três seqüestradores homens caíram numa espécie de depressão fatalista e profunda. Um dia, Tavleen convocou a todos para uma conferência no fundo do avião; os reféns escutaram vozes iradas. "Ela está dizendo que eles têm de dar um ultimato", Gibreel Farishta disse para Chamcha. "Um de nós tem de morrer, ou alguma coisa assim." Mas quando os homens voltaram, Tavleen não estava com eles, e o desânimo de seus olhares estava agora tingido de vergonha. "Perderam a coragem", Gibreel sussurrou. "Não dá mais. O que é que resta para a nossa *bibi* Tavleen? Nada. A história *funtoosh*."

O que ela fez:

Para provar aos cativos, e também aos companheiros, que a idéia de fracasso, de rendição, jamais abateria sua determinação, ela deixou seu momentâneo retiro no bar da primeira classe e colocou-se na frente deles como uma aeromoça fazendo a demonstração dos equipamentos de segurança. Mas em vez de colocar o colete salva-vidas, a máscara de oxigênio etc., ela levantou de repente a *djellabah* preta, única peça de roupa que vestia, e ficou na frente deles inteiramente nua, para que todos vissem o arsenal de seu corpo, as granadas como seios extras aninhadas no peito, o explosivo plástico preso com fita adesiva nas coxas, exatamente como no sonho de Chamcha. Tornou a vestir a roupa e falou com sua pálida voz oceânica: "Quando surge uma grande idéia no mundo, uma grande causa, é preciso fazer certas perguntas cruciais", murmurou. "A História nos pergunta: que tipo de causa somos nós? Somos intransigentes, absolutos, fortes, ou vamos nos revelar oportunistas, que transigem, se acomodam, cedem?" Seu corpo já tinha dado a resposta.

Os dias foram passando. As condições opressivas e quentes do cativeiro, ao mesmo tempo íntimo e distante, fizeram Saladin Chamcha sentir vontade de discutir com a mulher, a firmeza pode ser também monomania, era o que queria dizer a ela, pode ser tirania e pode também ser rigidez, enquanto aquilo que é flexível pode ser também humano e forte o bastante para durar para sempre. Mas não disse nada, claro, e deslizou para o torpor dos dias. Gibreel Farishta descobriu no bolso da poltrona da frente um panfleto escrito por Dumsday. Nesse momento, Chamcha já tinha notado a determinação com que o astro de cinema resistia ao sono, de forma que não era nada surpreendente ver que ele recitava e memorizava o texto do folheto do criacionista, enquanto suas pálpebras, já naturalmente pesadas, iam se fechando mais e mais, até o ponto de ele ter de fazer esforço para mantê-las abertas. O folheto afirmava que até os cientistas estavam empenhados em reinventar Deus, que uma vez provada a existência de uma única força unificada, da qual o eletromagnetismo, a gravidade e as interações fraca e forte da nova física eram meros aspectos parciais, avatares ou mesmo anjos, então o que teríamos, senão a idéia mais antiga de todas, a de uma entidade suprema controlando a criação... "Está vendo?, o que o nosso amigo pergunta é: se você tem de escolher entre algum tipo de campo de força incorpóreo e um Deus vivo e verdadeiro, qual você ia preferir? Boa pergunta, *na*? Não se pode rezar para uma corrente elétrica. Não adianta pedir a chave do Paraíso para uma onda." Ele fechou os olhos e tornou a abri-los, de repente. "Todos malucos", disse, feroz. "Me dá nojo."

Depois dos primeiros dias, Chamcha não notou mais o mau hálito de Gibreel, porque ninguém naquele mundo de suor e apreensão cheirava melhor. Mas era impossível ignorar seu rosto, à medida que as grandes manchas roxas da falta de sono em volta dos olhos se expandiam para o resto do rosto como manchas de óleo. Por fim, a resistência dele cedeu, Gibreel despencou no ombro de Saladin e dormiu durante quatro dias, sem acordar nem uma vez.

Quando voltou a si, descobriu que Chamcha, ajudado pelo refém-camundongo de cavanhaque, um certo Jalandri, o tinha acomodado numa fileira de cadeiras vazias no bloco central. Foi ao banheiro para urinar durante onze minutos e voltou com um brilho de verdadeiro terror nos olhos. Sentou-se ao lado de Chamcha de novo, mas não disse nem uma palavra. Duas noites depois, Chamcha ouviu quando ele lutava, mais uma vez, contra o sono. Ou melhor, contra o sonho.

"O décimo pico mais alto do mundo", Chamcha ouviu-o murmurar, "é o Xixabangma Feng, oito zero um três metros. Anapurna, o nono, oitenta setenta e oito." Ou começando pelo começo: "Primeiro, Chomolungma, oito oito quatro oito. Segundo, K2, oitenta e seis onze. Kanchenjunga, oitenta e cinco noventa e oito, Makalu, Dhaulagiri, Manaslu. Nanga Parbat, oito mil cento e vinte e seis metros".

"Você conta os picos de mais de oito mil metros para dormir?", Chamcha perguntou. Maiores que carneiros, mas não tão numerosos.

Gibreel Farishta fixou nele uns olhos brilhantes, depois baixou a cabeça; tomou uma decisão. "Para não dormir, meu amigo. Para ficar acordado."

Foi então que Saladin Chamcha descobriu por que Gibreel Farishta tinha começado a ter medo do sono. Todo mundo precisa de alguém para conversar e Gibreel não tinha contado a ninguém o que acontecera com ele depois de comer as carnes de porco proibidas. Os sonhos tinham começado naquela mesma noite. Nessas visões, ele estava sempre presente, não como ele mesmo, mas como o seu xará, e não estou falando de fazer um papel, Spoono, eu sou ele, ele é eu, sou o maldito arcanjo, Gibreel em pessoa, em tamanho natural.

Spoono. Assim como Zeenat Vakil, Gibreel tinha achado graça no sobrenome abreviado de Saladin. "*Bhai*. É engraçado, de verdade. Muito engraçado. Você agora é um *chamcha* inglês, por que não? Mr. Sally Spoon. Fica uma piada entre nós dois." Gibreel Farishta tinha um talento especial para não perceber quando deixava as pessoas furiosas. *Spoon, Spoono, meu velho Chumch*: Saladin odiava esses apelidos todos. Mas não podia fazer nada. A não ser odiar.

Talvez por causa dos apelidos, talvez não, Saladin achou a revelação de Gibreel patética, desanimadora, o que havia de tão estranho em se caracterizar como anjo em sonhos, em sonhos acontecem coisas malucas, será que aquilo revelava algo mais que um tipo banal de egolatria? Mas Gibreel estava suando de medo: "O problema, Spoono", lamentou-se, "é que cada vez que durmo o sonho começa do ponto onde tinha parado. Mesmo sonho no mesmo lugar. Como se alguém colocasse o vídeo em pausa enquanto eu saio da sala. Ou então, então. Como se ele fosse o cara que está acordado e isto aqui o maldito pesadelo. Nós a porra do sonho dele. Aqui. Isto tudo". Chamcha ficou olhando para ele. "Loucura, não é?", Gibreel continuou. "Quem pode saber se anjo dorme, quanto mais se sonha. Parece loucura. Não estou certo?"

"É. Parece loucura sua."

"Então. Que diabo está acontecendo com a minha cabeça?", choramingou.

*

Quanto mais tempo ficava sem dormir, mais falante ficava, e começou a regalar os reféns, os seqüestradores, e também a esgotada tripulação do vôo 420 — as antes orgulhosas aeromoças e o rutilante pessoal da cabine de comando que agora pareciam lamentavelmente roídos por traças num canto do avião, tendo perdido até seu antigo entusiasmo por intermináveis jogos de cartas —, com teorias cada vez mais excêntricas da reencarnação, comparando aquela estada numa pista de pouso no oásis de Al-Zamzam a um segundo período de gestação, dizendo a todos que estavam mortos para o mundo e em processo de regeneração, de renovação. Essa idéia parecia alegrá-lo um pouco, mesmo fazendo muitos dos reféns sentirem vontade de amarrá-lo, e ele trepava numa poltrona para explicar que o dia que fossem libertados seria o dia do renascimento de todos, demonstração de otimismo que parecia acalmar o seu público. "É estranho, mas é verdade!", gritava. "Esse será o dia zero, e como vamos ter todos o mesmo aniversário, vamos ter todos a mesma idade a partir desse dia, pelo resto de nossas vidas. Como é que se diz quando cinqüenta crianças nascem da mesma mãe? Só Deus sabe. Cinqüêntuplos. Poxa!"

Para o delirante Gibreel, a reencarnação era um termo que abrigava uma babel de imagens: a fênix renascendo das cinzas, a ressurreição de Cristo, a transmigração, no instante da morte, da alma do dalai-lama para o corpo de algum recém-nascido... essas coisas se misturavam com os avatares de Vishnu, as metamorfoses de Júpiter, que imitara Vishnu assumindo a forma de um touro; e assim por diante, incluindo, é claro, o progresso dos seres humanos ao longo de ciclos de vidas sucessivas, ora como baratas, ora como reis, em direção à bênção de não mais retornar. *Para nascer de novo, é preciso morrer primeiro*. Chamcha não se dava ao trabalho de protestar que, na maioria dos exemplos citados por Gibreel em seus solilóquios, a metamorfose não exigira a morte; a nova carne tinha sido assumida por outras vias. Gibreel em pleno vôo, os braços ondulando como asas imperiosas, não admitia interrupções. "O velho tem de morrer, vocês me entendem?, senão o novo não pode surgir."

Algumas vezes, esses arroubos terminavam em lágrimas. Farishta, em sua exaustão da exaustão, perdia o controle e pousava a cabeça soluçante no ombro de Chamcha, enquanto Saladin — o cativeiro prolongado desgasta certas relutâncias entre os cativos — acariciava seu rosto e beijava o alto de sua cabeça. *Calma, calma, calma*. Em outras ocasiões, Chamcha era dominado pela própria irritação. Na sétima vez que Farishta citou a velha máxima de Gramsci, Saladin gritou sua irritação, talvez seja isso que está acontecendo com você, matraca, seu velho eu está morrendo e esse anjo do sonho está tentando nascer no seu corpo.

*

"Quer saber de uma coisa muito louca?" Depois de cento e um dias, Gibreel brindou Chamcha com mais confidências. "Quer saber por que estou aqui?" E contou, sem esperar resposta: "Por causa de uma mulher. Isso mesmo. Pelo amor da porra da minha vida. Com quem eu passei o total de três dias e meio. E isso não prova que eu sou louco de verdade? CQD, Spoono, meu velho Chumch".

E: "Como é que eu vou explicar? Três dias e meio é o quanto basta para você saber que aquilo foi a melhor coisa que lhe aconteceu, a coisa mais profunda, a que tinha de ser? Juro mesmo: quando beijei aquela mulher vi estrelas, *yaar*, acredite se quiser, ela disse que era eletricidade estática do carpete, mas já beijei outras mulheres em quartos de hotel antes e esta foi definitivamente a primeira, a primeira e única. Choque elétrico, cara, eu dei um pulo para trás de dor".

Ele não tinha palavras para descrevê-la, a sua mulher de gelo da montanha, para descrever como tinha sido aquele momento em que toda a sua vida caíra aos pedaços a seus pés e ela se transformou no sentido de sua existência. "Você não entende", desistiu. "Talvez você nunca tenha encontrado uma pessoa por quem seria capaz de atravessar o mundo, por quem deixaria tudo, iria embora e entraria num avião. Ela escalou o Everest, cara. Vinte e nove mil e dois pés, ou quem sabe vinte e nove um quatro um. Até o topo. Acha que eu não ia entrar num jumbo a jato por uma mulher dessas?"

Quanto mais Gibreel Farishta tentava explicar sua obsessão pela escaladora de montanhas Alleluia Cone, mais Saladin tentava evocar a lembrança de Pamela, mas a lembrança não vinha. Primeiro, era Zeeny que lhe surgia, a sua sombra, e depois de algum tempo, absolutamente ninguém. A paixão de Gibreel começou a deixar Chamcha louco de raiva e frustração, mas Farishta nem notava, dando-lhe tapas nas costas, *anime-se, Spoono, não vai demorar muito mais.*

*

No centésimo décimo dia, Tavleen foi até o pequeno refém de cavanhaque, Jalandri, e fez-lhe um sinal com o dedo. Nossa paciência se esgotou, anunciou ela, mandamos insistentes ultimatos sem nenhuma resposta, chegou a hora do primeiro sacrifício. Usou essa palavra: sacrifício. Olhou dentro dos olhos de Jalandri e pronunciou sua sentença de morte. "Você primeiro. Apóstata traidor filho-da-puta." Mandou a tripulação se preparar para a decolagem, não ia correr o risco de invasão do aparelho depois da execução, e com a ponta do cano da arma empurrou Jalandri para a porta da frente, aberta, enquanto ele gritava e implorava misericórdia. "Ela tem visão", Gibreel disse a Chamcha. "Esse aí é um *cut-sird*." Jalandri seria o primeiro devido a sua opção de não usar mais turbante e ter cortado o cabelo, o que fazia dele um traidor da fé, um *Sindarji* de cabelo curto. *Cut-sird*. A condenação em sete letras; sem apelação.

Jalandri caiu de joelhos, uma mancha começou a se espalhar pelos fundilhos de suas calças, enquanto ela o arrastava pelos cabelos até a porta. Ninguém se mexeu. Dara Buta Man Singh olharam para o outro lado. Ele estava ajoelhado de costas para a porta aberta; ela fez com que se virasse, deu-lhe um tiro na nuca, e ele caiu para o asfalto da pista. Tavleen fechou a porta.

Man Singh, o mais jovem e mais nervoso do quarteto, gritou com ela: "E agora para onde a gente vai? Em qualquer lugar eles vão mandar os comandos. A gente agora está ferrado".

"O martírio é um privilégio", ela disse, calma. "Vamos ser como as estrelas; como o Sol."

*

A areia deu lugar à neve. A Europa no inverno, debaixo de seu tapete branco, transformador, a brancura fantasmagórica brilhando na noite. Os Alpes, a França, o litoral da Inglaterra, brancas falésias subindo para colinas embranquecidas. Mr. Saladin

Chamcha paramentado com um previdente chapéu-coco. O mundo tinha redescoberto o vôo AI-420, o Boeing 747 *Bostan*. Detectado no radar; as mensagens de rádio chiando. *Querem permissão para pousar?* Mas não foi solicitada nenhuma permissão. O *Bostan* sobrevoava o litoral da Inglaterra como um pássaro gigantesco. Gaivota. Albatroz. Os mostradores de combustível caindo: para o zero.

Quando a briga começou, pegou todos os passageiros de surpresa, porque dessa vez os três seqüestradores homens não discutiram com Tavleen, não se ouviram murmúrios ferozes de *combustível* ou *que porra você está fazendo*, mas apenas uma silenciosa barreira, eles não falavam nem uns com os outros, como se tivessem perdido a esperança, e foi Man Singh quem então perdeu o controle e avançou para ela. Os reféns assistiram à luta mortal, incapazes de se envolver, porque um curioso distanciamento da realidade tinha tomado conta do avião, uma espécie de informalidade inconseqüente, um fatalismo, pode-se dizer. Os dois caíram no chão e a faca de Tavleen penetrou no estômago dele. Foi só isso, a brevidade da coisa contribuindo para a aparente falta de importância. Então, no momento que ela se levantou, foi como se todo mundo acordasse, e ficou claro para todos que ela estava falando sério, que iria até o fim, pois segurava na mão o fio ligado a todos os pinos de todas as granadas debaixo do vestido, todos aqueles seios fatais, e embora Buta e Dara corressem para ela naquele momento, ela puxou o fio e as paredes ruíram.

Não, morte não: nascimento.

II
MAHOUND

GIBREEL, QUANDO SE SUBMETE ao inevitável, quando desliza com as pálpebras pesadas para as visões de sua angelicidade, passa por sua amorosa mãe que usa um nome diferente para ele, Shaitan, ela o chama, como Shaitan, esse mesmo, porque ele andou bagunçando as marmitas, as *tiffins* que tinham de ser levadas à cidade para o almoço dos funcionários dos escritórios, moleque malandro, ela corta o ar com a mão, o danado andou colocando compartimentos de carne muçulmanos nas bandejas de *tiffins* de hindus não vegetarianos, os fregueses estão furiosos. Diabinho, ela ralha, mas acaba por envolvê-lo nos braços, meu pequeno *farishta*, criança é criança, e ele cai no sono passando por ela, crescendo à medida que cai, e a queda começa a dar sensação de vôo, e a voz da mãe vem de longe até ele, *baba*, olhe como você cresceu, enor*mouse*, ha-ha, aplauso. Ele está gigantesco, sem asas, os pés sobre o horizonte e os braços em torno do Sol. Nos primeiros sonhos, enxerga princípios, Shaitan despencando do céu, tentando agarrar um ramo da Coisa mais alta, a árvore de lótus da extremidade de tudo aquilo que fica debaixo do Trono, Shaitan não alcança, cai, se espatifa. Mas continua vivo, não estava, não podia morrer, e canta do fundodoinferno seus versos sedutores. Ah, as doces canções que conhecia. Com suas três filhas como coro diabólico, sim, todas três, Lat Manat Uzza, meninas sem mãe rindo com seu *Abba*, escondendo de Gibreel o riso com as mãos, o que estamos preparando para você, elas riem, para você e para aquele negociante na montanha. Mas antes do negociante há outras histórias, ali está ele, o Arcanjo Gibreel, revelando a fonte de Zamzam a Hagar, a Egípcia, para que ela, abandonada pelo profeta Ibrahim com seu filho no deserto, possa beber da água fresca da fonte e viver. E depois, quando os Jurhum encheram Zamzam com lama e gazelas douradas, de forma que ficasse perdida por um tempo, ei-lo outra vez, revelando-a para aquele Muttalib das tendas escarlates, pai do filho de cabelos prateados que, por sua vez, foi pai do negociante. O negociante: ei-lo que chega.

Às vezes, quando dorme, Gibreel tem consciência, fora do sonho, de si mesmo dormindo, de si mesmo sonhando que está acordado em seu sonho, e o pânico se instala, Oh, meu Deus, ele grita, Oh ilibado *Alá*deus, eu estou acabado, eu. Vermes na cabeça, completamente louco, louco de pedra, babando. Exatamente como ele, o negociante, se sentiu quando viu o arcanjo pela primeira vez: pensou que estava louco, queria pular de uma pedra, de uma pedra alta, de uma pedra onde cresceu uma atrofiada árvore de lótus, uma pedra alta como o teto do mundo.

Ele vem vindo: abrindo caminho pelo monte Cone até a caverna. Feliz aniversário: ele faz quarenta e quatro anos hoje. Mas apesar da cidade lá embaixo, lá atrás, estar vibrando com as festas, ele sobe sozinho. Nada de roupa nova de aniversário para ele, bem passada e dobrada aos pés da cama. Um homem de gosto ascético. (Que estranho tipo de negociante é esse?)

Pergunta: O que é o oposto de fé?

Não é a descrença. Definitiva demais, exata, fechada. Ela própria uma espécie de crença.

É a dúvida.

A condição humana, mas e a condição angélica? A meio caminho entre *Alá*deus e o homosap, terão os anjos jamais duvidado? Duvidaram: desafiando a vontade de Deus, um dia eles se esconderam murmurando atrás do Trono, ousando perguntar coisas proibidas: antiquestões. Isso mesmo. Não podiam ser questionadas. Liberdade, a velha antiquestão. Ele os acalmou, naturalmente, usando suas habilidades gerenciais *à la* deus. Elogiou-os: serão o instrumento de minha vontade na terra, da salvaçãodanação do homem, e todos os et cetera de sempre. E pronto, fim do protesto, auréolas a postos, de volta ao trabalho. Anjos são fáceis de pacificar; transforme-os em instrumentos e eles tocam sua harpia melodia. Seres humanos são mais difíceis, podem duvidar de qualquer coisa, até do que está diante de seus próprios olhos. Do que está detrás de seus próprios olhos. Daquilo que, quando mergulham com as pálpebras pesadas, transpira detrás dos olhos fechados... anjos, eles não são muito dotados de vontade. Ter vontade é discordar; não se submeter; divergir.

Eu sei; conversa de diabo. Shaitan interrompendo Gibreel. Eu?

O negociante: tem a aparência devida, testa alta, nariz de águia, largo de ombros, estreito de quadris. Estatura mediana, pensativo, vestido com dois pedaços de pano comum, cada um com quatro *ells* de comprimento, um enrolado no corpo, o outro sobre o ombro. Olhos grandes; cílios longos como de menina. Seus passos podem parecer grandes demais para as pernas, mas é homem que pisa manso. Os órfãos aprendem logo que são alvos móveis e desenvolvem um passo ligeiro, reações rápidas, uma calada cautela. Pelos espinheiros e árvores de mirra ele avança, pisando pedregulhos, é um homem em forma, não é nenhum usurário barrigudo. E, sim, vale repetir: é preciso ser um estranho tipo de negociante *wallah* para enfrentar o inóspito da subida do monte Cone, só para estar sozinho, às vezes durante um mês inteiro.

Seu nome: um nome de sonho, mudado pela visão. Pronunciado corretamente, significa aquele por quem se deve agradecer, mas não responderá por esse nome aqui; não, embora saiba muito bem como é chamado, por seu apelido, em Jahilia, lá embaixo — aquele-que-sobe-e-desce-o-velho-Coney. Aqui não é nem Mahomet, nem MoeHammered; mas adotou, ao contrário, o rótulo demoníaco que os *farangis* dependuraram em seu pescoço. Para transformar insultos em força, *whigs*, *tories*, negros, todos escolhem usar com orgulho os nomes que receberam por desprezo; da mesma forma, nosso solitário escalador, motivado pela profecia, será o terror dos bebês medievais, o sinônimo do Diabo: Mahound.

Esse é ele. Mahound, o negociante, subindo a sua quente montanha em Hijaz. A miragem de uma cidade brilha lá abaixo dele, ao Sol.

*

A cidade de Jahilia é totalmente construída de areia, seus prédios formados pelas elevações do deserto. É uma visão que deslumbra: murada, com quatro portões, toda ela um milagre obrado por seus cidadãos, que aprenderam o truque de transformar a fina areia branca das dunas daquelas paragens esquecidas — a própria matéria da inconstância — a quintessência do incerto, do mutável, do traiçoeiro, da falta de forma —, tornando-a, por alquimia, a matéria de sua permanência recém-inventada. Esse povo está a apenas três ou quatro gerações de seu passado nômade, quando era tão desenraizado quanto as dunas, ou melhor, enraizado na noção de que o próprio nomadismo era um lar.

— O migrante, por outro lado, pode passar muito bem sem a jornada; ela não é mais que um mal necessário; o objetivo é chegar. —

Há pouco, portanto, como astutos negociantes que eram, os jahilianos estabeleceram-se nesse ponto de intersecção das rotas das grandes caravanas, e atrelaram as dunas à sua vontade. Agora a areia serve aos poderosos mercadores urbanos. Batida em forma de blocos, pavimenta as tortuosas ruas de Jahilia; à noite, chamas douradas reluzem nos braseiros de areia polida. As janelas têm vidros, as longas janelas como fendas nas paredes infinitamente altas dos palácios dos mercadores; nas alamedas de Jahilia, carros puxados por burros rodam sobre lisas rodas de silício. Eu, em minha maldade, imagino às vezes a chegada de uma grande onda, uma alta parede de água espumosa rugindo através do deserto, uma catástrofe líquida cheia de barcos destroçados e armas afogadas, uma maré que reduziria esses vãos castelos de areia ao nada, aos grãos de onde saíram. Mas não há ondas aqui. A água é inimiga de Jahilia. Conduzida em potes de barro, não deve nunca ser derramada (o código penal é feroz com os transgressores), pois onde quer que respingue produz uma alarmante erosão da cidade. Aparecem buracos nas ruas, as casas se inclinam e oscilam. Os carregadores de água de Jahilia são males necessários, párias que não podem ser ignorados e, portanto, não podem nunca ser perdoados. Não chove nunca em Jahilia; não há fontes nos jardins de silício. Poucas palmeiras se erguem em jardins fechados, as raízes mergulhando fundo e longe na terra, em busca de umidade. A água da cidade vem de fontes e correntes subterrâneas, sendo uma delas a fabulosa Zamzam, no coração dos círculos concêntricos da cidade de areia, perto da Casa da Pedra Negra. Aqui, em Zamzam, um *beheshti*, um desprezado carregador de água, colhe o fluido vital e perigoso. Ele tem um nome: Khalid.

Uma cidade de negociantes, Jahilia. O nome da tribo é *Shark*.

Nesta cidade, o negociante transformado em profeta, Mahound, está fundando uma das maiores religiões do mundo; ele chegou, neste dia, seu aniversário, a uma grande crise de vida. Uma voz sussurra em seu ouvido: *Que tipo de idéia é você? Homem ou rato?*

Ele conhece a voz. Nós já a ouvimos uma vez antes.

*

Enquanto Mahound sobe o Coney, Jahilia celebra um aniversário diferente. Em tempos remotos, o patriarca Ibrahim veio a este vale com Hagar e Ismail, seu filho. Aqui, na vastidão sem água, abandonou-a. Ela lhe perguntou, será esta a vontade de Deus? Ele respondeu, é. E partiu, o maldito. Desde o começo, os homens usaram Deus para justificar o injustificável. Ele age por caminhos misteriosos, dizem os homens. Não é de admirar, portanto, que as mulheres tenham se voltado para mim. — Mas vou ater-me à questão; Hagar não era uma bruxa. Era confiante: *Ele certamente não me deixará perecer*. Quando Ibrahim a deixou, ela alimentou a criança no peito, até o leite secar. Depois, subiu dois montes, primeiro Safa, depois Marwah, correndo de um para outro em seu desespero, tentando avistar uma tenda, um camelo, um ser humano. Nada viu. Foi quando ele veio a ela, Gibreel, e mostrou-lhe as águas de Zamzam. E assim Hagar sobreviveu; mas por que agora os peregrinos se reúnem? Para celebrar sua sobrevivência? Não, não. Eles estão celebrando a honra que significou para o vale a visita de, vocês já sabem, Ibrahim. Em nome desse amoroso esposo eles se reúnem, comemoram e, acima de tudo, gastam.

Jahilia hoje é toda perfume. Os aromas da Arábia, da *Arabia Odorifera*, pairam no ar: bálsamo, cássia, canela, incenso, mirra. Os peregrinos bebem o vinho da tamareira e passeiam pela grande feira do festival de Ibrahim. E entre eles existe um cujo cenho franzido se destaca da turba alegre: um homem alto em mantos brancos folgados, quase uma cabeça mais alto que Mahound. A barba cortada rente ao rosto anguloso, de maçãs salientes; seu porte tem o balanço, a mortal elegância do poder. Como se chama? — As visões evocam o seu nome; ele também é transformado pelo sonho. Ali está ele, Karim Abu Simbel, o Grande de Jahilia, marido da feroz e bela Hind. Chefe do conselho governante da cidade, rico além do ponderável, dono dos templos lucrativos nos portões da cidade, dono de camelos, supervisor de caravanas, sua esposa a mulher mais bela da terra: o que poderia abalar as certezas de tal homem? E, no entanto, também para Abu Simbel, uma crise se aproxima. Um nome o tortura, e você pode adivinhar qual é, Mahound Mahound Mahound.

Ah, o esplendor da feira de Jahilia! Aqui, nas vastas tendas perfumosas, quantidades de especiarias, de folhas de sene, de madeiras fragrantes; aqui se encontram os vendedores de perfumes, disputando os olfatos dos peregrinos e suas carteiras também. Abu Simbel abre caminho pela multidão. Mercadores, judeus, monofisitas, nabateus compram e vendem peças de prata e de ouro que pesam nas balanças, mordendo as moedas com dentes conhecedores. Há linho do Egito e seda da China; de Basra, armas e grãos. Há jogo e bebida e dança. Há escravos à venda, núbios, anatólios, etíopes. As quatro facções da tribo dos Shark controlam as diferentes áreas da feira, essências e especiarias nas Tendas Escarlates, enquanto nas Tendas Negras ficam tecidos e couros. O agrupamento de Cabelos Prateados está a cargo dos metais preciosos e das espadas. O entretenimento — dados, dança do ventre, vinho de palmeira, haxixe e *afeem* — é prerrogativa do último quartel da tribo, os Donos de Camelos Malhados, que controlam também o comércio de escravos. Abu Simbel olha para dentro de uma tenda de dança. Os peregrinos estão sentados, com as bolsas de dinheiro apertadas na mão esquerda; de vez em quando, uma moeda sai da bolsa para a palma da mão direita. As dançarinas se sacodem, suam, e seus olhos estão sempre nos dedos dos peregrinos; quando a transferência de moedas cessa, também a dança se acaba. O grande homem faz uma careta e deixa cair a borda da tenda.

Jahilia foi construída numa série de círculos rústicos, as casas se espalhando a partir da Casa da Pedra Negra, aproximadamente por ordem de riqueza e hierarquia. O palácio de Abu Simbel está no primeiro círculo, no anel mais central; ele segue por uma das tortuosas ruas radiais, cheias de vento, passando pelos muitos videntes da cidade que, em troca do dinheiro dos peregrinos, trinam, arrulham, silvam, possuídos pelos djins de pássaros, feras, serpentes. Uma feiticeira, agachada no caminho, diz, sem olhar para cima: "Quer conquistar o coração de uma mulher, benzinho? Quer esmagar um inimigo? Vem comigo; experimente aqui os meus nozinhos!". E sacode erguida uma corda com nós, armadilha de vidas humanas — mas, ao ver com quem fala, deixa pender o braço decepcionado e se desmancha, resmungando, na areia.

Por toda parte, vozes e cotovelos. Poetas sobem em caixotes e declamam para os peregrinos que atiram moedas a seus pés. Alguns bardos dizem versos *rajaz*, com sua métrica de quatro sílabas sugerida, segundo diz a lenda, pelo passo do camelo; outros recitam *qasidah*, poemas sobre amantes geniosas, aventuras no deserto, caça ao onagro. Em um ou dois dias será hora do concurso anual de poesia, cujos sete versos vencedores serão afixados nas paredes da Casa da Pedra Negra. Os poetas estão se preparando para o grande dia; Abu Simbel ri com as pérfidas sátiras cantadas pelos menestréis, cáusticas odes encomendadas por um chefe contra outro, por uma tribo contra sua vizinha. E cumprimenta com a cabeça quando um dos poetas vem caminhar a seu lado, um jovem magro e alerta, de dedos nervosos. O jovem satirista já é dono da língua mais temida de toda Jahilia, mas com Abu Simbel é quase respeitoso. "Por que tão preocupado, Grande? Se não estivesse perdendo os cabelos eu aconselharia deixá-los soltos." Abu Simbel dá o seu sorriso torto. "Que bela reputação", diz, meditativo. "Quanta fama, antes mesmo de perder os dentes de leite. Cuidado, senão vamos ter de perder esses seus dentes para você." Ele está brincando, fala com leveza, mas mesmo essa leveza vem entrelaçada de ameaça, dada a extensão de seu poder. O rapaz não se abala. Seguindo Abu Simbel passo a passo, responde: "Para cada um que arrancar, um mais forte nascerá, mordendo mais forte, arrancando jatos mais quentes de sangue". O Grande assente, vagamente: "Você gosta do gosto de sangue", diz. O rapaz dá de ombros. "É a função do poeta", responde. "Nomear o inominável, apontar as fraudes, tomar partido, despertar discussões, dar forma ao mundo e impedir que adormeça." E se rios de sangue jorrarem dos cortes infligidos por seus versos, eles então o alimentarão. Ele é o satirista, Baal.

Passa uma liteira cerrada com cortinas; alguma fina dama da cidade saindo para ver a feira, levada aos ombros de oito escravos anatólios. Abu Simbel pega o jovem Baal pelo braço, sob o pretexto de afastá-lo da rua; e murmura: "Queria mesmo encontrar você; se me permite uma palavrinha". Baal se maravilha com a habilidade do Grande. Ao buscar um homem, é capaz de fazer a caça pensar que caçou o caçador. Abu Simbel aperta o toque; pelo cotovelo, dirige o companheiro na direção do santuário no centro da cidade.

"Tenho uma encomenda para você", diz o Grande. "Uma questão literária. Conheço minhas limitações; sei que o domínio da malícia rimada, as artes da calúnia metrificada, estão bem acima de minhas forças. Você entende."

Mas Baal, o orgulhoso, o arrogante, enrijece o corpo e empina a própria dignidade: "Não é certo o artista servir ao Estado". A voz de Simbel fica mais baixa, adquire ritmos sedosos. "Ah, claro. Mas colocar-se à disposição de assassinos é uma coisa inteiramente honrada." Jahilia está sendo assolada por um culto aos mortos. Quando um homem morre, carpideiras contratadas se açoitam, arranham os peitos, arrancam os cabelos. Deixa-se morrer sobre o túmulo um camelo com o tendão da perna cortado. E se o homem foi assassinado, os parentes mais próximos fazem votos de ascetismo e perseguem o assassino até o sangue derramado vingar o sangue derramado; é então costumeiro compor um poema celebratório, mas poucos vingadores são versados nas rimas. Muitos poetas ganham a vida escrevendo poemas de assassinato, e é opinião geral que o mais fino desses versificadores que louvam o sangue é o precoce polemista Baal. Cujo orgulho profissional impede que se ressinta, agora, do pequeno escárnio do Grande. "É uma questão cultural", responde. Abu Simbel mergulha ainda mais fundo em seus tons sedosos. "Talvez", sussurra, já nos portões da Casa da Pedra Negra, "mas, Baal, você há de concordar comigo: não acha que tenho certos direitos sobre você? Nós dois servimos, ou pelo menos é o que penso, a uma mesma senhora."

O sangue foge das faces de Baal; sua segurança se racha e despenca como uma concha. O Grande, parecendo não notar a alteração, arrasta o satirista para dentro da Casa.

Dizem em Jahilia que este vale é o umbigo do mundo; que o planeta, quando estava sendo feito, começara a girar em torno deste ponto. Adão veio até aqui e viu um milagre: quatro pilastras de esmeralda sustentando no alto um gigantesco e rutilante rubi e, debaixo desse pálio, uma imensa pedra branca, também brilhando com sua própria luz, como uma visão de sua alma. Em torno dessa visão, ele construiu fortes paredes para prendê-la à terra para sempre. Foi a primeira Casa. Muitas vezes foi reconstruída — uma vez por Ibrahim, depois da sobrevivência de Hagar e Ismail, ajudados pelo anjo — e, gradualmente, os toques incontáveis dos peregrinos sobre a pedra branca ao longo dos séculos foram escurecendo sua cor até o negro. Começou então o tempo dos ídolos; na época de Mahound, trezentos e sessenta deuses de pedra aglomeravam-se em torno da pedra de Deus.

O que haveria de pensar o velho Adão? Seus próprios filhos ali estão agora: o colosso de Hubal, mandado pelos amalecitas de Hit, paira sobre o poço do tesouro; Hubal, o pastor, a lua crescente; também o carrancudo e perigoso Kain. Ele é a lua minguante, ferreiro e músico; e tem também os seus devotos.

Hubal e Kain assistem ao passeio do Grande e do poeta. E o nabateu proto-Dionísio, o-de-Shara; a estrela da manhã, Astarté, e o saturnino Nakruh. Aqui o deus sol, Manaf! Olha, ali paira o gigante Nasr, o deus com forma de águia! Veja: Quzah, que segura o arco-íris... uma abundância de deuses, uma inundação de pedra, para alimentar a fome dos peregrinos, para saciar sua sede ímpia. As divindades, para atrair os viajantes, vêm — como os peregrinos — de toda parte. Também os ídolos são delegados em uma espécie de feira internacional.

Existe aqui um deus chamado Alá (que significa, simplesmente, o deus). Pergunte a qualquer jahiliano e ele admitirá que esse sujeito tem uma espécie de autoridade sobre todos os outros, mas não é muito popular: um geralista numa era de estátuas especializadas.

Abu Simbel e Baal, agora suando, chegaram aos altares contíguos das três deusas mais amadas em Jahilia. Curvam-se diante das três: Uzza, de semblante radioso, deusa da beleza e do amor; a escura, obscura Manat, de rosto velado, de propósitos misteriosos, areia correndo entre os dedos — encarregada do futuro — é o Destino; e, por último, a mais excelsa das três, a deusa mãe, que os gregos chamavam Lato. Ilat, como é aqui chamada, ou, com maior freqüência, Al-Lat. *A deusa*. Até mesmo seu nome a faz oposta e igual a Alá. Lat, a onipotente. Mostrando no rosto um súbito alívio, Baal atira-se ao chão e se prostra diante dela. Abu Simbel permanece de pé.

A família do Grande Abu Simbel — ou, para ser mais exato, a de sua mulher, Hind — controla o famoso templo de Lat no portão sul da cidade. (Eles recebem também rendimentos do templo de Manat, no portão leste, e do templo de Uzza, no norte.) Essas concessões são os alicerces da fortuna do Grande, portanto, ele é, evidentemente, Baal sabe disso, o servidor de Lat. E a devoção do satirista à deusa é bem conhecida em toda Jahilia. Então era isso que ele queria dizer! Tremendo de alívio, Baal continua prostrado, agradecendo a sua padroeira. Que o observa, benigna; mas a expressão de uma deusa não merece confiança. Baal cometeu um grave erro.

Sem avisar, o Grande dá um chute nos rins do poeta. Atacado exatamente quando tinha concluído que estava a salvo, Baal grita, rola no chão, e Abu Simbel o segue, continua chutando. Ouve-se o estalo de uma costela partida. "Rato", diz o Grande, a voz sempre baixa e benévola. "Cáften de voz fina e testículos pequenos. Achou que o senhor do templo de Lat ia querer sua amizade só por causa dessa paixão adolescente por ela?" E mais chutes, regulares, metódicos. Baal chora ao pés de Abu Simbel. A Casa da Pedra Negra não está nada vazia, mas quem se colocaria entre o Grande e a sua ira? Repentinamente, o torturador de Baal se abaixa, agarra o poeta pelos cabelos, puxa sua cabeça para cima, sussurra-lhe no ouvido: "Baal, não era desta senhora que eu estava falando", e então Baal solta um uivo de odiosa autocomiseração, porque sabia que sua vida estava para terminar, terminar quando tinha ainda tanto a conquistar, coitado. Os lábios do Grande roçam sua orelha. "Merda de camelo assustado", Abu Simbel murmura. "Sei que você está comendo minha mulher." Ele observa, interessado, que Baal exibe uma proeminente ereção, um irônico monumento ao medo.

Abu Simbel, o Grande, corneado, se põe de pé, ordena: "De pé", e Baal, tonto, o acompanha para fora.

Os túmulos de Ismail e de sua mãe, Hagar, a Egípcia, ficam na face noroeste da Casa da Pedra Negra, numa área circundada por um muro baixo. Abu Simbel se aproxima, detém-se a certa distância. Dentro da área, encontra-se um pequeno grupo de homens. O carregador de água Khalid ali está, e um tipo vagabundo da Pérsia, com o nome estapafúrdio de Salman, e, para completar essa trindade reles, há também o escravo Bilal, aquele que Mahound libertou, um enorme monstro negro, este, com uma voz que combina com seu tamanho. Os três vagabundos estão sentados no muro. "Essa ralé", Abu Simbel diz. "São eles o seu alvo. Escreva sobre eles; e sobre o líder deles também." Baal, mesmo aterrorizado, não consegue esconder a perplexidade. "Grande, esses *idiotas* — esses *merdas* desses palhaços? Não tem que se preocupar com eles. Está pensando o quê? Que o Deus único de Mahound vai arruinar seus templos? Trezentos e sessenta contra um, e o um ganha? Não pode acontecer." Ele ri, quase histérico. Abu Simbel continua calmo: "Guarde os insultos para os seus versos". Baal não consegue parar de rir. "Uma revolução de carregadores de água, imigrantes e escravos... nossa!, Grande. Estou morrendo de medo." Abu Simbel olha cuidadosamente o poeta que ri. "É", responde, "é isso mesmo, você tem razão de ter medo. Comece a escrever, por favor, espero que esses versos sejam a sua obra-prima." Baal despenca, geme. "Mas seria um desperdício do meu, do meu pouco talento..." E percebe que falou demais.

"Faça o que lhe foi ordenado", são as últimas palavras de Abu Simbel. "Você não tem escolha."

*

O Grande repousa em seu quarto enquanto as concubinas atendem a suas necessidades. Óleo de coco para o cabelo cada vez mais ralo, vinho para o palato, línguas para sua delícia. *O rapaz tinha razão. Por que tenho medo de Mahound?* Começa, preguiçoso, a contar as concubinas, desiste em quinze, deixando tombar a mão. *O rapaz. Hind vai continuar se encontrando com ele, claro; o que pode ele contra a vontade dela?* Ele sabe que tem uma fraqueza: enxergar demais, tolerar demais. Ele tem seus apetites, por que não teria ela os dela? Contanto que seja discreta; e contanto que ele saiba. Ele tem de saber; saber é seu narcótico, seu vício. Não pode tolerar o que não sabe, e por essa razão, mesmo que por nenhuma outra, Mahound é seu inimigo, Mahound com seu bando de esfarrapados, tinha razão de rir o rapaz. Ele, o Grande, ri com menos facilidade. Como seu oponente, também ele é um homem cauteloso, anda na ponta dos pés. Relembra o grandalhão, o escravo, Bilal: como seu mestre pediu-lhe na porta do templo de Lat, que enumerasse os deuses. "Um", respondeu naquela imensa voz musical. Blasfêmia, punível com a morte. Foi amarrado no chão da feira com uma pedra em cima do peito. *Quantos você disse?* Um, ele repetiu, um. Uma segunda pedra foi acrescentada à primeira. *Um um um*. Mahound pagou ao dono dele uma alta soma e libertou-o.

Não, Abu Simbel reflete, esse rapaz Baal está errado, esses homens merecem atenção. Por que temo Mahound? Por isso: um um um, essa aterrorizadora singularidade. Enquanto eu estou sempre dividido, sempre dois ou três ou quinze. Posso até entender sua posição; ele é tão rico e bem-sucedido como qualquer um de nós, como qualquer dos conselheiros, mas como não tem as ligações familiares corretas, não lhe oferecemos um lugar em nosso grupo. Excluído da elite mercantil por causa de sua orfandade, ele sente que foi enganado, que não recebeu o que lhe é devido. Sempre foi um sujeito ambicioso. Ambicioso, mas também solitário. Não se chega ao alto subindo uma montanha inteiramente sozinho. A menos, talvez, que você encontre um anjo lá em cima... é, é isso. Entendo o que está pretendendo. Mas ele não me entenderia. *Que tipo de idéia sou eu?* Eu me curvo. Oscilo. Calculo meus riscos, acerto minhas velas, manipulo, sobrevivo. Por isso é que não vou acusar Hind de adultério. Formamos um bom par, gelo e fogo. O escudo familiar dela, o fabuloso leão vermelho, o manticora de muitos dentes. Ela que brinque com seu satirista; o sexo nunca foi o forte para nós. Acabo com ele quando ela acabar com ele. É uma grande mentira, pensa o Grande de Jahilia deslizando para o sono, que a pena seja mais forte que a espada.

*

As fortunas da cidade de Jahilia foram construídas com base na supremacia da areia sobre a água. Antigamente, acreditava-se que era mais seguro transportar bens pelo deserto que por mar, onde as monções podiam atacar a qualquer momento. Naqueles dias, antes da meteorologia, tais coisas eram impossíveis de predizer. Por essa razão os caravançarás prosperavam. Os produtos do resto do mundo vinham de Zafar para Sabá, depois para Jahilia e para o oásis de Yathrib, continuando até Midian, onde vivia Moisés; daí para Aqabah e o Egito. De Jahilia saíam outras trilhas: para o leste e nordeste, em direção à Mesopotâmia e ao grande império persa. Para Petra e para Palmira, onde o grande Salomão amou a rainha de Sabá. Eram dias prósperos. Mas agora as frotas singrando as águas em torno da península ficaram mais resistentes, as tripulações mais hábeis, os instrumentos de navegação mais acurados. As caravanas de camelos estão perdendo terreno para os navios. Navios do deserto e navios do mar, a velha rivalidade provoca um abalo no equilíbrio do poder. Os governantes de Jahilia se afligem, mas pouco podem fazer. Às vezes, Abu Simbel suspeita que só a peregrinação impede a ruína da cidade. O conselho vasculha o mundo em busca de estátuas de deuses alheios, para atrair novos peregrinos à cidade de areia; mas também nisso tem concorrentes. Em Sabá, foi construído um grande templo, um santuário para rivalizar com a Casa da Pedra Negra. Muitos peregrinos foram atraídos para o sul, e os números da feira de Jahilia começam a cair.

Por recomendação de Abu Simbel, os governantes de Jahilia juntaram a suas práticas religiosas os tentadores temperos da profanidade. A cidade ficou famosa por sua licenciosidade, como um antro de jogo, um prostíbulo, um lugar de cantos vulgares e de música louca e ruidosa. Numa ocasião, alguns membros da tribo dos Shark foram longe demais em sua ganância pelo dinheiro dos peregrinos. Os porteiros da Casa começaram a exigir gorjetas dos cansados viajantes; quatro deles, indignados por não receberem mais que ninharias, empurraram para a morte dois viajantes que rolaram pela grande e íngreme escadaria. Essa prática deu resultados opostos ao esperado, porque desencorajou novas visitas... Hoje, muitas mulheres peregrinas são raptadas em troca de resgate, ou para serem vendidas como concubinas. Bandos de jovens *sharks* patrulham a cidade, impondo sua própria lei. Comenta-se que Abu Simbel reúne-se em segredo com os líderes desses bandos e organiza suas atividades. É esse o mundo para o qual Mahound trouxe a sua mensagem: um um um. Em meio a tal multiplicidade, soa como uma palavra perigosa.

O Grande se senta e imediatamente as concubinas se aproximam para retomar as fricções e os carinhos. Ele as afasta com um gesto, bate palmas. Entra o eunuco. "Mande um mensageiro à casa do *kahin* Mahound", Abu Simbel ordena. *Vamos fazer um pequeno teste com ele. Uma competição justa: três contra um.*

*

Carregador de água imigrante escravo: os três discípulos de Mahound lavam-se no poço de Zamzam. Na cidade de areia, essa obsessão pela água faz deles aberrações. Abluções, sempre abluções, as pernas até os joelhos, os braços até os cotovelos, a cabeça até o pescoço. Torso seco, membros molhados e cabeça úmida, como parecem excêntricos! Splish, splosh, lavando e rezando. De joelhos, afundando braços, pernas, cabeças, na ubíqua areia, e começando em seguida o ciclo de água e orações. São alvos fáceis para a pena de Baal. Esse amor pela água é uma espécie de traição; o povo de Jahilia aceita a onipotência da areia. Ela se aloja entre os dedos de seus pés e mãos, se acumula nos cílios e cabelos, entope os poros. Eles se abrem ao deserto: vem, areia, lava-nos em aridez. Essa a maneira dos jahilianos desde o mais alto cidadão ao mais humilde dos humildes. São gente de silício, e os amantes da água vieram estar entre eles.

Baal circula em torno deles a distância segura — Bilal não é homem com quem se possa brincar — e grita provocações. "Se as idéias de Mahound valessem alguma coisa, acham que só iam ser aceitas por miseráveis como vocês?" Salman segura Bilal: "Devemos ficar honrados de o poderoso Baal resolver nos atacar", sorri, e Bilal relaxa, rende-se. Khalid, o carregador de água está nervoso, e quando vê a pesada figura do tio de Mahound, Hamza, se aproximando, corre até ele, ansioso. Hamza tem sessenta anos e ainda é o mais famoso lutador e caçador de leões da cidade. Embora a verdade seja menos gloriosa que os elogios: Hamza foi muitas vezes derrotado em combate, salvo por amigos ou pelo acaso, resgatado das garras de leões. Ele tem dinheiro para manter esses fatos fora de circulação. E a idade, e a sobrevivência, atribuem uma espécie de validação à lenda marcial. Bilal e Salman esquecem Baal e vão atrás de Khalid. Os três são nervosos, jovens.

Ele ainda não voltou para casa, Hamza anuncia. E Khalid, preocupado: Mas já faz horas, o que aquele maldito está fazendo com ele, torturando, torcendo-lhe os polegares, chicoteando? Salman, mais uma vez, é o mais calmo: Não é esse o estilo de Simbel, diz, deve ser alguma armadilha, pode crer. E Bilal muge, leal: Armadilha ou não, tenho fé nele, no Profeta. Ele não vai ceder. Hamza faz apenas uma suave censura: Ô, Bilal, quantas vezes tenho de dizer? Guarde sua fé para Deus. O Mensageiro é apenas um homem. A tensão explode em Khalid: ele afronta o velho Hamza, desafia, Está dizendo que o Mensageiro é fraco? Pode ser tio dele... Hamza dá um soco no lado da cabeça do carregador de água. Não deixe que ele veja o seu medo, diz, nem que esteja morrendo de pavor.

Os quatro estão se lavando mais uma vez quando Mahound chega; eles se juntam em torno dele, quemcomoporquê. Hamza fica um passo atrás. "Sobrinho, isso não é nada bom", afirma com seu latido de soldado. "Quando você desce do Coney tem sempre um brilho à sua volta. Hoje é uma coisa escura."

Mahound senta-se na borda do poço e sorri. "Recebi uma proposta." *De Abu Simbel?*, Khalid grita. *Nem pense nisso. Recuse.* O fiel Bilal adverte: Não passe sermão no Mensageiro. Claro que ele recusou. Salman, o persa, pergunta: Que proposta? Mahound torna a sorrir. "Pelo menos um de vocês quer saber."

"Coisa sem importância", recomeça. "Um grão de areia. Abu Simbel pede que Alá lhe faça um pequeno favor." Hamza percebe o cansaço dele. Como se tivesse lutado com um demônio. O carregador de água está gritando: "Nada! Nada de nada!". Hamza o faz calar.

"Se o nosso grande Deus resolver em seu coração conceder — ele usou essa palavra, *conceder* — que três, apenas três dos trezentos e sessenta ídolos da casa, sejam dignos de culto..."

"Não existe outro deus além de Deus!", grita Bilal. E seus companheiros juntam-se a ele: "*Ya* Alá!". Mahound parece zangado. "Que os fiéis ouçam o Mensageiro." Todos silenciam, esfregando os pés no pó.

"Ele pede a aprovação de Alá para Lat, Uzza e Manat. Em troca, nos dá garantia de que seremos tolerados, e até oficialmente reconhecidos; como prova disso, eu serei eleito para o conselho de Jahilia. É essa a proposta."

Salman, o persa, diz: "É uma armadilha. Se subir o Coney e descer com uma mensagem dessas, ele vai perguntar como consegue forçar Gibreel a lhe fazer a revelação exata. Vai poder chamar-lhe de charlatão, de impostor". Mahound sacode a cabeça. "Sabe, Salman, que eu aprendi a *ouvir*. Um *ouvir* que não é o ouvir normal, mas também uma forma de perguntar. Muitas vezes, quando Gibreel vem, é como se soubesse o que existe no meu coração. No mais das vezes, parece que ele vem de dentro do meu coração: do mais fundo de mim, da minha alma."

"Pode ser outro tipo de armadilha", Salman insiste. "Há quanto tempo professamos esse credo que o senhor nos trouxe? De que não existe outro deus além de Deus? O que vão pensar de nós se abandonarmos isso agora? Vai nos enfraquecer, nos fazer ridículos. Vamos deixar de ser perigosos. Ninguém mais vai nos levar a sério."

Mahound ri, genuinamente divertido. "Você talvez ainda não tenha visto o bastante", ele diz, suavemente. "Não notou ainda? As pessoas não nos levam a sério. Nunca mais do que cinqüenta ouvindo quando falo, e metade deles turistas. Não leu as sátiras que Baal pregou pela cidade inteira?" Ele recita:

> *Mensageiro, atente,*
> *por favor: sua monofilia,*
> *esse um um um, não é pra Jahilia.*
> *Devolva ao remetente.*

"Caçoam de nós, e você acha que somos perigosos", disse.

Hamza agora parece preocupado. "Você nunca se preocupou com o que eles pensam. Por que agora? Por que depois de falar com Simbel?"

Mahound sacode a cabeça. "Às vezes, acho que devo facilitar para as pessoas acreditarem."

Um silêncio inquieto encobre os discípulos; eles trocam olhares, mexem o corpo. Mahound torna a falar. "Todos vocês sabem o que está acontecendo. Nosso fracasso em conseguir novos adeptos. As pessoas não desistem dos seus deuses. Não desistem, não desistem." Ele se levanta, afasta-se dos outros, e vai se lavar sozinho no canto oposto do poço de Zamzam, ajoelha-se para rezar.

"As pessoas estão mergulhadas nas trevas", diz Bilal, infeliz. "Mas vão enxergar. Vão ouvir. Deus é um." O desespero contagia todos os quatro; até Hazam parece deprimido. Mahound foi abalado, e seus seguidores tremem.

Ele se levanta, curva-se, suspira, e torna a juntar-se aos outros. "Ouçam o que vou dizer, vocês todos", diz, passando um braço pelos ombros de Bilal, o outro em torno do tio. "Ouçam: é uma proposta interessante."

O não abraçado Khalid interrompe, ácido: "É uma proposta *tentadora*". Os outros parecem horrorizados. Hamza fala muito suavemente com o carregador de água. "Não era você, Khalid, que agora mesmo queria lutar comigo porque concluiu errado que, ao dizer que o Mensageiro era um homem, eu queria dizer que era fraco? E agora? Será minha vez de desafiar você?"

Mahound pede paz. "Se brigarmos, não teremos esperança." Ele tenta levar a discussão para o nível teológico. "A sugestão não é para Alá aceitar as três como suas iguais. Nem mesmo Lat. Mas só que elas recebam algum tipo de posição intermediária, secundária."

"Como demônios", Bilal grita.

"Não", Salman, o persa, entende a questão. "Como arcanjos. O Grande é um homem esperto."

"Anjos e demônios", Mahound diz. "Shaitan e Gibreel. Todos nós já aceitamos sua existência, a meio caminho entre Deus e o homem. O que Abu Simbel pede é que aceitemos mais três junto a essa ilustre companhia. Três apenas, e, diz ele, todas as almas de Jahilia serão nossas."

"E as estátuas serão retiradas da Casa?", pergunta Salman. Mahound responde que isso não foi especificado. Salman sacode a cabeça. "Estão fazendo isso para destruir o senhor." E Bilal acrescenta: "Deus não pode ser quatro". E Khalid, perto das lágrimas: "Mensageiro, o que está dizendo? Lat, Manat, Uzza — são todas *mulheres*! Por caridade! Vamos ter deusas agora? Aquelas velhas gruas, garças, megeras?".

Desespero pressão fadiga, marcando profundamente o rosto do Profeta. Que Hamza, como um soldado confortando um companheiro ferido no campo de batalha, segura entre as duas mãos. "Não podemos resolver isso por você, sobrinho", diz. "Suba a montanha. Vá perguntar a Gibreel."

*

Gibreel: o sonhador, cujo ponto de vista é às vezes o da câmera, em outros momentos o do espectador. Quando ele é a câmera, o pê de vê está sempre em movimento, ele detesta planos estáticos, então flutua numa alta grua olhando lá embaixo as figuras reduzidas dos atores, ou então mergulha para ficar invisível no meio deles, girando lentamente em torno de si mesmo para fazer uma panorâmica de trezentos e sessenta graus, ou talvez experimente uma tomada em *dolly*, acompanhando lateralmente Baal e Abu Simbel enquanto andam, ou a câmera na mão sustentada pelo *steadicam* penetra os segredos do quarto do Grande. Mas quase sempre senta-se no monte Cone como um espectador que comprou ingresso para os melhores lugares da platéia e assiste Jahilia na tela. Assiste e avalia a ação como qualquer fã de cinema, aprecia as brigas infidelidades crises morais, mas não há mulheres suficientes para fazer um sucesso de fato, cara, e cadê as músicas? Deviam ter ampliado a cena da feira, talvez com uma aparição especial de Pimple Billimoria numa tenda de espetáculos, sacudindo as famosas tetas.

E quando, sem avisar, Hamza diz a Mahound: "Vá perguntar a Gibreel", ele, o sonhador, sente o coração dar um pulo, alarmado, quem, eu? *Eu* é que tenho de saber as respostas aqui? Estou aqui sentado assistindo ao filme e vem esse ator e aponta o dedo para mim, onde já se viu uma coisa dessas?, quem pede à porra da platéia de um "teológico" que resolva a porra da trama? — Mas à medida que o sonho se transforma, está sempre mudando de forma, Gibreel não é mais um mero espectador, mas o ator central, o astro. Com a sua velha fraqueza de aceitar papéis demais: sim, sim, ele não está fazendo só o arcanjo, mas também o outro, o negociante, o Mensageiro, Mahound, subindo a montanha quando ele surge. É preciso que a montagem seja muito hábil para possibilitar esse papel duplo, os dois não podem nunca ser vistos na mesma tomada, cada um deles tem de contracenar com o nada, com a encarnação imaginária do outro, e confiar à tecnologia a criação da imagem que falta, com tesouras e fita colante ou, mais exoticamente, como a ajuda do *travelling mat*. Não confundir com qualquer ha ha tapete mágico.

Ele entendeu: tem medo do outro, do negociante, não é uma coisa louca? O arcanjo tremendo diante de um homem mortal. É verdade, mas: o tipo de medo que você sente quando está num estúdio de cinema pela primeira vez e ali, pronto para entrar em cena, está uma das lendas vivas do cinema; você pensa, vou me dar mal, vou secar, vou morrer, você quer mostrar, loucamente, que tem *valor*. Você será levado na esteira do gênio, ele pode fazer você parecer que é bom, que voa alto, mas você vai saber se está dando o máximo de si e o pior é que ele também... O medo de Gibreel, o medo do ser que seu sonho cria, o faz debater-se com a chegada de Mahound, tentando evitá-lo, mas ele já vem vindo agora, não há dúvida, e o arcanjo prende a respiração.

Um daqueles sonhos em que você é empurrado para o palco quando não tem nada para fazer lá, não sabe a história, não aprendeu as falas, mas há uma casa cheia assistindo, assistindo: essa é a sensação. Ou aquela história verdadeira da atriz branca fazendo papel de negra em Shakespeare. Ela entrou no palco e deu-se conta que ainda estava de óculos, argh!, mas tinha esquecido de pintar as mãos, de forma que não podia tirar os óculos, duplo argh!: era assim também. *Mahound vem até mim em busca de revelação, pedindo que eu escolha entre as alternativas monoteísta e henoteísta, e eu sou só um ator idiota que está tendo um* bhaenchud *de um pesadelo, que porra sei eu,* yaar, *o que dizer, socorro. Socorro.*

*

Para chegar ao monte Cone, partindo de Jahilia, é preciso atravessar ravinas escuras onde a areia não é branca, não a pura areia filtrada há muito pelos corpos dos pepinos-do-mar, mas negra e áspera, sugando luz do Sol. Coney ali está agachado acima de você como uma fera imaginária. Você sobe ao longo de sua espinha dorsal. Deixando para trás as últimas árvores, floradas de branco com folhas grossas, leitosas, você sobe entre os rochedos, que quanto mais alto maiores ficam, até parecerem altas muralhas que começam a tapar o Sol. Os lagartos são azuis como as sombras. Você então chega ao pico, Jahilia atrás de você, o deserto plano à frente. Você desce pelo lado do deserto, e cento e cinqüenta metros adiante chega à caverna, tão alta que se pode ficar de pé, e cujo piso é recoberto de miraculosa areia albina. Enquanto sobe, ouve os pombos do deserto chamando seu nome, e as rochas o saúdam também, em sua linguagem própria, gritando *Mahound, Mahound*. Quando chega à caverna, você está cansado, deita-se, dorme.

*

Mas, depois de descansar, ele entra num tipo de sono diferente, uma espécie de não-sono, estado que chama de *escuta*, e sente uma dor retorcendo-lhe as entranhas, como algo que tenta nascer, e então Gibreel, que estivera pairando no alto, observando, sente uma confusão, *quem sou eu*, nesses momentos começa a parecer que o arcanjo está realmente *dentro do Profeta*, sou eu a cólica nas entranhas, eu o anjo sendo expelido pelo umbigo do adormecido, eu emergindo, Gibreel Farishta, enquanto meu outro eu, Mahound, está em *escuta*, em transe, fico ligado a ele, umbigo com umbigo, por um cordão brilhante de luz, impossível dizer qual de nós dois está sonhando o outro. Fluímos em ambas as direções pelo cordão umbilical.

Hoje, além da opressora intensidade de Mahound, Gibreel sente seu desespero: suas dúvidas. Sente, também, que tem uma grande carência, mas Gibreel ainda não sabe o que vai dizer... escuta aquela escuta que é também um perguntar. Mahound *pergunta*: Eles viram milagres e não creram. Eles o viram vir a mim, à vista de toda a cidade, e abrir meu coração, viram quando lavava meu coração nas águas de Zamzam e tornava a colocá-lo em meu corpo. Muitos viram tudo isso, mas ainda cultuam pedaços de pedra. E quando você veio à noite e me levou a Jerusalém e pairei sobre a cidade santa, não voltei e a descrevi exatamente como ela é, até o mais mínimo detalhe? De forma que não podia haver dúvidas quanto ao milagre, e mesmo assim eles foram a Lat. Já não fiz o melhor de que sou capaz para simplificar as coisas para eles? Quando me levou ao próprio Trono, e Alá decretou aos fiéis a pesada carga de quarenta preces por dia, na viagem de retorno encontrei Moisés e ele disse, a carga é pesada demais, volte e peça menos. Quatro vezes voltei, e quatro vezes Moisés disse, é demasiado, volte de novo. Mas na quarta vez Alá havia reduzido a obrigação a cinco preces e recusei-me a voltar. Senti vergonha de implorar ainda mais. Em sua bondade ele pede cinco em vez de quarenta e ainda assim eles amam Manat, querem Uzza. Que posso fazer? Que devo recitar?

Gibreel fica em silêncio, vazio de respostas, pelo amor de Deus, *bhai*, não venha perguntando para mim. É horrível a angústia de Mahound. Ele *pergunta*: é possível que elas *sejam* anjos? Lat, Manat, Uzza... pode-se dizer que são angélicas? Gibreel, você tem irmãs? Serão as filhas de Deus? Ele se castiga, Oh, minha vaidade, sou um homem arrogante, isto é fraqueza, é apenas um sonho de poder? Devo trair a mim mesmo por uma cadeira no conselho? Esta questão é razoável e sábia ou é apenas vazia e egoísta? Não sei nem se o Grande é sincero. Será que ele sabe? Talvez nem ele saiba. Eu sou fraco e ele é forte, a proposta dá a ele muitas maneiras de arruinar-me. Mas também eu tenho muito a ganhar. As almas da cidade, do mundo, por certo elas valem três anjos? Será que Alá é tão rígido a ponto de não aceitar três a mais para salvar a raça humana? — Eu nada sei. — Deus deve ser orgulhoso ou humilde, majestoso ou simples, condescendente ou inflexível? *Que tipo de idéia ele é? Que tipo sou eu?*

*

Quase adormecido, ou quase desperto, Gibreel Farishta muitas vezes vê-se cheio de ressentimento por não aparecer, em suas visões persecutórias, Aquele que deveria ter todas as respostas, *Ele* nunca aparece, aquele que se manteve distante quando eu estava morrendo, quando precisei e precisei dele. Aquele que tudo representa, Alá Ishvar Deus. Ausente como sempre enquanto nos contorcemos e sofremos em seu nome.

O Ser Supremo se mantém distante; o que volta sempre é essa cena, o Profeta em transe, a extrusão, o cordão de luz, e então Gibreel em seu duplo papel, ao mesmo tempo embaixo olhando para cima e em cima olhando para baixo. E ambos loucos de pavor pela transcendência desse estado. Gibreel, paralisado pela presença do Profeta, por sua grandeza, pensa: não posso emitir nem um som porque pareceria um maldito idiota. Conselho de Hamza: nunca demonstre seu medo: os arcanjos precisam desse conselho tanto quanto os carregadores de água. Um arcanjo tem de parecer composto, o que pensaria o Profeta se o Exaltado de Deus começasse a gaguejar de timidez?

E acontece: a revelação. Assim: Mahound, ainda em seu não-sono, fica rígido, veias saltam em seu pescoço, ele abraça o próprio ventre. Não, não, nada como um ataque epiléptico, a explicação não é tão simples; que ataque epiléptico faz o dia virar noite, as nuvens se acumularem no céu, o ar engrossar como uma sopa enquanto o anjo paira, tonto de pavor, no céu acima do sofredor, cativo lá em cima, uma pipa presa a um fio dourado? A cólica de novo a cólica e então começa o milagre em minhas dele nossas entranhas, ele está empenhado com toda força em alguma coisa, forçando alguma coisa, e Gibreel começa a sentir a potência dessa força, aqui está ela *em meu queixo*, movendo-o, abrindo fechando; o poder, originado no interior de Mahound, chegando às *minhas cordas vocais* e a voz vem.

Não a minha voz, eu nunca saberia essas palavras, não tenho essa classe para falar, nunca tive, nunca terei, esta não é minha voz, é a Voz.

Os olhos de Mahound se abrem, ele está tendo alguma visão, olhando fixo para ela, ah, claro, Gibreel se lembra, eu. Ele está vendo a mim. Meus lábios se movendo, sendo movidos por. O quê? Quem? Não sei, não posso dizer. Mesmo assim, aqui estão elas, saindo de minha boca, subindo pela minha garganta, passando por meus dentes: as Palavras.

Ser carteiro de Deus não é nada fácil, *yaar*.
Masmasmas: Deus não está em cena.
Sabe Deus de quem fui carteiro.

*

Em Jahilia, estão esperando por Mahound no poço. Khalid, o carregador de água, como sempre o mais impaciente, corre até o portão da cidade para ficar vigiando. Hamza, como todos os velhos soldados acostumados à solidão, agacha-se na areia e joga um jogo de pedrinhas. Não há nenhuma sensação de urgência; às vezes, ele fica afastado durante dias, até semanas. E hoje a cidade está quase deserta; foram todos às grandes tendas da feira para assistir à competição dos poetas. No silêncio, ouve-se apenas o ruído das pedrinhas de Hamza, o arrulhar de um par de pombos nas rochas, visitantes do monte Cone. Ouve-se então o ruído de pés que correm.

Khalid chega, sem fôlego, parecendo infeliz. O Mensageiro retornou, mas não está vindo para Zamzam. Agora estão todos de pé, perplexos por esse afastamento da prática estabelecida. Os que esperavam com caules e folhas de palmeira perguntam a Hamza: Então não haverá Mensagem? Mas Khalid, ainda recuperando o fôlego, sacode a cabeça. "Acho que sim. Ele está daquele jeito que fica quando ouviu a Palavra. Mas não falou comigo e foi indo na direção da feira."

Hamza assume o comando, impedindo a discussão, e lidera a marcha. Os discípulos — juntaram-se uns vinte deles — o seguem aos mercados da carne da cidade com expressões de piedoso desgosto nas caras. Só Hamza parece estar curioso com a feira.

Diante das tendas dos Donos de Camelos Malhados, encontram Mahound, de pé, olhos fechados, fortalecendo-se para a missão. Fazem perguntas curiosas; ele não responde. Depois de alguns momentos, entra na tenda da poesia.

*

Lá dentro, a platéia reage com derrisão à chegada do profeta impopular e de seus seguidores. Mas quando Mahound avança, olhos fechados com força, vão se calando os gritos e vaias e cai o silêncio. Mahound não abre os olhos nem um instante, mas seus passos são firmes, e ele chega ao palco sem tropeçar nem colidir com nada. Sobe os poucos degraus até a luz; seus olhos continuam fechados. Reunidos, os poetas líricos, os compositores de elogios do assassínio, os versificadores narrativos e os satiristas — Baal está presente, claro — observam divertidos, mas também um pouco inquietos, a presença do sonâmbulo Mahound. No meio da multidão, seus discípulos disputam um espaço. Os escribas se acotovelam para ficar perto, para registrar tudo o que disser.

O Grande Abu Simbel está reclinado em almofadas sobre um tapete de seda ao lado do palco. A seu lado, resplandecente num colar de ouro egípcio, sua mulher, Hind, aquele famoso perfil grego com cabelos negros que lhe descem até os pés. Abu Simbel levanta-se e chama Mahound. "Bem-vindo." Ele é todo urbanidade. "Bem-vindo, Mahound, o vidente, o *kahin*." É uma declaração pública de respeito e impressiona a multidão. Os discípulos do Profeta, não mais empurrados, conseguem passar. Confusos, semi-satisfeitos, chegam à frente. Mahound fala sem abrir os olhos.

"Esta é uma reunião de muitos poetas", diz com clareza, "e não posso afirmar que sou um deles. Mas sou o Mensageiro, e trago versos d'Aquele que é maior que todos os que estão aqui reunidos."

A platéia está perdendo a paciência. Religião é para o templo; jahilianos e peregrinos ali estão pelo divertimento. Não deixe ele falar! Tire ele daí! — Abu Simbel, porém, manifesta-se de novo. "Se seu Deus realmente lhe falou", diz, "todos devem ouvir." E num instante o silêncio na grande tenda é completo.

"*A estrela*", proclama Mahound, e os escribas começam a escrever.

"Em nome de Alá, o Compassivo, o Misericordioso!

"Pelas Plêiades quando se põem: Seu companheiro não está em erro; nem perdido do caminho.

"Nem fala ele de seus próprios desejos. É uma revelação que foi revelada: um que é grande em poder o ensinou.

"Ele pisou o alto horizonte: o senhor da força. Depois, chegou mais perto, mais perto que o tamanho de dois arcos, e revelou a seu servo aquilo que está revelado.

"O coração do servo foi fiel quando viu o que viu. Ousais, pois, questionar o que foi visto?

"Eu o vi também na árvore de lótus do fim do fim, que fica perto do Jardim do Repouso. Quando essa árvore estava coberta por sua cobertura, meu olho não olhava para outro lado, nem vacilava o meu olhar; e vi um dos maiores sinais do Senhor."

Nesse ponto, sem qualquer traço de hesitação ou dúvida, ele recita dois versos mais.

"Pensais também em Lat e Uzza, e em Manat, a terceira, a outra?" — Depois do primeiro verso, Hind se põe de pé; o Grande de Jahilia já está de pé, muito ereto. E Mahound, de olhos silenciados, recita: "Elas são os pássaros exaltados, e sua intercessão é de fato desejada".

Quando o barulho — berros, vivas, gritos de escândalo e gritos de devoção à deusa Al-Lat — cresce e explode dentro da tenda, a platéia já perplexa assiste ao espetáculo duplamente sensacional de ver o Grande Abu Simbel colocando os polegares nos lóbulos das orelhas, sacudindo os dedos de ambas as mãos e gritando alto a fórmula: "*Allahu Akbar*". Em seguida, ele cai de joelhos e pousa deliberadamente a testa no chão. Sua esposa, Hind, segue imediatamente o seu exemplo.

O carregador de água Khalid ficou junto da entrada da tenda no decorrer de todos esses eventos. Agora, ele assiste, horrorizado, a todos os que ali estão reunidos, tanto a multidão dentro da tenda quanto os homens e mulheres que sobraram para fora, começarem a se ajoelhar, fileira por fileira, o movimento se espalhando a partir de Hind e do Grande como se eles fossem pedras atiradas num lago; até que toda a multidão, tanto dentro quanto fora da tenda, está ajoelhada com o traseiro para o ar diante do Profeta de olhos fechados que acabou de reconhecer as divindades patronas da cidade. O próprio Mensageiro continua de pé, como se relutasse em juntar-se à assembléia em sua devoção. Caindo em prantos, o carregador de água foge para o deserto coração da cidade das areias. Suas lágrimas, enquanto ele corre, vão queimando buracos no chão, como se contivessem algum forte ácido corrosivo.

Mahound continua imóvel. Não se encontra um traço de umidade nos cílios de seus olhos fechados.

*

Nessa noite do desolador triunfo do negociante na tenda dos infiéis, ocorrem certos assassinatos pelos quais a primeira-dama de Jahilia levará anos para cobrar sua terrível vingança.

Hamza, o tio do profeta, está voltando para casa sozinho, a cabeça curvada e cinzenta na penumbra daquela melancólica vitória, quando ouve um rugido e levanta os olhos, deparando-se com um gigantesco leão escarlate preparado para saltar sobre ele de cima das muralhas da cidade. Ele conhece essa fera, essa fábula. *Seu pelame escarlate e iridescente funde-se ao fumegante rebrilhar das areias do deserto. De suas narinas exala o horror dos lugares solitários da terra. Ele cospe pestilência, e quando os exércitos se aventuram no deserto, ele os consome inteiramente*. Na última luz azul do anoitecer, ele dá um grito para a fera, preparando-se, desarmado como está, para encontrar a morte. "Salta, maldito, manticora. Já estrangulei grandes gatos com as mãos nuas no meu tempo." Quando era mais moço. Quando era moço.

Ressoa uma risada atrás dele, e o riso distante ecoa, ou parece ecoar, das muralhas. Ele olha em torno; o manticora desapareceu dos parapeitos. Vê-se cercado por um grupo de jahilianos bem vestidos, que voltam da feira e riem. "Agora que esses novos místicos se converteram a nossa Lat, estão vendo novos deuses em cada esquina, não é?" Percebendo que a noite será cheia de terrores, Hamza volta para casa e pede sua espada de combate. "Mais do que tudo no mundo", ele grunhe ao mirrado valete que o serve há quarenta anos, na paz e na guerra, "o que detesto admitir é que meus inimigos têm razão. Melhor matar aqueles malditos, foi o que sempre pensei. O sangue é a melhor solução." A espada está guardada em sua bainha de couro desde o dia em que foi convertido por seu sobrinho, mas esta noite, ele confia ao valete, "O leão está solto. A paz terá de esperar".

É a última noite do festival de Ibrahim. Jahilia é toda mascarada e loucura. Os gordos corpos untados dos lutadores já cumpriram suas contorções e os sete poemas já foram pregados nas paredes da Casa da Pedra Negra. Agora, as prostitutas cantoras tomam o lugar dos poetas, as prostitutas dançarinas, de corpos untados também, já estão trabalhando; o corpo-a-corpo noturno substitui a variedade diurna. As cortesãs dançam e cantam usando máscaras douradas, com bicos de pássaros, e o ouro se reflete nos olhos brilhantes dos clientes. Ouro, ouro por toda parte, nas mãos dos exploradores jahilianos e de seus hóspedes libidinosos, nas chamas dos braseiros de areia, nas paredes refulgentes da cidade noturna. Hamza caminha dolorosamente pelas ruas de ouro, passando por peregrinos desacordados, enquanto os cortadores de bolsas ganham a vida. Ele ouve o vozerio borrado pelo vinho em toda porta que rebrilha em ouro, e sente as canções e as gargalhadas roucas e o tilintar das moedas a feri-lo como insultos mortais. Mas não encontra o que está procurando, não ali, então se afasta da agitação iluminada do ouro e começa a palmilhar as sombras, caçando a aparição do leão.

E encontra, depois de horas de busca, aquilo que sabia estar a sua espera, num canto escuro da muralha externa da cidade, o objeto de sua visão, o rubro manticora com a tripla fileira de dentes. O manticora tem olhos azuis, uma cara humanóide e sua voz é meio trompa e meio flauta. É rápido como o vento, as unhas são garras em rosca e a cauda possui espinhos venenosos. Ele adora alimentar-se de carne humana... uma briga está ocorrendo. Facas sibilam no silêncio, às vezes um choque de metal contra metal. Hamza reconhece os homens que estão sendo atacados: Khalid, Salman, Bilal. Ele próprio um leão agora, Hamza saca a espada, estraçalha o silêncio com um rugido, e arremete com toda a força de suas pernas de sessenta anos. Os atacantes de seus amigos são irreconhecíveis debaixo das máscaras.

Foi uma noite de máscaras. Vagando pelas debochadas ruas jahilianas, Hamza vira homens e mulheres disfarçados de águias, chacais, cavalos, grifos, salamandras, javalis, rocas; brotando do negror das alamedas surgiam serpentes de duas cabeças e touros alados conhecidos como esfinges assírias. Djins, huris, demônios povoam a cidade nessa noite de fantasmagoria e luxúria. Mas só agora, nesse lugar escuro, ele vê as máscaras vermelhas que estivera procurando. As máscaras de manticora: ele corre para o seu destino.

*

Nas garras de uma autodestrutiva infelicidade, os três discípulos começaram a beber, e, dada a sua não-familiaridade com o álcool, logo ficaram não apenas intoxicados, mas estupidamente bêbados. Postaram-se numa pequena praça e começaram a ofender os transeuntes, e depois de algum tempo o carregador de água Khalid brandiu sua bolsa de água, gabando-se de ser capaz de destruir a cidade, de ser o portador da arma total. Água: que podia limpar Jahilia da sujeira, lavá-la toda, para que pudesse haver um novo começo a partir da areia branca purificada. Foi quando os homens-leões começaram a persegui-los. E depois de longa caçada estavam encurralados, a bebedeira curada pelo medo, olhando as máscaras vermelhas da morte, quando Hamza chegou bem a tempo.

... Gibreel flutua sobre a cidade observando a luta. Ela termina logo, assim que Hamza entra em cena. Dois atacantes mascarados fogem, dois estão mortos. Bilal, Khalid e Salman receberam alguns cortes, mas nada grave. Mais graves que suas feridas é o que descobrem por trás das máscaras de leão. "Os irmãos de Hind", Hamza reconhece. "As coisas vão se acabar para nós."

Matadores de manticoras, terroristas aquáticos, os seguidores de Mahound sentam-se e choram à sombra da muralha da cidade.

Quanto a ele, o Profeta Mensageiro Negociante: seus olhos estão agora abertos. Ele palmilha o pátio interno de sua casa, da casa de sua mulher, e não entra para encontrá-la. Ela tem quase setenta anos e sente-se, nesses tempos, mais mãe do que uma. Ela, a mulher rica, que o empregou para gerenciar suas caravanas há muito tempo. A capacidade gerencial foi a primeira coisa de que gostou nele. E, depois de um tempo, estavam apaixonados. Não é fácil ser uma mulher brilhante e bem-sucedida numa cidade em que os deuses são femininos mas as fêmeas são meros bens de mercado. Os homens a temiam, ou achavam que era tão forte que não precisava da consideração deles. Ele não tinha demonstrado medo, e tinha lhe dado a sensação de constância de que precisava. Enquanto ele, o órfão, encontrava nela muitas mulheres numa só: mãe irmã amante sibila amiga. Quando pensou que estava louco, foi ela quem acreditou em suas visões. "É o arcanjo", dissera, "nenhuma névoa de sua cabeça. É Gibreel, e você é o Mensageiro de Deus."

Ele não pode, não quer, vê-la agora. Ela o observa pela treliça de pedra de uma janela. Ele não consegue parar de andar, girando pelo pátio numa seqüência randômica de geometrias inconscientes, os passos traçando uma série de elipses, trapézios, rombóides, ovais, anéis. Enquanto ela relembra como ele voltava das trilhas de caravanas cheio das histórias que tinha ouvido em oásis distantes. Um profeta, Isa, nascido de uma mulher chamada Maryam, não nascido de nenhum homem, sob uma palmeira no deserto. Histórias que faziam brilhar seus olhos, depois se dissolviam na distância. Ela relembra sua excitabilidade: a paixão com que defendia, a noite inteira se preciso, que a vida nômade antiga fora melhor que aquela cidade de ouro onde as pessoas expunham suas filhas bebês ao deserto. Nas tribos de antigamente, até os órfãos mais pobres eram cuidados. Deus está no deserto, ele dizia, não neste aborto de lugar. E ela respondia, Ninguém discute, meu amor, é tarde, e amanhã temos contas a fazer.

Ela tem ouvidos longos; já ouviu o que ele disse sobre Lat, Uzza, Manat. E daí? Antigamente, ele queria proteger as meninas bebês de Jahilia; por que não deveria tomar as filhas de Alá também sob suas asas? Mas depois de fazer a si mesma essa pergunta, ela sacode a cabeça e reclina-se pesadamente na fresca parede ao lado da janela velada pela treliça esculpida em pedra. Enquanto lá, abaixo dela, o marido caminha em pentágonos, paralelogramos, estrelas de seis pontas e, depois, em padrões abstratos e cada vez mais labirínticos, para os quais não existem nomes, como se fosse incapaz de encontrar uma linha simples.

Quando ela torna a olhar o pátio alguns momentos depois, porém, ele se foi.

*

O Profeta desperta entre lençóis de seda, com uma tremenda dor de cabeça, num quarto que nunca viu. Fora da janela, o sol está próximo do seu selvagem zênite, e, silhuetada contra o branco, há uma alta figura numa capa negra com capuz, cantando suavemente em voz forte, grave. É uma canção que as mulheres de Jahilia entoam em coro quando animam seus homens para a guerra.

Vão e vos abraçamos,
abraçamos, abraçamos,

*vão e vos abraçamos
desdobrando tapetes macios.*

*Recuem e vos desertamos,
vos deixamos, desertamos,
se recuam não vos amamos,
nossos leitos de amor vazios.*

Ele reconhece a voz de Hind, senta-se e descobre que está nu sob o lençol cremoso. Pergunta a ela: "Fui atacado?". Hind volta-se para ele, sorrindo seu sorriso de Hind. "Atacado?", ela imita, e bate palmas pedindo o desjejum. Entram servos, transportam, servem, tiram, desaparecem. Mahound é vestido num hábito de seda negra e dourada; Hind desvia o olhar com exagero. "Minha cabeça", ele pergunta de novo. "Alguém me bateu?" Ela está diante da janela, a cabeça baixa, fazendo o papel da donzela tímida. "Oh, Mensageiro, Mensageiro", brinca. "Como é pouco galante o Mensageiro. Não seria capaz de vir ao meu quarto conscientemente, por sua própria vontade? Não, claro que não, eu o repeliria, tenho certeza." Ele se recusa a jogar esse jogo. "Sou prisioneiro?", pergunta, e novamente ela ri dele. "Não seja bobo." E então, encolhendo os ombros, cede: "Eu estava passeando pelas ruas da cidade ontem à noite, mascarada, para ver a festa, e não é que topei com seu corpo inconsciente? Como um bêbado na sarjeta, Mahound. Mandei meus servos pegarem uma liteira e trouxe você para casa. Agradeça".

"Agradeço."

"Acho que você não foi reconhecido", diz ela. "Senão, talvez tivesse sido morto. Sabe como estava a cidade ontem à noite. As pessoas exageram. Nem meus próprios irmãos voltaram para casa ainda."

Ele relembra agora a louca caminhada pela cidade corrupta, olhando as almas que supunha ter salvo, olhando as efígies de *simurghs*, as máscaras de diabo, os *behemoths* e os hipogrifos. A fadiga do longo dia em que tinha descido o monte Cone, caminhado pela cidade, se submetido à pressão dos eventos na tenda da poesia — e depois, a raiva dos discípulos, a dúvida — o conjunto de tudo o tinha esgotado. "Eu desmaiei", lembra-se.

Ela vem e senta-se perto dele na cama, estende um dedo, encontra a abertura da roupa, acaricia seu peito. "Desmaiou", murmura. "Isso é fraqueza, Mahound. Está ficando fraco?"

Coloca o dedo acariciante sobre os lábios dele antes que possa responder. "Não diga nada, Mahound. Sou a esposa do Grande, e nenhum de nós é seu amigo. Meu marido, porém, é um homem fraco. Em Jahilia, acham que ele é astuto, mas eu sei a verdade. Ele sabe que tenho amantes e não toma nenhuma atitude, porque os templos estão sob os cuidados de minha família. O de Lat, o de Uzza, o de Manat. As — devo dizer *mesquitas*? — de seus novos anjos." Ela lhe oferece um prato de cubos de melão, tenta alimentá-lo com os dedos. Ele não deixa que coloque a fruta em sua boca, pega os pedaços com a própria mão, come. Ela continua. "Meu último amante era aquele rapaz, Baal." Ela vê o ódio no rosto dele. "Isso mesmo", diz, satisfeita. "Ouvi dizer que se incomoda com ele. Só que ele não importa. Nem ele, nem Abu Simbel são páreo para você. Mas eu sou."

"Tenho de ir", diz ele. "Daqui a pouco", ela responde, voltando à janela. Na cidade, estão desmontando as tendas, longas caravanas de camelos se preparando para partir, comboios de carroças já se afastando pelo deserto; o festival terminou. Ela se volta de novo para ele.

"Sou sua igual", repete, "e também seu oposto. Não quero que enfraqueça. Não devia ter feito o que fez."

"Mas você só tem a lucrar", Mahound responde com amargura. "As rendas de seus templos não estão ameaçadas."

"A questão não é essa", ela diz suavemente, chegando mais perto, o rosto muito próximo do dele. "Se você é por Alá, eu sou por Al-Lat. E ela não acredita no seu Deus quando ele a reconhece. A oposição dela é implacável, inexorável, total. A guerra entre nós não pode terminar em trégua. E que trégua! Seu senhor é condescendente, protetor. Al-Lat não tem a menor vontade de ser filha dele. Ela é sua igual, como eu sou igual a você. Pergunte a Baal: ele a conhece. Como conhece a mim."

"Então o Grande vai trair a promessa que fez", Mahound diz.

"Quem sabe?", Hind zomba. "Nem ele mesmo sabe. Tem de pesar as possibilidades. Fraco, como eu já disse. Mas você sabe que estou dizendo a verdade. Entre Alá e as Três não pode haver paz. Eu não quero. Quero a luta. Até a morte; eu sou esse tipo de idéia. De que tipo é você?"

"Você é areia e eu sou água", diz Mahound. "A água lava a areia."

"E o deserto absorve a água", Hind responde. "Olhe à sua volta."

Logo depois que ele partiu, os homens feridos chegam ao palácio do Grande, espremendo as últimas gotas de coragem para informar a Hind que o velho Hamza matou os irmãos dela. Mas então o Mensageiro já não pode ser encontrado; está indo, mais uma vez, lentamente, na direção do monte Cone.

*

Gibreel, quando está cansado, sente vontade de matar a mãe por ter lhe dado esse maldito apelido, *anjo*, que palavra, ele implora *o quê? a quem?* Para ser poupado dessa cidade de sonho, de castelos de areia despencando e de leões com três fileiras de dentes, chega de lavar coração de profeta, de instruções a serem recitadas, de promessas de paraíso, que cheguem ao fim as revelações, *finito*, *khattam-shud*. O que ele deseja: o escuro, o sono sem sonhos. Sonhos fodidos, causa de todos os problemas da raça humana, o cinema também, se eu fosse Deus eliminava a imaginação das pessoas e talvez então pobres coitados como eu pudessem ter uma boa noite de descanso. Combatendo o sono, ele faz força para manter os olhos abertos, sem piscar, até que o roxo visual se apaga das retinas e ele fica cego, mas é meramente humano e no fim acaba caindo na toca do coelho e lá vai de novo para o País das Maravilhas, no alto da montanha, e o negociante está acordando, e mais uma vez sua carência, sua necessidade, funciona, não no meu queixo e na minha voz desta vez, mas em todo o meu corpo; ele me reduz a seu próprio tamanho e me puxa para ele, seu campo gravitacional é inacreditável, poderoso como o de uma megaestrela... e então Gibreel e o Profeta estão lutando, ambos nus, rolando para um lado e outro, na caverna de fina areia branca que se ergue em torno deles como um véu. *Como se ele estivesse me aprendendo, me buscando, como se fosse eu que estivesse sendo testado.*

Na caverna, a cento e cinqüenta metros do pico do monte Cone, Mahound luta com o arcanjo, joga-o de um lado para outro, e vou lhe contar uma coisa, atacando por *todos os lados*, a língua dele na minha orelha, a mão me agarrando o saco, nunca vi ninguém tão cheio de raiva, ele tem de tem de saber ele tem de SABER e eu não tenho nada a dizer para ele, e, fisicamente, está duas vezes mais em forma que eu e é quatro vezes mais experiente, no mínimo, e podemos nós dois ter aprendido ouvindo bastante mas como estábemclaro ele é um ouvinte ainda melhor do que eu; então rolamos chutamos arranhamos, ele está ficando todo cortado, mas é evidente que minha pele continua lisa como de bebê, não se arranha um anjo com um maldito espinheiro, não se fere um anjo com uma pedra. E os dois têm uma platéia, há djins e *afreets* e todo tipo de fantasma sentados nas pedras para assistir à luta, e, no céu, há três criaturas aladas, que se parecem com garças ou cisnes ou mulheres dependendo dos efeitos de luz... Mahound desiste. Entrega a luta.

Depois de terem lutado durante horas ou mesmo semanas, Mahound está preso no chão debaixo do anjo, era o que ele queria, era a vontade dele me invadindo e me dando forças para dominá-lo, porque os arcanjos não podem perder essas lutas, não seria direito, só os diabos é que acabam apanhando nesses circos, de forma que, no momento que consegui ficar por cima, ele começou a chorar de alegria e então fez lá o seu velho truque, forçando minha boca a se abrir e fazer a voz, a Voz verter de mim outra vez, derramando-se sobre ele, como um vômito.

*

Depois da luta com o Arcanjo Gibreel, o Profeta Mahound cai em seu costumeiro sono de exaustão pós-revelatória, mas desta vez revive mais depressa que o normal. Quando volta a si naquele alto deserto, não há ninguém à vista, nenhuma criatura alada acocorada nas rochas, e ele se põe de pé, tomado pela urgência da notícia. "Era o Diabo", diz, em voz alta, para o vazio, transformando aquilo em verdade ao lhe dar voz. "A última vez, era Shaitan." Foi isso que *ouviu* em sua *escuta*, que foi enganado, que o Diabo veio a ele em forma de arcanjo, e portanto os versos que memorizara, os versos que recitara na tenda da poesia, não eram verdadeiros, mas o seu oposto diabólico, não divinos, mas satânicos. Ele volta à cidade o mais depressa que pode, para expurgar os versos infames que fedem a súlfur e enxofre, para apagá-los para todo o sempre, de forma que sobreviverão em apenas uma ou duas coleções pouco confiáveis de velhas tradições e os intérpretes ortodoxos tentarão desmentir sua história, mas Gibreel, pairando-observando com sua câmera no ângulo mais alto, tem conhecimento de um pequeno detalhe, uma coisinha que é um certo problema aqui, ou seja, que *fui eu as duas vezes*, baba, *eu a primeira e a segunda também eu*. De minha boca, tanto a declaração quanto o repúdio, versos e conversos, universos e reversos, a coisa toda, e nós todos sabemos como é que minha boca funcionou.

"Primeiro foi o Diabo", Mahound murmura, correndo para Jahilia. "Mas dessa vez foi o anjo, sem dúvida. Ele lutou comigo e atirou-me ao chão."

*

Os discípulos o detêm nas ravinas no sopé do monte Cone, para alertá-lo da fúria de Hind, que está usando as vestes brancas de luto e soltou os cabelos negros, para que voem em torno dela como uma tempestade, arrastando na poeira, apagando seus passos para que ela pareça uma encarnação do próprio espírito da vingança. Eles todos fugiram da cidade, e Hamza também, está escondido; mas o que corre é que Abu Simbel ainda não acedeu aos pedidos da mulher pelo sangue que lava o sangue. Ele ainda está calculando seus efeitos sobre a questão de Mahound e as deusas... Mahound, contrariando os conselhos de seus seguidores, retorna a Jahilia, indo diretamente para a Casa da Pedra Negra. Os discípulos o seguem, apesar do medo. Junta-se uma multidão na esperança de mais escândalos ou esquartejamentos ou algum divertimento desse tipo. Mahound não decepciona.

Coloca-se diante das estátuas das Três e anuncia a anulação dos versos que Shaitan sussurrou em seu ouvido. Esses versos estão banidos da verdadeira recitação, *al-qur'an*. Novos versos entram trovejando em seu lugar.

"Deve Ele ter filhas e vós filhos?", Mahound recita. "Bela divisão seria!"

"Esses são meros nomes que sonhastes, vós e vossos pais. Alá não investe neles qualquer autoridade."

E deixa a Casa perplexa antes que ocorra a qualquer um deles pegar ou atirar a primeira pedra.

Depois do repúdio dos versos satânicos, o Profeta Mahound volta para casa e encontra uma espécie de castigo à sua espera. Uma espécie de vingança — qual? De luz ou de sombra? Bandido ou mocinho? — que se abate, como não é nada raro, sobre o inocente. A esposa do Profeta, de setenta anos de idade, está sentada ao pé da janela de treliça de pedra, sentada ereta, as costas apoiadas na parede, morta.

Nas garras do desespero, Mahound se fecha em si mesmo, e mal diz uma palavra durante semanas. O Grande de Jahilia estabelece uma política de perseguição que progride muito devagar para o gosto de Hind. O nome da nova religião é *Submissão*; e Abu Simbel decreta que seus seguidores devem se submeter a serem removidos para o bairro mais miserável, cheio de casebres da cidade; que haverá toque de recolher; que serão impedidos de trabalhar. E ocorrem muitos ataques físicos, mulheres cuspidas em lojas, violência contra os fiéis da parte das gangues de jovens turcos que o Grande controla em segredo, tochas de fogo atiradas pela janela durante a noite em meio a pessoas adormecidas. E, num daqueles paradoxos usuais da História, o número de fiéis se multiplica, como uma colheita que floresce miraculosamente quando as condições do solo e do clima não param de piorar.

Chega uma oferta dos cidadãos do assentamento do oásis de Yathrib, no norte: Yathrib dará abrigo àqueles-que-se-submetem, se quiserem sair de Jahilia. Hamza é de opinião de que devem ir. "Jamais completará sua Mensagem aqui, sobrinho, acredite em mim. Hind não vai parar enquanto não arrancar sua língua, para não falar do meu saco, me desculpe." Mahound, sozinho e cheio de ecos na morada de sua desolação, consente, e os fiéis partem para fazer planos. Khalid, o carregador de água, resiste, e o Profeta de olhar vazio espera que fale. Sem jeito, ele diz: "Mensageiro, duvidei do senhor. Mas o senhor era mais sábio que pensávamos. Primeiro dissemos, Mahound nunca cederá, e o senhor cedeu. Depois dissemos, Mahound nos traiu, mas o senhor estava nos trazendo uma verdade mais profunda. O senhor nos trouxe o próprio Diabo, para que testemunhássemos a obra do Mal, e a sua derrota pelo Bem. O senhor enriqueceu a nossa fé. Eu me desculpo pelo que pensei".

Mahound afasta-se do sol que entra pela janela. "Sim." Amargura, cinismo. "Foi uma coisa maravilhosa o que eu fiz. Verdade mais profunda. Trazendo-lhes o Diabo. Sim, isso está de acordo comigo."

*

Do pico do monte Cone, Gibreel assiste à retirada dos fiéis de Jahilia, deixando a cidade da aridez pelo lugar de frescas palmeiras e água, água, água. Em grupos pequenos, de mãos quase vazias, atravessam o império do sol, no primeiro dia do primeiro ano desse novo início do Tempo, pois que o próprio tempo nasceu de novo, enquanto o velho grita por trás deles e o novo espera adiante. E um dia, o próprio Mahound escapole. Quando sua fuga é descoberta, Baal compõe uma ode de despedida:

Que tipo de idéia
é hoje a "Submissão"?
Idéia cheia de medo.
Uma idéia em evasão.

Mahound chegou a seu oásis; Gibreel não tem tanta sorte. Muitas vezes, agora, ele se vê sozinho no pico do monte Cone, varrido pelo frio, por estrelas cadentes, e elas despencam do céu noturno sobre ele, as três criaturas aladas, Lat Uzza Manat, tatalando à volta de sua cabeça, arranhando seus olhos, mordendo, chicoteando com os cabelos, com as asas. Ele levanta as mãos para se proteger, mas a vingança delas é incansável, continua sempre que ele descansa, toda vez que baixa a guarda. Ele luta contra elas, mas são mais rápidas, mais ágeis, aladas.

Ele não tem nenhum diabo a repudiar. Sonhando, não pode desejar que desapareçam.

III
ELEOENE DEOENE

1

EU SEI O QUE É UM FANTASMA, a velha afirmou em silêncio. Seu nome era Rosa Diamond; tinha oitenta e oito anos; e estava espiando pela janela cheia de crostas de sal de seu quarto, espreitando o mar sob a lua cheia. E sei também o que não é, continuou pensando, não é uma escarificação nem um lençol esvoaçante, portanto, ora bolas para toda essa bobagem. O que é um fantasma? Uma coisa inacabada, isso é que é. — Com isso a velha senhora, um metro e noventa e oito de altura, costas eretas, cabelo cortado curto como de homem, repuxou para baixo os cantos da boca numa careta satisfeita de máscara de tragédia — ajeitou o xale tricotado azul em volta dos ombros ossudos — e fechou, por um momento, os olhos insones, para rezar pela volta do passado. Vamos, navios normandos, implorou: queremos você, Guilherme, o Conq.

Novecentos anos atrás tudo isto aqui estava debaixo da água, este litoral loteado, esta praia particular, essa ladeira íngreme de cascalho que vai até a pequena fileira de casarões com a pintura descascando e suas garagens de barcos cheias de cadeiras de jardim, molduras de quadro vazias, velhas arcas abarrotadas de maços de cartas amarradas com fitas, peças de lingerie de seda e renda cheias de naftalina, livros manchados de lágrimas de moças de outrora, bastões de *lacrosse*, álbuns de selos, e todas as arcas dos tesouros enterrados de lembranças e de um tempo perdido. O litoral mudou, avançou quase dois quilômetros mar adentro, deixando o primeiro castelo normando isolado longe da água, cercado agora por um lodaçal que afligia, com todo tipo de febres úmidas e pantanosas, os coitados que moravam naquela comoémesmoapalavra *propriedade*. Ela, a velha senhora, via o castelo como a ruína de um peixe traído por uma antiga maré baixa, como um monstro do mar petrificado pelo tempo. Novecentos anos! Há nove séculos, a frota normanda atravessara navegando exatamente o lugar onde estava a casa dessa velha senhora inglesa. Em noites claras, quando era lua cheia, ela esperava por seu fantasma retornado, rebrilhante.

Melhor lugar para ver a chegada deles, ela dizia a si mesma, visão de camarote. A repetição transformara-se no consolo de sua antiguidade; as frases desgastadas, *uma coisa inacabada*, *visão de camarote*, a faziam sentir-se sólida, imutável, sempiterna, em vez da criatura cheia de rugas e ausências que sabia ser. — Quando a lua cheia se põe, no escuro antes do amanhecer, esse é o momento deles. Ondular de velas, bater de remos, e o Conquistador em pessoa na proa da nau capitânia, navegando pela praia entre os quebra-mares incrustados de cracas e alguns botes emborcados. — Ah, já vi muita coisa em minha vida, sempre tive o dom de ver fantasmas. — O Conquistador com seu capacete pontudo que cobre o nariz, entrando pela porta de sua casa, deslizando entre os guarda-comidas e os sofás com toalhinhas de renda no encosto, como um eco ressonando por aquela casa de lembranças e anseios; que depois silencia; *como um túmulo*.

— Uma vez, quando era menina em Battle Hill, ela gostava de contar, sempre com as mesmas palavras polidas pelo tempo — uma vez quando era uma criança solitária, me vi, de repente e sem nenhuma sensação de estranheza, no meio de uma guerra. Arcos, clavas, lanças. Os louros rapazes saxões mortos em sua doce juventude. Harold Arroweye e Guilherme com a boca cheia de areia. Sim, sempre o dom de ver os fantasmas... A história do dia em que Rosa tinha tido a visão da batalha de Hastings tornara-se, para a velha, um dos marcos definitivos de seu ser, embora tivesse sido contada tantas vezes que ninguém, nem a própria contadora, podia mais jurar que fosse verdade. *Sinto falta às vezes*, rolavam os bem treinados pensamentos de Rosa. *Les beaux jours: aqueles dias queridos, mortos*. Ela fechou, uma vez mais, os olhos cheios de reminiscências. Quando tornou a abri-los, viu, perto da linha da água, não havia como negar, alguma coisa começando a se mexer.

O que ela disse em voz alta em sua excitação: "Não acredito!" — "Não é verdade!" — "Ele nunca esteve *aqui*!" — Com passos incertos, com o coração aos pulos, Rosa foi buscar o chapéu, a capa, a bengala. Enquanto, na praia de inverno, Gibreel Farishta acordava com a boca cheia de, não, não de areia.

De neve.

*

Ptuf!

Gibreel cuspiu; pôs-se de pé, como que impulsionado pela lama de neve expectorada; deu a Chamcha — como já foi contado — os parabéns por aquele dia; e começou a limpar a neve das mangas roxas encharcadas. "Meu Deus, *yaar*", gritou, pulando de um pé para outro, "não é de admirar que esta gente fique com os corações de gelo."

Mas, então, o puro prazer de se ver cercado por tamanha quantidade de neve sobrepujou o cinismo inicial — pois era um homem tropical — e começou a saltitar, saturnino e ensopado, fazendo bolas de neve e atirando-as em seu curvado companheiro, como se fosse um boneco de neve, cantando uma versão agitada e maluca da canção "Jingle Bells". No céu surgia o primeiro indício de luz, e nesse aconchegante litoral dançava Lúcifer, a estrela da manhã.

É bom mencionar que, de uma forma ou de outra, seu hálito tinha perdido inteiramente o mau cheiro...

"Vamos, baby", gritou o invencível Gibreel, em cujo comportamento o leitor poderá, não sem razão, perceber os efeitos delirantes, perturbadores da queda recente. "Levanta-te e anda! Vamos tomar de assalto este lugar." Voltando as costas para o mar, apagando as más lembranças para abrir espaço para coisas novas, apaixonado, como sempre, pela novidade, ele teria plantado ali (se tivesse) uma bandeira, para pleitear em nome de sabe-seládequem esse país branco como um mundo novo todo seu. "Spoono", insistiu, "mexa-se, *baba*, ou será que está morto?" Coisa que, uma vez dita, fez aquele que a disse cair em si (ou pelo menos tender a). Curvou-se sobre a forma prostrada, não ousando tocá-la. "Agora não, Chumch", insistiu. "Não depois de a gente ter chegado até aqui."

Saladin: não estava morto, mas chorando. As lágrimas de choque congelavam-se em seu rosto. E todo o seu corpo estava encasulado numa fina pele de gelo, lisa como vidro, como um sonho mau tornado realidade. Na enevoada semiconsciência induzida pela baixa temperatura do corpo, estava dominado pelo terror de rachar, de ver o sangue borbulhar pelas rachaduras do gelo, de sua pele se despregar com os cacos. Estava cheio de perguntas, nós realmente, quer dizer, batendo as mãos, e aí as águas, você não está querendo me dizer que elas *de verdade*, como no cinema, quando Charlton Heston apontou o cajado, para que pudéssemos, pelo fundo do oceano, isso não aconteceu, não pode ter acontecido, mas se não aconteceu então como, ou então de alguma forma nós debaixo da água, escoltados por sereias, o mar passando através de nós como se fossemos peixes ou fantasmas, era verdade, sim ou não, eu tenho de... mas quando seus olhos se abriram, as perguntas assumiram o tom indistinto dos sonhos, de forma que não podia mais retê-las, suas caudas se agitaram à frente dele e desapareceram como as nadadeiras submarinas. Olhou o céu e notou que a cor era inteiramente errada, cor de sangue alaranjado com pintas verdes, e a neve azul como tinta. Piscou duro, mas as cores se recusavam a mudar, dando origem à noção de que tinha caído do céu em algo errado, em algum outro lugar, não a Inglaterra ou talvez na não-Inglaterra, em alguma zona simulada, um podre condado, um estado alterado. Talvez, considerou brevemente: o Inferno? Não, não, disse a si mesmo como se se sentisse inconscientemente ameaçado, não pode ser, não ainda, você ainda não está morto; mas morrendo.

Bom, então: uma sala de espera.

Começou a tremer; a vibração foi ficando tão intensa que lhe ocorreu que podia quebrar sob a pressão, como um, como um, avião.

Depois, não existia mais nada. Ele era um vazio, e se fosse para sobreviver ia ter de construir tudo do nada, teria de inven-

147

tar o chão debaixo de seus pés antes de poder dar um passo, só que agora não havia necessidade de se preocupar com essas questões, porque ali, na frente dele, estava o inevitável: a figura alta, ossuda, da Morte, com chapéu de palha de abas largas e um manto escuro ondulando na brisa. A Morte, apoiada numa bengala de castão de prata, calçando botas militares de cor verde-oliva.

"O que vocês pensam que estão fazendo aqui?", a Morte queria saber. "Isto aqui é propriedade privada. É só olhar a placa", disse numa voz de mulher um tanto trêmula e mais que um tanto excitada.

Momentos depois, a Morte inclinou-se sobre ele — *para me beijar*, pensou em silencioso pânico. *Para sugar o alento de meu corpo*. Ele fez um pequeno e fútil gesto de protesto.

"Ele está vivo, sim", observou a Morte para, quem era?, Gibreel. "Mas nossa! Esse hálito: que *fedor*. Desde quando não escova os dentes?"

*

O hálito de um homem tinha se adoçado, enquanto o do outro, por um mistério igual e oposto, se estragara. O que eles esperavam? Cair do céu desse jeito: será que imaginavam que não haveria efeitos colaterais? Os Poderes Superiores tinham se interessado por eles, isso devia estar bem claro para ambos, e tais Poderes (estou, é claro, falando de mim mesmo) têm uma atitude maliciosa, quase imoral, com moscas caídas. E mais uma coisa, sejamos claros: grandes quedas alteram as pessoas. Acham que *eles* tiveram uma grande queda? Em termos de queda eu não cedo lugar a nenhum personagem, mortal ou im—. Das nuvens às cinzas, chaminé abaixo se poderia dizer, da luzceleste ao fogodoinferno... sob a pressão de uma longa queda, como eu estava dizendo, é de se esperar que ocorram mutações, nem todas elas ao acaso. Seleções nãonaturais. Preço não tão alto a pagar pela sobrevivência, pelo renascimento, por ficar *novo*, e na idade deles, note-se.

O quê? Eu deveria enumerar as alterações?
Mau hálito/bom hálito.

E em torno da cabeça de Gibreel Farishta, enquanto ele estava de costas para o alvorecer, pareceu a Rosa Diamond ter discernido um tênue, mas nitidamente dourado, *fulgor*.

E seriam galos na testa de Chamcha, debaixo do chapéucoco encharcado e ainda em seu lugar?

E, e, e.

*

Assim que ela viu a figura bizarra, satírica de Gibreel Farishta empinando, dionisíaca, na neve, Rosa Diamond não pensou em, *digamos*, anjos. Olhando para ele da janela, através do vidro enevoado pelo sal e dos olhos enevoados pela idade, ela sentiu o coração saltar uma, duas vezes, tão dolorosamente, que teve medo que fosse parar; porque naquela forma indistinta pareceu discernir a encarnação do desejo sepultado mais profundamente em sua alma. Esqueceu-se dos invasores normandos como se nunca tivessem existido e desceu com esforço a ladeira de pedregulhos traiçoeiros, depressa demais para a segurança de seus membros não ainda nonagenários, para poder fingir que ralhava com aquele estranho impossível por ter invadido suas terras.

Geralmente era implacável na defesa de seu adorado fragmento de litoral, e quando veranistas de fim de semana invadiam além da linha da maré alta, ela descia sobre eles *como um lobo sobre o cordeiro*, que era como ela mesma dizia, para explicar e exigir: — Isto aqui é o meu jardim, sabe. — E se eles eram atrevidos — saidafrentevelhaidiota istoaquiéumaporradeumapraia — ela voltava para casa e pegava a mangueira verde de jardim e dirigia o jato impiedosamente sobre suas toalhas de praia e bastões de críquete de plástico e frascos de loção bronzeadora, destruía os castelos de areia das crianças e ensopava os sanduíches de salsicha, tudo com um sorriso muito doce: *Vocês não se opõem a que eu molhe meu gramado, não?*... Ah, ela era Aquela, conhecida no povoado, jamais conseguiriam colocá-la num asilo, tinha se afastado de toda a família quando ousaram sugerir uma coisa dessas, não me apareçam mais nesta casa, dissera a eles, deserdando a todos sem apelação. Agora estava inteiramente sozinha, nunca uma visita, semana após bendita semana, nem mesmo Dora Shufflebotham que tinha sido sua doméstica durante tantos anos, Dora tinha morrido em setembro passado, que descanse em paz, e é incrível como a velhota se vira, com todas aquelas escadas, ela pode ser meio maluca, mas não dá para negar que muita gente piraria de viver assim sozinha.

Gibreel não recebeu nem a mangueira, nem a *língua afiada*. Rosa pronunciou alguns chavões de censura, tampou o nariz ao examinar o corpo caído e recém-sulfuroso de Saladin (que nesse ponto ainda não tinha tirado o chapéu-coco) e depois, num acesso de timidez que ela saudou com uma nostálgica perplexidade, gaguejou um convite, mmelhor ttirar seu aamigo desse ffrio, e marchou cascalho acima para colocar a chaleira no fogo, agradecida pela frieza do ar que avermelhava suas bochechas e disfarçava o corado de timidez.

*

Quando jovem, Saladin Chamcha tivera um rosto de excepcional inocência, um rosto que parecia não ter nunca enfrentado desilusão ou perversidade, de pele lisa e macia como as mãos de uma princesa. O que lhe tinha valido de muito no contato com as mulheres, e tinha, na verdade, sido uma das principais razões para sua futura esposa, Pamela Lovelace, ter-se permitido apaixonar-se por ele. "Tão redondinho e angelical", ela se deslumbrava, segurando seu queixo. "Parece uma bola de borracha."

Ele se ofendia. "Eu tenho ossos", protestava. "Uma *estrutura* óssea."

"Em algum lugar lá no fundo", ela concordava. "Todo mundo tem."

Depois disso, ele foi perseguido durante algum tempo pela idéia de que parecia uma água-viva disforme, e fora em grande parte para livrar-se dessa sensação que começara a desenvolver o porte altivo e austero que era agora uma segunda natureza para ele. Foi, portanto, uma questão de certa seriedade quando, ao despertar de um longo sono assolado por uma série de sonhos intoleráveis, dentre os quais o destaque era a imagem de Zeeny Vakil, transformada em sereia, cantando para ele de cima de um iceberg, em tons de agonizante doçura, lamentando a impossibilidade de juntar-se a ele em terra firme, chamando por ele, chamando — mas quando ele atendeu, ela o encerrou no coração da montanha de gelo, e a canção transformou-se num canto de triunfo e vingança... foi, como eu dizia, uma questão séria quando Saladin Chamcha acordou, olhou num espelho emoldurado de laca com motivos japoneses azuis e dourados, e descobriu que o velho rosto querubínico lá estava olhando para ele de novo; enquanto, nas têmporas, descobriu um par de assustadores inchaços descoloridos, indicação de que devia ter sofrido, em algum momento de suas recentes aventuras, dois golpes fortes.

Olhando no espelho seu rosto alterado, Chamcha tentou lembrar de si mesmo para si mesmo. Sou um homem de verdade, disse ao espelho, com uma história real e um futuro planejado. Sou um homem para quem algumas coisas são importantes: rigor, autodisciplina, racionalismo, a busca do que é nobre sem recorrer àquela velha muleta, Deus. O ideal da beleza, a possibilidade de exaltação, a mente. Eu sou: um homem casado. Mas a despeito dessa litania, pensamentos perversos insistiam em visitá-lo. Como por exemplo: que o mundo não existia além daquela praia ali embaixo e, agora, esta casa. Que se não fosse cuidadoso, se apressasse as coisas, iria cair da beirada nas nuvens. Havia coisas a serem *feitas*. Ou seja: que se telefonasse para casa, imediatamente, como deveria, se informasse à querida esposa que não estava morto, não tinha explodido em mil pedaços em pleno ar, mas estava ali, em terra firme, se tomasse essa atitude eminentemente sensata, a pessoa que atendesse o telefone podia não reconhecer seu nome. Ou então: que o som de passos soando em seus ouvidos, passos distantes, mas que se aproximavam, não era nenhum zumbido temporário provocado pela queda, mas o som de alguma maldição que se aproximava, cada vez mais perto, letra por letra, *eleoene deoene, London. Aqui estou, na casa da Vovó. Olhos tão grandes, mãos, dentes.*

Havia uma extensão telefônica ao lado de sua cama. Vamos, disse a si mesmo. Pegue o fone, disque, e seu equilíbrio será restabelecido. Essa hesitação toda não é do seu estilo, não é digna de você. Uma voz de homem respondeu, ao quarto toque.

"Que diabo?", sonolenta, não identificável, familiar.

"Desculpe", disse Saladin Chamcha. "Sinto muito, foi engano."

Olhando o telefone, descobriu-se relembrando a encenação de um drama que vira em Bombaim, baseado num original inglês, uma história de, de, não conseguiu definir o nome, Tennyson? Não, não. Somerset Maugham? — Para o inferno com aquilo. — No texto original e agora sem autor, um homem, há muito tido por morto, retorna depois de uma ausência de muitos anos, como um fantasma vivo, a seus lugares de antes. Visita sua antiga casa à noite, sub-repticiamente, e olha por uma janela aberta. Descobre que a mulher, que se acreditava viúva, tinha tornado a se casar. No batente da janela, vê um brinquedo de criança. Passa algum tempo parado no escuro, lutando com os sentimentos; depois pega o brinquedo e vai-se embora para sempre, sem revelar sua presença. Na versão indiana, a história era bem diferente. A mulher tinha se casado com o melhor amigo do marido. O marido retornado chegava e entrava, sem esperar nada. Ao ver a mulher e o velho amigo sentados juntos, não compreendia que estavam casados. Agradecia ao amigo por consolar a mulher; mas tinha voltado para casa agora, e portanto estava tudo bem. O casal casado não sabia como contar-lhe a verdade; era, afinal, um criado que entregava o jogo. O marido, cuja longa ausência devia-se aparentemente a um ataque de amnésia, reagia à notícia do casamento anunciando que ele também devia, com toda certeza, ter se casado em algum ponto de sua longa ausência de casa; infelizmente, no entanto, agora que recuperara a memória da vida anterior, tinha se esquecido do que acontecera durante os anos de seu desaparecimento. Saía para pedir à polícia que localizasse a nova esposa, mesmo não se lembrando nada sobre ela, nem seus olhos, nem o simples fato de sua existência.

Caía o pano.

Saladin Chamcha, sozinho naquele quarto desconhecido num pijama estranho de listras brancas e vermelhas, deitou-se de bruços na cama estreita e chorou. "Malditos todos os indianos", protestou com as cobertas, socando com tanta força as fronhas embabadadas da Harrods de Buenos Aires que o tecido de cinqüenta anos de idade se desfez em tiras. "*Que diabo*. A vulgaridade daquilo, a *porra porra* daquela indelicadeza. *Que diabo*. Os filhos-da-puta, aqueles filhos-da-puta, o mau gosto dos *filhos-da-puta*."

Foi nesse momento que a polícia chegou para prendê-lo.

*

Na noite seguinte àquela em que tinha recolhido os dois da praia, Rosa Diamond estava mais uma vez à janela noturna da sua insônia de velha, contemplando o mar de novecentos anos de idade. O malcheiroso continuava dormindo desde que o tinham posto na cama, todo cercado de garrafas de água quente, melhor coisa para ele, para se recuperar. Acomodara os dois no andar de cima, Chamcha no quarto de hóspedes, e Gibreel no velho escritório do falecido marido, e olhando agora a grande planície cintilante do mar podia ouvi-lo andando lá em cima, entre as gravuras ornitológicas e os apitos para pássaros do falecido Henry Diamond, as boleadeiras e os relhos e as fotos aéreas da estância de Los Álamos, distante no tempo e no espaço, os passos de um homem naquele quarto, que segurança que dava. Farishta andava de um lado para outro, evitando dormir, por razões pessoais. E abaixo de suas pisadas, Rosa, olhando para o teto, chamou-o num sussurro por um nome há muito não pronunciado. Martín, ela disse. E o sobrenome o mesmo da cobra mais perigosa de seu país, a víbora. A víbora, *de la Cruz*.

Viu logo as formas se movimentando na praia, como se o nome proibido tivesse conjurado os mortos. Não de novo, pensou, e foi buscar os binóculos de teatro. Voltou para descobrir a praia cheia de sombras, e dessa vez sentiu medo, porque a frota normanda, quando vinha, vinha navegando, orgulhosa e abertamente, sem recorrer a nenhum subterfúgio, enquanto essas sombras se esgueiravam, emitindo imprecações em voz baixa, e ganidos e latidos abafados, pareciam sem cabeça, agachados, braços e pernas balançando como caranguejos gigantescos e sem cascas. Correndo de lado, botas pesadas esmagando o cascalho. Muitos deles. Ela os viu chegarem à garagem de barcos onde a pintura desbotada de um pirata de tapa-olho sorria, empunhando um sabre, e aquilo foi demais, *não vou aceitar uma coisa dessas*, resolveu, e, descendo apressada em busca de roupas mais quentes, agarrou a arma escolhida para sua reação: a longa mangueira verde de jardim. Da porta da frente, gritou com voz clara: "Estou vendo vocês muito bem. Podem sair, podem sair, sejam quem forem".

Eles acenderam sete sóis e a cegaram, e ela entrou em pânico, iluminada pelos sete refletores branco-azulados em torno dos quais, como vaga-lumes ou satélites, agitava-se uma multidão de luzes menores: lampiões lanternas cigarros. Sentiu a cabeça girando, e por um momento perdeu a capacidade de distinguir entre *passado* e *presente*, e em sua perturbação começou a dizer Apaguem essa luz, não estão sabendo do blecaute, assim vão atrair os alemães para caírem em cima de nós. "Estou delirando", deu-se conta, infeliz, e bateu a ponta da bengala no capacho. E com isso, como que num passe de mágica, policiais se materializaram no ofuscante círculo de luz.

O que aconteceu foi que alguém delatou a presença de uma pessoa suspeita na praia, lembra-se quando vinham em barcos de pesca, os ilegais?, e graças a esse único telefonema anônimo havia agora cinqüenta e sete policiais uniformizados vasculhando a praia, as lanternas cortando loucamente o escuro, policiais que tinham vindo de longe, até de Brighton Eastbourne Bexhill-upon-Sea, até mesmo uma delegação de Brighton, porque ninguém queria perder a farra, a emoção da perseguição. Cinqüenta e sete vasculhadores acompanhados de treze cachorros, todos farejando o ar marítimo e levantando as pernas excitadas. Enquanto na casa, longe do grande bando de homens e cães, Rosa Diamond viu-se diante de cinco oficiais que guardavam as saídas, a porta da frente, as janelas do andar de baixo, a janela da copa, para o caso do pretenso malfeitor tentar a fuga; e de três homens de roupas comuns, casacos comuns e chapéus comuns, com caras combinando; e à frente de todos eles, sem ousar encará-la de frente, o jovem inspetor Lime, esfregando os pés no chão e coçando o nariz e parecendo mais velho e congestionado que os seus quarenta anos. Ela tocou o peito dele com a ponta da bengala, *a esta hora da noite, Frank, o que significa*, mas ele não ia admitir que ela lhe desse ordens, não hoje, não com os homens da imigração observando todos os seus movimentos, portanto, empinou o corpo e preparou argumentos.

"A senhora me desculpe, Mrs. D. — certas alegações — informações que chegaram até nós — razões para acreditar que — investigação necessária — é preciso revistar sua — já conseguimos um mandato."

"Não seja absurdo, meu caro Frank", Rosa começou a dizer, mas bem nesse momento os três homens de cara comum empinaram o corpo e pareceram se enrijecer, cada um deles com uma perna ligeiramente levantada, como cães de caça; o primeiro começou a emitir um chiado nada comum que soava como prazer, enquanto um suave gemido escapava dos lábios do segundo, e o terceiro começou a rolar os olhos de uma maneira estranhamente satisfeita. Então, todos apontaram o saguão iluminado atrás de Rosa Diamond, onde estava Mr. Saladin Chamcha, segurando com a mão esquerda as calças do pijama, porque tinha caído um botão quando ele caiu na cama. Com a mão direita ele esfregava um olho.

"Bingo", disse o homem que chiava, enquanto o gemedor juntava as mãos abaixo do queixo para indicar que todas as suas preces tinham sido atendidas e o rolador de olhos passava por Rosa Diamond, sem nenhuma cerimônia, exceto as palavras, "Com licença, minha senhora".

Ocorreu então uma inundação, e Rosa ficou apertada num canto de sua própria sala de estar por aquele mar agitado de capacetes policiais, de forma que não podia mais enxergar Saladin Chamcha nem ouvir o que estava dizendo. Não ouviu quando ele explicou sobre a explosão do *Bostan* — isto é um engano, gritou, não sou nenhum refugiado clandestino que veio em barco de pesca, nem nenhum dos seus ugando-quenianos, eu. Os policiais começaram a sorrir, entendo, sir, caiu de trinta mil pés, e depois nadou até a praia. Tem o direito de permanecer em silêncio, eles riam baixinho, mas logo explodiram em sonoras gargalhadas, pegamos um aqui, não tem erro. Mas Rosa não conseguia ouvir os protestos de Saladin, a risada dos policiais interferia, vocês têm de acreditar em mim, eu sou britânico, ele dizia, e com direito de residência, mas como não conseguiu apresentar passaporte, nem nenhum outro documento de identificação, eles começaram a chorar de alegria, as lágrimas rolando até pelas caras comuns dos homens em roupas comuns do serviço de imigração. Claro, nem precisa dizer, eles riam, devem ter caído do seu paletó durante a queda do avião, ou será que as sereias bateram seus documentos no mar? Rosa não via nada, no meio daquele bando ondulante de homens e cães, nem o que os braços uniformizados podiam estar fazendo com os braços de Chamcha, e os punhos em seu estômago, e as botas em suas canelas; nem podia ter certeza de que aquela era a voz dele gritando ou se era apenas o uivo dos cães. Mas ela efetivamente ouviu, finalmente, a voz dele se elevar num último grito desesperado: "Vocês não assistem TV? Não estão entendendo? Eu sou Maxim. Maxim Alien".

"É mesmo?", disse o oficial de olhos saltados. "E eu sou Caco, o Sapo."

O que Saladin Chamcha não disse, nem mesmo quando ficou claro que algo tinha saído extremamente errado: "Está aqui o número de um telefone de Londres", ele deixou de informar aos policiais que o prendiam. "Do outro lado da linha vocês vão descobrir, para atestar por mim, pela verdade do que estou dizendo, minha adorável e branca esposa inglesa." Não, senhor. *Que diabo*.

Rosa Diamond juntou as forças. "Espere um pouco, Frank", entoou. "Olhe aqui", mas os três homens à paisana já tinham começado a bizarra rotina de chiar gemer rolar olhos outra vez, e no súbito silêncio daquela sala, o rolador de olhos apontou um dedo trêmulo para Chamcha e disse: "Minha senhora, se é alguma prova que a senhora está querendo, nada melhor que *aquilo*".

Seguindo a direção apontada pelo dedo do Caolho, Saladin Chamcha levantou as mãos à testa, e então teve certeza de que tinha despertado para o mais aterrorizador dos pesadelos, um pesadelo que tinha apenas começado, porque em suas têmporas, crescendo mais a cada momento, e afiados a ponto de tirar sangue, havia dois indiscutíveis e recentes chifres de bode.

*

Antes que o exército de policiais arrastasse Saladin Chamcha para sua nova vida, houve mais uma ocorrência inesperada. Gibreel Farishta, ao ver o brilho das luzes e ouvir o riso delirante dos oficiais da lei, desceu a escada vestindo um robe-de-chambre marrom e culotes de montaria, escolhidos no guarda-roupas de Henry Diamond. Cheirando vagamente a naftalina, ficou no patamar do primeiro andar e observou os procedimentos, sem comentários. Ali ficou sem ser notado até que Chamcha, algemado e a caminho do camburão, descalço, ainda agarrando as calças do pijama, percebeu sua presença e gritou: "Gibreel, pelo amor de Deus, conte para eles o que aconteceu".

Chiador Gemedor Caolho viraram um olhar intenso para Gibreel. "E quem seria esse?", perguntou o inspetor Lime. "Outro caído do céu?"

Mas as palavras morreram em seus lábios, porque naquele momento os holofotes foram apagados pela ordem dada assim que Chamcha foi algemado e dominado, e no rastro dos sete sóis ficou claro para todos os presentes que uma luz dourada, pálida, emanava do homem de robe-de-chambre, fluindo, de fato, suavemente de um ponto imediatamente atrás de sua cabeça. O inspetor Lime jamais mencionou essa luz, e se lhe perguntassem a respeito negaria ter visto uma coisa dessas, um halo, em pleno final do século XX, vá enganar outro.

Mas de qualquer forma, quando Gibreel perguntou: "O que esses homens querem?", todos os presentes foram tomados pelo desejo de responder à pergunta em termos literais e detalhados, de revelar seus segredos, como se ele fosse, como se, mas não, é ridículo, eles continuariam sacudindo as cabeças durante semanas, até se persuadirem todos de que tinham feito o que fizeram por razões puramente lógicas, ele era um velho amigo de Mrs. Diamond, os dois tinham descoberto aquele malandro Chamcha meio afogado na praia e o tinham recolhido por razões humanitárias, não havia por que amolar mais Rosa ou Mr. Farishta, um cavalheiro que não podia ser mais respeitável, naquele robe-de-chambre e, e, bem, excentricidade não é crime, pois não.

"Gibreel", disse Saladin Chamcha, "me ajude."

Mas o olhar de Gibreel tinha pousado em Rosa Diamond. Olhou para ela e não conseguiu desviar os olhos. Então cumprimentou com a cabeça e subiu a escada. Não houve qualquer tentativa de detê-lo.

Quando Chamcha chegou ao camburão, viu o traidor, Gibreel Farishta, olhando da pequena sacada do quarto de Rosa, e não havia luz nenhuma brilhando em volta da cabeça do maldito.

2

KAN MA KAN/FI QADIM AZZAMAN... Era uma vez, não era não, num tempo há muito esquecido, um certo Don Enrique Diamond, que vivia na terra de prata da Argentina, que sabia muito sobre pássaros e pouco sobre mulheres, com sua esposa, Rosa, que não sabia nada sobre homens, mas muito sobre o amor. Aconteceu um dia que, saindo a *señora* a cavalgar, montada de lado e usando chapéu com uma pena, ao chegar aos grandes portões de pedra da estância Diamond, loucamente isolados no meio do vazio dos pampas, viu uma ema correndo em sua direção a toda velocidade, correndo pela vida, com todos os truques e variações que se pode imaginar; pois a ema é uma ave habilidosa, difícil de apanhar. Pouco atrás da ema, vinha uma nuvem de poeira cheia dos ruídos de caçadores, e quando a ema estava a dois metros dela, a nuvem lançou boleadeiras para enredar-lhe as pernas e fazê-la tombar aos pés de sua égua cinzenta. O homem que desmontou para matar a ave não tirava os olhos do rosto de Rosa. Ele pegou a faca de cabo de prata da bainha do cinto e cravou-a no pescoço da ave, inteira, até o cabo, e o fez sem olhar nem uma vez para a ema moribunda, mas fixando sempre os olhos de Rosa Diamond, enquanto se ajoelhava na terra amarelo pálido. Seu nome era Martín de la Cruz.

Depois que Chamcha foi levado embora, Gibreel Farishta pensou muitas vezes sobre o próprio comportamento. Naquele momento de sonho, em que se viu enredado pelos olhos da velha inglesa, pareceu-lhe que a própria vontade não estava mais sob seu comando, que as necessidades de outra pessoa tinham tomado as rédeas. Devido à natureza perturbadora dos eventos recentes, e também à determinação de ficar acordado o maior tempo possível, passaram-se alguns dias antes de ele entrar em contato com o que ocorria no mundo por detrás de suas pálpebras, e só então compreendeu que tinha de escapar, porque o universo de seus pesadelos começara a vazar para a sua vida desperta, e que se não tomasse cuidado jamais conseguiria começar de novo, para renascer com ela, através dela, Alleluia, a que tinha visto o teto do mundo.

Ficou chocado ao dar-se conta de que não tinha feito nenhuma tentativa de entrar em contato com Allie; nem de ajudar Chamcha naquele momento de aflição. Tampouco tinha ficado em nada perturbado pelo surgimento, na testa de Saladin, de um belo par de chifres novos, coisa que deveria, sem dúvida, ter despertado alguma preocupação. Tinha caído em alguma espécie de transe, e quando perguntou à velha dama o que achava de tudo aquilo, ela deu um sorriso estranho e disse-lhe que não havia nada de novo sob o sol, que já tinha visto coisas, aparições de homens com chifres nos capacetes, que numa terra antiga como a Inglaterra não havia espaço para histórias novas, que cada folha de grama já fora pisada mais de cem mil vezes. Durante longos períodos do dia seu discurso ficava arrastado e confuso, mas em outros momentos ela insistia em cozinhar grandes e pesadas refeições, purê de batatas recheado com carne moída, torta de ruibarbo com creme espesso, caçarolas de molho grosso, todo tipo de sopas pesadas. E o tempo todo exibia um ar de inexplicável contentamento, como se a presença dele a satisfizesse de alguma forma profunda e inesperada. Ele ia fazer compras na aldeia junto com ela; as pessoas olhavam; ela as ignorava, acenando a bengala imperiosa. Os dias passavam. Gibreel não ia embora.

"Maldita *mame* inglesa", disse a si mesmo. "É um tipo de espécie extinta. Que diabo estou fazendo aqui?" Mas ficou, preso por cadeias invisíveis. Quando ela, a qualquer oportunidade, cantava uma antiga canção, em espanhol, ele não entendia uma palavra. Haveria ali alguma bruxaria? Alguma antiga Fada Morgana atraindo pelo canto um jovem Merlin para sua caverna de cristal? Gibreel ia para a porta; Rosa começava a cantar; ele parava. "Por que não, afinal", deu de ombros. "A velha precisa de companhia. Grandeza decadente, sem dúvida! Olhe só no que se transformou. De qualquer forma, preciso desse descanso. Recobrar as forças. Só mais uns dias."

Ao entardecer, sentavam-se na sala cheia de ornatos de prata, inclusive, dependurada na parede, uma certa faca de cabo prateado, abaixo do busto de gesso de Henry Diamond, que a tudo assistia do alto do armário de canto, e quando o relógio antigo batia as seis da tarde, ela servia dois cálices de xerez e começava a falar, não sem antes dizer, mais previsível que o relógio, *Ele hoje está quatro minutos atrasado, por boas maneiras, não gosta de ser pontual demais*. E começava, desprezando o eraumavez, e fosse tudo verdade ou tudo mentira, ele percebia a feroz energia que existia na narrativa, as últimas reservas desesperadas de vontade que ela colocava na história, *a única época alegre de que me lembro*, contava-lhe, e ele percebeu que esse saco de retalhos de lembranças misturadas constituía o seu próprio cerne, seu auto-retrato, a maneira como ela olhava no espelho quando não havia mais ninguém na sala, e que a terra prateada do passado era a sua morada preferida, não esta casa dilapidada na qual estava constantemente se chocando com as coisas — derrubando mesinhas, batendo em maçanetas — e caía em prantos, lamentando: *Tudo murcha*.

Quando foi de navio para a Argentina, em 1935, como noiva do anglo-argentino Don Enrique de Los Álamos, ele apontou para o oceano e disse, é assim o pampa. Não dá para dizer o quanto é grande só de olhar. Por ele se viaja, imutável, dia após dia. Em alguns pontos, o vento é mais forte que um soco, mas completamente silencioso, pode derrubar você, mas não se ouve nada. Sem árvores, por isso: nem um *ombú*, nem um álamo, nada. E por falar nisso, você tem de tomar cuidado com as folhas de *ombú*. Veneno mortal. O vento não mata, mas o sumo das folhas pode matar. Ela juntou as mãos como uma criança: Sinceramente, Henry, ventos silenciosos, folhas venenosas. Você faz tudo parecer um conto de fadas. Henry, loiro, corpo macio, olhos grandes e ponderosos, pareceu horrorizado. *Ah, não*, disse. *Não é assim tão ruim.*

Ela chegou àquela imensidão, debaixo da infinita cúpula azul do céu, porque Henry tinha feito o pedido e ela tinha dado a única resposta que podia dar uma solteirona de quarenta anos. Mas quando chegou, fez a si mesma uma pergunta maior: do que seria capaz em todo aquele espaço? De que teria coragem, como poderia *expandir-se*? Ser boa ou má, disse a si mesma: mas ser *nova*. Nosso vizinho, dr. Jorge Babington, contou a Gibreel, não gostava de mim, sabe, ele me contava histórias dos britânicos na América do Sul, sempre galantes cavaleiros, dizia com desprezo, espiões e bandidos e exploradores. *Vocês são assim tão exóticos na sua velha Inglaterra?*, perguntava-lhe, e respondia à própria pergunta, señora, *acho que não. Apertados naquele esquife de ilha, têm de encontrar horizontes mais amplos para expressar seus eus secretos.*

O segredo de Rosa Diamond era uma capacidade de amar tão grande que logo ficou claro que seu pobre e prosaico Henry jamais a preencheria, porque todo senso de romance que pudesse existir naquela compleição gelatinosa estava reservado aos pássaros. Gaviões do brejo, anhumas, narcejas. Ele passou os dias mais felizes de sua vida em um pequeno barco a remo nas lagunas locais, entre os juncos, com os binóculos pregados aos olhos. Uma vez, no trem para Buenos Aires, deixou Rosa embaraçada ao fazer uma demonstração do canto de seus pássaros preferidos no vagão-restaurante, colocando as mãos em torno da boca: *o pato selvagem, a íbis vanduria, o trupial*. Por que não pode me amar desse jeito?, ela sentiu vontade de perguntar. Mas nunca perguntou, porque para Henry ela era boa companheira, e paixão era uma excentricidade de outras raças. Ela se transformou no generalíssimo da casa, e tentou sufocar seus anseios perversos. Adquiriu o hábito de passear à noite pelo pampa e deitar-se de costas, olhando a galáxia no céu, e, às vezes, sob a influência daquela beleza brilhante, começava a tremer inteira, a estremecer com um prazer profundo, cantarolando uma melodia desconhecida, e essa música estelar era o mais próximo que chegava da alegria.

Gibreel Farishta: sentiu as histórias dela a enredá-lo como numa teia, prendendo-o àquele mundo perdido onde *toda noite sentavam-se cinqüenta à mesa para jantar, fosse quem fosse, nossos gaúchos, nada servis, muito fortes e orgulhosos, muito. Carnívoros puros; você pode ver nas fotos*. Durante as longas noites de insônia de ambos, ela contou que uma neblina de calor baixava sobre o pampa, e as poucas árvores que resistiam eram como ilhas e que um cavaleiro parecia um ser mitológico, galopando pela superfície do oceano. *Como o fantasma do mar*. Recontou as histórias contadas em torno da fogueira, por exemplo, a do gaúcho ateu que provou não existir o Paraíso: quando morreu a mãe, ele se pôs a chamar seu espírito de volta toda noite durante sete noites. Na oitava noite, declarou que ela evidentemente não tinha escutado, senão, certamente teria voltado para consolar o filho adorado; portanto, a morte era o fim de tudo. Ela o envolveu em descrições da época em que os seguidores de Perón vinham com seus ternos brancos e cabelos gomalinados e os peões os expulsavam, contou como as ferrovias eram construídas pelos anglos para servir a suas estâncias, e as represas também, a história, por exemplo, de sua amiga Claudette, "uma ladra de corações, meu caro, casada com um engenheiro de nome Granger, deixou metade de Hurlingham decepcionada. Lá se foram para alguma represa que ele estava construindo, e logo ficaram sabendo que os rebeldes vinham vindo para explodir tudo. Granger saiu com os homens para guardar a represa, deixou Claudette sozinha com a criada, e veja você, horas depois, a criada veio correndo, *señora*, tem um homem aí, grande que nem uma casa. E quem era? Um capitão rebelde. — 'E seu marido, madame?' — 'Esperando pelo senhor na represa, como é dever dele.' — 'Bom, se ele não é capaz de proteger a senhora, a revolução vai proteger.' E deixou guardas do lado de fora da casa, meu querido, uma coisa incrível. Mas na luta os dois homens morreram, marido e capitão, e Claudette insistiu num funeral conjunto, assistiu enquanto os dois caixões baixavam lado a lado na terra, chorou por ambos. Com isso, percebemos que ela era perigosa, *trop fatale*, ahn? Certo? *Trop* extremamente *fatale*". Na lenda da bela Claudette, Gibreel ouviu ressoarem os anseios da própria Rosa. Nesses momentos, ele a pegava observando-o com o rabo dos olhos, e sentia uma pontada na região do umbigo, como se alguma coisa estivesse tentando sair. Quando ela desviava os olhos, a sensação desaparecia. Talvez fosse apenas efeito do cansaço.

Uma noite, perguntou se ela tinha visto os chifres na testa de Chamcha, mas ela ficou surda e, em vez de responder, contou que costumava sentar-se num banquinho no *galpón*, o cercado de touros, de Los Álamos, e os touros premiados vinham e deitavam as cabeças de longos chifres em seu colo. Uma tarde, uma moça chamada Aurora del Sol, que era noiva de Martín de la Cruz, fez um comentário malicioso: Pensei que eles só faziam isso no colo das virgens, sussurrou bem alto para as amigas que riram, e Rosa voltou-se para ela docemente e respondeu: Então, minha querida, talvez você queira experimentar? A partir desse momento, Aurora del Sol, a melhor dançarina da estância e a mais desejável de todas as mulheres peonas, tornou-se inimiga mortal da mulher alta demais, ossuda demais, que vinha do outro lado do mar.

"Você se parece com ele", disse Rosa Diamond quando estavam lado a lado à sua janela noturna, olhando o mar. "Seu duplo. Martín de la Cruz." À menção do nome do vaqueiro, Gibreel sentiu uma dor tão violenta no umbigo, um repuxar tão doloroso, como se alguém tivesse lhe enfiado um gancho no estômago, que um grito escapou de seus lábios. Rosa Diamond pareceu não ouvir. "Olhe", disse ela, alegre, "olhe lá."

Correndo na praia da meia-noite, na direção da torre Martello e do acampamento de veranistas — correndo ao longo da linha da água, de forma que as ondas apagavam suas pegadas — oscilando, desviando, correndo pela vida, vinha uma ema adulta, em tamanho natural. Fugiu pela praia, e os olhos de Gibreel a seguiram deslumbrados, até não ser mais visível no escuro.

*

O que aconteceu depois foi na aldeia. Os dois tinham ido buscar um bolo e uma garrafa de champanhe, porque Rosa lembrou-se que era o seu octogésimo nono aniversário. A família fora expulsa de sua vida, portanto, ela não recebia cartões nem telefonemas. Gibreel insistiu que fizessem algum tipo de comemoração, e mostrou o que havia escondido dentro de sua camisa, o gordo cinto-carteira cheio de libras esterlinas compradas no mercado negro antes de sair de Bombaim. "E também cartões de crédito em abundância", disse ele. "Não sou nenhum indigente. Então. Vamos. Eu convido." Estava agora tão profundamente fascinado pela feitiçaria narrativa de Rosa que mal se lembrava que tinha uma vida a viver, uma mulher a surpreender pelo simples fato de estar vivo, nada disso. Seguindo mansamente atrás, carregava as sacolas de compras de Mrs. Diamond.

Estava esperando numa esquina, enquanto Rosa conversava com o padeiro, quando sentiu, mais uma vez, aquele anzol fisgando o estômago, e apoiou-se num poste de iluminação, respirando com dificuldade. Ouviu um bater de cascos, e virando a esquina surgiu uma charrete arcaica, cheia de jovens que pareciam, à primeira vista, fantasiados: os homens de calças pretas justas, ornadas de botões prateados nas panturrilhas, as camisas brancas abertas quase até a cintura; as mulheres de saias rodadas com babados em camadas de cores brilhantes, escarlate, esmeralda, ouro. Cantavam numa língua estrangeira, e sua alegria fazia a rua parecer sombria e sem graça, mas Gibreel percebeu que havia algo estranho no ar, porque ninguém mais na rua parecia sequer notar a charrete. Então, Rosa saiu da padaria com uma caixa de bolo dependurada pela fita do dedo indicador da mão esquerda e exclamou: "Ah, lá estão eles, chegando para o baile. Sempre fazíamos bailes, sabe, eles gostam, está no sangue". E depois de uma pausa: "Foi nesse baile que ele matou o Abutre".

Foi nesse baile que um certo Juan Julia, apelidado o Abutre, por causa de sua aparência cadavérica, bebeu demais e insultou a honra de Aurora del Sol, e não parou enquanto não restou a Martín outra opção senão lutar, *ei, Martín, por que é que você gosta de foder com essa aí, eu achei ela bem sem graça.* "Vamos sair do baile", Martín disse, e no escuro, silhuetado contra as lanternas dependuradas das árvores em torno da pista de dança, os dois tiraram as facas, giraram, lutaram. Juan morreu. Martín de la Cruz pegou o chapéu do morto e atirou-o aos pés de Aurora del Sol. Ela pegou o chapéu e ficou olhando enquanto ele ia embora.

Rosa Diamond, aos oitenta e nove anos, usando um vestido prateado longo e colante, uma piteira na mão enluvada e turbante prateado na cabeça, tomava *gin-and-sin* em um triângulo de vidro verde e contava histórias dos bons tempos. "Quero dançar", anunciou de repente. "É meu aniversário e ainda não dancei nenhuma vez."

*

O esforço dessa noite em que Rosa e Gibreel dançaram até o amanhecer resultou excessivo para a velha senhora, que caiu de cama no dia seguinte, com uma febre baixa que provocava aparições ainda mais delirantes: Gibreel viu Martín de la Cruz e Aurora del Sol dançando flamenco no telhado inclinado da casa Diamond, e peronistas de ternos brancos reunidos na garagem de barcos para falar a um grupo de peões sobre o futuro: "Com Perón estas terras serão desapropriadas e distribuídas para o povo. As ferrovias britânicas também vão passar a ser propriedade do Estado. Vamos expulsar daqui esses bandidos, esses piratas...". O busto de gesso de Henry Diamond flutuava no ar, observando a cena, e um agitador de terno branco apontou o dedo para ele e gritou: É ele o seu opressor; ele é o inimigo. O estômago de Gibreel doía tanto que chegou a temer pela própria vida, mas no momento exato em que sua mente racional considerou a possibilidade de uma úlcera ou de apendicite, o resto de seu cérebro sussurrou a verdade, que estava sendo mantido prisioneiro e manipulado pela força da vontade de Rosa, da mesma forma que o Anjo Gibreel tinha sido obrigado a falar pela poderosa necessidade do Profeta, Mahound.

"Ela está morrendo", deu-se conta. "E não falta muito agora." Rolando na cama nas garras da febre, Rosa Diamond resmungava sobre o veneno de *ombú* e a inimizade do vizinho, o dr.

Babington, que perguntou a Henry, será que sua mulher é sossegada para agüentar a vida pastoral, e que deu a ela (de presente pela recuperação de tifo) um exemplar dos relatos de viagem de Américo Vespúcio. "Esse sujeito era um fantasista notório, claro", Babington sorriu, "mas a fantasia pode ser mais forte que os fatos; afinal, continentes foram batizados em honra dele." À medida que ia enfraquecendo, mais e mais ela empenhava as forças que lhe restavam no sonho da Argentina, e o umbigo de Gibreel parecia estar pegando fogo. Ficou caído numa poltrona, ao lado da cama dela, e as aparições iam se multiplicando a cada hora. Música de flautas doces enchia o ar, e, ainda mais maravilhoso que isso, uma pequena ilha branca apareceu perto da praia, flutuando nas ondas como uma jangada; era branca como neve, a areia branca elevando-se até um tufo de árvores albinas, que eram brancas, como giz, como papel, até a ponta das folhas.

Com a chegada da ilha branca, Gibreel foi dominado por uma profunda letargia. Jogado na poltrona do quarto da moribunda, as pálpebras pesando, sentiu o peso do corpo aumentar até não ser capaz de mais nenhum movimento. E então estava em outro quarto, vestindo calças pretas e justas, com botões prateados nas panturrilhas e uma pesada fivela de prata na cintura. *Mandou me chamar, Don Enrique*, estava dizendo ao homem pesado e mole, com a cara do busto de gesso, mas ele sabia quem tinha mandado chamar por ele, e não tirava os olhos do rosto dela, mesmo quando percebeu o avermelhado subindo da renda branca em torno do pescoço.

Henry Diamond impediu que as autoridades se envolvessem na questão de Martín de la Cruz, *essas pessoas são minha responsabilidade*, dissera a Rosa, *é uma questão de honra*. E esforçou-se por demonstrar que continuava confiando no assassino, De la Cruz, nomeando-o, por exemplo, capitão do time de pólo da estância. Mas Don Enrique nunca mais foi o mesmo depois que Martín matou o Abutre. Cansava-se com maior facilidade, ficou inquieto, até dos pássaros se desinteressou. As coisas começaram a ir mal em Los Álamos, primeiro imperceptivelmente, depois mais evidentemente. Os homens de ternos brancos voltaram e não foram expulsos. Quando Rosa Diamond contraiu tifo, muita gente na estância tomou o fato por uma alegoria do declínio da velha propriedade.

O que estou fazendo aqui, Gibreel pensou, muito alarmado, parado diante da escrivaninha de rancheiro de Don Enrique, enquanto Doña Rosa avermelhava ao fundo, *este lugar é de outro*.
— Grande confiança em você, Henry estava dizendo, não em inglês, mas mesmo assim Gibreel entendia. — Minha mulher vai fazer uma viagem de carro para a convalescença, e você vai com ela... As responsabilidades de Los Álamos impedem que eu vá. *Agora tenho de falar, o que dizer?*, mas quando abriu a boca, palavras estranhas brotaram, será uma honra para mim, Don Enrique, bater de calcanhares, girar, sair.

Rosa Diamond, na fraqueza de seus oitenta e nove anos, tinha começado a sonhar sua história das histórias, que havia guardado consigo por mais de meio século, e Gibreel ia a cavalo atrás de sua Hispano-Suiza, de estância em estância, atravessando uma floresta de *arayanas*, ao pé da alta *cordillera*, chegando a grotescas moradas construídas no estilo de castelos escoceses ou palácios indianos, visitando a terra de Mr. Cadwallader Evans, aquele das sete esposas que tinham a felicidade de ter apenas uma noite de trabalho por semana, e o território do famoso MacSween que havia se enamorado das idéias que chegavam à Argentina vindas da Alemanha, e empinara, no mastro de sua estância, uma bandeira vermelha no coração da qual uma cruz negra e torta girava dentro de um círculo branco. Foi na estância de MacSween que toparam com a laguna, e Rosa viu pela primeira vez a ilha branca de seu destino, e insistiu para ir de barco até lá para fazer um piquenique, sem a criada nem o chofer, levando apenas Martín de la Cruz para remar o barco e para estender a toalha escarlate sobre a areia branca e servi-la de carne e vinho.

Branca como a neve e vermelha como sangue e negra como ébano. Reclinada na saia preta e blusa branca sobre o escarlate estendido por sua vez sobre branco, enquanto ele (também vestido preto e branco) servia vinho tinto num cálice que ela segurava com a mão enluvada de branco — e então, para sua própria surpresa, *maldição*, ele pegava a mão dela e começava a beijar — algo aconteceu, a cena ficou borrada, num minuto eles estavam rolando sobre a toalha escarlate, queijos e frios e saladas e patês esmagados sob o peso de seu desejo, e ao voltarem para a Hispano-Suiza era impossível esconder o que quer que fosse do chofer e da criada por causa das manchas de comida em suas roupas — e no momento seguinte, ela estava se afastando dele, não com crueldade, mas com tristeza, retirando a mão e fazendo um minúsculo gesto com a cabeça, *não*, e ele se levantou, inclinou a cabeça, retirou-se, deixando-a com a virtude e o almoço intactos — as duas possibilidades ficavam se alternando, enquanto a moribunda Rosa rolava na cama, se-entregara-não-se-entregara, inventando a última versão da história de sua vida, incapaz de decidir qual desejava que fosse verdade.

*

"Estou ficando louco", Gibreel pensou. "Ela está morrendo, mas eu estou perdendo a cabeça." A lua brilhava, e a respiração de Rosa era o único som no quarto: roncando quando ela inalava e exalava pesadamente, com pequenos grunhidos. Gibreel tentou levantar-se da cadeira, mas descobriu que não conseguia. Mesmo nesses intervalos entre as visões, seu corpo continuava incrivelmente pesado. Como se uma pedra tivesse sido colocada em cima de seu peito. E as imagens, quando vinham, continuavam confusas, num momento estava num paiol em Los Álamos, fazendo amor com ela enquanto ela murmurava incessantemente seu nome, *Martinho da Cruz* — e no momento seguinte ela o ignorava em plena luz do dia debaixo dos olhos atentos de uma certa Aurora del Sol — e não era possível distinguir memórias de desejos, ou reconstruções culpadas de verdades confessionais — porque mesmo em seu leito de morte, Rosa Diamond não conseguia olhar de frente a própria história.

O luar encheu o quarto. Ao tocar o rosto de Rosa pareceu-lhe passar através dela, e de fato Gibreel começava a enxergar o desenho da renda bordada da fronha. Viu, então, Don Enrique e seu amigo, o puritano e reprovador dr. Babington, de pé na sacada, e não podiam ser mais sólidos. Ocorreu-lhe que à medida que as aparições ganhavam clareza, Rosa ia ficando mais e mais tênue, se dissolvendo, quase se podia dizer, trocando de lugar com os fantasmas. E como tinha entendido também que as manifestações dependiam dele, de sua dor de estômago, de seu peso de pedra, começou a temer também pela própria vida.

"Você mandou que eu falsificasse o atestado de óbito de Juan Julia", dizia o dr. Babington. "Fiz isso por nossa velha amizade. Mas estava errado fazer uma coisa dessas; e vejo agora o resultado. Você protegeu um assassino e é por isso, talvez, que sua consciência está acabando com você. Volte para casa, Enrique. Volte e leve essa sua mulher, antes que aconteça algo pior."

"Estou em minha casa", disse Henry Diamond. "E não admito que fale de minha mulher."

"Os ingleses podem ir onde quiserem que nunca deixam a Inglaterra", disse o dr. Babington enquanto se dissolviam no luar. "A menos que, como Doña Rosa, eles se apaixonem."

Uma nuvem passou diante da lua, e agora que a sacada estava vazia, Gibreel Farishta finalmente conseguiu fazer um esforço para se levantar da cadeira e ficar em pé. Andar era como arrastar uma bola de ferro pelo chão, mas conseguiu chegar à janela. Em todas as direções, até onde se podia enxergar, havia cardos gigantescos ondulando na brisa. No lugar onde antes estivera o mar, havia agora um oceano de cardos, estendendo-se até o horizonte, cardos da altura de um homem. Ouviu a voz desencarnada do dr. Babington murmurar em seu ouvido: "A primeira praga de cardos em cinqüenta anos. Parece que o passado retorna". Viu uma mulher correndo pela vegetação farta e ondulante, descalça, cabelos escuros soltos. "Ela conseguiu", disse a voz de Rosa com toda clareza, atrás dele. "Depois de traí-lo com o Abutre e de fazer dele um assassino. Ele não olhava mais para ela depois disso. Ah, ela conseguiu, sim. Muito perigosa essa aí. Muito." Gibreel perdeu de vista Aurora del Sol entre os cardos; uma miragem obliterando a outra.

Sentiu alguma coisa agarrá-lo por trás, virá-lo sobre si mesmo e atirá-lo de costas no chão. Não havia ninguém à vista, apenas Rosa Diamond, sentada ereta na cama, olhando para ele de olhos bem abertos, fazendo com que entendesse que havia desistido de apegar-se à vida, e que precisava dele para completar a última revelação. Da mesma forma que com o negociante de seus sonhos, ele se sentiu impotente, ignorante... ela parecia saber, porém, como arrancar dele as imagens. Ligando os dois, de umbigo a umbigo, ele viu um cordão brilhante.

E estava à margem de um poço na infinidade de cardos, enquanto seu cavalo bebia, e ela veio cavalgando sua égua. E ele a abraçava, soltando suas roupas e cabelo, e estavam fazendo amor. E ela sussurrava, como pode gostar de mim, sou tão mais velha que você, e ele dizia palavras confortadoras.

Então ela se levantou, vestida, foi embora cavalgando, enquanto ele ficava ali, o corpo lânguido e quente, sem ter percebido o momento em que a mão da mulher deslizou pelos cardos e pegou a sua faca de cabo de prata...

Não! Não! Não, assim não!

Agora ela cavalgava com ele à margem do poço, e no momento que desmontou, olhando nervosa para ele, ele caiu em cima dela, disse que não agüentava mais sua rejeição, e os dois rolaram juntos pelo chão, ela gritou, ele arrancou suas roupas, e as mãos dela, arranhando o corpo dele, chegaram ao cabo da faca...

Não! Não, nunca, não! Deste jeito: assim!

Agora os dois estavam fazendo amor, ternamente, com muitas carícias lentas; e um terceiro cavaleiro entrava na clareira do poço, e os amantes se separavam; agora Don Enrique sacava uma pequena pistola e mirava o coração de seu rival — e

— e ele sentiu Aurora apunhalando seu coração, repetidamente, isto é por Juan, e isto por me abandonar, e isto por sua grande puta inglesa —

— e ele sentiu a faca de sua vítima entrando em seu coração, enquanto Rosa o esfaqueava uma vez, duas, e de novo —

— e depois que a bala de Henry o matou, o inglês pegou a faca do morto e o esfaqueou muitas vezes na ferida sangrenta.

171

Gritando alto, Gibreel perdeu a consciência nesse ponto.

Quando voltou a si, a velha na cama estava falando sozinha, tão suavemente que ele mal conseguia escutar as palavras. "O *pampero* veio, o vento sudoeste, aplainando os cardos. Foi quando o encontraram, ou foi antes." O fim da história. Como Aurora del Sol havia cuspido na cara de Rosa Diamond no funeral de Martín de la Cruz. Como foi tudo arranjado para que ninguém fosse acusado do assassinato, com a condição de que Don Enrique pegasse Doña Rosa e voltasse para a Inglaterra o mais depressa possível. Como tinham tomado o trem na estação de Los Álamos e os homens de terno branco e chapéus borsalino ocuparam a plataforma, para ter certeza de que tinham partido de fato. Como, assim que o trem começou a rodar, Rosa Diamond abriu a pequena frasqueira a seu lado no banco e disse, desafiadora, *Eu trouxe uma coisa. Um pequeno souvenir*. E desfez um embrulho de pano para revelar uma faca gaúcha de cabo de prata.

"Henry morreu no primeiro inverno em casa. Depois, nada mais aconteceu. A guerra. O fim." Ela fez uma pausa. "Encolher a este ponto, depois de ter estado naquela vastidão. É intolerável." E depois de outro silêncio: "Tudo murcha".

Houve uma mudança no luar, e Gibreel sentiu o peso ser retirado de cima dele, tão depressa que pensou que ia flutuar até o teto. Rosa Diamond estava imóvel, olhos fechados, os braços pousados na colcha de retalhos. Parecia: *normal*. Gibreel percebeu que nada o impedia de sair pela porta.

Desceu com cuidado, as pernas ainda um pouco instáveis; encontrou a pesada capa de gabardina que pertencera um dia a Henry Diamond, e o chapéu de feltro cinzento no interior do qual o nome de Don Enrique havia sido bordado pela mão da esposa; e partiu, sem olhar para trás. No momento em que saiu, uma lufada de vento arrancou seu chapéu, que foi rolando pela praia. Ele correu atrás, conseguiu apanhar, enfiou-o na cabeça de novo. London shareef, *aqui vou eu*. Tinha a cidade no bolso: o guia de Londres, a metrópole cheia de orelhas, de A a Z.

"O que fazer?", estava pensando. "Telefonar ou não telefonar? Não, aparecer simplesmente, tocar a campainha e dizer,

baby, seu desejo se realizou, do leito do mar para o seu leito, é preciso mais que um desastre de avião para me afastar de você.
— Tudo bem, talvez não exatamente isso, mas alguma coisa nesse estilo. É. A surpresa era a melhor tática. Allie *Bibi*, buh!

Então, ouviu o canto. Vinha da velha garagem de barcos com o pirata de um olho só pintado na parede, e a canção era estrangeira, mas familiar: uma canção que Rosa Diamond tinha entoado muitas vezes, e a voz também era familiar, embora um pouco diferente, menos tremida; *mais jovem*. A porta da garagem de barcos estava destrancada, sem nenhuma razão, e batia com o vento. Ele foi em direção à canção.

"Tire a capa", ela disse. Estava vestida como no dia da ilha branca: saia preta e botas, blusa de seda branca, sem chapéu. Ele estendeu a capa no chão da garagem de barcos, o forro escarlate brilhante refulgindo no espaço estreito, iluminado pelo luar. Ela se deitou em meio à desordem de uma vida inglesa, bastões de críquete, uma cúpula de abajur amarelada, vasos rachados, uma mesa dobrável, baús; e estendeu-lhe um braço. Ele se deitou a seu lado.

"Como pode gostar de mim?", ela murmurou. "Sou tão mais velha que você."

3

QUANDO LHE ARRANCARAM o pijama dentro do furgão sem janelas da polícia, e ele viu os pêlos grossos e muito crespos que cobriam suas coxas, Saladin Chamcha perdeu o controle pela segunda vez naquela noite; dessa vez, porém, começou a rir histericamente, contagiado, talvez, pela contínua hilaridade de seus captores. Os três oficiais da imigração estavam particularmente animados, e foi um deles — o de olhos saltados cujo nome, acabou transpirando, era Stein — foi ele quem "desembrulhou" Saladin com uma alegre observação de que era "Hora de abrir, *Packy*; vamos ver do que é que você é feito!". As listras vermelhas e brancas foram arrancadas de um relutante Chamcha, reclinado no chão da perua, com dois sólidos policiais segurando cada um de seus braços e a bota de um quinto policial pisando firmemente seu peito, e seus protestos se diluíram no alegre e generalizado vozerio. Os chifres continuavam batendo em tudo, na direção, no chão sem forração, nas canelas de um policial — e nestas últimas ocorrências foi sonoramente esbofeteado no rosto por um oficial da lei compreensivelmente irado — e estava, em resumo, no estado de espírito mais miserável de que se lembrava. No entanto, quando viu o que havia debaixo do pijama emprestado, não conseguiu evitar que um riso incrédulo lhe escapasse da boca.

Suas coxas tinham ficado excepcionalmente grossas e fortes, além de peludas. Abaixo dos joelhos, os pêlos desapareciam, e as pernas afinavam em panturrilhas duras, ossudas, quase sem carne, terminando num par de cascos fendidos, brilhantes, como os que se encontra em qualquer bode. Saladin ficou chocado também ao ver o próprio falo, muito aumentado e embaraçosamente ereto, um órgão que teve a maior dificuldade de reconhecer como seu. "O que é isso agora?", brincou Novak — o ex-Chiador — dando-lhe um beliscão divertido. "Gostou de um de nós, é?" Diante disso, o oficial Gemedor, Joe Bruno, deu um tapa na coxa, cutucou as costelas de Novak e gritou, "Não, nada disso. Vai ver que ele amarrou um bode por causa da gente". "Sei", Novak gritou de volta, enquanto sua mão socava acidentalmente os testículos recém-crescidos de Saladin. "Ei! Ei!", urrou Stein, com lágrimas nos olhos. "Escutem aqui, esta é melhor ainda... vai ver que ele está com medo de a gente não ir com os *cornos* dele."

E com isso os três, repetindo muitas vezes "amarrou um bode... os cornos dele..." caíram uns nos braços dos outros e urraram de prazer. Chamcha queria falar, mas ficou com medo de descobrir que sua voz tinha se transformado em balidos de bode, e, além disso, a bota do policial tinha começado a apertar mais do que nunca o seu peito, e era difícil formular qualquer palavra. O que intrigava Chamcha era que aquela circunstância que lhe parecia tão profundamente perturbadora e sem precedentes — ou seja, a sua metamorfose naquele diabo sobrenatural — estava sendo tratada pelos outros como se fosse a coisa mais banal e normal que se podia imaginar. "Isto não é a Inglaterra", pensou, não pela primeira nem pela última vez. Como podia ser, afinal; como, naquela terra moderada e sensata, podia haver espaço para um camburão dentro do qual ocorria uma coisa daquelas? Estava sendo forçado a concluir que tinha de fato morrido na explosão do avião e que tudo que se seguira era alguma espécie de outra vida. Se fosse esse o caso, sua prolongada rejeição ao Eterno estava começando a parecer bem tola. — Mas onde, em tudo aquilo, havia algum sinal do Ser Supremo, fosse benevolente ou maligno? Por que o Purgatório, ou Inferno, ou fosse o lugar que fosse, parecia tanto com aquele Sussex de recompensas e fadas que todo menino de escola conhecia? — Talvez, ocorreu-lhe, não tivesse efetivamente morrido no desastre do *Bostan*, mas estivesse gravemente doente em alguma ala de hospital, atormentado por sonhos delirantes? Essa explicação lhe era atraente, no mínimo porque desmanchava o sentido de um certo telefonema noturno, e de uma voz de homem que ele tentava, sem sucesso, esquecer... Sentiu um forte chute acertar-lhe as costelas, doloroso e realista a ponto de fazê-lo duvidar da verdade de todas as teorias de alucinação. Voltou a atenção para o real, para este presente que consistia de um furgão policial trancado, contendo três oficiais de imigração e cinco policiais que eram, nesse momento pelo menos, todo o universo que havia a seu alcance. Um universo de medo.

Novak e o resto tinham superado o humor alegre. "Animal", xingou Stein dando-lhe uma série de chutes, e Bruno juntou-se a ele: "São todos iguais. Não se pode esperar que um animal respeite regras civilizadas, hein?". E Novak entrou no mesmo tom: "Estamos falando da porra da higiene pessoal, seu merdinha".

Chamcha estava confuso. Então notou um grande número de bolinhas macias que tinham aparecido no chão do camburão. Sentiu-se consumir de vergonha e amargura. Aparentemente até seus processos naturais eram caprinos agora. Que humilhação! Ele era — tinha se esforçado tanto para ser — um homem sofisticado! Essa degradação podia não significar nada para a ralé das aldeias em Sylhet ou para as oficinas de bicicletas de Gujranwala, mas ele era feito de outra matéria! "Meus amigos", começou, tentando manter um tom de autoridade bem difícil naquela posição indigna, deitado de costas com as pernas terminadas em cascos separadas e um monte macio do próprio excremento a sua volta, "meus amigos, é melhor admitirem seu erro antes que seja tarde."

Novak colocou a mão em concha atrás da orelha. "O que foi? O que foi esse barulho?", perguntou, olhando para ele, e Stein disse: "Não faço a menor idéia". "Eu lhe digo o que parecia", ofereceu-se Joe Bruno, e com as mãos em torno da boca baliu: "Méé-éé-éé!". Os três homens caíram na risada outra vez, e Saladin não tinha como saber se estavam simplesmente querendo insultá-lo ou se as suas cordas vocais tinham sido realmente afetadas, como temia, por essa macabra demoníase que o dominara sem o menor aviso. Começou a tremer de novo. A noite estava extremamente fria.

O oficial, Stein, que parecia ser o líder do trio, ou pelo menos o *primus inter pares*, voltou de repente ao assunto das bolinhas de excremento rolando pelo chão do camburão em movimento. "Neste país", informou a Saladin, "limpamos nossa sujeira."

O policial que o mantinha deitado fez com que se ajoelhasse. "Isso mesmo", disse Novak, "limpe isso." Joe Bruno colocou uma mão grande na nuca de Chamcha e empurrou sua cabeça para o chão coberto de bolinhas. "Vamos lá", disse, num tom circunstancial. "Quem começa logo, termina logo."

*

Mesmo enquanto realizava (não tendo outra opção) o último e mais baixo ritual de sua injustificada humilhação — ou, em outras palavras, enquanto as circunstâncias de sua vida salva miraculosamente ficavam a cada momento mais infernais e fora de propósito — Saladin Chamcha começou a notar que os três oficiais de imigração não pareciam nem agiam mais tão estranhamente quanto de início. Nem se pareciam mais um com o outro. O oficial Stein, que os colegas chamavam de "Mack" ou de "Jockey", era um homem grande, corpulento, com uma grossa montanha-russa de nariz; seu sotaque, agora estava claro, era exageradamente escocês. "É isso aí", observou, aprovando, enquanto o infeliz Chamcha mastigava. "Ator, é? Eu gosto de assistir um bom ator representando."

Essa observação levou o oficial Novak — isto é, "Kim" — que tinha adquirido uma cor alarmantemente pálida, uma cara ossuda de asceta que lembrava ícones medievais, e uma ruga na testa que sugeria algum profundo tormento interior, a começar uma curta peroração sobre as suas estrelas favoritas das novelas de televisão e apresentadores de programas de jogos, enquanto o oficial Bruno, que parecia a Chamcha ter se tornado extremamente bonito de repente, o cabelo brilhante de gel dividido ao meio, a barba loura contrastando dramaticamente com o cabelo mais escuro — Bruno, o mais jovem dos três, perguntou, lascivo, que tal assistir as garotas, então, isso é o que eu gosto. Essa nova idéia lançou os três em todo tipo de anedotas, contadas pela metade, cheias de sugestões de um certo tipo, mas quando os cinco policiais tentaram entrar na conversa, eles cerraram fileiras, ficaram sérios, e colocaram os policiais em seus devidos lugares. "Criança nova", Mr. Stein disse a eles, "é bom de se olhar, não de se ouvir."

Nesse momento, Chamcha estava violentamente engasgado com sua refeição, fazendo força para não vomitar, sabendo que um tal erro só iria prolongar a agonia. Estava de quatro no chão do furgão, procurando as bolinhas de sua tortura que rolavam de um lado para outro, e os policiais, precisando desabafar a frustração gerada pela censura do oficial de imigração, começaram a abusar de Saladin, puxando os pêlos de seu traseiro para aumentar tanto seu desconforto quanto sua descompostura. Então os cinco policiais começaram provocadoramente sua própria versão da conversa dos oficiais da imigração, e passaram a analisar os méritos de diversas estrelas de cinema, jogadores de dardos, lutadores profissionais e semelhantes; mas como estavam de mau humor por causa da superioridade de "Jockey" Stein, não eram capazes de manter o tom abstrato e intelectual de seus superiores e começaram a comparar os méritos do time "duplo" do Tottenham Hotspur do começo dos anos 60 com o lado poderoso do Liverpool atual — e os partidários do Liverpool irritaram os fãs do Spur dizendo que o grande Danny Blanchflower era um jogador "de luxo", pó-de-arroz, com nome de flor, veado por natureza —, ao que a claque ofendida respondeu gritando que no caso do Liverpool eram seus torcedores que eram as bonecas e que a torcida do Spur era capaz de acabar com eles com os braços amarrados para trás. Claro que os policiais conheciam bem as técnicas dos *hooligans* do futebol, tendo passado muitos sábados de costas para os jogos, assistindo aos espectadores em vários estádios por todo o país, e quando a discussão esquentou chegaram a ponto de querer demonstrar a seus colegas opositores exatamente o que queriam dizer por "acabar com", "chutar o saco", "dar garrafadas" e daí por diante. As duas facções fulminaram uma à outra e então, todos juntos, voltaram os olhos para a pessoa de Saladin Chamcha.

Bem, a comoção naquele furgão da polícia ficou mais e mais barulhenta — e será verdade se se disser que a culpa foi em parte de Chamcha, que começou a ganir como um porco — e os jovens policiais estavam socando e enfiando dedos em várias partes de sua anatomia, usando-o tanto como cobaia quanto válvula de escape, tomando o cuidado, apesar de sua excitação, de limitar os golpes às partes mais moles e carnudas, minimizando os riscos de fraturas e ferimentos; e quando Jockey, Jim e Joey viram o que seus subalternos estavam fazendo, resolveram ser tolerantes, porque os meninos tinham de ter a sua diversão.

Além disso, toda essa conversa sobre o que assistiam tinha levado Stein, Bruno e Novak a examinar questões de maior peso, e agora, com caras solenes e vozes judiciosas, falavam da necessidade, em nossos dias, de aumentar a observação, não apenas no sentido de "assistência", mas no de "vigilância" e "fiscalização". A experiência dos jovens policiais era extremamente relevante, entoou Stein: assistir a platéia, não o jogo. "O preço da liberdade é a eterna vigilância", proclamou.

"Iiik", gritou Chamcha, incapaz de evitar a interrupção. "Aargh, unnhh, oouuu."

*

Depois de um certo tempo, uma curiosa sensação de alheamento tomou conta de Saladin. Não tinha mais noção de quanto tempo fazia que estavam viajando no camburão de sua dura queda do estado de graça, nem podia tentar adivinhar se estava próximo de seu destino, o tinido no ouvido aumentando gradualmente, aqueles passos fantasmagóricos da vovó, *eleoene, deoene, London*. Os golpes que choviam sobre ele agora pareciam macios como carícias de amante; a visão grotesca de seu corpo metamorfoseado não o horrorizava mais; até mesmo as últimas bolinhas de excremento de bode já não lhe viravam o estômago muito violentado. Amortecido, acocorou-se em seu pequeno mundo, tentando se fazer menor e menor, na esperança de que pudesse acabar desaparecendo, ganhando assim a liberdade.

A conversa sobre técnicas de vigilância tinha tornado a reunir os oficiais da imigração e os policiais, curando a ferida provocada pela reprovação puritana de Jockey Stein. Chamcha, o inseto no chão do furgão, ouvia, como que através de um codificador de telefone, as vozes distantes de seus captores falando animadamente da necessidade de mais equipamentos de vídeo nos eventos públicos e dos benefícios da informação computadorizada, e, naquilo que parecia uma contradição completa, da eficácia de se colocar uma mistura mais forte nos alimentadores dos cavalos da polícia na noite anterior a uma grande partida, porque quando as indisposições estomacais eqüinas levavam os manifestantes a serem borrifados de merda, isso sempre os levava à violência, *e aí a gente pode realmente cair em cima deles, não é mesmo?* Incapaz de juntar esse universo de novelas, partidadodia, capa e espada em qualquer tipo de todo coeso, Chamcha cerrou os ouvidos à conversa e ficou ouvindo os passos que ressoavam em suas orelhas.

Então caiu a ficha.

"Consultar o computador!"

Os três oficiais da imigração e os cinco policiais ficaram em silêncio quando a fétida criatura sentou-se e gritou com eles. "O que está acontecendo com ele?", perguntou, incerto, o policial mais jovem de todos — um dos torcedores do Tottenham, por sinal. "Dou mais um cacete nele?"

"Meu nome é Salahuddin Chamchawala, nome profissional Saladin Chamcha", engrolou o semibode. "Sou membro do Sindicato dos Atores, da Associação Automobilística e do Garrick Club. O número de registro do meu carro é taletal. Consulte o computador. Por favor."

"Quem ele está querendo enganar?", perguntou um dos fãs do Liverpool, mas ele, também, soava incerto. "Olhe só para você. Um fodido de um bode paquistanês. Sally o quê? Que diabo de nome é esse para um inglês?"

Chamcha encontrou um fiapo de raiva em algum lugar. "E o nome deles?", perguntou, indicando com a cabeça os oficiais da imigração. "Os nomes deles não me parecem muito anglo-saxões."

Por um momento, pareceu que podiam cair todos em cima dele e esquartejá-lo membro a membro por uma temeridade dessas, mas depois de algum tempo o cara de caveira, oficial Novak, meramente o esbofeteou algumas vezes, enquanto respondia: "Eu sou de Weybridge, seu bosta. Entenda bem: *Wey*bridge, onde os porras dos Beatles moravam".

Stein disse: "Melhor conferir". Três minutos e meio depois, o camburão parou, e os três oficiais da imigração, os cinco policiais e o motorista da polícia fizeram uma reunião de emergência — *agora fodeu* — e Chamcha notou que em seu novo humor todos os nove começaram a ficar parecidos, tornados iguais, idênticos, pela tensão e pelo medo. Também não demorou muito para compreender que o telefonema para a Central Nacional de Computação da Polícia, que o tinha identificado prontamente como cidadão britânico de primeira classe, não havia melhorado sua situação, e sim criado para ele, talvez, um perigo maior do que antes.

— Podemos dizer — sugeriu um dos nove — que ele estava inconsciente na praia. — Não vai funcionar — veio a resposta, por causa da velha e do outro sujeito. — Então que ele resistiu à prisão e ficou violento e na altercação que se seguiu meio que desmaiou. — Ou que a velha era gagá, não disse coisa com coisa para nenhum de nós e que o outro cara comoéquechamava? não disse nada, e quanto a este veado, basta olhar para ele, parece o próprio diabo, o que é que a gente podia pensar? — E aí ele pegou e desmaiou, de forma que o que a gente podia fazer, honestamente, eu pergunto, meritíssimo, senão trazer o homem para a enfermaria do Centro de Detenção, para receber cuidados médicos e ficar em observação e ser interrogado, de acordo com o código de suspeita justificada; o que se pode pensar numa situação dessa natureza? — São nove contra um, mas a velha e o outro cara podem atrapalhar. — Olhe, a história que a gente vai contar pode ficar para depois, a primeira coisa a fazer, estou dizendo, é fazer o sujeito desmaiar. — Certo.

*

Chamcha despertou numa cama de hospital, com muco verde saindo dos pulmões. Sentia os ossos, como se alguém o tivesse deixado numa geladeira por longo tempo. Começou a tossir, e quando o acesso terminou, dezenove minutos e meio depois, caiu num sono leve e doentio, sem registrar nenhum aspecto do lugar onde estava. Quando voltou a si, um rosto amigável de mulher estava debruçado sobre ele, com um sorriso tranqüilizador. "Você vai ficar bom", disse, dando-lhe tapinhas no ombro. "É só uma pneumoniazinha." Apresentou-se como sua fisioterapeuta, Hyacinth Phillips. E acrescentou, "Eu nunca julgo uma pessoa pela aparência. Não, senhor. Nem pense nisso".

E com isso o fez rolar de lado, colocou uma caixinha de papelão junto de seus lábios, levantou o avental branco, chutou fora os sapatos e saltou atleticamente sobre a cama para montar em cima dele, como se fosse um cavalo que pretendesse cavalgar, atravessando os biombos que cercavam a cama, até sabe Deus qual paisagem transfigurada. "Ordem do médico", explicou. "Sessões de meia hora, duas vezes por dia." E sem preâmbulo começou a bater rapidamente no meio de seu corpo, com punhos ligeiramente cerrados, mas evidentemente bem treinados.

Para o pobre Saladin, recém-saído da surra no camburão da polícia, esse novo ataque era a última gota. Começou a espernear debaixo dos golpes dela, gritando alto, "Quero sair daqui; alguém informou minha mulher?". O esforço de gritar produziu um segundo espasmo de tosse que durou dezessete minutos e quarenta e cinco segundos e lhe rendeu um sermão da fisioterapeuta, Hyacinth. "Está me fazendo perder tempo", disse. "Eu já devia ter terminado o pulmão direito e até agora mal comecei. Vai se comportar ou não?" Tinha continuado em cima da cama, montada nele, sacudindo para cima e para baixo com suas convulsões, como um montador de rodeio se agarrando para agüentar os nove segundos antes de soar o gongo. Ele se submeteu, derrotado, e permitiu que continuasse batendo o fluido verde para fora de seus pulmões inflamados. Quando ela terminou, foi obrigado a admitir que se sentia bastante melhor. Ela tirou a caixinha que estava agora cheia até a metade de muco e disse, alegre, "Vai estar de pé num instantinho", e então, corando, toda confusa, desculpou-se, "Com licença", e fugiu sem se lembrar de fechar os biombos.

"Hora de tomar pé da situação", ele disse a si mesmo. Um rápido exame físico informou-o de que seu novo estado mutante continuava inalterado. Isso o desanimou, porque se deu conta de que, de certa forma, esperava que o pesadelo terminasse enquanto dormia. Estava vestido com outro pijama estranho, dessa vez de uma cor verde-pálida e neutra, que combinava com o pano dos biombos e com a parte que podia ver das paredes e do teto daquela ala críptica e anônima. Suas pernas ainda terminavam naqueles cascos inquietantes, e os chifres na testa eram tão pontudos quanto antes... uma voz de homem, próxima, gritando com atroz tristeza: "Ah, se existe alguém que sofre...!", desviou sua atenção desse moroso inventário.

"Que diabo?", Chamcha pensou, e decidiu investigar. Mas agora estava tomando consciência de muitos outros sons, tão inquietantes quanto o primeiro. Pareceu-lhe ouvir todo tipo de ruídos animais: o ronco de touros, o tagarelar de macacos, até mesmo os gritinhos miméticos de papagaios e periquitos australianos. Depois, vindo de outra direção, ouviu os gemidos e gritos de uma mulher, aparentemente no fim de um parto laborioso, e logo em seguida o vagir de um recém-nascido. Os gritos da mulher, porém, não cessaram quando começaram os do bebê; ao contrário, redobraram de intensidade, e quinze minutos depois, talvez, Chamcha ouviu distintamente o choro de um segundo bebê juntar-se ao do primeiro. Mas a agonia da parturiente recusava-se a terminar, e a intervalos que variavam de quinze a trinta minutos do que parecia um tempo interminável, ela continuou a acrescentar novos bebês ao número já improvável que, como um exército conquistador, marchava para fora de seu útero.

Seu nariz informou que aquele sanatório, ou fosse o que fosse aquele lugar, já estava também começando a feder; odores de selva e de fazenda misturavam-se num rico aroma, semelhante ao de exóticos temperos fritando em manteiga clarificada — coentro, açafrão, canela, cardamomo, cravo. "Já é demais", pensou com firmeza. "Está na hora de tirar a limpo algumas coisas." Jogou as pernas para fora da cama, tentou levantar-se e caiu imediatamente ao chão, nada acostumado aos novos membros. Levou cerca de uma hora para superar o problema — aprendendo a andar segurando na cama e caindo até ganhar confiança. Aos poucos, e muito hesitante, conseguiu chegar até o biombo mais próximo; foi quando apareceu a cara do inspetor da imigração Stein, como o Gato de Cheshire, entre dois biombos a sua esquerda, seguida rapidamente do resto do corpo do sujeito, que tornou a fechar os biombos atrás de si com uma rapidez suspeita.

"Vai bem?", Stein perguntou, o sorriso sempre aberto.

"Quando vou ver o médico? Quando vou poder ir ao banheiro? Quando vou sair daqui?", Chamcha perguntou depressa. Stein respondeu calmo: o médico devia estar chegando; a enfermeira Phillips ia trazer a comadre; poderia sair assim que tivesse alta. "Foi muita bondade sua ter essa coisa no pulmão", acrescentou Stein, com a gratidão de um autor cuja personagem resolveu inesperadamente um problema técnico complicado. "Deixa a história muito mais convincente. Parece que você estava tão doente que acabou desmaiando em nossas mãos afinal. Todos os nove de nós lembram-se muito bem. Obrigado." Chamcha não sabia o que dizer. "E mais uma coisa", Stein continuou. "A velha, Mrs. Diamond. Apareceu morta na cama dela, fria como gelo, e o outro cavalheiro desapareceu. Ainda não eliminamos a possibilidade de alguma atividade criminosa."

"Concluindo", disse, antes de desaparecer para sempre da nova vida de Saladin. "Sugiro, Mr. Cidadão Saladin, que o senhor não se dê ao trabalho de registrar queixa. Vai me desculpar a franqueza, mas com esses chifrinhos e esses belos cascos o senhor não vai parecer uma testemunha das mais confiáveis. Tenha um bom dia."

Saladin Chamcha fechou os olhos e quando tornou a abrilos seu torturador tinha se transformado na enfermeira fisioterapeuta, Hyacinth Phillips. "Está querendo andar, é?", ela perguntou. "Tudo o que quiser é só pedir para mim, Hyacinth, e veremos o que podemos fazer."

*

"Psiu."

Nessa noite, na luz esverdeada da misteriosa instituição, Saladin despertou com um chiado de bazar indiano.

"Psiu. Você aí, Belzebu. Acorde."

De pé na frente dele estava uma figura tão improvável que Chamcha sentiu vontade de enfiar a cabeça debaixo dos lençóis; mas não podia porque, afinal, não era ele próprio um...? "Isso mesmo", disse a criatura. "Está vendo, você não está sozinho."

Tinha o corpo inteiramente humano, mas a cabeça era de um tigre feroz, com três fileiras de dentes. "Os vigias da noite sempre acabam cochilando", explicou. "É assim que a gente consegue conversar."

Nesse momento, uma voz, de uma das outras camas — cada cama, como Chamcha havia descoberto, era protegida por seu próprio círculo de biombos — gemeu alto: "Ah, se existe alguém que sofre!" e o homem-tigre, ou manticora, como se chamava, deu um rugido exasperado. "Esse chorão", exclamou. "Com ele o que fizeram foi só cegar os olhos."

"Quem fez o quê?", Chamcha estava confuso.

"O problema é o seguinte", continuou o manticora, "você vai aceitar uma coisa dessas?"

Saladin ainda estava confuso. O outro parecia estar sugerindo que essas mutações eram responsabilidade de — de quem? De quem podia ser? "Não entendo", arriscou, "quem poderia ser responsável..."

O manticora rangeu as três fileiras de dentes, evidentemente frustrado. "Tem uma mulher daquele lado", disse, "que agora já está quase inteira transformada em búfalo. Um empresário da Nigéria agora tem rabo. Um grupo de turistas do Senegal estava só trocando de avião e foram todos transformados em cobras. Eu sou do ramo da moda; há alguns anos sou um dos modelos mais bem pagos, com base em Bombaim, e já desfilei uma variedade imensa de ternos e camisas. Mas quem é que vai me empregar agora?", e caiu em inesperado pranto. "Calma, calma", disse Saladin Chamcha, automaticamente. "Vai dar tudo certo, tenho certeza. Seja forte."

A criatura se compôs. "O problema é o seguinte", disse, feroz, "nem todo mundo aqui está disposto a agüentar uma coisa dessas. Nós vamos fugir, antes que transformem a gente em alguma coisa pior. Toda noite sinto que mais um pedaço de mim está mudando. Comecei, por exemplo, a peidar sem parar... Desculpe... Está vendo? Por falar nisso, experimente uma destas", estendeu para Chamcha um pacote de balas de menta extrafortes. "Melhora o hálito. Subornei um dos guardas para me trazer um suprimento."

"Mas como eles fazem isso tudo?", Chamcha queria saber.

"Eles descrevem a gente", o outro sussurrou, solene. "Só isso. Têm o poder da descrição, e a gente sucumbe às imagens que eles constroem."

"É difícil de acreditar", Chamcha respondeu. "Eu vivi aqui muitos anos e nunca me aconteceu antes..." Suas palavras secaram porque viu o manticora olhando para ele com olhos apertados pela desconfiança. "Muitos anos?", perguntou. "Como pode ser? Vai ver que você é um informante? É, isso mesmo, um espião?"

Nesse momento, um gemido se ergueu do extremo oposto da ala. "Quero ir embora", gritou uma voz de mulher. "Ai, Jesus, eu quero ir lá. Jesus, Maria, tenho de ir, me deixa ir, ai, Deus, ai Jesus Cristo." Um lobo muito mau enfiou a cabeça entre os biombos de Saladin e falou nervoso para o manticora. "Agora os guardas vão chegar logo. É ela de novo, Bertha Vidro."

"Vidro...?", Saladin perguntou. "A pele dela virou vidro", o manticora explicou impaciente, sem saber que estava dando vida ao pior pesadelo de Chamcha. "E os filhos-da-puta quebraram ela toda. Agora não consegue nem ir ao banheiro."

Uma outra voz gritou na noite esverdeada. "Pelo amor de Deus, mulher. Faça na porra do pinico."

O lobo estava puxando o manticora. "Ele vai com a gente ou não?", queria saber. O manticora encolheu os ombros. "Ele não consegue resolver", respondeu. "Não acredita no que está vendo, esse é o problema."

Os dois fugiram ao ouvir a aproximação dos passos esmagadores das botas pesadas dos guardas.

*

No dia seguinte, nem sinal de médico, ou de Pamela, e em total confusão Chamcha dormiu e acordou como se esses dois estados não precisassem mais ser pensados como opostos, e sim como estados que se fundiam um no outro criando uma espécie de permanente delírio dos sentidos... viu-se sonhando com a Rainha, fazendo amor ternamente com a Monarca. Ela era o corpo da Grã-Bretanha, o avatar do Estado, e ele a tinha escolhido, entrado em conjunção com ela; era a sua Amada, a lua de suas delícias.

Hyacinth veio nos horários marcados para montar nele e fazer a tapotagem, e ele se submeteu sem reagir. Mas ao terminar, ela cochichou em seu ouvido: "Você está do lado dos outros?", e ele entendeu que a enfermeira também estava envolvida na grande conspiração. "Se você estiver", ele ouviu a si mesmo dizendo, "pode contar comigo também." Ela fez que sim com a cabeça, parecendo satisfeita. Chamcha sentiu um calor se espalhando pelo corpo, e começou a pensar em pegar uma das mãos extremamente delicada, apesar de poderosas, da fisioterapeuta; mas bem nesse momento veio um grito da direção do cego: "Minha bengala, perdi minha bengala".

"Coitado", disse Hyacinth, e saltando de cima de Chamcha, correu para o cego, pegou a bengala caída no chão, devolveu-a ao dono, e voltou para Saladin. "Bom", disse. "Eu volto depois do almoço; okay, sem problemas?"

Ele queria que ficasse mais, mas ela foi seca. "Sou uma mulher ocupada, Mr. Chamcha. Coisas para fazer, gente para tratar."

Quando ela se foi, ele se recostou na cama e sorriu pela primeira vez em muito tempo. Não lhe ocorreu que sua metamorfose devia estar continuando, porque estava na verdade alimentando idéias românticas a respeito de uma negra; e antes que tivesse tempo de pensar esses pensamentos complexos, o cego ao lado começou, mais uma vez, a falar.

"Já reparei em você", Chamcha ouviu que ele dizia, "já reparei e aprendi a valorizar sua bondade e compreensão." Saladin percebeu que ele estava fazendo um discurso formal de agradecimento para o espaço vazio onde, evidentemente, acreditava que a fisioterapeuta ainda estava. "Não sou homem de esquecer uma gentileza. Um dia, talvez, eu possa retribuir, mas de momento, saiba, por favor, que será sempre lembrada, e com muito carinho..." Chamcha não teve coragem de dizer, *ela não está mais aí, velho, ela já foi*. Ficou ouvindo, incomodado, até que o velho cego fez ao vazio uma pergunta: "Espero que você também se lembre de mim, certo? Um pouquinho? De vez em quando?". Fez-se então um silêncio; uma risada seca; o som de um homem se sentando, pesadamente, de repente. E finalmente, depois de uma pausa intolerável, o anticlímax: "Ah!", gemeu o solitário, "ah, se existe alguém que já sofreu...!".

Ansiamos pelas alturas, mas nossa natureza nos trai, Chamcha pensou; *clowns* querendo coroas. Uma amargura o dominou. *Eu era mais leve, mais feliz, mais caloroso. Agora tenho água negra nas veias.*

Nada de Pamela ainda. *Que diabo.* Nessa noite, disse ao manticora e ao lobo que estava com eles, até o fim.

*

A grande escapada aconteceu algumas noites depois, quando os pulmões de Saladin estavam já quase vazios de muco, graças ao tratamento de Miss Hyacinth Phillips. A coisa acabou sendo bem organizada, em grande escala, envolvendo não apenas os internos do sanatório, mas também os *detenus*, como os chamava o manticora, mantidos detrás de cercas de arame no Centro de Detenção próximo. Como não era um dos grandes estrategistas da escapada, Chamcha simplesmente esperou em sua cama conforme lhe foi determinado, até que Hyacinth viesse avisá-lo, e então saiu correndo daquela ala de pesadelos para a claridade de um céu frio e enluarado, passando diante de diversos homens amarrados e amordaçados: os guardas. Havia muitos vultos correndo pela claridade da noite, e Chamcha divisou seres que jamais teria imaginado, homens e mulheres que eram parte plantas, ou insetos gigantes, ou mesmo, em certos casos, feitos parcialmente de tijolos ou de pedra; havia homens com chifres de rinoceronte no lugar do nariz e mulheres com pescoços longos de girafa. Os monstros corriam depressa, em silêncio, para os limites do complexo do Centro de Detenção, onde o manticora e outros mutantes de dentes afiados esperavam ao lado dos grandes buracos que tinham aberto a mordidas na malha da cerca, e estavam fora, livres, cada um seguindo o seu caminho, sem esperança, mas também sem vergonha. Saladin Chamcha e Hyacinth Phillips corriam lado a lado, os cascos de bode ecoando no pavimento duro: *leste* ela disse, e ele ouviu os próprios passos substituírem o tinido nos ouvidos, leste leste leste correram, pegando as ruas menores para a cidade de Londres.

4

JUMPY JOSH VEIO A SER AMANTE de Pamela Chamcha por aquilo que ela, depois, chamou de "mero acaso", na noite em que ficou sabendo da morte do marido na explosão do *Bostan*, de forma que o som da voz de seu velho colega de escola Saladin, falando do além-túmulo no meio da noite, pronunciando as cinco palavras gnômicas *desculpe, sinto muito, foi engano* — e tudo isso, além do mais, menos de duas horas depois de Jumpy e Pamela terem, com a ajuda de duas garrafas de uísque, brincado de fazer a fera de costas duplas — colocava Jumpy num aperto. "Quem era?", Pamela ainda sonolenta, com máscara de dormir sobre os olhos, tinha rolado na cama para perguntar, e ele resolveu responder: "Só um tarado, não se preocupe", o que estava muito bem, a não ser que, aí, ele teve de ficar preocupado sozinho, sentando-se na cama, nu, chupando, pelo conforto do hábito, como tinha chupado a vida inteira, o polegar da mão direita.

Era uma pessoa pequena, os ombros como um cabide de arame, e uma enorme capacidade de agitação nervosa, evidenciada pelo rosto pálido, de olhos fundos; o cabelo que estava rareando — ainda inteiramente preto e encaracolado — agitado tantas vezes pelas mãos frenéticas que nem tomava mais conhecimento de escovas ou pentes e se espetava em todas as direções, dando a seu dono um eterno ar de ter acabado de acordar, atrasado e com pressa; e a risada alta, tímida e autodepreciativa, mas também soluçante e superexcitada; tudo isso havia ajudado a transformar seu nome, Jamshed, nesse *Jumpy* que todo mundo, até quem acabava de conhecê-lo, passava a usar automaticamente; isto é, todo mundo menos Pamela Chamcha. Esposa de Saladin, pensou ele, chupando o dedo vorazmente. — Ou viúva? — Ou, Deus que me perdoe, esposa, afinal de contas. Ele se descobriu com ciúmes de Chamcha. O retorno do túmulo aquático: um acontecimento tão operístico nos dias que correm, parecia quase indecente, um ato de má-fé.

Tinha corrido para a casa de Pamela no momento que ouvira a notícia, e encontrou-a de olhos secos e composta. Ela o levou para o seu estúdio de amante da bagunça, em cujas paredes havia aquarelas de jardins de rosas entre pôsteres de punhos cerrados com a legenda *Partido Socialista*, fotografias de amigos e uma porção de máscaras africanas, e enquanto ele abria caminho pelo chão coberto de cinzeiros e exemplares do jornal *Voice* e romances feministas de ficção científica, ela disse, direta: "O mais surpreendente é que quando me contaram eu pensei, bom, e daí?, a morte dele abre um belo buraco na minha vida". Jumpy, que estava perto das lágrimas, explodindo de lembranças, parou e sacudiu os braços, parecendo, em seu grande casaco preto e sem forma, e com o rosto pálido, tocado de terror, um vampiro colhido pela odiosa e inesperada luz do dia. Ele viu então as garrafas de uísque vazias. Pamela tinha começado a beber horas antes, como ela mesma contou, e continuava com firmeza, com ritmo, com a dedicação de um corredor de fundo. Ele se sentou ao lado dela no sofá-cama baixo e macio e se ofereceu para acompanhar. "Como quiser", disse ela, e passou-lhe a garrafa.

Agora, sentado na cama, com o dedo em vez da garrafa, com seu segredo e uma ressaca explodindo juntos, dolorosamente, dentro da cabeça (ele nunca fora um homem de beber ou de guardar segredos), Jumpy sentiu as lágrimas brotando mais uma vez, e resolveu levantar e caminhar. Foi para o andar de cima, ao lugar que Saladin insistia em chamar de seu "antro", um espaço amplo e vazio, com clarabóias e janelas dando para a vastidão de um jardim público pontilhado de árvores confortáveis, carvalhos, lariços, e até mesmo o último dos olmos, sobrevivente dos anos da peste. *Primeiro os olmos, agora nós*, Jumpy refletiu. *Talvez as árvores tenham sido um aviso*. Sacudiu-se para afastar essa morbidez da madrugada, e apoiou-se na beirada da escrivaninha de mogno do amigo. Uma vez, numa festa na faculdade, tinha se apoiado, exatamente assim, numa mesa empapada de vinho e cerveja derramados, perto de uma garota magra de minivestido de renda negra, boá roxo e pálpebras parecendo capacetes prateados, incapaz de achar coragem para cumprimentá-la. Acabou, finalmente, voltando-se para ela e externando uma ou duas banalidades; ela lhe deu um olhar de absoluto desdém e disse, sem mexer os lábios pintados de preto, *a conversação está morta, cara*. Ele ficara bem perturbado, tão perturbado a ponto de perguntar, *me diga uma coisa, por que as garotas desta cidade são tão rudes?*, ao que ela respondeu, sem parar para pensar, *porque a maioria dos rapazes é como você*. Momentos depois, Chamcha aparecera, recendendo a patchuli, vestindo um *kurta* branco, uma maldita caricatura do que todo mundo imaginava como os mistérios do Oriente, e a garota saiu com ele cinco minutos depois. O filho-da-puta, Jumpy Joshi pensou quando a velha amargura tornou a aflorar, não tinha vergonha nenhuma, estava pronto para ser aquilo que quisessem comprar, deixa-eu-ler-sua-mão paletó-de-colcha-de-cama Hare Krishna vagabundo Dharma, a mim você não enganava nem morto. Isso o deteve, essa palavra. Morto. Admita, Jamshed, as garotas nunca caíram por você, essa é a verdade, o resto é inveja. Bom, talvez seja, ele meio acedeu, ou talvez não. Talvez morto, continuou, ou talvez não.

Para o intruso insone, o estúdio de Chamcha pareceu artificial, e portanto triste: a caricatura do estúdio de um ator, cheio de fotografias autografadas de colegas, folhetos, programas emoldurados, fotos de peças, citações, troféus, livros de memórias de estrelas do cinema, uma sala comprada pronta, por metro, uma imitação da vida, a máscara de uma máscara. Bugigangas em cima de tudo: cinzeiros em forma de piano, pierrôs de porcelana espiando de uma estante de livros. E por toda parte, nas paredes, nos cartazes de cinema, no brilho da lâmpada sustentada por um Eros de bronze, no espelho em forma de coração, vertendo do tapete vermelho-sangue, pingando do teto, a necessidade de amor de Saladin. No teatro todo mundo se beija e todo mundo é "querido". A vida do ator oferece, diariamente, um simulacro de amor; uma máscara pode se satisfazer, ou pelo menos se consolar, com o eco daquilo que procura. Jumpy reconhecia o desespero que havia nele, capaz de fazer qualquer coisa, de vestir qualquer roupa idiota, de mudar de forma, se isso lhe valesse uma palavra de amor. Saladin, que não era de forma alguma malsucedido com as mulheres, veja acima. Tão confuso, coitado. Nem Pamela, com toda aquela beleza e inteligência, lhe bastava.

E estava claro que ele já não bastava para ela. Em algum ponto próximo do fundo da segunda garrafa de uísque, ela encostou a cabeça no ombro dele e disse, bêbada: "Você não pode imaginar o alívio que é estar com alguém com quem não tenho de brigar cada vez que dou uma opinião. Alguém que está sempre do lado dos benditos anjos". Ele esperou; depois de uma pausa, veio mais. "Ele e a família real, você não acredita. Críquete, Parlamento, a rainha. Este país ainda é um cartão-postal para ele. Não dá para fazer ele olhar o que é realmente real." Ela fechou os olhos e deixou que a mão pousasse, por acaso, sobre a dele. "Ele era um verdadeiro Saladin", disse Jumpy. "Um homem que tinha de conquistar uma terra santa, a Inglaterra dele, aquela em que acreditava. Você faz parte disso também." Ela rolou para longe e se esticou em cima de revistas, bolas de papel amassado, bagunça. "Parte disso? Eu era a porra da Britannia. Cerveja quente, torta de carne, senso comum e eu. Mas eu também sou real, J. J.; realmente sou real." Ela o pegou, puxou-o para onde estava sua boca à espera, e beijou-o com um grande chupão nada ao estilo Pamela. "Entende o que eu digo?" E, ele entendia.

"Precisa ver o que ele dizia da guerra das Falklands", ela disse depois, soltando-se dele e brincando com o cabelo. "'Pamela, imagine se você ouvisse um barulho lá embaixo no meio da noite, descesse para investigar e encontrasse um homem enorme na sala com uma arma e ele dissesse, Volte para cima, o que você faria?' 'Eu voltava para cima', respondi. 'Pois é isso. Intrusos em casa. Não dá para aceitar.'" Jumpy observou que ela tinha fechado os punhos e que os nós de seus dedos ficaram brancos. "Eu disse assim, Se você faz questão de usar essas malditas metáforas domésticas, use direito. A coisa é *assim*: duas pessoas dizem que são donas da casa, uma delas se apossa do lugar, e *aí* a outra vem com uma arma. *Assim* é que é." "É isso que é na realidade", Jumpy concordou, sério. "*Certo*", ela deu um tapa no joelho dele. "Isso é que é a realidade, Mr. Real Jam... realmente, é isso. Mesmo. Mais um uísque."

Pamela inclinou-se sobre o toca-fitas e apertou um botão. Nossa, Jumpy pensou, *Boney M*? Faça-me o favor. Ela pode ter lá atitudes firmes quanto à questão racial, mas a moça ainda tem muito o que aprender sobre música. Começou: bumchicabum. E de repente, sem aviso prévio, ele estava chorando, sufocado em lágrimas reais pela emoção falsificada, por uma imitação de dor com ritmo de discoteca. Era o salmo cento e trinta e sete, *Super flumina*. O rei Davi clamando através dos séculos. Como posso entoar o canto do Senhor em terra estrangeira.

"Tive de aprender os salmos na escola", disse Pamela Chamcha, sentada no chão, a cabeça reclinada no sofá-cama, os olhos fechados com força. *Junto aos rios da Babilônia, nós sentávamos, oh oh e chorávamos*... parou a fita, tornou a recostar-se, começou a recitar. "Se eu de ti me esquecer, ó Jerusalém, que se resseque a minha mão direita. Apegue-se-me a língua ao paladar, se me não lembrar de ti, yeah, se não preferir eu Jerusalém à minha maior alegria."

Mais tarde, dormindo na cama, ela sonhava com a escola conventual, com as matinas e vésperas, com o entoar dos salmos, quando Jumpy a sacudiu, gritando: "Não adianta, tenho de contar. Ele não morreu. Saladin: ele está muito vivo".

*

Ela despertou de imediato, mergulhou as mãos nos cabelos fartos, cacheados, tingidos com hena, em que os primeiros fios brancos apenas começavam a aparecer; ajoelhou-se na cama, nua, com as mãos no cabelo, incapaz de qualquer movimento, até Jumpy terminar de falar, e então, sem avisar, começou a bater nele, dando-lhe socos no peito e nos braços e nos ombros e até no rosto, com toda força. Ele se sentou na cama a seu lado, ridículo na camisola de babados dela, enquanto era espancado;

soltou o corpo, recebeu os golpes, submeteu-se. Quando os golpes se esgotaram, ela estava com o corpo todo coberto de suor e ele achou que talvez tivesse lhe quebrado um braço. Pamela sentou-se ao lado dele, ofegante, e ficaram em silêncio.

O cachorro entrou no quarto, parecendo preocupado, e veio até ela oferecer a pata e lamber-lhe a perna esquerda. Jumpy mexeu-se, cautelosamente. "Pensei que ele tinha sido roubado", acabou dizendo. Pamela sacudiu a cabeça como quem diz *foi, mas*. "Os ladrões telefonaram. Paguei o resgate. Ele agora atende pelo nome de Glenn. Tudo bem, eu não conseguia mesmo pronunciar direito Sher Khan."

Um momento depois, Jumpy percebeu que queria falar. "Isso que você fez agora", começou.

"Ah, meu Deus."

"Não. É igual a uma coisa que eu fiz uma vez. Talvez a melhor coisa que já fiz na vida." No verão de 1967, ele tinha insistido em levar o "apolítico" Saladin, de vinte anos de idade, para uma manifestação contra a guerra. "Uma vez na vida, Mister Esnobe, vou arrastar você para o meu nível." Harold Wilson vinha à cidade, e tinham organizado um maciço protesto contra o apoio do governo liberal ao envolvimento dos Estados Unidos no Vietnã. Chamcha foi, "por curiosidade", dissera. "Quero ver como gente que se diz inteligente se transforma em turba."

Naquele dia caiu uma tempestade. Os manifestantes em Market Square ficaram ensopados. Jumpy e Chamcha, arrebatados pela multidão, viram-se empurrados degraus da prefeitura acima; *visão de camarote*, Chamcha disse com pesada ironia. Ao lado deles, dois estudantes fantasiados de assassinos russos, chapéus pretos, casacos compridos e óculos escuros, levando caixas de sapatos cheias de tomates pintados e rotulados com grandes letras de fôrma: *bombas*. Um pouco antes da chegada do primeiro-ministro, um deles tocou o ombro de um policial e disse: "Licença, faz favor. Quando Mr. Wilson, que se diz primeiro-ministro, passar em carro grande, pedir por favor ele abrir janela para amigo meu jogar bombas". O policial respondeu: "Ah, ha, ha, rapaz. Essa é boa. Olha, vou dizer uma coisa. Você pode jogar ovo nele, moço, que por mim tudo bem. E pode jogar esses tomates aí, dessa caixa, pintados de preto, escrito *bomba* em cima, que por mim tudo bem. Mas se jogar alguma coisa dura nele, moço, o meu colega aqui cai em cima de você com a arma dele". Oh, dias de inocência quando o mundo era jovem... o carro chegou, a multidão agitou-se e Chamcha e Jumpy foram separados. Jumpy então apareceu trepado no capô da limusine de Harold Wilson e começou a pular, amassando a lataria, pulando como um animal selvagem ao ritmo do canto da multidão: *Lutaremos até o fim, viva o líder Ho Chi Minh*.

"Saladin começou a gritar para eu descer, em parte porque tinha uma porção de agentes da Polícia Especial no meio do povo, vindo para o carro, mas principalmente porque ele estava morrendo de vergonha." Mas Jumpy continuara pulando, cada vez mais forte, molhado até os ossos, os cabelos compridos agitados: Jumpy, o saltador, mergulhando na mitologia daqueles anos antigos. E Wilson e Marcia encolheram-se no banco de trás. *Ho! Ho! Ho! Ho Chi Minh!* E no ultimíssimo momento, Jumpy respirou fundo e mergulhou de cabeça num mar de caras molhadas e amigas; e desapareceu. Nunca o apanharam: porcos policiais podres. "Saladin ficou mais de uma semana sem falar comigo", Jumpy relembrou. "E quando falou só disse assim: 'Acho que você sabe que aqueles policiais só não acabaram com você porque não quiseram'."

Ainda estavam sentados na beira da cama, lado a lado. Jumpy tocou o antebraço de Pamela. "O que eu quero dizer é que sei o que você sentiu. *Bang bang*. Que não dava para acreditar. Que era necessário."

"Ah, meu Deus", ela disse, e virou-se para ele. "Ah, meu Deus, desculpe, mas é verdade, foi isso o que eu senti."

*

De manhã, levou mais de uma hora para conseguir entrar em contato com a companhia aérea, devido ao volume de chamadas ainda provocadas pela catástrofe, e depois mais vinte e cinco minutos de insistência — *mas ele telefonou, era a voz dele* —

enquanto do outro lado da linha uma voz de mulher, profissionalmente treinada para lidar com seres humanos em crise, compreendia o que ela sentia e sentia muito pelo momento terrível que estava passando, sempre muito calma, mas deixando claro que não acreditava numa palavra que dizia. *Sinto muito, minha senhora, não quero ser cruel, mas o avião explodiu em pleno ar a trinta mil pés de altitude.* Ao fim do telefonema, Pamela Chamcha, normalmente a mais controlada das mulheres, que se trancava no banheiro quando queria chorar, estava berrando no aparelho, pelo amor de Deus, mulher, pare com esse discurso de bom samaritano e escute o que eu estou dizendo. Acabou batendo o telefone e virou-se para Jumpy Joshi que, ao ver a expressão nos olhos dela, derrubou o café que estava lhe trazendo, porque seus membros começaram a tremer de medo. "Seu merdinha", ela fuzilou. "Ele está vivo, é? Deve ter aberto uma porra de uma *asa* e voado pelo céu até a cabine telefônica mais próxima para vestir a merda da roupa de Super-Homem e telefonar para a mulherzinha dele." Estavam na cozinha e Jumpy viu o conjunto de facas dependurado da fita magnética na parede ao lado do braço esquerdo de Pamela. Abriu a boca para falar, mas ela não deixou. "Suma daqui antes que eu faça uma besteira", ela disse. "Não acredito que eu caí nessa. Você e as vozes pelo telefone: eu devia ter entendido, porra."

No começo dos anos 70, Jumpy tinha montado uma pequena discoteca volante na carroceria da sua minivan amarela. Tinha escolhido o nome de Polegar de Finn em honra do legendário gigante adormecido da Irlanda, Finn MacCool, outro idiota, como dizia Chamcha. Um dia, Saladin tinha pregado uma peça em Jumpy, telefonando para ele com um sotaque vagamente mediterrâneo, solicitando os serviços do Polegar musical na ilha grega de Skorpios, em nome de Mrs. Jacqueline Kennedy Onassis, oferecendo um cachê de dez mil dólares e transporte de ida e volta para a Grécia, em avião particular, para um máximo de seis pessoas. Foi terrível fazer uma coisa dessas com um homem tão inocente e direito como Jamshed Joshi. "Preciso de uma hora para pensar", ele respondera, caindo em seguida em profunda agonia. Quando Saladin telefonou uma hora depois e ouviu que Jumpy recusava a proposta de Mrs. Onassis por razões políticas, entendeu que o amigo estava treinando para ser santo, e que não valia mais a pena brincar com ele. "Mrs. Onassis vai ficar muito triste, sem dúvida nenhuma", concluiu, e Jumpy respondeu, preocupado: "Por favor, diga a ela que não é nada pessoal, na verdade, pessoalmente, eu tenho muita admiração por ela".

Nós todos nos conhecemos há tempo demais, Pamela pensou quando Jumpy foi embora. Somos capazes de magoar um ao outro com lembranças de mais de vinte anos.

*

Nessa questão de se enganar com vozes, ela pensou, naquela tarde, enquanto dirigia depressa demais pela M4 no seu velho cupê MG que lhe dava um grau de prazer que, como ela própria confessava alegremente, não era "nada sadio ideologicamente" — nessa questão, eu devia ser mais generosa.

Pamela Chamcha, *née* Lovelace, era possuidora de uma voz que, em vários sentidos, transformava todo o resto de sua vida num esforço de compensação. Era uma voz composta de tweeds, lenços de cabeça, *summer puddings*, bastões de hóquei, casas cobertas de sapé, sabão para sela, hóspedes no fim de semana, freiras, cabines familiares privadas na igreja, cachorros grandes e grosserias, e apesar de todos os esforços para reduzir seu volume era uma voz alta como a de um bêbado de smoking fazendo guerra de pãezinhos num clube privado. A tragédia de sua juventude tinha sido essa voz, pela qual fora incansavelmente perseguida por cavalheiros de província e ídolos das debutantes e gente da cidade que ela desprezava de todo coração, enquanto os ecologistas e manifestantes e transformadores do mundo com quem instintivamente se sentia à vontade a tratavam com profunda suspeita, próxima da hostilidade. Como podia alguém estar *do lado dos anjos*, quando soava como alguém que não presta para nada cada vez que abre a boca? Acelerando ao passar por Reading, Pamela cerrou os dentes. Uma das razões que a tinha levado a *admitir* terminar seu casamento antes que o destino o fizesse por ela era que ao despertar numa manhã se dera conta de que Chamcha não estava absolutamente apaixonado por ela, mas por aquela voz que fedia a *Yorkshire pudding* e nós de carvalho, aquela voz cheia e saudável da velha Inglaterra de sonhos que ele tão desesperadamente desejava habitar. Tinha sido um casamento de finalidades cruzadas, cada um deles correndo exatamente para a coisa de que o outro estava fugindo.

Nenhum sobrevivente. E no meio da noite, Jumpy, o idiota, e aquele estúpido alarme falso. Estava tão abalada por aquilo que ainda não tinha conseguido chegar a se abalar por ter ido para a cama com Jumpy e feito amor de um jeito, *admita*, bem satisfatório, *poupe-me da sua indiferença*, ralhou consigo mesmo, *há quanto tempo não se divertia tanto?* Tinha de cuidar de uma porção de coisas e por isso ali estava, correndo o mais depressa possível. Uns dias de mimo para mim mesma num hotel campestre caro e luxuoso e talvez o mundo não pareça mais um inferno. Terapia de luxo: *okayokay*, admitiu, já sei: estou *voltando para a minha classe*. Foda-se; vou e pronto. E se você tem alguma objeção, enfie no cu. Bunda. Cu.

Passou por Swindon a cento e sessenta por hora, e o tempo fechou. De repente, nuvens escuras, raios, chuva pesada; ela continuou com o pé no acelerador. *Nenhum sobrevivente*. As pessoas estavam sempre morrendo perto dela, e ela ficava com a boca cheia de palavras, sem ter em quem despejar. O pai, o estudioso dos clássicos que era capaz de fazer trocadilhos em grego antigo e de quem tinha herdado a Voz, herança e maldição; e a mãe que sofrera por ele durante a guerra, quando era piloto de Pathfinder, obrigado a voar para casa da Alemanha cento e onze vezes, num avião lento, numa escuridão noturna, que seus próprios sinalizadores luminosos só clareavam para os bombardeiros — e que quando voltou, com o ruído das metralhas nos ouvidos, jurou nunca mais sair de seu lado — e portanto o seguiu a toda parte, ao lento vazio da depressão da qual nunca chegou a emergir de fato — e nas dívidas, porque ele não tinha cara de jogador de pôquer e usou o dinheiro dela quando o seu acabou —

e finalmente ao topo do alto edifício, de onde encontraram seu rumo, afinal. Pamela nunca perdoou os dois, principalmente por terem impedido de lhes revelar que não os perdoava. Para recuperar a si mesma, tinha passado a rejeitar tudo que tinha sobrado deles dentro de si. A inteligência, por exemplo: recusou-se a ir para a faculdade. E como não podia se livrar da própria voz, fez com que essa voz externasse idéias que seus conservadores pais suicidas teriam repudiado. Casou-se com um indiano. E, como ele se revelou muito parecido com os pais, ela o teria abandonado. Tinha decidido abandoná-lo. Quando, mais uma vez, foi ludibriada pela morte.

Estava ultrapassando um caminhão-reboque de comida congelada, cega pelos borrifos das rodas, quando caiu na poça de água que estava à espera num pequeno declive, e o MG começou a deslizar numa velocidade aterrorizante, saindo da pista e rodando de tal forma que ela viu os faróis do caminhão olhando para ela como os olhos do anjo exterminador, Azrael. "Fecham-se as cortinas", pensou; mas o carro deslizou e derrapou para fora do caminho do monstro esmagador, patinando pelas três pistas da rodovia, todas milagrosamente vazias, vindo a parar com uma batida bem menos forte do que seria de se esperar na barreira acima da elevação da margem, depois de ter rodado outros cento e oitenta graus, e terminar virado de novo para o oeste, onde, com aquele mau gosto característico da vida real, o Sol estava começando a desmanchar a tempestade.

*

O fato de estar vivo compensa o que a vida faz com a gente. Nessa noite, na sala de jantar com paredes revestidas com lambris de carvalho e decorada com bandeiras medievais, usando seu vestido mais deslumbrante, Pamela Chamcha comeu carne de caça e tomou uma garrafa de Château Talbot em uma mesa cheia de pratas e cristais, celebrando um novo começo, a escapada das garras da, um novo começo, para nascer de novo é preciso primeiro: bem, quase isso, afinal. Seguida pelos olhares lascivos de norte-americanos e vendedores, ela comeu e bebeu sozinha, retirou-se cedo para um quarto de princesa numa torre de pedra, para tomar um longo banho e assistir a velhos filmes pela televisão. Na esteira de seu encontro com a morte, sentiu o passado se afastando: sua adolescência, por exemplo, aos cuidados do pérfido tio Harry Higham, que morava numa mansão do século XVII que pertencera a um parente distante, Matthew Hopkins, o Caçador de Bruxas, que tinha batizado a casa de *Gremlins* numa tentativa, sem dúvida macabra, de fazer humor. Ao se lembrar do juiz Higham com a finalidade de esquecê-lo, murmurou ao ausente Jumpy que ela também tinha a sua história de Vietnã. Depois da primeira grande manifestação de Grosvenor Square, na qual muita gente jogou bolinhas de gude debaixo dos cascos dos cavalos da tropa de choque da polícia, ocorreu o único exemplo na legislação britânica em que a bolinha de gude foi considerada arma mortal, e jovens foram presos e mesmo deportados por possuírem as pequenas esferas de vidro. O juiz que presidiu o caso das Bolinhas de Gude de Grosvenor foi esse mesmo Henry Higham (depois conhecido como "Hang'em"), e ser sobrinha dele era mais um problema para aquela jovem já sufocada pelo peso de sua voz de direita. Agora, aquecida na cama de seu castelo temporário, Pamela Chamcha livrou-se desse velho demônio, *adeus, Hang'em, não tenho mais tempo para você*; e dos fantasmas dos pais; e preparava-se para se livrar do fantasma mais recente de todos.

Bebericando conhaque, Pamela assistia aos vampiros na televisão, permitindo-se sentir prazer com, bem, consigo mesma. Ela não tinha se inventado à sua própria imagem? Eu sou o que sou, disse, brindando a si mesma com conhaque Napoleon. Trabalho num conselho de relações comunitárias no distrito de Brickhall, Londres, NE1; responsável oficial pelas relações comunitárias e muito boa no que faço, eumesmaestoudizendo. Saúde! Acabamos de eleger nosso primeiro presidente negro e todos os votos contra ele foram de brancos. Viva! Na semana passada, um respeitado vendedor de rua asiático, por quem todos os deputados intercederam, foi deportado depois de dezoito anos na Inglaterra, porque, quinze anos antes, tinha enviado pelo correio um certo formulário com quarenta e oito horas de atraso. Tchin-tchin! Na semana que vem, na Corte de Magistrados de Brickhall a polícia vai tentar incriminar uma nigeriana de cinqüenta anos, acusada de agressão, depois de tê-la espancado até perder os sentidos. *Skol!* Esta cabeça é minha, está vendo? Isso é que eu chamo de meu trabalho: bater a cabeça contra Brickhall.

Saladin estava morto e ela estava viva.

Bebeu a isso. Estava esperando para lhe dizer umas coisas, Saladin. Umas coisas importantes: sobre aquele alto edifício de escritórios novo em Brickhall High Street, em frente ao McDonald's — foi construído para ser inteiramente à prova de som, mas os funcionários ficaram tão perturbados com o silêncio que agora tocam fitas de ruído branco no sistema sonoro. — Você ia gostar disso, ahn? — E aquela mulher parse que eu conheço, Bapsy ela se chama, que morou na Alemanha por algum tempo e se apaixonou por um turco. — O problema é que a única língua que os dois tinham em comum era o alemão; agora Bapsy esqueceu quase tudo o que sabia, enquanto o alemão dele está cada vez melhor; ele escreve para ela cartas cada vez mais poéticas e ela mal pode responder com versinhos de escola. — O amor morrendo por causa de uma desigualdade de línguas, o que é que você acha? — O amor morrendo. Bom assunto para nós dois, hein, Saladin? O que é que você me diz?

E umas coisinhas mais. Há um assassino à solta na minha área, especialista em matar velhas; portanto não se preocupe, estou segura. Muito mais velhas do que eu.

Mais uma coisa: vou deixar você. Acabou. Terminamos.

Eu nunca pude dizer nada para você, não de verdade, nem a menor coisa. Se eu dissesse que você estava engordando, você gritava comigo durante uma hora, como se isso fosse mudar o que via no espelho, o que as suas calças apertadas lhe diziam. Você me interrompia em público. As pessoas reparavam no que você pensava de mim. Eu perdoava você, culpa minha; percebia o seu centro, aquele problema tão apavorante que tinha de ser protegido com toda aquela pose de certeza. Aquele espaço vazio.

Adeus, Saladin. Enxugou o copo e o colocou de lado. A chuva voltou e batia na janela de caixilhos de chumbo; fechou as cortinas e acendeu a luz.

Ali deitada, deslizando para o sono, pensou na última coisa que tinha a dizer ao falecido marido. "Na cama", vieram as palavras, "você nunca pareceu interessado em mim; nunca no meu prazer, no que eu queria, nunca de fato. Cheguei a pensar que você queria não uma amante, mas uma criada." Pronto. Agora, descanse em paz.

Sonhou com ele, com seu rosto preenchendo o sonho. "As coisas estão acabando", ele lhe disse. "Esta civilização; as coisas estão se fechando em cima dela. Foi uma cultura e tanto, brilhante e podre, canibal e cristã, a glória do mundo. Devíamos celebrá-la enquanto podemos; antes que caia a noite."

Ela não concordava, nem mesmo no sonho, mas sabia, enquanto sonhava, que não havia por que dizer isso a ele agora.

*

Quando Pamela Chamcha o expulsou, Jumpy Joshi foi para o Shaandaar Café de Mr. Sufyan, na Brickhall High Street e lá ficou sentado, tentando decidir se era ou não um idiota. Era bem cedo, de forma que o lugar estava quase vazio a não ser por uma gorda comprando uma caixa de *pista barfi* e *jalebis*, dois solteirões do comércio de roupas bebendo *chaloo chai* e uma velhota polonesa dos velhos dias em que eram os judeus quem tinham as lojas de doces nas redondezas, que passava o dia inteiro sentada num canto com duas *samosas* de vegetais, um *puri* e um copo de leite, anunciando a todos os clientes que só estava ali porque aquela comida era "a melhor que existe depois da *kosher* e hoje em dia a gente tem de se cuidar". Jumpy sentou-se, com sua xícara de café, debaixo de uma espalhafatosa pintura de uma mulher mítica de seios de fora com diversas cabeças e fiapos de nuvens cobrindo os mamilos, feita em tamanho natural em rosa-salmão, verde néon e ouro, e como ainda não tinha começado a hora de maior movimento, Mr. Sufyan percebeu que ele estava na fossa.

"Ei, são Jumpy", entoou, "por que traz seu mau tempo para meu negócio? Já não bastam as nuvens desta terra?"

Jumpy ficou vermelho quando Sufyan saltitou em sua direção, o gorrinho branco da devoção preso no lugar, como sempre, a barba sem bigode tingida de hena, depois da recente peregrinação de seu dono a Meca. Muhammad Sufyan era um sujeito corpulento, de antebraços grossos, dono de uma bela barriga, o crente mais piedoso e não fanático que se podia encontrar, e Joshi o considerava como uma espécie de parente mais velho. "Escute uma coisa, tio", disse, quando o dono do café parou na sua frente, "acha que eu sou um idiota de fato ou não?"

"Você já ganhou dinheiro?", Sufyan perguntou.

"Eu não, tio."

"Já fez negócio? Importação-exportação? Bebidas? Lojinha de esquina?"

"Eu nunca soube lidar com números."

"E onde está resto de sua família?"

"Não tenho família, tio. Sou só eu."

"Então deve rezar a Deus o tempo inteiro pedindo orientação na solidão?"

"Você me conhece, meu tio. Eu não rezo."

"Então não tem dúvida", Sufyan concluiu. "Você é um idiota ainda maior do que pensa."

"Obrigado, tio", disse Jumpy, terminando o café. "Foi uma grande ajuda."

Sufyan, sabendo que o afeto por baixo de sua brincadeira estava animando o outro apesar da cara amarrada, chamou bem alto o asiático de pele clara e olhos azuis que tinha acabado de entrar, usando um elegante sobretudo xadrez de lapelas extralargas. "Você, Hanif Johnson", gritou, "venha até aqui resolver um mistério." Johnson, advogado esperto e menino da rua que tinha dado certo, tinha escritório no andar de cima do Shaandaar Café. Livrou-se das duas belas filhas de Sufyan e veio até a mesa de Jumpy. "Você explica para este aqui", disse Sufyan. "Eu não sei explicar. Não bebe, pensa que dinheiro é doença, tem, o quê?, duas camisas e nem tem videocassete, quarenta anos de idade e não casou, trabalha por dois *pice* no centro esportivo, dando aula de artes marciais e não sei mais o quê, vive de brisa, se comporta como um *rishi*, como um *pir*, mas não tem fé, não está indo para lugar nenhum, mas dá a impressão que sabe um grande segredo. Tudo isso, mais um diploma da universidade, você me explique."

Hanif Johnson deu um soco no ombro de Jumpy. "Ele escuta vozes", disse. Sufyan levantou as mãos para o céu, fingindo deslumbramento. "Vozes, *oop-baba*! Vozes de onde? Do telefone? Do céu? Do walkman Sony escondido no casaco?"

"Vozes interiores", Hanif disse, solene. "Lá em cima, na escrivaninha dele, tem um papel escrito com versos. E um título: 'O rio de sangue'."

Jumpy deu um pulo, derrubando a xícara vazia. "Eu mato você", gritou para Hanif, que fugiu pela sala, cantarolando, "Temos um poeta entre nós, Sufyan Sahib. Trate com respeito. Maneje com cuidado. Ele diz que a rua é um rio e nós o fluxo; que a humanidade é um rio de sangue, isso é o que diz o poeta. E o ser humano também." Calou-se, para correr para o outro lado da mesa de oito lugares, com Jumpy correndo atrás dele, muito vermelho, sacudindo os braços. "Em nossos próprios corpos, não corre o rio de sangue?" *Como os romanos*, disse o racista Enoch Powell, *parece-me ver o rio Tibre espumando com muito sangue*. Restaurar a metáfora, Jumpy Joshi propusera isso a si mesmo. Transformá-la; fazer dela uma coisa que se possa usar. "Isso é estupro", ele protestou com Hanif. "Pelo amor de Deus, pare."

"As vozes que a gente ouve vêm de fora, mas", meditava o proprietário do café. "Joana d'Arc, *na*. Ou aquele do gato, como é que chama: Turn-again Whittington. Mas com vozes dessas a gente fica importante, ou rico pelo menos. Mas esse aí não é importante, e é pobre."

"Chega." Jumpy levantou os dois braços acima da cabeça, sorrindo sem vontade. "Eu me rendo."

Pelos três dias seguintes, a despeito de todos os esforços de Mr. Sufyan, Mrs. Sufyan, de suas filhas Mishal e Anahita, e do advogado Hanif Johnson, Jumpy Josh esteve fora de si. "De

Jumpy não tem nada", disse Sufyan. Cuidou de suas coisas, nos clubes de jovens, no escritório da cooperativa de cinema de que fazia parte e nas ruas, distribuindo folhetos, vendendo certos jornais, vadiando; mas seu passo era pesado. Então, na quarta noite, o telefone tocou no balcão do Shaandaar Café.

"Mr. Jamshed Joshi", cantarolou Anahita Sufyan, fazendo a sua imitação da pronúncia da classe alta inglesa. "Mr. Joshi poderia atender o aparelho? É uma chamada pessoal."

O pai dela deu uma olhada na alegria estampada na cara de Jumpy e murmurou baixinho para a esposa, "Mulher, a voz que esse menino estava querendo ouvir não tem nada de interior".

*

O impossível aconteceu entre Pamela e Jamshed depois que eles passaram sete dias fazendo amor com inexaurível entusiasmo, infinita ternura e tal frescor de espírito que se poderia pensar que a atividade acabara de ser inventada. Durante sete dias ficaram nus, com o aquecimento central ligado no máximo, fingindo que eram amantes tropicais em algum país luminoso e quente do sul. Jamshed, que sempre fora desajeitado com mulheres, contou a Pamela que nunca tinha se sentido tão bem desde quando tinha dezoito anos e finalmente aprendeu a andar de bicicleta. No momento que acabou de pronunciar essas palavras, temeu ter estragado tudo, que aquela comparação entre o grande amor de sua vida e a bicicleta caindo aos pedaços de seus dias de estudante fosse tomada pelo insulto que inegavelmente era; mas nem precisava ter se preocupado porque Pamela beijou-o na boca e agradeceu por ter dito a coisa mais linda que homem algum já dissera a uma mulher. Nesse momento, ele compreendeu que não erraria, e que pela primeira vez na vida começava a se sentir genuinamente seguro, seguro como uma casa, seguro como um ser humano que é amado; e Pamela Chamcha sentia a mesma coisa.

Na sétima noite, foram despertados do sono sem sonhos pelo inconfundível ruído de alguém tentando entrar na casa. "Tem um bastão de hóquei debaixo da cama", Pamela sussurrou, aterrorizada. "Passe para mim", Jumpy, que estava igualmente apavorado, sussurrou de volta. "Vou junto com você", Pamela disse, trêmula, e Jumpy respondeu, estremecendo, "Ah, não vai, não." Os dois afinal desceram a escada na ponta dos pés, os dois vestidos com as camisolas cheias de babados de Pamela, os dois segurando com uma das mãos o bastão de hóquei que nenhum dos dois tinha coragem de usar. E se o sujeito tiver uma arma, Pamela descobriu-se pensando, um homem com uma arma dizendo: Voltem para cima... Chegaram ao pé da escada. Alguém acendeu as luzes.

Pamela e Jumpy gritaram em uníssono, derrubaram o bastão e correram escada acima o mais depressa que podiam; enquanto lá embaixo, no hall de entrada, brilhantemente iluminado pela porta da frente, cujo painel de vidro fora quebrado para que a maçaneta da fechadura simples fosse girada (Pamela, arrebatada pela paixão, tinha esquecido de fechar as trancas de segurança), estava uma figura coberta de lama e gelo e sangue, a criatura mais peluda que já se viu, com canelas e cascos de um bode gigantesco, torso de homem coberto de pêlos caprinos, braços humanos e uma cabeça com chifres, mas ainda humana, coberta de muco e sujeira e com o começo de uma barba. Sozinha e não observada, aquela criatura impossível atirou-se ao chão e ali ficou, imóvel.

Lá em cima, no ponto mais alto da casa, ou seja, no "antro" de Saladin, Mrs. Pamela Chamcha se contorcia entre os braços do amante, chorando feito louca, e soluçando em sua voz mais alta: "Não é verdade. Meu marido explodiu. Nenhum sobrevivente. Está ouvindo? Eu sou a viúva Chamcha cujo marido morreu bestamente".

5

MR. GIBREEL FARISHTA, no trem para Londres, foi mais uma vez tomado, como qualquer um seria, pelo medo de Deus ter decidido punir sua perda de fé com a insanidade. Estava sentado perto da janela, numa cabine de primeira classe para não-fumantes, de costas para a locomotiva, porque infelizmente outro passageiro já estava no outro assento, e enfiando o chapéu na cabeça, meteu os punhos fechados na capa forrada de escarlate e entrou em pânico. O terror de perder a cabeça por um paradoxo, de se ver desfeito por algo que não acreditava mais existir, de se transformar, em sua loucura, no avatar de um arcanjo quimérico, era tão intenso nele que era impossível encarar a idéia por muito tempo; no entanto, de que outra forma podia explicar os milagres, metamorfoses e aparições dos dias recentes? "Uma única alternativa", tremeu, em silêncio. "Ou *a*, eu estou fora de mim, ou *b*, *baba*, alguém pegou e mudou as regras."

Agora, porém, havia o confortável casulo daquela cabine de trem na qual o miraculoso estava tranqüilizadoramente ausente, os braços das poltronas puídos, a luz de leitura acima de sua cabeça quebrada, a moldura sem espelho, e havia os regulamentos: o pequeno signo circular vermelho e branco de proibido fumar, os colantes anunciando multas pelo uso indevido do freio de emergência, flechas indicando até que ponto — e não além dele! — era permitido abrir a janelinha corrediça. Gibreel fez uma visita ao toalete e lá também uma pequena série de proibições e instruções alegraram-lhe o coração. Na hora em que o condutor apareceu com a autoridade do seu perfurador de passagens em forma de meia-lua, Gibreel já estava um tanto serenado por essas manifestações da lei, e começou a se reanimar e inventar racionalizações. Tinha tido a sorte de escapar da morte, sofrera em seguida algum tipo de delírio e agora, recuperado, podia pensar em retomar o fio de sua antiga vida — quer dizer, sua antiga nova vida, a nova vida que tinha planejado antes da, ahn, interrupção. À medida que o trem o levava mais e mais longe da zona difusa de sua chegada e subseqüente cativeiro misterioso, deslizando com ele pela alegre previsibilidade das linhas metálicas paralelas, sentiu a atração da grande cidade começando a exercer sua magia, e se reafirmar o seu velho dom da esperança, o seu talento para abraçar a renovação, para fechar os olhos às durezas passadas para que o futuro pudesse se delinear. Levantou-se de seu lugar e marchou para o lado oposto da cabine, o rosto voltado simbolicamente na direção de Londres, mesmo que isso significasse renunciar à janela. O que importava uma janela? Toda a Londres que desejava estava logo ali, no seu olho mental. E disse o nome dela em voz alta: "Alleluia".

"Aleluia, irmão", respondeu o único outro ocupante da cabine. "Hosana, meu senhor, e amém."

*

"Mas devo acrescentar, meu senhor, que minhas crenças são estritamente independentes", continuou o estranho. "Se o senhor tivesse dito *La-ilaha*, eu teria respondido de bom grado com um claro *illallah*."

Gibreel percebeu que seu deslocamento na cabine e o inadvertido chamado pelo raro nome de Allie tinham sido erroneamente interpretados por seu companheiro como uma abertura tanto social quanto teológica. "John Maslama", o sujeito apresentou-se, tirando um cartão de um pequeno estojo de crocodilo e oferecendo a Gibreel. "Pessoalmente, sou seguidor de minha própria variante da fé universal inventada pelo imperador Akbar. Eu diria que Deus é algo semelhante à música das esferas."

Evidentemente, Mr. Maslama estava transbordando de palavras, e agora que tinha começado não havia nada a fazer a não ser sentar e escutar, e permitir que a torrente seguisse seu bombástico curso. Como o sujeito tinha a compleição de um lutador premiado, parecia pouco aconselhável deixar que se irritasse. Em seus olhos, Farishta percebeu a faísca do Verdadeiro Crente, uma luz que, até recentemente, tinha visto apenas no espelho ao se barbear toda manhã.

"Eu me dei bastante bem na vida", gabava-se Maslama em seu bem modulado sotaque de Oxford. "Excepcionalmente bem, para um homem escuro, se considerarmos a natureza das circunstâncias em que vivemos; espero que o senhor concorde." Com um gesto eloqüente do grosso presunto que era sua mão, indicou a opulência dos próprios trajes: o terno de risca de giz com colete, evidentemente feito sob medida, o relógio de ouro com tira e corrente, os sapatos italianos, a gravata de seda com distintivo, as abotoaduras preciosas nos punhos brancos engomados. Acima desse costume de milorde inglês havia uma cabeça de tamanho descomunal, coberta de fartos cabelos gomalinados, e sobrancelhas implausivelmente cabeludas debaixo das quais reluziam os olhos ferozes que Gibreel já tinha notado cautelosamente. "Muito elegante", Gibreel elogiou, vendo que sua resposta era esperada. Maslama assentiu com a cabeça. "Sempre tive", admitiu ele, "uma tendência para a ornamentação."

Tinha feito o que chamava de seu *primeiro milhão* produzindo jingles de publicidade, "essa velha música do diabo", que leva as mulheres à lingerie e ao batom e os homens à tentação. Agora, possuía lojas de discos por toda a cidade, uma casa noturna de muito sucesso chamada Hot Wax e uma loja cheia de cintilantes instrumentos musicais que era o seu orgulho e alegria. Era um indiano da Guiana, "mas não sobrou nada lá, meu senhor. As pessoas vão embora mais depressa que um avião". Ele tinha se dado bem rapidamente, "por graça de Deus Todo-Poderoso. Sou um homem de domingos, meu senhor; confesso que tenho um fraco pelo hinário inglês, e canto de arrebentar as paredes".

A autobiografia encerrou-se com uma breve menção à existência de uma esposa e de uma dúzia de filhos. Gibreel deu os parabéns e desejou o silêncio, mas foi então que Maslama lançou a bomba. "Não precisa dizer nada a seu respeito", disse, jovialmente. "Naturalmente sei quem é o senhor, mesmo sendo inesperado encontrar tal personagem na linha Eastbourne—Victoria." Deu uma piscada cúmplice e pousou um dedo no nariz. "Caluda, é a palavra. Eu respeito a privacidade dos outros, não precisa se preocupar, não se preocupe em absoluto."

"Eu? Quem sou eu?" Perplexo, Gibreel fez a pergunta absurda. O outro acenou com a cabeça ponderosamente, as sobrancelhas se mexendo como galhadas macias. "A mais importante das perguntas, em minha opinião. Vivemos tempos problemáticos, meu senhor, para um homem ético. Quando um homem não tem certeza de sua essência, como pode saber se é bom ou mau? Mas deve estar me achando maçante. Respondo minhas próprias perguntas com minha fé Naquele" — e Maslama apontou o teto da cabine do trem — "evidentemente o senhor não está nada confuso quanto a sua identidade, pois é o famoso, posso mesmo dizer legendário, Mr. Gibreel Farishta, astro de cinema, e cada vez mais, sinto dizer, de vídeos piratas; meus doze filhos, minha esposa e eu há muito somos admiradores declarados de suas aventuras divinas." Agarrou e sacudiu a mão direita de Gibreel.

"Com a tendência que tenho para uma visão panteísta do mundo", Maslama continuou trovejando, "minha simpatia por seu trabalho se deve a sua disposição de retratar divindades de todas as origens concebíveis. O senhor é um arco-íris de coalizão do celestial; uma Nações Unidas dos deuses!" Ele estava começando a exalar o inconfundível odor dos loucos de verdade, e mesmo não tendo ainda dito ou feito nada além do meramente idiossincrático, Gibreel estava ficando alarmado e começando a calcular a distância até a porta com pequenos olhares ansiosos. "Minha tendência é considerar", dizia Maslama, "que seja qual for o nome que se use para Aquele, esse nome não passa de um código; uma cifra, Mr. Farishta, que esconde o verdadeiro nome."

Gibreel manteve silêncio, e Maslama, sem disfarçar a decepção, foi obrigado a falar por ele. "Qual é esse verdadeiro nome, ouço o senhor perguntando", disse, e Gibreel sabia que estava certo; o homem era um lunático total, e sua biografia devia ser tão inventada quanto a sua "fé". Por todo lugar que ia, estava cercado de ficções, pensou Gibreel, ficções mascaradas de seres humanos reais. "Fui eu mesmo que atraí uma coisa dessas para mim", acusou a si próprio. "Temendo por minha própria sanidade, atraí, sabe Deus de que canto escuro, esse maluco falante e talvez perigoso."

"O senhor não sabe!", gritou Maslama, de repente, pondo-se em pé de um salto. "Charlatão! Mentiroso! Falso! Diz que é o imortal das telas, o avatar de cento e um deuses, e não faz a menor idéia! Como é possível que eu, um menino pobre saído de Bartica, à margem do Essequibo, possa saber uma coisa dessas enquanto Gibreel Farishta não sabe? Impostor! Merece uma vaia!"

Gibreel levantou-se, mas o outro ocupava quase todo o espaço da cabine, e ele, Gibreel, teve de se inclinar desajeitadamente de lado para poder escapar dos braços de Maslama, que giravam como pás de moinho, e um deles derrubou seu chapéu cinzento. Imediatamente, Maslama ficou de queixo caído. Pareceu encolher vários centímetros, e depois de alguns momentos de imobilidade, caiu de joelhos com um ruído seco.

O que é que ele está fazendo no chão, Gibreel pensou, pegando meu chapéu, será? Mas o maluco estava implorando que o perdoasse. "Nunca duvidei que viria", disse. "Perdoe minha explosão fora de hora." O trem entrou num túnel, e Gibreel viu que estavam envoltos numa cálida luz dourada que vinha de um ponto atrás de sua cabeça. No vidro da porta corrediça, viu o reflexo da auréola em torno de seus cabelos.

Maslama estava batalhando com os cordões de seus sapatos. "A vida inteira, meu senhor, eu sempre soube que tinha sido escolhido", disse com uma voz tão humilde quanto tinha sido antes ameaçadora. "Ainda criança, em Bartica, eu sabia." Tirou o sapato do pé direito e começou a tirar a meia. "Recebi um sinal", disse. A meia foi retirada, revelando o que parecia um pé absolutamente comum, mesmo que grande. Então, Gibreel contou e tornou a contar, de um a seis. "A mesma coisa no outro pé", disse Maslama, orgulhoso. "Nunca duvidei do sentido disso nem por um minuto." Ele era o auxiliar autodeterminado do

Senhor, o sexto artelho no pé da Coisa Universal. Alguma coisa deve estar profundamente deslocada na vida espiritual do planeta, pensou Gibreel Farishta. Demônios demais dentro das pessoas que alegam acreditar em Deus.

O trem saiu do túnel. Gibreel tomou uma decisão. "De pé, João de seis dedos", entoou em seu melhor estilo hindi cinematográfico. "Maslama, de pé."

O outro se levantou e ficou apertando os dedos, de cabeça baixa. "O que desejo, meu senhor", gaguejou, "é saber o que será? Aniquilação ou salvação? Por que o senhor retornou?"

Gibreel pensou depressa. "Para o julgamento", respondeu afinal. "Os fatos deste processo têm de ser examinados, e pesados os prós e os contras. Eis a raça humana sob julgamento, e é um réu de maus antecedentes: com uma longa folha corrida, cheio de perfídia. É preciso fazer cautelosas avaliações. De imediato, o veredicto é reservado; será promulgado em seu devido momento. Nesse ínterim, minha presença deve ser mantida em segredo, por questões vitais de segurança." Colocou o chapéu de novo na cabeça, satisfeito consigo mesmo.

Maslama sacudia a cabeça furiosamente. "Pode contar comigo", prometeu. "Sou um homem que respeita a privacidade dos outros. Caluda — digo pela segunda vez! — é a palavra."

Gibreel fugiu da cabine com os hinos do lunático perseguindo seus ouvidos. Mesmo quando chegou no extremo do trem os peãs de Maslama continuavam vagamente audíveis às suas costas. "Aleluia! Aleluia!" Aparentemente, seu novo discípulo tinha partido para uma seleção do *Messias* de Haendel.

Entretanto: Gibreel não foi seguido e havia, felizmente, um outro vagão de primeira classe no final do trem. Este era aberto, com confortáveis poltronas cor de laranja arrumadas em torno de mesas de quatro lugares, e Gibreel instalou-se perto de uma janela, voltado em direção a Londres, com o peito batendo e o chapéu torto na cabeça. Estava tentando entender o fato inegável da auréola, sem conseguir, porque com o desarranjo de John Maslama atrás dele e a excitação de Alleluia Cone adiante, era difícil pensar direito. Então, para seu desespero, Mrs. Rekha

Merchant veio flutuando do lado de fora da janela, sentada em seu Bokhara voador, evidentemente incólume à tempestade de neve que estava se formando lá fora e fazendo a Inglaterra parecer um aparelho de televisão depois de terminada a programação do dia. Ela lhe fez um aceno e ele sentiu a esperança murchar. A vingadora num tapete que levita: fechou os olhos e concentrou-se em não tremer.

*

"Eu sei o que é um fantasma", Allie Cone disse diante da classe de meninas adolescentes cujos rostos se iluminaram com a suave luz interior da adoração. "No alto do Himalaia, acontece muitas vezes de os alpinistas descobrirem que estão sendo acompanhados por fantasmas daqueles que fracassaram na escalada, ou aqueles outros fantasmas, mais tristes, mas também mais orgulhosos, dos que conseguiram atingir o topo, e morreram na descida."

Lá fora, no Fields, a neve assentava sobre as árvores altas, nuas, e na extensão plana do parque. Entre as nuvens de neve baixas, escuras e a cidade atapetada de branco, a luz tinha uma cor amarelada e suja, uma luz parca e nebulosa que embaçava o coração e tornava impossível sonhar. *Lá* em cima, Allie recordava, a oito mil metros, a luz era de tal clareza que parecia ressoar, cantar, como música. Aqui, na terra plana, a luz era também plana e terrena. Aqui nada voava, as plantas estavam mirradas e nenhum pássaro cantava. Logo estaria escuro.

"Miss Cone?" As mãos das meninas, sacudindo no ar, chamaram-na de volta à sala. "Fantasmas, miss? De verdade?" "É brincadeira, não é?" O ceticismo lutava com a adoração em seus rostos. Sabia a pergunta que elas queriam mesmo fazer e provavelmente não fariam: perguntar sobre o milagre de sua pele. Tinha ouvido as meninas murmurando excitadas quando entrou na sala, é verdade, olhe, que *pálida*, incrível, Alleluia Cone, cujo gelo podia resistir ao calor do Sol a oito mil metros. Allie, a donzela de neve, a rainha de gelo. *Miss, como é que nunca fica bronzeada?* Quando subiu o Everest, com a vitoriosa expedição

Collingwood, os jornais chamaram o grupo de Branca de Neve e os sete anões, apesar de ela não ser nenhuma beleza estilo Disney, os lábios cheios mais pálidos do que vermelhos como a rosa, os cabelos louros de gelo e não pretos, os olhos não abertos e inocentes, mas apertados pelo hábito de enfrentar o forte reflexo da neve. A lembrança de Gibreel Farishta cresceu dentro dela, pegando-a desavisada: Gibreel, em algum momento dos seus três dias e meio, despejando sua costumeira grosseria descontrolada, "Baby, você não é nenhum iceberg, diga o que disser. É uma mulher apaixonada, *bibi*. Quente como *kachori*". Ele tinha brincado, soprando os dedos como se estivessem escaldados, e sacudiu a mão com ênfase: *Ah, quente demais, ah, água*. Gibreel Farishta. Ela se controlou: vamos, ao trabalho.

"Fantasmas", repetiu com firmeza. "Na subida do Everest, depois de passar pela cachoeira gelada, vi um homem sentado num promontório, em posição de lótus, os olhos fechados e um gorro xadrez escocês na cabeça, cantando um velho mantra: *om mani padmé hum*." Adivinhara de imediato, pela roupa arcaica e comportamento surpreendente, que aquele era o espectro de Maurice Wilson, o iogue que, em 1934, tinha se preparado para uma subida solitária do Everest fazendo jejum de três semanas para grudar de tal forma o corpo na alma que a montanha não teria forças para separá-los. Subira num avião leve até o ponto mais alto possível, derrubara o avião deliberadamente num campo de neve, seguira em frente e jamais retornara. Wilson abriu os olhos quando Allie se aproximou, e acenou ligeiramente com a cabeça, numa saudação. Caminhou ao lado dela todo o resto daquele dia, ou flutuava no ar enquanto ela escalava uma parede. Em determinado momento, caiu de bruços na neve de uma ladeira íngreme e deslizou para cima como se estivesse andando num tobogã antigravidade. Allie descobriu-se reagindo de maneira muito natural, como se tivesse simplesmente encontrado um velho conhecido, por razões que continuavam até hoje obscuras para ela.

Wilson conversava bastante — "Hoje em dia não se encontra muita companhia, de uma forma ou de outra" — e expressou, entre outras coisas, sua profunda irritação pelo fato de seu corpo ter sido descoberto pela expedição chinesa de 1960. "Aqueles malditos amarelos tiveram a desfaçatez, a ousadia, de filmar o meu corpo." Alleluia Cone surpreendeu-se com o xadrez preto e amarelo vivo de seu imaculado saiote escocês. Tudo isso ela contou às meninas da Brickhall Fields Girls' School, que tinham escrito tantas cartas pedindo que lhes fizesse uma palestra que fora incapaz de recusar. "Tem de aceitar", insistiam nas cartas. "A senhora até mora aqui." Pela janela da classe podia ver seu apartamento, do outro lado do parque, apenas visível na neve que caía cada vez mais forte.

O que ela não contou à classe foi o seguinte: que o fantasma de Maurice Wilson descreveu com pacientes detalhes sua própria subida, e também suas descobertas póstumas, como, por exemplo, o lento, tortuoso, infinitamente delicado e invariavelmente improdutivo ritual de acasalamento do *yeti*, que tinha observado recentemente no South Col — e ocorreu a ela que sua visão daquele excêntrico de 1934, o primeiro ser humano a tentar escalar o Everest sozinho, ele próprio uma espécie de abominável homem das neves, não tinha sido um acidente, mas uma espécie de marco, uma declaração de identidade. Uma profecia do futuro, talvez, pois foi nesse momento que nasceu o seu sonho secreto, o impossível: o sonho de uma escalada desacompanhada. Era possível, também, que Maurice Wilson fosse o anjo de sua morte.

"Eu quis falar de fantasmas", disse ela, "porque a maioria dos alpinistas, quando desce dos picos, tem vergonha e exclui essas histórias dos relatos. Mas eles existem, tenho de admitir, apesar de eu ser daquele tipo que tem sempre os pés bem pregados no chão."

Houve uma risada. Seus pés. Mesmo antes da subida do Everest, tinha começado a sofrer dores terríveis, e fora informada, por seu clínico-geral, uma mulher muito objetiva de Bombaim, chamada dra. Mistry, que tinha os arcos caídos. "Em outras palavras, pés chatos." Os arcos de seus pés, sempre fracos, tinham se enfraquecido ainda mais devido a anos de uso de tênis e outros calçados inadequados. A dra. Mistry não tinha muita coisa a recomendar: exercícios de flexão com os artelhos, subir correndo a escada descalça, usar calçados adequados. "Você ainda é jovem", dissera. "Se tomar cuidado, vai sobreviver. Se não, acaba aleijada aos quarenta." Quando Gibreel — droga! — soube que ela tinha escalado o Everest com cravos nas solas dos sapatos, passou a chamá-la de *mimosa*. Ele tinha lido uma coletânea de contos de fadas em que encontrou a história de uma mulher do mar que saiu do oceano e assumiu forma humana por causa do homem que amava. Adquiriu pés no lugar das nadadeiras, mas cada passo que dava era uma agonia, como se estivesse andando sobre cacos de vidro; mesmo assim continuou caminhando, sempre em frente, para longe do mar, pela terra. Você fez isso por uma maldita de uma montanha, ele disse. O que faria por um homem?

Ela tinha escondido a dor nos pés de seus companheiros de escaladas, porque o fascínio do Everest era tão absoluto. Mas hoje a dor ainda estava presente, e piorando sempre. O acaso, uma fraqueza congênita, atava-lhe os passos. Fim da aventura, pensou Allie; traída pelos pés. A imagem de pés atados estava sempre dentro dela. *Malditos chineses*, pensou, fazendo eco ao fantasma de Wilson.

"A vida é tão fácil para algumas pessoas", chorou entre os braços de Gibreel Farishta. "Por que os pés *deles* não cedem?" Ele lhe beijara a testa. "Para você, será sempre uma luta", dissera. "Você quer demais."

A classe esperava por ela, e estava ficando impaciente com essa história de fantasmas. As meninas queriam *a* história, a história dela. Queriam subir ao topo da montanha. *Sabem como é*, sentia vontade de perguntar às meninas, *ver a sua vida inteira concentrada em um momento apenas, que dura algumas horas? Sabem como é quando a única direção possível é para baixo?* "Eu e o *sherpa* Pemba éramos a segunda dupla", disse. "O tempo estava perfeito, perfeito. Tão claro que parecia que dava para ver o que havia por trás do céu. A primeira dupla já deve ter chegado ao topo agora, eu disse a Pemba. O tempo está firme e podemos ir.

Pemba ficou muito sério, o que significava uma grande mudança, porque era um dos palhaços da expedição. Ele também nunca tinha ido até o topo antes. Nesse momento, eu não planejava subir sem oxigênio, mas quando vi que Pemba pretendia ir sem, pensei, tudo bem, vou também. Foi um capricho idiota, nada profissional na verdade, mas de repente senti vontade de ser uma mulher sentada no topo daquela maldita montanha, um ser humano, não uma máquina respiratória. Pemba disse: Allie *Bibi*, não faça isso, mas eu já tinha ido em frente. Logo depois, passamos pelos outros, que estavam descendo e vi o deslumbramento que havia em seus olhos. Estavam tão excitados, possuídos por uma tal exaltação, que nem notaram que eu não estava usando o equipamento de oxigênio. Tomem cuidado, gritaram para nós, atenção com os anjos. Pemba tinha entrado num bom ritmo respiratório e eu segui o ritmo dele, aspirando quando ele aspirava, expirando com ele. Sentia uma coisa subindo do alto da minha cabeça e estava sorrindo, só sorrindo, de orelha a orelha, e quando Pemba olhou para mim, vi que ele também estava. Parecia uma careta, parecia dor, mas era simplesmente uma espécie de alegria tola." Ela era uma mulher que tinha sido levada à transcendência, aos milagres da alma, por meio do duro esforço físico de escalar uma altitude rochosa coberta de gelo. "Nesse momento", disse às meninas que subiam com ela cada passo do caminho, "acreditei em tudo: que o universo tem um som, que se pode levantar um véu e ver o rosto de Deus, em tudo. Vi o Himalaia se estendendo abaixo de mim e aquilo também era o rosto de Deus. Pemba deve ter percebido em minha expressão alguma coisa que o perturbou, porque gritou: Cuidado, Allie *Bibi*, a altitude. Lembro-me de ter como que flutuado pela última projeção de rocha até o topo, e então chegamos, o solo descendo em todas as direções. Uma luz; o universo purificado em luz. Eu queria rasgar a roupa e deixar aquilo penetrar pela minha pele." Nem um pio na classe; dançavam nuas junto com ela no topo do mundo. "Então, começaram as visões, os arco-íris rolando e dançando no céu, a radiação caindo como uma cascata do Sol, e vieram os anjos, os outros não estavam brincando. Eu vi os anjos e o *sherpa* Pemba também viu. Nessa hora, estávamos de joelhos. As pupilas dele pareciam de um branco puro e as minhas também deviam estar assim. Provavelmente teríamos morrido ali, com certeza, cegos pela neve e tontos pela montanha, mas ouvimos um barulho, alto, forte, como um tiro. Foi o que me trouxe de volta. Tive de gritar com Pemba até que ele também se sacudiu e começamos a descer. O tempo estava mudando depressa; vinha vindo uma tempestade. O ar estava pesado agora, havia peso em vez daquela luz, daquela leveza. Foi o tempo de chegarmos ao ponto de encontro e nós quatro nos empilhamos na pequena barraca do Acampamento Seis, a vinte e sete mil pés de altitude. Lá em cima, não se fala muito. Todos nós tínhamos os nossos Everests para reescalar durante toda a noite, sem parar. Mas em algum momento, eu perguntei: "O que foi aquele barulho? Alguém disparou uma arma?". Eles todos me olharam como se eu estivesse maluca. "Quem faria uma tolice dessas naquela altitude, disseram, e de qualquer forma, Allie, você está cansada de saber que não existe arma nenhuma na montanha. Eles tinham razão, claro, mas eu ouvi, e só isso que eu sei: *bam*, o tiro e o eco. É isso", ela encerrou, abruptamente. "Fim. Essa é a história da minha vida." Pegou a bengala de castão de prata e preparou-se para ir embora. A professora, Mrs. Bury, deu um passo à frente para pronunciar as gentilezas de sempre. Mas as meninas não desistiram. "Então, o que foi aquilo, Allie?", insistiram; e ela, parecendo, de repente, dez anos mais velha que os seus trinta e três anos, encolheu os ombros. "Não sei dizer", revelou. "Talvez fosse o fantasma de Maurice Wilson."

Saiu da classe pesadamente apoiada na bengala.

*

A cidade — a Própria Londres, *yaar*, nada *menos*! — estava vestida de branco, como o luto que se usa em um funeral. — Funeral de quem, mister, Gibreel Farishta perguntou a si mesmo loucamente, não o meu, *espero* e *confio*, porra. Quando o trem entrou na estação Victoria ele saltou sem esperar que parasse, torceu o tornozelo e estatelou-se no chão, sob os sorrisos perversos dos carregadores de bagagem e dos londrinos que esperavam, mas agarrou o chapéu ao cair. Rekha Merchant não estava à vista, e aproveitando a oportunidade, Gibreel correu pelo meio da rala multidão como um possuído, mas acabou encontrando com ela na catraca de saída, flutuando pacientemente em seu tapete, invisível a todos os olhos, menos aos dele, a um metro do chão.

"O que você quer", ele explodiu, "o que quer de mim?" "Assistir a sua queda", ela respondeu instantaneamente. "Olhe em torno", continuou, "já fiz você parecer um idiota total."

As pessoas estavam abrindo espaço em torno de Gibreel, o maluco com um sobretudo maior que ele e chapéu de mendigo, *aquele homem está falando sozinho*, disse a voz de uma criança, e a mãe respondeu, *psiu, querido, é muito feio dar risada de gente louca*. Bem-vindo a Londres. Gibreel Farishta desceu correndo a escada que levava ao metrô. Rekha em seu tapete deixou que fosse embora.

Mas quando chegou apressado à plataforma norte da linha Victoria, lá estava ela de novo. Desta vez na fotografia de um pôster de 48 folhas na parede do outro lado da linha, anunciando as virtudes do sistema internacional de discagem direta. *Mande sua voz num tapete mágico para a Índia*, ela aconselhava. *Não é preciso nem djins nem lâmpadas*. Ele gritou alto, fazendo os companheiros viajantes duvidarem mais uma vez de sua sanidade, e fugiu para a plataforma sul, onde o trem estava chegando. Subiu depressa, e lá estava Rekha Merchant olhando para ele com o tapete enrolado, pousado sobre os joelhos. As portas se fecharam atrás dele com ruído.

Nesse dia, Gibreel Farishta fugiu em todas as direções no metrô da cidade de Londres e Rekha Merchant o encontrava onde quer que fosse; ela sentou-se ao lado dele na interminável escada rolante de Oxford Circus, e nos elevadores lotados de Tufnell Park esfregou-se atrás dele de um jeito que teria achado escandaloso em vida. Nos limites da linha Metropolitana, arremessou os fantasmas de seus filhos do alto das árvores que pareciam garras e quando ele saiu para respirar na frente do Banco da Inglaterra, ela se atirou histrionicamente do alto do frontão neoclássico. E embora ele não fizesse a menor idéia da verdadeira forma daquela que é a mais polimorfa e camaleônica das cidades, convenceu-se de que estava sempre mudando de forma à medida que ele corria abaixo dela, as estações do metrô mudando de linhas e se sucedendo numa seqüência aparentemente randômica. Mais de uma vez emergiu, sufocado, do mundo subterrâneo em que as leis de espaço e tempo haviam cessado de operar, e tentou parar um táxi; mas nenhum deles estava disposto a parar, portanto foi obrigado a mergulhar de novo naquele labirinto infernal, aquele labirinto sem solução, e continuar a fuga épica. Por fim, desesperadamente exausto, rendeu-se à lógica fatal de sua insanidade e saiu arbitrariamente naquela que concluiu ser a última e mais insignificante estação de sua prolongada e inútil jornada em busca da quimera da renovação. Saiu para a desalentadora indiferença de uma rua sufocada em lixo ao lado de um desvio infestado de caminhões. A noite já tinha caído quando, usando as últimas reservas de otimismo, entrou com passo incerto num parque desconhecido, que a qualidade ectoplásmica das lâmpadas de tungstênio tornava espectral. Ao cair de joelhos no isolamento da noite de inverno, viu a figura de uma mulher vindo lentamente em sua direção pelo gramado envolto em neve, e achou que só podia ser a sua nêmesis, Rekha Merchant, para lhe dar o beijo da morte e arrastá-lo para um submundo ainda mais fundo do que aquele em que ela tinha abatido o próprio espírito ferido. Ele não se importava mais, e quando a mulher chegou junto dele, tinha caído sobre os antebraços, o sobretudo dependurado a sua volta dando-lhe o aspecto de um grande e moribundo besouro que, por razões obscuras, usava um sujo chapéu cinzento.

Ele ouviu, como se viesse de muito longe, um grito escapar dos lábios da mulher, um aspirar de susto, em que se misturavam descrença, alegria e um estranho ressentimento, e antes de perder os sentidos compreendeu que Rekha tinha lhe permitido, por ora, a ilusão de ter encontrado um abrigo seguro, para que seu triunfo sobre ele fosse ainda mais doce quando ocorresse, afinal.

"Você está vivo", disse a mulher, repetindo as primeiras palavras que tinha lhe dito um dia. "Conseguiu sua vida de volta. Isso é o que importa."

Sorrindo, ele tombou adormecido aos pés chatos de Allie na neve que caía.

IV
AYESHA

ATÉ AS VISÕES EM SÉRIE migraram agora; elas conhecem a cidade melhor do que ele. E, depois de Rosa e Rekha, os mundos de sonho de seu outro eu arcangélico parecem tão tangíveis quanto as realidades cambiantes que ele habita enquanto está acordado. Esta, por exemplo, começou a aparecer: uma mansão construída em estilo holandês, numa parte de Londres que ele, posteriormente, identificará como Kensington, para a qual o sonho o leva voando em alta velocidade, passando pela loja de departamentos Barkers e pela casinha cinzenta com janelas duplas e sacada onde Thackeray escreveu *A feira das vaidades* e a praça com o convento onde menininhas de uniforme estão sempre entrando, mas de onde nunca saem, e a casa em que Talleyrand morou na velhice quando, depois de cento e uma mudanças camaleônicas de lealdades e princípios, assumiu a forma externa do embaixador francês em Londres, e ele chega ao prédio de esquina, com sete andares e balcões verdes de ferro batido, até o quarto andar, e agora o sonho o transporta pela parede externa da casa acima e no quarto andar abre as pesadas cortinas da janela da sala e finalmente ali está, sentado, sem dormir, como sempre, os olhos abertos na fraca luz amarelada, olhando o futuro, o barbudo Imã de turbante.

Quem é ele? Um exilado. O que não deve ser confundido, não se deve permitir que seja, com todas as outras palavras que as pessoas pronunciam: emigrado, expatriado, refugiado, imigrante, silêncio, astúcia. Exilado é um sonho de glorioso retorno. Exilado é uma visão de revolução: Elba, não Santa Helena. É um paradoxo infindável: olhar para a frente olhando sempre para trás. O exilado é um bola atirada para muito alto no ar. Ele ali fica, dependurado, congelado no tempo, traduzido numa fotografia; negação de movimento, impossivelmente suspenso acima de sua terra natal, esperando o momento inevitável em que a fotografia comece a se mexer e a terra reclame o que é dela. São essas as coisas que o Imã pensa. Seu lar é um apartamento alugado. É uma sala de espera, uma fotografia, ar.

O grosso papel de parede, listras cor de oliva sobre fundo creme, desbotou um pouco, o suficiente para revelar os retângulos e ovais mais brilhantes que indicam onde havia quadros dependurados. O Imã é inimigo de imagens. Quando se mudou para ali, os quadros deslizaram silenciosamente das paredes e se esgueiraram para fora da sala, furtando-se à ira de sua reprovação não expressa. Algumas representações, porém, tiveram permissão de continuar ali. Sobre a lareira, guarda um pequeno conjunto de cartões-postais com imagens convencionais de sua pátria, que ele chama simplesmente de Desh: uma montanha domina uma cidade; um pitoresco cenário de aldeia sob uma árvore portentosa; uma mesquita. Mas em seu quarto, na parede em frente ao duro catre onde se deita, está dependurado um ícone mais potente, o retrato de uma mulher de força excepcional, famosa por seu perfil de estátua grega e pelo cabelo negro que desce até os pés. Um mulher poderosa, sua inimiga, seu outro: ele a mantém próxima. Da mesma maneira que, muito longe, nos palácios de sua onipotência, ela guardará o retrato dele debaixo do manto real ou escondido num medalhão no pescoço. Ela é a Imperatriz, e seu nome é — qual? senão — Ayesha. Nesta ilha, o Imã exilado, e em casa, em Desh, Ela. Ambos tramam a morte um do outro.

As cortinas, grosso veludo dourado, ficam fechadas o dia inteiro, porque senão o mal pode penetrar no apartamento: o estrangeirismo, o além-mar, a nação alheia. A dura realidade é que ele está aqui e não Lá, onde se fixam todos os seus pensamentos. Nas raras ocasiões em que o Imã sai para tomar o ar de Kensington, no centro de um quadrado formado por oito jovens de óculos escuros e ternos volumosos, ele cruza as mãos diante do corpo e fixa o olhar neles, para que nenhum elemento, nenhuma partícula dessa cidade odiada — este poço de iniqüidades que o humilha lhe dando abrigo, de forma que tem de ser devedor dela a despeito da luxúria, ambição e vaidade de seus costumes — possa se alojar, como um grão de poeira, em seus olhos. Quando deixar esse exílio detestado para retornar em triunfo àquela outra cidade ao pé da montanha do cartão-postal, para ele será um ponto de honra poder dizer que manteve total ignorância sobre a Sodoma na qual foi obrigado a esperar; ignorante, e, portanto, imaculado, inalterado, puro.

E uma outra razão para as cortinas fechadas é, evidentemente, que há olhos e orelhas à sua volta, nem todos amigos. Os edifícios cor de laranja não são neutros. Em algum lugar, do outro lado da rua, haverá lentes zoom, equipamentos de vídeo, microfones potentes; e sempre o risco de um atirador. Acima e abaixo e ao lado do Imã está a segurança dos apartamentos ocupados pelos guarda-costas, que passeiam pelas ruas de Kensington disfarçados de mulheres, envoltos em mantos e *beaks* prateados; mas é melhor ser cuidadoso demais que de menos. A paranóia, para o exilado, é um pré-requisito da sobrevivência.

Uma fábula, que ouviu de um de seus favoritos, um convertido norte-americano, antes cantor de sucesso, agora conhecido como Bilal X. Em uma certa casa noturna, à qual o Imã tem o costume de mandar seus tenentes para ouvir certas pessoas pertencentes a certas facções opostas, Bilal encontrou um jovem de Desh, também uma espécie de cantor, e começaram a conversar. Esse Mahmood era um indivíduo coberto de cicatrizes. Recentemente, tinha *se juntado* com uma *gori*, uma mulher vermelha e corpulenta, mas aconteceu que o amante anterior de sua amada Renata era o chefe exilado da SAVAK, o órgão de tortura do xá do Irã. Era o Grande Chefão em pessoa, não um sadistazinho com talento para extrair unhas dos pés ou queimar pálpebras, mas sim o grande *haramzada* em pessoa. Um dia depois de Mahmood e Renata terem se mudado para o novo apartamento, chegou uma carta para Mahmood. *Tudo bem, seu merda, você está comendo minha mulher e eu só queria dar um alô*. No segundo dia, chegou uma segunda carta. *Esqueci de falar, babaca, este é o seu novo núme-*

ro de telefone. Mahmood e Renata tinham pedido um número não constante da lista, mas a companhia telefônica ainda não lhes tinha comunicado o número novo. Quando a linha foi ligada, dois dias depois, tinha exatamente o número que estava na carta, e todo o cabelo de Mahmood caiu na mesma hora. Então, vendo o cabelo em cima do travesseiro, ele juntou as mãos na frente de Renata e implorou, "Baby, eu te amo, mas você é quente demais para mim, por favor vá embora, para bem longe, bem longe". Quando o Imã ouviu essa história, sacudiu a cabeça e disse, aquela puta, quem vai querer tocar nela agora, mesmo com aquele corpo luxurioso? Está mais impura do que a lepra; é assim que os seres humanos se mutilam. Mas a verdadeira moral da história era a necessidade de eterna vigilância. Londres era uma cidade em que o ex-chefe da SAVAK tinha grandes contatos na companhia telefônica e o ex-*chef* do xá mantinha um restaurante movimentado em Hounslow. Uma cidade tão acolhedora, um tal refúgio, aceita qualquer tipo. Que as cortinas fiquem fechadas.

Os andares entre o terceiro e o quinto desse prédio de apartamentos são, no momento, toda a pátria do Imã. Aqui há rifles e rádios de ondas curtas e salas em que os espertos jovens de terno se sentam e falam com urgência em vários telefones. Aqui não há bebidas alcoólicas, nem cartas de baralho, nem dados em parte alguma, e a única mulher é aquela dependurada na parede do quarto de dormir do velho. Nessa pátria substituta, que o santo com insônia considera sua sala de espera ou saguão de trânsito, o aquecimento central está sempre no máximo, dia e noite, e as janelas bem fechadas. O exilado não pode esquecer, e tem, portanto, de simular, o calor seco de Desh, a terra passada e futura em que até a Lua é quente e úmida como um *chapati* fresco e amanteigado. Ah, aquelas terras onde o Sol e a Lua são masculinos, mas suas luzes quentes, doces, têm nomes femininos. À noite, o exilado abre as cortinas e o luar estrangeiro esgueira-se na sala, sua frieza ferindo os olhos como um prego. Ele recua, aperta os olhos. Roupas largas, testa franzida, ameaçador, desperto: esse é o Imã.

O exílio é um país sem alma. No exílio, a mobília é feia, cara, toda comprada ao mesmo tempo em alguma loja e com muita pressa: sofás prateados brilhantes com barbatanas, como velhos Buicks DeSotos Oldsmobiles, estantes com portas de vidro contendo não livros, mas pastas de recortes de jornal. No exílio, a água do chuveiro sempre fica fervendo quando alguém abre uma torneira na cozinha, de forma que, quando o Imã entra no banho, todo o seu pessoal tem de se lembrar de não encher a chaleira nem lavar um prato sujo, e quando o Imã dá a descarga na privada, seus discípulos, escaldados, saltam para fora do chuveiro. No exílio nunca se cozinha; os guarda-costas de óculos escuros vão buscar comida para viagem. No exílio, todas as tentativas de deitar raízes parecem traição: são admissões de derrota.

O Imã é o centro de uma roda.

O movimento irradia-se dele, todo o tempo. Seu filho, Khalid, entra no retiro trazendo um copo de água, que segura com a mão direita, a palma da mão esquerda nos fundos do copo. O Imã bebe água constantemente, um copo a cada cinco minutos, para estar sempre limpo; a água em si é purificada, antes que ele a beba, num filtro norte-americano. Todos os jovens que o cercam conhecem muito bem sua famosa monografia sobre a água, cuja pureza, o Imã acredita, comunica-se ao que a bebe, sua transparência e simplicidade, o prazer ascético de seu sabor. "A Imperatriz", ele afirma, "bebe vinho." Borgonhas, claretes, brancos do Reno misturam suas corrupções intoxicantes naquele corpo ao mesmo tempo belo e impuro. Esse pecado é o suficiente para condená-la para todo o sempre sem esperança de redenção. O quadro em seu quarto mostra a Imperatriz Ayesha segurando, com ambas as mãos, um crânio humano cheio de um líquido vermelho-escuro. A Imperatriz bebe sangue, mas o Imã é um homem da água. "Não é à toa que o povo de nossas terras quentes a reverenciam", proclama a monografia. "Água, a preservadora da vida. Nenhum indivíduo civilizado pode recusá-la a outro. Uma avó, mesmo com os membros enrijecidos pela artrite, levantará de imediato e irá à torneira quando uma criança pequena pedir *pani, nani*. Cuidado com aqueles que blasfemam contra ela. Quem a polui, dilui a própria alma."

O Imã revelou muitas vezes sua ira pela memória do falecido Aga Khan, provocada pelo texto de uma entrevista que lhe mostraram, na qual o chefe dos Ismailis era visto bebendo champanhe. *Ah, este champanhe é mera exibição social. Assim que toca meus lábios se transforma em água.* Demônio, o Imã troveja. Apóstata, blasfemador, impostor. No futuro que virá, esses indivíduos serão julgados, ele diz a seus homens. Será o dia da água e o sangue jorrará como vinho. Essa é a natureza miraculosa dos exilados: o que é pronunciado na impotência de um apartamento superaquecido se transforma em destino de nações. Quem já não teve esse sonho de ser rei por um dia? — Mas o Imã sonha com mais do que um dia; ele sente, emanando das pontas de seus dedos, os fios aracnídeos que controlarão o movimento da história.

Não: da história não.

Seu sonho é mais estranho.

*

Seu filho, o transportador de água Khalid, curva-se diante do pai como um peregrino diante de um altar, e informa-o de que o guarda de serviço do lado de fora do retiro é Salman Farsi. Bilal está no aparelho de rádio, transmitindo para Desh, na freqüência combinada, a mensagem do dia.

O Imã é uma calma maciça, uma imobilidade. É pedra viva. Suas grandes mãos nodosas, cinza-granítico, pousam pesadas nos braços da cadeira de espaldar alto. A cabeça, parecendo grande demais para o corpo, oscila ponderosamente sobre o pescoço surpreendentemente fino que se percebe entre os fiapos de barba grisalha. Os olhos do Imã estão turvados; seus lábios não se mexem. Ele é força pura, um ser elemental; move-se sem movimento, age sem fazer, fala sem emitir um som. Ele é o mágico, e a história, seu truque.

Não, a história não: algo mais estranho.

A explicação para esse enigma pode ser ouvida, nesse exato momento, em certas ondas de rádio sub-reptícias nas quais a voz do convertido norte-americano Bilal entoa o canto sagrado do Imã. Bilal, o *muezzin*: sua voz entra num aparelho de radioamador em Kensington e emerge na sonhada Desh, transmutada num trovejante discurso do Imã em pessoa. Começa com uma ofensa ritual à Imperatriz, com uma lista de seus crimes, assassinatos, propinas, relações sexuais com lagartos, e assim por diante, e prossegue para emitir em tons sonoros o chamado noturno do Imã para que seu povo se levante contra o mal de seu Estado. "Faremos uma revolução", o Imã proclama por intermédio dele, "uma revolta não só contra a tirana, mas contra a história." Pois existe um inimigo além de Ayesha, e esse é a História em si. A História é o sangue-vinho que não deve mais ser bebido. História, a inebriante, criação e possessão do Diabo, do grande Shaitan, a maior de todas as mentiras — progresso, ciência, direitos — contra as quais o Imã se empenha. A História é um desvio do Caminho, o conhecimento é uma ilusão, porque a soma do conhecimento completou-se no dia em que Al-Lah concluiu sua revelação a Mahound. "Derrubaremos o véu da história", Bilal proclama na noite que escuta, "e quando estiver desvendado, veremos ali o Paraíso, em toda a sua glória, em toda a sua luz." O Imã escolheu Bilal para essa tarefa pela beleza de sua voz, que na encarnação prévia conseguira escalar o Everest da parada de sucessos, não uma vez, mas uma dúzia de vezes, até o primeiro lugar. A voz é rica e impositiva, uma voz acostumada a ser ouvida; bem nutrido, altamente treinado, a voz da confiança norte-americana, uma arma do Ocidente voltada contra seus fabricantes, cujo poder sustenta a Imperatriz e sua tirania. Nos primeiros dias, Bilal X protestou contra essa descrição de sua voz. Ele também pertencia a um povo oprimido, insistiu, e era injusto alinhá-lo com os ianques imperialistas. O Imã respondeu, não sem gentileza: Bilal, seu sofrimento é também o nosso. Mas crescer na casa do poder significa aprender seus modos, absorvê-los, através dessa mesma pele que é a causa de sua opressão. O hábito do poder, seu timbre, sua postura, sua maneira de ser com os outros. É uma doença, Bilal, que infecta todos os que dela se aproximam. Se os poderosos pisam em você, você fica infectado pela sola de seus pés.

Bilal continuou dirigindo-se às trevas. "Morte à tirania da Imperatriz Ayesha, dos calendários, da América, do tempo! Nós buscamos a eternidade, a intemporalidade de Deus. Suas águas serenas, não os rios de vinho dela." Queimem os livros e creiam no Livro; rasguem os papéis e escutem a Palavra, como foi revelada pelo Anjo Gibreel ao Mensageiro Mahound e explicada por seu intérprete e Imã. "Ameem", diz Bilal, concluindo os procederes da noite. Enquanto no retiro, o Imã manda uma mensagem própria: e convoca, conjura, o arcanjo, Gibreel.

*

Ele se vê no sonho: anjo nenhum na aparência, apenas um homem em roupas comuns, doações póstumas de Henry Diamond: capa e chapéu sobre calças grandes demais, presas por suspensórios, um suéter de lã de pescador, ampla camisa branca. Esse Gibreel-sonho, tão parecido com o desperto, está tremendo no retiro do Imã, cujos olhos estão brancos como nuvens.

Gibreel protesta, para esconder o medo.

"Por que insistir em arcanjos? Esse tempo, como sabe, já passou."

O Imã fecha os olhos, suspira. O tapete projeta longos tendões peludos que se enrolam em Gibreel e o prendem.

"Não precisa de mim", Gibreel insiste. "A revelação está completa. Me deixe ir embora."

O outro sacode a cabeça e fala, só que seus lábios não se movem, e é a voz de Bilal que enche os ouvidos de Gibreel, mesmo que o locutor não esteja à vista, *a noite é esta*, diz a voz, *e você tem de me levar a Jerusalém*.

Então o apartamento se desmancha e estão os dois sobre o teto da caixa-d'água, porque o Imã, quando quer se movimentar, pode ficar parado e mover o mundo a sua volta. Sua barba ondula no vento. Está mais longa agora; se não fosse o vento que a faz voejar como um lenço de chiffon, tocaria o chão a seus pés; ele tem os olhos vermelhos, e sua voz flutua no céu em volta. *Leve-me*. Gibreel argumenta, Parece que é perfeitamente capaz de voar sozinho: mas o Imã, num único movimento de incrível rapidez, joga a barba por sobre o ombro, levanta as saias, revelando duas pernas finas com uma cobertura de pêlos quase monstruosa, e dá um grande salto no ar da noite, faz um giro completo, e cai montado nos ombros de Gibreel, agarrando-se nele com unhas que cresceram e se transformaram em garras longas, recurvadas. Gibreel sente que está subindo para o céu, levando o velho do mar, o Imã com cabelos que crescem a cada minuto, flutuando para todo lado, as sobrancelhas como estandartes ao vento.

Jerusalém, ele pensa, para que lado é isso? — É uma palavra fugidia, Jerusalém, pode ser uma idéia tanto quanto um lugar: um objetivo, uma exaltação. Onde fica a Jerusalém do Imã? "A queda da meretriz", ressoa a voz sem corpo em seus ouvidos. "A queda dela, da puta babilônica."

Voam na noite. A Lua está esquentando, começando a borbulhar, como queijo na chapa; ele, Gibreel, vê que pedaços dela caem de quando em quando, gotas de lua que chiam e borbulham na chapa quente do céu. Surge terra abaixo deles. O calor fica mais intenso.

É uma paisagem imensa, avermelhada, com árvores de copas achatadas. Voam por sobre montanhas que também são achatadas; até as pedras aqui são achatadas pelo calor. Então chegam a uma alta montanha de forma quase perfeitamente cônica, uma montanha que está também em um cartão-postal sobre uma lareira, muito longe; e à sombra da montanha, uma cidade, espalhada a seus pés como um suplicante, e na encosta mais baixa, um palácio, o palácio, o lugar dela: da Imperatriz, que as mensagens de rádio desmancham. Trata-se de uma revolução de radioamadores.

Gibreel, com o Imã em cima dele como que sobre um tapete, mergulha, e na noite fervente parece que as ruas estão vivas, parecem se retorcer, como serpentes; enquanto na frente do palácio da derrota da Imperatriz parece estar crescendo uma nova montanha, *debaixo de nossos olhos, baba, o que está acontecendo ali?* A voz do Imã flutua no céu: "Desça. Vou lhe mostrar o Amor".

Estão no nível dos telhados quando Gibreel se dá conta de que as ruas estão fervilhando de gente. Seres humanos, compactados em tal densidade naqueles caminhos coleantes, que se fundiram numa entidade maior, compósita, implacável, serpenteante. As pessoas avançam devagar, com passo uniforme, por vielas até alamedas, por alamedas para ruas laterais, por ruas laterais para ruas, todas convergindo para a grande avenida, com doze faixas de largura e ladeada de gigantescos eucaliptos, que leva aos portões do palácio. A avenida está tomada de humanidade; é o órgão central daquele novo ser de muitas cabeças. Em filas de setenta, o povo avança gravemente para os portões da Imperatriz. Diante dos quais os guardas palacianos esperam em alas, deitados, ajoelhados e em pé, metralhadoras a postos. O povo vem subindo a ladeira na direção das armas; setenta por vez, avançam até a linha de alcance dos tiros; as armas matraqueiam e eles morrem, e os próximos setenta passam por cima dos corpos dos mortos, as máquinas gargalham de novo, e a montanha de mortos fica mais alta. Os que vêm atrás começam, por sua vez, a subir. Nas portas escuras de entrada da cidade há mães com as cabeças cobertas, empurrando os filhos para o desfile, *vá, seja um mártir, faça o que é preciso, morra*. "Vê como me amam", diz a voz desencarnada. "Nenhuma tirania da Terra é capaz de enfrentar o poder desse amor lento, pedestre."

"Isso não é amor", Gibreel responde, chorando. "É ódio. Ela atirou esses homens em seus braços." A explicação parece rala, superficial.

"Eles me amam", diz a voz do Imã, "porque eu sou água. Sou a fertilidade e ela a decadência. Eles me amam pelo meu costume de esmagar relógios. Seres humanos que se afastam de Deus perdem o amor, e a certeza, e também a sensação de Seu tempo sem limites, que compreende passado, presente e futuro; o tempo atemporal, que não precisa progredir. Ansiamos pelo eterno, e eu sou a eternidade. Ela não é nada: um tique, ou taque. Ela olha no espelho todo dia e se aterroriza com a idéia de envelhecer, com o tempo passando. É, assim, prisioneira de sua própria natureza; ela também está nas cadeias do Tempo. Depois da revolução não haverá mais relógios; vamos esmagar todos. A palavra *relógio* será expurgada de nossos dicionários. Depois da revolução não haverá aniversários. Nasceremos todos de novo, todos nós com a mesma idade imutável aos olhos de Deus Todo-Poderoso."

Ele cala agora, porque abaixo de nós ocorre o grande momento: as pessoas chegaram até as armas. Que silenciam por sua vez, quando a interminável serpente de gente, a gigantesca píton das massas sublevadas abraça os guardas, sufoca-os, e silencia o gargarejo letal de suas armas. O Imã suspira pesadamente. "Está feito."

As luzes do palácio se apagam quando as pessoas marcham em sua direção, no mesmo passo comedido de antes. Então, de dentro do palácio escuro, brota um som hediondo, que começa como um gemido alto, fino, penetrante, e vai se aprofundando num uivo, um ulular tão alto que preenche cada vão da cidade com sua ira. E a cúpula dourada do palácio se abre como um ovo, e brota de dentro dela, refulgindo no escuro, uma aparição mítica de vastas asas negras, cabelos soltos flutuando, tão longos e negros quanto os do Imã são longos e brancos: Gibreel entende que é Al-Lat eclodindo da casca de Ayesha.

"Mate-a", o Imã ordena.

Gibreel o deposita no balcão cerimonial do palácio, os braços estendidos para abarcar a alegria do povo, um ruído que encobre até os uivos da grande deusa e se eleva como um cântico. E então ele é lançado ao ar, não tendo outra opção, uma marionete indo para a guerra; e ela, ao vê-lo se aproximar, volta-se, agacha-se no ar e, gemendo horrivelmente, lança-se sobre ele com toda força. Gibreel entende que o Imã, lutando por procuração, como sempre, o sacrificará tão prontamente como sacrificou a montanha de corpos nos portões do palácio, que ele é um soldado suicida a serviço da causa do sacerdote. Sou fraco, pensa, não sou páreo para ela, mas ela também está enfraquecida pela derrota. A força do Imã impele Gibreel, coloca raios em suas mãos, e a batalha começa; lança raios nos pés dela, e ela atira cometas na virilha dele, *estamos nos matando*, pensa, *vamos morrer e haverá duas novas constelações no céu: Al-Lat e Gibreel*. Como guerreiros exaustos num campo coberto de cadáveres, eles fraquejam e atacam. Ambos se esgotando depressa.

Ela cai.

Despenca Al-Lat, rainha da noite; tomba na terra de pernas para cima, estraçalhando a cabeça em mil pedaços; e ali jaz, um anjo negro sem cabeça, com as asas arrancadas, ao lado de um portãozinho dos jardins do palácio, amontoada. — E Gibreel, desviando os olhos, horrorizado, vê o Imã ir crescendo até ficar gigantesco, deitado no pátio frontal do castelo com a boca aberta nos portões; à medida que as pessoas marcham, ele as engole inteiras.

O corpo de Al-Lat murchou na grama, deixando apenas uma mancha escura; e agora, todos os relógios da capital de Desh começam a tocar, e tocam incessantemente, além de doze, além de vinte e quatro, além de mil e um, anunciando o fim do Tempo, a hora que está além da medida, a hora do retorno do exilado, da vitória da água sobre o vinho, do começo do Não-tempo do Imã.

*

Quando a história noturna muda, quando, sem aviso prévio, a progressão de eventos em Jahilia e Yathrib dá lugar à luta do Imã e da Imperatriz, Gibreel alenta uma breve esperança de que a maldição tenha acabado, que seus sonhos hajam retornado à excentricidade randômica da vida comum; mas então, quando também a nova história se encaixa dentro do velho padrão, recomeçando, cada vez que ele adormece, do ponto exato onde tinha sido interrompida, e quando sua própria imagem, traduzida na de um avatar do arcanjo, ressurge em cena, também sua esperança morre, e ele sucumbe mais uma vez ao inexorável. As coisas chegaram a tal ponto que algumas de suas sagas noturnas parecem mais suportáveis que outras, e depois do apocalipse do Imã ele sente uma quase satisfação quando a próxima narrativa começa, expandindo seu repertório interno, porque pelo menos sugere que a divindade que ele, Gibreel, tentou inutilmente matar pode ser um Deus de amor, além de um deus de vingança, poder, dever, regras e ódio; e é também uma espécie nostálgica de história, de uma pátria perdida; ele a sente como um retorno ao passado... que história é essa? É o que veremos a seguir. Para começar do começo: na manhã de seu quadragésimo aniversário, num quarto cheio de borboletas, Mirza Saeed Akhtar observava sua mulher adormecida...

*

Na manhã fatídica de seu quadragésimo aniversário, em um quarto cheio de borboletas, o *zamindar* Mirza Saeed Akhtar observava sua mulher adormecida, e sentiu o coração encher-se até transbordar de amor. Tinha acordado cedo, o que não era usual, levantando-se antes do amanhecer com um pesadelo amargo na boca, o sonho recorrente sobre o fim do mundo, no qual a catástrofe era invariavelmente culpa sua. Tinha lido Nietzsche na noite anterior — "o impiedoso fim daquela miúda, petulante espécie chamada Homem" — e adormecera com o livro caído aberto sobre o peito. Ao despertar com o farfalhar das asas de borboletas dentro do quarto fresco e sombreado, ficou irritado consigo mesmo por ter sido tão tolo na escolha da leitura noturna. Estava, porém, inteiramente desperto agora. Levantou-se silenciosamente, meteu nos pés os *chappals* e passeou calmamente pelas varandas da grande mansão, ainda às escuras por causa das persianas fechadas, as borboletas flutuando como cortesãs atrás dele. À distância, alguém tocava uma flauta. Mirza Saeed ergueu a persiana e prendeu os cordões. O jardim estava mergulhado em névoa, na qual as nuvens de borboletas bailavam, uma névoa misturando-se à outra. Essa região remota sempre fora famosa por seus lepidópteros, por esses miraculosos esquadrões que enchiam o ar de noite e de dia, borboletas com o dom dos camaleões, cujas asas mudavam de cor quando pousavam sobre flores rubras, cortinas ocres, cálices de obsidiana ou anéis de âmbar. Na mansão do *zamindar*, e também na aldeia próxima, o milagre das borboletas já era tão familiar que parecia comum, mas na verdade elas só tinham retornado fazia dezenove anos, como recordavam as criadas. Eram os espíritos ancestrais, pelo menos era o que dizia a lenda, de uma santa local, uma mulher conhecida apenas como Bibiji, que vivera até a idade de duzentos e quarenta e dois anos e cujo túmulo, antes de sua localização ser esquecida, tinha a propriedade de curar a impotência e as verrugas. Desde a morte de Bibiji, cento e vinte anos antes, as borboletas haviam se retirado para o mesmo domínio do legendário, como a própria Bibiji, de forma que quando retornaram, exatamente cento e um anos depois do desaparecimento, o fato pareceu, a princípio, um sinal de algo iminente e maravilhoso. Depois da morte de Bibiji — devemos dizer logo — a aldeia continuara a prosperar, as colheitas de batatas continuaram fartas, mas havia um vazio em muitos corações, mesmo que os aldeões do presente não tivessem nenhuma lembrança dos tempos da velha santa. Portanto, o retorno das borboletas animou muitos espíritos, mas quando as esperadas maravilhas não se materializaram os moradores locais retornaram, pouco a pouco, à insuficiência do dia-a-dia. O nome da mansão do *zamindar*, *Peristan*, pode ter tido sua origem nas asas de fadas das criaturas mágicas, assim como o nome da aldeia, *Titlipur*, certamente teve. Mas nomes, uma vez de uso geral, logo se transformam em meros sons, sua etimologia é enterrada, como tantas maravilhas da Terra, sob a poeira do hábito. Os habitantes humanos de Titlipur, e as hordas de borboletas, se misturavam com uma espécie de mútuo desdém. Os aldeões e a família do *zamindar* tinham há muito abandonado a tentativa de evitar as borboletas em casa, de forma que agora, sempre que um baú era aberto, uma nuvem de asas voava para fora como emissários de Pandora, mudando de cor ao voejar; havia borboletas debaixo das tampas fechadas das privadas de Peristan, e dentro de todos os guarda-roupas e entre as páginas dos livros. Ao despertar, você encontrava borboletas dormindo em suas bochechas.

O que é comum acaba ficando invisível, e fazia anos que Mirza Saeed nem notava as borboletas. Na manhã de seu quadragésimo aniversário, porém, quando a primeira luz do amanhecer tocou a casa e as borboletas começaram imediatamente a fulgurar, a beleza do momento tirou-lhe o fôlego. Correu para o quarto da ala *zenana*, em que sua mulher Mishal estava dormindo, coberta por um véu contra insetos. As borboletas mágicas descansavam sobre seus pés expostos, e um mosquito tinha evidentemente encontrado também um jeito de entrar, porque havia uma linha de pequenas picadas ao longo da saliência de sua clavícula. Ele sentiu vontade de levantar o véu, esgueirar-se ali para dentro e beijar as picadas até desaparecerem. Pareciam tão inflamadas! Como iam coçar quando ela despertasse! Mas se conteve, preferindo gozar a inocência de sua forma adormecida. Ela tinha cabelos castanho-avermelhados, macios, a pele muito branca e os olhos, por trás das pálpebras fechadas, eram de um cinza sedoso. Seu pai era diretor de um banco estadual, e a união tinha, portanto, sido irresistível, um casamento arranjado que restaurava a fortuna da antiga e decadente família de Mirza, que havia amadurecido, ao longo do tempo e a despeito da incapacidade dela de ter filhos, numa união de amor real. Cheio de emoção, Mirza Saeed observou Mishal dormindo e afastou de si os últimos vestígios do pesadelo. "Como pode o mundo acabar", pensou contente consigo mesmo, "se é capaz de oferecer instantes de perfeição como este adorável amanhecer?"

Seguindo a linha desses pensamentos felizes, formulou um discurso silencioso para a mulher que dormia. "Mishal, tenho quarenta anos e sou tão feliz quanto um bebê de quarenta dias. Agora vejo que ao longo dos anos fui me apaixonando cada vez mais profundamente e hoje nado, como um peixe, num mar cálido." Quanto ela lhe dava, deslumbrou-se; quanto precisava dela! O casamento transcendia a mera sensualidade, era tão íntimo que uma separação seria impensável. "Envelhecer a seu lado, Mishal", disse, enquanto ela dormia, "será um privilégio." Ele se permitiu o sentimentalismo de soprar um beijo na direção dela e saiu do quarto na ponta dos pés. De volta à varanda principal de sua ala privada, no andar superior da mansão, deu uma olhada nos jardins, que a bruma da manhã, subindo agora, deixava visíveis, e viu uma coisa que iria destruir para sempre sua paz de espírito, esmagando-a além do recuperável naquele mesmo instante em que tinha tido certeza de sua invulnerabilidade aos ataques da fortuna.

Uma jovem estava agachada no gramado, a mão esquerda estendida aberta. Borboletas pousavam em sua palma, enquanto, com a mão direita, ela pegava uma a uma e colocava na boca. Lenta, metodicamente, fazia seu desjejum de asas condescendentes.

Seus lábios, faces, queixo estavam inteiramente manchados de diversas cores das borboletas mortas.

Quando Mirza Saeed Akhtar viu a jovem comendo o quase imponderável desjejum em seu gramado, sentiu uma onda de desejo tão poderosa que instantaneamente se envergonhou. "É impossível", censurou a si mesmo, "afinal, não sou um animal." A jovem vestia um sari amarelo-açafrão envolvendo o corpo nu, no estilo das mulheres pobres daquela região, e quando se inclinava sobre as borboletas, o sari, solto na frente, revelava os seios pequenos ao olhar do transfixado *zamindar*. Mirza Saeed estendeu as mãos para agarrar a balaustrada do balcão, e o ligeiro movimento de seu *kurta* branco deve ter chamado a atenção da moça, porque ela levantou a cabeça rapidamente e olhou direto no rosto dele.

E não baixou os olhos imediatamente. Nem se levantou e fugiu, como seria, talvez, de esperar.

O que ela fez: esperou alguns segundos, como para ver se ele pretendia falar. E como ele nada disse, simplesmente retomou a estranha refeição, sem desviar os olhos do rosto dele. O mais estranho de tudo era que as borboletas formavam um funil descendo no ar cada vez mais claro, indo de boa vontade para as palmas estendidas e para a morte. Ela as pegava pelas pontas das asas, jogava a cabeça para trás e puxava-as para dentro da boca com a ponta da língua estreita. Em determinado momento, manteve a boca aberta, os lábios escuros desafiadoramente separados, e Mirza Saeed estremeceu ao ver a borboleta voejando dentro da caverna escura da própria morte, sem fazer, no entanto, nenhuma tentativa de escapar. Uma vez satisfeita de ter mostrado isso a ele, ela cerrou os lábios e começou a mastigar. E assim ficaram, a camponesa embaixo, o senhor de terras em cima, até que os olhos dela inesperadamente rolaram nas órbitas e ela caiu pesadamente sobre seu lado esquerdo, contorcendo-se violentamente.

Depois de alguns segundos de pânico, Mirza gritou, "Ó de casa! Alguém, acudam, emergência!". Imediatamente, desceu correndo a escada de mogno inglês, trazida para ali de algum inimaginável Warwickshire, algum fantástico local em que, num convento úmido e sem luz, o rei Carlos I havia descido esses mesmos degraus, antes de perder a cabeça, no século XVII de um outro sistema de tempo. Degraus abaixo arremessou-se Mirza Saeed Akhtar, último de sua linhagem, pisando as pegadas dos pés fantasmagóricos do decapitado enquanto corria para o gramado.

A menina estava tendo convulsões, esmagando borboletas debaixo do corpo que rolava e se sacudia. Mirza Saeed chegou primeiro, apesar dos criados e de Mishal, despertados por seu grito, virem logo em seguida. Ele agarrou o queixo da menina e forçou para que abrisse a boca, inserindo um graveto que encontrou por perto e que ela imediatamente cortou em dois com uma mordida. O sangue gotejou da boca cortada, e ele temeu que tivesse mordido a língua, mas nesse momento o ataque cessou, ela se acalmou e dormiu. Mishal fez com que fosse carregada para seu próprio quarto, e Mirza Saeed foi, então, obrigado a olhar uma segunda bela adormecida naquela cama, e foi uma segunda vez tomado pelo que parecia ser uma sensação rica e profunda demais para ser chamada pelo duro nome de *luxúria*. Deu-se conta de que ficou enojado pelo desejo impuro e ao mesmo tempo estimulado pelos sentimentos que fluíam dentro dele, sentimentos frescos, cuja novidade muito o excitava. Mishal veio ficar ao lado do marido. "Conhece a menina?", Saeed perguntou, e ela fez que sim com a cabeça. "É uma órfã. Faz bichinhos de esmalte para vender na rua central. Tem ataques desde muito pequena." Mirza Saeed estava assombrado, não pela primeira vez, pela capacidade que sua esposa tinha de se envolver com outros seres humanos. Ele próprio mal conseguia reconhecer mais que um punhado de aldeões, mas ela sabia o apelido de cada um, as histórias das famílias e o quanto ganhavam. Chegavam a contar a ela seus sonhos, embora poucos deles sonhassem mais do que uma vez por mês por serem pobres demais para se permitirem tais luxos. A transbordante ternura que sentia ao amanhecer retornou, e ele envolveu seus ombros com os braços. Ela apoiou a cabeça no peito dele e disse suavemente: "Feliz aniversário". Beijou-lhe os cabelos. Os dois ficaram abraçados, olhando a menina adormecida. Ayesha: foi o nome que sua mulher lhe contou.

*

Quando a órfã Ayesha chegou à puberdade e, devido a sua perturbadora beleza e ao ar de quem estava sempre olhando um outro mundo, transformou-se no objeto de desejo de muitos jovens, começaram a dizer que ela procurava um amante vindo do Céu, porque achava que era boa demais para homens mortais. Os pretendentes rejeitados reclamavam que, em termos práticos, ela não tinha por que ser tão seletiva, em primeiro lugar porque era órfã e, em segundo, porque era possuída pelo demônio da epilepsia, coisa que certamente afastaria qualquer espírito celestial que pudesse se interessar por ela. Alguns rapazes despeitados chegaram a sugerir que, como os defeitos de Ayesha impediriam que arrumasse marido, ela podia muito bem começar a aceitar amantes, para não desperdiçar aquela beleza, que, por questão de justiça, devia era ter sido dada a alguém menos problemática. A despeito dessas tentativas dos jovens de Titlipur em transformá-la na sua prostituta, Ayesha continuava casta, usando como defesa um olhar de tão intensa concentração no espaço de ar imediatamente acima do ombro direito das pessoas que era regularmente tomado por desprezo. Quando as pessoas ouviram falar de seu novo costume de engolir borboletas, revisaram a opinião sobre ela, convencidas de que não batia bem da cabeça e era, portanto, perigosa de se possuir, porque os demônios podiam passar para o corpo dos amantes. Depois disso, os machos luxuriosos da aldeia a deixaram em paz em seu barraco, sozinha com seus bichinhos de brinquedo e sua dieta esvoaçante e peculiar. Um jovem, no entanto, passou a sentar-se a certa distância de sua porta, olhando discretamente na direção oposta, como se estivesse de guarda, mesmo não tendo ela mais nenhuma necessidade de protetores. Era um antigo intocável da aldeia vizinha de Chatnapatna que havia se convertido ao islamismo e assumido o nome de Osman. Ayesha nunca registrava a presença de Osman, e ele não esperava que ela o notasse. Os ramos frondosos da aldeia balançavam acima de suas cabeças ao vento.

A aldeia de Titlipur crescera à sombra de uma imensa figueira, monarca única que reinava, com suas múltiplas raízes, sobre uma área de um quilômetro de diâmetro. Agora, o desenvolvimento da árvore em aldeia e da aldeia em árvore tornara-se tão intrincado que era impossível diferenciar uma coisa da outra. Certos distritos da árvore transformaram-se em bem conhecidos esconderijos de amantes; outros eram galinheiros. Alguns dos trabalhadores mais pobres tinham construído abrigos improvisados nos ângulos de ramos grossos e viviam no interior da densa folhagem. Havia ramos que eram utilizados como caminhos para atravessar a aldeia, e balanços para crianças eram feitos com as barbas da velha árvore; nos pontos em que a árvore baixava até quase tocar a terra, suas folhas formavam tetos para muitas cabanas que pareciam dependuradas do verde como ninhos de pássaros. Quando o *panchayat* da aldeia se reunia, era sobre o galho mais forte de todos. Os aldeões acostumaram-se a referir-se à árvore pelo nome da aldeia e à aldeia simplesmente como "a árvore". Os habitantes não humanos da figueira — formigas, esquilos, corujas — eram tratados com o respeito devido a concidadãos. Só as borboletas eram ignoradas, como esperanças há muito desmentidas.

Era uma aldeia muçulmana, razão pela qual o convertido Osman tinha vindo para ali com sua roupa de palhaço e seu touro "bum-bum" depois de ter abraçado a fé num ato de desespero, esperando que a adoção de um nome muçulmano o beneficiasse mais do que as trocas de nome anteriores, quando, por exemplo, os intocáveis foram rebatizados de "filhos de Deus". Como filho de Deus em Chatnapatna não lhe era permitido tirar água do poço da cidade, porque o toque de um proscrito poluiria a água potável... Sem terra e, como Ayesha, órfão, Osman ganhava a vida como palhaço. Seu touro usava cones de papel vermelho brilhante por cima dos chifres e uma porção de trapos coloridos sobre o nariz e as costas. Ele ia de aldeia em aldeia fazendo o seu número, em casamentos e outras comemorações, nas quais o touro era um parceiro e instrumento essencial, balançando a cabeça em resposta a perguntas, uma vez para não, duas para sim.

"Não é bonita esta aldeia aqui?", Osman perguntava.

Bum, o touro discordava.

"Não é? Ah, é, sim. Olhe: não é boa essa gente?"

Bum.

"Como é?! Então esta aldeia está cheia de pecadores?"

Bum, bum.

"*Baapu-ré!* Então, todo mundo aqui vai para o inferno?"

Bum, bum.

"Mas, *bhaijan*, então não tem esperança para eles?"

Bum, bum, o touro oferecia a salvação. Excitado, Osman se inclinava, encostando o ouvido na boca do touro. "Conte, depressa. O que é que eles têm de fazer para se salvar?" Nesse ponto, o touro arrancava o chapéu da cabeça de Osman e o passava pela multidão, pedindo dinheiro, e Osman sacudia a cabeça, contente: bum, bum.

Osman, o convertido, e seu touro bum-bum eram queridos em Titlipur, mas o rapaz só estava interessado no apreço de uma pessoa, que não o dava a ele. Tinha admitido para ela que sua conversão ao islamismo fora sobretudo tática, "Para poder beber, *bibi*, o que é que um homem não faz?". Ela ficara ultrajada com a confissão, informando-lhe que não era muçulmano coisa nenhuma, que sua alma corria perigo e que podia voltar para Chatnapatna e morrer de sede que ela pouco se importava. Ao dizer isso, ela ficou com o rosto vermelho, tão forte era a sua decepção, e a veemência dessa decepção é que dava a ele o otimismo de permanecer ali acocorado a dez passos de sua casa, dia após dia. Mas ela continuava a passar por ele de nariz empinado, sem ao menos um bom-dia ou um passe bem.

Uma vez por semana, as carroças de batatas de Titlipur rodavam pela trilha esburacada e estreita durante quatro horas até Chatnapatna, que ficava no ponto em que a trilha encontrava a grande estrada de rodagem. Em Chatnapatna ficavam os altos e brilhantes silos de alumínio dos atacadistas de batatas, mas isso nada tinha a ver com as visitas regulares de Ayesha à cidade. Ela pegava carona numa carroça, carregando uma trouxa de pano de saco, para levar seus brinquedos para vender. Chatnapatna era conhecida em toda a região pelas quinquilharias para crianças, brinquedos de madeira e bonequinhos de esmalte. Osman e seu touro ficavam debaixo da figueira, olhando, enquanto ela ia sacudindo na carroça de batatas, até não ser mais que um ponto.

Em Chatnapatna, ia para o estabelecimento de Sri Srinivas, dono da maior fábrica de brinquedos da cidade. Nas paredes, havia os grafites políticos do momento: *Vote em Hand*. Ou, mais bem educado: *Favor votar em CP (M)*. Acima dessas conclamações, o anúncio orgulhoso: *Srinivas Toy Univas. Nosso Lema: Sinceridade e Criatividade*. Lá dentro, ficava Srinivas: uma grande geléia de homem, a cabeça um sol careca, um sujeito de seus cinqüenta anos que uma vida inteira dedicada a vender brinquedos não tinha conseguido amargurar. Ayesha devia a ele o seu ganha-pão. Ele havia se animado tanto com sua habilidade de esculpir em madeira, que concordara em comprar tudo o que produzisse. Mas, apesar da habitual bonomia, a expressão dele ficou sombria quando Ayesha abriu o pacote para mostrar duas dúzias de figuras de um jovem com chapéu de palhaço, acompanhado de um touro enfeitado que mexia a cabeça dourada. Concluindo que Ayesha tinha perdoado a conversão de Osman, Sri Srinivas disse: "Esse sujeito traiu sua própria gente, como você sabe muito bem. Que tipo de gente troca de deuses com a mesma facilidade com que troca de *dhoti*? Só Deus sabe o que deu em você, filha, mas eu não quero essas bonecas". Na parede atrás da mesa havia um certificado emoldurado que dizia, em letras cheias de arabescos: *Este certificado atesta que MR. SRI SRINIVAS é Perito em História Geológica do Planeta Terra, tendo sobrevoado o Grand Canyon com a SCENIC AIRLINES.* Srinivas fechou os olhos e cruzou os braços, um Buda nada risonho com a indiscutível autoridade de alguém que já tinha voado. "Aquele menino é um demônio", disse, definitivo, e Ayesha embrulhou as bonecas no pano de saco e voltou-se para sair, sem discutir. Os olhos de Srinivas se abriram de imediato. "Que droga", gritou, "não vai discutir comigo? Acha que não sei que precisa do dinheiro? Por que fez uma bobagem dessas? O que é que vai fazer agora? Vá para casa e faça umas bonecas PF, o mais depressa que puder e eu compro todas acima do preço normal, porque sempre fui um homem muito generoso." Mr. Srinivas tinha inventado uma boneca de Planejamento Familiar, uma variante da velha idéia da boneca russa, cheia de implicações sociais. No interior de uma boneca *Abba* de roupa e botas, uma recatada boneca *Amma* vestida de sari, e dentro dela uma filha contendo um filho. Dois filhos era o suficiente: essa era a mensagem da boneca. "Faça bem depressa, bem depressa." Srinivas disse para Ayesha que partia. "As bonecas PF estão saindo muito." Ayesha voltou-se para ele e sorriu. "Não precisa se preocupar comigo, *Srinivasji*", disse, e foi embora.

Ayesha, a órfã, tinha dezenove anos quando começou a voltar a pé para Titlipur pela esburacada estrada das batatas, mas no momento em que apareceu na aldeia, cerca de quarenta e oito horas depois, tinha adquirido uma espécie de idade indefinida, porque seus cabelos estavam brancos como a neve e a pele recobrara a perfeição luminosa da pele de um recém-nascido, e embora estivesse completamente nua, as borboletas pousavam em seu corpo em cachos tão sólidos que parecia estar usando um vestido do tecido mais delicado do universo. O palhaço Osman estava ensaiando seu número com o touro bum-bum à beira da trilha, porque mesmo morto de preocupação por sua ausência prolongada, e tendo passado a noite anterior inteira procurando por ela, mesmo assim ainda tinha de ganhar a vida. Assim que a viu, aquele jovem que jamais respeitara Deus por ter nascido intocável, encheu-se de terror sagrado, e nem ousou aproximar-se da moça por quem estava desesperadamente apaixonado.

Ela entrou em sua cabana e dormiu um dia e uma noite inteiros, sem acordar. Depois, foi visitar o chefe da aldeia, Sarpanch Muhammad Din, e informou a ele, com toda franqueza, que o Arcanjo Gibreel tinha lhe aparecido numa visão e deitado ao lado dela para descansar. "A grandeza habita entre nós", informou ao alarmado Sarpanch, que até então se preocupara mais com as quotas de batatas do que com a transcendência. "Tudo nos será exigido, e tudo nos será dado também."

Em outro lado da árvore, Khadija, a esposa de Sarpanch, estava consolando o palhaço que chorava, incapaz de aceitar que tinha perdido a sua amada Ayesha para um ser superior, pois quando um arcanjo se deita com uma mulher, ela está perdida para os homens para todo o sempre. Khadija era velha e esquecida e quase sempre desajeitada quando tentava ser amorosa, e deu a Osman um frio consolo: "O Sol sempre se põe quando se temem os tigres", citou o antigo ditado: as más notícias sempre vêm de uma vez.

Assim que a história do milagre se espalhou, a menina Ayesha foi convocada à casa grande, e nos dias seguintes passou longas horas encerrada com a mulher do *zamindar*, *begum* Mishal Akhtar, cuja mãe tinha chegado também para uma visita, e se deixou fascinar pela esposa do arcanjo com seus cabelos brancos.

*

O sonhador, sonhando, deseja (mas não consegue) protestar: nunca toquei um dedo nela, o que é isso afinal, algum tipo de sonho erótico? Que um raio caia na minha cabeça se eu sei de onde essa menina recebeu informação/inspiração. Não de minha parte, com toda certeza.

Aconteceu o seguinte: ela estava voltando a pé para a aldeia, mas de repente pareceu sentir-se exausta, e saiu por um pequeno desvio para deitar à sombra de um tamarindo e descansar.

No momento em que fechou os olhos, lá estava ele ao lado dela, o sonhante Gibreel de casaco e chapéu, derretendo no calor. Ela olhou para ele, mas ele não era capaz de dizer o que ela enxergava. Asas talvez, auréolas, tudo. E, então, estava ali deitado, incapaz de se levantar, os membros mais pesados que barras de ferro, parecendo ter o corpo esmagado na terra pelo próprio peso. Quando terminou de examiná-lo, ela sacudiu a cabeça gravemente, como se ele tivesse falado, tirou o farrapo de sari que usava e deitou-se ao lado dele, nua. Então, no sonho, ele adormeceu, direto, como se alguém tivesse desligado a tomada, e quando se sonhou desperto novamente, ela estava de pé diante dele, com os cabelos brancos soltos e vestida de borboletas: transformada. Ainda mexia a cabeça, com uma expressão de enlevo no rosto, recebendo uma mensagem de algum lugar que chamava de Gibreel. Então o deixou ali deitado e retornou para a aldeia para fazer sua entrada.

Portanto, agora tenho uma esposa de sonho, pensa o sonhador com a consciência que lhe resta. Que diabo vou fazer com ela? — Mas isso não depende dele. Ayesha e Mishal Akhtar estão juntas na casa grande.

*

Desde seu aniversário, Mirza Saeed anda cheio de desejos apaixonados, "como se a vida realmente começasse aos quarenta", deslumbra-se a mulher. O casamento deles passou a ser tão intenso que os criados tinham de trocar os lençóis da cama três vezes por dia. Mishal esperava em segredo que essa intensificação da libido do marido a levasse a conceber, porque era da opinião de que o entusiasmo importava, por mais que os médicos dissessem o contrário, e de que os anos que passara medindo a temperatura toda manhã antes de levantar da cama, fazendo um gráfico dos resultados para definir seu padrão de ovulação, tinha dissuadido os bebês de nascerem, em parte porque era difícil ter o ardor adequado quando a ciência ia para a cama junto com você, e em parte também, em sua opinião, porque nenhum feto que se desse ao respeito iria querer entrar no útero de uma mãe programada de maneira tão mecânica. Mishal ainda rezava por um filho, embora não mencionasse mais o fato a Saeed, para poupá-lo da sensação de ter falhado com ela nesse departamento. De olhos fechados, fingindo dormir, pedia a Deus um sinal, e quando Saeed se tornou tão amoroso, tão assíduo, ela imaginou se isso não seria o sinal pedido. Conseqüentemente, o estranho pedido dele para que, de agora em diante, quando viessem ficar em Peristan, ela adotasse o "velho costume" e se mantivesse recolhida ao *purdah*, não foi tratado por ela com o devido desdém. Na cidade, onde tinham uma casa grande e hospitaleira, o *zamindar* e sua mulher eram conhecidos como um dos casais mais "modernos" e "abertos" da sociedade; tinham uma coleção de arte contemporânea e davam festas malucas e convidavam amigos para se espalharem no escuro pelos sofás para assistirem vídeos porno-soft. Portanto, quando Mirza Saeed disse: "Não seria uma delícia, Mishu, se moldássemos o nosso comportamento de acordo com esta velha casa?", ela devia ter dado risada na cara dele. Em vez disso, respondeu: "Como quiser, Saeed", porque ele tinha dado a entender que se tratava de uma espécie de jogo erótico. Ele chegou mesmo a insinuar que sua paixão tornara-se tão poderosa que podia sentir vontade de expressá-la a qualquer momento e que se estivessem em alguma parte coletiva da casa envergonhariam os criados; sem dúvida a presença dela impediria que ele se concentrasse em qualquer de suas tarefas, e além disso, na cidade "continuaremos atualizados". Disso tudo ela concluiu que a cidade era cheia de distrações para Mirza, portanto as suas chances de conceber seriam muito maiores ali, em Titlipur. Resolveu concordar. Por isso convidou a mãe para se hospedar na casa, porque se ia ter de ficar confinada na *zenana* precisaria de companhia. Mrs. Qureishi chegou explodindo de raiva, decidida a passar um sermão no genro para que ele desistisse dessa tolice de *purdah*, mas Mishal surpreendeu a mãe suplicando: "Por favor, não faça isso". Mrs. Qureishi, esposa de um diretor do banco do Estado, era bastante sofisticada. "Na verdade, durante toda a sua adolescência, Mishu, você era a boazinha e eu era a maluca. Achei que você tinha saído da fossa, mas vejo que ele empurrou você de volta para baixo." A mulher do economista fora sempre da opinião de que seu genro era um pão-duro em segredo, opinião que manteve intacta a despeito da falta de qualquer comprovação. Ignorando o veto da filha, procurou Mirza Saeed no jardim à francesa e atacou-o, tremulando, como era seu costume quando queria dar mais ênfase ao que dizia. "Que tipo de vida é essa que vocês estão vivendo?", perguntou. "Minha filha não é mulher para viver trancada, mas para passear! O que é que adianta tudo o que você tem, se guarda a fortuna trancada a sete chaves? Meu filho, destranque tanto a carteira quanto a mulher! Saia com ela, demonstre o seu amor com algum *programa* divertido!" Mirza Saeed abriu a boca, não encontrou resposta, e tornou a fechá-la. Entusiasmada pela própria oratória, que tinha dado origem, numa inspiração momentânea, à idéia de umas férias, Mrs. Qureishi resolveu ir ainda mais longe. "Faça as malas e vá!", estimulou. "Vá, homem, vá! Vá embora com ela, ou vai trancar sua mulher até ela ir embora" — e apontou um dedo ameaçador para o céu — "*para sempre?*"

Sentindo-se culpado, Mirza Saeed prometeu pensar no caso.

"O que está esperando?", ela gritou, triunfante. "Seu molenga! Seu... *Hamlet!*"

O ataque da sogra provocou uma das crises periódicas de auto-reprovação que vinham perseguindo Mirza Saeed desde que convencera Mishal a colocar o véu. Para se consolar, pegou para ler o romance de Tagore *Ghare-Baire*, no qual um *zamindar* convence a esposa a *deixar* o *purdha*, e como conseqüência ela se envolve com um político radical, empenhado na campanha *swadeshi*, e o *zamindar* acaba morrendo. A história o animou momentaneamente, mas sua suspeita logo retornou. Teria sido sincero nas razões que dera à esposa, ou teria simplesmente achado um jeito de limpar a área para perseguir a madona das borboletas, a epiléptica Ayesha? "Bela área", pensou, relembrando os olhos de falcão acusador de Mrs. Qureishi, "bem limpa." A presença da sogra, argumentou consigo mesmo, era mais uma prova de sua boa-fé. Pois não tinha efetivamente insistido com Mishal para que mandasse chamá-la, mesmo sabendo perfeitamente que a velha gordota não o tolerava e iria suspeitar que ele estava tramando todas as maldades do mundo? "Eu teria insistido tanto para que viesse se estivesse planejando alguma molecagem?", perguntou a si mesmo. Mas as vozes interiores continuavam insistindo: "Toda essa sexologia de agora, esse interesse renovado na senhora sua esposa é simples transferência. Na verdade, você está querendo é que a sua putinha camponesa venha putear com você".

A culpa tinha o efeito de deixar o *zamindar* se sentindo totalmente indigno. Em sua infelicidade, os insultos da sogra acabaram parecendo expressão da verdade. "Molenga", ela o chamara e, sentado em seu escritório, rodeado de estantes em que os vermes devoravam alegremente inestimáveis textos sânscritos que não existiam nem nos arquivos nacionais e, também, menos transcendentemente, as obras completas de Percy Westerman, G. A. Henry e Dornford Yates, Mirza Saeed admitiu, é, está certo, sou mole. A casa existia havia sete gerações e ao longo de sete gerações vinha se dando esse amolecimento. Atravessou o corredor, em cujas paredes estavam dependurados os seus ancestrais em horrendas molduras douradas, e contemplou o espelho que tinha colocado no último espaço, como lembrete de que um dia ele também iria parar naquela parede. Era um homem sem arestas, sem quinas duras, até os cotovelos cobertos com pequenas almofadinhas de carne. No espelho, viu o bigode fino, o queixo fraco, os lábios manchados de *paan*. As faces, o nariz, a testa: tudo mole, mole, mole. "Quem pode se interessar por um tipo como eu?", gritou. E quando se deu conta de que estava tão agitado a ponto de falar em voz alta, percebeu que devia estar apaixonado, que estava doente de amor, e que o objeto de sua afeição não era mais sua amorosa esposa.

"Então que droga de sujeito baixo, traiçoeiro, dissimulador sou eu, para mudar tanto, tão depressa?", suspirou para si mesmo. "Eu merecia que acabassem comigo sem a menor cerimônia." Mas não era o tipo de se atirar sobre a própria espada. Em vez disso, passeou durante algum tempo pelos corredores de Peristan, e logo a casa operou sobre ele a sua magia e devolveu-lhe algo parecido ao bom humor.

A casa: a despeito do nome de conto de fadas, era uma construção sólida, bastante prosaica, que se tornava exótica só por estar no país errado. Tinha sido construída, havia sete gerações, por um certo Perowne, arquiteto inglês muito querido pelas autoridades coloniais, e que conhecia apenas um único estilo: a casa de campo neoclássica inglesa. Naqueles dias, os grandes *zamindares* eram loucos pela arquitetura européia. O pai do tataravô de Saeed contratara o sujeito cinco minutos depois de ser apresentado a ele numa recepção do vice-rei, para demonstrar publicamente que nem todos os muçulmanos indianos apoiavam os atos dos soldados *meerut*, nem simpatizavam com as revoltas subseqüentes, não, de jeito nenhum; — e lhe deu carta branca; — portanto, ali estava agora Peristan, em meio aos campos semitropicais de batatas e ao lado da grande figueira, coberta de primaveras trepadeiras, com cobras nas cozinhas e esqueletos de borboletas nos armários. Alguns diziam que seu nome devia mais ao inglês do que a qualquer outra coisa mais elegante: era uma mera contração de *Perownistan*.

Depois de sete gerações estava, finalmente, começando a parecer parte daquela paisagem de carros de boi e palmeiras e céus altos, claros, carregados de estrelas. Até a janela de vitral que dava para a escada do rei Carlos, o Decapitado, havia sido, de algum modo indefinível, naturalizada. Pouquíssimas dessas casas dos velhos *zamindares* tinham sobrevivido às depredações igualitárias da atualidade, e conseqüentemente pairava sobre Peristan algo daquele ar embolorado de um museu, apesar de — ou talvez por causa de — Mirza Saeed ter grande orgulho da velha casa e gastar generosamente para mantê-la em ordem. Dormia debaixo do alto dossel de uma cama de latão batido que parecia um navio e que pertencera a três vice-reis. No grande salão, gostava de sentar-se junto com Mishal e Mrs. Qureishi no original sofá-namoradeira de três lugares. Num dos extremos dessa sala, um colossal tapete de Shiraz ficava enrolado, sobre blocos de madeira, esperando a recepção elegante em que merecesse ser desenrolado, e que não ocorria nunca. Na sala de jantar, havia quatro sólidas colunas de capitéis coríntios, e pavões, de verdade e de pedra, passeando pela escadaria principal da casa, além de candelabros venezianos tilintando no saguão. Os grandes leques *punkah* originais ainda estavam em perfeitas condições de funcionamento, todo o cordame de operação passando por roldanas e orifícios nas paredes e pisos até o quartinho onde ficava o *punkah-wallah* puxando o conjunto todo, preso na ironia do ar fétido daquela pequena cabine sem janelas de onde enviava frescas brisas para todas as outras partes da casa. Os criados também vinham de sete gerações e tinham, portanto, esquecido a arte da reclamação. Os velhos costumes imperavam: até o vendedor de doces de Titlipur tinha de obter a aprovação do *zamindar* antes de poder vender qualquer receita nova que pudesse ter inventado. A moleza da vida em Peristan era proporcional à dureza da vida sob a árvore; mas mesmo em existências tão acolchoadas, duros golpes podiam ocorrer.

*

Quando descobriu que a mulher estava passando quase todo o tempo encerrada com Ayesha, Mirza encheu-se de uma insuportável irritação, de um eczema do espírito que o deixava louco porque não tinha como coçar-se. O que Mishal esperava era que o arcanjo, marido de Ayesha, lhe desse a graça de um filho, mas como não podia contar nada disso ao marido, emburrava e dava de ombros, petulantemente, quando ele lhe perguntava por que perdia tanto tempo com a menina mais maluca da aldeia. Essa nova reserva de Mishal piorou a coceira do coração de Mirza Saeed, e ele sentiu ciúmes também, embora não soubesse bem se era ciúmes de Ayesha ou de Mishal. Percebeu que a senhora das borboletas tinha os olhos do mesmo cinzento lustroso de sua mulher e, por alguma razão, isso o irritou também, como se fosse uma prova de que as mulheres estavam se juntando contra ele, sussurrando sabe Deus que segredos; talvez falassem sobre *ele*! Essa história de *zenana* parecia estar dando resultado inverso; até mesmo aquela velha geléia de Mrs. Qureishi tinha sido dominada por Ayesha. Um trio e tanto, pensou Mirza Saeed; quando a mandinga entra pela porta, o bom senso sai pela janela.

Quanto a Ayesha: sempre que encontrava com Mirza na sacada ou no jardim, quando ele estava passeando e lendo poesia amorosa em urdu, ela era invariavelmente respeitosa e tímida; mas esse bom comportamento, acoplado à total ausência de uma fagulha sequer de interesse erótico, aumentava cada vez mais a impotência do desespero de Saeed. E aconteceu um dia, ao espionar Ayesha entrando no quarto da mulher, e ouvindo, pouco depois, a voz da sogra elevar-se num grito melodramático, de ele ser tomado por um obstinado sentimento de vingança e deliberadamente esperar três minutos completos antes de partir para a investigação. Encontrou Mrs. Qureishi arrancando os cabelos e chorando como uma estrela de cinema, enquanto Mishal e Ayesha estavam sentadas de pernas cruzadas na cama, uma de frente para a outra, olhos cinzentos encarando olhos cinzentos, o rosto de Mishal aninhado entre as mãos estendidas de Ayesha.

O que acontecera era que o arcanjo informara a Ayesha que a esposa do *zamindar* estava morrendo de câncer, que seus seios estavam cheios de nódulos malignos e que não tinha mais que alguns meses de vida. A localização do câncer comprovava a Mishal a crueldade de Deus, porque só uma divindade perversa colocaria a morte no seio de uma mulher cujo único sonho era amamentar uma vida nova. Quando Saeed entrou, Ayesha tinha acabado de murmurar a Mishal: "Não deve pensar assim. Deus vai salvar você. Está testando a sua fé".

Mrs. Qureishi revelou a má notícia a Mirza Saeed em meio a muitos guinchos e uivos, e para o confuso *zamindar* aquilo foi a última gota. Teve um ataque de raiva e começou a gritar tão alto e a tremer tanto que parecia que a qualquer momento ia começar a espatifar a mobília do quarto e seus ocupantes também.

"Para o inferno com esse câncer fantasma", gritou para Ayesha tomado pela exasperação. "Você entrou na minha casa com sua loucura e seus anjos e destilou veneno no ouvido de minha família. Fora daqui com as suas visões e o seu marido invisível.

Nós vivemos num mundo moderno, e são os médicos, não fantasmas em campos de batatas, que dizem que a gente está doente. Não adiantou nada você criar essa confusão. Fora daqui e nunca mais volte para as minhas terras."

Ayesha ouviu sem tirar os olhos nem as mãos de cima de Mishal. Quando Saeed parou para respirar, abrindo e fechando os punhos, ela disse suavemente à mulher dele: "Tudo nos será exigido e tudo nos será dado". Quando ele ouviu essa fórmula, que as pessoas por toda a aldeia começavam a repetir como papagaios, como se soubessem o que significava, Mirza Saeed Akhtar perdeu a cabeça momentaneamente, levantou a mão e deu um golpe que fez Ayesha perder os sentidos. Ela caiu, a boca sangrando, um dente amolecido pelo soco, e enquanto estava caída Mrs. Qureishi fuzilou ofensas ao genro. "Ai, Deus, entreguei minha filha nas mãos de um assassino. Ai, Deus, um espancador de mulheres. Vamos, bata em mim também, pratique à vontade. Violador de santas, blasfemador, demônio, imundo." Saeed deixou o quarto sem dizer uma palavra.

No dia seguinte, Mishal Akhtar insistiu em voltar à cidade para um check-up médico completo. Saeed tomou posição. "Se você quer se permitir ser supersticiosa, vá, mas não pense que eu vou junto. São oito horas de viagem para ir e oito para voltar; que se dane." Mishal partiu nessa tarde com a mãe e o motorista, e o resultado foi que Mirza Saeed não estava onde devia estar, ou seja, ao lado da mulher, quando lhe deram o resultado do exame: positivo, inoperável, em estado muito avançado, as garras do câncer cravadas fundo demais em seu peito. Alguns meses de vida, seis se tivesse sorte, e antes disso, logo, a dor. Mishal voltou a Peristan e foi direto para seu quarto na *zenana*, onde escreveu para o marido um bilhete formal em papel cor de lavanda, revelando o diagnóstico médico. Quando ele leu a sentença de morte, escrita pela própria mão dela, sentiu grande compulsão de cair em prantos, mas seus olhos permaneceram obstinadamente secos. Havia muitos anos não tinha tempo para o Ser Supremo, mas agora duas frases de Ayesha ressurgiam em sua cabeça. *Deus vai salvar você. Tudo nos será dado.* Uma idéia amarga, supersticiosa lhe ocorreu: "É uma maldição", pensou. "Senti desejo por Ayesha, por isso ela matou minha mulher."

Quando foi à *zenana*, Mishal recusou-se a vê-lo, mas a mãe dela, impedindo sua passagem, entregou a Saeed um segundo bilhete, em papel azul perfumado. "Quero ver Ayesha", estava escrito. "Por favor, permita." Mirza Saeed baixou a cabeça, consentiu, e foi embora envergonhado.

*

Com Mahound o que acontece é sempre luta; com o Imã, escravidão; mas com essa menina, não acontece nada. Gibreel fica inerte, geralmente dormindo no sonho igual está dormindo em vida. Ela vem a ele debaixo de uma árvore, ou num fosso, ouve o que ele não diz, pega o que precisa, e vai embora. O que sabe ele sobre câncer, por exemplo? Absolutamente nada.

Em volta dele, pensa, meio sonhando, meio acordado, há pessoas ouvindo vozes, sendo seduzidas por palavras. Mas não são palavras dele; jamais material originário dele. — Então de quem? Quem sussurra em seus ouvidos, permitindo-lhes que movam montanhas, parem relógios, diagnostiquem câncer?

Ele não consegue entender.

*

No dia seguinte ao retorno de Mishal Akhtar a Titlipur, a menina Ayesha, que o povo tinha começado a chamar de *kahin*, de *pir*, desapareceu por completo durante uma semana. Seu infeliz admirador, Osman, o palhaço, que a seguira à distância pela poeirenta trilha da batata até Chatnapatna, contou aos aldeões que uma brisa soprara areia em seus olhos; quando conseguiu enxergar de novo, ela tinha "simplesmente desaparecido". Geralmente, quando Osman e seu touro começavam a contar as histórias de djins e lâmpadas mágicas e abre-te sésamos, os aldeões ouviam, tolerantes, e brincavam com ele, tudo bem, Osman, guarde essas histórias para os idiotas de Chatnapatna; eles podem gostar dessa besteira, mas aqui em Titlipur sabemos o que tem pé e cabeça e que palácios não aparecem do nada, a menos que construídos por mil e um operários, nem desaparecem a menos que alguns operários ponham as paredes abaixo. Nessa ocasião, porém, ninguém riu do palhaço, porque, no que dizia respeito a Ayesha, os aldeões estavam dispostos a acreditar em tudo. Estavam agora convencidos de que a menina de cabelos de neve era a verdadeira sucessora da velha Bibiji, pois as borboletas não tinham reaparecido no ano do seu nascimento, e não iam atrás dela por toda parte, como um manto? Ayesha era o cumprimento da esperança há muito abandonada e trazida de volta pelo retorno das borboletas, e a prova de que grandes coisas ainda eram possíveis nesta vida, mesmo para os mais fracos e pobres da Terra.

"O anjo levou ela embora", deslumbrou-se Khadija, a mulher do Sarpanch, e Osman caiu em prantos. "Mas não, é uma coisa maravilhosa", explicou a velha Khadija, sem entender nada. Os aldeões brincavam com Sarpanch: "Não dá para entender como você pode ser chefe da aldeia com uma esposa tão sem tato".

"Vocês é que me escolheram", ele respondia, seco.

No sétimo dia depois do desaparecimento, Ayesha foi vista caminhando na direção da aldeia, nua de novo e vestida de borboletas douradas, os cabelos prateados ondulando na brisa atrás dela. Foi diretamente para a casa de Sarpanch Muhammad Din e pediu que o *panchayat* de Titlipur fosse convocado imediatamente para uma reunião de emergência. "O maior de todos os acontecimentos na história da árvore nos foi dado", confidenciou. Muhammad Din, incapaz de recusar o pedido dela, marcou a hora da reunião para aquela noite, depois que escurecesse.

Nessa noite, os membros do *panchayat* tomaram seus lugares no ramo da árvore que usavam sempre, enquanto Ayesha, a *kahin*, ficava de pé no chão, diante deles. "Voei com o anjo para o altíssimo", disse ela. "Sim, até a árvore de lótus do fim do mundo. O arcanjo, Gibreel: ele nos trouxe uma mensagem que é também uma ordem. Tudo nos é exigido, e tudo nos será dado."

Nada na vida de Sarpanch Muhammad Din o tinha preparado para a escolha que estava a ponto de enfrentar. "O que pede o anjo, Ayesha, filha?", perguntou, batalhando para manter a voz firme.

"É vontade do anjo que todo homem e mulher e criança da aldeia comece imediatamente a se preparar para uma peregrinação. Temos ordem de andar desde este lugar até Meca Sharif, para beijar a Pedra Negra da Caaba, no centro de Haram Sharif, a mesquita sagrada. É para lá que temos de ir."

Então, o quinteto *panchayat* começou a debater acaloradamente. Era preciso pensar na colheita, e na impossibilidade de abandonar em massa as casas. "É inconcebível, filha", disse o Sarpanch. "É bem sabido que Alá dispensa da *haj* e do *umra* todos os que não têm condições de ir por questão de pobreza ou de saúde." Mas Ayesha ficou em silêncio e os anciãos continuaram a discutir. Então, foi como se o seu silêncio contaminasse a todos por um longo momento, durante o qual a questão se resolveu — ninguém jamais conseguiu entender como — sem que nenhuma palavra fosse dita.

Foi Osman, o palhaço, quem acabou falando, Osman, o convertido, para quem a nova fé não passava de um gole de água. "São mais de trezentos quilômetros daqui até o mar", gritou. "Aqui tem velhas e bebês. Como é que a gente vai poder ir?"

"Deus nos dará a força", Ayesha respondeu serena.

"Você não sabe", Osman gritou, resistindo, "que existe um oceano inteiro entre nós e Meca Sharif? Como é que a gente vai atravessar? Não temos dinheiro para pagar os barcos de peregrinos. Será que o anjo vai nos dar asas para a gente voar?"

Muitos aldeões responderam furiosos ao blasfemador Osman. "Cale a boca", ordenou o Sarpanch Muhammad Din. "Você é novo na nossa fé e na nossa aldeia. Fique de boca fechada e aprenda os nossos costumes."

Osman, porém, respondeu ousadamente: "Então é assim que vocês recebem novos moradores. Não como iguais, mas como gente que tem de obedecer". Um círculo de homens de caras vermelhas começou a se fechar em volta de Osman, mas antes que qualquer coisa pudesse acontecer, a *kahin* Ayesha alterou os ânimos inteiramente, respondendo às perguntas do palhaço.

"Isso também o anjo explicou", disse, serena. "Vamos andar trezentos quilômetros e, quando chegarmos na beira do mar, vamos colocar o pé na espuma, e as águas se abrirão para nós. As ondas vão se separar e nós marcharemos pelo fundo do mar até Meca."

*

No dia seguinte, Mirza Saeed Akhtar acordou numa casa estranhamente silenciosa, e quando chamou os criados não teve resposta. O silêncio tinha se expandido também pelos campos de batatas; mas debaixo do amplo, vasto, teto da árvore de Titlipur, tudo era agitação e movimento. O *panchayat* tinha votado unanimemente a favor de obedecer a ordem do Arcanjo Gibreel, e os aldeões tinham começado a se preparar para a partida. De início, o Sarpanch tinha desejado que o carpinteiro Isa construísse liteiras a serem puxadas por bois, nas quais pudessem viajar os velhos e enfermos, mas essa idéia foi eliminada por sua própria mulher que disse: "Você não escutou, Sarpanch *sahibji*! O anjo não disse que temos de ir a pé? Pois então, é isso que a gente tem de fazer". Só as crianças mais novas seriam poupadas da peregrinação a pé, carregadas (ficou decidido) nas costas de todos os adultos, em turnos. Os aldeões tinha juntado todos os seus recursos, e montes de batatas, lentilhas, arroz, cabaças, pimentões, abobrinhas e outros vegetais acumulavam-se perto do ramo do *panchayat*. O peso das provisões seria dividido igualmente entre os caminhantes. Os utensílios de cozinha também estavam sendo ajuntados, e todas as cobertas que se pudesse encontrar. Levariam bestas de carga, e duas carroças com galinhas e outros bichos vivos, mas, no geral, as instruções do Sarpanch eram para que os peregrinos levassem o mínimo de objetos pessoais. Os preparativos começaram muito antes do amanhecer, de forma que quando um irritado Mirza Saeed entrou na aldeia, as coisas já estavam bem avançadas. Durante quarenta e cinco minutos o *zamindar* ralentou os preparativos fazendo discursos furiosos e sacudindo aldeões pelos ombros, mas afinal, felizmente, desistiu e foi embora, e o trabalho pôde retomar seu rápido ritmo anterior. Ao se afastar, Mirza batia repetidamente na cabeça e xingava as pessoas de nomes como *malucos*, *simplórios*, palavras muito feias, mas ele sempre fora um homem sem deus, o extremo fraco de uma linhagem forte, e tinha de encontrar sozinho o seu próprio destino; não havia como discutir com homens como ele.

Ao entardecer os aldeões estavam prontos para partir, e o Sarpanch ordenou a todos que se levantassem para rezar de madrugada para poderem partir imediatamente depois, evitando assim o calor mais forte do dia. Nessa noite, deitado ao lado de sua velha Khadija, ele murmurou: "Finalmente. Eu sempre quis ver a Caaba e circular em torno dela antes de morrer". De sua esteira ela lhe estendeu a mão. "Eu também sempre quis, mesmo achando que era impossível", disse. "Vamos atravessar a água juntos."

Mirza Saeed, levado a um impotente frenesi pelo espetáculo da aldeia fazendo as malas, invadiu sem cerimônia o quarto da esposa. "Precisa ver o que está acontecendo, Mishu", exclamou com uma absurda gesticulação. "Titlipur inteira perdeu a cabeça e está de partida para o litoral. O que é que vai acontecer com as casas, com os campos? É a ruína. Deve ter algum agitador político envolvido nisso. Alguém anda subornando alguém. — Você acha que se eu oferecesse dinheiro eles ficavam aqui, como gente sadia?" Sua voz secou na garganta. Ayesha estava no quarto.

"Sua vaca", xingou. Ela estava sentada na cama, de pernas cruzadas, Mishal e a mãe agachadas no chão, separando coisas e resolvendo qual era o mínimo que podiam levar na peregrinação.

"Você não vai", Mirza Saeed berrou. "Eu proíbo, só o diabo sabe com que germe essa puta contaminou o povo, mas você é minha mulher e eu não vou deixar que embarque nessa aventura suicida."

"Belas palavras", Mishal riu, com amargura. "Saeed, você escolheu muito bem as palavras. Sabe que eu estou para morrer e vem falar de suicídio. Saeed, está acontecendo uma coisa aqui, e você, com seu ateísmo europeu importado, não entende o que é. Talvez até entendesse se olhasse debaixo da sua roupa inglesa e tentasse encontrar seu coração."

"É incrível", Saeed gritou. "Mishal, Mishu, essa é você? De repente, parece que virou uma daquelas mulheres da história antiga que só pensam em Deus."

Mrs. Qureishi disse: "Saia, filho. Aqui não tem lugar para descrentes. O anjo contou para Ayesha que assim que Mishal completar a peregrinação até Meca, o câncer dela vai desaparecer. Tudo será exigido e tudo será dado".

Mirza Saeed Akhtar apoiou as palmas das mãos contra uma parede do quarto da mulher e apertou a testa no reboco. Depois de longa pausa, disse: "Se a questão é fazer uma *umra*, então, pelo amor de Deus, vamos para a cidade, pegamos um avião. Em dois dias chegamos em Meca".

Mishal respondeu: "A ordem é para ir andando".

Saeed perdeu o controle. "Mishal? Mishal?", guinchou. "Ordem? Arcanjo, Mishu? *Gibreel*? Deus com uma barba branca e anjos com asas? Céu e inferno, Mishal? O Diabo com rabo pontudo e cascos fendidos? Até onde você vai levar essa história? As mulheres têm alma, o que é que você acha? Ou, ao contrário: alma tem sexo? Deus é branco ou preto? Quando a água do mar se abrir, para onde vai o resto da água? Será que vai ficar em pé, feito uma muralha? Mishal? Responda. Milagre existe? Você acredita no Paraíso? Eu serei perdoado dos meus pecados?" Começou a chorar e caiu de joelhos, com a cabeça ainda encostada na parede. Sua mulher moribunda veio e o abraçou por trás. "Então vá nessa peregrinação", ele disse, inerte. "Mas pelo menos leve a perua Mercedes. Tem ar-condicionado e dá para encher a geladeira de Coca-Colas."

"Não", respondeu ela, mansamente. "Vamos como todo mundo. Somos peregrinos, Saeed. Não é um piquenique na praia."

"Não sei o que fazer", Mirza Saeed Akhtar chorou. "Mishal, eu não consigo lidar com isso sozinho."

De cima da cama, Ayesha falou. "Mirza *sahib*, venha com a gente", disse. "As suas idéias estão mortas. Venha e salve a sua alma."

Saeed levantou-se, de olhos vermelhos. "O que você queria era uma droga de um passeio", Mrs. Qureishi disse, venenosa. "Mas não pensa nas conseqüências. Esse seu passeio pode acabar com todos nós, sete gerações, desde o começo do mundo."

Mishal encostou o rosto nas costas dele. "Venha conosco, Saeed. Venha."

Ele se virou para encarar Ayesha. "Deus não existe", disse com firmeza.

"Não existe outro Deus além de Deus, e Maomé é seu profeta", ela respondeu.

"A experiência mística é uma verdade subjetiva, não objetiva", ele continuou. "As águas não vão se abrir."

"O mar vai se abrir por ordem do anjo", Ayesha respondeu.

"Você está levando essa gente para o desastre."

"Estou levando essa gente para o seio de Deus."

"Não acredito em você", Mirza Saeed insistiu. "Mas vou com vocês, e cada passo que eu der será para tentar acabar com essa loucura."

"Deus escolhe muitos caminhos", Ayesha alegrou-se, "muitos caminhos que podem levar aquele que duvida à sua certeza."

"Vá para o inferno", Mirza Saeed Akhtar gritou, e saiu da sala correndo, espalhando borboletas.

*

"Quem é mais louco", Osman, o palhaço, sussurrou na orelha de seu touro, enquanto tratava dele na pequena cocheira, "a louca, ou o cretino que ama a louca?" O touro não respondeu. "Talvez fosse melhor a gente ter ficado intocável", Osman continuou. "Um oceano obrigatório parece muito pior que um poço proibido." E o touro sacudiu a cabeça, duas vezes para dizer sim, bum, bum.

V
UMA CIDADE VISÍVEL, MAS NÃO VISTA

1

"*SE SOU UMA CORUJA, qual é o encantamento ou antídoto para me transformar de novo em mim mesmo?*" Mr. Muhammad Sufyan, prop. do Café Shaandaar e dono da pensão do andar de cima, mentor dos variegados, transitórios e multirraciais freqüentadores de ambos os lugares, um tipo que já viu de tudo, o menos doutrinário dos hajis e o mais descarado viciado em videocassetes, ex-professor, autodidata nos textos clássicos de muitas culturas, despedido do posto em Dhaka devido a diferenças culturais com certos generais dos velhos tempos, quando Bangladesh era meramente uma ala oriental, e portanto, em suas próprias palavras, "não tanto um imigrante, e sim um pigmeu emigrado" — esta última expressão uma menção bem-humorada a sua carência de centímetros, pois apesar de ser um homem grande, grosso de braços e cintura, não chegava a mais de um metro e cinqüenta e três a partir do chão, piscou na porta de seu quarto, despertado pelas urgentes batidas de Jumpy Joshi à meia-noite, limpou os óculos de meias lentes na beirada da *kurta* de estilo bengalês (os cadarços amarrados no pescoço num laço caprichado), apertou bem as pálpebras fechadas abertas fechadas sobre os olhos míopes, recolocou os óculos, abriu os olhos, acariciou a barba sem bigode tingida de hena, chupou os dentes e, diante dos chifres, agora indiscutíveis, na testa do sujeito trêmulo que Jumpy, como o gato, tinha trazido para dentro de casa, reagiu de improviso com a frase citada acima, roubada, com admirável vivacidade mental para alguém arrancado do sono, de Lúcio Apuleio de Madauros, sacerdote marroquino, 120-180 d. C. aprox., habitante de uma colônia de um império anterior, pessoa que negou a acusação de ter enfeitiçado uma viúva rica, mas que confessou, um tanto perversamente, ter sido, num estágio anterior de sua carreira, transformado, por obra de feitiçaria (não numa coruja, mas), num burro. "Sim, sim", Sufyan continuou, saindo para o corredor e soprando uma nuvem invernal do vapor de seu hálito sobre as mãos em concha. "Pobre coitado, mas não adianta espernear. É preciso uma atitude mais construtiva. Vou acordar minha mulher."

Chamcha estava barbudo e sujo. Vestia um cobertor enrolado como uma toga, debaixo do qual se projetava a cômica deformidade dos cascos de bode, e acima do qual se via a triste e cômica jaqueta de pele de carneiro emprestada por Jumpy, a gola levantada, os cachos de pêlo quase tocando os chifres pontudos. Parecia incapaz de falar, inerte de corpo, baço de olhar; e embora Jumpy tentasse animá-lo — "Pronto, está vendo, vamos ajeitar isso tudo já, já" —, ele, Saladin, continuava o mais murcho e passivo dos — quê? — digamos: dos sátiros. E Sufyan continuava oferecendo o seu apoio apuleiano: "No caso do burro, a reversão da metamorfose exigiu a intervenção pessoal da deusa Ísis", esclareceu. "Mas os velhos tempos são para velhos conservadores. No seu caso, meu jovem, o primeiro passo deve ser uma boa tigela de sopa quente."

Nesse ponto, seu tom gentil já tinha sido superado pela intervenção de uma segunda voz, que gritava num terror de ópera; e momentos depois sua pequena estatura já estava sendo afastada e sacudida pela figura carnuda e montanhosa de uma mulher, que parecia incapaz de resolver se queria empurrá-lo ou mantê-lo a sua frente como um escudo protetor. Abaixado atrás de Sufyan, esse novo ser estendeu um braço agitado, na ponta do qual havia um dedo indicador trêmulo, gordo, de unha escarlate. "Isso aí", uivou. "Que coisa é essa?"

"É um amigo de Joshi", explicou Sufyan calmamente, e continuou, voltando-se para Chamcha, "por favor, desculpe — o inesperado da situação etc., certo? — De qualquer forma, quero apresentar minha senhora — minha *begum Sahiba* — Hind."

"Que amigo? Como, amigo?", gritou a agachada. "*Ya* Alá, abra os olhos!"

O corredor — chão de tábuas nuas, papel de parede florido descascando — estava começando a se encher de sonolentos residentes. Destacando-se dentre eles, duas adolescentes, uma de cabelo espetado, a outra de rabo-de-cavalo, ambas adorando a oportunidade de mostrar sua habilidade (aprendida com Jumpy) nas artes marciais do caratê e do wing chun: eram as filhas de Sufyan, Mishal (dezessete anos) e Anahita, de quinze anos, que saltaram de seus quartos paramentadas para luta, com quimonos de Bruce Lee abertos sobre camisetas com a imagem da nova Madonna — ambas viram o infeliz Saladin —; e sacudiram a cabeça com olhos arregalados de deslumbramento.

"Radical", disse Mishal, admirada. E a irmã concordou: "Genial. Fodido". A mãe, porém, não censurou esse linguajar; a atenção de Hind estava em outra coisa, e gritava mais alto que nunca: "Olhe esse meu marido. Que diabo de *haji* ele é? Shaitan em pessoa entra pela nossa porta, e ele quer me obrigar a servir *yakhni* de galinha quente que eu fiz com minhas próprias mãos".

Era inútil, no momento, Jumpy Joshi solicitar a tolerância de Hind, tentar explicar e pedir solidariedade. "Se esse aí não é o diabo em pessoa", observou, inquestionável, a mulher arfante, "de onde é que vem esse hálito pestilento? Do Jardim Perfumado, quem sabe?!"

"Não de Gulistan, de *Bostan*", disse Chamcha, de repente. "Vôo AI 420." Mas ao ouvir sua voz, Hind deu um guincho apavorado e passou por ele voando, na direção da cozinha.

"Mister", disse Mishal para Saladin, assim que a mãe desceu a escada, "alguém que é capaz de apavorar ela desse jeito deve ser *mau* mesmo."

"Péssimo", concordou Anahita. "Bem-vindo a bordo."

*

Essa Hind, agora entrincheirada tão profundamente no modo exclamatório, tinha sido um dia — estranhomasverdadeiro! — a mais tímida das noivas, a própria alma da delicadeza, a encarnação da tolerância e do bom humor. Como esposa do erudito professor de Dhaka, tinha assumido seus deveres de boa vontade, a perfeita companheira, levando chá de cardamomo para o marido quando ele ficava acordado até tarde corrigindo provas, sendo simpática com o diretor da escola no Piquenique Semestral das Famílias de Funcionários, batalhando com os romances de Bibhutibhushan Banerji e com a metafísica de Tagore na tentativa de ser uma esposa mais digna, capaz de citar sem nenhum esforço os textos do *Rig-Veda* e do Alcorão-Sharif, dos relatos militares de Júlio César e do Apocalipse de são João. Naquela época, ela admirava a abertura mental pluralista do marido, e se esforçava para conseguir, na cozinha, um ecletismo comparável, aprendendo a fazer as *dosas* e *uttapams* do sul da Índia e as almôndegas da Cachemira. Gradualmente, sua filiação à causa do pluralismo gastronômico transformou-se numa grande paixão, e enquanto o secularista Sufyan engolia as múltiplas culturas do subcontinente — "e não vamos fingir que a cultura ocidental não tem sua presença; depois de todos esses séculos, como é que ela pode não ser também parte de nossa herança?" — a mulher cozinhava, e comia em quantidades crescentes, essas comidas. Devorando os pratos muito condimentados de Hyderabad e os pretensiosos molhos de iogurte de Lucknow, seu corpo começou a mudar, porque toda aquela comida tinha de se alojar em algum lugar, e ela começou a parecer aquela vasta massa de terra em si, o subcontinente sem fronteiras, porque a comida ultrapassa qualquer fronteira que se possa imaginar.

Mr. Muhammad Sufyan, porém, não ganhou peso: nem um *tola*, nem um *grama*.

Sua recusa em engordar foi o começo do problema. Quando ela o censurava — "Não gosta da minha comida? Para quem é que eu cozinho, enquanto engordo feito um balão?" — ele respondia, suavemente, levantando os olhos para ela (que era mais alta) por cima dos óculos de meia lente: "A contenção também faz parte de nossas tradições, *begum*. Comer sempre dois bocados menos que a nossa fome: sacrifício, ascetismo". Que homem: sempre uma resposta pronta, mas incapaz de entrar numa boa briga.

Contenção não era coisa para Hind. Talvez, se Sufyan reclamasse; se ao menos uma vez tivesse dito: *Pensei que tinha casado com uma mulher, mas estou vendo que você agora vale por duas*; se ele alguma vez tivesse lhe dado um incentivo! — talvez então ela tivesse desistido, por que não, claro que teria; portanto, a culpa era dele, por não ser agressivo, que tipo de macho era aquele, incapaz de insultar a esposa gorda? Na verdade, era perfeitamente possível que Hind não tivesse conseguido controlar seus ataques de fome, mesmo que Sufyan tivesse proferido as desejadas imprecações e ameaças; mas como ele não fazia nada, ela continuava mastigando, contente de jogar toda a culpa por sua silhueta em cima dele.

Na verdade, ao começar a culpá-lo de coisas, descobriu que havia uma porção de outras questões que podia jogar em cima dele; e descobriu também a própria língua, de forma que o humilde apartamento do professor passou a ressoar regularmente com o tipo de censuras que ele era covarde demais para fazer aos próprios alunos. Acima de tudo, era censurado por seus princípios excessivamente elevados, graças aos quais, Hind lhe dizia, nunca seria permitido a ela transformar-se em esposa de homem rico — pois o que se pode dizer de um homem que, ao descobrir que inadvertidamente o banco creditou seu salário duas vezes no mesmo mês, prontamente *comunica* o erro à instituição e devolve o dinheiro? — que se podia esperar de um professor que, quando procurado pelo mais rico dos pais de alunos, recusava terminantemente a mera possibilidade de aceitar as usuais remunerações em troca de serviços prestados ao corrigir as provas dos pequenos?

"Mas tudo isso eu podia perdoar", ela reclamava com ele, deixando no ar o resto da frase: *se não fosse por seus dois defeitos de verdade*: *seus crimes sexuais e políticos*.

Desde o casamento, os dois tinham cumprido o ato sexual irregularmente, no escuro total, em absoluto silêncio e em quase completa imobilidade. Jamais ocorreria a Hind rebolar, e como Sufyan parecia dar conta de tudo com um mínimo absoluto de movimento, ela achava — sempre tinha achado — que ambos pensavam do mesmo modo sobre a questão, ou seja, que era uma coisa suja, que não devia ser discutida nem antes nem depois, e que durante também não merecia atenção. O fato de as filhas terem demorado para nascer foi tomado por ela como um castigo de Deus, pois só Ele mesmo podia saber os erros de sua vida passada; quanto ao fato de serem ambas meninas, ela se recusava a culpar Alá, preferindo, ao contrário, culpar a semente fraca plantada pelo marido pouco másculo, atitude que não se furtou de expressar, com grande ênfase, e para terror da parteira, no momento exato do nascimento da pequena Anahita. "Outra menina", gemeu, desgostosa. "É. Sabendo quem foi que fez a criança, eu devia ficar feliz de não ser uma barata ou um rato." Depois dessa segunda filha, disse a Sufyan que já bastava, e mandou que levasse sua cama para o saguão. Ele aceitou sem discutir a recusa em ter mais filhos; mas ela então descobriu que o libertino achava que ainda podia, de quando em quando, entrar em seu quarto escuro e desempenhar aquele estranho rito de silêncio e quase imobilidade ao qual tinha se submetido exclusivamente em nome da reprodução. "Está pensando", gritou para ele, logo na primeira tentativa, "que eu faço isso por *gosto*?"

Quando ele enfiou naquela cabeça dura que ela estava falando sério, nada de sacanagem, não senhor, era uma mulher decente, não uma libertina libidinosa, começou a ficar na rua até tarde da noite. Foi durante esse período — ela pensava, erroneamente, que ele devia estar visitando prostitutas — que se envolveu com política, e não só uma velha política qualquer, ah, não, Mister Inteligência tinha de pegar e ir se juntar com os próprios diabos, o Partido Comunista, nada mais, nada menos, mesmo com todos aqueles princípios dele; demônios, isso é o que eles eram, muito piores que putas. Foi por causa dessas brincadeiras com o oculto que ela teve de fazer as malas repentinamente e mudar-se para a Inglaterra com os dois bebês a tiracolo; por causa dessa feitiçaria ideológica tinha tido de suportar todas as privações e humilhações do processo de imigração; e por culpa desse diabolismo dele, estava para sempre condenada àquela Inglaterra e nunca mais veria sua cidade natal outra vez. "A Inglaterra", ela lhe disse uma vez, "é a sua vingança por eu não deixar você praticar os seus atos obscenos com o meu corpo." Ele nada respondera; e quem cala, consente.

E com o que ganhavam a vida nessa Vilayet de seu exílio, nessa *Yuké* da vingança de seu marido obcecado por sexo? Com o quê? Com o conhecimento livresco dele? Com seus *Gitanjali*, *Éclogas* ou com aquela peça *Otelo*, que ele explicava que era na verdade Attallah ou Attaullah, só que o autor não sabia soletrar o nome, e que diabo de autor era esse, afinal?

Era com a sua cozinha. "Shaandaar", era elogiado. "Extraordinário, brilhante, delicioso." As pessoas vinham de toda Londres para comer suas *samosas*, sua *chaat* de Bombaim, seu *gulab jaman* direto do Paraíso. O que Sufyan tinha de fazer? Pegar o dinheiro, servir o chá, correr daqui para lá, comportar-se como um criado com toda aquela cultura. Ah, sim, claro que os clientes gostavam da personalidade dele, sempre fora uma pessoa interessante, mas quando você tem um restaurante não é com conversa que se pagam as contas. São os *jalebis*, os *barfis*, os especiais do dia. Que voltas a vida dá! Era ela quem mandava agora.

Vitória!

E, no entanto, era fato também que ela, cozinheira e provedora, arquiteta única do sucesso do Café Shaandaar que permitira finalmente que comprassem o prédio inteiro de quatro andares e começassem a alugar quartos — *ela* era aquela em torno de quem pairava, como um mau hálito, o miasma da derrota. Enquanto Sufyan piscava, ela parecia extinta, como uma lâmpada com o filamento quebrado, como uma estrela apagada, como uma chama. — Por quê? — Por quê?, quando Sufyan, privado de vocação, de pupilas e de respeito, atado como um carneirinho, tinha até começado a ganhar peso, engordando em Própria Londres como nunca tinha engordado em sua terra; por quê?, quando o poder tinha sido retirado das mãos dele e colocado nas dela, ela agia como — conforme dizia o marido — a "coitada", a "infeliz", a "vítima"? Simples: não a despeito de, mas por causa de. Tudo o que tinha valor para ela tinha sido transtornado pela mudança; tinha, nesse processo de translado, se perdido.

Sua fala: obrigada agora a emitir esses sons estrangeiros que lhe cansavam a língua, não tinha o direito de reclamar? Sua moradia familiar: o que importava terem morado, em Dhaka, num humilde apartamento de professor, e agora, devido ao bom senso empresarial, às economias e à habilidade com os temperos, ocuparem aquela casa de quatro andares com terraços? Onde estava agora a cidade que ela conhecia? Onde a cidade de sua juventude e os verdes canais de sua terra? Os costumes com que tinha construído sua vida estavam perdidos também, ou pelo menos difíceis de encontrar. Ninguém nessa Vilayet tinha tempo para as lentas cortesias da vida em sua terra, ou para as muitas observâncias da fé. E além do mais: não era forçada a agüentar um marido inútil, quando antes podia gabar-se da posição dele? Que orgulho existia em ter de trabalhar para ganhar a vida dela, a vida dele, enquanto antes podia ficar sentada em casa em mui adequada pompa? — E ela conhecia, como poderia não conhecer?, a tristeza que havia debaixo da bonomia dele, e isso também era uma derrota; nunca antes tinha se sentido tão inadequada como esposa, pois que *mistress* é essa que não é capaz de alegrar o seu homem, mas tem de se satisfazer com uma falsificação de felicidade, como se fosse a coisa genuína? — E mais ainda: tinham vindo para uma cidade demoníaca em que qualquer coisa podia acontecer, suas janelas podiam ser quebradas no meio da noite sem nenhuma razão, você podia ser abatido na rua por mãos invisíveis, nas lojas você ouvia ofensas tais que parecia que suas orelhas iam cair no chão e, quando se virava na direção da ofensa, só via o nada e rostos sorridentes, e todo dia ficava sabendo de um menino, de uma menina, espancado por fantasmas. — É, uma terra de diabretes fantasmas, como explicar?; o melhor era ficar em casa, não sair para nada além de ir colocar uma carta no correio, ficar em casa, trancar a porta, fazer suas orações e assim os duendes talvez mantivessem distância. — Razões para derrota? *Baba*, quem era capaz de enumerá-las? Não só era ela mulher de um comerciante e escrava da cozinha, como até mesmo em sua própria gente não podia confiar — havia homens que julgava respeitáveis, *sharif*, que se divorciavam por telefone das mulheres que tinham deixado em sua terra e fugiam com qualquer *haramzadi*, e moças que eram mortas pelo dote (algumas coisas podiam passar pela alfândega sem pagar taxas de importação) — e, o pior de tudo, o veneno dessa ilha-do-diabo tinha contaminado sua filhinhas, que estavam crescendo recusando-se a falar sua língua materna, apesar de entenderem cada palavra, agindo assim só para magoar; e por que outra razão teria Mishal cortado todo o cabelo, colocando um arco-íris na cabeça; e todo dia eram brigas, discussões, desobediências — e, o pior de tudo, não havia nada de novo em suas queixas, era assim com as mulheres como ela, portanto ela não era apenas mais uma, só ela mesma, só a Hind esposa do professor Sufyan; tinha mergulhado no anonimato, na pluralidade sem caráter, de ser apenas uma-dessas-mulheres-como-ela. Essa era a moral da história: nada restava a mulheres-como-ela senão sofrer, relembrar e morrer.

O que ela fez: para negar a fraqueza do marido, tratava-o, quase sempre, como um lorde, como um monarca, porque, no mundo que perdera, a sua glória era a dele; para negar os fantasmas que havia fora do café, não saía de casa, enviando outros às compras de provisões para a cozinha e para cuidar das necessidades domésticas, e também em busca de um infindável suprimento de filmes bengaleses e hindi em videocassete, através dos quais (ao lado da pilha sempre crescente de revistas de cinema indianas) podia manter contato com os acontecimentos do "mundo real", como aquele estranho desaparecimento do incomparável Gibreel Farishta e o subseqüente anúncio de sua trágica morte no acidente de avião; e para extravasar um pouco seus sentimentos de derrotado e exausto desespero, gritava com as filhas. A mais velha das quais, para se vingar, raspara o cabelo e deixava à mostra o volume dos mamilos debaixo de camisas provocantemente justas.

A chegada de um diabo plenamente desenvolvido, um homem-bode com chifres, era, à luz do que foi dito, algo muito próximo da última, ou pelo menos da penúltima, gota.

*

Os residentes da Shaandaar reuniram-se na cozinha noturna para uma improvisada reunião de cúpula. Enquanto Hind temperava com imprecações a sopa de galinha, Sufyan colocou Chamcha à mesa, puxando, para uso do pobre citado, uma cadeira de alumínio com assento de plástico azul, e dando início aos procedimentos da noite. As teorias de Lamarck, é com prazer que revelo, foram citadas pelo professor exilado, que usava o seu melhor tom didático. Quando Jumpy contou a improvável história de Chamcha caindo do céu — uma vez que o próprio protagonista estava mergulhado demais na sopa de galinha e no desespero para falar por si mesmo —, Sufyan, chupando os dentes, fez referência à última edição de *A origem das espécies*. "Na qual mesmo o grande Charles aceitava a idéia de mutação *in extremis*, para garantir a sobrevivência da espécie; que importa que seus seguidores — sempre mais darwinianos que o próprio! — tenham repudiado, postumamente, uma tal heresia lamarckiana, insistindo na seleção natural e nada além dela — sou, porém, forçado a admitir que tal teoria não se aplica à sobrevivência de um espécime individual, mas apenas à espécie como um todo — além disso, quanto ao problema da natureza da mutação, o problema é entender a real utilidade da mudança."

"Pa-pai", Anahita Sufyan interrompeu essas cogitações, olhos virados para o teto, cara apoiada na mão. "Desista. A questão é saber como ele se transformou nesse, nesse" — admirada — "monstro."

Diante disso, o próprio diabo, levantando os olhos da sopa de galinha, gritou: "Não, não. Não sou um monstro, ah, não, não sou mesmo". Sua voz, que parecia brotar de um abismo de dor, tocou e alarmou a jovem, e ela correu para se sentar ao lado dele e, impetuosamente, acariciou um ombro da fera infeliz, dizendo, numa tentativa de retificação: "Claro que não é, desculpe, claro que eu não acho que você é um monstro; só parece".

Saladin Chamcha caiu em prantos.

Enquanto isso, Mrs. Sufyan, horrorizada ao ver a filha mais nova tocando a criatura, voltou-se para a galeria de residentes em trajes de dormir e, gesticulando com uma concha de sopa, pediu o apoio deles. "Como dá para tolerar? — Quem garante a honra, a segurança das moças? — Na minha própria casa, uma coisa dessas...!"

Mishal Sufyan perdeu a paciência. "Mas que Cristo, mãe!"

"*Cristo?*"

"Será que é passageiro?" Mishal perguntou a Sufyan e Jumpy, virando as costas à escandalizada Hind. "Se ele está possuído — quem sabe a gente podia, sabe, mandar *exorcizar*?" Profecias, iluminações, violadores de túmulos, pesadelos em Elm Street brilhavam excitados nos olhos dela, e seu pai, tão aficionado das fitas de vídeo como qualquer adolescente, pareceu levar a sério a possibilidade. "Em *O lobo da estepe*", começou a dizer. Mas Jumpy não tinha mais tempo para nada daquilo. "O principal", afirmou, "é fazer uma avaliação ideológica da situação."

Isso silenciou a todos.

"Objetivamente", disse, com um pequeno sorriso autodepreciativo, "o que aconteceu aqui? A: prisão abusiva, intimidação, violência. Dois: detenção ilegal, experiências médicas desconhecidas num hospital" — murmúrios de concordância nesse ponto, quando despertaram em todos os presentes as lembranças de inspeções intravaginais, dos escândalos Depo-Provera, das esterilizações pós-parto não autorizadas, e da notícia ainda mais antiga de *dumping* de remédios no Terceiro Mundo, dando fundamento às insinuações de Jumpy — porque aquilo em que você acredita depende daquilo que você vê — não só daquilo que é visível, mas daquilo que você está preparado para encarar — e, de qualquer forma, tinha de haver alguma explicação para chifres e cascos; naquelas alas hospitalares policiadas qualquer coisa podia acontecer — "Em terceiro lugar", Jumpy continuou, "esgotamento nervoso, perda do sentido de identidade, incapacitação. Já vimos isso tudo."

Ninguém discutiu, nem mesmo Hind; havia algumas verdades de que era impossível discordar. "Ideologicamente", disse Jumpy, "eu me recuso a aceitar a posição de vítima. Ele, sem dúvida, foi vitimi*zado*, mas nós sabemos que todo abuso de poder é, em parte, responsabilidade também do abusado; nossa passividade permite tais crimes e compactua com eles." E assim, tendo reduzido os presentes a uma envergonhada submissão, solicitou a Sufyan que cedesse o quartinho do sótão que estava desocupado no momento, e Sufyan, por sua vez, viu-se inteiramente impedido, devido a sentimentos de solidariedade e de culpa, de cobrar um tostão que fosse de aluguel. Hind, é verdade, resmungou: "Agora tenho certeza de que o mundo enlouqueceu: o próprio diabo hospedado na minha casa", mas falou baixinho, e ninguém, a não ser sua filha mais velha, Mishal, ouviu o que disse.

Sufyan, seguindo o exemplo da filha mais nova, foi até Chamcha, embrulhado em seu cobertor, tomando quantidades enormes da inimitável *yakhni* de galinha de Hind, abaixou-se e pousou um braço em volta do infeliz ainda trêmulo. "O melhor lugar para você ficar é aqui", disse, falando como se fala com um simplório ou com uma criança pequena. "Onde mais vai poder curar essa deformação e recuperar a saúde? Onde mais, senão aqui, com a gente, no meio de sua própria gente, de seus semelhantes?"

Só quando Saladin Chamcha viu-se sozinho no quarto do sótão, já no fim de suas forças, foi que respondeu à questão retórica de Sufyan. "Não sou seu semelhante", disse claramente para a noite. "Vocês não são minha gente. Passei metade da vida tentando me afastar de vocês."

*

Seu coração começou a se comportar mal, chutando e tropeçando como se também quisesse se transformar em alguma forma nova e diabólica, substituindo o velho ritmo metronômico pela complexa imprevisibilidade das improvisações de tabla. Deitado insone na cama estreita, espetando os chifres nas cobertas e fronhas quando se virava e se agitava, aceitou aquela excentricidade coronária com uma espécie de fatalismo: se tudo o mais tinha acontecido, por que não também aquilo? Badumdum, fazia o coração, e seu tórax sacudia. *Cuidado, senão vai se haver comigo. Dumbumbadum.* É: aquilo era o Inferno mesmo. A cidade de Londres, transformada em Jahannum, Gehenna, Muspellheim.

Os diabos sofrem no Inferno? Não são eles que ficam com os forcados na mão?

Começou a pingar água sem parar da janela do teto inclinado. Lá fora, na cidade traiçoeira, ocorria um degelo, dando às ruas a pouco confiável consistência de papelão molhado. Pequenas massas de branco deslizavam pelos telhados inclinados de ardósia cinzenta. As marcas das peruas de entregas corrugavam a lama de neve. Aurora; e o coro do amanhecer começou, o metralhar de britadeiras, o estridular dos alarmes contra roubo, o trombetear das criaturas de rodas se chocando nas esquinas, o zumbido grave de um grande comedor de lixo verde-oliva, as vozes gritadas do andaime de madeira de um pintor no andar superior de um bar, o rugir de grandes *juggernauts* que despertavam correndo assombrosamente por aquele longo, mas estreito corredor. Do fundo da terra vinham tremores, indicando a passagem de gigantescos vermes subterrâneos que devoravam e regurgitavam seres humanos, e do céu o troar de helicópteros e o guincho de pássaros brilhantes que voavam mais alto.

O Sol surgiu, desembrulhando a cidade enevoada como um presente. Saladin Chamcha adormeceu.

O que não lhe deu nenhum alívio: ao contrário, levou-o de volta àquela outra rua noturna na qual, em companhia da fisioterapeuta Hyacinth Phillips, tinha fugido para o seu destino, clip-clop, sobre cascos instáveis; e o fez relembrar que, à medida que o cativeiro ia ficando mais longe e a cidade mais próxima, o rosto e o corpo de Hyacinth começaram a mudar. Ele viu um espaço se abrindo e ampliando entre seus incisivos superiores, e o cabelo se enrolar e retorcer em medusas, e a estranha triangularidade de seu perfil, que partia da linha dos cabelos até a ponta do nariz, oscilar e descer numa linha contínua para dentro do pescoço. Na luz amarelada, viu a pele dela ir ficando mais escura a cada minuto, e os dentes mais salientes, e o corpo tão longo como as linhas de uma figura desenhada por criança. Ao mesmo tempo, ela lhe lançava olhares cada vez mais depravados, e agarrava a mão dele com dedos tão ossudos e inescapáveis que era como se estivesse dominado por um esqueleto que tentava puxá-lo para o fundo de um túmulo; podia sentir o cheiro da terra recém-cavada, aquele cheiro enjoativo, no hálito, nos lábios dela... e foi tomado de repulsa. Como podia ter achado aquela mulher atraente, até mesmo sentido desejo por ela, chegado ao ponto de fantasiar, enquanto estava montada em cima dele, tapotando fluido de seus pulmões, que eram amantes em violentos espasmos da conjunção carnal?... A cidade se adensou em volta deles como uma floresta; os edifícios se enlaçaram e cresceram tão embaraçados quanto os cabelos dela. "Aqui não entra luz nenhuma", ela sussurrou. "É negro; tudo negro." E fez menção de deitar e puxá-lo para ela, para a terra, mas ele gritou: "Depressa, para a igreja", e mergulhou para dentro de um edifício despojado, em forma de caixa, buscando mais de um tipo de abrigo. Lá dentro, porém, os bancos estavam cheios de Hyacinths, moças e velhas, Hyacinths usando tailleurs retos azuis, pérolas falsas e pequenos chapéus como caixas de bombons decorados com pedaços de gaze, Hyacinths vestindo virginais camisolas brancas, todas as formas imagináveis de Hyacinths, todas cantando alto, *Valei-me, Jesus*; até que viram Chamcha, calaram o *spiritual* e começaram a berrar da maneira menos espiritual, *Satã, o Bode, o Bode*, e coisas assim. Agora estava claro que aquela Hyacinth com quem tinha entrado olhava-o com outros olhos, exatamente da mesma maneira que ele a olhara na rua; que também ela tinha começado a ver algo que a deixava enojada; e quando percebeu essa repulsa naquela cara odiosamente pontuda e sombria, ele simplesmente explodiu. "*Hubshees*", xingou, por alguma razão, em sua língua materna descartada. Desordeiras e selvagens, xingou. "Tenho pena de vocês", declarou. "Toda manhã vocês têm de olhar para a própria cara no espelho e ver, ali refletido, o escuro: a mancha, a prova de que são o que há de mais baixo." Elas o rodearam então, aquela congregação de Hyacinths, sua própria Hyacinth agora perdida entre elas, indistinguível, não mais um indivíduo, mas uma mulher como aquelas outras, e ele começou a ser assustadoramente espancado, emitindo balidos lamentáveis, correndo em círculos, procurando uma saída; até perceber que o medo de suas atacantes era maior que a ira, e alçou o corpo em toda a sua altura, abriu os braços, gritou sons diabólicos, fazendo com que corressem para se abrigar, acovardadas, debaixo dos bancos, enquanto ele marchava, sangrando, mas vitorioso, para fora do campo de batalha.

Os sonhos colocam as coisas à sua própria maneira; mas Chamcha, despertando por um breve momento, porque seu coração sofreu um novo ataque de síncopas, deu-se conta, amargamente, que o pesadelo não tinha se afastado muito da verdade; o espírito da coisa, pelo menos, estava correto. — E assim acabou-se Hyacinth, pensou, e tornou a adormecer. — Para se encontrar tremendo no hall de sua própria casa enquanto, num nível superior, Jumpy Joshi discutia acaloradamente com Pamela. *Com minha mulher*.

E quando a Pamela do sonho, ecoando palavra por palavra a Pamela real, rejeitou o marido cento e uma vezes, *ele não existe, uma coisa, essas coisas não são assim*, foi Jamshed, o virtuoso, que, pondo de lado amor e desejo, veio em seu auxílio. Deixando para trás uma Pamela chorosa — *Não ouse trazer aquela coisa de volta para cá*, gritou do último andar — do antro de Saladin — Jumpy, envolvendo Chamcha em pele de carneiro e cobertor, o levou, debilitado, por entre as sombras até o Café Shaandaar, prometendo com oca gentileza: "Vai ficar tudo bem. Você vai ver. Vai dar tudo certo".

Quando Saladin Chamcha despertou, a lembrança dessas palavras o encheu de raiva. Onde está Farishta, descobriu-se pensando. Aquele filho-da-puta: aposto que está ótimo. — Era um pensamento que viria a retomar, com resultados extraordinários; de momento, porém, tinha outras coisas em que pensar.

Sou uma encarnação do mal, pensou. Tinha de encarar os fatos. Não importava como acontecera, o fato não podia ser negado. Não sou *mais eu mesmo*, ou não apenas. Sou a corporificação do errado, do que odiamos, do pecado.

Por quê? Por que eu?

Que mal teria feito — que torpeza podia ter feito, ou vir a fazer?

Por causa de quê — não conseguia evitar essa idéia — estava sendo punido? E, a propósito, *por quem*? (Eu calei a minha boca.)

Não tinha ele perseguido sua própria idéia de *bem*, procurado transformar-se naquilo que mais admirava, se empenhado com uma força de vontade que beirava a obsessão na conquista da condição de inglês? Não tinha trabalhado duro, evitado problemas, se esforçado por se renovar? Assiduidade, dedicação, moderação, contenção, autoconfiança, probidade, vida familiar: em que resultava tudo isso senão em um código moral? Era culpa sua que Pamela e ele não tivessem filhos? A genética era sua responsabilidade? Será que, nessa época de inversões, estava sendo vítima do — destino, como permitiu a si mesmo chamar o agente perseguidor — precisamente *por causa* de sua busca do "bem"? — Que hoje em dia essa busca fosse considerada mal orientada, e mesmo má? — Então, quão cruel era esse destino ao instigar rejeição da parte do próprio mundo que ele tinha tão decididamente cortejado; quão desolador ser atirado para fora dos portões da cidade que se acredita ter conquistado há tempos! — Que mesquinha estreiteza mental essa de jogá-lo de volta para o seio de *sua gente*, da qual se sentia tão distante havia tanto tempo! — Nesse ponto, a lembrança de Zeeny Vakil emergiu e, cheio de culpa, nervoso, ele se esforçou por submergi-la de novo.

O coração dava chutes violentos, e ele se sentou, curvado, respirando com esforço. *Calma, ou será o fim de tudo. Não há espaço para essas preocupações estressantes: não mais.* Respirou fundo; deitou-se de costas; esvaziou a cabeça. O traidor dentro de seu peito retomou o ritmo normal.

Chega disso tudo, Saladin Chamcha disse com firmeza a si mesmo. Chega de pensar que sou mau. As aparências enganam; a capa não é a melhor indicação para o livro. Diabo, Bode, Shaitan? Eu não.

Eu não: outro.

Quem?

*

Mishal e Anahita chegaram com o café-da-manhã na bandeja e uma grande excitação nas caras. Chamcha devorou os flocos de milho e o Nescafé, enquanto as meninas, depois de alguns momentos de timidez, começaram a falar simultaneamente, sem parar. "Bom, você deu um agito e tanto na casa." — "Você não pegou e destransformou durante a noite, não, não é?" — "Olha, não é truque, não, é? Quer dizer, não é maquiagem, nada dessas coisas de teatro?" — "Quer dizer, o Jumpy contou que você é ator, então eu pensei... quer dizer", e a jovem Anahita calou-se, porque Chamcha, cuspindo flocos de milho, rugiu, furioso: "Maquiagem? Teatro? *Truque?*".

"Não se ofenda", Mishal disse ansiosa, defendendo a irmã. "É que a gente ficou pensando, sabe como é, e daí, bom, ia ser chato se você não fosse, mas você é, claro que é, então está tudo bem", calou-se depressa porque Chamcha tornou a fuzilar um olhar para ela. "Sabe o que é", Anahita recomeçou, completando, hesitante, "o que a gente está querendo dizer, bom, é que a gente acha o máximo." — "Entende?", Mishal emendou. "A gente acha que você, sabe?" — "É genial", Anahita disse e atordoou o confuso Chamcha com um olhar. "Mágico. Sabe? *Radical*."

"A gente não dormiu a noite inteira", disse Mishal. "Pensando umas coisas."

"O que a gente pensou", Anahita tremia de emoção, "foi que como você virou — isso que você é — então, talvez, bom, quem sabe, mesmo que você ainda não tenha experimentado, pode ser, entende..." A mais velha terminou o pensamento: "Que você tenha adquirido — sabe — *poderes*".

"A gente achou, só isso", Anahita acrescentou, baixinho, vendo as nuvens que se juntavam na testa de Chamcha. E recuando em direção à porta, acrescentou: "Mas a gente deve ter se enganado. É. A gente se enganou. Bom apetite aí". Antes de sair, Mishal tirou do bolso da jaqueta xadrez de vermelho e preto um frasco cheio de líquido verde, colocou no chão perto da porta e se despediu dizendo. "Ah, desculpe, mas mamãe disse que você pode usar isto aqui. É para bochechar, por causa do hálito."

*

O fato de Mishal e Anahita adorarem a deformação que ele abominava de todo coração o convenceu de que "a sua gente" estava mais maluca do que imaginava. O fato de as duas reagirem a sua amargura — quando, na segunda manhã no sótão, trouxeram-lhe *masala dosa* em vez do pacote de cereal completo com bonequinho espacial prateado, e ele gritou, ingrato: "Tenho de comer essa porcaria de comida estrangeira?" — com expressões de solidariedade, piorava ainda mais as coisas. "Grude nojento", Mishal concordou. "Nada de salsichas, aqui, azar nosso." Consciente de ter insultado sua hospitalidade, ele tentou explicar que se considerava agora, bem, britânico. "E nós?", Anahita quis saber. "O que você acha que a gente é?" — E Mishal confidenciou: "Bangladesh não quer dizer nada para mim. É só um lugar que meu pai e minha mãe vivem comentando". — E Anahita, definitiva: *"Bungleditch"*. — Sacudiu a cabeça, satisfeita. "É assim que eu chamo, pelo menos."

Mas ele queria dizer a elas que não eram britânicas: não *de fato*, não de alguma forma que ele fosse capaz de reconhecer. E, no entanto, as velhas certezas estavam se dissipando a todo momento, junto com sua vida anterior... "Onde fica o telefone?", perguntou. "Tenho de fazer umas ligações."

Ficava no saguão; Anahita, assaltando suas economias, emprestou-lhe as moedas. Com a cabeça enrolada num turbante emprestado, o corpo coberto com calças emprestadas (de Jumpy) e sapatos de Mishal, Chamcha ligou para o passado.

"Chamcha", disse a voz de Mimi Mamoulian. "Você morreu."

Aconteceu o seguinte enquanto ele esteve fora: Mimi teve um desmaio e perdeu os dentes. "Apaguei, só isso", ela disse, a fala mais áspera que o normal por causa da dificuldade com o maxilar. "Por quê? Não me pergunte. Quem é que sabe as razões das coisas hoje em dia? Me dê o seu número", disse, quando começaram os toques avisando que a ligação ia ser cortada. "Eu ligo em seguida." Mas se passaram cinco longos minutos antes que ela ligasse. "Fui fazer xixi. Você tem alguma razão para estar vivo? Por que as águas se abriram para vocês dois, mas engoliram os outros? Não me diga que foi porque você é melhor. Ninguém mais engole essa hoje em dia, nem você, Chamcha. Eu estava andando pela Oxford Street, procurando sapatos de couro de crocodilo, quando aconteceu: caí dura para a frente no meio do passo, feito uma árvore, aterrissei em cima do queixo e os dentes pularam todos para a calçada na frente do homem que fazia aquele jogo de adivinhação com o baralho. Ainda existe gente boa, Chamcha. Quando acordei, encontrei os meus dentes empilhadinhos do lado da minha cara. Abri os olhos e vi os desgraçados ali olhando para mim, não é ótimo? A primeira coisa que eu pensei foi, graças a Deus tenho dinheiro. Implantei todos de volta, com um dentista particular, claro, ótimo serviço, melhor que antes. E por isso dei uma parada por enquanto. Esse negócio de dublagem não vai nada bem, eu que o diga, com você morto e essa história dos meus dentes, o que nós somos é muito irresponsáveis. Baixou muito o nível, Chamcha. Ligue a TV, escute o rádio, você vai ver que cafonas os comerciais de pizza, os anúncios de cerveja com sotaque *alemon* dos funcionários da casa, e os marcianos comendo batata em pó e parecendo que vieram da Lua. Fomos despedidos do *Aliens Show*. Sare logo. E por falar nisso, você podia dizer a mesma coisa para mim."

Então, ele tinha perdido o emprego, além da mulher, da casa, do controle de sua vida. "Não são só as sibilantes que vão mal", Mimi continuou. "A porra dos Ps e Ds me matam de medo. Fico achando que vou acabar espalhando meus ossos pela rua de novo. É a idade, Chamcha: só humilhação. Você nasce, quebra a cara, se arrebenta, se acaba e eles enfiam você numa urna. De qualquer jeito, mesmo se eu nunca mais trabalhar vai dar para morrer confortável. Sabia que estou com Billy Battuta? Claro, como é que você ia saber, você estava boiando. É, cansei de esperar você, então arranquei do bercinho um garoto do seu grupo étnico. Pode considerar como um elogio. Agora tenho de correr. Adorei conversar com os mortos, Chamcha. Da próxima vez pule do trampolim mais baixo. Tchau tchau."

Sou, por natureza, um homem introvertido, disse em silêncio para o telefone desligado. Lutei, à minha moda, para achar um caminho para a apreciação de coisas superiores, para atingir um pequeno refinamento. Em dias bons, sentia que estava a meu alcance, em algum lugar dentro de mim, em algum lugar dentro. Mas isso me escapava. Acabei envolvido em coisas, no mundo e suas confusões, e não consigo resistir. O grotesco me prendeu, como antes o cotidiano me prendia em suas garras. O mar me vomitou; a terra me arrasta para baixo.

Estava descendo uma rampa cinzenta, a água negra lambendo seu coração. Por que o renascimento, a segunda chance ofertada a Gibreel Farishta e a ele, parecia tanto, em seu caso, um final perpétuo? Tinha renascido para o conhecimento da morte; e o inexorável da mudança, do as-coisas-nunca-mais-serão-as-mesmas, do não-retorno, dava medo. Quando você perde o passado, vê-se nu na frente do desdenhoso Azraeel, o anjo da morte. Agüente se puder, disse a si mesmo. Agarre-se ao ontem. Deixe as marcas de suas unhas na ladeira cinzenta enquanto vai despencando.

Billy Battuta: um merdinha desprezível. Playboy paquistanês, transformou uma agência de turismo insignificante — Battuta's Travels — numa frota de superpetroleiros. Basicamente um vigarista, famoso pelos romances com estrelas de cinema hindis e, segundo as fofocas, pela predileção por mulheres brancas com seios enormes e bundas fartas, que, como diz o eufemismo, ele "tratava mal", mas "pagava bem". O que Mimi queria com Billy bandido, o seu instrumento sexual ou a sua Maserati Biturbo? Para rapazes como Battuta, mulheres brancas — mesmo que gordas, judias e não respeitáveis — eram para trepar e jogar fora. O que se odeia nos brancos — tesão por gente escura — tem de ser odiado também quando aparece invertido, nos pretos. A intolerância não é só uma função do poder.

Mimi telefonou de Nova York na noite seguinte. Anahita o chamou para o telefone com seu melhor tom de drogadeianques, e ele se enfiou no disfarce. Quando chegou, ela já tinha desligado, mas ligou de novo. "Ninguém paga preços transatlânticos para ficar esperando." "Mimi", disse ele, o desespero patente na voz, "você não me contou que ia viajar." "Você não me deu seu endereço", ela respondeu. "Portanto, nós dois temos segredos." Ele sentiu vontade de dizer, Mimi, volte, você vai ser chutada. "Apresentei Billy para a família", disse ela, brincando demais. "Já imaginou. Yasser Arafat encontrando com Begin. Deixa pra lá. Vamos todos sobreviver." Ele sentiu vontade de dizer, Mimi, só tenho você. Mas só conseguiu foi deixá-la furiosa. "Queria prevenir você sobre Billy", foi tudo o que disse.

Ela virou uma pedra de gelo. "Chamcha, escute aqui. Um dia eu discuto isso com você, porque por trás de toda essa babaquice você talvez goste um pouquinho de mim. Portanto, entenda, por favor, que sou uma mulher inteligente. Eu li *Finnegan's Wake* e conheço as críticas pós-modernistas do Ocidente, ou seja, que vivemos numa sociedade que só é capaz de pastiche: um mundo 'achatado'. Quando me transformo na voz de um frasco de espuma para banho, estou entrando no Mundochato conscientemente, sabendo perfeitamente o que estou fazendo e por quê. Isto é, estou ganhando dinheiro. Como mulher inteligente, capaz de falar durante quinze minutos sobre o estoicismo e mais sobre o cinema japonês, vou dizer uma coisa para você, Chamcha: tenho plena consciência da reputação do Billy boy. Não queira me ensinar nada sobre exploração. Já éramos exploradas quando vocês todos andavam por aí vestindo peles de animais. Tente um dia ser mulher, judia e feia. Você vai acabar implorando para ser preto. Desculpe a nossa falha: pardo."

"Você concorda, então, que ele está explorando você", Chamcha interrompeu, mas a torrente continuou. "Que diferença faz, porra?", trinou ela em sua voz de Tweety Pie. "Billy é um cara engraçado, um talento natural para o trambique, um dos grandes. Quem sabe quanto tempo vai durar esta história? Vou enumerar para você algumas idéias de que não tenho necessidade: patriotismo, Deus e amor. Definitivamente desnecessárias para a viagem. Gosto de Billy porque ele sabe como são as coisas."

"Mimi", ele disse, "aconteceu uma coisa comigo", mas ela

ainda estava protestando demais e não registrou a frase. Ele desligou, sem dar o endereço.

Ela telefonou mais uma vez, umas semanas depois, e então os precedentes implícitos já estavam dados; ela não pediu, ele não deu seu endereço, e ficou claro para ambos que uma época havia terminado, que tinham se afastado, que era hora de acenar um adeus. Para Mimi tudo era ainda Billy: os planos dele de fazer filmes em hindi na Inglaterra e nos Estados Unidos, importando grandes estrelas, Vinod Khanna, Sridevi, para saracotear em frente à prefeitura de Bradford e da ponte Golden Gate — "é um jeito de burlar o fisco, claro", cantarolou Mimi alegremente. Na verdade, as coisas estavam esquentando para Billy; Chamcha tinha visto o nome dele nos jornais, ligado a termos como *esquadrão de fraudes* e *evasão de impostos*, mas uma vez vigarista, sempre vigarista, Mimi disse. "Então ele me diz, quer um casaco de mink? Eu digo, Billy, não compre nada para mim, mas ele disse, quem é que está falando em comprar? Aceite um mink. É negócio." Tinham ido a Nova York outra vez e Billy alugara uma imensa limusine "com um chofer enorme também". Ao chegarem à peleteria, pareciam um xeque de petróleo com sua gostosona. Mimi experimentou casacos com preços de cinco dígitos, esperando a decisão de Billy. Finalmente, ele disse: Gostou desse aí? É bonito. Billy, ela sussurrou, custa *quarenta mil*, mas ele já estava levando uma conversa com o vendedor: era uma sexta-feira à tarde, os bancos estavam fechados, será que a loja aceitava um cheque? "Bom, a essa altura já tinham *certeza* de que ele era um xeque do petróleo, então disseram que sim, nós saímos com o casaco e ele me leva numa outra loja virando a esquina, aponta o casaco e diz, Acabei de comprar este aqui por quarenta mil dólares, está aqui o recibo, você me dá trinta, preciso de dinheiro vivo para um fim de semana especial." — Deixaram Mimi e Billy esperando enquanto a segunda loja telefonava para a primeira, onde todos os alarmes dispararam na cabeça do gerente, e cinco minutos depois chegou a polícia, prendeu Billy por passar cheque sem fundos, e ele e Mimi passaram o fim de semana na cadeia. Na segunda de manhã, os bancos abriram e o que aconteceu foi que a conta de Billy tinha quarenta e dois mil, cento e dezessete dólares de saldo, e portanto o cheque era bom o tempo todo. Ele informou os peleteiros de sua intenção de processá-los por perdas e danos e difamação pedindo uma indenização de dois milhões de dólares, caso aberto, caso encerrado, quarenta e oito horas depois eles tinham concordado, fora dos tribunais, em pagar duzentos e cinqüenta mil dólares em dinheiro. "Ele não é maravilhoso?", Mimi perguntou a Chamcha. "O garoto é um gênio. Quer dizer, isso é que é ter *classe*."

Sou um homem, Chamcha concluiu, que não entende nada, vivendo num mundo amoral, onde impera a lei da selva, o resto que se dane. Mishal e Anahita Sufyan, que não se sabe por que continuavam a tratá-lo como uma espécie de alma gêmea, apesar de todas as suas tentativas de dissuadi-las disso, eram seres que admiravam abertamente criaturas como aventureiros, ladrões de lojas, gatunos: vigaristas em geral. Ele se corrigiu: não admiravam, não era isso. Nenhuma das meninas seria capaz de roubar um alfinete. Mas viam essas pessoas como representantes da *Gestalt*, do é-assim-que-as-coisas-são. À guisa de experiência, contou a elas a história de Billy Battuta e do casaco de mink. Seus olhos brilharam, e no final as duas bateram palmas e riram, deliciadas: a malandragem impune fazia as duas rirem. Chamcha concluiu que era assim que as pessoas deviam ter aplaudido e rido com os feitos dos antigos fora-da-lei como Dick Turpin, Ned Kelly, Phoolan Devi, e, evidentemente, aquele outro Billy: William Bonney, também ele um *Kid*.

"Ídolos Criminosos de Jovens de Cabeça Oca", Mishal leu seus pensamentos e em seguida, rindo de sua reprovação, traduziu a história em manchetes de imprensa marrom, enquanto colocava o corpo esguio e, Chamcha deu-se conta, deslumbrante, em poses igualmente exageradas de garotas de calendário. Fazendo um biquinho que era uma afronta, plenamente consciente de tê-lo provocado, ela acrescentou, graciosa: "Beijinho, beijinho?".

A irmã mais nova, para não ficar atrás, tentou copiar a pose de Mishal, com resultados bem menos eficazes. Abandonando a tentativa um tanto incomodada, disse emburrada: "O problema é que a gente tem um bom futuro. Negócio de família, nenhum irmão, e pronto. Este lugar dá uma nota, sabia? Enfim...". A pensão Shaandaar estava classificada como pousada com café-da-manhã, do tipo que os conselhos distritais usavam cada vez mais como parte do plano de atendimento à crise de moradia, alojando famílias de cinco pessoas em quartos de solteiro, fechando os olhos para as normas de saúde e segurança, reivindicando junto ao governo central pagamentos por "acomodação temporária". "Dez libras por noite por pessoa", Anahita informou a Chamcha em seu sótão. "Trezentos e cinqüenta paus por semana por cada quarto, é o que dá, quase sempre. Seis quartos ocupados: faça a conta. Agora, a gente está perdendo trezentas libras por mês com este sótão, e espero que você se sinta bem mal sabendo disso." Por essa quantia, Chamcha pensou, era possível alugar apartamentos tamanho-família bem razoáveis no setor privado. Mas esses não seriam classificados como acomodações temporárias; não há verbas oficiais para uma solução dessas. O que também contaria com a oposição dos políticos locais, comprometidos com a luta contra os "cortes". *La lutte continue*; enquanto isso, Hind e as filhas nadavam em dinheiro, o ascético Sufyan ia a Meca e voltava para casa para distribuir sabedoria caseira, gentileza e sorrisos. E por trás de seis portas talvez trinta seres humanos temporários, com pouca esperança de serem declarados permanentes, abriam uma fresta para espiar toda vez que Chamcha ia telefonar ou usar o banheiro.

A vida real.

"Não precisa fazer essa cara de santo, também", observou Mishal Sufyan. "Olha aí o que tanto respeito pela lei fez com você."

*

"Seu universo está encolhendo." Homem ocupado, Hal Valance, criador do *Aliens Show* e proprietário exclusivo dos direitos autorais, levou exatamente dezessete segundos para cumprimentar Chamcha por estar vivo, antes de começar a explicar por que esse fato não afetava a decisão do programa de dispensar seus serviços. Valance tinha começado na publicidade e seu vocabulário nunca se recuperou desse golpe. Mas Chamcha era capaz de acompanhar. Tantos anos no negócio de dublagem ensinavam um pouco sobre falar mal. Em jargão de marketing, *um universo* era o mercado potencial total de um dado produto ou serviço: o universo do chocolate, o universo do emagrecimento. O universo dental era todo mundo que tinha dentes; os outros constituíam o cosmos da dentadura. "Estou falando", Valance soprou no fone com sua melhor voz de Garganta Profunda, "do universo étnico."

Minha gente de novo: Chamcha, disfarçado com turbante e todo o resto de sua fantasia mal ajustada, estava dependurado de um telefone num corredor enquanto olhos de mulheres e crianças transitórias espiavam de portas entreabertas; e imaginava o que sua gente tinha aprontado para ele agora. "*No capiche*", respondeu, lembrando o quanto Valance gostava do argô ítalo-norte-americano — afinal, ele era o autor do slogan de fast-food *Getta pizza da action*. Nessa ocasião, porém, Valance não estava brincando. "As pesquisas de audiências indicam", ele soprou, "que os grupos étnicos não assistem a programas étnicos. Não é o que eles querem, Chamcha. Eles querem a porra do *Dynasty*, como todo mundo. Seu perfil está errado, se é que me entende: com você o programa fica racial demais. O *Aliens Show* é uma idéia grande demais para ficar limitada pela dimensão racial. Só as possibilidades de merchandising... mas não tenho de ficar dizendo essas coisas para você."

Chamcha viu seu reflexo no espelho rachado acima do telefone. Parecia um gênio perdido em busca da lâmpada mágica. "É um ponto de vista", respondeu a Valance, sabendo que era inútil discutir. Com Hal, todas as explicações eram racionalizações *a posteriori*. Era estritamente um homem com os pés na terra, que tinha por lema o conselho dado por Garganta Profunda a Bob Woodward: *Persiga o dinheiro*. Ele tinha mandado compor a frase em grandes tipos sem serifa e dependurado no escritório em cima de uma foto de *Todos os homens do presidente*: Hal Holbrook (outro Hal!) no estacionamento, de pé, nas sombras. Persiga o dinheiro: isso explicava, como ele gostava de dizer, as suas cinco esposas, todas donas de fortunas pessoais, com cada qual ele fizera um belo acordo de divórcio. Atualmente estava casado com uma menina dissipada, que tinha talvez um terço de sua idade, com cabelos ruivos até a cintura e um ar espectral que teria feito dela uma grande beleza há vinte e cinco anos. "Esta não tem um tostão; está me tirando tudo o que eu tenho e quando acabar vai se mandar", Valance revelara a Chamcha uma vez, em melhores dias. "Que se dane. Eu também sou humano. Desta vez é amor." Mais um exemplo de alguém arrancado do berço. Não havia como escapar disso nos dias de hoje. Chamcha ao telefone descobriu que não conseguia se lembrar do nome da criança. "Você sabe qual é o meu lema", Valance estava dizendo. "Sei", Chamcha respondeu, neutro. "É a melhor linha para o produto." O produto, filho-da-puta, é você.

Quando conhecera Hal Valance (quantos anos antes? cinco, talvez seis), num almoço no White Tower, o sujeito já era um monstro: pura imagem, autocriada, um conjunto de atributos grudados num corpo que estava, nas palavras do próprio Hal, "treinando para ser Orson Welles". Fumava charutos absurdos, de caricatura, recusando todas as marcas cubanas, porém, por conta de sua intransigente postura capitalista. Tinha um colete com o desenho e as cores da bandeira britânica e insistia em ter a bandeira hasteada no alto do prédio da agência e também na porta de sua casa em Highgate; tinha a tendência de se vestir como Maurice Chevalier e cantar, em grandes ocasiões, para seus clientes perplexos, com a ajuda de uma palheta e uma bengala de castão de prata; dizia possuir o primeiro castelo do vale do Loire a ser dotado de telex e de máquinas de fax; e gabava-se de seu contato "íntimo" com a primeira-ministra, a quem se referia afetuosamente como "Mrs. Torture". Personificação do triunfalismo burguês, com um sotaque entre inglês e norte-americano, Hal era uma das glórias de sua época, a metade criativa da agência mais quente da cidade, a Valance & Lang Associados. Como Billy Battuta, ele gostava de carros grandes dirigidos por choféres grandes. Contava-se que uma vez, quando dirigia em alta velocidade por uma estrada da Cornualha, para "esquentar" uma manequim finlandesa de dois metros de altura, particularmente glacial, sofrera um acidente: nenhum ferido, mas quando o outro motorista saiu, furioso, de seu veículo destroçado, era ainda maior que o guarda-costas de Hal. Quando esse colosso avançou em cima dele, Hal baixou o vidro elétrico da janela e soprou com um doce sorriso: "Aconselho o senhor a dar a volta e sumir o mais depressa possível; porque se não fizer isso nos próximos quinze segundos, vou mandar matar o senhor". Outros gênios da publicidade eram famosos por seu trabalho: Mary Wells pelos aviões cor-de-rosa que inventou para a Braniff, David Ogilvy por seu tapa-olho, Jerry dela Femina pela frase "Daquele povo fantástico que nos deu Pearl Harbour". Valance, cuja agência veiculava alegremente a mais barata vulgaridade, cheia de bundas e música agitada, ficou famoso em seu meio por essa frase (provavelmente apócrifa) "Vou mandar matar você", um achado que provava, para os entendidos, que o sujeito era realmente um gênio. Chamcha sempre suspeitara que ele tinha inventado a história, com seus componentes perfeitos para a terra da publicidade — a loira escandinava e gelada, dois valentões, carros de luxo, Valance no papel de Blofeld, sem nenhum 007 à vista —, e espalhado ele mesmo, sabendo que faria bem aos negócios.

O almoço tinha sido em homenagem a Chamcha pelo sucesso esmagador de sua participação numa campanha recente de alimentos dietéticos Slimbix. Saladin tinha feito a voz de uma bolha pernóstica de desenho animado: *Oi. Meu nome é Cal, e eu sou uma pobre caloria*. Quatro pratos e muito champanhe como recompensa por convencer as pessoas a passar fome. *Como é que uma pobre caloria ganha a vida? Por causa de Slimbix, eu estou desempregada*. Chamcha não sabia o que esperar de Valance então. O que ouviu foi, pelo menos, direto. "Você trabalhou muito bem", Hal elogiou, "para uma pessoa de sua raça." E continuou, sem tirar os olhos da cara de Chamcha: "Deixe eu contar uma coisa para você. Nos últimos três meses, nós refizemos um outdoor de manteiga de amendoim porque a pesquisa indicou que funcionava mais sem o negrinho no fundo. Regravamos um jingle de uma construtora porque o presidente achou que a voz do cantor parecia de negro, apesar de ele ser mais branco que uma folha de papel e de, no ano anterior, termos usado um negro que, por sorte dele, não sofria de excesso de soul. Uma das maiores empresas aéreas nos disse que não podíamos usar pretos em nossos anúncios, mesmo que eles fossem funcionários da companhia. Um ator negro veio fazer um teste comigo e estava usando um button da Igualdade Racial, uma mão preta apertando uma mão branca. Eu disse assim: não pense que vai receber tratamento especial, meu amigo. Está entendendo? Está entendendo o que eu estou dizendo?". É um bendito teste, Saladin percebeu. "Nunca me senti como parte de uma raça", respondeu. Foi provavelmente por isso que, quando Hal Valance fundou uma produtora, Chamcha estava em sua "lista A"; e também por que Maxim Alien foi dado a ele.

Quando o *Aliens Show* começou a ser criticado por radicais negros, deram a Chamcha um apelido. Por conta de sua formação em escolas de elite e pela proximidade com o odioso Valance, passou a ser conhecido como "Pai Tomás Moreno".

Aparentemente, a pressão política sobre o programa tinha aumentado durante a ausência de Chamcha, orquestrada por um certo dr. Uhuru Simba. "Doutor em quê, eu não sei", disse a gargantaprofunda de Valance ao telefone. "Nossos, ahn, pesquisadores ainda não descobriram nada." Passeatas, uma aparição embaraçosa no Direito de Resposta. "O sujeito é do tamanho de um tanque de guerra." Chamcha visualizou os dois, Valance e Simba, um como a antítese do outro. Aparentemente, os protestos tinham dado certo: Valance estava "despolitizando" o programa, despedindo Chamcha e colocando um gigantesco teutônico com peitorais e um topete dentro da maquiagem protética e das imagens geradas por computador. O Schwarzenegger de látex e Quantel, uma versão sintética, um Rutger Hauer de *Blade Run-*

ner falando a gíria da moda. Os judeus também ficaram de fora: em vez de Mimi, o novo programa teria uma voluptuosa boneca *shikse*. "Mandei dizer assim ao dr. Simba: enfie no cu o seu pê agá dê. Não recebi nenhuma resposta. Ele vai ter de se esforçar mais se está querendo dominar *este* pequeno país. Eu", Hal Valance anunciou, "adoro este país fodido. Por isso é que vou vender o país para o mundo inteiro, Japão, Estados Unidos, para a porra da Argentina. Vou vender este país até o rabo. Foi isso que eu vendi a porra da minha vida inteira: a porra da nação. A *bandeira*." Ele não ouvia o que estava dizendo. Quando embarcava nesse assunto, pirava e acabava chorando. Era exatamente o que tinha feito aquela primeira vez, no White Tower, enquanto se empanturrava de comida grega. A data surgiu de repente na lembrança de Chamcha: tinha sido logo depois da Guerra das Falklands. As pessoas tinham a tendência de fazer juramentos de fidelidade naquela época, cantarolando "Pompa e circunstância" nos ônibus. Portanto, quando Valance, segurando um grande cálice de Armagnac, começou — "Vou dizer por que adoro este país" — Chamcha, que era pró-Falklands, achou que sabia o que vinha em seguida. Mas Valance começou a descrever o programa de pesquisa de uma companhia aeroespacial britânica, cliente dele, que tinha acabado de revolucionar a construção dos sistemas de orientação de mísseis estudando o padrão de vôo da mosca doméstica. "Correções de curso em vôo", ele sussurrou, teatral. "Coisa feita tradicionalmente na linha de vôo: ajustar o ângulo um pouquinho, descer um tanto, um nadinha para a direita ou para a esquerda. Mas quando os cientistas estudaram os filmes em câmera lenta da humilde mosca, descobriram que as putinhas sempre, mas sempre, faziam correções *em ângulos retos*." Fez uma demonstração com a mão estendida, a palma reta, os dedos juntos. "Bzzz! Bzz! As filhas-da-puta são capazes de voar na vertical para cima, para baixo ou de lado. Muito mais exato. Muito mais econômico com o combustível. Tente fazer isso com uma máquina que depende do fluxo de ar do nariz para a cauda e o que acontece? A porra do negócio não respira, pára, cai do céu e aterrissa em cima dos fodidos dos aliados. Mau *karma*.

Você entende. Está entendendo o que eu estou dizendo. Então esses caras, eles inventaram um aparelho com três fluxos de ar: do nariz para a cauda, de cima para baixo, e de um lado para o outro. E bingo: um míssil que voa como uma bendita mosca, e é capaz de acertar uma moeda de cinqüenta pence a cinco quilômetros, voando a uma velocidade de solo de cento e cinqüenta quilômetros por hora. É isso que eu gosto neste país: o gênio. Os maiores inventores do mundo. É uma maravilha: tenho ou não tenho razão?" Tinha falado muito sério. Chamcha respondeu: "Tem razão". "Claro que tenho razão", ele confirmou.

Tinham se encontrado pela última vez pouco antes de Chamcha partir para Bombaim: um almoço de domingo na mansão embandeirada de Highgate. Lambris de madeira, terraço com urnas de pedra, vista de um bosque montanhoso. Valance reclamando de um projeto novo que ia estragar a sua vista. Um almoço previsivelmente nacionalista: *rosbif*, *boudin Yorkshire*, *choux de Bruxelles*. Baby, a esposa ninfeta, não almoçou junto com eles. Comeu um sanduíche de pastrami com pão integral enquanto jogava sinuca numa sala vizinha. Criados, um trovejante borgonha, mais Armagnac, charutos. O paraíso do *self-made man*, Chamcha pensou, e identificou a inveja que existia naquela idéia.

Depois do almoço, uma surpresa. Valance o levou para uma sala onde havia dois clavicórdios de grande leveza e suavidade. "Fui eu que construí os dois", Valance confessou. "Para relaxar. Baby quer que eu faça para ela uma merda de uma guitarra." O talento de Hal Valance como marceneiro era inegável, e de certa forma contrastante com o resto do homem. "Meu pai era do ramo", admitiu diante das perguntas de Chamcha, e Saladin entendeu que tinha sido brindado com um privilegiado vislumbre da única parte que restava do eu original de Valance, o Harold que provinha de história e de sangue e não de sua própria cabeça frenética.

Assim que saíram da sala secreta dos clavicórdios, o Hal Valance de sempre reapareceu instantaneamente. Debruçado na balaustrada do terraço, ele confidenciou: "A coisa mais inacreditável dela é a dimensão do que está tentando fazer". Ela? Baby? Chamcha ficou confuso. "Estou falando você sabe de quem", Valance explicou, atencioso. "Tortura. Maggie, the *bitch*." Ah. "Ela, sim, é radical. O que ela quer — o que ela acha que vai *conseguir* mesmo — é, literalmente, inventar toda a porra de uma nova classe média neste país. Livrar-se daqueles fodidos incompetentes de Surrey e Hampshire, e fazer brotar o novo. Gente sem passado, sem história. Gente feroz. Gente que *quer* mesmo, e que sabe que com ela, vai *conseguir*. Ninguém jamais tentou antes substituir a porra de uma *classe* inteira, e o mais incrível é que ela é bem capaz de conseguir, se não acabarem com ela antes. A velha classe. Os mortos. Entende o que estou dizendo." "Acho que sim", Chamcha mentiu. "E não são só os homens de negócios", Valance resmungou. "Os intelectuais também. Fora com a bicharada toda. Entram em cena os esfaimados mal-educados. Novos professores, novos pintores, tudo. É uma revolução fodida. A novidade chegando a este país abarrotado de velhos *cadáveres* fodidos. Vai ser uma maravilha de assistir. Já está sendo."

Baby saiu para se encontrar com eles, parecendo entediada. "Hora de você ir embora, Chamcha", o marido ordenou. "Domingo de tarde a gente passa na cama, assistindo pornografia em vídeo. É um mundo novo, Saladin. Todo mundo vai ter de fazer parte dele um dia."

Sem concessões. Você é a favor ou morre. Esse não fora o jeito de Chamcha; nem o dele, nem o da Inglaterra que ele idolatrava e viera conquistar. Devia ter entendido lá atrás: estava sendo, tinha sido, alertado.

E agora o golpe de misericórdia. "Sem ressentimentos", Valance murmura em seu ouvido. "A gente se vê, ahn? Okay, certo."

"Hal", ele fez o esforço de protestar, "eu tenho um contrato."

Como um bode no matadouro. A voz em seu ouvido soava agora abertamente divertida. "Não seja bobo", disse a voz. "Não tem nada. Leia as letras miúdas. Contrate um *advogado* para ler as letras miúdas. Me processe. Faça o que quiser. Para mim não quer dizer nada. Será que não dá para entender? Você já era."

Sinal de telefone.

*

Abandonado por uma Inglaterra alienígena, perdido dentro de outra, Mr. Saladin Chamcha, em sua grande depressão, recebeu notícias de um velho companheiro que estava, evidentemente, gozando de melhor destino. O grito da dona da pensão — *Tini bénché achén!* — alertou que algo estava acontecendo. Hind rolou pelos corredores da pensão Shaandaar, sacudindo na mão o último exemplar do fanzine indiano importado *Ciné-Blitz*. Portas se abriram; seres transitórios surgiram, parecendo confusos e alarmados. Mishal Sufyan emergiu de seu quarto com quilômetros de barriga aparecendo entre a miniblusa e o jeans 501. Do escritório que mantinha do outro lado do saguão, emergiu Hanif Johnson, vestido na incongruência de um terno com colete, e foi atingido pela visão da barriga e cobriu o rosto. "Valha-me Deus", invocou. Mishal o ignorou e foi gritando atrás da mãe. "O que foi? Quem é que está vivo?"

"De onde saiu essa sem-vergonha?", Hind gritou pelo corredor, "cubra essa nudez."

"Vá se foder", Mishal resmungou, olhando Hanif Johnson com olhos rebeldes. "E aqueles pneus dela aparecendo entre o sari e o *choli*, isso é que eu queria saber." No extremo oposto do corredor, via-se Hind à meia-luz, sacudindo o *Ciné-Blitz* para os moradores, repetindo, ele está vivo. Com todo o fervor daqueles gregos que, depois do desaparecimento do político Lambrakis, cobriram o país com pichações da letra Z. *Zei: ele vive.*

"Quem?", Mishal tornou a perguntar.

"Gibreel", veio o grito das crianças transitórias. "*Farishta bénché achén.*" Hind, já desaparecendo escada abaixo, não viu a filha voltando para o quarto — deixando a porta encostada — e sendo seguida, assim que teve certeza de que o terreno estava livre, pelo bem conhecido advogado Hanif Johnson, vestido e calçado, que mantinha aquele escritório para continuar em contato com suas raízes, que também estava se dando bem em sua banca no centro da cidade, que tinha boas ligações com o Partido Trabalhista local e era acusado pelo deputado da área de conspirar para pegar seu lugar na próxima campanha.

Quando seria o décimo oitavo aniversário de Mishal Sufyan? Ainda faltavam umas semanas. E onde estava sua irmã, colega de quarto, amiga, sombra, eco e oposto? Onde estava a potencial dama de companhia? Ela estava: fora.

Continuando:

A notícia de *Ciné-Blitz* era a de que uma nova empresa produtora, com base em Londres, encabeçada pelo milionário prodígio Billy Battuta, cujo interesse por cinema era bem conhecido, tinha se associado ao respeitado produtor independente indiano Mr. S. S. Sisodia com o propósito de produzir um veículo para o retorno do legendário Gibreel, que só agora se revelava, com exclusividade, ter escapado das garras da morte uma segunda vez. "É verdade que eu tinha reserva naquele avião sob o nome de Najmuddin", a revista citava as palavras do astro. "Sei que quando os investigadores identificaram que esse era meu pseudônimo — na verdade, o meu nome real — isso causou grande tristeza em minha terra, e, sinceramente, peço perdão ao meu público. Sabe, na verdade, por graça de Deus eu de alguma forma perdi o vôo, e como queria mesmo desaparecer, desculpem, não é um jogo de palavras, permiti que não fosse desmentida a notícia do meu desaparecimento e tomei outro vôo mais tarde. Que sorte! Meu anjo da guarda deve ter cuidado de mim." Depois de algum tempo de reflexão, porém, ele tinha concluído que era errado privar o público da informação e também de sua presença nas telas, de maneira tão pouco gentil e ferina. "E por isso, aceitei este projeto com todo empenho e alegria." O filme seria — o que mais? — um teológico, mas de outro tipo, novo. Passar-se-ia numa cidade fabulosa e imaginária, toda feita de areia, contando a história do encontro entre um profeta e um arcanjo; e também da tentação do profeta, e de sua escolha do caminho da pureza e não das baixas concessões. "É um filme", informou a *Ciné-Blitz* o produtor Sisodia, "que mostra como o novo surge no mundo." — Mas não seria considerado blasfemo, um crime contra...? — "Claro que não", insistia Billy Battuta.

"Ficção é ficção; fato é fato. Nossa intenção não é fazer um pastiche como aquele filme *A mensagem*, em que, toda vez que o profeta Maomé (que seu nome nos traga paz!) falava, só se via a cabeça de seu camelo, mexendo a boca. *Isso* — me desculpem por mencionar — não tinha classe nenhuma. O que nós vamos fazer é um filme de alta classe, de qualidade. Uma história moral: como — como é que chama mesmo? — como as fábulas."

"Como um sonho", disse Mr. Sisodia.

Quando Anahita e Mishal Sufyan levaram a notícia para Chamcha no sótão mais tarde, nesse mesmo dia, ele teve o ataque de raiva mais violento que as duas jamais tinham visto, uma fúria cuja assustadora influência fez sua voz soar tão alta que parecia rasgar, como se lhe houvessem crescido lâminas na garganta, retalhando seus gritos; o hálito pestilento quase as expulsou do quarto, e com os braços levantados e as pernas de bode dançando, ele parecia, finalmente, o próprio diabo em cuja imagem havia se transformado. "Mentiroso", gritou ao ausente Gibreel. "Traidor, desertor, canalha. Perdeu o avião, é? Então de quem era aquela cabeça no meu ombro, que eu com minhas próprias mãos...? — que recebeu carinho, falou de pesadelos, e acabou caindo, cantando, do céu?"

"Calma, calma", pediu a aterrorizada Mishal. "Calma. Você vai acabar fazendo mamãe subir aqui."

Saladin despencou, de novo um patético amontoado caprino, que não ameaçava ninguém. "Não é verdade", choramingou. "O que aconteceu, aconteceu para nós dois."

"Claro", Anahita animou. "Ninguém acredita nessas revistas de cinema mesmo. Eles dizem qualquer coisa, eles dizem."

As irmãs saíram do quarto prendendo a respiração, e deixaram Chamcha entregue ao desespero, sem terem percebido uma coisa muito notável. Não se pode censurá-las por isso; o ataque de Chamcha era suficiente para distrair até o olhar mais atento. Deve-se também, por uma questão de justiça, esclarecer que o próprio Saladin não se deu conta da mudança.

O que aconteceu? O seguinte: durante o breve, mas violento, ataque de Chamcha contra Gibreel, os chifres de sua testa (que, vale indicar, cresceram diversos centímetros enquanto repousava ali no sótão da pensão Shaandaar) tinham definitivamente, inquestionavelmente, *diminuído* cerca de dois centímetros.

No interesse da mais estrita precisão, deve-se acrescentar que, mais abaixo em seu corpo transformado — dentro das calças emprestadas (a delicadeza impede a publicação de detalhes explícitos) —, algo mais, vamos dizer assim, ficou um pouco menor também.

Seja como for: o que acabou sendo revelado é que o otimismo da revista de cinema importada não tinha muito fundamento, pois dias depois de sua publicação os jornais locais traziam a notícia da prisão de Billy Battuta num sushi bar do centro de Nova York, junto com sua acompanhante, Mildred Mamoulian, qualificada como atriz, de quarenta anos de idade. A notícia dizia que ele havia procurado diversas matronas de sociedade, *movers* e *shakers*, solicitando somas "muito substanciais" de dinheiro que dizia precisar para comprar sua liberdade de uma seita de adoradores do diabo. Uma vez golpista, sempre golpista: sem dúvida era assim que Mimi Mamoulian descreveria uma mordida dessas. Penetrando no coração da religiosidade norte-americana, com a alegação de comprar a própria salvação — "quando você vende a alma, não pode esperar comprá-la de volta por preço baixo" —, Billy tinha depositado no banco, alegavam os investigadores, "somas de seis dígitos". A comunidade mundial dos fiéis ansiava, em fins da década de 1980, pelo *contato direto com o superno*, e Billy, dizendo ter invocado (e precisando, conseqüentemente, ser resgatado das garras de) demônios infernais, estava quase conseguindo um golpe certeiro, principalmente porque o Diabo que ele oferecia era tão democraticamente sensível ao poder do Dólar Todo-Poderoso. O que Billy oferecia às matronas do West Side em troca de seus gordos cheques era a prova viva: sim, o Diabo existe; eu mesmo o vi com meus próprios olhos — Deus, era horrendo! — e se Lúcifer existe, Gabriel tem de existir também; se se viu queimar o Fogodoinferno, então, em algum lugar, além do arco-íris, certamente deve brilhar o Paraíso. Afirmava-se que Mimi Mamoulian tinha participado ativamente do golpe, chorando e implorando com todas as forças. Os dois se deixaram trair pelo excesso de confiança, tendo sido vistos no Takesushi (festejando e trocando piadas com o *chef*) por uma certa Mrs. Aileen Struwelpeter que, ainda na tarde anterior, entregara ao casal, então perturbado e aterrorizado, um cheque de cinco mil dólares. Mrs. Struwelpeter tinha uma certa influência no Departamento de Polícia de Nova York, e os garotos de farda azul chegaram antes que Mimi terminasse seu tempura. Os dois se deixaram levar sem reagir. Nas fotos do jornal, Mimi estava vestindo o que Chamcha adivinhou ser um casaco de mink de quarenta mil dólares, e, na cara, uma expressão que só podia ser entendida de uma forma.

Para o inferno vocês todos.

Durante algum tempo, não se soube mais nada sobre o filme de Farishta.

*

Era uma vez, ou não era não, um homem chamado Saladin Chamcha, cujo encarceramento num corpo de diabo e no sótão da pensão Shaandaar prolongou-se por semanas e meses, a ponto de não ser mais possível deixar de notar que seu estado piorava constantemente. Os chifres (a despeito daquela única diminuição, momentânea e despercebida) tinham ficado mais longos e mais grossos, retorcendo-se sobre si mesmos em arabescos, envolvendo sua cabeça num turbante córneo cada vez mais escuro. Tinha-lhe crescido uma espessa e longa barba, desenvolvimento desorientador em alguém cujo rosto redondo como a lua jamais exibira muitos pêlos antes; na verdade, seu corpo todo estava ficando mais peludo, e na base da coluna vertebral tinha até brotado um fino rabo que crescia dia a dia, e que já o obrigara a abandonar o uso de calças; no lugar delas, guardava o novo membro dentro de largas pantalonas *salwar*, surrupiadas por Anahita Sufyan da coleção de corte generoso de sua mãe. Pode-se logo imaginar o desespero que produzia nele essa contínua metamorfose numa espécie de djim preso na garrafa. Até seus apetites tinham começado a mudar. Sempre enjoado com a comida, ficava horrorizado ao descobrir que seu paladar estava ficando mais grosseiro, de forma que qualquer comida começava a ter o mesmo gosto, e, eventualmente, se surpreendia mascando distraidamente os lençóis da cama ou jornais velhos, voltando a si com um susto, culpado e envergonhado com mais essa prova de seu afastamento da humanidade em direção — sim — da caprinidade. Eram necessárias quantidades cada vez maiores de enxaguante bucal verde para manter seu hálito dentro de limites aceitáveis. Era tudo doloroso demais de agüentar.

Sua presença na casa era um espinho permanente no coração de Hind, em quem a insatisfação pelo aluguel perdido misturava-se ao terror inicial, embora se possa dizer que o processo de abrandamento trazido pelo hábito tinha exercido sobre ela seu feitiço, levando-a a ver o estado de Saladin como uma espécie de doença do Homem Elefante, uma coisa que nos repugna, mas que não tememos necessariamente. "Ele que não se meta comigo que eu não me meto com ele", disse ela às filhas. "E vocês, filhas do meu desespero, por que passam tanto tempo sentadas lá em cima com um doente, enquanto a sua juventude passa voando?, o que é que se pode dizer?, nesta Vilayet tudo o que eu sabia antes parece mentira, como a idéia de que as moças deviam ajudar as mães, pensar em casamento, estudar, e não sentar para conversar com bodes, que o velho costume manda matar cortando a garganta no dia do grande Eid."

O marido dela continuava solícito, porém, mesmo depois do estranho acidente que ocorreu quando subiu ao sótão e sugeriu a Saladin que as meninas, afinal, talvez não estivessem erradas e que a, como dizer?, possessão de seu corpo talvez pudesse ser revertida pela intercessão de um *mullah*? À menção do sacerdote, Chamcha empinou nos cascos, levantando ambos os braços acima da cabeça, e de alguma forma o quarto encheu-se de fumaça densa e sulfurosa enquanto um guincho agudo e vibrato, com uma certa qualidade dilacerante, penetrava o ouvido de Sufyan como uma lança. A fumaça logo se desfez, porque Chamcha abriu uma janela e abanou os vapores rapidamente, desculpando-se com Sufyan num tom de agudo embaraço:

"Não sei dizer o que tomou conta de mim — mas às vezes, tenho medo de estar me transformando em algo — algo que se pode chamar de *mau*".

Sufyan, bom sujeito que era, foi até o lugar onde Chamcha estava sentado, agarrando os chifres, deu-lhe tapinhas no ombro e tentou alegrá-lo da melhor maneira possível. "A questão da mutabilidade de essência do eu", começou a dizer, sem jeito, "há muito tempo é objeto de profundos debates. Por exemplo, o grande Lucrécio diz, em *De rerum natura*, o seguinte: *quodcumque suis mutatum finibus exit, continuo hoc mors est illius quod fuit ante*. O que, traduzindo, perdoe o mau jeito, quer dizer 'tudo aquilo que por meio de sua mudança atravessa as próprias barreiras' — quer dizer, transborda as próprias margens — ou, talvez, rompe seus limites — por assim dizer, desrespeita as próprias regras, mas é uma tradução muito livre, estou achando... 'essa coisa', de qualquer forma é o que diz Lucrécio, 'ao fazê-lo atrai a morte imediata para o seu eu antigo'. Mas", o dedo do ex-professor pôs-se em riste, "o poeta Ovídio, nas *Metamorfoses*, toma posição diametralmente oposta. Ele afirma o seguinte: 'Como a cera mole' — derretida, entende, talvez para selar documentos ou algo assim — 'pode ser estampada com novas figuras E muda de forma continuando a parecer a mesma, E efetivamente é a mesma, assim também as nossas almas' — está ouvindo, mister? Nossos espíritos! Nossas essências imortais! — 'São ainda as mesmas para sempre, mas adotam Em suas migrações, formas sempre variáveis'."

Ele agora pulava de um pé para outro, cheio da emoção das palavras antigas. "Sempre fui mais Ovídio que Lucrécio", declarou. "Sua alma, meu pobre e bom senhor, é a mesma. Só que em sua migração adotou essa forma variável de agora."

"Não é lá muito consolador", Chamcha conseguiu recuperar um laivo da velha secura. "Ou aceito Lucrécio e concluo que alguma mutação demoníaca e irreversível está ocorrendo no mais fundo de mim, ou fico com Ovídio e aceito que tudo o que está emergindo agora não é mais do que a manifestação do que já estava lá."

"Eu não coloquei bem", Sufyan desculpou-se, desanimado. "Só queria consolar."

"Que consolo pode haver para um homem", Chamcha respondeu com amarga retórica, a ironia se esfarelando sob o peso da infelicidade, "cujo velho amigo e salvador é também o amante da própria mulher, produzindo assim — como seus velhos livros sem dúvida devem afirmar — o crescimento dos chifres do corno?"

*

O velho amigo, Jumpy Joshi, não conseguia nem por um minuto das horas que passava acordado livrar-se da idéia de que, pela primeira vez em toda a sua vida, tinha perdido a vontade de se conduzir de acordo com os seus padrões de moralidade. No centro esportivo onde ensinava técnicas de artes marciais para um número sempre crescente de alunos, enfatizando o aspecto espiritual das disciplinas, o que muito os divertia ("Ah, sei, Gafanhoto", brincava a estrela de suas alunas, Mishal Sufyan, "quando honolável polco fascista pula em cima de você na lua escula, você lecita pala ele ensinamento de Buda antes de dal chute no honolável saco"), ele começou a apresentar uma tal *intensidade passional* que os alunos, percebendo que era alguma angústia íntima que estava vindo à tona, se alarmaram. Quando Mishal o questionou depois de um treino que tinha deixado os dois doloridos e ofegantes, treino em que ambos, professor e estrela, se atiraram um sobre o outro como os mais famintos dos amantes, ele devolveu a ela a pergunta com uma reserva que não lhe era usual. "O roto falando do rasgado", disse. "A palha e a trave." Estavam parados perto das máquinas automáticas de refrigerantes. Ela encolheu os ombros. "Okay", disse. "Confesso, mas guarde segredo." Ele pegou a Coca-Cola: "Que segredo?". O inocente Jumpy. Mishal cochichou em seu ouvido: "Eu estou transando. Com seu amigo: Mister Hanif Johnson, advogado".

Ele ficou chocado, o que a deixou irritada. "Ah, por favor. Eu não tenho *quinze* anos." Ele replicou, tímido: "Se sua mãe" e mais uma vez ela ficou impaciente. "Se você quer saber", disse petulante, "quem me preocupa mais é Anahita. Ela sempre quer tudo o que é meu. E ela, sim, tem quinze anos." Jumpy viu que tinha derrubado o copo de papel e entornado a Coca-Cola no tênis. "Agora fale", Mishal insistiu. "Eu contei. Agora é sua vez." Mas Jumpy não podia contar; ainda estava sacudindo a cabeça por causa de Hanif. "Isso pode acabar com ele", disse. E funcionou. Mishal empinou o nariz. "Ah, sei", disse a menina. "Eu não estou à altura dele, é isso que você acha." E por cima do ombro, já indo embora: "E aí, Gafanhoto? Santo não trepa?".

Santo, mas nem tanto. Ele não tinha vocação para a santidade, não mais que o personagem de David Carradine na velha série *Kung Fu*: Jumpy tal qual o Gafanhoto. Todo dia ele se esfalfava tentando manter distância da grande casa de Notting Hill, e toda noite acabava na porta de Pamela, polegar na boca, mordendo a pele em torno das unhas, enfrentando o cachorro e a própria culpa, indo sem perda de tempo para o quarto. Onde um se atirava em cima do outro, bocas buscando os pontos por onde tinham escolhido, ou aprendido, a começar: primeiro os lábios dele nos bicos dos seios dela, depois os dela em torno do polegar de baixo dele.

Ela tinha aprendido a amar essa qualidade de impaciência dele, porque em seguida vinha uma paciência que ela nunca tinha experimentado, a paciência de um homem que nunca fora "atraente" e estava, portanto, preparado para valorizar o que lhe era oferecido, ou pelo menos foi o que ela pensou de início; depois, porém, aprendeu a apreciar a consciência e a solicitude dele com as suas tensões internas, a percepção que ele demonstrou da dificuldade que seu corpo esguio, ossudo, de seios pequenos, teve para aprender e finalmente submeter-se a um ritmo, a consciência de tempo que ele tinha. Ela amava nele também a superação de si mesmo; amava, sabendo que era pela razão errada, a disposição dele de superar os próprios escrúpulos para estarem juntos: amava o desejo dele que superava tudo o que lhe fora sempre imperativo. Amava nesse amor, sem querer enxergar, o começo de um fim.

Quase no fim da relação, ela foi ficando barulhenta. "Aai!", gritou, toda a aristocracia da voz encolhida nas sílabas sem sentido do abandono. "Ui! Aih! *Hah*."

Ela ainda estava bebendo muito, scotch bourbon rye, uma faixa vermelha surgindo no meio de seu rosto. Sob o efeito do álcool, ficava com o olho direito menor que o esquerdo e, horrorizado, ele começou a sentir repulsa por ela. Porém não era permitido discutir o fato de ela beber: a única vez que tentou, viu-se jogado na rua, com os sapatos na mão direita e o sobretudo no braço esquerdo. Mesmo depois disso, voltou: e ela abriu a porta e foram direto para o andar de cima como se nada tivesse acontecido. Os tabus de Pamela: piadas sobre sua origem, chamar as garrafas de uísque vazias de "soldados mortos", e qualquer sugestão de que seu falecido marido, o ator Saladin Chamcha, ainda estivesse vivo, morando do outro lado da cidade numa pensão, na forma de uma fera sobrenatural.

Nos últimos dias, porém, Jumpy — que, de início, tinha atormentado Pamela insistentemente sobre Saladin, dizendo que devia se divorciar dele porque essa viuvez fingida era intolerável: e as posses dele, seus direitos a uma parte da propriedade e tudo? Ela, certamente, não ia querer deixá-lo sem nada — não protestava mais contra esse comportamento injustificável. "Tenho um comunicado oficial da morte dele", ela disse na única ocasião em que se dispusera a falar. "Você o que tem? Um bode, um monstro de circo, que não tem nada a ver comigo." E isso também, da mesma forma que a bebida, tinha começado a pesar entre os dois. A veemência de Jumpy nas aulas de artes marciais começou a aumentar à medida que esses problemas foram tomando conta de sua cabeça.

Ironicamente, Pamela, que se recusava terminantemente a enfrentar os fatos a respeito do marido recusado, viu-se envolvida, devido a seu trabalho no comitê de relações comunitárias, em uma investigação de denúncias de prática de feitiçaria entre oficiais da delegacia de polícia local. Efetivamente, várias delegacias ficavam "fora de controle" de quando em quando — Notting Hill, Kentish Town, Islington — mas feitiçaria? Jumpy era cético. "O problema", Pamela disse em sua voz mais altiva, "é que você ainda acha que normalidade é ser normal. Meu Deus: olhe o que está acontecendo neste país. Não tem nada de tão estranho no fato de uns policiais corruptos tirarem a roupa e beberem urina nos capacetes. Pode-se dizer que é uma maçonaria da classe operária, se você quiser. Eu sou procurada todo dia por negros morrendo de medo, falando de 'mandinga', de vísceras de galinha, dessas coisas. Os desgraçados estão *se divertindo* com isso tudo: apavorar os crioulos com o *ugabuga* deles mesmos e assim terem umas noites de molecagem. Impossível? *Abra os olhos*, porra." A caça às bruxas, aparentemente, era coisa de família: de Matthew Hopkins para Pamela Lovelace. Na voz de Pamela, falando em reuniões abertas ao público, nas rádios locais, mesmo nos programas regionais de televisão, ressoavam o zelo e a autoridade do velho general-caçador de bruxas, e era só por causa dessa voz de uma Gloriana do século XX que a campanha não fora instantaneamente ridicularizada e extinta. *É Preciso uma Nova Vassoura para Varrer Nossas Bruxas*. Falava-se de um inquérito oficial. O que deixava Jumpy maluco, porém, era Pamela recusar-se a fazer a ligação entre os seus próprios argumentos na questão dos policiais ocultistas com a questão de seu marido: porque, afinal de contas, a transformação de Saladin Chamcha tinha tudo a ver com a idéia de que a normalidade não era mais composta (se é que algum dia já foi) de elementos "normais", banais. "Não tem nada a ver", ela disse, firme, quando ele tentou argumentar: imperiosa, ele pensou, como qualquer juiz linha-dura.

*

Depois que Mishal Sufyan contou sobre seu relacionamento sexual ilegal com Hanif Johnson, Jumpy, a caminho da casa de Pamela Chamcha, teve de controlar uma série de idéias racistas, como *se o pai dele não fosse branco ele nunca teria chegado aonde chegou*; Hanif, pensou, furioso, aquele imaturo filho-da-puta que devia fazer marcas no pau para contabilizar suas conquistas, esse Johnson que aspirava representar sua gente mas não podia esperar que atingissem a maioridade para cair em cima delas!... será que ele não via que Mishal, com aquele corpo onisciente, era só uma, só uma, criança? — *Não, não era.* —

Maldito seja, então, maldito (e aí Jumpy ficou chocado consigo mesmo) por ter sido o primeiro.

Jumpy, a caminho da amante, tentou convencer a si mesmo que seu ressentimento com Hanif, *seu amigo Hanif*, era basicamente — como dizer? — *lingüístico*. Hanif dominava perfeitamente as linguagens que interessavam: sociológica, socialista, radical negra, radical anti-anti-anti-racista, demagógica, oratória, sermônica: os vocabulários do poder. *Mas você, filho-da-puta, fuça nas minhas gavetas e ri dos meus poemas idiotas. O problema da linguagem real: como dar forma a ela, como fazer dela a nossa liberdade, como retomar seus poços envenenados, como dominar o rio de palavras do tempo de sangue; e disso tudo você não entende nada.* Que dura luta, que inevitável a derrota. *Ninguém vai me eleger para nada. Nenhuma base de poder, nenhum eleitorado: só a batalha com as palavras.* Mas ele, Jumpy, tinha de admitir que a inveja que sentia de Hanif tinha raiz no maior controle do outro sobre as linguagens do desejo. Mishal Sufyan não era pouca coisa, uma beleza alongada, tubular, que ele não saberia como abordar, mesmo que tivesse pensado nisso, nunca teria ousado. Linguagem é coragem: a habilidade de conceber um pensamento, de proferi-lo, e assim torná-lo verdadeiro.

Quando Pamela Chamcha atendeu à porta, ele descobriu que o cabelo dela tinha ficado branco como a neve, da noite para o dia, e que a reação dela a essa inexplicável calamidade tinha sido raspar a cabeça e depois escondê-la com um turbante cor de vinho que se recusava a tirar.

"Aconteceu", disse ela. "Não se pode descartar a possibilidade de eu ter sido enfeitiçada."

Ele não aceitava aquilo. "Ou quem sabe uma reação, mesmo atrasada, ao estado alterado, mas real, de seu marido."

Ela virou-se para encará-lo, no meio da escada para o quarto, e apontou, dramática, para a porta aberta da sala de estar. "Nesse caso", perguntou, triunfante, "por que aconteceu também com o cachorro?"

*

Ele podia ter lhe dito, naquela noite, que queria terminar tudo, que sua consciência não lhe permitia mais — podia estar disposto a enfrentar a raiva dela e a viver com o paradoxo de que uma decisão podia ser ao mesmo tempo conscienciosa e imoral (porque cruel, unilateral, egoísta); mas quando entrou no quarto, ela agarrou seu rosto com ambas as mãos, observando de perto para ver como ele reagia à confissão de que tinha mentido a respeito das precauções contraceptivas. Estava grávida. Ela era, portanto, melhor do que ele em tomar decisões unilaterais, e tinha simplesmente arrancado dele o filho que Saladin Chamcha tinha sido incapaz de prover. "Eu queria", ela gritou, desafiadora, junto dele. "E agora vou ter."

O egoísmo dela adiantara-se ao dele. Ele descobriu que estava aliviado; absolvido da responsabilidade de fazer e agir de acordo com escolhas morais — como podia abandoná-la agora? —, tirou da cabeça essas idéias e deixou que ela, docemente, mas com inquestionável determinação, o derrubasse de costas na cama.

*

Podia ser que em sua lenta transmutação Saladin Chamcha estivesse virando uma espécie de *mutante* de ficção científica ou de vídeo de horror, alguma mutação ao acaso que logo seria eliminada por seleção natural, como podia ser também que ele estivesse evoluindo para se tornar o avatar do Mestre do Inferno; fosse qual fosse o caso, o fato era que (e é melhor, no assunto em questão, proceder cautelosamente, indo de um fato estabelecido a outro fato estabelecido, sem saltar para as conclusões, até que nossa estrada de tijolos amarelos de coisas incontroversas nos leve a um ou dois centímetros de nosso destino) as duas filhas de *haji* Sufyan o tinham tomado sob sua proteção, cuidando da Fera como só Belas são capazes; e que, à medida que passava o tempo, ele passou a ter um extremo carinho pela dupla. Durante um longo tempo, Mishal e Anahita pareceram-lhe inseparáveis, corpo e sombra, tiro e eco, a mais nova procurando sempre imitar a irmã alta e temperamental, praticando chutes de caratê e golpes de braço de wing chun em elogiosa imitação do radicalismo de Mishal. Mais recentemente, porém, ele vinha notando o aumento de uma triste hostilidade entre as irmãs. Uma noite, ali na sua janela do sótão, Mishal estava identificando alguns dos personagens da rua — aquele velho sikh que ficou reduzido ao total silêncio por um ataque racial; dizia-se que não falava fazia quase sete anos, e antes disso tinha sido um dos poucos juízes de paz "negros" da cidade... mas agora não pronunciava mais nenhuma sentença e só andava acompanhado pela mulher mal-humorada que o tratava com desdenhosa exasperação: *Ah, não ligue para ele, ele não fala nem uma palavra* — e ali adiante, um "típico contador" (expressão de Mishal) perfeitamente comum, a caminho de casa com a pasta e uma caixa de bombons; esse era famoso na rua por ter adquirido a estranha compulsão de arrumar a mobília da sala durante meia hora toda noite, colocando as cadeiras em fileiras, com um corredor no meio, fingindo ser motorista de um ônibus a caminho de Bangladesh, uma fantasia obsessiva de que a família inteira era obrigada a participar, *e depois de exatamente meia hora ele volta à realidade, e o resto do tempo é o cara mais sem graça do mundo* — e depois de alguns momentos, Anahita interrompeu, agressiva: "O que ela está querendo dizer é que você não é a única vítima, que gente esquisita não falta por aqui, é só olhar em volta".

Mishal tinha desenvolvido o costume de falar da rua como se fosse um campo de batalha mitológico e ela, do alto da janela do sótão de Chamcha, seria o anjo controlador e exterminador também. Com ela, Chamcha aprendeu as fábulas dos novos Kurus e Pandavas, os racistas brancos e os grupos negros de "auto-ajuda" ou vigilância naquele moderno *Mahabharata*, ou, mais precisamente, *Mahavilayet*. Lá adiante, debaixo da ponte da estrada de ferro, a Frente Nacional costumava lutar com os destemidos radicais do Partido Socialista dos Trabalhadores, "todo domingo desde a hora que o bar fechava até a hora que abria", ela disse com desprezo, "deixando para a gente o trabalho de limpar a porra da sujeira o resto da semana inteira". — Naquela ruazinha, foi que a polícia agrediu os Três de Brickhall, depois os acusou injustamente, deu voz de prisão e processou; lá naquela rua ele encontraria o cenário do assassinato do jamaicano Ulysses E. Lee, e naquele bar a mancha no tapete marcando o lugar onde Jatinder Singh Mehta tinha dado o último suspiro. "O tatcherismo está surtindo efeito", ela pronunciou, enquanto Chamcha, que não tinha mais vontade ou palavras para discutir, para falar de justiça ou do império da lei, observava a raiva cada vez maior de Anahita. — "Hoje não tem mais manifestação de rua", Mishal elucidou. "O importante é o empreendimento de pequena escala e o culto do indivíduo, certo? Em outras palavras, cinco ou seis brancos filhos-da-puta matando a gente, um a um." Agora, a rua noturna era patrulhada por grupos prontos para enfrentar a provocação. "É o nosso campo", disse Mishal Sufyan daquela rua sem uma folha de grama à vista. "Eles que venham para tomar conta se puderem."

"Olha só ela", Anahita explodiu. "Parece uma lady, não parece? Tão refinada. Imagine o que a mamãe ia dizer se soubesse." "Se soubesse o quê, pirralha...?" Mas Anahita não ia se deixar ameaçar: "Ah, é", protestou. "Ah, é, sim, a gente sabe de tudo. Que ela vai ao *bhangra beat show* todo domingo de manhã e veste no banheiro aquela roupa de putinha — com quem ela rebola e pula na sessão da tarde da discoteca Hot Wax de que ela acha que nunca ouvi falar — o que aconteceu naquele *bluesdance* quando ela escapuliu com Mister Sacana-você-sabe-quem — bela irmã mais velha", e encerrou com chave de ouro, "vai acabar morrendo de *ignorância* daquela coisa." Querendo dizer, como Chamcha e Mishal sabiam muito bem — aqueles comerciais, com lápides expressionistas subindo da terra e do mar, tinham deixado o resíduo de seu slogan bem plantado, sem dúvida nenhuma — *Aids*.

Mishal caiu em cima da irmã, puxando-lhe os cabelos — Anahita, mesmo sentindo dor, foi capaz de dizer mais: "Eu pelo menos não fiz esse corte de cabelo de almofada de alfinetes, só maluco para gostar *disso*", e as duas saíram, deixando Chamcha a pensar como Anahita tinha adotado, repentina e absolutamente, a ética da feminilidade de sua mãe. *Confusão à vista*, concluiu.

E confusão foi o que veio: logo.

*

Mais e mais, quando estava sozinho, sentia o lento peso a puxá-lo para baixo, até que despencava da consciência, parando como um brinquedo de corda, e nesses momentos de estase que sempre acabavam pouco antes da chegada de visitas, seu corpo emitia ruídos alarmantes, uivos de pedais de *wahwah*, repique de caixas de ossos satânicos. Eram períodos em que, pouco a pouco, ele crescia. E ao crescer, cresciam também os rumores sobre sua presença; não se pode manter um diabo preso no sótão e achar que isso vai ficar em segredo.

Como a notícia se espalhou (pois as pessoas que sabiam ficaram de boca fechada, os Sufyan porque temiam queda nos negócios, os seres temporários porque sua sensação de evanescência os tornava momentaneamente incapazes de agir — e todos pelo medo da chegada da polícia, nunca muito relutante em invadir esse tipo de estabelecimento, derrubar acidentalmente um pouco de mobília e pisar por acaso em alguns braços pernas pescoços): ele começou a aparecer nos sonhos dos que estavam próximos. Os *mullah* na Jamme Masjid, que fora antes a sinagoga Machzikel HaDath, que por sua vez tinha substituído a igreja calvinista dos huguenotes; e o dr. Uhuru Simba, o homem-montanha de casquete africano e poncho vermelho-amarelo-preto que tinha liderado o bem-sucedido protesto contra o *Aliens Show* e que Mishal Sufyan detestava mais do que a qualquer outro negro por causa de sua tendência a esmurrar na boca mulheres presunçosas, ela própria um exemplo disso, em público, numa reunião, cheia de testemunhas, coisa que não deteve o doutor, *é um maluco filho-da-puta, aquele ali*, ela disse a Chamcha um dia, apontando da janela do sótão, *capaz de qualquer coisa; podia ter me matado, e tudo isso só porque eu disse para todo mundo que ele não era africano coisa nenhuma, que eu conhecia ele desde que era só Sylvester Roberts da rua New Cross; uma porra de um bruxo, se você quer saber* — e a própria Mishal, e Jumpy, e Hanif —; e o motorista do ônibus também, todos sonhavam com ele, emergindo na rua como o apocalipse e queimando a cidade como se fosse uma torrada. E em cada um dos mil e um sonhos, ele, Saladin Chamcha, de membros gigantescos e cabeça envolta num turbante de chifres, cantava, com uma voz tão diabolicamente horrenda e gutural que era impossível identificar os versos, embora os sonhos acabassem revelando a apavorante qualidade de serem em série, cada um continuando o sonho da noite anterior, e assim por diante, noite após noite, até que mesmo o Homem Silencioso, aquele antigo juiz de paz que não falava desde a noite em que, num restaurante indiano, um jovem bêbado tinha encostado uma faca em seu nariz, ameaçado cortá-lo, e depois cometido a ofensa muito mais chocante de cuspir em sua comida — até esse brando cavalheiro surpreendeu sua mulher pondo-se sentado durante o sono, esticando o pescoço para a frente como um pombo, batendo a parte interna dos punhos juntos do lado da orelha direita, e rugindo no pico da voz uma canção que soava tão estranha e cheia de estática que ela não conseguiu entender nem uma palavra.

Rapidamente, porque nada mais demora hoje em dia, a imagem do diabo do sonho começou a pegar, a ficar popular, mas só entre aqueles que Hal Valance tinha descrito como de ideologia escura. Enquanto os neogeorgianos não escuros sonhavam com um inimigo sulfuroso esmagando suas residências perfeitamente restauradas debaixo do calcanhar fumegante, os escuros e negros noturnos se viam dando vivas, no sono, a esse que era o quê?, senão um negro, talvez um pouco deformado pelo destino classe raça história, tudo isso, mas levantando da cadeira, mau e maluco, para chutar alguns traseiros.

De início, esses sonhos eram assunto particular, mas logo começaram a vazar para as horas de vigília, à medida que os comerciantes e fabricantes asiáticos de buttons camisetas pôsteres iam entendendo o poder do sonho, e então, de repente, ele estava por toda parte, nos peitos das meninas e nas janelas protegidas contra pedras por grades de metal, ele era um desafio e um alerta. "Sympathy for the Devil": um novo sopro de vida para uma velha canção. Nas ruas, as crianças começaram a usar chifres de diabo de borracha na cabeça, da mesma forma que tinham usado bolas rosas-e-verdes balançando na ponta de arames anos antes, quando preferiam imitar homens do espaço. O símbolo do Homem Bode, o punho levantado num gesto de poder, começou a aparecer nos cartazes das manifestações políticas, Salvem os Seis, Libertem os Quatro, Comam Heinz Cinqüenta e Sete. *Pleasechu meechu*, os rádios cantavam, *hopeyu guessma nayym*. Os policiais encarregados das relações comunitárias apontaram o "crescente culto ao diabo entre jovens negros e asiáticos" como uma "tendência deplorável", usando essa "ressurgência satânica" para revidar as alegações de Miss Pamela Chamcha e do CRC local: "Quem são as feiticeiras agora?". "Chamcha", Mishal disse, excitada, "você é um herói. Quer dizer, o povo realmente se identifica com você. É uma imagem que a sociedade branca rejeitou por tanto tempo que a gente pode pegar para nós, entende?, ocupar, tomar posse e fazer que seja nossa. Já está na hora de você começar a pensar em entrar em ação."

"Saia daqui", Saladin gritou, confuso. "Não era isso que eu queria. Não era nada disso que eu pretendia."

"Seja como for, você está ficando grande demais para o sótão", Mishal continuou, irritada. "Logo, logo, não vai mais caber aqui."

As coisas estavam, sem dúvida, chegando a um impasse.

*

"Fatiaram mais uma velhinha ontem de noite", anunciou Hanif Johnson, imitando o sotaque de Trinidad daquele jeito dele. "Acabou aposentadoria p'a ela." Anahita Sufyan, de plantão atrás do balcão do Café Shaandaar, bateu as xícaras e pratos. "Não sei por que você faz isso", reclamou. "Me deixa maluca." Hanif ignorou-a e sentou-se ao lado de Jumpy, que murmurou, ausente: "O que é que estão dizendo?". A paternidade próxima estava afetando Jumpy Joshi, mas Hanif deu-lhe um tapa nas costas. "A poesia não tá com nada, mermão", consolou. "Parece que rio de sangue coagulou." Um olhar de Jumpy mudou o tom do outro. "Tão dizendo o de sempre", respondeu. "Procurando nego de carro. Só que se ela era preta, cara, vão dizer 'Sem base pa suspeitar motivo racial'. Olhe", continuou, abandonando o sotaque, "às vezes o nível de agressão subjacente nesta cidade me deixa apavorado. Não é só essa história do Esquartejador de Velhinhas. A coisa está por toda parte. Você esbarra no jornal de um sujeito no trem na hora do rush e ele acaba quebrando a sua cara. Parece que está todo mundo *furioso*. Inclusive você, meu amigo", concluiu, notando o estado do outro. Jumpy levantou-se, pediu licença e saiu sem dar explicações. Hanif abriu os braços, sorriu para Anahita seu sorriso mais sedutor: "Que foi que eu fiz?".

Anahita sorriu de volta, doce: "Você alguma vez já pensou, Hanif, que pode existir gente que não goste de você?".

Quando se espalhou a notícia de que o Esquartejador de Velhinhas tinha atacado de novo, começou a ficar cada vez mais freqüente a sugestão de que a solução dos revoltantes assassinatos de mulheres por um "demônio humano" — que invariavelmente arrumava os órgãos internos das vítimas em torno dos corpos, um pulmão em cada orelha, e o coração, por razões óbvias, na boca — provavelmente seria encontrada na investigação do novo ocultismo que grassava entre os negros da cidade e que andava preocupando a polícia. Conseqüentemente, aumentaram a detenção e o interrogatório da "negrada", assim como as batidas de surpresa em estabelecimentos "suspeitos de abrigarem células ocultistas clandestinas". O que estava acontecendo, mesmo que ninguém admitisse, nem, de início, entendesse, era que todos, pretos marrons brancos, tinham começado a considerar a figura dos sonhos como uma coisa *real*, como um ser que atravessara a fronteira, escapando ao controle normal, e que vagava agora à solta pela cidade. Migrante ilegal, rei dos fora-da-lei, criminoso horrendo ou herói racial, Saladin Chamcha estava começando a virar verdade. As histórias percorriam a cidade em todas as direções: não se deu crédito à história furada que um fisioterapeuta vendeu para o *Sundays*, mas onde há fumaça há fogo, diziam as pessoas; era um estado de coisas bastante precário, e não ia demorar muito para haver uma batida no Café

Shaandaar que acabaria explodindo tudo. Sacerdotes se envolveram, acrescentando à confusão mais um elemento de instabilidade — a ligação entre o termo *negro* e o pecado da *blasfêmia*. Em seu sótão, lentamente, Saladin Chamcha crescia.

*

Ele preferiu Lucrécio a Ovídio. A alma inconstante, a mutabilidade de tudo, *das Ich*, até a última gota. Ao longo da vida um ser pode se tornar tão diferente de si mesmo a ponto de *ser outro*, diferente, apartado da história. Ele pensava às vezes em Zeeny Vakil naquele outro planeta, Bombaim, na borda extrema da galáxia: Zeeny, ecletismo, hibridismo. O otimismo daquelas idéias! A certeza em que se baseavam; da vontade, da escolha! Mas, Zeeny minha, a vida simplesmente acontece: como um acaso. Não: ela acontece como resultado de sua condição. Não uma escolha, mas — na melhor das hipóteses — um processo e, na pior, uma mudança total, chocante. A busca do novo: tinha procurado outra coisa, mas chegara àquilo.

Amargura também, e ódio, todas essas coisas grosseiras. Ia mergulhar em seu novo eu; ia ser aquilo em que se transformara: ruidoso, fedorento, horrendo, gigantesco, grotesco, inumano, poderoso. Tinha a sensação de ser capaz de esticar o dedo mínimo e derrubar as ponteiras das igrejas com a força que crescia dentro dele, a raiva, a raiva, a raiva. *Poderes*.

Estava à procura de alguém em quem colocar a culpa. Ele também sonhava; e em seu sonho, uma forma, um rosto, flutuava sempre mais perto, ainda fantasmagórico, indistinto, mas um dia desses ia ser capaz de pronunciar seu nome.

Eu sou o que sou, admitiu.
Submissão.

*

O casulo de sua vida em suspenso na pensão Shaandaar rompeu-se na noite em que Hanif Johnson entrou gritando que tinham prendido Uhuru Simba pelos assassinatos do Esquartejador de Velhinhas, e dizia-se que iam acusá-lo também da questão de

Magia Negra, ele ia ser o sacerdote vodu o *baron samedi* o bode expiatório, e que as represálias — espancamentos, ataques a propriedades, o de sempre — já estavam começando. "Tranquem as portas", Hanif disse a Sufyan e Hind. "A noite vai ser dura."

Hanif estava parado no centro do café, seguro do efeito das notícias que estava trazendo, de forma que quando Hind veio até ele e esbofeteou seu rosto com toda força, ele estava tão desprevenido para o golpe que desmaiou, mais de surpresa que de dor. Jumpy o fez voltar a si, atirando um copo de água em cima dele, como tinha aprendido nos filmes, mas nessa altura, Hind já estava no andar de cima, atirando para a rua todo seu equipamento de escritório; fitas de máquina e fitas vermelhas também, daquele tipo que se usa para prender documentos legais, faziam volutas festivas no ar. Anahita Sufyan, incapaz de resistir às diabólicas picadas do ciúme, tinha revelado a Hind as relações de Mishal com o promissor advogado e político, e depois disso nada mais segurava Hind, seus anos todos de humilhação transbordaram, não bastava estar presa naquele país cheio de judeus e estranhos que a punham amontoada com negros, não bastava que seu marido fosse um fraco que fazia a *haj*, mas não cuidava da santidade de sua própria casa, tinha de acontecer com ela uma coisa dessas também; ela voou em cima de Mishal com uma faca de cozinha e a filha reagiu com uma dolorosa série de chutes e socos, apenas autodefesa, senão teria sido matricídio na certa. — Hanif voltou a si e o *haji* Sufyan olhou para ele, agitando as mãos em pequenos círculos indefesos ao lado do corpo, chorando abertamente, incapaz de encontrar alguma consolação em seus conhecimentos, porque se para a maior parte dos muçulmanos a viagem a Meca era uma grande bênção, em seu caso tinha resultado em começo de uma maldição; — "Vá", disse ele, "Hanif, meu amigo, vá embora" — mas Hanif não ia sair sem dizer o que pensava, *já fiquei de boca fechada tempo demais*, gritou, *vocês se dizem tão honestos, mas fazem uma fortuna com a miséria da sua própria raça*, o que deixou claro que o *haji* Sufyan não fazia a menor idéia dos preços que estavam sendo cobrados por sua mulher, que nada tinha lhe contado, exigindo juramento de segredo das filhas com ameaças terríveis e comprometedoras, sabendo que se o marido descobrisse ia achar um jeito de devolver o dinheiro, e eles acabariam apodrecendo na pobreza — e ele, o espírito familiar que piscava no Café Shaandaar, depois disso perdeu todo amor pela vida. — E agora Mishal chegava ao café, Ah, a vergonha da vida íntima de uma família representada assim, como um drama barato, diante dos olhos dos fregueses pagantes — se bem que na verdade a última bebedora de chá estava deixando a cena o mais depressa que suas velhas pernas eram capazes. Mishal trouxe as malas. "Eu também vou embora", anunciou. "Tente me segurar. Só faltam onze dias."

Quando Hind viu a filha mais velha a ponto de sair para sempre de sua vida, entendeu o preço que se paga por abrigar o Príncipe das Trevas debaixo do próprio teto. Implorou ao marido que fosse razoável, que entendesse que a generosidade de seu bom coração tinha colocado todos naquela situação, e que assim que aquele demônio, Chamcha, fosse removido da casa, eles talvez pudessem voltar a ser a família feliz e industriosa de antes. Quando terminou de falar, porém, a casa acima de sua cabeça começou a rugir e tremer, e ouviu-se o ruído de alguma coisa descendo a escada, urrando e — pelo menos parecia — cantando com uma voz tão terrivelmente rouca que era impossível entender as palavras.

Foi Mishal quem acabou subindo para encontrá-lo, Mishal e Hanif Johnson, segurando a mão dela, enquanto a traiçoeira Anahita assistia ao pé da escada. Chamcha estava com quase três metros de altura, e de suas narinas saía fumaça de duas cores, amarela da esquerda e preta da direita. Não vestia mais roupa nenhuma. Os pêlos do corpo tinham ficado grossos e longos, o rabo se agitava furioso, os olhos eram de um vermelho pálido, mas luminoso, e tinha conseguido apavorar para além da coerência toda a população temporária da pensão. Mishal, porém, não teve medo de falar. "Aonde pensa que vai?", perguntou. "Acha que vai sobreviver cinco minutos lá fora saindo desse jeito?" Chamcha parou, olhou para si mesmo, observou a grande ereção que se projetava de seu quadril e deu de ombros. "Estou pensando em *entrar em ação*", disse, usando a frase dela própria, embora naquela voz de lava e trovão não parecesse mais dela. "Quero encontrar uma pessoa."

"Calma aí", disse Mishal. "Vamos achar um jeito."

*

O que é que existe aqui, a um quilômetro e meio do Shaandaar, aqui onde ritmo e rua se misturam, no Clube Hot Wax, ex-Black-and-Tan? Nessa noite fatídica e sem lua, vamos seguir as figuras — algumas se exibindo, vestidas para a ocasião, excitadas, outras sub-reptícias, escondidas nas sombras, tímidas — convergindo de todos os cantos das vizinhanças para mergulhar, abruptamente, no subsolo, passando pela porta sem sinalização. O que há lá dentro? Luzes, fluidos, pós, corpos sacudindo, sozinhos, aos pares, aos trios, ao encontro das possibilidades. Mas quem serão essas outras figuras, obscuras no fulgor pisca-pisca de arco-íris do *espaço*, essas formas congeladas em suas posições no meio dos dançarinos frenéticos? Quem são esses, cercados de hip-hop e hindi-pop, e que não se mexem nem um milímetro? — "Vocês são lindos, batalhão da Hot Wax!" Fala o nosso mestre-de-cerimônias: gritando, saudando, DJ sem rival — o saltitante Pinkwalla, a roupa de luzes piscando no ritmo. — Ele é mesmo excepcional, um albino de dois metros, o cabelo rosa-pálido, os brancos dos olhos também, os traços inconfundíveis de indiano, o nariz altivo, longos lábios finos, uma cara saída de uma tapeçaria *Hamza-nama*. Um indiano que nunca viu a Índia, um homem das Índias Orientais que nasceu nas Índias Ocidentais, um negro branco. Um astro.

Imóveis, as figuras paralisadas dançam em meio à agitação de suas irmãs, em meio aos saltos e pulos da juventude. O que são elas? — Ora, estátuas de cera, só isso. — Quem são elas? — História. Olhe, ali está Mary Seacole, que fez na Criméia tanto quanto uma outra dama da lamparina, mas que, sendo de pele escura, mal podia ser vista à luz da vela de Florence — e ali!, um tal de Abdul Karim, conhecido como o Munshi, que a rainha Vitória quis promover, mas que foi preterido pelos ministros que tinham preconceito de cor. Todos ali, dançando imóveis na cera quente: o palhaço negro de Sétimo Severo à direita; à esquerda, o barbeiro de Jorge IV dançando com a escrava, Grace Jones. Ukawsaw Groniosaw, o príncipe africano que foi vendido por dois metros de pano, dança de seu jeito antigo com o filho de escravo Ignatius Sancho, que em 1782 veio a ser o primeiro escritor africano a ser publicado na Inglaterra. — Os migrantes do passado, ancestrais dos dançarinos vivos tanto quanto seus ancestrais de carne e osso, giram imóveis enquanto Pinkwalla grita saúda canta rap no palco, *Hoje eu sinto indignação quando falam de imigração quando fazem insinuação que nós não é parte da nação e eu faço proclamação da real situação damos nossa contribuição desde a romana ocupação*, e de outro lado da sala cheia, banhados na luz verde do mal, vilões de cera se curvam em caretas: Mosley, Powell, Edward Long, todos os avatares locais de Legree. E começa um murmúrio nas entranhas do clube, subindo, transformando-se numa única palavra, entoada insistentemente: "Derrete", os clientes exigem. "Derrete, derrete, derrete."

Pinkwalla pega a deixa da platéia, *De derreter chegou a hora criminosos em fila agora que o fogo do inferno não demora*, vira-se para a multidão, braços abertos, pés batendo o ritmo, e pergunta, *Quem é que vai ser? Quem vai derreter?* Ouvem-se nomes gritados, disputando, coincidindo, até que a multidão reunida torna a se unir, entoando uma só palavra. Pinkwalla bate palmas. A cortina se abre atrás dele, entram as assistentes de shorts brilhantes e camisetas cor-de-rosa puxando uma cabine aterrorizadora: do tamanho de um homem, iluminada por dentro — o microondas, completo, com Cadeira Elétrica, conhecido pelos freqüentadores do clube como Forno do Inferno. "Tudo bem", Pinkwalla grita. "Agora a coisa tá quente."

As assistentes vão para o conjunto de figuras odiadas, agarram a figura do sacrifício dessa noite, aquela que é selecionada com maior freqüência, para falar a verdade; ao menos três vezes por semana. Os cabelos encrespados com permanente, as pérolas, o tailleur azul. *Maggie-maggie-maggie*, berra a multidão. *Queima*,

queima, queima. A boneca — a *guy* — é amarrada na Cadeira Elétrica. Pinkwalla liga a chave. E que beleza como ela derrete, de dentro para fora, dissolvendo e perdendo a forma. Ela vira um monturo, e a multidão suspira seu êxtase: *pronto*. "Com fogo desta vez", Pinkwalla grita para eles. A música torna a dominar a noite.

*

Quando Pinkwalla, o DJ, viu o que vinha entrando escondido nas trevas para dentro de sua van, que os amigos Hanif e Mishal o tinham convencido a estacionar atrás do Shaandaar, sentiu o coração encher-se de medo da mandinga; mas havia também a excitação contrária ao constatar que o potente herói de seus muitos sonhos era uma realidade de carne e osso. Postou-se do outro lado da rua, tremendo debaixo de um poste de luz, apesar de não estar fazendo frio, e ali ficou durante meia hora, enquanto Mishal e Hanif insistiam, *ele precisa de um lugar para ficar, a gente tem de pensar no futuro dele*. Então deu de ombros, foi até a van e ligou o motor. Hanif sentou-se a seu lado na cabine; Mishal ficou com Saladin, escondido.

Eram quase quatro da manhã quando colocaram Chamcha na cama na danceteria vazia e trancada. Pinkwalla — cujo nome real, Sewsunker, nunca era usado — tinha desenterrado dois sacos de dormir de uma sala dos fundos e aquilo bastava. Hanif Johnson, ao se despedir da entidade apavorante de quem sua amante Mishal parecia não ter medo algum, tentou falar a sério: "Você tem de entender o quanto pode ser importante para nós, o que está em jogo é muito mais que as suas necessidades pessoais", mas o mutante Saladin só roncou, amarelo e preto, e Hanif recuou depressa. Quando se viu sozinho com as estátuas de cera, Chamcha conseguiu novamente fixar o pensamento no rosto que tinha finalmente tomado forma em sua mente, radiante, a luz se espalhando em torno dele a partir de um ponto atrás da cabeça, Mister Perfeição, intérprete de deuses, que sempre caía de pé, tinha sempre os pecados perdoados, era amado, elogiado, adorado... o rosto que vinha tentando identificar em sonhos, Mr. Gibreel Farishta, transformado no simulacro de um anjo, da mesma forma que ele era a imagem do Diabo.

Quem mais podia o Diabo culpar senão o Arcanjo, Gibreel?

A criatura nos sacos de dormir abriu os olhos; de seus poros começou a sair fumaça. O rosto de todos os bonecos de cera eram agora iguais, o rosto de Gibreel com seu bico-de-viúva e sua esguia magra beleza saturnina. A criatura arreganhou os dentes, exalou um longo e fétido alento, e as estátuas de cera dissolveram-se em poças e roupas vazias, todas elas, cada uma delas. A criatura deitou-se, satisfeita. E fixou a mente no inimigo.

E sentiu então dentro de si as mais inexplicáveis sensações de compressão, de sucção, de entrega; foi sacudida por dores terríveis, constritoras, e emitiu guinchos penetrantes que ninguém, nem mesmo Mishal, que estava com Hanif Johnson no apartamento de Pinkwalla em cima da danceteria, ousou investigar. As dores foram aumentando de intensidade, e a criatura se contorceu e debateu-se pela pista de dança, gemendo dolorosamente; até que afinal, houve uma trégua, e adormeceu.

Quando Mishal, Hanif e Pinkwalla ousaram entrar na danceteria horas depois, viram uma cena de apavorante devastação, mesas que tinham voado longe, cadeiras partidas ao meio e, é claro, todas as estátuas de cera — boas e más — Topsy e Legree — derretidas como tigres transformados em manteiga; e no centro da carnificina, dormindo como um bebê, nenhuma criatura mitológica, nenhum ícone de chifres e hálito infernal, mas Mr. Saladin Chamcha em pessoa, aparentemente restaurado à forma antiga, nu como nasceu, mas de aspecto e proporções inteiramente humanos, *humanizado* — resta-nos alguma outra opção senão concluir isso? — humanizado pela aterrorizante concentração do ódio.

Ele abriu os olhos que ainda brilhavam pálidos e vermelhos.

2

DESCENDO DO EVEREST, Alleluia Cone viu uma cidade de gelo a oeste do Acampamento Seis, do outro lado da Rock Band, brilhando à luz do Sol, abaixo do maciço de Cho Oyu. *Shangri-La*, pensou momentaneamente; porém, aquele não era nenhum vale da imortalidade, mas uma metrópole de gigantescas agulhas de gelo, finas, cortantes e frias. *Sherpa* Pemba chamou sua atenção, alertando que devia manter a concentração, e quando olhou de novo a cidade tinha desaparecido. Ainda estava a vinte e sete mil pés de altitude, mas a aparição da cidade impossível lançou-a através do tempo e do espaço para o estúdio de Bayswater, com sua antiga mobília de madeira escura e pesadas cortinas de veludo, no qual seu pai, Otto Cone, historiador da arte e biógrafo de Picabia, tinha conversado com ela, no ano que era o décimo quarto para ela e o último para ele, sobre "a mais perigosa de todas as mentiras que nos contam na vida" e que era, na opinião dele, a idéia de *continuum*. "Se alguém algum dia tentar convencer você que este belíssimo e mais perverso dos planetas é de alguma forma homogêneo, composto apenas de materiais conciliáveis, que tudo *se soma*, pegue o telefone e ligue para o fabricante de camisas-de-força", ele aconselhou, conseguindo dar a impressão de ter visitado mais planetas que este antes de chegar a essas conclusões. "O mundo é incompatível, nunca se esqueça: é gagá. Fantasmas, nazistas, santos, todos vivos ao mesmo tempo; num lugar, felicidade perfeita, enquanto virando a esquina está o inferno. Não existe lugar mais maluco." Cidades de gelo no teto do mundo não teriam preocupado Otto. Assim como sua mulher Alicja, mãe de Allie, ele era imigrante polonês, sobrevivente de um campo de prisioneiros de guerra cujo nome jamais foi mencionado durante toda a infância de Allie. "Ele queria fingir que não tinha acontecido", Alicja contou à família tempos depois. "Não era nada realista sob vários aspectos. Mas era um bom homem; o melhor que conheci." Ela sorria um sorriso interior ao falar, tolerando-o na memória da mesma maneira que o tinha tolerado em vida, quando era, muitas vezes, assustador. Por exemplo: desenvolveu um ódio pelo comunismo que o levava a extremos embaraçosos de comportamento, principalmente no Natal, quando esse homem judeu insistia em celebrar com sua família judia e outras aquilo que descrevia como "um rito inglês", como demonstração de respeito por sua nova "nação hospedeira" — e depois estragava tudo (aos olhos de sua mulher), irrompendo no salão onde estavam todos reunidos, relaxados, ao fulgor do fogo na lareira, das luzes da árvore de Natal e do conhaque, fantasiado de chinês de pantomima, com bigodes compridos e tudo, gritando: "Papai Noel morreu! Fui eu que matei! Eu sou o Mao: nada de presentes para ninguém! Hi! Hi! Hi!". No Everest, relembrando, Allie estremeceu — o estremecimento de sua mãe, ela se deu conta, transferido para o seu rosto gelado.

A incompatibilidade dos elementos da vida: dentro de uma barraca no Acampamento Quatro, a vinte e sete mil e seiscentos pés de altitude, a idéia que parecia, às vezes, ter sido o demônio perseguidor de seu pai soava banal, esvaziada de significado, de *atmosfera*, por causa da altitude. "O Everest silencia você", ela confessou a Gibreel Farishta numa cama sobre a qual a seda de pára-quedas formava um dossel de himalaias vazios. "Quando você desce, parece que não vale a pena dizer nada, absolutamente nada. Você se sente envolvido pelo nada, como se fosse um som. O não-ser. Não dá para continuar assim, claro. O mundo logo acaba invadindo a gente. Mas o que nos cala a boca, acho, é o vislumbre da perfeição que se teve: por que falar se não somos capazes de pensamentos perfeitos, de frases perfeitas? Parece uma traição do que se acabou de viver. Mas isso desaparece; você acaba aceitando que é preciso certas concessões, certos fechamentos para continuar vivendo." Os dois passaram na cama a maior parte do tempo durante as primeiras semanas juntos: o apetite recíproco aparentemente insaciável, faziam amor seis, sete vezes por dia. "Você me abriu", ela disse. "Você com o presunto na boca. Era como se estivesse falando comigo, como se eu pudesse ler seus pensamentos. Como não", corrigiu-se, "eu li mesmo, não foi?" Ele fez que sim: era verdade. "Eu leio seus pensamentos e as palavras certas saem da minha boca", ela se deslumbrou. "Saem, assim. Bingo: amor. No princípio, era o verbo."

A mãe dela tinha uma opinião fatalista sobre essa virada dramática na vida de Allie, sobre o amante que volta do túmulo. "Vou contar para você, com toda a sinceridade, o que eu pensei quando me deu a notícia", disse enquanto almoçavam sopa e *kreplach* no Bloom's de Whitechapel. "Eu pensei, ah, meu Deus, é a grande paixão; pobre Allie, vai ter de passar por isso agora, coitada da menina." A estratégia de Alicja consistia em manter as próprias emoções estritamente controladas. Era uma mulher alta, ampla, com uma boca sensual mas, como ela mesma dizia, "Nunca fui de fazer muito barulho". Era franca com Allie sobre sua passividade sexual, e revelou que Otto tinha "digamos, outras tendências. Um fraco pela grande paixão, e ficava sempre infeliz porque eu não conseguia me animar com a idéia". O que a confortava era saber que as mulheres com quem seu marido baixinho, careca e agitado se associava tinham "o seu tipo", grandes e de seios fartos, "só que eram sem-vergonha, também: faziam o que ele queria, gritavam coisas para excitá-lo, fingindo o melhor que eram capazes; acho que elas reagiam ao entusiasmo dele, e talvez ao talão de cheques também. Ele era do velho estilo e dava presentes generosos".

Otto chamava Allie de sua "pérola sem preço", e sonhava para ela um grande futuro, talvez como pianista de concerto e, se isso não desse certo, como Musa. "Sua irmã, francamente, é uma decepção para mim", disse ele, três semanas antes de morrer, naquele estúdio dos Grandes Livros e de quinquilharia picabiana — um macaco empalhado que dizia ser o "rascunho" dos famosos *Retrato de Cézanne*, *Retrato de Rembrandt*, *Retrato de Renoir*, diversos aparelhos mecânicos, inclusive estimuladores sexuais que emitiam pequenos choques elétricos, e uma primeira edição de *Ubu Roi*, de Jarry. "Elena tem vontades onde devia ter idéias." Ele anglicizava o nome — Yelyena para Ellaynah — da mesma forma que tinha sido idéia sua reduzir "Alleluia" para Allie e transformar a si mesmo do Cohen, de Varsóvia, para Cone. Ecos do passado o perturbavam; não lia literatura polonesa, voltava as costas para Herbert, para Milosz, para os "mais jovens" como Baranczak, porque para ele a língua estava inexoravelmente poluída pela história. "Agora sou inglês", dizia, orgulhoso, com seu pesado sotaque do Leste europeu. "*Silly mid-off! Pish-tush! Widow of Windsor! Bugger all!*" A despeito das reticências, parecia contente de ser um membro de pantomima da sociedade inglesa. Olhando em retrospecto, porém, talvez tivesse bastante consciência da fragilidade da encenação, mantendo as pesadas cortinas quase sempre fechadas para o caso de a inconsistência das coisas o levarem a ver monstros lá fora, ou paisagens lunares em vez da costumeira Moscow Road.

"Era um homem que acreditava piamente no cadinho de raças", disse Alicja atacando uma generosa porção de *tsimmis*. "Quando mudou nosso sobrenome, eu disse assim, Otto, não é preciso, isto aqui não é os Estados Unidos, estamos em Londres W-2; mas ele queria fazer tábula rasa, até de sua origem judia, desculpe, mas eu sei do que estou falando. As brigas com o Conselho! Tudo muito civilizado, linguagem parlamentar do começo ao fim, mas mesmo assim violentas." Depois da morte dele, ela voltara ao Cohen, à sinagoga, ao Chanuka e ao Bloom's. "Chega de imitação da vida", disse, mastigando e gesticulando com o garfo súbito e distraído. "Aquele filme. Ele era louco por aquele filme. Lana Turner, não era? E Mahalia Jackson cantando numa igreja."

Otto Cone era um homem de setenta e tantos anos quando pulou no fosso do elevador e morreu. Agora, aí estava um assunto em que Alicja, sempre pronta a discutir as questões mais tabus, se recusava a tocar: por que um sobrevivente dos campos sobrevive quarenta anos e acaba completando o serviço que os monstros não conseguiram fazer? Será que o grande mal sempre triunfa no final, por mais que se resista contra ele? Será que deixa um laivo de gelo no sangue, circulando até encontrar o coração? Ou, pior ainda: a morte de um homem pode ser incompatível com sua vida? Allie, cuja primeira reação ao saber da morte do pai tinha sido um ataque de fúria, fez essas perguntas à mãe. Que, com expressão de pedra debaixo de um grande chapéu negro, disse apenas: "Você herdou dele a falta de controle, minha querida".

Depois da morte de Otto, Alicja libertou-se do estilo elegante de vestir e comportar-se que tinha sido a sua oferenda no altar da paixão dele pela integração, a sua tentativa de ser uma grande dama estilo Cecil Beaton. "Ah", confidenciou a Allie, "que alívio, minha querida, perder a forma só para variar." Agora usava os cabelos grisalhos presos num coque frouxo, vestia uma sucessão de vestidos de supermercado com estampados idênticos, abandonara a maquiagem, colocou uma dolorosa dentadura, plantara uma horta onde Otto antes insistia em ter um jardim floral inglês (canteiros arrumados em torno de uma árvore central, simbólica, um "enxerto quimérico" de laburno com giesteira) e dava, em vez de jantares cheios de conversas cerebrais, uma série de almoços — guisados pesados e um mínimo de três horrendos *puddings* — nos quais poetas dissidentes húngaros contavam tortuosas piadas a místicos gurdjieffianos, ou então (se as coisas não davam muito certo) os convidados ficavam sentados em almofadas no chão, olhando tristemente os próprios pratos cheios, e algo muito parecido com o silêncio total parecia durar semanas. Allie acabou fugindo desses rituais das tardes de domingo, se escondendo no quarto até ter idade para ir morar sozinha, com a pronta aquiescência de Alicja, e fugindo também do caminho que o pai escolhera para ela, o pai cuja traição ao próprio ato de sobreviver a tinha deixado tão raivosa. Ela se voltou para a ação; e descobriu que tinha montanhas a escalar.

Alicja Cohen, que achara a mudança de rumo de Allie perfeitamente compreensível, até elogiável, e que apoiava a filha em tudo, não podia (foi o que admitiu durante o café) entender bem o que a filha pretendia na questão Gibreel Farishta, o astro de cinema indiano retornado. "Ouvindo você falar, querida, o homem não é da sua turma", disse, usando a expressão que achou ser sinônimo de *não é o seu tipo*, e que detestaria ver descrita como uma crítica racial ou religiosa: que foi, inevitavelmente, o sentido em que sua filha entendeu a expressão. "Por mim, tudo bem", Allie respondeu enfaticamente, e levantou-se. "O fato é que não *gosto* mesmo da minha turma."

Doíam-lhe os pés, e teve de sair mancando, em vez de marchar para fora do restaurante. "Grande paixão", ouviu a mãe atrás dela anunciando em voz alta para o restaurante em geral. "O dom das línguas; quer dizer, uma moça pode dizer o que bem entender."

*

Certos aspectos de sua educação tinham sido inexplicavelmente negligenciados. Num domingo, pouco depois da morte do pai, ela estava comprando os jornais de domingo na banca da esquina quando o vendedor anunciou: "É a minha última semana aqui. Vinte e três anos que estou nesta esquina e os paquis conseguiram finalmente acabar com meu negócio". Ao ouvir a palavra *p-a-q-u-i*, teve uma estranha visão de elefantes marchando pesadamente pela Moscow Road, demolindo as bancas de jornais domingueiros. "O que é um paqui?", perguntou tolamente, e a resposta foi ácida: "Um judeu de cor". Durante um bom tempo, continuou pensando nos donos das "CTB" locais (confeitaria-tabacaria-banca de jornais e revistas) como *paquidermes*: como pessoas segregadas — consideradas inadequadas — por causa da cor da pele. Contou a Gibreel essa história também. "Ah", ele respondeu, seco, "uma piada de elefante." Não era um homem fácil.

Mas ali estava, na cama dela, aquele sujeito grande e vulgar com quem podia se abrir como nunca antes; ele era capaz de enfiar a mão em seu peito e acariciar seu coração. Em muitos anos, jamais tinha entrado na arena sexual tão depressa, e nunca antes um relacionamento tão imediato tinha se conservado inteiramente isento de arrependimento ou insatisfação consigo mesma. O longo silêncio (foi isso que pensou, até ver o nome dele na lista de passageiros do *Bostan*) tinha sido doloroso, sugerindo que ele avaliara de maneira diferente o encontro de ambos; mas seria possível enganar-se sobre o desejo dele, sobre uma coisa tão abandonada, tão machucada? A notícia de sua morte produzira nela, como era de esperar, uma dupla reação: por um lado, havia uma espécie de grata alegria, de alívio, ao saber que ele estava atravessando o mundo para fazer-lhe uma surpresa, que tinha desistido de toda a sua vida para construir uma vida nova ao lado dela; mas por outro lado, havia um triste vazio de ficar sem ele justamente no momento da descoberta de que era amada de verdade. Mais tarde, ela tomou consciência de uma terceira reação, menos generosa. O que é que ele estava pensando com essa história de chegar a sua porta sem avisar, achando que ela ia estar à espera de braços abertos, com uma vida desimpedida e um apartamento suficientemente grande para acomodar os dois? Era o tipo de comportamento que se podia esperar de um astro de cinema mimado, acostumado a ver todos os seus desejos lhe caindo no colo como frutas maduras... em resumo, sentiu-se invadida, ou potencialmente invadida. Mas depois ralhou consigo mesma, enterrando essas idéias de volta ao poço que era o lugar delas, porque afinal de contas, Gibreel tinha pago um alto preço por sua presunção, se é que se tratava de presunção. Um amante morto merece o benefício da dúvida.

E ali estava ele a seus pés, inconsciente na neve, tirando-lhe o fôlego com a impossibilidade de sua presença, levando-a a imaginar se não seria mais uma na série de aberrações visuais — preferia essa expressão neutra à outra, mais carregada, *visões* — que a atormentavam desde que tomara a decisão de dispensar os tanques de oxigênio e conquistar o Chomolungma com a força dos próprios pulmões apenas. O esforço de levantá-lo, de passar seu braço por cima dos ombros, e levá-lo, meio carregado — mais que meio, para dizer a verdade —, até seu apartamento a convenceu de que não se tratava de uma quimera, mas de carne e ossos pesados. Os pés a maltrataram durante todo o caminho, e a dor tornou a despertar todos os ressentimentos que tinha sufocado quando soube que estava morto. O que devia fazer com ele agora, aquele brutamontes estendido em sua cama? Nossa!, tinha se esquecido como era espaçoso, como, de noite, dominava seu lado da cama e roubava as cobertas todas. Mas outros sentimentos também voltaram à tona, e esses foram mais fortes; e ali estava ele, dormindo sob a proteção dela, a esperança abandonada: o amor, afinal.

Ele dormiu quase o tempo todo durante uma semana, despertando apenas para satisfazer as exigências mínimas da fome e da higiene, não dizendo praticamente nada. Seu sono era atormentado: rolava na cama e palavras ocasionais escapavam de seus lábios: *Jahilia, Al-Lat, Hind*. Nos momentos despertos, parecia querer resistir ao sono, mas acabava dominado, ondas de sono rolavam sobre ele e o afogavam enquanto agitava um braço indefeso, inspirando pena. Ela não conseguia adivinhar quais acontecimentos traumáticos podiam ter dado origem a tal comportamento e, um tanto alarmada, telefonou para a mãe. Alicja chegou para inspecionar Gibreel adormecido, apertou os lábios e determinou: "Esse homem está possuído". Ela estava se recolhendo cada vez mais à crença em uma espécie de *dybbuk* dos irmãos Singer, e seu misticismo não deixava nunca de exasperar sua filha alpinista e pragmática. "Talvez uma bomba de sucção no ouvido", Alicja recomendou. "É a melhor maneira para fazer essas criaturas sairem." Allie levou a mãe até a porta. "Muito obrigada", disse. "Depois eu conto o que aconteceu."

No sétimo dia ele despertou inteiramente, olhos arregalados como os de uma boneca, e instantaneamente procurou por ela. A crueza de sua aproximação quase tanto quanto o inesperado da coisa a fez rir, mas uma vez mais havia aquela sensação de naturalidade, de que estava certo; ela sorriu: "Okay, foi você que pediu", e despiu a pantalona marrom, larga, de elástico na cintura e a jaqueta folgada — não gostava de roupas que revelavam os contornos do corpo — e assim começou a maratona sexual que deixou os dois esfolados, felizes e exaustos quando finalmente terminou.

Ele contou: tinha caído do céu e sobrevivido. Ela respirou fundo e acreditou, por causa da crença de seu pai na miríade de possibilidades contraditórias da vida, e também por causa de tudo o que a montanha havia lhe ensinado. "Okay", disse, exalando o ar. "Eu acredito. Só não conte para minha mãe, está bom?" O universo era um lugar de maravilhas, e só o hábito, a anestesia do cotidiano, turvavam nossa visão. Dias antes, tinha lido que, como parte do seu processo natural de combustão, as estrelas do céu comprimem o carbono que se transforma em diamantes. A idéia de as estrelas fazendo chover diamantes no vazio soava como um milagre também. Se uma coisa dessas podia acontecer, aquilo também podia. Bebês caíam do enésimo andar e sobreviviam. Havia uma cena sobre isso no filme *L'argent de poche*, de François Truffaut... Ela pôs em foco os pensamentos. "Às vezes", resolveu dizer, "coisas maravilhosas acontecem comigo também."

Contou o que jamais tinha contado a nenhum ser vivo: suas visões no Everest, os anjos e a cidade de gelo. "E não foi só no Everest", continuou, depois de uma hesitação. Ao voltar para Londres, saiu para dar um passeio pelo Embankment, para tentar tirar a montanha e ele da cabeça. Era de manhã, muito cedo, havia um fantasma de neblina, e a neve alta deixava tudo vago. Então vieram os icebergs.

Eram dez, deslizando majestosos, em fila indiana, rio acima. A névoa era mais densa em torno deles, de forma que foi só quando chegaram até ela que conseguiu discernir suas formas, configurações precisamente miniaturizadas das dez montanhas mais altas do mundo, em ordem ascendente, com a sua montanha, *a* montanha por último. Ela estava tentando entender como os icebergs tinham conseguido passar debaixo das pontes do rio quando a neblina se adensou e, instantes depois, dissolveu-se, levando os icebergs com ela. "Mas estavam ali", insistiu com Gibreel. "Nanga Parbat, Dhaulagiri, Xixabangma Feng." Ele não discutiu. "Se você diz que estavam, tenho certeza que estavam."

Um iceberg é água lutando para ser terra; uma montanha, principalmente no Himalaia, principalmente o Everest, é terra tentando se metamorfosear em céu; é vôo aterrado, é terra transmutada — quase — em ar, e que se torna, no sentido exato da palavra, exaltada. Muito antes de ter encontrado a montanha, Allie já tinha consciência dessa presença em sua alma. Seu apartamento era cheio de Himalaias. Representações do Everest em cortiça, plástico, mosaico, pedra, acrílico, cerâmica, disputavam o espaço; havia até uma esculpida no gelo, um minúsculo *berg* que ela conservava no freezer e que tirava de quando em quando para mostrar aos amigos. Por que tantos? *Porque* — não havia outra resposta possível — *estavam lá*. "Olhe", disse, estendendo a mão sem sair da cama e pegando, da mesa-de-cabeceira, a aquisição mais recente, um Everest simples, de pinho desgastado pelo tempo. "Presente dos *sherpas* do Bazar Namche." Gibreel pegou o objeto e girou-o na mão. Pemba tinha oferecido timidamente o presente quando se despediram, insistindo que era de todos os *sherpas* como grupo, embora fosse evidente que ele próprio o tinha esculpido. Era um modelo detalhado, completo, com a cachoeira de gelo e o passo Hillary, que constitui o último grande obstáculo a caminho do pico, e a rota que tinham tomado até o topo estava gravada fundo na madeira. Quando Gibreel virou-o de cabeça para baixo, encontrou uma mensagem, rabiscada na base num inglês sofrível. *Para Ali Bibi. Nós teve sorte. Não tenta de novo.*

O que Allie não contou a Gibreel foi que a proibição do *sherpa* a assustou, e estava convencida de que se tornasse a pisar na montanha-deusa, morreria na certa, porque não era permitido aos mortais olharem mais de uma vez a face divina; mas a montanha era diabólica além de transcendente, ou melhor, seu diabolismo e sua transcendência eram uma coisa só, de forma que até a proibição de Pemba fazia com que sentisse uma pontada de desejo tão funda que gemia em voz alta como no êxtase sexual ou no desespero. "O Himalaia", disse a Gibreel para não revelar o que realmente tinha em mente, "é uma série de picos emocionais, além de físicos: como na ópera. Por isso é tão assombroso. Nada além de uma altura inebriante. Um truque, mas difícil de fazer." Allie tinha um jeito de mudar do concreto para o abstrato com tamanha desenvoltura, que quem ouvia ficava imaginando se ela percebia a diferença entre as duas coisas; ou ficava, muitas vezes, inseguro se existia mesmo alguma diferença entre elas.

Allie guardou para si mesma a consciência de que tinha de respeitar a montanha ou morrer, de que, a despeito dos pés chatos que eliminavam qualquer possibilidade de escalar a sério, ainda estava contaminada pelo Everest, e que no mais fundo de seu coração escondia um plano impossível, a visão fatal de Maurice Wilson, jamais conseguida até hoje. Ou seja: a escalada solo.

O que ela não confessava era que tinha visto Maurice Wilson depois de seu retorno a Londres, sentado entre as chaminés, um duende que acenava vestindo calções largos e boina escocesa. — Gibreel Farishta também não contou a ela que era perseguido pelo espectro de Rekha Merchant. Ainda havia portas fechadas entre eles, apesar de toda a intimidade física: cada um mantinha em segredo um perigoso fantasma. — E Gibreel, ao ouvir as outras visões de Allie, escondeu uma grande agitação com palavras neutras — *se você diz, eu acredito* — uma agitação que nascia de mais essa prova de que o mundo dos sonhos estava vazando para as horas de vigília, de que o selo de separação entre os dois mundos estava se partindo, e de que a qualquer momento os dois firmamentos podiam se juntar — o que queria dizer que o fim de tudo estava próximo. Certa manhã, ao acordar de um sono pesado e sem sonhos, Allie encontrou-o mergulhado no exemplar que havia muito não abria de *O matrimônio do céu e do inferno*, de Blake, no qual, quando mais jovem, desrespeitosa com os livros, havia feito uma série de marcas: grifando, anotando nas margens com exclamações e múltiplas perguntas. Vendo que ela estava acordada, ele leu uma seleção dessas passagens com um sorriso maroto. "Em 'Provérbios do inferno'", começou. "*O cabritismo do bode é a bondade de Deus.*" Ela corou violentamente. "E tem mais", ele continuou, "*a antiga tradição de que o mundo será consumido pelo fogo ao término do sexto milênio, como eu soube pelo Inferno*. E mais abaixo na página: *Isso há de su-*

ceder com o aperfeiçoamento do prazer sensual. Diga-me, quem é esta? Encontrei no meio das páginas." E estendeu a fotografia de uma morta: a irmã dela, Elena, enterrada ali e esquecida. Outra viciada em visões; e uma vítima desse hábito. "Nós não falamos dela." Estava ajoelhada, sem roupa, na cama, o cabelo pálido escondendo o rosto. "Ponha de volta onde encontrou."

Não vi, assim como também não ouvi, nenhum Deus numa percepção orgânica finita, mas meus sentidos descobriram o infinito em todas as coisas. Ele folheou o livro, e recolocou Elena Cone junto à figura do Homem regenerado, sentado nu e de pernas abertas sobre uma montanha, com o sol brilhando atrás da bunda. *Sempre pensei que os Anjos possuem a vaidade de falarem de si mesmos como os únicos sábios.* Allie levantou as mãos e cobriu o rosto. Gibreel tentou animá-la. "Na sobrecapa você escreveu: 'Criação do mundo seg. arcebispo Usher, 4004 a. C. Data estim. do apocalipse, 1996'. Portanto, ainda resta tempo para a melhoria do prazer sexual." Ela sacudiu a cabeça: pare. Ele parou. "Conte", disse, afastando o livro.

*

Aos vinte anos, Elena tinha tomado conta de Londres. Seu corpo feroz de um metro e oitenta piscando através de uma malha de ouro de Rabanne. Ela sempre se portava com incrível segurança, proclamando que era dona do mundo. A cidade era o seu meio, podia nadar nela como um peixe. Morreu aos vinte e um, afogada numa banheira de água fria, o corpo encharcado de drogas psicotrópicas. Alguém pode se afogar no seu próprio elemento, Allie pensara muito antes. Se os peixes podem se afogar na água, humanos podem sufocar no ar? Naquela época, Allie, aos dezoito anos, invejava as certezas de Elena. Qual era o *seu* elemento? Em qual tabela periódica do espírito poderia ser encontrado? — Agora, com pés chatos, veterana do Himalaia, lamentava sua perda. Quando se conquistou o alto horizonte, não é fácil voltar para a caixa, numa ilha estreita, numa eternidade de anticlímax. Mas seus pés eram traidores e a montanha matava.

A mitológica Elena, a garota da capa, envolta em plásticos

de grife, estava certa da própria imortalidade. Allie foi visitá-la na comunidade de World's End, recusou o cubo de açúcar que lhe ofereceram, resmungou alguma coisa sobre danos cerebrais, sentindo-se, como sempre, inadequada na companhia de Elena. O rosto da irmã, olhos muito separados, queixo muito pontudo, o efeito geral irresistível, a encarou caçoísta. "Células cerebrais são o que não falta para você", Elena disse. "Pode queimar algumas." A capacidade não utilizada do cérebro era o capital de Elena. Ela gastava células como dinheiro, buscando seus próprios picos; tentando, no jargão da época, voar. A morte, assim como a vida, lhe veio coberta de açúcar.

Tinha tentado "melhorar" a irmã Alleluia. "Olhe, você é uma garota linda, por que se esconde nesse macacão? O que estou dizendo, meu Deus, minha querida, é que você tem o equipamento todo aí." Uma noite, vestiu Allie com uma peça verde-oliva composta de babados e ausências que mal lhe cobriam as virilhas enfiadas num colant: *me cobrindo de açúcar como se eu fosse um doce*, foi o que pensou a puritana Allie, *minha própria irmã me exibindo na vitrina, muito obrigada*. Foram a um clube de jogo cheio de extáticos jovens lordes, e Allie saiu correndo assim que Elena se distraiu com outra coisa. Uma semana depois, envergonhada da própria covardia por rejeitar a tentativa de intimidade da irmã, sentou-se num pufe-saco em World's End e confessou que não era mais virgem. Elena deu-lhe um tapa na boca e xingou-a de nomes antigos: prostituta, meretriz, vagabunda. "Elena Cone nunca permite que nenhum homem encoste um *dedo* nela", gritou, revelando a capacidade de pensar em si mesma na terceira pessoa, "nem uma *unha*. Eu que sei o quanto valho, meu bem, sei que o mistério acaba assim que eles entram em você, eu devia saber que você ia acabar puta. Algum comunista fodido, garanto", concluiu. Ela tinha herdado os preconceitos do pai nessas questões. Allie, como Elena bem sabia, não tinha.

Não se viram muito depois disso, Elena permanecendo até sua morte a rainha virgem da cidade — a necropsia confirmou que era *virgo intacta* — enquanto Allie parou de usar sutiã, fazia trabalhos avulsos para pequenas revistas radicais, e como a irmã era intocável se transformou no oposto, cada ato sexual uma bofetada no rosto brilhante, de lábios brancos, da irmã. Três abortos em dois anos e a descoberta tardia de que o tempo que passara tomando pílula anticoncepcional a colocava, em termos de câncer, numa das categorias de alto risco.

Ficou sabendo da morte da irmã numa banca de jornais, MODELO MORRE EM "BANHO DE ÁCIDO". Nunca se está a salvo dos jogos de palavras, nem quando se morre, foi sua primeira reação. E ela descobriu então que era incapaz de chorar.

"Continuei vendo a cara dela nas revistas durante meses", contou a Gibreel. "Porque as revistas populares demoram para sair." O corpo de Elena dançou nos desertos marroquinos, vestindo apenas véus diáfanos; foi visto no Vale das Sombras na Lua, nu a não ser por um capacete de astronauta e meia dúzia de gravatas de seda amarradas sobre os seios e o ventre. Allie passou a desenhar bigodes nas fotos, para ódio dos donos de bancas; arrancava a falecida irmã dos jornais de sua não-morte de zumbi e amassava. Perseguida pelo fantasma publicado de Elena, Allie refletiu sobre os perigos de tentar *voar*; quantas quedas flamejantes, quantos infernos macabros estavam reservados para esses Ícaros! Passou a pensar em Elena como uma alma atormentada, a acreditar que esse cativeiro no mundo imóvel dos calendários em que vestia seios de plástico negro três vezes maiores que os dela; que esses requebros pseudo-eróticos; essas mensagens publicitárias impressas no umbigo dela, eram nada mais nada menos que o inferno pessoal de Elena. Allie começou a ver um grito nos olhos da irmã, a angústia de estar para sempre aprisionada nos cartazes de moda. Elena estava sendo torturada por demônios, consumida por chamas, e não podia se mover... depois de algum tempo, Allie tinha de evitar as lojas em que podia ver a irmã olhando das prateleiras. Perdeu a capacidade de abrir revistas, e escondeu todas as fotos que tinha de Elena. "Adeus, Yel", disse à memória da irmã, usando o apelido de criança. "Tenho de parar de olhar para você."

"Mas acabei sendo como ela, afinal." As montanhas começaram a provocá-la; e por isso, também tinha colocado em risco suas células cerebrais em busca de exaltação. Médicos eminentes, peritos nos problemas enfrentados por alpinistas provaram, sem sombra de dúvida, que os seres humanos não conseguem sobreviver sem aparelhos respiratórios acima de oito mil metros. Os olhos podem sofrer hemorragias irrecuperáveis, e o cérebro também, começa a explodir, perdendo células aos bilhões, muitas e muito depressa, resultando no dano permanente conhecido como Deterioração de Grande Altitude, seguido rapidamente pela morte. Corpos cegos ficavam preservados no gelo eterno das altas encostas. Mas Allie e *sherpa* Pemba subiram e desceram para contar a história. Células do fundo de reserva do cérebro deviam ter substituído os prejuízos das células da conta corrente. E seus olhos não explodiram. Por que os cientistas tinham errado? "Preconceito, principalmente", disse Allie, enrolada em volta de Gibreel debaixo da seda de pára-quedas. "Eles não sabem quantificar a força de vontade, então isso não entra nos cálculos que fazem. Mas é a vontade que leva você até o alto do Everest, a vontade e a raiva, capazes de domar qualquer lei da natureza que você imaginar, pelo menos no curto prazo, não excluindo a gravidade. Se você não desafiar a sorte, claro."

Algum dano tinha havido. Ela sofria lapsos de memória sem nenhuma razão: coisas pequenas, imprevisíveis. Uma vez, na peixaria, esqueceu a palavra *peixe*. Uma outra manhã, viu-se no banheiro com uma escova de dentes na mão, completamente incapaz de descobrir para que servia. E uma outra manhã, despertando ao lado de Gibreel, que ainda dormia, esteve a ponto de sacudi-lo e acordá-lo para perguntar: "Quem é você? Como veio parar na minha cama?" — quando repentinamente a memória voltou. "Espero que seja temporário", disse a ele. Mas continuou guardando para si mesma as aparições do fantasma de Maurice Wilson agitando o braço num convite, nos telhados que cercavam o Fields.

*

Era uma mulher competente, formidável sob diversos aspectos: o tipo da mulher dinâmica e profissional dos anos 80, cliente da gigantesca agência de relações públicas MacMurray, patrocinada até a raiz dos cabelos. Hoje, ela também aparecia em anúncios, promovendo sua linha de produtos para esporte e lazer, voltada para turistas e amadores mais do que aos alpinistas profissionais, para maximizar o que Hal Valance teria chamado de um universo. Era a garota de ouro do teto do mundo, a sobrevivente da "dupla teutônica", como Otto Cone gostava de chamar as filhas. *Mais uma vez, Yel, sigo os seus passos*. Ser uma mulher atraente num esporte dominado por, digamos, homens peludos significa ser vendável, e a imagem de "rainha do gelo" não a ofendia. Rendia dinheiro, e agora que estava mais velha era capaz de fazer concessões diante de seus antigos e ferozes ideais, apenas com um encolher de ombros e uma risada, e estava sempre pronta a fazê-las, pronta até mesmo para aparecer em programas de entrevistas na televisão para se defender, com alusões picantes, das inevitáveis e imutáveis perguntas sobre a vida ao lado de rapazes a vinte mil pés de altitude. Essa ginástica para manter a altivez não tinha nada a ver com a imagem de si mesma à qual ainda se apegava ferozmente: a idéia de que era uma solitária por natureza, a mais reservada das mulheres, que as exigências da vida profissional partiam em duas. Foi por isso que teve a sua primeira briga com Gibreel, quando ele disse, daquele jeito direto: "Acho que está tudo bem fugir das câmeras, se a gente tem certeza que elas estão atrás da gente. Mas imagine se elas param? O que eu acho é que você ia virar e correr na direção oposta". Depois, quando fizeram as pazes, ela usou a própria fama que não parava de crescer (desde que se tornara a primeira loira sexualmente atraente a conquistar o Everest, o barulho em torno dela tinha aumentado consideravelmente, recebia fotos de rapazes maravilhosos pelo correio e também convites para noitadas da alta sociedade e uma quantidade de ofensas malucas) para provocá-lo: "Eu podia trabalhar no cinema, agora que você se aposentou. Quem sabe? Talvez eu vá". Ao que ele respondeu, chocando-a pela força das palavras: "Só por cima do meu cadáver".

A despeito da pragmática disposição de mergulhar nas águas sujas da realidade e nadar na direção geral da corrente, nunca perdeu a noção de que algum desastre terrível estava rondando na esquina — herança, isso, das mortes súbitas do pai e da irmã. Esse arrepio na nuca tinha feito dela uma alpinista cautelosa, um "homem que avalia as possibilidades", como diziam seus colegas, e quando amigos que admirava morreram em diversas montanhas, seu cuidado aumentou. Fora do alpinismo, esse traço lhe dava, às vezes, um ar pouco relaxado, um nervosismo; ela adquiriu o ar pesadamente defensivo de uma fortaleza que se prepara para um ataque inevitável. Isso frisou a sua reputação de ser uma montanha gelada de mulher; as pessoas mantinham distância, e, conforme ela mesma dizia, aceitava a solidão como preço do isolamento. — Mas havia outras contradições, pois tinha, afinal, jogado fora as precauções ao escolher fazer o assalto final ao Everest sem oxigênio. "À parte todas as outras implicações", a agência garantiu a ela numa carta formal de congratulações, "isso a humaniza, mostra que você tem aquele traço de *dane-se* que constitui uma dimensão nova muito positiva." Estavam trabalhando em torno da idéia. Por enquanto, Allie pensou, sorrindo para Gibreel num estímulo cansado enquanto ele deslizava para suas profundidades inferiores, eu tenho você. Quase totalmente estranho e aí está, morando comigo. Meu Deus, e fui eu que trouxe você para casa, o que não faz muita diferença. Não se pode censurá-lo por ter aceitado a carona.

Ele não era treinado em serviços domésticos. Acostumado a ter criados, deixava roupas, migalhas, saquinhos de chá usados, tudo no lugar onde caía. Pior: ele *derrubava* as coisas, deixava que caíssem em lugares de onde seria preciso pegá-las de volta; perfeitamente, ricamente inconsciente dos próprios atos, continuava provando a si mesmo que ele, o menino pobre das ruas, não precisava mais arrumar a bagunça que fazia. Não era a sua única característica que a deixava maluca. Ela servia os cálices de vinho; ele bebia o dele depressa e depois, quando ela não estava olhando, pegava o dela, aplacando sua reação com um angélico, ultra-inocente "tem bastante mais, não tem?". Comportava-se mal em casa. Gostava de peidar. Reclamava — tinha a audácia de reclamar, quando ela tinha literalmente recolhido seu corpo da neve! — da falta de espaço do apartamento. "A cada dois passos dou de cara com a parede." Era rude ao atender ao telefone, rude *mesmo*, sem se dar ao trabalho de saber quem estava falando: automaticamente, da maneira como faziam os astros de cinema em Bombaim quando, por algum acaso, não havia nenhum servidor por perto para protegê-los dessas intromissões. Depois de receber uma saraivada de ofensas obscenas, Alicja disse (quando a filha finalmente atendeu ao telefone): "Desculpe falar nisso, querida, mas esse seu namorado, na minha opinião, está doente".

"Doente, mamãe?" A pergunta despertou a voz mais grandiosa de Alicja. Ela ainda era capaz de grandeza, tinha um dom especial para isso, a despeito de sua decisão, depois da morte de Otto, de se transformar numa *maltrapilha*. "Doente debaixo do turbante", anunciou, levando em conta que Gibreel era uma importação da Índia.

Allie não discutiu com a mãe, porque não tinha nenhuma certeza de que iria continuar vivendo com Gibreel, mesmo ele tendo atravessado o planeta, mesmo ele tendo caído do céu. O longo prazo era difícil de prever; até o médio prazo parecia nebuloso. De momento, ela se concentrou em tentar conhecer aquele homem que tinha se considerado, de cara, como o grande amor da sua vida, com uma tal ausência de dúvida que só podia significar que estava certo, ou louco. Momentos difíceis não faltavam. Ela não sabia o que ele sabia, não sabia o quanto podia esperar: tentou, uma vez, referir-se a Luzhin, o jogador de xadrez amaldiçoado de Nabokov, que sentia que na vida, assim como no xadrez, certas combinações surgiam inevitavelmente para derrotá-lo, usando a analogia para explicar sua sensação (na verdade, um tanto diferente) de catástrofe iminente (que tinha a ver não com padrões recorrentes, e sim com a inexorabilidade do imprevisível), mas ele fixou nela um olhar magoado que revelava nunca ter ouvido falar do escritor, muito menos do livro *A defesa*. Por outro lado, ele a surpreendeu ao perguntar, sem nenhuma razão: "Por que Picabia?". Acrescentando que era estranho, não era?, que Otto Cohen, um veterano dos campos de terror, se interessasse por toda aquela paixão neofascista pela maquinaria, pela força bruta, pela desumanização glorificada. "Qualquer pessoa que tenha passado algum tempo com máquinas", continuou, "e, baby, todos nós passamos, sabe que existe em primeiro lugar e acima de tudo uma coisa que é certa, seja um computador ou uma bicicleta. Elas quebram." Onde é que aprendeu sobre, ela começou a perguntar, e calou-se porque não gostou do tom paternalista que estava usando, mas ele respondeu sem nenhuma vaidade. A primeira vez que ouviu falar de Marinetti, contou, entendeu tudo errado e achou que futurismo tinha algo a ver com bonecos. "Marionetes, *kathpuli*, naquela época eu gostava de usar técnicas avançadas de teatro de bonecos nos filmes, para mostrar um demônio ou algum outro ser sobrenatural. Então, comprei um livro." *Comprei um livro*: Gibreel, o autodidata, fazia aquilo parecer uma injeção. Para uma moça que vinha de uma família que reverenciava livros — o pai fazia que beijassem qualquer volume que porventura caísse no chão — e que tinha reagido tratando mal os livros, arrancando páginas de que precisava ou de que não gostava, rabiscando neles para mostrar quem mandava, a forma de irreverência de Gibreel, não abusiva, usando os livros por aquilo que ofereciam, sem sentir a necessidade nem de ajoelhar-se nem de destruir, era algo novo; e agradável, admitiu. Ela aprendeu com ele. Ele, porém, parecia impermeável a qualquer conhecimento que ela quisesse ensinar sobre, por exemplo, o lugar correto para colocar as meias sujas. Quando tentou sugerir que "fizesse a sua parte", ele caiu num profundo e ofendido mau humor, esperando ser mimado para voltar ao normal. Coisa que, para sua aflição, ela se descobriu disposta a fazer, pelo menos de momento.

A pior coisa dele, concluiu hesitante, era a sua propensão a se sentir menosprezado, humilhado, atacado. Foi também ficando quase impossível dizer-lhe qualquer coisa, por mais razoável que fosse, por mais suavemente que falasse. "Vá, vá, vá engolindo ar", ele gritava, e retirava-se para a tenda do seu orgulho ferido. — E a coisa mais sedutora dele era a maneira como sabia instintivamente o que ela queria, como era capaz, quando queria, de ser agente de seus desejos secretos. O resultado é que o sexo entre eles era literalmente elétrico. Aquela primeira faísca, por ocasião do beijo inaugural, não tinha se extinguido. Continuou acontecendo, e, às vezes, quando estavam fazendo amor, ela se convencia de estar ouvindo um chiado de eletricidade em torno deles; sentia, às vezes, os cabelos se arrepiarem. "Me faz lembrar o pênis elétrico do escritório do meu pai", ela disse, e eles riram. "Eu sou o amor da sua vida?", ela perguntou depressa, e ele respondeu, tão depressa quanto: "Claro".

Logo no começo, ela admitiu para ele que os boatos de que era inacessível, ou até mesmo frígida, tinham alguma base real. "Depois da morte de Yel, eu assumi esse lado dela também." Não precisava mais atirar amantes na cara da irmã. "Além disso, não era mais tão divertido quanto antes. Na época, eram quase todos revolucionários socialistas, se conformando comigo enquanto sonhavam com as mulheres heróicas que tinham visto nas três semanas de temporada em Cuba. *Elas* eles nunca tocaram, claro; as fadigas do combate e a pureza ideológica deixavam todos eles tontos. Voltavam para casa cantarolando 'Guantanamera' e telefonavam para mim." Ela escolheu se afastar. "Pensei assim, melhor deixar as melhores cabeças da minha geração fazerem seus monólogos sobre o poder com o corpo de alguma outra coitada, eu estou fora." Começou a escalar montanhas, e costumava dizer, no começo, "porque sabia que eles nunca iriam atrás de mim lá em cima. Mas depois pensei: bobagem. Não foi por eles que fiz isso. Foi por mim".

Toda noite, durante uma hora, corria descalça, subindo e descendo a escada da rua, pisando nos dedos dos pés, por causa dos arcos caídos. Depois se atirava em cima de uma pilha de almofadas, com um ar enfurecido, e ele ficava rodando em volta dela, acabando geralmente por lhe servir uma bebida pura: uísque irlandês, quase sempre. Começou a beber bastante à medida que tomava consciência do problema com os pés. ("Pelo amor de Deus, não revele essa história dos pés", disse, surrealista, uma voz da agência de RP pelo telefone. "Se eles descobrirem é o fim, *finito*, *sayonara*, boa noite e pronto.") Na vigésima primeira noite que passavam juntos, depois de ter dado conta de cinco doses duplas de Jameson, ela disse: "Sabe por que eu subi lá de verdade? Não dê risada: para escapar do bem e do mal". Ele não deu risada. "Você acha que as montanhas estão acima da moralidade?", ele perguntou, sério. "Foi o que eu aprendi no movimento revolucionário", ela continuou. "É o seguinte: a informação foi abolida em algum momento do século XX, não sei exatamente quando; e não sei justamente porque isso também faz parte da informação que foi abolida, abo*lida*. Desde então vivemos um conto de fadas. Entende? Tudo acontece por mágica. Nós, as fadas, não temos a menor noção do que está acontecendo. Então, como dá para saber o que é certo e errado? Não sabemos nem o que *é*. Então o que pensei foi o seguinte, ou você se arrebenta tentando entender as coisas, ou você vai e senta no alto de uma montanha, porque para lá é que foi a verdade, acredite se quiser, a verdade simplesmente subiu e fugiu destas cidades onde até o chão debaixo dos nossos pés é todo fabricado, é uma mentira, e se escondeu lá em cima, no ar muito, muito rarefeito, onde os mentirosos não têm coragem de ir atrás dela com medo de explodir os miolos. Ela está lá em cima agora. Eu estive lá. Pode perguntar para mim." E adormeceu. Ele a carregou para a cama.

Quando recebeu a notícia da morte dele no acidente de avião, tinha se atormentado inventando Gibreel: isto é, especulando sobre seu amor perdido. Ele era o primeiro homem com quem tinha ido para a cama em mais de cinco anos: período significativo na vida dela. Afastara-se da sexualidade, alertada pelo instinto que lhe dizia que se fizesse diferente podia ser engolida pelo sexo; isso seria para ela, sempre, um assunto importante, todo um continente escuro no mapa, e não estava preparada para viajar nessa direção, para ser esse tipo de exploradora, para mapear essas costas: não mais, ou, talvez, não ainda. Porém, nunca tinha conseguido se livrar da sensação de estar sendo prejudicada por ignorar o Amor, por ignorar como seria estar inteiramente possuída por esse djim arquetípico, capitalizado, o desejo por alguém, o dissolver dos limites do eu, o desabotoar até você estar aberto do pomo-de-adão aos fundilhos; palavras apenas, porque ela não entendia disso. Supondo que ele tivesse vindo até mim, sonhava. Eu podia aprender como era, passo a passo, escalando-o até o topo. Sem montanhas, por causa da fraqueza dos meus pés, eu teria procurado a montanha nele: armando o acampamento da base, descobrindo rotas, contornando cascatas de gelo, desfiladeiros, rochedos. Eu teria tomado de assalto o pico e visto os anjos dançando. Ah, mas ele está morto e no fundo do mar.

E então ela o encontrou. — E talvez ele também a tenha inventado, um pouco, inventado alguém por quem vale a pena abandonar uma vida inteira para amar. — Nada de tão especial nisso. Acontece bastante; e os dois inventores continuam, polindo as arestas um do outro, acomodando invenções, moldando a imaginação à realidade, aprendendo como estar juntos: ou não. Funciona ou não. Mas achar que Gibreel Farishta e Alleluia Cone podiam seguir um caminho tão conhecido significa cometer o erro de considerar comum a relação dos dois. Não era; tinha apenas um toque de comum.

Era um relacionamento com sérias falhas.

("A cidade moderna", pregou Otto Cone à entediada família em torno da mesa, "é o *locus classicus* de realidades incompatíveis. Vidas que não têm nada a ver umas com as outras se misturam, sentadas lado a lado no ônibus. Nas listras do chão do cruzamento, um universo é atingido por um instante, piscando como um coelho, pelos faróis de um veículo motorizado dentro do qual se encontra um contínuo inteiramente estranho e contraditório. E contanto que não vá além disso, que passem na noite, que se acotovelem em estações de metrô, tirando os chapéus em algum corredor de hotel, não é tão grave. Mas se se encontram! É como urânio e plutônio, um faz o outro se decompor, e bum!" — "Para falar a verdade, meu querido", Alicja disse, seca, "eu mesma muitas vezes me sinto um pouco incompatível.")

As falhas na grande paixão de Alleluia Cone e Gibreel Farishta eram as seguintes: o medo secreto que ela tinha de seu desejo secreto, ou seja, do amor — devido a que ela tendia a se afastar de, ou até mesmo a atacar com violência, a própria pessoa cuja devoção mais desejava —; e quanto mais profunda a intimidade deles, mais forte ela chutava —; de forma que o outro, tendo sido levado a um ponto de confiança absoluta, e tendo baixado inteiramente todas as defesas, recebeu o golpe com força total, e ficou destruído —; foi isso, de fato, o que ocorreu a Gibreel Farishta quando, depois de três semanas fazendo o amor mais extático que ambos já tinham experimentado, ouviu, sem nenhuma cerimônia, que era melhor encontrar um lugar para morar, num tom bastante duro, porque ela, Allie, precisava de mais espaço do que estava tendo —;

— e a possessividade e os ciúmes de que ele se orgulhava, e de que não tinha a menor consciência, devido ao fato de nunca antes ter pensado em um mulher como um tesouro que tinha de ser defendido a qualquer custo contra as hordas piratas que estariam naturalmente tentando roubá-lo —; e sobre o que voltaremos a falar dentro em breve —;

— e a falha fatal de Gibreel Farishta, ou melhor, sua iminente convicção — ou, se quiserem, *idéia insana* — de que era, nada mais, nada menos, que um arcanjo em forma humana; e não um arcanjo qualquer, mas o Anjo da Recitação, o mais excelso (agora que Shaitan já tinha caído) de todos os anjos.

*

Tinham passado os dias envoltos nos lençóis do desejo e em tal isolamento, que aquele louco, incontrolável ciúme que, como alertava Iago, "desdenha a carne de que se alimenta", não veio à luz imediatamente. Manifestou-se pela primeira vez na questão absurda de um trio de cartuns que Allie dependurou lado a lado junto à porta de entrada, com passe-partout cor de creme e moldura de ouro velho, todos com a mesma mensagem, escrita no canto inferior direito do passe-partout creme: *Para A., com esperança, Brunel*. Quando Gibreel viu essas inscrições, exigiu uma explicação, apontando furiosamente os desenhos com o braço todo estendido, enquanto segurava em volta do corpo um lençol (estava vestido assim informalmente porque tinha decidido que já era hora de fazer uma inspeção completa do ambiente, *não se pode passar a vida inteira deitado em cima da cama, nem em cima de você*, ele tinha dito); Allie riu, o que é perdoável. "Você está parecendo Brutus, misturando assassinato e dignidade", brincou. "O retrato do homem honrado." E ficou chocada quando ele gritou, violento: "Me diga imediatamente quem é esse filho-da-puta".

"Você não está falando sério", ela respondeu. Jack Brunel trabalhava como animador, tinha quase sessenta anos e era conhecido do pai dela. Jamais tinha tido o menor interesse por ele, mas ele tinha resolvido cortejá-la com o método estrangulado e sem palavras de mandar-lhe, de quando em quando, esses presentes gráficos.

"Por que não jogou no lixo?", Gibreel rugiu. Allie, ainda sem conseguir entender direito o tamanho daquela raiva, continuou brincando. Tinha guardado os quadros porque gostava deles. O primeiro era um velho cartum do *Punch* no qual Leonardo da Vinci, cercado de pupilos em seu ateliê, atirava a Mona Lisa como um frisbee pela sala. *"Escrevam o que eu digo"*, era a legenda, *"um dia o homem ainda vai voar até Pádua numa coisa destas."* Na segunda moldura, havia uma página da *Toff*, uma revista de história em quadrinhos britânica para meninos da época da Segunda Guerra Mundial. Num momento em que tantas crianças foram evacuadas, achou-se necessário criar, à guisa de explicação, uma versão em quadrinhos dos acontecimentos do mundo adulto. Ali, portanto, estava um dos encontros semanais entre o time da casa — o *Toff* (um assustador menino de monóculo, vestindo a jaqueta curta de Eton e calças risca de giz) e o Bert de chapéu de pano e joelhos esfolados — e o maldito rival, Hawful Hadolf e os nastiparts (um bando de demônios briguentos, cada um com uma parte extremamente perversa, p. ex. um gancho de aço no lugar de uma mão, pés em garra, dentes capazes de morder fora um braço). O time britânico invariavelmente vencia. Gibreel, olhando os quadrinhos emoldurados, sentiu desprezo. "Malditos *angrez*.

Vocês realmente pensam assim; para vocês a guerra foi assim mesmo." Allie resolveu não mencionar o pai, nem contar a Gibreel que um dos desenhistas da *Toff*, um virulento berlinense antinazista chamado Wolf, tinha sido preso um dia e internado junto com todos os outros alemães da Grã-Bretanha, e, segundo Brunel, os colegas não levantaram um dedo para salvá-lo. "Crueldade", Jack refletira. "É tudo que um cartunista precisa. Que artista Disney podia ter sido se não fosse sentimental. Era a sua falha trágica." Brunel tinha um pequeno estúdio de animação chamado Espantalho Produções, em homenagem ao personagem de *O mágico de Oz*.

A terceira moldura continha o último desenho de um dos filmes do grande animador japonês Yoji Kuri, cuja obra especialmente cínica exemplificava perfeitamente a visão não sentimental que Brunel tinha da arte do cartunista. Nesse filme, um homem despencava de um arranha-céu; um carro de bombeiro entrava correndo em cena e se colocava bem abaixo do homem que estava caindo. O teto do veículo se abria, fazendo surgir uma imensa ponta de metal e, no fotograma dependurado na parede de Allie, o homem caía de cabeça para baixo e a ponta se enfiava em seu cérebro. "Nojento", Gibreel Farishta sentenciou.

Como esses ricos presentes não deram resultado, Brunel foi obrigado a se revelar e a aparecer em pessoa. Apresentou-se no apartamento de Allie uma noite, sem avisar e já consideravelmente cheio de álcool, tirou uma garrafa de rum escuro da pasta puída. Às três da manhã, tinha acabado com o rum, mas não mostrava sinais de ir embora. Allie foi ostensivamente escovar os dentes no banheiro e quando voltou encontrou o animador inteiramente nu, de pé no centro do tapete da sala, revelando um corpo surpreendentemente bem torneado, coberto por uma quantidade desordenada de pêlos grisalhos. Quando a viu, ele estendeu os braços e gritou: "Sou seu! Faça de mim o que quiser!". Ela fez com que se vestisse, da maneira mais gentil possível, e colocou a ele e à pasta suavemente para fora da porta. Ele nunca mais voltou.

Allie contou a história a Gibreel, de uma maneira aberta, risonha, mostrando que estava absolutamente despreparada para a tempestade que ia desencadear. É possível, porém (as coisas andavam um tanto tensas entre eles ultimamente), que seu ar de inocência fosse um tanto malicioso, que ela estivesse quase esperando que ele começasse a se comportar mal, para que aquilo que viesse a seguir fosse culpa dele, não dela... de qualquer forma, Gibreel explodiu, acusando Allie de ter falsificado o fim da história, sugerindo que o pobre Brunel ainda estava esperando ao lado do telefone e que ela pretendia telefonar-lhe no momento em que ele, Farishta, virasse as costas. Em resumo, desvario, em resumo, ciúme do passado, do pior tipo. Quando essa terrível emoção o dominou, ele se viu improvisando toda uma série de amantes para ela, imaginando-os à espera em cada esquina. Ela tinha usado a história de Brunel para desprezá-lo, gritou, era uma ameaça cruel e deliberada. "Você quer os homens de joelhos", gritou, perdendo os últimos vestígios de autocontrole. "Eu não me ajoelho."

"Chega", ela disse. "Fora."

A cólera dele duplicou. Agarrando a toga em torno do corpo, marchou para se vestir no quarto, colocando só as roupas que tinha, inclusive o sobretudo de gabardina forrado de escarlate e o chapéu cinzento de don Enrique Diamond; Allie ficou na porta, assistindo. "Não pense que vou voltar", gritou, sabendo que sua raiva era mais do que suficiente para levá-lo para fora da porta, à espera de que ela começasse a acalmá-lo, a falar manso, a lhe fornecer uma maneira de ficar. Mas ela deu de ombros e afastou-se, e foi então, no momento preciso de sua maior ira, que se abriram as fronteiras da terra, ele ouviu um ruído como do rompimento de um dique, e os espíritos do mundo do sonho, passando através dessa brecha, invadiram o universo do quotidiano: Gibreel Farishta viu Deus.

Para o Isaías de Blake, Deus era apenas uma imanência, uma indignação incorpórea; mas a visão que Gibreel teve do Ser Supremo não era nada abstrata. Viu, sentado na cama, um homem mais ou menos da mesma idade que ele, de estatura mediana, de constituição bastante pesada, com barba grisalha cortada rente ao queixo. O que mais o surpreendeu foi que a aparição estava ficando careca, parecia ter caspa e usava óculos. Não era o Todo-Poderoso que ele esperava. "Quem é você?", perguntou, interessado. (Não tinha, nesse momento, nenhum interesse em Alleluia Cone, que ao ouvi-lo falar sozinho parou e agora o observava com uma expressão de pânico genuíno.)

"*Ooparvala*", a aparição respondeu. "O Morador do Andar de Cima."

"Como posso saber que não é o Outro", Gibreel perguntou, habilidoso. "*Neechayvala*, o do Andar de Baixo?"

Pergunta ousada, que pedia resposta pronta. Essa Divindade podia parecer um escrivão míope, mas era, sem dúvida, capaz de mobilizar todo o aparato tradicional da ira divina. Nuvens juntaram-se do lado de fora da janela; vento e trovão sacudiram a sala. Árvores tombaram no Fields. "Estamos perdendo a paciência com você, Gibreel Farishta. Você já duvidou de Nós um pouco demais." Gibreel baixou a cabeça, arrasado pela cólera de Deus. "Não somos obrigados a explicar Nossa natureza a você", prosseguiu o sermão. "Se somos multiformes, plurais, representando a união-por-hibridização de opostos como *Oopar* e *Neechay*, ou se somos puros, totais, extremos, é coisa que não será resolvida aqui." A cama desarrumada em que o Visitante repousava Seu traseiro (que, Gibreel notava agora, refulgia ligeiramente, como todo o resto da Pessoa) recebeu um olhar altamente reprovador. "A questão é a seguinte: chega de perder tempo. Você queria sinais claros de Nossa existência? Enviamos Revelações para preencher seus sonhos: nas quais não só a Nossa natureza como também a sua foram esclarecidas. Mas você lutou contra elas, combatendo o próprio sono com o qual Nós o despertávamos. Seu medo da verdade obrigou-Nos, finalmente, a Nos expormos, com certa inconveniência pessoal, na residência dessa mulher em hora avançada da noite. Já é hora de tomar jeito. Será que Nós o colhemos dos céus para que deitasse e rolasse com uma (sem dúvida notável) loira de pés chatos? Há trabalho a fazer."

"Estou pronto", disse Gibreel, humildemente. "Já estava indo embora mesmo."

"Olhe aqui", Allie Cone estava dizendo. "Gibreel, droga, esqueça a briga. Escute: eu te amo."

Agora só havia os dois no apartamento. "Tenho de ir", Gibreel disse, baixo. Ela se dependurou do braço dele. "Sinceramente, acho que você não está bem." Ele se deteve, muito digno. "Depois de me mandar embora, você não tem mais jurisdição sobre a minha saúde." E escapou. Alleluia, tentando segui-lo, viu-se afligida por dores penetrantes em ambos os pés, e, sem alternativa, caiu chorando no chão: como uma atriz num filme *masala*: ou Rekha Merchant no dia em que Gibreel a deixou pela última vez. Ou como personagem de um tipo de história de que nunca imaginou participar.

*

A turbulência meteorológica produzida pela ira de Deus com seu servo deu lugar a uma noite clara e perfumada, presidida por uma lua gorda e cremosa. Só restavam as árvores tombadas para testemunhar a força do Ser que se retirara. Gibreel, chapéu enfiado na cabeça, cinto de dinheiro atado firmemente à cintura, mãos afundadas na gabardina — a mão direita sentindo, lá dentro, a forma de um livro em edição de bolso —, agradecia em silêncio a escapada. Agora certo de seu status arcangélico, afastou dos pensamentos todo remorso por esse período de dúvida, substituindo-o por uma nova resolução: conduzir essa metrópole de infiéis, essa nova 'Ad ou Thamoud, de volta ao conhecimento de Deus, fazendo chover sobre ela as bênçãos da Recitação, a Palavra sagrada. Sentiu que seu velho eu o deixava, e dispensou-o com um encolher de ombros, mas resolveu manter, para o momento, sua escala humana. Não era hora de crescer até preencher o céu de horizonte a horizonte — embora isso também viesse certamente a ocorrer em breve.

As ruas da cidade enrolavam-se em torno dele, coleantes como serpentes. Londres estava de novo instável, revelando sua verdadeira natureza, caprichosa, atormentada, a angústia de uma cidade que perdeu o sentido de si mesma, chafurdando assim na impotência do seu presente egoísta e raivoso de máscaras e paródias, curvada e torta sob o peso insuportável e aceito de seu passado, encarando o vazio de seu futuro empobrecido. Ele vagou pelas ruas essa noite, e o dia seguinte, e a noite seguinte, e continuou vagando até que luz e trevas não importavam mais. Parecia não precisar mais nem de comida nem de repouso, bastava-lhe apenas deslocar-se constantemente pela tortuosa metrópole cuja tessitura estava agora profundamente transformada, as casas dos quarteirões ricos construídas de medo solidificado, os edifícios governamentais em parte de vanglória em parte de desprezo, e as residências dos pobres de confusão e sonhos materiais. Quando você olha com olhos de anjo, vê essências no lugar de superfícies, vê a decadência da alma rachando e borbulhando na pele das pessoas na rua, vê a generosidade de certos espíritos pousada em seus ombros na forma de pássaros. Palmilhando a cidade metamorfoseada, viu diabos com asas de morcego sentados nos cantos dos edifícios construídos de enganos e percebeu ogros penetrando como vermes pelos ladrilhos rachados dos mictórios públicos para homens. Assim como antes Richalmus, o monge alemão do século XIII, fechava os olhos e via, instantaneamente, nuvens de minúsculos demônios cercando cada homem e mulher da terra, dançando como poeira ao sol, também Gibreel agora, de olhos abertos e tanto à luz da lua quanto à luz do sol, detectava por toda parte a presença do adversário, o seu — para darmos à velha palavra o seu sentido original — *shaitan*.

Muito antes do Dilúvio, ele se lembrou — agora que tinha retomado o papel de arcanjo, parecia que o âmbito completo de sua memória e sabedoria estava lhe sendo restaurado, pouco a pouco —, um grupo de anjos (os nomes de Semjaza e Azazel eram os que primeiro lhe vinham à mente) tinha sido expulso do Céu porque andara *desejando as filhas dos homens*, que no tempo azado deram à luz uma raça pérfida de gigantes. Ele começou a compreender o grau do perigo de que tinha se safado abandonando a proximidade com Alleluia Cone. Oh, falsa criatura! Oh, princesa dos poderes do ar! — Quando o Profeta, que haja paz em seu nome, recebeu o *wahi*, a Revelação, não tinha temido por sua sanidade? — E quem tinha lhe dado a confortadora certeza de que precisava? — Pois Khadija, sua esposa. Ela é que o convencera de que não era nenhum louco varrido, mas o Mensageiro de Deus. — Enquanto Alleluia, o que tinha feito por ele? *Você está fora de si. Acho que não está passando bem.* — Oh, tribuladora, geradora de conflito, de aflição no coração! Sereia, tentadora, demônio em forma humana! Aquele corpo de neve com seu cabelo pálido, pálido: como ela tinha usado aquilo para enevoar sua alma, e como lhe tinha sido difícil, na fraqueza de sua carne, resistir... envolto por ela numa teia de amor tão complexa quanto acima da compreensão, tinha chegado à borda da Queda definitiva. Quão magnificente, portanto, a Supra-entidade tinha sido com ele! — Via agora que a escolha era simples: o amor infernal das filhas dos homens ou a adoração celestial de Deus. Descobrira que era possível escolher esta: na última hora.

Do bolso direito do sobretudo, retirou o livro que ali estava desde que partira da casa de Rosa, fazia um milênio: o livro da cidade que tinha vindo salvar, a Própria Londres, capital de Vilayet, exposta, para seu benefício, nos mínimos detalhes, toda, inteira. Ia redimir essa cidade, a Londres dos Geógrafos, de A até Z.

*

Na esquina de uma rua, numa parte da cidade antes conhecida por sua população de artistas, radicais e homens em busca de prostitutas, e agora ocupada pelo pessoal de publicidade e produtores cinematográficos menores, o Arcanjo Gibreel viu por acaso uma alma perdida. Era jovem, do sexo masculino, alta, e de extrema beleza, com um nariz aquilino marcante e cabelos pretos quase compridos, úmidos de gel e repartidos no meio; seus dentes eram feitos de ouro. A alma perdida estava na beirada da calçada, de costas para a rua, inclinada para a frente num pequeno ângulo, e segurando na mão direita alguma coisa que lhe era evidentemente muito querida. Seu comportamento chamava a atenção: ele primeiro olhava intensamente a coisa que tinha na mão, depois olhava em torno, virando a cabeça como um chicote da direita para a esquerda, estudando com ardente concentração as caras dos transeuntes. Gibreel controlou-se para não se aproximar depressa demais, e no primeiro passo viu que o objeto que a alma perdida tinha na mão era uma fotografia tamanho passaporte. No segundo passo, abordou o desconhecido e ofereceu ajuda. O outro o examinou desconfiado, depois enfiou a fotografia debaixo de seu nariz. "Este homem", disse, apontando a foto com um longo dedo indicador. "Conhece este homem?"

Quando Gibreel viu, na foto, um jovem de extrema beleza, de nariz aquilino e cabelos pretos quase longos, úmidos de gel e repartidos no meio, teve certeza de que seu instinto estava correto, e que ali, parada na esquina daquela rua movimentada, observando a multidão para o caso de ver a si mesma passando, estava uma Alma em busca de seu corpo desencaminhado, um espectro desesperadamente carente de seu envoltório físico — pois os arcanjos sabem que a alma ou *ka* é incapaz de existir por mais de um dia e uma noite (uma vez cortado o cordão de luz que a liga ao corpo). "Posso ajudar", prometeu, e a jovem alma olhou para ele com total descrença. Gibreel inclinou-se, agarrou o rosto da *ka* com ambas as mãos e beijou-a com firmeza na boca, pois o espírito que é beijado por um arcanjo recobra, imediatamente, seu sentido de direção, e se coloca no caminho da verdade e do bem. — A alma perdida, porém, teve a mais surpreendente das reações ao ser favorecida por um beijo arcangélico. "Vá se foder", gritou, "posso estar desesperado, cara, mas não a esse ponto" — depois do que, manifestando uma solidez inteiramente desusada num espírito desencarnado, desferiu no Arcanjo do Senhor um poderoso golpe no nariz com o mesmo punho em que segurava a própria imagem, com resultados desorientadores e sangrentos.

Quando a visão de Gibreel clareou, a alma perdida tinha ido embora, mas ali, flutuando em seu tapete a meio metro do chão, estava Rekha Merchant, zombando de seu incômodo. "Começo nada brilhante", ela riu. "Arcanjo coisa nenhuma. Gibreel *janab*, você perdeu a cabeça, pode acreditar. Está perturbado porque fez muitos papéis de seres alados. Se eu fosse você não confiaria naquela sua Divindade também, não", acrescentou em tom mais conspiratório, embora Gibreel suspeitasse que suas intenções ainda eram satíricas. "Ele mesmo insinuou isso quando escapou daquele jeito da sua pergunta sobre *Oopar-Neechay*. Essa idéia de separação de funções, de luz versus sombra, mal *versus* bem, pode ser clara no islamismo — *Oh, filhos de Adão, não permitais que o Diabo vos seduza, pois ele expulsou vossos pais do jardim, arrancando deles suas roupas para que exibissem sua vergonha* — mas se você recuar um pouco vai ver que é uma invenção bem recente. No século VIII a. C., Amós questiona: 'Pode haver mal numa cidade e o Senhor não eliminá-lo?'. Javé também, citado no Deutero-Isaías duzentos anos depois, diz: 'Eu dou forma à luz e crio a escuridão; eu faço a paz e crio o mal; eu, o Senhor, faço todas essas coisas'. É só no Livro das Crônicas, já no século IV a. C., que a palavra *shaitan* passa a ser usada para designar um ser, e não apenas um atributo de Deus." A Rekha "real" seria inteiramente incapaz de um discurso desses, vindo como vinha de uma tradição politeísta e não tendo nunca demonstrado o menor interesse em religião comparativa e muito menos nos Apócrifos. Mas a Rekha que o vinha perseguindo desde que caíra do *Bostan* não era real, Gibreel sabia, de nenhuma maneira objetiva, psicológica ou corporal. — O que era ela então? Seria fácil imaginá-la como uma coisa fabricada por ele mesmo — seu próprio adversário-cúmplice, seu demônio interior. Isso explicaria o seu estar à vontade com os arcanos. — Mas como tinha adquirido esse conhecimento? Teria realmente, num tempo passado, possuído e perdido esse conhecimento, como sua memória o informava agora? (Ele tinha uma insistente sensação de inexatidão a esse respeito, mas quando tentava fixar os pensamentos em sua "idade de trevas", ou seja, no período em que havia inexplicavelmente duvidado de sua condição angélica, deparava-se com uma grossa muralha de nuvens, através da qual, por mais que se esforçasse, conseguia entrever pouco mais que sombras.) — Ou será que o material que agora preenchia seus pensamentos, o eco, para dar apenas um exemplo, de como seus anjos-tenentes Ithuriel e Zephon tinham encontrado o adversário *de cócoras como um sapo* ao pé do ouvido de Eva no Éden, usando a astúcia "para tocar/ Os órgãos de sua fantasia, e com eles forjar/ Ilusões a seu bel-prazer, fantasmas e sonhos", tinha na verdade sido plantado em sua cabeça pela mesma Criatura ambígua, aquela Coisa do Andar de Baixo/Andar de Cima, com quem tinha se confrontado no *boudoir* de Alleluia, e o despertado de seu prolongado sono de olhos abertos? — E Rekha também podia ser, talvez, emissário desse Deus, um antagonista externo, divino e não uma sombra interna, produzida pela culpa; enviada para lutar com ele e fazê-lo inteiro de novo.

Seu nariz, pingando sangue, começou a latejar dolorosamente. Ele jamais conseguira tolerar dor. "Sempre bebê chorão", Rekha riu na cara dele. Shaitan tinha entendido melhor:

Vive quem ama a própria dor?
Quem não aceitaria, sabendo como, escapar do inferno,
Se a ele condenado? Tu próprio o farias, sem dúvida,
E ousadamente arriscarias qualquer lugar
Distante da dor, onde pudesses ter esperança de trocar
Tormento por calma...

Ele não conseguiria formular melhor. Uma pessoa que se visse num inferno faria qualquer coisa, estupro, extorsão, assassinato, suicídio, o que fosse preciso, para escapar... passou um lenço no nariz enquanto Rekha, ainda presente no tapete voador, e intuindo sua subida (descida?) ao domínio da especulação metafísica, tentou puxar as coisas para terreno mais familiar. "Você devia ter ficado comigo", opinou. "Podia ter me amado de verdade e direito. Eu sabia amar. Nem todo mundo tem essa capacidade; eu tenho, quer dizer, eu tinha. Não como aquela loira gostosa e egocêntrica pensando em ter um filho em segredo sem contar nada a você. Nem como o seu Deus também; hoje não é mais como antigamente, quando Pessoas assim se comprometiam de fato."

Aquilo precisava ser respondido sob vários aspectos. "Você

ficou casada do começo até o fim", ele respondeu. "Com o dos rolamentos. Eu era só um complemento. E não vou também, eu que esperei tanto tempo para Ele se manifestar, falar mal d'Ele agora, *a posteriori*, depois da aparição em pessoa. Afinal, que história é essa? Você parece que não vê limites."

"Você não sabe o que é o inferno", ela respondeu, tirando a máscara de impassível. "Mas vai saber, idiota. Se você dissesse uma palavra eu teria jogado fora aquele chato dos rolamentos num piscar de olhos, mas você ficou quieto. Agora vou acompanhar você até lá embaixo: Hotel Neechayvala."

"Você nunca abandonaria seus filhos", ele insistiu. "Coitados, atirou os dois antes de pular." Isso a irritou. "Não diga nada! Não ouse dizer nada! Mister, eu acabo com você! Frito o seu coração e como com torrada! — E aquela sua princesa Branca de Neve, ela acha que um filho é propriedade só da mãe, porque os homens podem ir e vir, mas ela fica para sempre, não é? Você é só a semente, me desculpe, ela é o jardim. Quem vai pedir licença à semente para plantar? Você não entende nada, idiota de menino de Bombaim, se metendo com as *mames* de idéias modernas."

"E você?", ele reagiu, com toda força. "Por exemplo, pediu licença para o papai deles antes de atirar seus filhos do telhado?"

Ela desapareceu furiosa, numa nuvem de fumaça amarela, com uma explosão que quase o derrubou e arrancou-lhe da cabeça o chapéu (que ficou virado na calçada a seus pés). Ela detonou também um efeito olfativo nauseante de tal potência que lhe provocou um engulho e o fez vomitar. Sem expelir nada, pois estava inteiramente vazio de alimentos e de líquidos, não tendo ingerido nada havia dias. Ah, imortalidade, pensou: ah, nobre alívio da tirania do corpo. Notou que dois indivíduos o observavam, curiosos, um deles um jovem de aspecto violento com roupa de couro e tachas, cabelo cortado num moicano multicolorido e um raio pintado em forma de ziguezague nariz abaixo, o outro uma senhora de meia-idade de ar gentil, com um lenço no cabelo. Muito bem: aproveitar o dia. "Arrependam-se", gritou apaixonadamente. "Pois eu sou o Arcanjo do Senhor."

"Coitado", disse o moicano, e jogou uma moeda no chapéu de Farishta no chão. Foi embora; a senhora de ar gentil, piscando os olhos, porém, inclinou-se confidencialmente na direção de Gibreel e passou-lhe um folheto. "Isto aqui é do seu interesse." Ele logo identificou o texto racista que exigia a "repatriação" de todos os cidadãos de cor do país. Deduziu que ela o tinha tomado por um anjo branco. Então, os anjos não estavam isentos dessa categorização, compreendeu, surpreso. "Veja bem", disse a mulher, tomando o seu silêncio por hesitação — revelando, ao adotar uma pronúncia superarticulada, em voz alta demais, que não achava que ele fosse exatamente *pukka*, mas um anjo levantino, cipriota ou grego, necessitado de seu melhor tom especial para falar com os aflitos. "Se eles chegassem e ocupassem a sua terra, ahn? Você não ia gostar."

*

Com um soco no nariz, zombaria de fantasmas, esmolas em lugar de reverência, e informado de diversas maneiras das profundezas em que haviam mergulhado os moradores da cidade, a intransigência do mal ali manifestada, Gibreel se dispôs, mais determinado do que nunca, a começar a prática do bem, a iniciar a grande obra de fazer retrocederem as fronteiras do domínio do adversário. O atlas em seu bolso constituía o plano-mestre. Ia redimir a cidade quarteirão por quarteirão, de Hockney Farm, no canto noroeste da área mapeada, até Chance Wood, no sudeste; depois disso, talvez celebrasse a conclusão de seus labores jogando uma partida de golfe no campo de nome muito adequado existente na extremidade do mapa: Wildernesse.

E em algum ponto do caminho o adversário em pessoa estaria à espera. Shaitan, Iblis, fosse qual fosse o nome que tivesse adotado — e na verdade esse nome estava na ponta da língua de Gibreel — assim como a cara do adversário, chifrudo e malévolo, ainda um tanto fora de foco... bem, tomaria forma logo mais, e o nome voltaria a sua cabeça, Gibreel tinha certeza, pois seus poderes não aumentavam diariamente?, não era ele aquele que, restaurada a sua glória, derrubaria o adversário uma vez mais para as Profundezas Escuras? — O nome: como era mesmo? Tch-alguma coisa? Tchu Tché Tchin Tchow. Não importa. Tudo a seu tempo.

*

Mas a cidade em sua corrupção recusava-se a se submeter ao domínio dos cartógrafos, mudando de forma como e quando bem entendia, impossibilitando Gibreel de abordar sua busca da maneira sistemática que teria preferido. Em alguns dias ele virava uma esquina, ao final de uma grande colunata construída de carne humana e coberta de pele que sangrava quando arranhada, e via-se num deserto não mapeado, em cujas bordas distantes podia ver altos edifícios conhecidos, a cúpula de Wren, a luz piscante da alta torre metálica da Telecom, tudo se desfazendo no vento, como castelos de areia. Arrastava-se através de parques confusos e anônimos, emergindo nas ruas cheias do West End, onde, para consternação dos motoristas, tinha começado a pingar ácido do céu, abrindo grandes buracos na pavimentação. Nesse pandemônio de miragens, muitas vezes ouvia risadas: a cidade rindo de sua impotência, esperando sua rendição, seu reconhecimento de que aquilo que existia ali estava além dos seus poderes de compreensão, quanto mais de transformação. Ele gritava maldições ao adversário ainda sem cara, implorava à Divindade para que lhe desse mais um sinal, temia que suas energias, na verdade, pudessem não estar à altura da tarefa. Em resumo, estava se transformando no mais miserável e acabado dos arcanjos, as roupas imundas, o cabelo escorrido e sujo, o queixo produzindo pêlos em tufos incontroláveis. Foi nesse estado lamentável que chegou à estação Angel do metrô.

Devia ser de manhã muito cedo, porque os funcionários da estação estavam destrancando e enrolando a grade de metal noturna. Ele entrou atrás deles, arrastando os pés, a cabeça baixa, as mãos enfiadas nos bolsos (o guia da cidade já tinha sido descartado fazia tempo); e levantando os olhos, viu-se afinal diante de um rosto a ponto de se dissolver em lágrimas.

"Bom dia", arriscou, e a jovem na bilheteria respondeu,

cheia de amargura: "Bom por quê?, eu gostaria de saber", e as lágrimas efetivamente rolaram, gordas, em glóbulos abundantes. "Calma, calma, menina", disse, e ela o olhou, incrédula. "Você não é padre", opinou. Ele respondeu, um tanto hesitante: "Sou o Anjo, Gibreel". Ela começou a rir, tão abruptamente quanto tinha começado a chorar. "Os únicos anjos por aqui ficam dependurados dos postes no Natal. Iluminação. Só o Conselho pode dependurar eles pelo pescoço." Ele não ia desistir. "Eu sou Gibreel", repetiu, fixando os olhos na moça. "Fale." E, para sua própria surpresa, enfaticamente expressa, *não acredito que estou fazendo uma coisa dessas, abrindo o coração pra um vagabundo qualquer, não sou desse jeito, sabe*, a vendedora de bilhetes começou a falar.

Seu nome era Orphia Phillips, vinte anos, pai e mãe vivos e dependentes dela, principalmente agora que a idiota de sua irmã, Hyacinth, tinha perdido o emprego de fisioterapeuta porque "fez bobagem". O nome do rapaz, pois é claro que havia um rapaz, era Uriah Moseley. A estação tinha acabado de instalar dois elevadores brilhando de novos, e Orphia e Uriah eram os operadores. Durante as horas de rush, quando ambos os elevadores estavam funcionando, não tinham muito tempo para conversar; mas durante o resto do dia, só um elevador ficava em uso. Orphia assumia sua posição na entrada, coletando os bilhetes, bem ao lado da porta do elevador, e Uri conseguia passar uma boa parte do tempo ali embaixo com ela, apoiado no batente do elevador brilhante, palitando os dentes com o palito de prata que seu bisavô tinha aliviado de algum capataz, antigamente. Era amor de verdade. "Mas eu mandei ver", Orphia choramingou para Gibreel. "Sempre apressada, sem pensar." Uma tarde, durante a pausa no movimento, ela abandonou o posto e parou na frente dele, que como sempre palitava os dentes, mas que, vendo aquele olhar nos olhos dela, guardou o palito. Depois disso, ele vinha para o trabalho com um gingado no andar; ela também estava no céu quando descia todo dia para as entranhas da terra. Os beijos foram ficando mais longos e mais apaixonados. Às vezes, ela não largava dele quando tocavam a campainha do elevador; Uriah tinha de empurrá-la, dizendo, "Fica fria, menina, olha o público". Uriah tinha uma atitude vocacional com o trabalho. Comentava com ela o orgulho que sentia do uniforme, a satisfação de ser funcionário público, dedicando a vida à sociedade. Ela achava que aquilo soava um tanto pomposo, e sentia vontade de dizer: "Uri, cara, você é só o ascensorista", mas sabendo que esse realismo não seria bem recebido, dobrava a língua, ou melhor, enfiava a língua na boca dele.

Os abraços no túnel se transformaram em guerras. Ele estava sempre tentando escapar, ajeitando a farda, enquanto ela mordia sua orelha e enfiava a mão dentro de suas calças. "Está maluca", ele dizia, mas ela continuava, perguntando: "E aí? Tá ruim?".

Como era inevitável, foram descobertos: uma queixa feita por uma gentil senhora de lenço na cabeça e roupa de tweed. Tiveram sorte de não perderem os empregos. Orphia tinha sido "plantada", longe do poço do elevador, trancada dentro da cabine de bilhetes. Pior ainda, seu lugar foi dado à bela da estação, Rochelle Watkins. "Eu sei muito bem o que está acontecendo", ela chorou, furiosa. "É só ver a cara de Rochelle quando ela sobe, arrumando o cabelo e tudo." Uriah, agora, evitava o olhar de Orphia.

"Não sei como é que você fez pra me fazer contar isso tudo", ela concluiu, hesitante. "Você não é anjo coisa nenhuma, isso eu sei." Mas não conseguia, por mais que tentasse, desviar os olhos do olhar penetrante dele. "Eu sei tudo o que você guarda no coração", ele disse.

Gibreel passou o braço pela grade da cabine e pegou a mão dela. Orphia não resistiu. — É, era isso, a força dos desejos dela passava para ele, fazendo com que os traduzisse de volta para ela, possibilitando a ação, permitindo que ela dissesse e fizesse o que mais profundamente precisava; era isso que ele relembrava, essa qualidade de unir-se àquele a quem aparecia, de forma que o que se seguia era produto dessa união. Finalmente, pensou, recupero as funções arcangélicas. — Dentro da cabine, a bilheteira Orphia Phillips estava de olhos fechados, seu corpo tinha se amontoado na cadeira, parecendo lento e pesado, seus lábios moviam-se. — E os dele também, em uníssono com os dela. — Pronto. Estava feito.

Nesse momento, o gerente da estação, um homenzinho enfezado com nove longos fios de cabelos penteados a partir da orelha colados na careca, surgiu, como um cuco de sua portinhola. "Qual é o problema?", gritou para Gibreel. "Vá embora, senão eu chamo a polícia." Gibreel ficou onde estava. O gerente viu Orphia saindo do transe e começou a guinchar. "Você, Phillips. Nunca vi coisa igual. Basta usar calças, mas isto é demais. Em toda a minha vida. E cochilando no serviço, onde já se viu." Orphia se pôs de pé, vestiu a capa de chuva, pegou o guarda-chuva dobrável, saiu da cabine. "Abandono de função em propriedade pública. Volte para dentro já, ou perde o emprego, garanto." Orphia foi para a escada em espiral e desceu para as profundezas. Roubado de sua funcionária, o gerente virou-se para encarar Gibreel. "Vá embora", disse. "Suma daqui. Volte pro seu buraco."

"Estou esperando o elevador", Gibreel respondeu, com dignidade.

Quando chegou ao pé da escada, Orphia Phillips virou uma esquina e viu Uriah Moseley encostado à cabine de coleta de bilhetes daquele jeito dele, e Rochelle Watkins sorrindo deslumbrada de prazer. Mas Orphia sabia o que fazer. "Já mostrou pra 'Chelle o seu palito, Uri?", entoou. "Ela vai adorar botar a mão nele."

Os dois se endireitaram, provocados. Uriah começou a berrar: "Você não venha com grossura, Orphia", mas ela o deteve com um olhar. Ele, então, começou a avançar na direção dela, como num sonho, abandonando Rochelle. "É isso aí, Uri", ela disse com voz macia, sem desviar os olhos um instante. "Venha agora. Venha pra mamãe." *Agora você vai andando de costas pra dentro do elevador e vai chupar ele ali mesmo, e aí é só subir e acabou-se.* — Mas alguma coisa estava errada. Ele não estava andando mais. Rochelle Watkins estava a seu lado, perto demais, droga, e ele tinha estacado. "Diga para ela, Uriah", Rochelle falou. "Aquela besteira daquela 'mandinga' dela não faz efeito aqui, não." Uriah estava passando o braço pelos ombros de Rochelle Watkins. Não era bem assim que ela tinha imaginado a coisa, que ela tinha certeza absoluta que a coisa seria, quando Gibreel pegou sua mão, assim, como se fossem *noivos*; esquisito, pensou; o que estava acontecendo? Avançou. — "Tira ela de cima de mim, Uriah", Rochelle gritou. "Está me amassando o uniforme e tudo." — E Uriah, agarrando os pulsos da bilheteira, anunciou: "Eu pedi ela em casamento!". — Coisa que esvaziou toda a violência de Orphia. As trancinhas amarradas com contas não sacudiam nem tilintavam mais. "Você já era, Orphia Phillips", Uriah continuou, bufando um pouco. "É como a mina aqui disse, a sua bruxaria não vai adiantar nada." Orphia, também respirando fundo, as roupas desarrumadas, despencou no chão, as costas apoiadas na parede curva do túnel. Foram envoltos pelo ruído de um trem que se aproximava; o casal de noivos correu para seus postos, se arranjando, Orphia ficou largada onde estava. "Menina", Uriah Moseley disse à guisa de despedida, "você é escandalosa demais pra mim." Da cabine de coleta de bilhetes, Rochelle Watkins jogou um beijo para Uriah; ele, encostado no elevador, palitava os dentes. "Comida caseira", Rochelle prometeu. "E nada de surpresas."

"Vagabundo", Orphia Phillips gritou para Gibreel depois de subir os duzentos e quarenta e sete degraus da escada da derrota. "Você não presta pra nada, vagabundo. Quem foi que pediu pra você bagunçar minha vida desse jeito?"

*

Até a auréola tinha desaparecido, como uma lâmpada queimada, e eu não sei nem onde fica a loja. Sentado num banco, num parquinho perto da estação, Gibreel meditava sobre a futilidade dos seus esforços até agora. E sentiu, mais uma vez, blasfêmias vindo à tona: se a *dabba*, a marmita, estava marcada errado e fosse parar na mão do destinatário errado, a culpa era do entregador, do *dabbawalla*? Se efeitos especiais — tapete voador e coisas do tipo — não funcionavam, e você via um contorno azul brilhando em volta da personagem que voava, a culpa era do ator? Damesmaforma, se o exercício angélico estava resultando insuficiente, por favor, de quem era a culpa? Dele, pessoalmente, ou de alguma outra Personagem? — Crianças brincavam no jardim do seu duvidar, entre nuvens de moscas e roseiras e desespero. Estátua, caça-fantasmas, pega-pega. *Eleoene deoene, London*. A queda dos anjos, Gibreel refletia, não era a mesma coisa que a Queda do Homem e da Mulher. No caso dos seres humanos, a questão tinha sido a moralidade. Do fruto da árvore do bem e do mal eles não deviam comer, e comeram. Primeiro a mulher, e depois, por sugestão dela, o homem, adquiriram padrões éticos *verboten*, com delicioso aroma de maçã: a serpente lhes deu um sistema de valores. Permitindo, entre outras coisas, que julgassem a própria Divindade, possibilitando a ocorrência de todos os mais estranhos questionamentos: para que o mal? Para que o sofrimento? Para que a morte? — E lá se foram os dois. Ele não queria que Suas belas criaturas fossem além dos limites. — As crianças riram na cara dele: *algo estraaaanho em seu território*. Com armas de brinquedo, fingiam explodi-lo como se fosse um fantasma qualquer. *Venham para cá*, uma mulher ordenou, uma mulher de roupa justa, branca, ruiva, com uma larga faixa de sardas no meio do rosto, a voz carregada de irritação. *Estão me ouvindo? Agora!* — Enquanto a queda dos anjos tinha sido uma mera questão de poder: um ato direto de política celestial, castigo pela rebelião, curto e grosso, *pour encourager les autres*. — Como era insegura de si mesma essa Divindade, que não queria que Sua melhor criação distinguisse o certo do errado; e que governava pelo terror, exigindo a submissão inquestionável até dos Seus auxiliares mais próximos, expulsando todos os dissidentes para suas ardentes sibérias, para os gulags do Inferno... ele se controlou. Eram idéias satânicas, infiltradas em sua cabeça por Iblis-Belzebu-Shaitan. Se a Entidade ainda o estava punindo por sua falta de fé anterior, essa não era a melhor maneira de conquistar a remissão. Tinha simplesmente de continuar até que, purificado, sentisse toda a sua potência restaurada. Esvaziando a mente, continuou sentado na escuridão que se aproximava e ficou assistindo às crianças que brincavam (agora a certa distância). *Ip-dip-sky-blue who's-there-not-you not-because-you're-dirty not-because-you're-clean* e então, ele tinha certeza, um dos meninos, sério, de uns onze anos, fixou os olhos imensos diretamente nele: *my-mother-says you're-the-fairy-queen*.

Rekha Merchant materializou-se, toda jóias e elegância. "As *bachchas* estão caçoando de você, Anjo do Senhor", provocou. "Nem aquela mocinha da bilheteria ficou lá muito impressionada. Estou achando que você, *baba*, não vai indo nada bem, não."

*

Nessa ocasião, porém, o espírito da suicida Rekha Merchant não tinha vindo só para zombar. Para perplexidade dele, ela alegou que as muitas atribulações que ele atravessara eram obra sua. "Acha que só a sua Coisa Única é que está no comando?", gritou. "Bom, meu querido, vou lhe esclarecer." A arrogante pronúncia inglesa de Bombaim o atingiu com uma súbita nostalgia pela cidade perdida, mas ela não esperou que ele recuperasse a compostura. "Lembre-se que eu morri de amor por você, seu verme; isso me dá alguns direitos. Particularmente, o direito de me vingar, bagunçando inteiramente a sua vida. Um homem tem de sofrer quando faz a amante pular para a morte, não acha? A regra é essa. Até agora eu estava virando você pelo avesso; mas agora me enchi. Não esqueça como eu era boazinha para perdoar! Você bem que gostava, *na*? Por tudo isso, eu vim foi para dizer que é sempre possível negociar uma solução. Você quer discutir os termos, ou prefere continuar perdido nessa loucura, se transformando não num anjo, mas num vagabundo total, numa piada besta?"

Gibreel perguntou: "Negociar o quê?".

"O que mais podia ser", ela respondeu, as maneiras transformadas, toda gentileza, um brilho nos olhos. "Uma coisinha tão pequena, meu *farishta*."

Que ele dissesse que a amava:

Que ele dissesse isso e, uma vez por semana, quando ela viesse deitar com ele, demonstrasse amor:

Que em qualquer noite, à escolha dele, tudo fosse como era naquelas ausências a negócios do homem dos rolamentos:

"Eu então ponho fim nessas loucuras da cidade com que venho perseguindo você; e você não será mais possuído por essa idéia maluca de transformar, de *redimir* a cidade como algo que foi deixado na loja de penhores; será tudo calmo-calmo; você pode até viver com aquela sua *mame* cara-pálida e ser o maior astro de cinema do mundo; como é que eu posso ter ciúmes, Gibreel, se eu já estou morta, não quero que você diga que sou tão importante como ela, não, um mero amor de segunda classe me basta, um *amour* prato de acompanhamento; um pé na outra bota. Que tal, Gibreel, só três palavrinhas, o que é que me diz?"

Espere um pouco.

"Não é nem uma coisa nova o que estou pedindo, alguma coisa que você nunca tenha aceitado, feito, se permitido fazer. Dormir com um fantasma não é assim tão, tão ruim. Que é que foi aquilo com a velha Mrs. Diamond — na garagem de barcos, aquela noite? Uma bela farra, não acha? Então: quem você acha que aprontou aquilo tudo? Escute: eu posso assumir para você a forma que preferir; é uma das vantagens do meu estado. Quer de novo aquela *mame* da idade da pedra na garagem de barcos? Pronto. Quer a imagem espelhada daquele seu iceberg alpinista suarento que parece um menino? A mesma coisa, *allakazoo allakazam*. Quem você acha que estava lá esperando você quando a velha morreu?"

Essa noite toda ele andou pelas ruas da cidade, que permaneciam estáveis, banais, como que devolvidas à hegemonia das leis naturais; enquanto Rekha — flutuando a sua frente no tapete como uma artista no palco, à altura de sua cabeça — fazia-lhe uma serenata de canções amorosas, tocando o acompanhamento num velho harmônio revestido de marfim, cantando de tudo, desde os *gazais* de Faiz Ahmed Faiz até o melhor da música de filmes antigos, como aquela ária provocante cantada pela dançarina Anarkali na presença do Grande Mughal Akbar, no clássico dos anos 50 *Mughal-e-Azam* — na qual ela declara e exalta seu amor proibido, impossível, pelo príncipe Salim — *Pyaar kiya to darna kya?* — o que quer dizer, mais ou menos, *por que ter medo de amar?* e Gibreel, que ela havia abordado no jardim de sua dúvida, sentiu que a música lançava amarras ao seu coração e o puxava para ela, porque o que ela pedira, como dizia, era tão pouco, afinal.

Chegou ao rio; e a um outro banco, camelos de ferro fundido sustentando as ripas de madeira, debaixo da Agulha de Cleópatra. Sentando-se, fechou os olhos. Rekha cantou Faiz:

> *Não exijas de mim, meu amor,*
> *o amor que tive por ti outrora...*
> *És ainda adorável, meu amor,*
> *mas estou perdido agora;*
> *pois há no mundo outras penas, além do amor,*
> *e dos prazeres da hora.*
> *Não exijas de mim, meu amor,*
> *o amor que tive por ti outrora.*

Gibreel viu um homem por trás de suas pálpebras fechadas: não Faiz, mas um outro poeta, longe de seu apogeu, um sujeito decrépito. — É, esse é seu nome: Baal. O que estava fazendo aqui? O que tinha para dizer a seu favor? — Porque sem dúvida estava tentando dizer alguma coisa; sua fala, arrastada, balbuciada, tornava difícil o entendimento... *Qualquer idéia nova, Mahound, exige duas perguntas. A primeira é feita quando ela é fraca: QUE TIPO DE IDÉIA É ESSA? É do tipo que concede, negocia, acomoda-se à sociedade, quer encontrar um nicho, sobreviver; ou é aquele tipo de idéia idiota, rígida, insistente, maldita, que prefere partir-se a curvar-se com a brisa?* — *O tipo de idéia que quase com certeza, noventa e nove por cento das vezes, será esmagada, mas que, na centésima vez, transforma o mundo.*

"Qual é a segunda pergunta?", Gibreel perguntou em voz alta.

Responda à primeira primeiro.

*

Gibreel, ao abrir os olhos para o amanhecer, encontrou Rekha incapaz de cantar, silenciada por expectativas e incertezas. E declarou, direto. "É um truque. Não existe outro Deus além de Deus. Você não é nem a Entidade, nem o Seu adversário, mas só uma névoa no cio. Nada de concessões; não faço acordos com névoas." Viu, então, as esmeraldas e brocados despencarem do corpo dela, seguidos da carne, até restar só o esqueleto, que, por sua vez, acabou desabando também; finalmente, veio um guincho penetrante e doloroso, quando o que quer que tivesse restado de Rekha voou em fúria vencida para dentro do Sol.

E não retornou: a não ser no — ou quase — fim.

Convencido de que tinha passado por uma prova, Gibreel deu-se conta de ter se livrado de um grande peso; sentiu o espírito ficando mais leve a cada segundo, até que, quando o Sol surgiu no céu, estava literalmente delirante de alegria. Agora podia realmente começar: a tirania de seus inimigos, de Rekha e de Alleluia Cone e de todas as mulheres que haviam desejado atá-lo a cadeias de desejos e canções, estava definitivamente superada; agora podia sentir a luz vertendo de novo de um ponto invisível logo atrás de sua cabeça; e seu peso também começou a diminuir. — Sim, estava perdendo os últimos traços de humanidade, o dom do vôo era-lhe restaurado à medida que ia se tornando etéreo, perpassado de ar luminoso. — Podia simplesmente saltar, a qualquer momento, daquele parapeito enegrecido e pairar acima do velho rio cinzento — ou saltar de qualquer de suas pontes e jamais tocar a terra novamente. Então: era hora de fazer uma grande demonstração à cidade, pois quando ela percebesse o Arcanjo Gibreel em toda sua majestade sobre o horizonte ocidental, banhado pelos raios do Sol que se levantava, certamente todo mundo se encheria de medo e se arrependeria de seus pecados.

Ele começou a expandir a própria pessoa.

O surpreendente, porém, foi que nenhum dos motoristas que passavam pelo Embankment — afinal, era hora do rush —, nenhum sequer voltou a cabeça para olhar em sua direção ou notar sua presença! Tratava-se, na verdade, de um povo que tinha esquecido como ver. E como a relação entre homens e anjos é ambígua — nela os anjos, ou *mala'ikah*, são ao mesmo tempo controladores da natureza e intermediários entre a divindade e a raça humana; mas ao mesmo tempo, como afirma claramente o Alcorão, *dissemos aos anjos, submetei-vos a Adão*, simbolizando com isso a capacidade do homem de dominar, por meio do conhecimento, as forças da natureza que os anjos representam — não havia realmente nada que o ignorado e furioso *malak* Gibreel pudesse fazer. Arcanjos só podiam falar quando os homens escolhiam escutar. Que gente! Desde o começo, ele já não tinha alertado a Supra-Entidade a respeito desse bando de criminosos e malfeitores? "Colocareis na Terra um ser que faz o mal e derrama sangue?", ele perguntara, e o Ser, como sempre, respondeu apenas que era ele quem sabia. Bom, ali estavam eles, os senhores da Terra, enlatados como atum sobre rodas e cegos como morcegos, as cabeças cheias de tramóias e seus jornais cheios de sangue.

Era, de fato, inacreditável. Um ser celestial aparecia ali, radioso, fulgurante, todo bondade, mais alto que o Big Ben, capaz de ficar com uma perna de cada lado do Tâmisa, como um colosso, e aquelas formiguinhas continuavam imersas no rádio enquanto dirigiam e brigavam com os outros motoristas. "Eu sou Gibreel", gritou com uma voz que sacudiu todos os edifícios à margem do rio: ninguém notou. Nem uma pessoa saiu correndo dos edifícios sacolejantes para escapar do terremoto. Cegos, surdos e adormecidos.

Decidiu tomar uma medida de força.

O fluxo de tráfego passava por ele. Respirou fundo, levantou um pé gigantesco e deu um passo para enfrentar os carros.

*

Gibreel Farishta voltou para a soleira de porta de Allie, seriamente ferido, com muitos arranhões nos braços e no rosto, e foi devolvido à sanidade por obra de um minúsculo cavalheiro brilhante, com um grave problema de gagueira, e que se apresentou, com alguma dificuldade, como o produtor de cinema S.

S. Sisodia, "conhecido como Whiwhisky porque sou quaqua quase alcoco alcoólatra; miminha senhora, meu caca cartão". (Quando se conhecerem melhor, Sisodia provocaria em Allie ataques convulsivos de riso ao enrolar a perna direita da calça, expondo o joelho e pronunciando, enquanto segurava no queixo os enormes óculos escuros de homem do cinema: "Auto-rerre retrato". Era muito hipermetrope: "Não preciso de óculos para ver fifilmes, mas a vida real é toda em cloclose up".) Foi a limusine alugada de Sisodia que atropelou Gibreel, felizmente um acidente em câmera lenta, devido ao congestionamento do tráfego; o ator acabou deitado em cima do capô, pronunciando a fala mais antiga do cinema: *Onde estou?*, e Sisodia, vendo os traços legendários do semideus desaparecido pressionados contra o pára-brisas da limusine, sentiu-se tentado a responder: *De vovolta ao seu lulu lugar: na tete tela.* — "Nenhum ossosso quebrado", Sisodia disse a Allie. "Um mimi milagre. Ele papa parou bem na frefre frente do veve veículo."

Então está de volta, Allie disse em silêncio a Gibreel. *Parece que é sempre aqui que aterrissa quando cai.*

"Também Scotch-and-Sisodia", disse o produtor, retomando a questão dos apelidos. "Por uma queque questão de humor. Meu vene vene veneno fafavorito."

"Muita gentileza sua trazer Gibreel de volta para casa", Allie retomou, atrasada. "Tem de aceitar um drinque."

"Claro! Claro!" Sisodia chegou a bater palmas. "Para mim, para totodo o cici cinema hindi, hoje é dia de fefe festa."

*

"Você talvez não conheça ainda a história do paranóico esquizofrênico que acreditava que era o imperador Napoleão Bonaparte e concordou em fazer um teste com o detector de mentiras?", Alicja Cohen perguntou, devorando *gefilte fish* e sacudindo um garfo da Bloom's debaixo do nariz da filha. "Perguntaram a ele: você é Napoleão? E a resposta dele, sem dúvida com um sorriso maldoso: *Não*. E eles olharam a máquina, que indicava, com toda a precisão da ciência moderna, que o lunático estava mentindo." Blake de novo, Allie pensou. *Então eu perguntei: uma convicção firme de que uma determinada coisa é de um determinado modo faz com que seja assim? Ele — i. e., Isaías — replicou: Todos os poetas acreditam que sim. E em muitas eras de imaginação essa firme convicção removeu montanhas; mas muitos não são capazes de uma firme convicção a respeito de nada.* "Está me ouvindo, mocinha? Estou falando sério. Esse cavalheiro que você pôs na sua cama, ele não precisa só de suas atenções noturnas — desculpe, mas vou falar com franqueza, porque estou vendo que é preciso — mas, para falar claro, precisa de uma cela acolchoada."

"Você faria isso, não faria?", Allie revidou. "E jogaria fora a chave. Talvez até desse uns eletrochoques nele. Para queimar os demônios da cabeça dele: estranho como nossos preconceitos não mudam nunca."

"Hmmmm", Alicja ruminou, assumindo sua expressão mais vaga e inocente para enfurecer a filha. "Que mal pode fazer? É, talvez uma pequena voltagem, uma pequena dose de..."

"O que ele precisa é o que está recebendo, mãe. Supervisão médica adequada, muito repouso, e algo que você deve ter esquecido." Ela secou de repente, a língua atada, e foi com uma voz bem diferente, baixa, fixando a salada intacta, que expeliu a última palavra: "Amor".

"Ah, o poder do amor", Alicja tocou a mão da filha (que imediatamente a retirou). "Não, isso não é o que eu esqueci, Alleluia. É o que você, pela primeira vez na sua bela vida, começou a aprender. E quem você escolhe?" Voltou ao ataque. "Alguém que está fechado para almoço! Que não está inteiro! Que tem borboletas dentro da cabeça! Quer dizer, *anjos*, querida, nunca ouvi falar disso. Os homens estão sempre cobrando privilégios especiais, mas é a primeira vez que ouço falar desse."

"Mãe...", Allie começou a dizer, mas o humor de Alicja tinha mudado de novo, e dessa vez, quando falou, Allie não estava escutando as palavras, mas ouvindo a dor que ambas revelavam e escondiam, a dor de uma mulher para quem a história tinha acontecido da maneira mais brutal, que já tinha perdido um marido e visto uma filha precedê-la naquilo a que uma vez, com inesquecível humor negro, tinha se referido como (ela devia ter lido a página de esportes por acaso, onde cruzou com a frase) um *mergulho prematuro*. "Allie, meu bem", disse Alicja Cohen, "vamos ter de cuidar de você."

Uma das razões por que Allie era capaz de perceber aquele pânico-angústia no rosto da mãe era que, recentemente, tinha visto a mesma combinação nas feições de Gibreel Farishta. Quando Sisodia o devolveu a seus cuidados, ficou claro que Gibreel estava abalado até a medula, e havia nele um ar assombrado, uma qualidade arregalada de medo, que lhe doeu no coração. Ele enfrentou com coragem o fato de que estava mentalmente enfermo, recusando-se a enganar-se ou chamar a coisa por um nome falso, mas essa admissão o tinha, compreensivelmente, abalado. Não mais (pelo menos no momento) aquele homem ardentemente vulgar por quem ela concebera a sua "grande paixão", ele se transformou, para ela, nessa encarnação vulnerável, mais adorável que nunca. Estava decidida a trazê-lo de volta à sanidade, a resistir; a esperar o fim da tempestade e conquistar o pico. E ele era, no momento, o paciente mais fácil e maleável do mundo, um tanto dopado em conseqüência da medicação pesada que estava recebendo por ordem dos especialistas do Hospital Maudsley, dormindo longos períodos e, quando acordado, concordando com todos os pedidos dela, sem um murmúrio de protesto. Nos momentos de alerta, revelava a ela todo o histórico da doença: os estranhos sonhos em série e, antes disso, o colapso nervoso quase fatal, na Índia. "Não tenho mais medo de dormir", contou. "Porque isso que aconteceu enquanto eu estava acordado é muito pior." O maior medo dele lembrava o terror de Carlos II depois de sua Restauração, o terror de ser mandado de novo "às suas viagens": "Eu daria qualquer coisa para ter certeza que não vai acontecer de novo", disse, manso como um cordeiro.

Vive quem ama a própria dor? "Não vai acontecer", ela o tranqüilizou. "Você está nas melhores mãos possíveis." Ele interrogou sobre a questão de dinheiro, e quando ela tentou ignorar as perguntas, insistiu para que pegasse o valor das contas do psiquiatra da pequena fortuna escondida no cinto de dinheiro. Continuava deprimido. "Diga o que disser", murmurava em resposta ao otimismo dela, "a loucura está aqui e me desespera pensar que pode sair a qualquer momento, agora mesmo, e que *ele* assumiria o comando de novo." Tinha começado a caracterizar seu eu "possuído", seu eu "anjo", como uma outra pessoa: na fórmula beckettiana: *Não eu. Ele.* Um Mr. Hyde próprio. Allie tentou descartar essas descrições. "Não é *ele*, é você, e quando você estiver bem, não será mais você."

Não funcionou. Durante algum tempo, porém, pareceu que o tratamento ia funcionar. Gibreel parecia mais calmo, mais controlado; os sonhos em série ainda ocorriam — de noite, ele ainda falava versos em árabe, língua que não conhecia: *tilk algharaniq al'ula wa inna shafa'ata-hunna la-turtaja*, por exemplo, que acabou significando (Allie, despertada por essa fala noturna, escreveu a frase foneticamente e foi, com o pedaço de papel, até a mesquita de Brickhall, onde sua recitação arrepiou os cabelos do *mullah* debaixo do turbante): "São mulheres excelsas cuja intercessão é desejável" — mas ele parecia capaz de pensar nesses espetáculos noturnos como algo distinto dele, o que deu tanto a Allie quanto aos psiquiatras do Maudsley a sensação de que Gibreel estava, lentamente, reconstruindo a muralha entre sonho e a realidade, colocando-se a caminho da recuperação; enquanto, de fato, como se viu depois, essa separação estava relacionada com, era o mesmo fenômeno que, a divisão do seu sentido de si mesmo em duas entidades, uma das quais ele procurava heroicamente suprimir, mas que, ao caracterizá-la como outro distinto de si mesmo, ao mesmo tempo preservava, alimentava, e secretamente fortalecia.

Quanto a Allie, ela perdeu, por algum tempo, a sensação *errada*, incômoda, de estar perdida num meio falso, numa narrativa alheia; cuidando de Gibreel, investindo na cabeça dele, como ela dizia a si mesma, lutando para salvá-lo para que pudessem retomar a grande, excitante batalha de seu amor — porque provavelmente iam brigar até o túmulo, ela imaginava, tolerante, que seriam como dois velhos rabugentos um batendo no outro com os jornais enrolados quando se sentassem nas varandas noturnas de suas vidas — e a cada dia sentia-se mais intimamente ligada a ele; enraizada, por assim dizer, na terra dele. Já fazia um bom tempo que Maurice Wilson havia se sentado entre as chaminés a chamá-la para sua morte.

*

Durante a convalescença de Gibreel, Mr. "Whisky" Sisodia, aquele cintilante e charmoso joelho de óculos, tornou-se um visitante regular — três ou quatro vezes por semana — chegando invariavelmente com caixas cheias de coisas de comer. Gibreel tinha, literalmente, jejuado até a morte durante o "período angélico", e na opinião dos médicos era o jejum que tinha contribuído bastante para o surgimento das alucinações. "Então, é hora de engogogordar", Sisodia bateu as palmas das mãos. E assim que o estômago do doente estava em condições, "Whisky" o seduziu com quitutes: milho verde chinês e sopa de galinha, *bhel-puri* no estilo de Bombaim de um restaurante novo e chique, mas batizado com o nome infeliz de "Pagal Khana", "Comida Maluca" (nome que podia ser também traduzido como *Manicômio*), que tinha se tornado bastante popular, principalmente entre os asiáticos mais jovens, a ponto de rivalizar até com a tradicional fama do Café Shaandaar, onde Sisodia, tentando evitar a parcialidade, também comprava alimentos — doces, *samosas*, tortinhas de frango — para um Gibreel cada vez mais voraz. Trazia também pratos feitos por suas próprias mãos, peixes ao curry, *raitas*, *sivayyan*, *khir*, e esbanjava, junto com os comestíveis, relatos de jantares salpicados de nomes de celebridades: como Pavarotti tinha adorado o *lassi* de Whisky, e Oh, o pobre James Mason adorava os camarões picantes. Vanessa, Amitabh, Dustin, Sridevi, Christopher Reeve eram todos invocados. "Uma susu superestrela tem de estar a par dos gogostos dos seus papa pares." O próprio Sisodia era um tanto lendário, Gibreel informou a Allie. Sendo o homem mais escorregadio e cheio de lábia do negócio, tinha feito uma série de filmes de "qualidade" com orçamentos microscópicos, mantendo-se ativo havia mais de vinte anos à base de puro charme e agitação incessante. As pessoas envolvidas nos projetos de Sisodia só recebiam seus cachês com enormes dificuldades, mas de alguma forma não se importavam com isso. Uma vez, ele havia aplacado uma revolta do elenco — por causa de pagamento, inevitavelmente — arrebanhando o grupo todo para um grandioso piquenique em um dos mais fabulosos palácios de marajás da Índia, um lugar normalmente interditado a todos que não pertencessem à elite bem-nascida, os Gwalior e Jaipur e Kashmir. Ninguém jamais descobriu como ele conseguiu arranjar a coisa, mas a maioria dos participantes desse grupo assinou contrato para continuar trabalhando nos empreendimentos de Sisodia, a questão do pagamento soterrada pela grandeza de tais gestos. "E quando solicitado, ele comparece sempre", Gibreel acrescentou. "Quando Charulata, uma atriz-bailarina deslumbrante que ele usou muitas vezes, precisou de um tratamento de câncer, anos de cachês não pagos se materializaram de repente da noite para o dia."

Hoje em dia, graças a uma série de surpreendentes sucessos de bilheteria baseados em velhas fábulas retiradas do *Katha-Sarit-Sagar* — esse "oceano de torrentes de histórias", maior que *As mil e uma noites* e igualmente fantástico —, Sisodia não se limitava mais exclusivamente ao seu pequeno escritório do Readymoney Terrace de Bombaim, mas tinha apartamentos em Londres e Nova York, e Oscars nos banheiros. Corriam boatos de que levava na carteira uma fotografia de Run Run Shaw, produtor de filmes de kung fu, sediado em Hong Kong, seu pretenso herói, cujo nome era incapaz de pronunciar. "Às vezes fala quatro Runs, outras vezes seis", Gibreel contou a Allie, que ficou contente de vê-lo dar risada. "Mas não posso jurar. É só boato que corre na mídia."

Allie estava grata pela atenção de Sisodia. O famoso produtor parecia possuir um tempo ilimitado a sua disposição, enquanto a agenda de Allie passara a estar totalmente ocupada. Tinha assinado contrato promocional com uma gigantesca cadeia de alimentos congelados, cujo agente publicitário, Mr. Hal Valance, disse a Allie, durante um café-da-manhã de negócios — grapefruit, torrada seca, café descafeinado, tudo a preços de Dorchester —, que o *perfil* dela era adequado, "associando os parâmetros positivos (para nosso cliente) de 'frieza' e 'firmeza'. Algumas estrelas resultam vampiras, sugando a atenção que devia ir para a marca do produto, entende, mas neste caso parece pura sinergia". Havia agora, portanto, fitas a serem cortadas em inaugurações de lojas de congelados, e palestras de vendas, e fotos de publicidade com tanques de sorvete cremoso; mais as reuniões regulares com designers e fabricantes das linhas de equipamentos e roupas esportivas que levavam sua assinatura; e, é claro, seu programa de condicionamento físico. Ela havia se inscrito no curso de artes marciais altamente recomendado de Mr. Joshi, no centro esportivo local, e continuava também a forçar as pernas a correrem sete quilômetros por dia pelo Fields, a despeito da dor como de cacos de vidro nas solas dos pés. "Sem popo problema", Sisodia despedia-se dela com um aceno alegre. "Fifi fico aqui sentado até você voltar. Ficar ao lado de Gigibreel é um pipi privilégio para mim." Ela o deixava brindando Farishta com suas inexauríveis anedotas, opiniões e papo generalizado, e ao voltar o encontrava ainda com a corda toda. Acabou por identificar diversos temas principais, sobretudo o corpo de conceitos sobre Os Problemas dos Ingleses. "O problema dos Inglegleses é que toda a his his história deles aconteceu no estrangeiro, e por isso eles na na não sabem que sentido tem." — "O se segredo de um jantar em Londres é estar em nu nu número superior aos ingleses. Se eles são minoria, se cococomportam; se não, dão problema." — "Visite a Ca Ca Câmara dos Horrores e vai descobrir qual é o po po problema dos ingleses. Aquilo é a caca cara deles, cadadáveres em baba banhos de sangue, barbeiros malucos etc. etc. etc. Os jo jornais cheios de morte e depravação. Mas declaram para o mu mundo que são reservados, du du durões, essas coisas, e a gente é ididiota de acreditar." Gibreel ouvia essa coleção de preconceitos com algo que parecia completa concordância, irritando Allie profundamente. Será que o que viam da Inglaterra eram realmente essas generalizações? "Não", Sisodia acedeu com um sorriso descarado. "Mas é gogostoso desabafa-far essas coisas."

Quando o pessoal do Maudsley sentiu que podia recomendar uma grande redução nas doses que Gibreel estava tomando, Sisodia já tinha se transformado em parte dos móveis e utensílios, uma espécie de primo não oficial, excêntrico, divertido e sempre presente, a tal ponto que quando ele jogou a rede Gibreel e Allie foram tomados inteiramente de surpresa.

*

Sisodia tinha entrado em contato com os colegas de Bombaim: os sete produtores que Gibreel deixara de mãos vazias ao embarcar no *Bostan*, vôo 420, da Air India. "Estão todos entutusiasmados com a notícia de sua sobrevivência", informou. "Infe infe infelizmente, existe a que questão da que quebra de contrato." Diversas outras partes estavam também interessadas em processar o renascente Farishta por tudo, particularmente uma *starlet* chamada Pimple Billimoria, que alegava perdas materiais e danos profissionais. "Pode che chegar a mimilhões", disse Sisodia, com ar lúgubre. Allie ficou furiosa. "Você é que assanhou esse ninho de vespas", disse. "Eu devia ter desconfiado: era bom demais para ser verdade."

Sisodia ficou agitado: "Damn damn damn".

"Tem senhoras na sala", alertou Gibreel, ainda um pouco tonto com os remédios; mas Sisodia girou os braços como um moinho, sinal que estava tentando fazer as palavras sairem de sua boca superexcitada. Afinal: "Limitar os danos. Minha intenção. Traição não, você não dedeve achachar".

Ouvindo Sisodia, parecia que ninguém em Bombaim queria de fato processar Gibreel e matar a galinha dos ovos de ouro. Todas as partes envolvidas reconheciam que os velhos projetos não tinham mais a possibilidade de serem retomados: atores, diretores, membros-chaves das equipes técnicas, até mesmo os estúdios estavam comprometidos com outras coisas. Todas as partes reconheciam também que, ao retornar dos mortos, Gibreel passava a ter um valor comercial maior que qualquer dos filmes defuntos; a questão era como usar isso da melhor maneira possível, para vantagem de todos os envolvidos. Sua aterrissagem em Londres sugeria também a possibilidade de uma conexão internacional, talvez de financiamentos internacionais, utilização de locações não indianas, participação de estrelas "do estrangeiro" etc.: em resumo, era hora de Gibreel emergir de seu retiro e encarar as câmeras de novo. "Você não tem escocolha", Sisodia explicou a Gibreel, que se sentou na cama, tentando clarear a cabeça. "Se recusar, eles vão se colocar contra você *en bloc* e nem a sua so so sorte vai adiantar. Bancarrota, pripriprisão, *funtoosh*."

Às custas de muita conversa, Sisodia tinha se colocado na corda bamba: todos os presidentes concordaram em delegar-lhe poderes executivos sobre o assunto, e ele conseguira fechar um belo pacote. O empresário britânico Billy Battuta estava disposto a investir tanto libras como "rupias bloqueadas", lucros não repatriáveis de diversos distribuidores de filmes britânicos no subcontinente indiano, de que Battuta tinha se apossado em troca de pagamentos em dinheiro vivo a uma taxa imbatível (desconto de trinta e sete pontos). Todos os produtores indianos se juntariam para pagar em conjunto, e Miss Pimple Billimoria, em troca de seu silêncio, receberia a oferta de um papel principal, em que teria pelo menos dois números de dança. As filmagens seriam feitas em três continentes — Europa, Índia e no litoral do Norte da África. O nome de Gibreel viria antes do nome do filme nos cartazes, e ele receberia três por cento dos lucros líquidos dos produtores... "Dez", Gibreel interrompeu, "ou dois do bruto." Evidentemente, sua cabeça estava se desanuviando. Sisodia nem piscou o olho. "Dez ou dois", concordou. "A pré-campanha publicitária deve ser assassassim..."

"Mas o projeto qual é?", perguntou Allie Cone. Mr. "Whisky" Sisodia sorriu de orelha a orelha. "Minha sessenhora", disse. "Ele vai fazer o papel do Arcanjo Gibreel."

*

A proposta era para uma série de filmes, históricos e contemporâneos, cada um focalizando um incidente da longa e ilustre carreira do anjo: no mínimo uma trilogia. "Nem precisa contar", disse Allie, brincando com o pequeno magnata brilhante. "*Gibreel em Jahilia, Gibreel e o Imã, Gibreel e a menina das borboletas.*" Sisodia não ficou nem um pouco envergonhado, ao contrário, assentiu orgulhosamente. "Arguar-gumentos, esboços de roteiros, opções de elelenco já estão todos à dispoposição." Era demais para Allie. "É nojento", gritou, furiosa, e ele foi se afastando dela, o joelho trêmulo e apaziguador, enquanto ela o perseguia, até correr atrás dele pelo apartamento, tropeçando na mobília, batendo portas. "Exploração da doença dele, não tem nada a ver com as necessidades dele agora, demonstração de total desprezo pelos desejos dele. Ele se aposentou; vocês não podem respeitar isso, não? Ele não quer ser astro. E quer fazer o favor de parar? Não vou comer você vivo."

Ele parou de correr, mas deixou um cauteloso sofá entre ambos. "Entenda, por favor, que isso é imp imp imp", gritou, a gagueira aleijando sua língua por causa da ansiedade. "A lulua pode se aposentar? Desculpe, mas são também sete assi assi assi. *Assinaturas*. Compromisso absoluto. A não ser que você resolva colocá-lo num papapa." Ele desistiu, suando muito.

"*Num o quê?*"

"Num *Pagal Khana*. Hospício. Seria uma aaaaalternativa."

Allie levantou um pesado cinzeiro de latão com a forma do monte Everest e preparou-se para atirá-lo. "Você é um verme", disse, mas Gibreel já estava parado na porta, ainda muito pálido, magro e de olhos fundos. "Alleluia", disse, "estou pensando que eu talvez esteja querendo isso tudo. Talvez precise voltar a trabalhar."

*

"Gibreel *sahib*! Não sabe o prazer. Renasce uma estrela." Billy Battuta era uma surpresa: não mais o tubarão de gel nos cabelos e anéis nos dedos que aparecia nas colunas sociais, mas discretamente vestido num blazer de botões metálicos e calças jeans, e no lugar da insolência arrogante que Allie esperava havia uma atraente, quase respeitosa reticência. Tinha deixado crescer um alinhado cavanhaque que lhe atribuía uma notável semelhança com a imagem de Cristo do Sudário de Turim. Ao receber os três (Sisodia tinha ido buscá-los em sua limusine, e o chofer, Nigel, um janota de St. Lucia, passou todo o trajeto contando a Gibreel como tinha conseguido, com seus reflexos prontos, salvar de sérios ferimentos e da morte diversos outros pedestres, pontuando essas reminiscências com conversas pelo telefone do carro nas quais se discutiam negócios misteriosos envolvendo incríveis somas de dinheiro), Billy tinha apertado calorosamente a mão de Allie e se atirado em cima de Gibreel, que abraçou com pura e contagiante alegria. Sua companheira, Mimi Mamoulian, era bem menos discreta. "Está tudo pronto", ela anunciou. "Frutas, *starlets*, *paparazzi*, entrevistas na TV, boatos, insinuações de escândalos: tudo que é preciso para uma personalidade internacional. Flores, seguranças pessoais, contratos de zilhões de libras. Fiquem à vontade."

A idéia era mesmo essa, Allie pensou. Sua oposição inicial ao esquema todo tinha sido superada pelo interesse de Gibreel que, por sua vez, levou os médicos a concordarem, calculando que o retorno a um ambiente familiar — era uma volta ao lar, de certa forma — podia realmente ser benéfico. E o fato de Sisodia ter se apossado das narrativas de sonho que ouvira ao pé da cama de Gibreel podia resultar providencial: uma vez essas histórias colocadas definitivamente no mundo artificial e fabricado do cinema, talvez ficasse mais fácil para Gibreel também considerá-las fantasias. O resultado podia ser que o Muro de Berlim que fica entre o sonho e a vigília acabasse sendo reconstruído mais depressa. O que interessava é que valia a pena tentar.

As coisas (sendo coisas) não funcionaram tão bem quanto o planejado. Allie viu-se toda ressentida com o grau de interferência de Sisodia, Battuta e Mimi na vida de Gibreel, controlando seu guarda-roupa e agenda diária, e fazendo com que mudasse do apartamento de Allie, com o argumento de que, em "termos de imagem", ainda não era hora de ele ter "uma relação permanente". Depois da breve estada no Ritz, o astro do cinema passou a ocupar três cômodos na cavernosa elegância-de-decorador do apartamento de Sisodia, num quarteirão de mansões antigas perto de Grosvenor Square, todo pisos de mármore art déco e pintura esfumaçada nas paredes. A passividade de Gibreel ao aceitar todas essas mudanças era, para Allie, o aspecto mais irritante de tudo, e ela começou a entender o tamanho de passo que ele tinha dado ao deixar para trás aquilo que, com toda a clareza, era para ele uma segunda natureza, para vir à caça dela. Agora que estava afundando de novo naquele universo de guarda-costas armados e criadas com bandejas e café-da-manhã e risadinhas, será que ia abandoná-la tão dramaticamente quanto tinha entrado em sua vida? Será que ela própria tinha ajudado a engendrar a migração reversa que a deixaria no abandono? Gibreel aparecia em jornais, revistas, aparelhos de TV, com muitas mulheres diferentes nos braços, sorrindo como um bobo. Ela odiava aquilo, mas ele se recusava a perceber. "Está preocupada por quê?", descartava, afundando num sofá de couro do tamanho de uma pick-up. "São só fotos de interesse; negócios, mais nada."

O pior de tudo: *ele* ficou ciumento. Quando parou de tomar drogas pesadas e seu trabalho (assim como o dela) começou a impor períodos de separação, foi ficando, mais uma vez, possuído por aquela suspeita irracional, descontrolada, que tinha provocado a ridícula briga sobre os desenhos de Brunel. Sempre que se encontravam, ele a triturava com um interrogatório minucioso: onde tinha estado, quem tinha encontrado, o que é que tinha feito, se o tinha enganado? Ela ficava sufocada. A doença mental dele, as novas influências e agora esse tratamento noturno de terceiro grau: era como se a vida real, aquela que ela queria, à qual se agarrava e pela qual lutava, estivesse sendo enterrada mais e mais profundamente nessa avalanche de abusos. *E o que eu quero*, ela sentia vontade de gritar, *quando é que vou poder impor os meus termos?* Pressionada ao limite do autocontrole, como último recurso, aconselhou-se com a mãe. No velho estúdio do pai, na casa de Moscow Road — que Alicja tinha mantido exatamente do jeito que Otto gostava, a não ser pelas cortinas agora abertas para deixar entrar toda a luz de que a Inglaterra fosse capaz, e pelos vasos de flores em pontos estratégicos —, Alicja de início demonstrou pouco mais que tédio mundano. "Então, os projetos de vida de uma mulher estão sendo sufocados pelos de um homem", disse, sem aspereza. "Bem-vinda a seu sexo. Percebo que para você é estranho não estar no controle." E Allie confessou: queria abandoná-lo, mas tinha descoberto que não conseguia. Não só pela culpa de abandonar uma pessoa seriamente doente, mas também por causa da "grande paixão", por causa da palavra que ainda lhe secava a boca quando tentava pronunciá-la. "Você quer um filho dele", Alicja pôs o dedo na ferida. Primeiro, Allie explodiu: "Quero um filho *meu*". Então, acalmando-se abruptamente, assoou o nariz, assentiu humildemente com a cabeça, e estava a ponto de chorar.

"Tinha era de fazer um exame mental", Alicja consolou a filha. Há quanto tempo não ficavam assim, uma nos braços da outra? Muito tempo. E talvez essa fosse a última vez... Alicja abraçou a filha, disse: "Enxugue os olhos. Chegou a hora de uma boa notícia. Os seus amores podem estar em frangalhos, mas os da sua velha mãe estão em melhor estado".

Tratava-se de um professor universitário norte-americano, um certo Boniek, perito em engenharia genética. "Não comece, você, meu bem, você não sabe de nada, a coisa não é só Frankenstein e *geeps*, tem muitas aplicações benéficas também", disse Alicja, com evidente nervosismo. E Allie, superando a própria surpresa e os olhos vermelhos de infelicidade, caiu num convulsivo e liberador ataque de riso; e a mãe juntou-se a ela. "Na sua idade", Allie soluçou, "devia ter vergonha." — "Pois não tenho", respondeu a futura Mrs. Boniek. "Ele é professor, e de Stanford, Califórnia, de forma que traz com ele o sol também. Pretendo passar muitas horas me bronzeando."

*

Quando ela descobriu (um relatório encontrado por acaso numa gaveta de escrivaninha no palácio de Sisodia) que Gibreel tinha mandado segui-la, Allie, finalmente, rompeu. Rabiscou um bilhete — *Isso está me matando* —, colocou dentro do relatório, que deixou em cima da escrivaninha, e foi embora sem se despedir. Gibreel não telefonou. Estava ensaiando, naqueles dias, para o seu grande retorno à vida pública, no último de uma bem-sucedida série de shows de dança e música com um elenco de estrelas do cinema indiano, montado por uma das companhias de Billy Battuta em Earls Court. Ele seria a surpresa inesperada e mais importante do show, e vinha ensaiando coreografias básicas com o coro do show fazia semanas; e também se reabituando à arte de dublar música gravada. Os boatos sobre a idade do Homem Misterioso ou Estrela Negra estavam sendo cuidadosamente espalhados e controlados pelo pessoal de promoção de Battuta, e a agência de publicidade Valance tinha sido contratada para criar uma série de jingles de rádio e uma campanha de pôsteres de 48 folhas pelo bairro. A entrada de Gibreel no palco de Earls Court — ele baixaria do urdimento cercado de nuvens de papelão e fumaça — seria o pretenso clímax do setor inglês de seu retorno ao estrelato; próximo passo, Bombaim. Desertado, como ele qualificou, por Alleluia Cone, mais uma vez se "recusou a rastejar" e mergulhou no trabalho.

A primeira coisa que deu errado foi que Billy Battuta acabou sendo preso em Nova York por causa de seu golpe satânico. Ao ler a notícia no jornal de domingo, Allie engoliu o orgulho e telefonou para Gibreel na sala de ensaio para preveni-lo contra o fato de se associar a elementos descaradamente criminosos. "Battuta é um malandro", insistiu. "Aquele jeito todo é representado, é falso. O que ele queria era ter certeza que ia enganar as matronas ricas de Manhattan, e usou a gente como platéia experimental. Aquele bode! E com um blazer de universitário, pelo amor de Deus: como é que nós fomos cair nessa?" Mas Gibreel estava frio e reservado; para os valores dele, ela o tinha dispensado, e não estava disposto a receber conselhos de desertores. Além disso, a equipe promocional de Sisodia e Battuta tinha lhe garantido — e ele tinha interrogado todos insistentemente — que os problemas de Billy não afetariam em nada a noite de gala (*Filmmela* era o nome do show) porque os arranjos financeiros continuavam sólidos, os valores para cachês e seguros já estavam depositados, todas as estrelas de Bombaim tinham confirmado e participariam conforme o planejado. "Os planos estão se rerealizando depressa", Sisodia jurou. "O sho-show tem de continuar."

O que deu errado em seguida foi dentro de Gibreel.

*

Sisodia estava decidido a manter as pessoas intrigadas quanto à identidade dessa Estrela Negra e isso significava que Gibreel teria de entrar pela porta de serviço do palco de Earls Court vestindo uma *burqa*. Para que até mesmo seu sexo fosse um mistério. Deram-lhe o maior camarim — uma estrela preta de cinco pontas pregada na porta —, que foi trancado sem nenhuma cerimônia pelo míope produtor genuforme com seus óculos. No camarim, ele encontrou seu figurino de anjo, inclusive um aparelho que, quando preso à testa, acendia lâmpadas atrás dele, criando a ilusão de uma auréola; e um circuito fechado de televisão pelo qual podia assistir ao show — Mithun e Kimi cabriolando para a turma do *disco diwané*; Jayapradha e Rekha (nenhuma relação: a megaestrela, não uma ficção em cima de um tapete) se submetendo de boa vontade a entrevistas no palco, nas quais Jaya emitiu sua posição sobre a poligamia, enquanto Rekha expôs suas fantasias sobre vidas alternativas — "Se eu não tivesse nascido na Índia, seria uma pintora em Paris"; dublês musculosos de Vinod e Dharmendra; Sridevi molhando o sari — até chegar a hora dele assumir sua posição na "carruagem" operada por guinchos pairando sobre o palco. Havia um telefone sem fio, através do qual Sisodia contou-lhe que a casa estava cheia — "Tem gente de todo tipo", disse triunfante, e brindou Gibreel com uma amostra de sua técnica de análise das multidões: dava para distinguir os paquistaneses porque se arrumavam demais, os indianos porque se arrumavam de menos, e os de Bangladesh porque se vestiam mal, "toda aquela *gota* rorroxa e cor-de-rosa e dodo dourada que eles gostam" —

depois o aparelho silenciou; e, finalmente, havia uma grande caixa de presente, lembrança de seu gentil produtor, dentro da qual estava Miss Pimple Billimoria, usando uma expressão charmosa e uma quantidade de fitas douradas. O cinema estava na cidade.

*

A estranha sensação começou — isto é, *voltou* — quando estava na "carruagem", esperando para descer. Ele viu a si mesmo ao longo de uma estrada, na qual, a qualquer momento, lhe seria oferecida uma escolha entre duas realidades — a idéia formou-se sozinha em sua cabeça, sem nenhuma interferência dele próprio — este mundo e um outro que também estava aí mesmo, visível, mas não visto. Ele se sentiu lento, pesado, distante da própria consciência, e percebeu que não tinha a menor idéia do caminho a escolher, do mundo em que entraria. Percebia agora que os médicos estavam errados em tratá-lo de esquizofrenia; a divisão não estava nele, estava no universo. Quando a carruagem começou a descer para o imenso, ondulante, troar que tinha começado a inchar abaixo dele, ensaiou sua primeira fala — *Meu nome é Gibreel Farishta e estou de volta* — e ouviu a própria voz, por assim dizer, em estéreo, porque ela pertencia também a ambos os mundos, com um significado diferente em cada um deles —; e agora as luzes o iluminavam, ele levantou os braços, voltava envolto em nuvens — e a multidão o reconheceu, e seus companheiros também; as pessoas levantaram dos lugares, cada homem, mulher e criança da platéia, avançando para o palco, incontroláveis, como um mar. — O primeiro homem a chegar perto dele teve tempo de gritar *Lembra de mim, Gibreel? Com os seis artelhos? Maslama, sir: John Maslama. Mantive em segredo a sua presença entre nós, mas sim, venho anunciando a chegada do Senhor, preparando a sua chegada, a voz que clama no deserto, endireitando as veredas e aplainando o caminho* — mas foi logo afastado e os guarda-costas cercaram Gibreel — *estão descontrolados, virou tumulto, o senhor tem de* — mas ele se recusou a sair, porque viu que pelo menos metade da multidão usava bizarros adornos na cabeça, chifres de borracha que faziam com que parecessem demônios, como emblemas de filiação e desafio —; e naquele instante em que viu o signo do adversário, sentiu o universo bifurcar-se e tomou o caminho da esquerda.

A versão oficial do que ocorreu em seguida, aceita pela mídia, dizia que Gibreel Farishta fora içado da área de perigo pela mesma carruagem operada por guinchos em que tinha descido, e da qual não tivera tempo de sair — e que, portanto, tinha sido fácil para ele escapar do seu lugar isolado e não vigiado acima da *mêlée*. Essa versão resultou flexível a ponto de sobreviver à "revelação" do *Voice* de que o assistente de direção de palco, encarregado dos guinchos, não tinha, repetindo, não tinha tornado a ligar o maquinismo depois da descida — que, na verdade, a carruagem tinha permanecido no chão ao longo de todo o tumulto dos fãs em êxtase —; e que somas substanciais tinham sido pagas em dinheiro ao pessoal de trás das cenas para convencê-los a confirmar a história inventada, que, por ser totalmente fictícia, era realista a ponto de o público que compra jornais nela acreditar. No entanto, os rumores de que Gibreel Farishta tinha de fato levitado do palco de Earls Court e desaparecido no ar por suas próprias forças espalharam-se rapidamente entre a população asiática da cidade, e foram alimentados por muitos relatos de que tinham visto um halo se irradiando de um ponto atrás de sua cabeça. Poucos dias depois do segundo desaparecimento de Gibreel Farishta, os vendedores de novidades de Brickhall, Wembley e Brixton ofereciam tanto halos de brinquedo (aros verdes fluorescentes eram os mais populares) quanto tiaras com dois chifres de borracha.

*

Ele pairava alto sobre Londres! — Ah-ha, não podiam tocá-lo agora, os diabos que investiam contra ele naquele pandemônio! — Olhou a cidade lá embaixo e viu os ingleses. O problema dos ingleses é que eram ingleses: malditos peixes mortos! — Vivendo debaixo d'água quase o ano inteiro, com dias da cor da noite! — Bem: ele estava ali agora, o grande Transformador, e dessa vez faria certas mudanças — as leis da natureza são as leis da sua própria transformação, e ele era a pessoa adequada para usá-las! — Sim, de verdade: desta vez, a clareza.

Ia mostrar a eles — sim! — o seu *poder*. — Esses ingleses impotentes! — Será que não previam que sua própria história ia acabar voltando para assombrá-los? — "O nativo é uma pessoa oprimida cujo sonho permanente é se transformar em seu perseguidor" (Fanon). As mulheres inglesas não o retinham mais; a conspiração estava desmascarada! — Então, fora com todos os *fogs*! Ele ia reconstruir essa terra. Ele era o Arcanjo, Gibreel. — *E estou de volta!*

A face do adversário surgiu diante dele uma vez mais, entrando em foco, ficando mais clara. Uma lua com uma curva sardônica nos lábios: mas o nome ainda lhe escapava... *thca*, como chá? *Shah*, um rei? Ou como (real? chá?) a dança: *Shatchacha*. — Quase isso. — E a natureza do adversário: odiando a si mesmo, construindo um ego falso, autodestrutivo. Fanon de novo: "Dessa forma, o indivíduo" — o *nativo* fanoniano — "aceita a desintegração ordenada por Deus, curva-se diante do colonizador e de sua gente, e por meio de uma espécie de reestabilização interior adquire uma calma de pedra". — *Vou mostrar a eles a calma de pedra!* — Nativos e colonizadores, aquela velha disputa, continuando agora nessas ruas encharcadas, as categorias invertidas. — Ocorreu-lhe agora que estivera sempre ligado ao adversário, os braços de um travados em torno do corpo do outro, boca a boca, da cabeça aos pés, como quando caíram à Terra: quando se *assentaram*. — As coisas continuam exatamente como começaram. — Sim, ele estava se aproximando. — *Chichi? Sasa?* — *Meu outro, meu amor...*

... Não! — Flutuava sobre um parque e gritou, assustando os pássaros. — Basta dessas ambigüidades induzidas pela Inglaterra, essas confusões bíblico-satânicas! — Clareza, clareza, a qualquer custo, clareza! — Esse Shaitan não era nenhum anjo caído. — Esquecer essas ficções de filho da manhã; esse não era nenhum bom menino que ficou mau, mas o mal em estado puro. Na verdade, não era nenhum anjo! — "Era um dos djins, e transgrediu." — Alcorão 18:50, ali estava escrito, claro como o dia. — Como era mais direta essa versão! Como era mais prática, pés-no-chão, compreensível! — Iblis/Shaitan representando a treva; Gibreel, a luz. — Fora, fora com esses sentimentalismos: *ligados, travados, amor.* Buscar e destruir: só isso.

Oh, escorregadia, demoníaca cidade! — Na qual essas oposições nítidas, imperativas, se afogavam sob uma infindável garoa de tons cinzentos. — Como estivera certo, por exemplo, ao afastar aquelas dúvidas satânico-bíblicas que tinha — aquelas sobre Deus negar-se a permitir a dissensão entre seus tenentes —, pois Iblis/Shaitan não era nenhum anjo, portanto não tinha havido dissidentes angélicos para a Divindade reprimir — e as dúvidas referentes ao fruto proibido, e à suposição de Deus ter negado escolha moral a suas criações — pois em nenhum ponto de toda a Recitação aquela Árvore era chamada (como na Bíblia) de raiz do conhecimento do bem e do mal. *Era simplesmente uma árvore diferente!* Shaitan, ao tentar o casal edênico, chamou-a apenas de "Árvore da Imortalidade" — e ele era um mentiroso, de forma que a verdade (descoberta por inversão) é que o fruto proibido (não se especifica que era maçã) pendia da Árvore da Morte, nada mais, nada menos, da ceifadora de almas humanas. — O que restava agora daquele Deus temente da moralidade? Onde podia ser encontrado? — Só lá embaixo, nos corações ingleses. — Que ele, Gibreel, tinha vindo transformar.

Abracadabra!

Hocus Pocus!

Mas por onde devia começar? — Bem, o problema com os ingleses era o seu:

O seu:

Resumindo, Gibreel decretou solene, *o seu clima*.

Flutuando em sua nuvem, Gibreel Farishta formou a opinião de que a névoa moral dos ingleses era induzida meteorologicamente. "Quando o dia não é mais quente do que a noite", ponderou, "quando a luz não é mais clara que o escuro, quando a terra não é mais seca que o mar, as pessoas perdem claramente a capacidade de estabelecer distinções e começam a ver tudo — dos partidos políticos aos parceiros sexuais e às crenças religiosas — como dá-na-mesma, não-tem-escolha, tanto-faz. Que loucura! Pois a verdade é extrema, é *assim* e não *assado*, é *ele* e não *ela*; coisa de *partisan*, não esporte de espectador. É, em resumo, *acalorada*. Cidade", ele gritou, e sua voz rolou pela metrópole como trovão, "vou tropicalizar você."

Gibreel enumerou os benefícios da proposta de metamorfose de Londres em uma cidade tropical: aumento de definição moral, instituição de uma *siesta* nacional, desenvolvimento de padrões de comportamento vívido e expansivo entre o populacho, música popular de melhor qualidade, novos pássaros nas árvores (araras, pavões, cacatuas), novas árvores para os pássaros (coqueiros, tamarindos, figueiras com longas barbas). Melhoria de vida nas ruas, flores muito coloridas (magenta, vermelhão, verde-néon), macacos-aranha nos carvalhos. Um novo mercado de massa para aparelhos domésticos de ar-condicionado, ventiladores de teto, espirais e sprays antimosquitos. Uma indústria de fibra de coco e copra. Ênfase nas possibilidades de Londres como centro de conferências etc.; melhores jogadores de críquete; maior ênfase no controle de bola entre jogadores profissionais, o mui inglês compromisso tradicional e desalmado pela "alta produtividade no trabalho" tornado obsoleto pelo calor. Fervor religioso, fermento político, renovação de interesse na *intelligentsia*. Fim da reserva britânica; bolsas de água quente abolidas para sempre, substituídas por fétidas noites de amor feito lento e olorosamente. Emergência de novos valores sociais: amigos começando a se visitar sem marcar hora com antecedência, fechamento dos asilos de velhos, ênfase nas famílias grandes. Comida mais temperada: uso de água além do papel nas privadas inglesas; a alegria de correr inteiramente vestido pelas primeiras chuvas das monções.

Desvantagens: cólera, tifo, doença de legionário, baratas, poeira, barulho, uma cultura de excessos.

De pé sobre o horizonte, abrindo os braços até encher o céu, Gibreel gritou: "Assim seja".

Três coisas aconteceram, rapidamente.

A primeira foi que, quando as forças elementais, inimaginavelmente colossais, do processo de transformação se irradiaram de seu corpo (pois não constituía a *corporificação* delas?), ele foi temporariamente dominado por uma onda cálida, por um peso de tontura, soporífica (nada desagradável), que o fez fechar os olhos por um breve instante.

A segunda foi que no momento em que seus olhos ficaram fechados, os traços caprinos, chifrudos de Mr. Saladin Chamcha apareceram na tela de sua mente, tão nítidos e bem definidos quanto possível; acompanhados, à maneira de legendas, do nome do adversário.

E a terceira coisa foi que Gibreel Farishta abriu os olhos para se encontrar caído, mais uma vez, na soleira da porta de Alleluia Cone, implorando seu perdão, choramingando *Ai, Deus, aconteceu, aconteceu de novo.*

*

Ela o pôs na cama; ele se viu escapando para o sono, mergulhando nele de cabeça, para longe da Própria Londres, na direção de Jahilia, porque o terror real tinha atravessado a muralha limítrofe rompida e penetrado suas horas de vigília.

"Instinto de volta ao lar: um louco procurando outro", Alicja comentou, quando a filha telefonou para contar a notícia. "Você deve ter emitido um sinal, algum tipo de bip." Como sempre, ela escondia sua preocupação debaixo de frases espirituosas. Encerrou dizendo: "Seja razoável desta vez, Alleluia, Okay? Desta vez, o sanatório".

"Vamos ver, mãe. Ele está dormindo agora."

"Então não vai despertar?", Alicja exclamou, e controlou-se. "Tudo bem, já sei, a vida é sua. Escute, esse tempo não está uma loucura? Dizem que pode durar meses: 'padrão bloqueado', disseram na televisão, chuva em Moscou, enquanto aqui é uma onda de calor tropical. Telefonei para Boniek em Stanford e contei para ele: agora temos clima em Londres também."

VI
RETORNO A JAHILIA

QUANDO BAAL, O POETA, viu uma única lágrima, cor de sangue, brotar no canto do olho esquerdo da estátua de Al-Lat, na Casa da Pedra Negra, entendeu que o Profeta Mahound estava voltando para Jahilia, depois de um exílio de um quarto de século. Arrotou violentamente — efeito da idade, isso, a grosseria parecendo corresponder ao engrossamento geral produzido pelos anos, engrossamento da língua tanto quanto do corpo, um lento congelamento do sangue, que transformara Baal, aos cinqüenta anos, numa figura muito diferente do ser ágil da juventude. Às vezes, ele sentia que o próprio ar tinha engrossado, oferecendo-lhe resistência, de forma que até uma breve caminhada o deixava ofegante, com uma dor no braço e uma arritmia no peito... e Mahound devia ter mudado também, voltando como voltava em esplendor e onipotência a um lugar de onde fugira de mãos vazias, sem nada além de uma esposa. Mahound aos sessenta e cinco anos. Nossos nomes se encontram, se separam, tornam a se encontrar, Baal pensou, mas as pessoas que atendem pelos nomes não continuam as mesmas. Deixou Al-Lat, emergiu para o sol brilhante, e ouviu, atrás de si, uma risadinha dissimulada. Voltou-se pesadamente; ninguém à vista. Uma barra de roupa desaparecendo numa esquina. Ultimamente, o andar pesado de Baal quase sempre fazia estranhos rirem na rua. "Desgraçado!", gritou com toda força, escandalizando outros fiéis da Casa. Baal, o poeta decrépito, se comportando mal outra vez. Ele deu de ombros e foi para casa.

A cidade de Jahilia não era mais construída de areia. Quer dizer, a passagem dos anos, a bruxaria dos ventos do deserto, a lua petrificadora, o esquecimento das gentes e a inevitabilidade do progresso tinham endurecido a cidade, de forma que ela perdera aquela antiga qualidade cambiável, provisória, de uma miragem dentro da qual podiam viver homens, e transformou-se num lugar prosaico, cotidiano e (igual aos seus poetas) pobre. O braço de Mahound se alongara; seu poder tinha envolvido Jahilia, extirpando dali o sangue da vida: os peregrinos e as caravanas. As feiras de Jahilia eram agora tristes de se ver.

Até o próprio Grande tinha adquirido um ar de esgotamento, o cabelo branco com tantas falhas quanto os dentes. Suas concubinas estavam morrendo de velhice e ele não tinha a energia — ou, pelo que diziam os rumores que corriam pelo emaranhado de alamedas da cidade, o desejo — de substituí-las. Alguns dias esquecia-se de fazer a barba, o que acentuava a aparência de dilapidação e derrota. Só Hind continuava a mesma de sempre.

Sempre tivera certa reputação de ser uma bruxa, capaz de lançar uma doença sobre você se não fizesse uma reverência à passagem de sua liteira, de ser ocultista com o poder de transformar os homens de quem tinha se fartado em cobras do deserto, que pegava pelo rabo e mandava cozinhar na própria pele para o jantar. Agora que chegara aos sessenta anos, a lenda de sua necromancia ganhava mais consistência pela extraordinária e antinatural capacidade de não envelhecer. Enquanto todos a sua volta se anquilosavam na estagnação, enquanto as velhas gangues de Sharks atingiam a meia-idade e acocoravam-se pelas esquinas jogando cartas e rolando dados, enquanto as velhas bruxas dos nós e os contorcionistas morriam de fome nas sarjetas, enquanto crescia uma geração cujos conservadorismo e inquestionável veneração pelo mundo material nasciam da consciência da probabilidade de desemprego e penúria, enquanto a grande cidade ia perdendo o seu sentido de si mesma e até mesmo o culto aos mortos perdia popularidade para alívio dos camelos de Jahilia, cuja ojeriza por serem abandonados com os quartos cortados sobre tumbas humanas não era difícil de entender... em resumo, enquanto Jahilia decaía, Hind continuava sem rugas, o corpo tão firme quanto o de qualquer mulher jovem, os cabelos tão negros quanto as penas do corvo, os olhos faiscando como facas, o porte ainda altivo, a voz ainda não admitindo oposição. Era Hind, não Simbel, quem controlava a cidade agora; ao menos era nisso que ela, inegavelmente, acreditava.

Quando o Grande começou a mergulhar numa velhice mole e gorda, Hind passou a escrever uma série de epístolas ou bulas admonitórias e exortativas para o povo da cidade. Os textos passavam de mão em mão em todas as ruas da cidade. E foi assim que Hind, não Abu Simbel, passou a ser considerada pelos jahilianos como a encarnação da cidade, seu avatar vivo, porque viam em sua imutabilidade física e na implacável determinação de seus proclamas uma descrição de si mesmos muito mais digerível que o retrato que viam no espelho da cara desfeita de Simbel. Os proclamas de Hind eram mais influentes que os versos de qualquer poeta. Ela ainda era sexualmente voraz e tinha dormido com todos os escritores da cidade (embora fizesse muito tempo que Baal não era admitido em sua cama); mas os escritores já tinham sido usados, descartados, e ela continuava exuberante. Com a espada e com a pena. Ela era Hind, a que se juntara ao exército jahiliano disfarçada de homem, usando feitiçaria para desviar todos os golpes de lança e espada, em busca do matador de seu irmão em meio à tormenta da guerra. Hind, a que esfolara o tio do Profeta, e devorara o fígado e o coração do velho Hamza.

Quem podia resistir a ela? Por sua eterna juventude que era também deles; por sua ferocidade que lhes dava a ilusão de serem invencíveis; e por suas bulas, que eram recusas do tempo, da história, da idade, que cantavam a imutável magnificência da cidade e pairavam acima do lixo e da decrepitude das ruas, que insistiam na grandeza, na liderança, na imortalidade, no status de zeladores do divino de todos os jahilianos... por esses escritos o povo perdoava sua promiscuidade, fechava os olhos às histórias de Hind receber o equivalente ao próprio peso em esmeraldas no seu aniversário, ignoravam os rumores sobre orgias, riam quando ouviam falar do tamanho de seu guarda-roupa, das quinhentas e oitenta e uma camisolas feitas de folha de ouro e dos quatrocentos e vinte pares de chinelos de rubi. Os cidadãos de Jahilia se arrastavam pelas ruas cada vez mais perigosas, nas quais o assassinato por uns trocados tinha se transformado em lugar-comum, nas quais velhas eram estupradas e assassinadas ritualisticamente, nas quais as revoltas dos famintos eram brutalmente sufocadas pela polícia pessoal de Hind, a Manticorps; eles acreditavam naquilo que Hind sussurrava em seus ouvidos: Domina, Jahilia, glória do mundo.

Nem todos, é claro. Como Baal, por exemplo. Que ignorava as questões públicas e escrevia poemas de amor não correspondido.

Mascando um rabanete, ele chegou em casa, atravessando um arco encardido numa parede rachada. Ali havia um pequeno pátio mijado, coberto de penas, cascas de vegetais, sangue. Não havia sinal de vida humana: só moscas, sombras, medo. Hoje em dia era preciso estar sempre em guarda. Uma seita de perigosos *hashashin* rondava pela cidade. As pessoas influentes eram aconselhadas a chegar em casa pelo lado oposto da rua, para terem certeza de que a casa não estava sendo vigiada; quando o terreno estava livre, corriam para a porta, que trancavam depressa ao entrar, antes que algum criminoso à espreita pudesse forçar a passagem. Baal não se dava ao trabalho dessas precauções. Tinha sido influente, fazia um quarto de século. Agora, não havia mais demanda para sátiras — o medo generalizado de Mahound tinha destruído o mercado de insultos e insinuações. E com o declínio do culto aos mortos, decaíra muito a demanda pelos epitáfios e pelas odes triunfais de vingança. Eram tempos difíceis para todos.

Sonhando com banquetes havia muito perdidos, Baal subiu a instável escada de madeira que levava ao seu quarto no segundo andar. O que tinha para roubarem? Ele não valia o fio de um punhal. Abriu a porta, estava entrando, quando um empurrão o fez arrebentar o nariz contra a parede oposta. "Não me mate", guinchou, às cegas. "Ai, meu Deus, não me mate, eu imploro, ai."

A mão do outro fechou a porta. Baal sabia que por mais que gritasse, continuariam sozinhos, isolados do mundo naquele cômodo abandonado. Ninguém viria; ele próprio, se ouvisse o vizinho gritando, teria escorado a porta com o catre.

O capuz da capa do intruso escondia inteiramente seu rosto. Baal enxugou o sangue do nariz, de joelhos, tremendo incontrolavelmente. "Não tenho dinheiro nenhum", implorou. "Não tenho nada." E o estranho falou: "Se um cão faminto quer comida, não procura no canil". E depois de uma pausa: "Baal. Sobrou pouco de você. Eu esperava mais".

Além do terror, Baal sentiu a afronta. Seria alguma espécie de fã enlouquecido, capaz de matá-lo porque não estava mais à altura da força de sua obra anterior? Ainda tremendo, tentou a linha da autodepreciação. "É quase sempre decepcionante conhecer pessoalmente um escritor", tateou. O outro ignorou a observação. "Mahound está a caminho", disse.

Essa frase direta encheu Baal do mais profundo terror. "E o que eu tenho com isso?", gritou. "O que ele quer? Faz muito tempo... uma vida inteira... mais que uma vida inteira. O que ele quer? Você veio, foi ele que mandou você?"

"A memória dele é tão longa quanto seu rosto", disse o intruso, removendo o capuz. "Não, não sou mensageiro dele. Você e eu temos uma coisa em comum. Ambos temos medo dele."

"Conheço você", disse Baal.

"Conhece."

"Esse jeito de falar. Você é estrangeiro."

"'Uma revolução de carregadores de água, imigrantes e escravos'", citou o estranho. "Palavras suas."

"Você é o imigrante", recordou Baal. "O persa. Sulaiman." O persa deu o seu sorriso torto. "Salman", corrigiu. "Não prudente, mas pacífico."

"Você era um dos mais chegados a ele", Baal disse, perplexo.

"Quanto mais perto do ilusionista", Salman respondeu, amargo, "mais fácil descobrir o truque."

E Gibreel sonhou assim:
No oásis de Yathrib os seguidores da nova fé da Submissão

viram-se sem terra e, portanto, pobres. Durante muitos anos, eles se financiaram por meio de atos de banditismo, atacando ricas caravanas de camelos no caminho de ida e volta a Jahilia. Mahound não tinha tempo a perder com escrúpulos, Salman contou a Baal, não tinha nenhuma hesitação quanto a fins e meios. Os fiéis viviam fora da lei, mas, naqueles anos, Mahound — ou deve-se dizer o Arcanjo Gibreel? — ou Al-Lah? — ficou obcecado com a lei. Entre as palmeiras do oásis, Gibreel apareceu ao Profeta e viu-se vomitando regras, regras, regras, a tal ponto que os fiéis não agüentavam mais a perspectiva de mais revelações, Salman disse, regras sobre tudo, se um homem peida, que se vire de frente para o vento, uma regra determinando qual mão se deve usar com o propósito de limpar o próprio traseiro. Era como se nenhum aspecto da existência humana pudesse ser deixado livre de regulamentação. A revelação — a *recitação* — determinava aos fiéis o quanto deviam comer, se o sono devia ou não ser profundo, e quais posições sexuais recebiam sanção divina. Assim, aprenderam que a sodomia e a posição papai-e-mamãe eram aprovadas pelo arcanjo, enquanto as posturas proibidas compreendiam todas aquelas em que a mulher ficava por cima. Gibreel listou também todos os assuntos de conversa permitidos e proibidos, e marcou as partes do corpo que não podiam ser coçadas por mais intolerável que fosse a coceira. Vetou o consumo de camarões, essas bizarras criaturas de outro mundo, que nenhum dos membros da seita jamais tinha visto, e exigiu que os animais fossem abatidos devagar, por sangramento, de forma que, ao experimentarem plenamente a própria morte, compreendessem o significado de suas vidas, porque é só no momento da morte que a criatura viva compreende que a vida foi real, e não uma espécie de sonho. E Gibreel, o arcanjo, especificou a maneira como um homem deve ser enterrado, e como a sua propriedade deve ser dividida, o que fez Salman, o persa, começar a imaginar que tipo de Deus era esse que soava tão parecido com um homem de negócios. Foi quando teve a idéia que destruiu sua fé, porque se lembrou que, é claro, Mahound tinha sido ele próprio um negociante, e ainda por cima muito bem-sucedido, uma pessoa para quem a organização e as regras vinham como coisa natural, portanto, quão extremamente conveniente que tivesse cruzado com um arcanjo tão empreendedor, que comunicava as decisões de gerenciamento desse Deus tão corporativo, mesmo que não corpóreo.

Depois disso, Salman começou a notar como as revelações do anjo tendiam a ser úteis e oportunas, de forma que quando os fiéis questionavam as posições de Mahound sobre qualquer assunto, da possibilidade de viagem no espaço à permanência no Inferno, o anjo vinha com uma resposta, e sempre apoiando Mahound, afirmando sem sombra de qualquer dúvida que era impossível um homem jamais caminhar sobre a superfície da Lua, e sendo igualmente taxativo quanto à natureza transitória da danação: até o pior dos malfeitores acabaria purificado pelo fogo do Inferno para encontrar seu caminho aos jardins perfumados de Gulistan e Bostan. Salman reclamou com Baal que seria muito diferente se Mahound tomasse suas posições depois de receber a revelação de Gibreel; mas não, ele simplesmente baixava a lei e o anjo a confirmava *a posteriori*; então comecei a sentir um mau cheiro no nariz, e pensei, esse deve ser o odor daquelas criaturas imundas fabulosas e legendárias, como é mesmo?, os camarões.

O cheiro duvidoso começou a obcecar Salman, que era o mais bem formado dos íntimos de Mahound, devido ao sistema educacional superior então em vigor na Pérsia. Por conta desse desenvolvimento escolástico, Salman foi nomeado escriba oficial de Mahound, e cabia a ele registrar por escrito as regras que proliferavam, inesgotáveis. Todas aquelas convenientes revelações, ele disse a Baal, e quanto mais eu fazia o trabalho, pior a coisa ficava. — Durante algum tempo, porém, suas suspeitas tiveram de ser arquivadas porque os exércitos de Jahilia marcharam sobre Yathrib, decididos a esmagar as moscas que infernizavam as caravanas de camelos e interferiam nos negócios. O que ocorreu em seguida é bem sabido, não preciso repetir, disse Salman. Mas então sua falta de modéstia o dominou e ele se viu forçado a contar a Baal que ele, pessoalmente, tinha salvado Yathrib da destruição certa, que tinha salvado o pescoço de Mahound com a idéia de um fosso. Salman persuadiu o Profeta a mandar cavar uma trincheira em volta de todo o assentamento sem muros do oásis, tão larga que nem mesmo os fabulosos cavalos árabes da famosa cavalaria de Jahilia conseguissem saltar. Um fosso: com estacas pontudas no fundo. Quando os jahilianos viram essa indigna obra de escavação, o seu senso de cavalheirismo e honra obrigou-os a se comportarem como se o buraco não existisse, avançando com os cavalos a toda a velocidade. A flor do exército de Jahilia, tanto humana como eqüina, acabou empalada nas estacas pontudas da desonestidade persa de Salman, porque um imigrante não respeita as regras do jogo. — E depois da derrota de Jahilia? Salman lamentou-se com Baal: Era de esperar que eu tivesse virado herói, não sou homem vaidoso, mas onde estavam as honras públicas, onde a gratidão de Mahound, por que o arcanjo não mencionava a *mim* em seus despachos? Nada, nem uma sílaba, era como se os fiéis achassem meu fosso um truque barato, uma coisa de outro mundo, desonrosa, injusta; como se sua hombridade tivesse sido prejudicada pela coisa, como se eu tivesse ferido seu orgulho ao salvar-lhes as vidas. Fiquei de boca fechada e não disse nada, mas perdi uma porção de amigos depois disso. Vou lhe dizer uma coisa, as pessoas passam a odiar quem fez um bem a elas.

Mesmo com o fosso de Yathrib, os fiéis perderam muitos homens na guerra contra Jahilia. Em suas investidas perdiam tantas vidas quantas roubavam. E depois do fim da guerra, pronto, lá estava o Arcanjo Gibreel instruindo os sobreviventes a se casarem com as viúvas, porque se se casassem fora da fé iriam perder-se da Submissão. Ah, que anjo mais prático, Salman disse entredentes a Baal. Nesse momento, já tinha tirado das dobras da roupa um frasco de vinho de palmeira e os dois homens bebiam à luz que caía. Salman ficou ainda mais falante à medida que descia o nível do líquido amarelo dentro do frasco; Baal não se lembrava de ter ouvido nunca ninguém falar tanto. Ah, aquelas revelações tão diretas, Salman gritou, disseram-nos até que não importava que já fôssemos casados, que podíamos casar até quatro vezes, se tivéssemos dinheiro para isso. Você pode imaginar o quanto os rapazes gostaram disso.

O que realmente acabou com Mahound para Salman: a questão das mulheres; e a dos versos satânicos. Olhe, eu não sou intrigante, Salman confidenciou, bêbado, mas depois da morte da mulher, Mahound não foi nenhum anjo, está me entendendo? Só que em Yathrib ele quase encontrou alguém à altura. Aquelas mulheres lá: deixaram a barba dele grisalha em um ano. O problema com o nosso Profeta, meu querido Baal, é que ele não gosta que as mulheres dele respondam, o que ele queria era mães ou filhas, pense na primeira mulher dele, depois em Ayesha: uma velha demais, outra jovem demais, os dois amores dele. Ele não queria ninguém do porte dele. Mas em Yathrib as mulheres são diferentes, não sei, aqui em Jahilia a gente está acostumado a mandar nas mulheres, mas lá elas não aceitam isso. Quando um homem se casa, vai morar com a família da mulher! Imagine! Chocante, não é? E durante todo o casamento, a mulher tem a sua própria tenda. Se quer se livrar do marido, vira a tenda para o outro lado, e o marido encontra lona no lugar onde ficava a porta, e acabou-se, está expulso, divorciado, não pode fazer nada a respeito. Bom, as nossas moças estavam começando a seguir esse exemplo, sabe-se lá que idéias tinham na cabeça, então, de repente, bang, aparece o livro de regras, o anjo começa a vomitar regras sobre as coisas que as mulheres não devem fazer, começa a forçar as mulheres de volta às atitudes dóceis que o Profeta prefere, dócil ou maternal, andando sempre três passos atrás ou sentadas em casa, ficando sábias e gordas. Como as mulheres de Yathrib caçoavam dos fiéis, juro, mas aquele homem é um mago, ninguém resiste ao charme dele; as mulheres fiéis fizeram como ele mandou. Submeteram-se: afinal de contas, era o paraíso que ele oferecia a elas.

"Enfim", Salman disse, já perto do fim da garrafa, "eu resolvi fazer um teste com ele."

Uma noite, o escriba persa sonhou que estava pairando acima da figura de Mahound na caverna do Profeta no monte Cone. Primeiro, Salman julgou que se tratava apenas de uma fantasia nostálgica dos velhos dias de Jahilia, mas então lhe ocorreu que o seu ponto de vista, no sonho, era o do arcanjo, e naquele momento a lembrança do incidente dos versos satânicos lhe voltou à mente, tão vívido como se a coisa tivesse acontecido na véspera. "Talvez eu não tenha sonhado que era Gibreel", Salman disse. "Talvez eu fosse Shaitan." A admissão dessa possibilidade lhe deu a idéia diabólica. A partir de então, quando se sentava aos pés do Profeta, registrando regras regras regras, mudava, sub-repticiamente, algumas coisas.

"Primeiro pequenas coisas. Se Mahound recitava um verso em que Deus era descrito como alguém que *tudo ouve, tudo sabe*, eu escrevia *tudo sabe, tudo entende*. Essa é a questão: Mahound não notou as alterações. E ali estava eu, escrevendo o Livro, ou reescrevendo, enfim, poluindo a palavra de Deus com minha linguagem profana. Mas, meu Deus do céu!, se as minhas pobres palavras não podiam ser distinguidas da Revelação do próprio Mensageiro de Deus, então o que significava aquilo? O que é que isso revelava da qualidade da poesia divina? Olhe, juro, fiquei abalado até a alma. Uma coisa é ser um filho-da-puta esperto e ficar meio desconfiado com uns negócios estranhos, outra coisa muito diferente é descobrir que você está certo. Ouça: mudei a minha vida por causa daquele homem. Saí da minha terra, atravessei o mundo, mudei para o meio de gente que me achava um vil estrangeiro covarde por tê-la salvado, que nunca avaliaram o que eu, mas isso não interessa. A verdade é que o que eu esperava quando fiz a primeira mudancinha, *que tudo sabe* em vez de *que tudo ouve* — o que eu *queria* — o que eu queria era que, quando lesse para o Profeta, ele dissesse: O que está acontecendo com você, Salman, está ficando surdo? E eu diria, Epa, nossa!, foi um deslize, desculpe, e me corrigiria. Mas não aconteceu nada disso; e agora eu é que estava escrevendo a Revelação e ninguém notava, e eu não tinha coragem de me entregar. Estava morrendo de medo, juro para você. Além disso, estava mais triste do que nunca. Então tive de continuar com a coisa. Talvez ele só tivesse deixado passar uma vez, pensei, todo mundo pode errar. Então, na vez seguinte, mudei uma coisa maior. Ele disse *cristão*, eu escrevi *judeu*. Isso ele ia notar, claro, como é que não ia notar? Mas quando eu li para ele o capítulo, ele balançou a cabeça e me agradeceu educadamente, e eu saí da tenda com lágrimas nos olhos. Depois disso, eu sabia que os meus dias em Yathrib estavam contados; mas tinha de continuar. Tinha. Não existe amargura maior do que a de um homem que descobre que acreditava num fantasma. Eu cairia, sabia disso, mas ele cairia comigo. Então continuei com minha diabrura, mudando versos, até que um dia li para ele o que tinha escrito e vi que ele franziu a testa e sacudiu a cabeça, como que para clarear as idéias, e depois fez que sim devagar, mas com uma certa dúvida. Eu entendi que tinha chegado ao meu limite e que na próxima vez que eu reescrevesse o Livro ele ia descobrir tudo. Passei acordado essa noite, o destino dele e o meu em minhas mãos. Se permitisse que eu mesmo fosse destruído, podia destruir a ele também. Tive de escolher, nessa noite terrível, se preferia a morte como vingança ou a vida sem nada. Como pode ver, escolhi: a vida. Antes do amanhecer, parti de Yathrib no meu camelo, e no caminho de volta para Jahilia sofri mil desventuras, que não vou me dar ao trabalho de contar. E agora Mahound está voltando em triunfo; e eu vou acabar perdendo a vida afinal. E o poder dele agora ficou grande demais para que eu possa desmanchar."

Baal perguntou: "Por que tem certeza de que ele vai matar você?".

Salman, o persa, respondeu: "É a Palavra dele contra a minha".

*

Quando Salman deslizou para a inconsciência no chão, Baal deitou-se em seu áspero colchão de palha, sentindo o aro de aço da dor em torno da testa, e a inquietação da suspeita em seu coração. Muitas vezes, o cansaço com a vida o levara a desejar não envelhecer, mas, como dissera Salman, sonhar uma coisa é muito diferente de se ver face a face com ela de fato. Fazia já algum tempo, tinha consciência de que o mundo estava se fechando a sua volta. Não podia mais fingir que seus olhos eram como deviam ser, e a visão fraca deixava sua vida ainda mais sombria e difícil de apreender. Tudo borrado, sem detalhes: não era de admirar que sua poesia tivesse se escoado. Seus ouvidos também não mereciam mais confiança. Continuando assim, logo estaria isolado de tudo pela perda dos sentidos... mas talvez jamais chegasse a isso. Mahound estava vindo. Talvez nunca mais beijasse uma mulher. Mahound, Mahound. Por que esse bêbado falastrão me procurou?, pensou com raiva. O que é que eu tenho a ver com sua traição? Todo mundo sabe por que eu escrevia aquelas sátiras anos atrás; ele deve saber. Como o Grande ameaçava e intimidava. Não posso ser responsabilizado. E afinal: quem é aquele saltitante e cínico menino prodígio, Baal da língua afiada? Não o reconheço. Olhe para mim: pesado, embotado, míope, a caminho da surdez. A quem ameaço? A ninguém. Começou a sacudir Salman: acorde, não quero nada com você, vai me trazer problemas.

O persa continuou roncando, sentado com as pernas espraiadas no chão, as costas contra a parede, a cabeça pendendo de lado como a de uma boneca; Baal, torturado pela dor de cabeça, caiu de costas no catre. Os versos, pensou, como eram? *Que tipo de idéia* droga, não conseguia se lembrar direito *é hoje a Submissão*, é, algo assim, depois de todo esse tempo não era de surpreender *uma idéia em evasão* pelo menos era assim que acabava. Mahound, qualquer idéia nova desperta sempre duas perguntas. Quando é fraca: cederá? Sabemos a resposta para isso. E agora, Mahound, em seu retorno a Jahilia, hora da segunda pergunta: Como você se comporta quando triunfa? Quando seus inimigos estão a sua mercê e o seu poder tornou-se absoluto: o que acontece então? Todos mudamos: todos menos Hind. Que, pelo que diz esse bêbado, parece mais uma mulher de Yathrib que de Jahilia. Não é de admirar vocês dois não terem dado certo: ela não ia concordar em ser nem sua mãe nem sua filha.

Deslizando para o sono, Baal avaliou sua própria inutilidade, sua arte fracassada. Agora que tinha abdicado de todas as plataformas públicas, seus versos andavam cheios de perda: da juventude, beleza, amor, saúde, inocência, propósitos, energia, certezas, esperanças. Perda de conhecimento. Perda de dinheiro. A perda de Hind. Em suas odes, figuras se afastavam dele, e quanto mais apaixonadamente chamava por elas, mais depressa fugiam. O panorama de sua poesia era ainda o deserto, as dunas mutáveis com penachos de areia branca soprando dos picos. Montanhas macias, jornadas incompletas, a impermanência das tendas. Como desenhar o mapa de uma terra que muda de forma todo dia? Questões como essa tornavam sua linguagem abstrata demais, sua imagética fluida demais, sua métrica inconstante demais. Levavam-no a criar quimeras de forma, impossibilidades com cabeça de leão, corpo de cabra, cauda de serpente, cuja forma se sentia obrigada a mudar assim que se estabelecia, e assim o prosaico se enfiava no meio de versos de clássica pureza e imagens de amor eram constantemente degradadas pelas intrusões de elementos de farsa. Ninguém se interessa por isso, pensou pela milésima primeira vez, e quando a inconsciência chegou, concluiu, confortadoramente: Ninguém se lembra de mim. O esquecimento é segurança. Então seu coração descompassou-se e ele despertou de uma vez, aterrorizado, frio. Mahound, talvez eu frustre a sua vingança. Passou a noite acordado, ouvindo os roncos trovejantes, oceânicos, de Salman.

Gibreel sonhou fogueiras de acampamento:

Uma figura famosa e inesperada caminha, uma noite, entre as fogueiras do exército de Mahound. Talvez por causa do escuro — ou quem sabe pela improbabilidade de sua presença ali — parece que o Grande de Jahilia retomou, em seu momento final de poder, algo de sua potência anterior. Ele veio só; e é guiado por Khalid, o antigo carregador de água, e pelo ex-escravo Bilal até a tenda de Mahound.

Depois, Gibreel sonhou a volta do Grande para casa:

A cidade cheia de rumores e uma multidão diante da casa.

Depois de algum tempo, pode-se ouvir com clareza a voz de Hind gritando de raiva. E num balcão superior, Hind aparece e pede ao povo que estraçalhe seu marido. O Grande surge ao lado dela; e recebe da amantíssima esposa sonoras e humilhantes bofetadas em ambas as faces. Hind descobriu que apesar de todos os seus esforços, não foi capaz de impedir o Grande de submeter a cidade a Mahound.

Além disso, Abu Simbel abraçara a fé.

Em sua derrota, Simbel perdera grande parte de seu recente abatimento. Ele permite que Hind bata nele, e depois fala com calma à multidão. Diz: Mahound prometeu que todos os que estiverem do lado de dentro das muralhas do Grande serão poupados. "Portanto entrem, vocês todos, e tragam suas famílias também."

Hind responde pela multidão raivosa. "Seu velho idiota. Quantos cidadãos podem caber dentro de uma única casa, mesmo esta? Você fez um trato para salvar a própria pele. Que esquartejem você e dêem de comer às formigas."

O Grande continua brando. "Mahound promete também que todos os que se encontrarem em casa, detrás de portas fechadas, estarão seguros. Se não quiserem vir para a minha casa, vão para as suas; e esperem."

Sua mulher tenta voltar a multidão contra ele uma terceira vez; é uma cena do balcão de ódio, em vez de amor. Não se deve conceder nada a Mahound, ela grita, ele não merece confiança, o povo deve repudiar Abu Simbel e preparar-se para lutar até o último homem, até a última mulher. Ela própria está preparada para lutar ao lado deles e morrer pela liberdade de Jahilia. "Vocês vão simplesmente se prostrar diante desse falso profeta, esse *Dajjal*? Pode-se esperar alguma honra de um homem que está se preparando para assolar a cidade em que nasceu? Pode-se esperar concessões de quem não concede, piedade do ímpio? Somos os poderosos de Jahilia, e nossas deusas, gloriosas na batalha, prevalecerão." Ela ordena que lutem em nome de Al-Lat. Mas o povo começa a se dispersar.

Marido e mulher ficam no balcão, e o povo começa a enxergá-los como são. Por tanto tempo a cidade usou esses dois como seu espelho; e por ter, ultimamente, dado preferência às imagens de Hind e não à imagem do Grande grisalho, o povo sofre agora um choque profundo. Um povo que permaneceu convicto de sua grandeza e invulnerabilidade, que escolheu acreditar em tal mito em face de toda evidência, é um povo que está nas garras de uma espécie de sonho, ou de loucura. Agora o Grande o despertou desse sono; o povo fica desorientado, esfregando os olhos, incapaz de acreditar, de início — se somos tão poderosos, como caímos tão depressa, tão completamente? —, e vem a crença, e lhe mostra que sua confiança foi construída nas nuvens, na paixão das proclamações de Hind e em muito pouca coisa mais. O povo a abandona e, com ela, abandona a esperança. Mergulhado em desespero, o povo de Jahilia vai para casa e tranca as portas.

Ela grita com eles, implora, solta os cabelos. "Venham para a Casa da Pedra Negra! Venham e façam sacrifícios a Lat!" Mas eles se foram. E Hind e o Grande estão sozinhos no balcão, enquanto por toda Jahilia cai um grande silêncio, começa uma grande calma, e Hind se apóia na parede de seu palácio e fecha os olhos.

É o fim. O Grande murmura suavemente: "Poucos de nós têm tanta razão de temer Mahound quanto você. Se você come as vísceras do tio favorito de um homem, cruas, sem nem um pouco de sal ou alho, não é de surpreender que ele, em troca, trate você como carne". Então ele a deixa, e vai para as ruas de onde desapareceram até os cachorros, vai destrancar os portões da cidade.

Gibreel sonhou um templo:
Junto aos portões abertos de Jahilia ficava o templo de Uzza. E Mahound falou a Khalid, que fora carregador de água e agora carregava grandes pesos: "Vai e limpa o lugar". E Khalid desceu até o templo com um esquadrão de homens, pois a Mahound repugnava entrar na cidade enquanto essas abominações permanecessem em seus portões.

Quando o guardião do templo, que era da tribo dos Sharks, viu aproximar-se Khalid com um grande número de guerreiros, pegou a espada e foi até o ídolo da deusa. Fez suas últimas preces, depois dependurou a espada no pescoço da imagem, dizendo: "Se és verdadeiramente uma deusa, Uzza, defende a ti mesma e a teu servo da chegada de Mahound". Então Khalid entrou no templo, e a deusa não se moveu e o guardião disse: "Agora sei verdadeiramente que o Deus de Mahound é o Deus verdadeiro e esta pedra apenas pedra". Então Khalid destruiu o templo e o ídolo e retornou a Mahound que estava em sua tenda. E o Profeta perguntou: "Que viste?". Khalid abriu os braços. "Nada", disse. "Então não a destruíste", o Profeta gritou. "Volta e completa a tua tarefa." E Khalid retornou ao templo caído, e viu uma mulher enorme, toda negra, a não ser pela grande língua escarlate, que corria para ele, nua da cabeça aos pés, os negros cabelos descendo da cabeça até os tornozelos. Ao aproximar-se dele, deteve-se e recitou em sua voz terrível de enxofre e fogo do inferno: "Sabe de Lat e Manat e Uzza, a Terceira, a Outra? São os Pássaros Exaltados...". Mas Khalid a interrompeu, dizendo: "Uzza, esses versos são do Diabo, e você a filha do Diabo, uma criatura não venerada, mas negada". E tirou a espada e a abateu.

E voltou a Mahound em sua tenda e contou o que tinha visto. E o Profeta disse: "Agora podemos entrar em Jahilia", e se levantaram, e entraram na cidade, e a possuíram em nome do Altíssimo, o Destruidor de Homens.

*

Quantos ídolos na Casa da Pedra Negra? Não se esqueça: trezentos e sessenta. Deus do Sol, da água, do arco-íris. O colosso de Hubal. Trezentos e sessenta esperam por Mahound, sabendo que não serão poupados. E não são: mas não vamos perder tempo aqui. Estátuas tombam; pedra se quebra; é feito o que tem de ser feito.

Mahound, depois de limpar a Casa, assenta sua tenda na velha feira. O povo se ajunta em torno da tenda, abraçando a fé vitoriosa. A Submissão de Jahilia: também inevitável, não exige que nos detenhamos nisso.

Enquanto os jahilianos se prostram diante dele, murmurando a frase salvadora, *não existe outro Deus além de Al-Lah*, Mahound sussurra para Khalid. Alguém não veio se ajoelhar diante dele; alguém há muito esperado. "Salman", o Profeta quer saber. "Foi encontrado?"

"Não ainda. Está escondido; mas não vai demorar."

Há um incidente. Uma mulher de véu ajoelha-se diante dele, beija-lhe os pés. "Pare", ele protesta. "Só Deus deve ser adorado." Mas aquilo sim é um beija-pés! Dedo por dedo, junta por junta, a mulher lambe, beija, chupa. E Mahound, enervado, repete. "Pare. Isso não está certo." A mulher, porém, cuida agora das solas de seus pés, as mãos em copa sob o calcanhar... ele chuta, confuso, e atinge o pescoço dela. Ela cai, tosse, depois se prostra diante dele e diz com firmeza: "Não existe outro Deus além de Al-Lah e Mahound é o seu Profeta". Mahound se acalma, pede desculpas, estende a mão. "Nada de mau lhe acontecerá", garante. "Todos os que se Submetem são poupados." Mas há nele uma estranha confusão, e ele agora entende por que, entende a raiva, a amarga ironia daquela possessiva, excessiva, sensual adoração de seus pés. A mulher arranca o véu: Hind.

"A mulher de Abu Simbel", ela anuncia com clareza, e faz-se um silêncio. "Hind", Mahound diz. "Eu não me esqueci."

Mas depois de um longo instante, ele balança a cabeça. "Você se submeteu. E é bem-vinda em minhas tendas."

No dia seguinte, em meio às contínuas conversões, Salman, o persa, é arrastado à presença do Profeta. Khalid traz, preso pela orelha, segurando uma faca em seu pescoço, o imigrante choroso e lamuriento até o *takht*. "Estava, onde mais?, com uma puta, que gritava com ele porque não tinha dinheiro para pagar. Está fedendo a álcool."

"Salman Farsi", o Profeta começa a pronunciar a sentença

de morte, mas o prisioneiro começa a guinchar o *qalmah*: *"La ilaha ilallah! La ilaha!"*.

Mahound sacode a cabeça. "Sua blasfêmia, Salman, não pode ser perdoada. Achou que não ia ser descoberta? Colocar suas palavras contra as Palavras de Deus."

Escriba, cavador de fosso, homem condenado: incapaz de juntar um mínimo de dignidade, ele balbucia choraminga implora bate no peito se rebaixa se arrepende. Khalid diz: "Não dá para agüentar esse barulho, Mensageiro. Posso cortar a cabeça dele?". Com isso o barulho aumenta sensivelmente. Salman jura renovada lealdade, implora um pouco mais, e então, num relance de desesperada esperança, faz uma proposta. "Posso mostrar onde estão seus verdadeiros inimigos." Conquista alguns segundos. O Profeta inclina a cabeça. Khalid puxa para trás, pelos cabelos, a cabeça de Salman ajoelhado: "Que inimigos?". E Salman diz um nome. Mahound afunda em suas almofadas enquanto a memória retorna.

"Baal", diz ele, e repete, duas vezes: "Baal, Baal".

Para grande decepção de Khalid, Salman, o persa, não é condenado à morte. Bilal intercede por ele, e o Profeta, com a cabeça em outra coisa, concede: sim, sim, deixe o coitado viver. Oh, generosidade da Submissão! Hind foi poupada; e Salman; e em toda Jahilia, nem uma porta foi arrombada, nenhum antigo inimigo foi arrastado para fora para ter a barriga aberta como uma galinha no pó. Essa é a resposta de Mahound para a segunda pergunta: *O que acontece quando se triunfa?* Mas um nome assombra Mahound, salta à sua volta, jovem, cortante, apontando um longo dedo pintado, cantando versos cujo brilho cruel garante que sejam dolorosos. Naquela noite, quando os suplicantes partem, Khalid pergunta a Mahound: "Ainda está pensando nele?". O Mensageiro assente, mas nada diz. Khalid fala: "Obriguei Salman a me levar até o quarto dele, uma tapera, mas ele não está lá, se escondeu". Mais uma vez, o assentimento, mas nem uma palavra. Khalid insiste: "Quer que descubra onde está? Não deve custar muito. O que quer que faça com ele? Isto? Isto?". O dedo de Khalid primeiro corta o pescoço, depois, com um golpe duro, penetra no umbigo. Mahound perde a paciência. "Você é um idiota", grita para o antigo carregador de água, agora chefe de sua casa militar. "Não consegue nunca resolver as coisas sozinho?"

Khalid se inclina e sai. Mahound dorme: seu velho dom, sua maneira de lidar com maus humores.

*

Mas Khalid, general de Mahound, não conseguiu encontrar Baal. Apesar das buscas de porta em porta, dos proclamas, de não deixar pedra sobre pedra, o poeta provou ser impossível de achar. E os lábios de Mahound continuaram fechados, não se abriram para permitir que emergissem seus desejos. Finalmente, e não sem irritação, Khalid abandonou a busca. "Aquele desgraçado que mostre a cara uma vez, seja quando for", jurou em meio à maciez e sombras da tenda do Profeta. "Eu corto o corpo dele em pedaços tão finos que vai dar para enxergar do outro lado de cada pedaço."

Khalid achou que Mahound ficou decepcionado, mas na penumbra da tenda era impossível ter certeza.

*

Jahilia foi se assentando na nova vida: o chamado às preces cinco vezes ao dia, abstinência de álcool, esposas trancadas. A própria Hind retirou-se a seus aposentos... mas onde está Baal?

Gibreel sonhou uma cortina:

A Cortina, *Hijab*, era o nome do bordel mais popular de Jahilia, um enorme *palazzo* de tamareiras em pátios tilintantes de água, cercado de câmaras que se comunicavam em intrincados padrões de mosaico, permeado de corredores labirínticos, deliberadamente decorados para parecerem idênticos, todos eles exibindo os mesmos quadros de caligrafias invocatórias do Amor, todos cobertos com tapetes idênticos, todos com uma grande urna de pedra encostada numa parede. Nenhum dos clientes d'A Cortina conseguia se orientar sem ajuda fosse na ida para os quartos de suas cortesãs favoritas, fosse de volta para a rua. Dessa forma, as moças ficavam protegidas de hóspedes indesejados e garantia-se o pagamento antes da retirada. Grandes eunucos circassianos, ridiculamente fantasiados de gênios de lâmpada, acompanhavam os visitantes a seus objetivos e de volta, às vezes com a ajuda de novelos de barbante. Era um suave universo de cortinas, sem janelas, governado pela antiga e inominável Madame da Cortina, cujos pronunciamentos guturais a partir dos recônditos de uma cadeira envolta em véus negros adquirira, ao longo dos anos, algo de oracular. Nenhum de seus funcionários ou clientes era capaz de desobedecer àquela voz sibilina que, de certa forma, constituía a antítese profana dos sagrados pronunciamentos de Mahound numa tenda maior e mais facilmente penetrável, montada não muito longe. De forma que, quando o perseguido poeta Baal prostrou-se diante dela e implorou ajuda, sua decisão de escondê-lo e salvar-lhe a vida, num ato de nostalgia pelo belo, vivaz e perverso jovem que tinha sido, foi aceita sem questionamento; e quando os guardas de Khalid chegaram para revistar o estabelecimento, os eunucos os levaram num trajeto entontecedor por aquela catacumba de contradições e rotas inconciliáveis, até que os soldados estavam com a cabeça girando, e depois de olharem dentro de trinta e nove urnas, encontrando nada mais que ungüentos e conservas, partiram, xingando palavrões, sem nunca suspeitar que havia um quadragésimo corredor ao qual nunca foram levados, uma quadragésima urna dentro da qual se escondia, como um ladrão, o poeta trêmulo e mijão que procuravam.

Depois disso, Madame mandou os eunucos tingirem a pele do poeta até ficar negro-azulada, e seu cabelo também, e vestirem-no com as pantalonas e o turbante de um djim; ordenou que ele começasse um curso de musculação, uma vez que aquela falta de condicionamento físico certamente despertaria suspeitas se não entrasse em forma rápido.

*

A estada de Baal "atrás d'A Cortina" de forma alguma o privou de informações sobre os eventos externos; muito ao contrário, na verdade, porque no curso de seus deveres eunucais ficava de guarda do lado de fora das câmaras de prazer e ouvia as confidências dos clientes. A absoluta indiscrição de suas línguas, induzida pelo alegre abandono das carícias das putas e pela confiança que tinham os clientes de que seus segredos seriam preservados, forneciam ao poeta espião, míope e duro de ouvido como estava, uma visão dos negócios contemporâneos ainda melhor do que ele poderia obter se estivesse livre para vagar pelas ruas agora puritanas da cidade. A surdez era um problema às vezes; fazia com que houvesse falhas em suas descobertas, porque os clientes muitas vezes baixavam a voz e sussurravam; mas servia também para minimizar o elemento lascivo de sua escuta, uma vez que não conseguia escutar os murmúrios que acompanhavam a fornicação, exceto, é claro, naqueles momentos em que os clientes em êxtase ou as profissionais representando levantavam as vozes em gritos de alegria real ou sintética.

O que Baal descobriu n'A Cortina:

Do mal-humorado açougueiro Ibrahim veio a notícia de que, apesar da nova proibição da carne de porco, a superficialidade da conversão levava os jahilianos a se acotovelarem na porta dos fundos de sua casa para comprar a carne proibida em segredo, "as vendas subiram", murmurou enquanto montava a dama de sua escolha, "o preço da carne de porco no mercado negro está alto; mas, droga, essas regras novas me criaram dificuldade para trabalhar. Porco não é um bicho fácil de matar em segredo, sem barulho" e começou ele próprio a gritar devido, presume-se, ao prazer mais do que à dor. — E o quitandeiro, Musa, confessou a uma outra funcionária horizontal d'A Cortina que era difícil perder os velhos hábitos e que, quando tinha certeza de que ninguém estava ouvindo, ainda fazia uma ou duas preces "à favorita de minha vida, Manat, e às vezes, fazer o quê?, a Al-Lat também; nada melhor que uma deusa mulher, elas têm atributos que os meninos não conseguem superar", depois do que ele também se atirou às imitações terrenas desses atributos, com grande empenho. E foi assim que o decaído, decadente, Baal descobriu, amargurado, que nenhum império é absoluto, que nenhuma vitória é completa. E, lentamente, começaram as críticas a Mahound.

Baal começara a mudar. A notícia da destruição do grande templo de Al-Lat em Taif, que chegou a seus ouvidos pontuada pelos grunhidos do secreto matador de porcos, Ibrahim, lançou-o em profunda tristeza, porque mesmo nos melhores dias de seu jovem cinismo, o amor que sentia pela deusa tinha sido genuíno, talvez sua única emoção genuína, e a queda da deusa revelava-lhe o vazio de uma vida em que o único amor verdadeiro fora sentido por um bloco de pedra que não podia reagir. Quando o primeiro, afiado, fio da dor perdeu o corte, Baal convenceu-se de que a queda de Al-Lat significava que seu próprio fim não estava muito longe. Ele perdeu aquele estranho senso de segurança que a vida n'A Cortina tinha lhe inspirado por um instante; mas a retomada da consciência de sua transitoriedade, da certeza de que seria descoberto e morto, não conseguiu, e isso era interessante, inspirar-lhe medo. Depois de toda uma vida de dedicada covardia, descobriu, para sua grande surpresa, que o efeito da aproximação da morte realmente lhe permitia provar a doçura da vida, e meditou sobre o paradoxo de ter os olhos abertos para uma tal verdade naquela casa de mentiras caras. E que verdade era essa? Que Al-Lat estava morta — jamais tinha vivido — mas que isso não fazia de Mahound um profeta. Em suma, Baal chegara ao ateísmo. Começou, tateante, a ir além da idéia de deuses e líderes e regras, e a perceber que sua história era a tal ponto entretecida com a de Mahound que era necessário tomar alguma grande resolução. Que essa resolução iria, muito provavelmente, mostrar que sua morte não o chocava, nem o incomodava muito; e quando Musa, o quitandeiro, resmungou um dia sobre as doze esposas do Profeta, *uma lei para ele, outra para nós*, Baal descobriu a forma que seu confronto final com a Submissão teria de assumir.

As moças d'A Cortina — só por convenção é que eram chamadas de "moças", a mais velha delas uma mulher já bem entrada nos cinqüenta, enquanto a mais jovem, aos quinze, era bem mais experiente que muitas de cinqüenta — tinham se afeiçoado ao bamboleante Baal, e de fato gostavam de ter por perto um eunuco que não era eunuco para, fora do horário de trabalho, poderem brincar deliciosamente com ele, exibindo os corpos na sua frente, colocando os seios junto aos lábios dele, enrolando as pernas no quadril dele, beijando-se entre si apaixonadamente a um centímetro do rosto dele, até o apagado escritor ficar desesperadamente excitado; e então riam de sua ereção e caçoavam dele até que corasse e, trêmulo, se desintumescesse; ou, muito ocasionalmente, e quando ele já tinha perdido toda esperança de tal coisa, elas deputavam uma dentre elas para satisfazer, sem ônus, a luxúria que tinham despertado. Assim, como um boi míope, piscante, domado, o poeta passava seus dias, deitando a cabeça em colos de mulheres, ruminando sobre morte e vingança, incapaz de dizer se era o mais contente ou o mais desgraçado dos viventes.

Foi durante uma dessas sessões de brincadeiras depois do expediente, quando as moças ficavam sozinhas com seus eunucos e seu vinho, que Baal ouviu a mais nova falando sobre o cliente, o quitandeiro, Musa. "Aquele lá!", disse ela. "Está enquizilado com as mulheres do Profeta. Está tão incomodado com isso que fica excitado só de dizer o nome delas. Diz que eu sou a imagem escrita e escarrada da própria Ayesha, que como todo mundo sabe é a favorita de Sua Excelência. Pois então."

A cortesã cinqüentona intrometeu-se. "Olhe, as mulheres daquele harém, os homens não falam de outra coisa hoje em dia. Não é de admirar que Mahound tenha trancado todas elas, mas isso só piorou as coisas. As pessoas inventam mais sobre as coisas que não podem ver."

Principalmente nesta cidade, Baal pensou; acima de tudo em nossa Jahilia de modos licenciosos, onde, até a chegada de Mahound com seu livro de regras, as mulheres usavam roupas coloridas, e só se falava de trepar e ganhar dinheiro, dinheiro e sexo, e não era só falar, não.

Ele disse à puta mais nova: "Por que você não representa para ele?".

"Quem?"

"Musa. Se ele fica tão excitado com Ayesha por que não ser uma Ayesha particular e pessoal para ele?"

"Meu Deus", a moça respondeu. "Se ouvirem você falando assim vão fritar seus ovos na manteiga."

Quantas esposas? Doze, e uma velha dama, já há muito falecida. Quantas putas atrás d'A Cortina? Doze também; e, secreta em seu trono velado de negro, a velha Madame, ainda desafiando a morte. Onde não há crença não há blasfêmia. Baal contou à Madame sua idéia; e ela encerrou o assunto com a voz de sapo com laringite. "É muito perigoso", pronunciou, "mas pode ser muito bom para os negócios. Vamos com cuidado; mas vamos."

A menina de quinze anos sussurrou algo no ouvido do quitandeiro. Imediatamente uma luz brilhou nos olhos dele. "Me conte tudo", implorou. "Sua infância, seus brinquedos favoritos, os cavalos de Salomão e o resto, me conte como você estava tocando tamborim e o Profeta veio olhar." Ela contou, e ele então perguntou sobre seu defloramento à idade de doze anos, e ela contou também isso, e ele pagou em dobro a tarifa normal, porque "foi a melhor vez da minha vida". "Vamos ter de tomar cuidado com os problemas de coração", Madame disse a Baal.

*

Quando circulou por Jahilia a notícia de que as putas d'A Cortina tinham cada uma assumido a identidade de uma das esposas de Mahound, foi intensa a excitação clandestina entre os machos da cidade; porém, tão temerosos estavam da descoberta — não só porque certamente perderiam as vidas se Mahound ou seus tenentes descobrissem que estavam envolvidos em tais irreverências, como também porque desejavam que fosse mantido o novo serviço d'A Cortina —, que o segredo foi mantido diante das autoridades. Naqueles dias, Mahound havia retornado a

Yathrib com suas esposas, preferindo o clima ameno do oásis do norte ao calor de Jahilia. A cidade fora deixada aos cuidados do general Khalid, do qual era fácil esconder as coisas. Durante algum tempo, Mahound tinha considerado ordenar a Khalid o fechamento de todos os bordéis de Jahilia, mas Abu Simbel desaconselhara um ato tão precipitado. "Os jahilianos acabaram de se converter", observou. "Vá devagar." Mahound, o mais pragmático dos profetas, concordou com um período de transição. Assim, na ausência do Profeta, os homens de Jahilia convergiram em bandos para A Cortina, que teve um aumento de trezentos por cento nos negócios. Por razões óbvias, não era boa política formar uma fila na rua; por isso, muitas vezes, uma fila de homens serpenteava pelo pátio mais interno do bordel, circulando em torno da Fonte do Amor que havia no centro, igual aos peregrinos que giravam, por outras razões, em torno da antiga Pedra Negra. Todos os clientes d'A Cortina recebiam máscaras, e Baal, olhando de um balcão as figuras mascaradas circulantes, ficava satisfeito. Havia muitas maneiras de recusar a Submissão.

Nos meses que se seguiram, as funcionárias d'A Cortina se aqueceram na nova tarefa. A puta de quinze anos, "Ayesha", era a mais popular entre o público pagante, da mesma forma que a sua homônima o era com Mahound, e igual à Ayesha que vivia castamente em seus apartamentos no harém da grande mesquita de Yathrib, essa Ayesha jahiliana começou a ficar ciosa da importância de seu status de Adorada. Ela se ressentia quando qualquer de suas "irmãs" parecia experimentar um aumento de visitantes, ou receber gorjetas excepcionalmente generosas. A puta mais velha, mais gorda, que assumira o nome de "Sawdah", contava a seus visitantes — e tinha muitos, procurada por grande parte dos homens de Jahilia por seus dotes maternais e também por sua gratidão — a história do casamento de Mahound com ela e Ayesha no mesmo dia, quando Ayesha era ainda uma criança. "Em nós duas", dizia, excitando tremendamente os homens, "ele encontrou as duas metades de sua primeira esposa, falecida: a criança e a mãe." A puta "Hafsah" ficou tão temperamental quanto sua homônima, e, à medida que as doze foram entrando no espírito de seus papéis, as alianças no bordel passaram a espelhar as camarilhas políticas da mesquita de Yathrib; "Ayesha" e "Hafsa", por exemplo, manifestavam constantes e mesquinhas rivalidades com as duas putas mais orgulhosas, que sempre haviam sido consideradas um tanto esnobes pelas outras, e que tinham escolhido para si as identidades mais aristocráticas, transformando-se em "Umm Salamah, a makhzumita" e a mais orgulhosa de todas, "Ramlah", cuja homônima, décima primeira esposa de Mahound, era filha de Abu Simbel e Hind. E havia duas Zainab: uma "Zainab bint Jahsh" e a outra "Juwairiyah", batizada com o nome da noiva capturada em uma expedição militar; e uma "Rehana, a judia", uma "Safia" e uma "Maimunah"; e a mais erótica de todas as putas, a que sabia todos os truques que recusava ensinar à competitiva "Ayesha": a glamourosa egípcia "Maria, a copta". A mais estranha de todas era a puta que assumira o nome de "Zainab bint Khuzaimah", sabendo que essa esposa de Mahound tinha morrido recentemente. A necrofilia de seus amantes, que a proibiam de fazer qualquer movimento, era um dos aspectos de maior mau gosto no novo regime d'A Cortina. Mas negócio é negócio, e as cortesãs atendiam a essa demanda também.

Ao final do primeiro ano, as doze tinham se tornado tão exímias em seus papéis que suas personalidades prévias começaram a desaparecer. Baal, mais míope e surdo a cada mês, enxergava as formas das moças passando por ele, os contornos borrados, as imagens como que dobradas, como sombras sobrepostas a sombras. As moças também começaram a pensar diferente sobre Baal. Naquela época, era costumeiro que as putas, ao entrarem para a profissão, tomassem um tipo de marido que não lhes causasse problemas — uma montanha, talvez, ou uma fonte, um arbusto — só para que pudessem adotar, *pro forma*, o título de mulher casada. N'A Cortina, a regra era que as moças desposassem o Chafariz do Amor do pátio central, mas agora começara a fermentar uma espécie de rebelião, e chegou o dia em que as prostitutas foram todas juntas até Madame para anunciar que agora que tinham começado a ver a si mesmas como esposas do Profeta, exigiam marido de melhor nível do que um chafariz de pedra, coisa que era quase idólatra, afinal; e disseram ter decidido serem todas esposas do bedel Baal. Primeiro, Madame tentou desencorajá-las, mas quando viu que as moças estavam falando sério, concordou e mandou que trouxessem o escritor para falar com ela. Com muitas risadinhas e empurrões, as doze cortesãs escoltaram o bamboleante poeta até a sala do trono. Quando Baal ouviu o plano, seu coração começou a bater tão descompassado que perdeu o equilíbrio e caiu, e "Ayesha" gritou assustada: "Meu Deus, vamos ficar viúvas antes de casar".

Mas ele se recuperou: o coração recobrou a compostura. E, não tendo opção, aceitou as doze propostas. Madame então entregou todas em casamento, e naquele antro de degeneração, naquela antimesquita, naquele labirinto de profanidade, Baal tornou-se o marido das esposas do antigo negociante, Mahound.

As esposas deixaram claro que agora esperavam que Baal cumprisse seus deveres matrimoniais em todos os particulares, e organizaram um sistema rotativo que lhe permitia passar um dia com cada uma das moças (n'A Cortina, dia e noite eram invertidos, a noite servindo aos negócios e o dia ao descanso). Mal tinha embarcado nesse árduo programa, quando elas convocaram uma reunião na qual lhe disseram que tinha de começar a se comportar um pouco mais como o "verdadeiro" marido, ou seja, Mahound. "Por que não pode mudar de nome como nós mudamos?", perguntou a mal-humorada "Hafsah". Mas Baal colocou um limite. "Pode não ser nenhum motivo de orgulho", insistiu, "mas este é meu nome. E além disso, não trabalho com os clientes aqui. Não há nenhuma razão administrativa para uma mudança dessas." "Bom, seja como for", disse a voluptuosa "Maria, a copta", com um encolher de ombros, "com nome ou sem nome, queremos que você comece a agir como ele."

"Não sei bem", Baal começou a protestar, quando "Ayesha", que era mesmo a mais atraente de todas, pelo menos na opinião dele agora, fez um delicioso muxoxo. "Sinceramente, marido", ela ralhou. "Não é tão difícil. A gente só quer, você sabe. Que seja o chefe."

O que acontecia era que as putas d'A Cortina eram as mulheres mais antiquadas e convencionais de Jahilia. A carreira que podia tão facilmente tê-las tornado cínicas e desiludidas (e eram, claro, capazes de ter opiniões ferozes sobre seus visitantes), em vez disso as transformara em sonhadoras. Seqüestradas do mundo exterior, conceberam a fantasia de uma "vida normal" na qual desejavam nada mais, nada menos que ser obedientes e — sim — submissas consortes de um homem que fosse sábio, amoroso e forte. Quer dizer: os anos que passaram realizando fantasias dos homens tinham acabado por corromper seus sonhos, de forma que, no mais fundo de seus corações, queriam se transformar na mais antiga de todas as fantasias masculinas. O tempero extra de representar a vida doméstica do Profeta tinha colocado todas em estado de grande excitação, e o divertido Baal descobriu o que significava ter doze mulheres competindo por seus favores, pela bênção de um sorriso, quando lavavam seus pés e os enxugavam com os cabelos, depois ungiam seu corpo com óleo e dançavam para ele, e de mil maneiras representavam o casamento de sonho que nunca pensaram que teriam.

Era irresistível. Ele começou a encontrar firmeza para dar-lhes ordens, para servir de juiz nas questões entre elas, para puni-las quando estava zangado. Uma vez, quando a disputa entre elas o irritou, renegou-as todas por um mês. Quando foi visitar "Ayesha", depois de vinte e nove noites, ela brincou com ele por não ser capaz de ficar longe. "Era um mês de vinte e nove dias só", ele respondeu. Outra vez, foi surpreendido por "Hafsah" em companhia de "Maria, a copta" no quarto da própria "Hafsah", e no dia de "Ayesha". Implorou a "Hafsah" que não contasse a "Ayesha", por quem havia se apaixonado; mas ela contou, e, por um bom tempo, Baal teve de se afastar de "Maria", da pele clara e dos cabelos cacheados. Em resumo, ele tornou-se presa da sedução de se transformar num espelho secreto, profano, de Mahound; e começara a escrever de novo.

A poesia que lhe vinha era a mais doce que jamais escrevera. Às vezes, quando estava com Ayesha, sentia uma lassidão cair sobre ele, um peso, e tinha de se deitar. "Estranho", disse a ela.

"É como se eu me visse ao lado de mim mesmo. E posso fazer falar o que está de pé; depois me levanto e escrevo os versos dele." Essa lassidão artística de Baal era muito admirada por suas esposas. Uma vez, cansado, ele cochilou numa poltrona nos aposentos de "Umm Salamah, a makhzumita". Quando despertou, horas depois, seu corpo doía, o pescoço e os ombros cheios de nós, e repreendeu Umm Salamah: "Por que não me acordou?". Ela respondeu: "Tive medo, porque podiam estar lhe vindo versos". Ele sacudiu a cabeça: "Não precisa se preocupar. A única mulher em cuja companhia me vêm versos é 'Ayesha', não você".

*

Dois anos e um dia depois que Baal começara sua vida n'A Cortina, um dos clientes de "Ayesha" o reconheceu, apesar da pele tingida, das pantalonas e dos exercícios de musculação. Baal estava parado do lado de fora do quarto de "Ayesha" quando o cliente saiu, apontou direto para ele e gritou: "Então foi aqui que você se enfiou!". "Ayesha" veio correndo, os olhos abrasados de medo. Mas Baal disse: "Tudo bem. Ele não vai criar nenhum problema". Convidou Salman, o persa, para ir ao seu quarto e abriu uma garrafa de vinho doce feito de uvas não amassadas, que os jahilianos tinham descoberto não ser proibido por aquele que começaram, desrespeitosamente, a chamar de Livro das Regras.

"Vim aqui porque finalmente estou indo embora desta cidade infernal", Salman disse, "e queria um momento de prazer nela depois de todos esses anos de merda." Com a intercessão de Baal, em nome de sua velha amizade, o imigrante tinha encontrado trabalho como escritor de cartas e escriba em geral, sentado de pernas cruzadas à beira da rua principal do distrito financeiro. Seu cinismo e desespero foram polidos pelo sol. "As pessoas escrevem para contar mentiras", disse, bebendo depressa. "Por isso, um mentiroso profissional pode ganhar muito bem. Minhas cartas de amor e correspondência comercial ficaram famosas como as melhores da cidade por causa do meu dom de inventar belas falsidades me afastando só um pouquinho dos fatos. O resultado é que em apenas dois anos consegui economizar o bastante para voltar para minha terra. Minha terra! O velho país! Parto amanhã, e já não é sem tempo."

Quando a garrafa se esvaziou, Salman começou a falar de novo, como Baal sabia que faria, sobre a fonte de todos os seus males, o Mensageiro e sua mensagem. Contou a Baal sobre a briga de Mahound com Ayesha, relatando os boatos como se fossem fatos incontroversos. "A menina não conseguiu engolir o fato de o marido querer tantas outras mulheres", disse. "Ele falou de necessidades, de alianças políticas e tal, mas ela não se deixou enganar. E quem pode censurar? Ele acabou entrando — é claro — num daqueles transes, e voltou a si com uma mensagem do arcanjo. Gibreel recitou versos dando a ele total apoio divino. A permissão do próprio Deus para trepar com quantas mulheres quisesse. Então: o que a coitada da Ayesha podia dizer contra os versos de Deus? Sabe o que ela disse? Assim: 'Seu Deus está sempre às ordens quando você precisa que ele arranje as coisas para você'. Bom! Se não fosse Ayesha, quem sabe o que ele podia ter feito, mas nenhuma das outras teria tido coragem." Baal deixou que ele continuasse sem interrupção. Os aspectos sexuais da Submissão excitavam muito o persa: "É doente", ele declarou. "Essa segregação toda. Não há de ser coisa boa."

Baal acabou questionando suas posições, e Salman ficou atônito de ver o poeta tomando o lado de Mahound: "Dá para entender a posição dele", Baal raciocinou. "Se as famílias lhe oferecem noivas e ele recusa, vai criar inimigos — e, além disso, é um homem especial e dá para entender que tenha privilégios — e isso de trancar as mulheres, bom, que desonra seria se acontecesse alguma coisa ruim com uma delas! Escute, se você morasse aqui, não ia achar que um pouco menos de liberdade sexual seria uma coisa tão ruim — para as pessoas comuns, pelo menos."

"Você perdeu a cabeça", Salman disse, direto. "Tomou sol demais. Ou vai ver que essa roupa é que faz você falar como um palhaço."

Baal já estava bem tonto e começou a retrucar ardorosamente, mas Salman levantou uma mão trêmula. "Não quero brigar", disse. "Deixe eu contar uma coisa para você, isso sim. A história mais quente da cidade. Uh-hu! E tem a ver com o que, o que você disse."

A história de Salman: Ayesha e o Profeta tinham ido em expedição a uma aldeia distante, e no caminho de volta a Yathrib, junto com a comitiva, acamparam nas dunas para passar a noite. O acampamento foi desmontado no escuro, antes do amanhecer. No último momento, Ayesha, forçada por uma necessidade do corpo, correu para um baixio escondido. Enquanto estava lá, os carregadores de liteira pegaram o palanquim e foram embora. Como era uma mulher leve, eles não perceberam grande diferença naquele palanquim tão pesado, e acharam que estava lá dentro. Depois de se aliviar, Ayesha voltou e viu-se sozinha; sabe-se lá o que poderia lhe acontecer se não fosse um jovem, um certo Safwan, estar passando ali por acaso, com seu camelo... Safwan levou Ayesha de volta a Yathrib sã e salva; nessa altura, as más línguas começaram a funcionar, principalmente no harém, onde as oponentes não perdiam nenhuma oportunidade de minar o poder de Ayesha. Os dois jovens tinham estado sozinhos no deserto por muitas horas, e o que se insinuou, cada vez com maior insistência, era que Safwan era um sujeito incrivelmente bonito e que o Profeta, afinal de contas, era muito mais velho que a moça, e quem sabe se ela não teria sentido atração por alguém mais próximo da sua idade? "Um escândalo e tanto", Salman comentou, contente.

"E o que é que Mahound vai fazer?", Baal perguntou.

"Ah, já fez", Salman respondeu. "A mesma coisa de sempre. Foi ver o queridinho dele, o Arcanjo, e aí informou todo mundo que Gibreel tinha absolvido Ayesha." Salman abriu os braços em mundana resignação. "E dessa vez, meu senhor, madame não reclamou do oportunismo dos versos."

*

Na manhã seguinte, Salman, o persa, juntou-se a uma caravana de camelos em direção ao norte. E ao se despedir de Baal n'A Cortina, abraçou o poeta, beijou-o em ambas as faces e disse: "Talvez você tenha razão. Talvez seja melhor evitar a luz do dia. A esperança é a última que morre". Baal replicou: "Espero que chegue em sua terra, e que exista lá alguma coisa que mereça ser amada". O rosto de Salman perdeu toda a expressão. Ele abriu a boca, tornou a fechar, e foi embora.

"Ayesha" foi ao quarto de Baal para se certificar. "Ele não vai contar o nosso segredo quando estiver bêbado, vai?", perguntou, acariciando os cabelos de Baal. "Ele é bem chegado no vinho."

Baal disse: "Nada mais será como antes". A visita de Salman o tinha despertado do sonho em que mergulhara lentamente nos seus anos n'A Cortina, e não conseguiu mais voltar a dormir.

"Claro que será", "Ayesha" consolou. "Será, sim. Você vai ver."

Baal sacudiu a cabeça e fez a única observação profética de sua vida. "Alguma coisa está para acontecer", predisse. "Um homem não pode se esconder para sempre atrás de saias."

No dia seguinte, Mahound retornou a Jahilia, e os soldados foram informar à Madame da Cortina que o período de transição tinha terminado. Os bordéis deviam ser fechados imediatamente. Pronto, acabou-se. De trás de suas cortinas, Madame pediu que os soldados se retirassem por uma hora em nome da decência, para que os clientes pudessem ir embora, e era tal a inexperiência do oficial comandante do esquadrão da decência que ele concordou. Madame mandou os eunucos informarem as meninas e escoltarem os clientes por uma porta dos fundos. "Peçam desculpas a eles pela interrupção", ordenou aos eunucos, "e digam que devido às circunstâncias não precisam pagar."

Foram suas últimas palavras. Quando as moças, alarmadas, todas falando ao mesmo tempo, invadiram a sala do trono para ver se o pior era mesmo verdade, ela não respondeu às perguntas apavoradas, estamos sem trabalho, como é que vamos comer, vamos para a cadeia, o que vai acontecer conosco — até que "Ayesha" reuniu coragem e fez o que nenhuma delas jamais ousara. Quando abriu os véus negros o que viram foi uma mulher morta que podia ter cinqüenta ou cento e vinte e cinco anos, não mais de um metro de altura, parecendo uma boneca grande, encolhida numa cadeira de vime cheia de almofadas, segurando na mão a garrafa vazia de veneno.

"Agora que já começaram", disse Baal, entrando na sala, "podiam continuar tirando as cortinas todas. Não há mais por que tapar o sol."

*

O jovem comandante do esquadrão da decência, Umar, permitiu-se demonstrar uma raiva bastante petulante quando descobriu o suicídio da dona do bordel. "Bom, se não dá para enforcar o patrão, vamos ter de nos contentar com os funcionários", gritou. E mandou seus homens prenderem as "vacas", tarefa que eles realizaram com todo zelo. As mulheres fizeram barulho e chutaram seus captores, mas os eunucos ficaram só olhando, sem mover um músculo, porque Umar tinha dito a eles: "Querem que as rachas sejam processadas, mas não tenho nenhuma instrução do que fazer com vocês. Portanto, se não querem perder a cabeça como já perderam o saco, não se metam nessa história". Os eunucos não defenderam as mulheres d'A Cortina quando os soldados as jogaram no chão; e entre os eunucos estava Baal, da pele tingida e da poesia. Pouco antes de ser amordaçada, a "rachada" ou "buceta" mais nova gritou: "Marido, pelo amor de Deus, ajude a gente se for homem". O comandante do esquadrão de decência achou divertido. "Qual é o marido dela?", perguntou, examinando cuidadosamente cada cabeça de turbante. "Vamos lá, coragem. Como é que é ver todo mundo indo com a sua mulher?"

Baal fixou a mirada no infinito para evitar os olhares fuzilantes de "Ayesha" e os olhos apertados de Umar. O comandante parou na frente dele. "É você?"

"Senhor, entenda bem, é só um termo", Baal mentiu. "Elas gostam de brincar, as moças. Chamam a gente de marido porque nós, nós..."

Sem aviso prévio, Umar agarrou-o pelos genitais e apertou. "Porque não podem ser", disse. "Maridos, é? Nada mau."

Quando a dor abrandou, Baal viu que as mulheres tinham ido embora. Ao sair, Umar deu um conselho aos eunucos. "Sumam", sugeriu. "Pode ser que amanhã eu já tenha ordens sobre vocês. Pouca gente tem sorte dois dias seguidos."

Quando as meninas d'A Cortina foram levadas embora, os eunucos se sentaram e choraram descontroladamente ao pé da Fonte do Amor. Mas Baal, cheio de vergonha, não chorou.

*

Gibreel sonhou a morte de Baal:

Logo depois da prisão, as doze putas perceberam que tinham se acostumado de tal forma aos novos nomes que não conseguiam se lembrar dos velhos. Estavam assustadas demais para revelar a seus carcereiros os títulos que tinham assumido e, conseqüentemente, não conseguiram dar nome nenhum. Depois de muitos gritos e muitas ameaças, os carcereiros desistiram e registraram as moças por números: Cortina nº 1, Cortina nº 2, e assim por diante. Os antigos clientes, apavorados com as possíveis conseqüências de traírem o segredo daquilo que as putas andavam aprontando, também ficaram em silêncio, de forma que era possível que ninguém tivesse descoberto nada, se não fosse o poeta Baal começar a colar seus versos nas paredes da prisão municipal.

Dois dias depois das prisões, a cadeia estava lotada de prostitutas e cáftens, cujo número tinha aumentado consideravelmente nos dois anos em que a Submissão impusera a segregação sexual em Jahilia. Transpirou que muitos jahilianos estavam dispostos a enfrentar a caçoada do povinho, para não falar da possível perseguição determinada pelas novas leis de decência, só para ficar debaixo das janelas da prisão e fazer serenatas àquelas damas maquiadas que tinham aprendido a amar. As mulheres que estavam lá dentro não se impressionaram nem um pouco com essa devoção, e não encorajaram em nada os sedutores pregados aos portões gradeados. No terceiro dia, porém, apareceu entre esses tolos apaixonados um sujeito particularmente arrasado, de pantalonas e turbante, cuja pele escura estava decididamente começando a desbotar. Muitos transeuntes caçoaram da aparência dele, mas quando começou a cantar seus versos a caçoada parou instantaneamente. Os jahilianos sempre foram apreciadores da arte da poesia, e a beleza das odes cantadas por aquele estranho cavalheiro os deteve. Baal cantou seus poemas de amor, e a dor que havia neles silenciou os outros versificadores, que deixaram Baal falar por todos. Pela primeira vez, pôde-se ver, nas janelas da prisão, as caras das putas seqüestradas, que para ali foram atraídas pela magia dos versos. Quando terminou o recital, o poeta avançou para prender seu poema na parede. Os guardas dos portões, com os olhos molhados de lágrimas, não fizeram um gesto para detê-lo.

Depois disso, toda noite o estranho reaparecia e recitava um novo poema, e cada conjunto de versos parecia mais adorável que o anterior. Foi, talvez, esse excesso de ternura que impediu que se notasse, até a décima segunda noite, quando terminou o décimo segundo e último conjunto de versos, cada um dedicado a uma mulher diferente, que os nomes de suas doze "esposas" eram os mesmos que os de um outro grupo de doze.

Mas no décimo segundo dia percebeu-se isso, e imediatamente mudou o humor da grande multidão que tinha se acostumado a reunir-se para ouvir a leitura de Baal. Expressões de ultraje substituíram as de exaltação, e Baal foi cercado por homens furiosos, que exigiam saber as razões daquele insulto indireto e tão bizantino. Nesse momento, Baal removeu o absurdo turbante. "Eu sou Baal", anunciou. "E não reconheço nenhuma jurisdição além da jurisdição da minha Musa; ou, para ser exato, das minhas doze musas."

Os guardas o prenderam.

O general Khalid queria executar Baal imediatamente, mas Mahound pediu que o poeta fosse levado a julgamento logo depois das putas. Assim, quando as doze esposas de Baal, que tinham se divorciado da pedra para se casar com ele, foram todas condenadas a serem apedrejadas até a morte, para punir a imoralidade de suas vidas, Baal viu-se frente a frente com o Profeta, espelho encarando a imagem, sombra encarando a luz. Khalid, sentado à direita de Mahound, deu a Baal uma última chance de explicar seus maus atos. O poeta contou a história de sua estada n'A Cortina, usando a linguagem mais simples possível, sem esconder nada, nem mesmo a sua covardia final, que tentara reparar com tudo o que tinha feito depois. Mas então aconteceu uma coisa estranha. A multidão reunida na tenda do julgamento, sabendo que aquele era, afinal, o famoso satirista Baal, a língua mais afiada e a cabeça mais brilhante de seu tempo em Jahilia, começou (por mais que tentasse se controlar) a rir. Quanto mais honesta e simplesmente Baal descrevia seus casamentos com as doze "esposas do Profeta", mais incontrolável se tornava o horrorizado riso da platéia. Ao fim de seu discurso, o bom povo de Jahilia estava literalmente chorando de rir, incapaz de se conter mesmo quando os soldados, com rebenques e cimitarras, ameaçaram a todos de morte instantânea.

"Não estou brincando!", Baal guinchou para a multidão, que, em resposta, uivou gritou deu tapas nas coxas. "Não é piada!" Ha ha ha. Até que, finalmente, restaurou-se o silêncio; o Profeta tinha se posto de pé.

"Antigamente, você zombava da Recitação", Mahound disse, no silêncio. "Naquele tempo, também essa gente gostava de sua zombaria. Agora, você volta para desonrar a minha casa, e parece que, mais uma vez, consegue fazer emergir o que há de pior no povo."

Baal disse: "Já terminei. Faça o que quiser".

E ele foi condenado a ser decapitado, dentro de uma hora, e quando os soldados o empurraram para fora da tenda, para o local da execução, ele gritou por cima do ombro: "Putas e escritores, Mahound. Somos nós que você não consegue perdoar".

Mahound respondeu: "Escritores e putas. Não vejo nenhuma diferença".

*

Era uma vez uma mulher que não mudava.

Depois que o ato de traição de Abu Simbel entregou Jahilia

numa bandeja para Mahound e trocou a idéia da grandeza da cidade pela realidade de Mahound, Hind chupou dedos de pés, recitou o *La-ilaha*, e depois retirou-se para uma alta torre em seu palácio, onde lhe chegaram as notícias da destruição do templo de Al-Lat em Taif e de todas as estátuas da deusa que se conheciam. Ela se trancou no quarto de sua torre com uma coleção de livros escritos numa escrita que nenhum outro ser humano em Jahilia sabia decifrar; e por dois anos e dois meses lá ficou, estudando em segredo seus textos ocultos, solicitando que um prato de comida simples fosse deixado diante de sua porta uma vez por dia e que seu vaso noturno fosse esvaziado ao mesmo tempo. Durante dois anos e dois meses não viu nenhum outro ser humano. Então, entrou no quarto de seu marido ao amanhecer, vestida em suas melhores roupas, com jóias cintilando nos pulsos, tornozelos, dedos dos pés, orelhas e pescoço. "Acorde", ordenou, abrindo as cortinas. "É um dia de comemoração." Ele viu que ela não tinha envelhecido nem um dia desde a última vez que a vira; ao contrário, parecia mais jovem do que nunca, o que dava força aos rumores de que a sua feitiçaria tinha convencido o Tempo a correr ao contrário no confinamento da torre. "Comemorar o quê?", o antigo Grande de Jahilia perguntou, tossindo o seu escarro de sangue matinal. Hind respondeu: "Posso não ser capaz de inverter o curso da História, mas a vingança é doce, afinal".

Em uma hora chegou a notícia de que o Profeta, Mahound, tinha caído vítima de uma doença fatal, que estava deitado na cama de Ayesha com a cabeça estourando como se estivesse cheia de demônios. Hind continuou a calma preparação de um banquete, mandando servos a todos os cantos da cidade para avisar os convidados. Mas evidentemente ninguém viria para uma festa naquele dia. À noite, Hind sentou-se sozinha no grande salão de sua casa, em meio aos pratos de ouro e copos de cristal de sua vingança, comendo um simples prato de cuscuz, cercada de todos os tipos imagináveis de comidas reluzentes, fumarentas e aromáticas. Abu Simbel recusou-se a juntar-se a ela, dizendo que aquela comida era uma obscenidade. "Você comeu o cora-

ção do tio dele", Simbel gritou, "e agora quer comer o dele."
Ela riu na cara dele. Quando os criados começaram a chorar, ela
os dispensou também, e ficou sentada, sozinha, celebrando, enquanto as velas projetavam estranhas sombras em seu rosto absoluto, duro.

Gibreel sonhou a morte de Mahound:
Pois quando a cabeça do Mensageiro começou a doer como jamais antes, ele entendeu que havia chegado o tempo em que lhe seria ofertada a Escolha:
Pois que nenhum Profeta pode morrer antes de que lhe seja mostrado o Paraíso e depois se lhe peça para escolher entre este mundo e o próximo:
E ele jazia, pois, com a cabeça no colo de sua amada Ayesha, fechou os olhos e a vida pareceu abandoná-lo; mas depois de um tempo, retornou:
E disse a Ayesha: "Foi-me feita a oferta e eu fiz a Escolha, e escolhi o reino de Deus".
Então, ela chorou, sabendo que ele estava falando de sua morte; e os olhos dele olharam além dela, parecendo fixar uma outra figura no aposento, apesar de ela, Ayesha, ao se voltar, nada ver além de um candeeiro, luzindo em seu suporte.
"Quem está aí?", ele perguntou. "És tu, Azraeel?"
Mas Ayesha ouviu uma voz doce, terrível, que era voz de mulher, responder: "Não, Mensageiro de Al-Lah, não é Azraeel".
E o candeeiro apagou-se; e no escuro, Mahound perguntou: "Então esta doença é obra tua, oh, Al Lat?".
E ela disse: "É a minha vingança, e estou satisfeita. Que se corte o tendão da perna de um camelo e que seja colocado em sua tumba".
Então ela se foi, e o candeeiro que tinha se apagado brilhou de novo com uma grande e suave luz, e o Mensageiro murmurou: "Mesmo assim, agradeço-te, Al-Lat, por esse dom".
Pouco depois, morreu. Ayesha passou para a sala ao lado,

onde as outras esposas e os discípulos esperavam de coração pesado, e começaram a lamentar em aflição.

Mas Ayesha enxugou os olhos, e disse: "Se há aqui alguém que adorava o Mensageiro, que chore, pois Mahound está morto; mas se há aqui alguém que adora a Deus, que se alegre, porque Ele, certamente, está vivo".

Foi o fim do sonho.

VII
O ANJO AZRAEEL

1

TUDO SE RESUMIA A AMOR, refletiu Saladin Chamcha em sua toca: amor, o anjo rebelde do libreto de Meilhac e Halévy para a *Carmen* — este um dos espécimes principais do Aviário Alegórico que em dias mais amenos ele havia reunido, e que incluía entre as suas metáforas aladas o Doce (da juventude), o Amarelo (que tem mais sorte do que eu), o Pássaro do Tempo, sem adjetivos, de Khayyam-FitzGerald (que voa breve, e logo, oh! se vai) e o Obsceno; este último de uma carta escrita por Henry James, pai, a seus filhos... "Todo homem que atingiu pelo menos a adolescência intelectual começa a suspeitar que a vida não é nenhuma farsa; que não é tampouco uma comédia ligeira; que ela, ao contrário, floresce e frutifica a partir da mais profunda e trágica fome essencial em que mergulham as raízes do sujeito. A herança natural de todo aquele que é capaz de vida espiritual é uma floresta virgem onde uiva o lobo e tagarela o obsceno pássaro da noite." É isso, meninos. — E numa vitrina independente, mas vizinha da fantasia mais jovem e feliz de Chamcha, voejava um prisioneiro de uma canção popular da *hit-parade*, a Bela Borboleta Fugidia, que repartia *l'amour* com o *oiseau rebelle*.

O Amor, uma região na qual ninguém que deseje compilar um corpo humano (por oposição a robótico, a andróide skinneriano) de experiência pode se permitir encerrar operações, enganou você, não resta dúvida, e muito provavelmente acabou com você. Até mandou aviso prévio. "O amor é um bebê da Boêmia", canta Carmen, ela em si a própria Idéia da Amada, seu padrão perfeito, eterno e divino, "e se eu te amar, cuidado". Nada mais justo. De sua parte, Saladin, em sua época, tinha amado muito, e agora sofria (nisso passara a acreditar) as vinganças do Amor pela tolice do amante. Das coisas da mente, a que ele tinha amado mais era a cultura polimorfa, inesgotável, dos povos de língua inglesa; quando fazia a corte a Pamela, afirmara que *Otelo*, "só essa peça", valia o mesmo que toda a produção de qualquer outro dramaturgo em qualquer outra língua, e, mesmo consciente da hipérbole, não achou que estava exagerando muito. (Pamela, é claro, fez incessantes esforços para trair suas próprias classe e raça, e, como era de esperar, declarou-se horrorizada, juntando Otelo e Shylock e espancando com essa dupla arma a cabeça do racista Shakespeare.) Ele vinha se esforçando, como o escritor bengalês Norad Chaudchuri antes dele — embora sem nenhum resquício daquela ânsia infernal, colonizada, de ser considerado um *enfant terrible* —, para ser digno do desafio que representava a frase *Civis Britannicus sum*. O Império não existia mais, mas mesmo assim ele sabia que "tudo o que era bom e vivo dentro dele" tinha sido "criado, formado e desenvolvido" por seu encontro com esta ilhota de sensibilidade, cercada pelo fresco sentido do mar. — Das coisas materiais, tinha dado seu amor a esta cidade, Londres, preferindo-a à cidade de seu nascimento ou a qualquer outra; insinuara-se nela, furtivamente, com crescente excitação, imobilizando-se como uma estátua quando ela olhava em sua direção, sonhando ser aquele que a possuía e assim, em certo sentido, *se transformava* nela, como na brincadeira de estátua na qual, quando a criança toca aquele que é o *it* (ou *on it*, como dizem os jovens londrinos de hoje) passa a assumir essa identidade invejada; como também no mito do Ramo de Ouro. Londres, sua natureza conglomerada espelhando a dele, sua reticência também dele; suas gárgulas, os passos de fantasmas romanos pelas ruas, o grasnar dos gansos migradores partindo. Sua hospitalidade — sim! — a despeito das leis de imigração, e de sua própria experiência recente, ele ainda insistia nessa verdade: acolhida imperfeita, sim, capaz de intolerância, mas uma coisa que não deixava de ser real, como atestavam a existência, num distrito do sul de Londres, de um *pub* onde não se escutava outra língua além do ucraniano; e a realização de um encontro anual, em Wembley, a dois passos do grande estádio cercado de ecos imperiais — Empire Way, Empire Pool — de mais de cem delegados, todos com ancestrais procedentes de uma única aldeiazinha em Goa. — "Nós, londrinos, podemos nos orgulhar de nossa hospitalidade", ele disse a Pamela, e ela, incapaz de conter o riso, levou-o para assistir ao filme de Buster Keaton que tinha esse título, no qual o comediante, chegando ao final de uma absurda linha férrea, tem uma recepção assassina. Naqueles dias, eles apreciavam essas oposições, que depois de acaloradas disputas terminavam na cama... Ele voltou seu dispersivo pensamento para a questão da metrópole. A sua longa história como um refúgio — repetia, teimosamente, para si mesmo —, papel que mantinha apesar da recalcitrante ingratidão dos filhos dos refugiados; e sem nenhum vestígio daquela retórica autocongratulatória das massas da "nação de imigrantes" do outro lado do oceano, ela própria longe de ter os braços abertos. Será que os Estados Unidos, com seus você-é-ou-já-foi-algum-dia, permitiriam que Ho Chi Minh fosse cozinheiro nas cozinhas de seus hotéis? O que teria a dizer a sua Lei McCarran-Walter sobre um Karl Marx em fim de vida, com a barba arrepiada, esperando em seus portões para cruzar as linhas amarelas? Ah, Própria Londres! Seria verdadeiramente torpe de alma quem não preferisse seus desbotados esplendores, suas novas hesitações, às quentes certezas daquela transatlântica Nova Roma com seu gigantismo arquitetônico nazificado, que usa a opressão do tamanho para fazer seus ocupantes humanos sentirem-se como vermes... Londres, a despeito do aumento de excrescências como a NatWest Tower — um logotipo empresarial projetando-se em terceira dimensão —, preservava a escala humana. *Viva! Zindabad!*

Pamela era sempre cáustica com essas rapsódias dele. "São valores de museu", dizia. "Santificados, dependurados em molduras douradas de paredes honoríficas." Ela não tinha tempo a perder com coisas duradouras. Mudar tudo! Arrasar tudo! Ele dizia: "Se você conseguir o que quer, vai tornar impossível que, daqui a uma ou duas gerações, exista alguém como você". Ela celebrava essa visão da própria obsolescência. Se ela acabasse como o pássaro dodô — uma relíquia empalhada, *Traidora da Classe, anos 1980* — isso significaria, sem dúvida, dizia ela, uma melhora do mundo. Ele tentava discutir, mas nesse momento já tinham começado a se abraçar: o que sem dúvida era um progresso, ele acabava concordando.

(Houve um ano em que o governo passou a cobrar ingresso nos museus, e grupos de enfurecidos amantes das artes fizeram passeata na frente dos templos da cultura. Quando viu isso, Chamcha sentiu vontade de pintar uma placa só sua e fazer um protesto de um homem só. Será que essa gente não sabia o *valor* de tudo o que havia lá dentro? E lá estavam eles, alegremente apodrecendo os próprios pulmões com cigarros que custavam mais caro que o preço dos ingressos contra o qual protestavam; o que estavam manifestando ao mundo era que atribuíam pouco valor a sua herança cultural... Pamela bateu o pé. "Não ouse fazer uma coisa dessas", disse. Ela defendia uma posição que era correta na época: os museus eram *valiosos demais* para que se cobrasse ingresso. Portanto: "Não ouse", e, para sua própria surpresa, ele descobriu que não ousava. Ele não queria dizer o que parecia estar querendo dizer. O que ele queria dizer era que teria dado, talvez, nas circunstâncias corretas, a própria *vida* pelo que havia dentro daqueles museus. Por isso não podia levar a sério essas objeções à cobrança de uns poucos pence. Mas ele percebia claramente, no entanto, que sua posição era obscura e indefensável.)

— *E dos seres humanos, Pamela, amei você.* —

Cultura, cidade, esposa; e um quarto e último amor, sobre o qual não contara a ninguém: o amor por um sonho. Ultimamente, o sonho vinha se repetindo cerca de uma vez por mês; um sonho simples, que se passava num parque da cidade, ao longo de uma avenida de velhos olmos, que devido aos ramos curvados se transformava num túnel verde para dentro do qual gotejavam céu e sol, aqui e ali, através das perfeitas imperfeições do dossel de folhas. Nesse segredo selvático, Saladin via a si mesmo, acompanhado por um menininho de uns cinco anos, que ensinava a andar de bicicleta. O menino, alarmantemente instável de início, fazia heróicos esforços para atingir e manter o equilíbrio, com a ferocidade dos que desejam que o pai sinta orgulho deles. O Chamcha do sonho acompanhava o filho imaginário, equilibrando a bicicleta pelo bagageiro acima da roda traseira. E então a soltava, e o menino (sem saber que não estava amparado) continuava: o equilíbrio vinha como o dom de voar, e os dois deslizavam avenida abaixo, Chamcha correndo, o menino pedalando cada vez mais depressa. "Você conseguiu!", Saladin celebrava, e a criança igualmente excitada respondia: "Olhe para mim! Viu como aprendi depressa? Não está contente comigo? Não está contente?". Era um sonho de fazer chorar; pois quando acordou, não havia nem bicicleta, nem filho.

"O que vai fazer agora?", Mishal perguntara, em meio às ruínas da danceteria Hot Wax, e ele respondera, com toda a leveza: "Eu? Acho que vou voltar a viver". Falar é fácil; afinal, a vida tinha retribuído seu amor pelo filho do sonho com a ausência de filhos; seu amor por uma mulher, com o afastamento dela, fertilizada pelo velho colega de faculdade; seu amor por uma cidade, com uma queda sobre ela a partir de alturas himalaias; e seu amor por uma civilização, com a sua demonização, humilhação e perda de rumo. Não inteiramente perdido, disse a si mesmo; estava inteiro de novo, e havia também o exemplo de Nicolau Maquiavel a considerar (um homem injustiçado, seu nome, como o de Maomé-Mahon-Mahound, sinônimo do mal: quando, na verdade, seu sincero republicanismo valeu-lhe o suplício, ao qual ele sobreviveu, foram três voltas da roda? — de qualquer forma, o suficiente para levar a maioria dos homens a confessar até o estupro da avó, ou qualquer outra coisa, só para se livrar da dor —; ele, porém, nada confessou, não tendo cometido crimes ao servir a República Florentina, aquela breve interrupção no poder da família Medici); se Nicolau conseguiu sobreviver a tal tribulação e viver para escrever aquela paródia talvez amarga, talvez sardônica, da literatura que era um sicofântico espelho de príncipes então em voga, chamada *O Príncipe*, seguida do magistral *Discursos*, então ele, Chamcha, certamente não podia se permitir o luxo da derrota. Então, era a ressurreição; rolar aquela pedra da boca escura da caverna e para o inferno com os problemas legais.

Mishal, Hanif Johnson e Pinkwalla — aos olhos de quem as metamorfoses de Chamcha o haviam transformado em herói, que fazia a magia dos efeitos especiais dos filmes de fantasia (*Labirinto*, *A lenda*, *Howard, o Pato*) penetrarem no Real — levaram Saladin para a casa de Pamela na perua do DJ; desta vez, ele se espremeu no banco ao lado dos outros três. Foi no começo da tarde; Jumpy ainda estaria no centro de esportes. "Boa sorte", disse Mishal, dando-lhe um beijo, e Pinkwalla perguntou se queria que ficassem esperando. "Não, obrigado", Saladin respondeu. "Quando alguém cai do céu, é abandonado pelo amigo, sofre a violência da polícia, se metamorfoseia em bode, perde o emprego e a mulher, aprende o poder do ódio e retoma a forma humana, o que resta a fazer senão, como vocês, sem dúvida, diriam, reclamar os próprios direitos?" Acenou em despedida. "Sorte", Mishal disse, e foram embora. Na esquina da rua, os meninos do bairro, com quem sua relação nunca fora boa, estavam, como sempre, batendo uma bola no poste de luz. Um deles, um bruto de nove anos, com olhos de porco e ar malvado, apontou um controle remoto imaginário na direção de Chamcha e gritou: "*Fast forward!*". Era de uma geração que acreditava poder pular os pedaços chatos, difíceis, desagradáveis da vida, apertando o botão de *fast forward*, saltando de um clímax de ação para outro. *Bem-vindo ao lar*, Saladin pensou, e tocou a campainha.

Assim que o viu, Pamela agarrou o próprio pescoço. "Pensei que as pessoas não faziam mais isso", ele comentou. "Pelo menos depois de *Dr. Fantástico*". A gravidez ainda não era visível; ele perguntou a respeito e ela ficou vermelha, mas disse que estava indo tudo bem. "Até agora, sem problemas." Naturalmente, tinha sido pega de surpresa; a oferta de um café na cozinha veio vários compassos atrasada (ela continuava "grudada" no uísque, bebendo depressa, apesar do bebê); mas, na verdade, Chamcha se sentiu *pra baixo* (durante algum tempo, tinha sido um ávido leitor dos divertidos livrinhos de Stephen Potter) durante todo o encontro. Claro que Pamela sentia que ela é que estava em posição difícil. Ela, que tinha desejado romper o casamento, que o tinha renegado pelo menos três vezes; mas ele estava tão sem jeito e atrapalhado quanto ela, e parecia que os dois competiam pelo direito de ir para a casinha de cachorro. A razão do desconforto de Chamcha — e não vamos esquecer que ele não tinha chegado nesse estado de espírito, mas sim com uma disposição agressiva e desafiadora — foi perceber, ao olhar para Pamela, com sua animação animada demais, com o rosto parecendo uma máscara beatífica por trás da qual sabe-se lá que vermes se banqueteavam com carne podre (ficou alarmado com a hostil violência das imagens que afloravam de seu inconsciente), com a cabeça raspada coberta por um absurdo turbante, com o hálito de uísque e a dureza que tinha contaminado as ruguinhas em torno de sua boca, que simplesmente tinha parado de amá-la, e não a quereria de volta mesmo que ela quisesse (o que era improvável, mas não inconcebível). No instante em que se deu conta disso, começou, por alguma razão, a se sentir culpado e, conseqüentemente, a cair em desvantagem argumentativa. O cachorro de pêlo branco rosnava para ele também. Pensou que jamais tinha realmente gostado de animais.

"Vamos supor", ela disse para o copo, sentada à grande mesa de pinho da cozinha espaçosa, "que o que eu fiz seja imperdoável, huh?"

Aquele breve *huh* americanizado era novo: mais um dos infinitos golpes que desferia contra sua origem? Ou teria pegado aquilo de Jumpy ou de algum amiguinho moderno dele, como uma doença? (De novo aquela irada violência: chega. Agora que não a desejava mais, era inteiramente inadequada para a situação). "Acho que não sei dizer o que sou capaz de perdoar", ele respondeu. "Essa resposta específica parece fora do meu alcance; se vou perdoar ou não, só vou descobrir quando acontecer. Então, vamos dizer, por ora, que o júri está deliberando." Ela não gostou daquilo, queria que ele desarmasse a situação para poderem tomar o bendito café em paz. Pamela sempre fizera um péssimo café: mas não era esse o problema dele agora.

"Vou voltar para cá", disse ele. "A casa é grande e tem bastante espaço. Fico com o antro e com os cômodos do andar de cima, inclusive o banheiro de hóspedes, assim fico bem independente. Pretendo usar muito pouco a cozinha. Suponho que, como o meu corpo nunca foi encontrado e ainda sou oficialmente desaparecido-talvez-morto, você ainda não recorreu à justiça para se apossar dos meus bens. Se for esse o caso, não vou demorar muito para ressuscitar, basta alertar Bentine, Milligan e Sellers." (Respectivamente, o advogado e o contador deles, e o agente de Chamcha.) Pamela ficou ouvindo, neutra, sua postura demonstrando que não ia contra-argumentar, que o que ele quisesse estava bem: usando a linguagem corporal para se desculpar. "Depois", ele concluiu, "vamos vender tudo e você consegue o divórcio." Saiu depressa, retirando-se antes que começasse a tremer, e conseguiu chegar ao antro antes da crise. Pamela, lá embaixo, devia estar chorando; chorar, para ele, nunca fora fácil, mas era campeão de tremor. E agora tinha seu coração também: bum badum dududum.

Para nascer de novo, é preciso morrer primeiro.

*

Sozinho, lembrou-se, imediatamente, que ele e Pamela discordaram uma vez, como discordavam em tudo, a respeito de um conto que ambos tinham lido, e cujo tema era precisamente a natureza do que era imperdoável. O título e o autor lhe escapavam, mas a história voltou-lhe inteira à cabeça. Um homem e uma mulher tinham sido amigos íntimos (nunca amantes) durante toda a vida adulta. Quando ele completou vinte e um anos (ambos eram pobres na época) ela lhe deu, de brincadeira, o vaso de vidro mais barato e horrível que encontrou, colorido como uma paródia berrante do luxo veneziano. Vinte anos depois, quando ambos eram bem-sucedidos e grisalhos, ela foi visitá-lo e discutiu com ele por causa da maneira como tratava um amigo comum. No meio da briga, ela pousou os olhos sobre o velho vaso, que ele ainda conservava em lugar de honra sobre a lareira e, sem fazer uma pausa sequer no que estava dizendo, jogou no chão o vaso, que se quebrou além de qualquer possibilidade de reparo. Ele nunca mais falou com ela; quando ela morreu, meio século depois, ele se recusou a ir vê-la no leito de morte e não compareceu ao enterro, apesar de mensageiros terem ido procurá-lo para dizer que esse era o último desejo dela. "Podem dizer", ele falou aos emissários, "que ela nunca entendeu o quanto eu valorizava aquilo que quebrou." Os emissários discutiram, imploraram, ficaram furiosos. Ela não sabia que ele tinha atribuído um significado tão grande àquela bobagem, como podia ser culpada por isso? E ao longo dos anos não tinha feito inúmeras tentativas de se desculpar e se reconciliar com ele? Estava morrendo, pelo amor de Deus; será que essa desavença antiga, infantil, não podia ser finalmente reparada? Tinham perdido a amizade de uma vida inteira, não podiam ao menos se despedir? "Não", disse o homem inflexível. — "Por causa do vaso, mesmo? Ou você está escondendo algum outro assunto, mais sério?" — "Por causa do vaso", ele respondeu, "o vaso, e nada mais." Pamela achou o homem mesquinho e cruel, mas Chamcha, já naquela época, tinha compreendido a curiosa privacidade, a inexplicável interioridade da questão. "Ninguém é capaz de avaliar uma dor íntima pelo tamanho da ferida superficial, do buraco", ele dissera.

Sunt lacrimae rerum, como diria o ex-professor Sufyan, e Saladin teve amplas oportunidades, nos dias seguintes, de contemplar as lágrimas nas coisas. De início ficou virtualmente imóvel em seu antro, deixando a coisa crescer a sua volta com ritmo próprio, dando-lhe tempo para recuperar algo daquela sólida qualidade confortadora de seu antigo eu, tal como fora antes da alteração de seu universo. Assistia muita televisão com um olho só, mudando de canal compulsivamente, pois era membro da cultura do controle remoto de nossos dias tanto quanto o menino porquinho da esquina da rua; ao mesmo tempo era capaz de compreender, ou pelo menos ter a ilusão de compreender, o videomonstro compósito que o apertar de botões fazia surgir... como essa engenhoca de controle remoto era niveladora, um verdadeiro leito de Procrusto para o século XX; ela podava o peso pesado e expandia o leve até que todas as transmissões do aparelho, comerciais, assassinatos, jogos, as mil e uma variedades de alegrias e terrores do real e do imaginário adquiriam, todas, igual peso; — e se o Procrusto original, cidadão do que se poderia chamar de uma cultura de "mão na massa", tinha de exercitar miolo e muque, ele, Chamcha, podia se esticar em sua poltrona reclinável Parker-Knoll e deixar que os dedos recortassem a realidade. Ia passando pelos canais e parecia-lhe que aquela caixa estava cheia de malucos: em Dr. Who havia mutantes — os Mutts —, bizarras criaturas que pareciam cruzamentos com diversos tipos de maquinaria industrial: colheitadeiras, guindastes, bombas, britadeiras, serras, e cujos cruéis sumos sacerdotes eram chamados de Mutilasiáticos; a programação de televisão para crianças parecia ser povoada exclusivamente por robôs humanóides e criaturas de corpos metamórficos, enquanto os programas para adultos mostravam um desfile contínuo de deformados subprodutos humanos das mais modernas idéias da medicina, e os seus cúmplices, a doença moderna e a guerra. Um hospital na Guiana tinha, aparentemente, preservado o corpo de um sereio perfeitamente formado, com escamas e guelras e tudo. A licantropia estava em alta nas montanhas da Escócia. A possibilidade genética dos centauros vinha sendo seriamente discutida. Exibiram uma operação de mudança de sexo. — Ele se lembrou de um poema execrável que Jumpy Joshi tinha lhe mostrado, cheio de hesitação, na pensão Shaandaar. O título, "Eu canto o corpo eclético", já era indício do que dizia. — Mas ele tem um corpo perfeito, afinal, Saladin pensou com amargura. Fez um filho em Pamela sem nenhum problema: nenhum pé quebrado nos seus malditos cromossomos... de repente, viu a si mesmo numa reprise de um velho clássico do *Aliens Show*. (Na cultura do *fast forward*, o status de clássico podia ser atribuído em seis meses; às vezes até da noite para o dia.) O efeito de tanto assistir televisão foi uma séria fissura no que restava da idéia que fazia da qualidade normal, mediana, do real; mas havia também outras forças em ação para contrabalançar.

Em *O Mundo da Jardinagem*, aprendeu como fazer algo que

se chamava "enxerto quimérico" (por acaso, exatamente aquele que fora o orgulho do jardim de Otto Cone); e apesar de sua desatenção ter feito com que perdesse os nomes das duas árvores fundidas numa só — amoreira? laburno? giesta? —, a árvore em si fez com que sentasse na beira da poltrona e prestasse atenção. Ali estava ela, palpável, uma quimera com raízes, firmemente plantada e crescendo vigorosamente em um pedaço do solo britânico: uma árvore, pensou, capaz de tomar o lugar metafórico daquela que seu pai tinha cortado num jardim distante em um outro mundo, incompatível. Se tal árvore era possível, então ele também era; ele também podia ser coerente, lançar raízes, sobreviver. Em meio a todas as imagens televisivas de tragédias híbridas — da inutilidade dos sereios, dos fracassos da cirurgia plástica, da vacuidade esperântica de grande parte da arte moderna, da coca-colonização do planeta — foi lhe dado esse dom único. Já bastava. Desligou o aparelho.

Gradualmente, sua animosidade com Gibreel foi diminuindo. Chifres, cascos de bode etc., nada disso deu sinais de voltar a se manifestar. Parecia que a cura estava a caminho. Na realidade, com a passagem dos dias, não apenas Gibreel, mas tudo o que tinha acontecido a Saladin ultimamente, inconciliável com o prosaísmo da vida cotidiana, começou a parecer de alguma forma irrelevante, como acontece até com o mais insistente dos pesadelos depois que se lavou o rosto, escovaram-se os dentes e tomou-se uma xícara de bebida forte e quente. Ele começou a fazer expedições ao mundo exterior — à procura daqueles conselheiros profissionais, advogado contador agente, que Pamela costumava chamar de "Cretinos", e quando se viu sentado na estabilidade daquele escritório com paredes forradas de livros e arquivos, no qual milagres nunca aconteciam, passou a falar de "esgotamento" — de "choque do desastre" — e assim por diante, explicando seu desaparecimento como se nunca tivesse despencado do céu cantando "Rule, Britannia", enquanto Gibreel uivava uma ária do filme *Shree 420*. Fez um esforço consciente para retomar as delicadas sensibilidades de sua antiga vida, indo a concertos e galerias de artes e peças de teatro, e se as suas reações eram bastante indiferentes — se essas tentativas não conseguiam lançá-lo no estado de exaltação que era o retorno esperado por ele de toda grande arte —, insistia consigo mesmo que a emoção logo retornaria; tinha tido uma "experiência ruim" e precisava de algum tempo.

Em sua toca, sentado na poltrona Parker-Knoll, cercado de objetos familiares — os pierrôs de porcelana, o espelho em forma de coração de cartum, Eros segurando um globo no abajur antigo —, ele se parabenizava por ser o tipo de pessoa que acha impossível manter o ódio por muito tempo. Talvez, no final das contas, o amor fosse mais duradouro que o ódio; mesmo o amor mudando, alguma sombra dele, alguma forma duradoura, persistia. Pamela, por exemplo, ele tinha certeza de sentir por ela apenas as mais altruístas afeições. O ódio era, talvez, como uma impressão digital sobre o vidro liso da alma sensível; uma mera mancha de gordura, que desapareceria se fosse esquecida. Gibreel? Ah! Já estava esquecido; não existia mais. Pronto; desistir da animosidade era libertar-se.

O otimismo de Saladin crescia, mas o seu retorno à vida estava cercado de mais obstruções burocráticas do que esperava. Os bancos estavam demorando para desbloquear suas contas; era obrigado a pegar emprestado de Pamela. E não aparecia nenhum trabalho. Sua agente, Charlie Sellers, explicou pelo telefone: "Os clientes ficam esquisitos. Começam a falar de zumbis, se sentem meio sujos: como se estivessem roubando um túmulo". Charlie, que aos cinqüenta e poucos anos ainda parecia uma daquelas jovens desorganizadas e meio avoadas das melhores famílias rurais, deu-lhe a impressão de concordar com os clientes. "Espere um tempo", ela aconselhou. "Eles vão voltar atrás. Afinal, você não é nenhum Drácula, pelo amor de Deus." Muito obrigado, Charlie.

É: sua obsessiva aversão a Gibreel, seu sonho de alguma vingança cruel e adequada — tudo isso era coisa do passado, aspectos de uma realidade incompatível com seu apaixonado desejo de retomar uma vida normal. Nem as imagens sediciosas e desconstrutivas da televisão conseguiram abalá-lo. O que rejeitava era que ele e Gibreel fossem retratados como *monstruosos*. Monstruosos, pois sim: que idéia mais absurda. Existiam monstros de verdade no mundo — os ditadores que assassinavam em massa, os estupradores de crianças, o Esquartejador de Velhinhas. (Apesar de sempre ter tido a polícia metropolitana em alta estima, era forçado a admitir que a prisão de Uhuru Simba era simples demais.) Bastava abrir os jornais qualquer dia da semana para encontrar irlandeses homossexuais malucos enchendo de terra as bocas de bebês. Pamela, naturalmente, achava que era — o que mesmo? — muito *preconceituoso* aplicar o termo "monstro" a tais pessoas; a compaixão exigia, dizia ela, que fossem vistas como vítimas de nossa época. A compaixão exigia, ele replicou, é que suas vítimas fossem vistas como vítimas. "Não sei o que fazer com você", dissera ela em seu tom mais aristocrático. "Você pensa em termos muito rasos."

E outros monstros também, não menos reais que os demônios dos jornais: dinheiro, poder, sexo, morte, amor. Anjos e demônios — quem precisava deles? "Para que demônios quando o próprio homem é um demônio?", perguntou, em seu sótão em Tishevitz, o "último demônio" do prêmio Nobel, Singer. A isso o senso de equilíbrio de Chamcha, o seu reflexo do tipo há-muito-o-que-dizer-contra-e-a-favor, sentia vontade de acrescentar: "E para que anjos, se o homem é angélico também?". (Se isso não fosse verdade, como explicar, por exemplo, o *Esboço* de Leonardo? E Mozart seria na verdade Belzebu com uma peruca empoada?) Mas tinha de admitir, e essa era sua posição original, que as circunstâncias da nossa época não exigiam nenhuma explicação diabólica.

*

Não digo nada. Não me peça para esclarecer as coisas nem de um lado, nem de outro; a época das revelações já passou faz tempo. As regras da Criação são bem claras: você arranja as coisas assim, faz as coisas assim e assado, e deixa rolar. Que graça tem interferir o tempo todo para dar pistas, mudar as regras, solucionar conflitos? Bom, até agora mantive o autocontrole e não quero estragar as coisas. Não pense que não senti vontade de me meter; senti, muitas vezes. E uma vez, é verdade, me permiti. Sentei na cama de Alleluia Cone e falei com o superastro Gibreel. *Ooparvala ou Neechayvala*, ele queria saber, e eu não esclareci; e decerto não é a esse confuso Chamcha que vou me revelar.

Agora, me retiro. O sujeito está indo dormir.

*

À noite, era mais difícil sustentar o otimismo renascido, ainda falível, ainda filhote; porque à noite era mais difícil renegar aquele outromundo de chifres e cascos. Havia também o problema das duas mulheres que tinham começado a assombrar seus sonhos. A primeira — era difícil admitir isso, até para si mesmo — não era outra senão a mulher-menina do Shaandaar, sua fiel aliada naqueles dias de pesadelo, que ele agora tentava com tanta força esconder detrás de banalidades e névoas, a aficionada por artes marciais, a amante de Hanif Johnson, Mishal Sufyan.

A segunda — que ele tinha abandonado em Bombaim com a faca de sua partida enfiada no coração, e que ainda devia achar que ele estava morto — era Zeeny Vakil.

*

O nervosismo de Jumpy Joshi quando descobriu que Saladin Chamcha tinha voltado, em forma humana, para retomar os andares de cima da casa de Notting Hill era horrível de se ver, e deixou Pamela mais irritada do que admitia. Na primeira noite — ela tinha resolvido não contar enquanto não estivessem na segurança da cama — ele deu um pulo ao ouvir a notícia, saltou a mais de um metro da cama e ali ficou, pálido, em cima do carpete azul, nu em pêlo e tremendo, com o dedo na boca.

"Volte para a cama e não seja bobo", ela ordenou, mas ele sacudiu a cabeça feito um louco, e tirou o dedo da boca o tempo suficiente para gaguejar: "Mas ele está *aqui*! Nesta *casa*! Como é que *eu* posso...?". E agarrou as roupas numa trouxa e fugiu de sua presença. Ela ouviu batidas e estrondos que significavam que os sapatos dele, talvez acompanhados do próprio, tinham rolado escada abaixo. "Tá bom", gritou para ele. "Covarde. Pode quebrar o pescoço."

Alguns momentos depois, porém, Saladin recebeu a visita da ex-esposa careca e de cara roxa, que disse baixo, entredentes: "J. J. está parado lá na rua. O idiota disse que não pode entrar a não ser que você diga que está tudo bem". Como sempre, ela tinha bebido. Chamcha, muito surpreso, meio que perguntou: "E você quer que ele entre?". Coisa que Pamela interpretou como esfregar sal na ferida. Virando um rosto ainda mais roxo para ele, Pamela disse com humilhada ferocidade: *Quero*.

E assim foi que, em sua primeira noite em casa, Saladin Chamcha teve de sair: "Ei, *hombre*! Você está *ótimo*!", Jumpy o cumprimentou aterrorizado, ensaiando um gesto de bater as palmas das mãos para esconder o medo — e Chamcha convenceu o amante da mulher a partilhar a cama dela. Depois, retirou-se para o andar de cima, porque a aflição de Jumpy o impedia de entrar na casa até que Chamcha estivesse seguramente fora do caminho.

"Que homem!", Jumpy chorou para Pamela. "É um *príncipe*, um *santo*!"

"Se não entrar embaixo das cobertas", Pamela Chamcha ameaçou, apoplética, "atiço a porra do cachorro em cima de você."

*

Jumpy continuou a achar a presença de Chamcha perturbadora, considerando-o (ou pelo menos seu comportamento fazia parecer assim) uma sombra ameaçadora que precisava ser constantemente aplacada. Quando cozinhava para Pamela (para surpresa e alívio dela, ele tinha se revelado um excelente *chef mughlai*), insistia em convidar Chamcha para descer e comer com eles; e quando Saladin recusava, levava para ele uma bandeja, explicando a Pamela que não levar seria rude e até provocador. "Olhe o que ele permite debaixo do seu próprio teto! É um *gi-*

gante; o mínimo que nós podemos fazer é sermos gentis." Com raiva crescente, Pamela era obrigada a tolerar uma série dessas atitudes e as homilias correspondentes. "Nunca pensei que você fosse tão convencional", ela fumegou, e Jumpy respondeu: "É só uma questão de respeito".

Em nome do respeito, Jumpy levava para Chamcha xícaras de chá, jornais e a correspondência; ao chegar na grande casa, nunca deixava de subir para uma visita de pelo menos vinte minutos, um tempo mínimo, segundo seu senso de boas maneiras, enquanto Pamela esperava sentada, e ia virando seus bourbons três andares abaixo. Trazia pequenos presentes para Saladin: oferendas propiciatórias de livros, velhos folhetos de teatro, máscaras. Quando Pamela tentou bater o pé, ele discutiu com ela com uma paixão inocente, mas teimosa: "Não podemos fazer de conta que o homem é invisível. Ele está aqui, não está? Então, tem de fazer parte de nossas vidas". Pamela respondeu, azeda: "Por que não convida ele para descer e deitar junto com a gente?". Ao que Jumpy respondeu, a sério: "Porque achei que você não ia concordar".

A despeito de sua incapacidade de relaxar e aceitar a residência de Chamcha no andar de cima, algo em Jumpy Joshi se acalmou por receber, dessa maneira desusada, a bênção de seu predecessor. Podendo conciliar os imperativos do amor e da amizade, alegrou-se bastante e descobriu que a idéia da paternidade ganhava forças dentro dele. Numa noite, teve um sonho que o fez chorar na manhã seguinte, em deliciosa expectativa: um sonho simples, no qual se via correndo por uma avenida de árvores abobadadas, ajudando um menino pequeno a andar de bicicleta. "Não está contente comigo?", o menino perguntava, animado. "Olhe só: não está contente?"

*

Pamela e Jumpy estavam os dois envolvidos na campanha de protesto contra a prisão do dr. Uhuru Simba pelos assassinatos do chamado Esquartejador de Velhinhas. Jumpy subiu para discutir isso também com Saladin. "A coisa toda está completamente errada, baseada em provas circunstanciais e insinuações.

Hanif diz que dá para passar de caminhão pelos buracos que existem no caso da promotoria. É uma armação maliciosa, só isso; a questão é saber até onde eles pretendem ir. Ele vai ser acusado, com toda a certeza. Pode ser que apareçam até testemunhas dizendo que viram Simba cometendo os crimes. Depende do quanto querem ver o homem na prisão. Eu diria que não querem outra coisa; durante algum tempo ele falou muito alto pela cidade." Chamcha recomendou cautela. Lembrando o quanto Mishal Sufyan abominava Simba, disse: "O sujeito tem — não tem? — um passado de violência contra mulheres...". Jumpy abriu as mãos espalmadas. "Na vida pessoal", ele admitiu, "o sujeito é francamente uma merda. Mas isso não quer dizer que ele esquarteje cidadãs de mais idade; não é preciso ser um anjo para ser inocente. A menos, claro, que você seja preto." Chamcha deixou passar. "A questão é que esta história não é pessoal, é política", Jumpy insistiu, acrescentando, ao se levantar para sair. "Hã, vai haver uma reunião amanhã. Pamela e eu temos de ir; então, quer dizer, se você quiser, se estiver interessado, eu quero dizer, podia vir junto."

"Você convidou Chamcha para ir conosco?", Pamela não podia acreditar. Tinha começado a sentir enjôo quase o tempo todo, e isso não melhorava nada o seu humor. "Você fez uma coisa dessas sem me consultar?" Jumpy pareceu abatido. "Mas não tem importância", ela perdoou. "Duvido que *ele* faça uma coisa *dessas*."

De manhã, porém, Saladin apresentou-se no hall, vestindo um elegante terno marrom, casaco de pêlo de camelo com gola de seda e um chapéu de feltro um tanto pomposo. "Aonde é que vai?", quis saber Pamela, de turbante, jaqueta de couro de sobras do exército e calças de moletom que revelavam o incipiente engrossamento da cintura. "Para Ascot?" "Acho que fui convidado para uma reunião", Saladin respondeu com suas maneiras menos combativas, e Pamela pirou. "Vai ter de tomar cuidado", alertou. "Vestido assim, vai acabar levando uma surra."

*

O que o trouxe de volta ao outromundo, àquela subcidade cuja existência tinha negado por tanto tempo? — O que, ou melhor, quem, o tinha forçado, pelo simples fato de existir, a deixar aquele casulo em que vinha — ou pelo menos acreditava — restaurando o seu velho eu, e mergulhar mais uma vez nas perigosas (porque não mapeadas) águas do mundo e de si mesmo? "Vai dar para encaixar a reunião", Jumpy Joshi tinha dito a Saladin, "antes da minha aula de caratê." Onde estaria à espera a sua aluna mais brilhante: esguia, de cabelos cor de arco-íris e, Jumpy acrescentou, que acabou de completar dezoito anos. — Sem saber que Jumpy também estava sofrendo um certo desejo ilícito, Saladin atravessou a cidade para ficar mais perto de Mishal Sufyan.

*

Ele esperava que a reunião fosse pequena, imaginando uma salinha nos fundos em algum lugar, cheia de tipos suspeitos falando e parecendo clones de Malcolm X (Chamcha se lembrava de ter achado graça de uma piada da televisão — "Tem aquela do negro que mudou de nome para Mr. X e processou o jornal *News of the World* por difamação" — provocando com isso uma das piores brigas de seu casamento), com a presença de algumas mulheres de ar furioso também; imaginara muitos punhos cerrados e frases moralistas. O que encontrou foi um grande salão, a Brickhall Friends Meeting House, lotado com todo tipo imaginável de gente — mulheres gordas, velhas, crianças de uniforme, rastafáris e funcionários de restaurantes, todo o pessoal do supermercado chinês de Plassey Street, cavalheiros vestidos com sobriedade ao lado de garotos ferozes, brancos e pretos; o clima da multidão estava bem longe do tipo de histeria evangélica que imaginara; era contido, preocupado, querendo saber o que se podia fazer. Uma jovem negra parada perto dele olhou-o de alto a baixo com um olhar divertido; ele a encarou e ela riu. "Tudo bem, desculpe, não quis ofender." Ela estava usando um daqueles broches que mudam de mensagem quando você se mexe. Em alguns ângulos se lia *Uhuru para Simba*; em outros, *Liberda-*

de para o Leão. "Por causa do sentido do nome que ele escolheu", ela explicou, redundante. "Em africano." Que língua?, Saladin quis saber. Ela encolheu os ombros e virou-se para ouvir os oradores. Africano, pronto: pelo sotaque, ela nascera em Lewisham ou Deptford ou New Cross, e era tudo o que precisava saber... Pamela ciciou no ouvido dele: "Vejo que finalmente achou alguém que faz você se sentir superior". Ela ainda era capaz de lê-lo como um livro aberto.

Uma mulher minúscula, nos seus setenta anos, subiu ao palco no extremo do salão, levada por um homem magro que, Chamcha quase se sentiu bem de observar, parecia muito com um líder norte-americano do Black Power, o jovem Stokely Carmichael, na verdade — os mesmos óculos intensos —, e que agia como uma espécie de *compère*. Era o irmão caçula do dr. Simba, Walcott Roberts, e a senhora minúscula era a mãe dos dois, Antoinette. "Só Deus sabe como uma coisa grande como Simba pôde sair de dentro dela", Jumpy sussurrou, e Pamela fechou uma carranca, furiosa, fruto de uma nova solidariedade com todas as mulheres grávidas, passadas e futuras. Quando Antoinette Roberts falou, porém, sua voz era grande o bastante para encher a sala só com a força dos pulmões. Ela queria contar como tinha sido o dia do filho no tribunal, na audiência preliminar, e era uma atriz e tanto. A voz dela era o que Chamcha considerava uma voz educada; falava com aquele sotaque da BBC de quem tinha aprendido a dicção inglesa nas transmissões do World Service, mas havia algo de gospel ali também, e dos sermões sobre o fogo do inferno. "Meu filho era maior que aquele banco dos réus", disse ela à sala silenciosa. "Deus, como era. Sylvester — vão me perdoar se uso o nome que eu dei a ele, sem querer diminuir o nome de guerreiro que ele escolheu, mas é só pelo hábito — Sylvester, ele se levantou daquele banco como Leviatã das águas. Quero que vocês todos saibam como é que ele falou: ele falou alto e falou claro. Falou olhando o adversário nos olhos, e como é que aquele promotor ia olhar para ele de cima para baixo? Nunca, jamais. E quero que todos saibam o que ele disse: 'Aqui estou', meu filho declarou, 'porque escolhi assumir o velho e honroso papel do negro arrogante. Estou aqui porque não tenho vontade de parecer razoável. Estou aqui por causa da minha ingratidão'. Ele era um colosso no meio de anões. 'Não se enganem', ele disse naquele tribunal, 'nós estamos aqui para mudar as coisas. Concordo que nós próprios também mudaremos; africanos, caribenhos, indianos, paquistaneses, bangladeshianos, cipriotas, chineses, somos todos diferentes do que seríamos se não tivéssemos cruzado os oceanos, se nossas mães e pais não tivessem atravessado os céus em busca de trabalho e dignidade e uma vida melhor para seus filhos. Nós fomos feitos de novo: mas afirmo que somos também aqueles que refarão a sociedade, que a moldarão de baixo para cima. Seremos os escultores da madeira morta e os jardineiros do novo. Agora é a nossa vez.' Quero que vocês todos pensem no que meu filho, Sylvester Roberts, dr. Uhuru Simba, disse naquele local de justiça. Pensem nisso enquanto resolvemos o que devemos fazer."

O filho Walcott ajudou-a a sair do palco em meio a vivas e cânticos; ela acenou judiciosamente com a cabeça na direção do barulho. Seguiram-se outros discursos menos carismáticos. Hanif Johnson, advogado de Simba, fez uma série de sugestões — a galeria de visitantes tinha de estar cheia, os provedores de justiça tinham de saber que estavam sob vigilância; tinham de fazer passeatas em volta do tribunal, e organizar uma ronda; era necessário fazer-se um apelo financeiro. Chamcha murmurou para Jumpy: "Ninguém comenta as histórias de agressão sexual dele". Jumpy encolheu os ombros. "Algumas mulheres que ele atacou estão nesta sala. Mishal, por exemplo, está logo ali, olhe, no canto do palco. Mas não é nem hora nem lugar para isso agora. A loucura bovina de Simba, você pode até dizer, é um problema de família. O que temos aqui é um problema com o *Man*." Em outras circunstâncias, Saladin teria muito a responder a uma tal afirmação. — Teria objetado, em primeiro lugar, que o passado de violência de um homem não pode ser colocado de lado com tanta facilidade quando ele é acusado de assassinato. — E também que não gostava do uso de termos norte-americanos como "o *Man*" numa situação que era britânica e muito diferente, pois não tinha uma história de escravidão; a coisa soava como uma tentativa de tomar emprestado o glamour de outras lutas, mais perigosas, sentimento que tinha também a respeito da decisão dos organizadores de pontuar os discursos com canções cheias de significado como "We shall overcome", e até mesmo, faça-me o favor, "Nkosi Sikelel' iAfrika". Como se todas as causas fossem a mesma, todas as histórias intercambiáveis. — Mas não disse nada, porque começou a sentir a cabeça girando e os sentidos confusos, por ter tido, pela primeira vez na vida, uma inacreditável premonição da própria morte.

Hanif Johnson estava terminando seu discurso. *Como escreveu o dr. Simba, a novidade penetrará nesta sociedade por ações coletivas, não individuais.* Estava citando aquilo que Chamcha reconheceu como um dos slogans mais populares de Camus. *A passagem do discurso para a ação moral*, dizia Hanif, *tem um nome: tornar-se humano.* — E uma linda asiática britânica com o nariz um tanto bulboso e uma vozinha suja, de blues, começou a cantar a canção de Bob Dylan "I pity the poor immigrant". Mais uma nota falsa e importada: a canção, na verdade, parecia bastante hostil aos imigrantes, embora houvesse versos tocantes sobre as visões do imigrante se estilhaçando como vidro, sobre a maneira como era obrigado a "construir sua cidade com sangue". Jumpy, com suas tentativas versificadas de redefinir a velha imagem racista dos rios de sangue, devia gostar daquilo. — Todas essas coisas Saladin vivenciou e pensou como se estivesse distante. — O que tinha acontecido? Isto: quando Jumpy Joshi indicou a presença de Mishal Sufyan na Friends Meeting House, Saladin Chamcha, ao olhar na direção dela, viu uma chama de fogo brilhando no meio da testa da menina; e sentiu, no mesmo instante, a sombra gelada e o bater de um par de asas gigantescas. — Experimentou aquela espécie de desfoque que se associa à visão dupla, parecendo enxergar dois mundos ao mesmo tempo; um era o salão de reuniões brilhantemente iluminado, onde era proibido fumar, mas o outro era um mundo de fantasmas, no qual Azraeel, o anjo exterminador, se inclinava sobre ele, e a testa de uma menina podia brilhar com chamas odiosas.

— *Ela é a morte para mim, é isso o que quer dizer*, Chamcha pensou em um dos dois mundos, enquanto no outro dizia a si mesmo para deixar de bobagem; a sala estava cheia de gente usando aqueles tolos emblemas tribais que ultimamente tinham se popularizado, halos verdes de néon e chifres de diabo pintados com tinta fluorescente; Mishal devia estar usando algum tipo de jóia espacial barata. — Mas esse outro eu tornou a dominar, *ela é tabu para você*, disse, *nem todas as possibilidades estão abertas para nós. O mundo é finito; nossas esperanças transbordam seus limites.* — E com isso seu coração entrou em cena, bababum, bumba, dabadum.

Estava do lado de fora agora, com Jumpy todo nervoso por sua causa, e até Pamela demonstrando preocupação. "Eu é que estou com o bebê na barriga", disse ela com um áspero resquício de afeto. "Por que você tinha de desmaiar?", Jumpy insistiu: "É melhor ir para a minha aula comigo, e depois levo você para casa". — Mas Pamela queria saber se precisava de um médico. *Não, não, eu vou com Jumpy, estou bem. Foi só o calor lá dentro. Muito abafado. Esta roupa muito quente. Uma bobagem. Nada.*

Havia um cinema de arte vizinho da Friends House, e ele estava encostado no cartaz de um filme. Era *Mephisto*, a história de um ator que se deixou seduzir pelo nazismo e colaborou com o regime. No cartaz, o ator — representado pelo astro alemão Klaus Maria Brandauer — estava vestido de Mefistófeles, a cara branca, o corpo envolto em negro, os braços levantados. Frases do *Fausto* acima de sua cabeça:

— *Quem sois vós, então?*
— *Parte daquele Poder não compreendido por ninguém, que sempre deseja o Mal, e acaba sempre obrando o Bem.*

*

No centro esportivo: ele mal conseguia olhar na direção de Mishal. (Ela também tinha saído da reunião sobre Simba a tempo de fazer a aula.) — Apesar de ela ficar em cima dele, *você voltou, aposto que foi para me ver, não é ótimo?*, ele mal conseguiu pronunciar uma palavra civilizada, muito menos dizer *você estava usando alguma coisa luminosa no meio da*, porque ela não estava usando nada agora, chutando com as pernas e flexionando o corpo longo, resplandecente no colante preto. — Até que, sentindo a frieza dele, ela recuou, toda confusa, o orgulho ferido.

"A outra estrela da nossa classe não apareceu hoje", Jumpy disse a Saladin numa pausa dos exercícios. "Miss Alleluia Cone, aquela que escalou o Everest. Eu queria apresentar vocês dois. Ela conhece, quer dizer, parece que está vivendo com Gibreel. Gibreel Farishta, o ator, aquele que sobreviveu ao desastre junto com você."

As coisas estão se fechando em cima de mim. Gibreel flutuava na direção dele, assim como a Índia quando, ao se destacar do protocontinente Gondwana, flutuou na direção da Laurásia. (Ele admitiu, meio distraído, que seus processos mentais andavam fazendo umas associações bem estranhas.) Quando as terras colidiram, o impacto levantou o Himalaia. — O que é uma montanha? Um obstáculo; uma transcendência; acima de tudo, um *efeito*.

"Aonde é que você vai?", Jumpy perguntou. "Pensei que ia de carona comigo. Você está bem?"

Estou bem. Preciso andar um pouco, só isso.

"Okay, tem certeza?"

Tenho. Ir embora depressa, sem perceber o olhar ofendido de Mishal. ... Na rua. Andar depressa, para longe desse lugar errado, desse submundo. — Meu Deus: não tem escapatória. Eis uma vitrina, uma loja de instrumentos musicais, pistons saxofones oboés, como é o nome? — Fair Winds, e ali, na vitrina, um cartaz de gráfica barata. Anunciando o retorno iminente, isso mesmo, do Arcanjo Gibreel. Seu retorno e a salvação do mundo. *Andar. Ir embora depressa.*

... Chamar um táxi. (Suas roupas inspiraram deferência ao motorista.) Pode entrar, meu senhor, o rádio incomoda? Esse que está falando é um cientista que estava naquele avião seqüestrado e perdeu metade da língua. Americano. Reconstruíram, ele contou, com tecido tirado do traseiro dele, desculpe o termo. Eu que não ia querer um pedaço da minha própria nádega dentro da boca, mas o coitado não tinha escolha, é ou não é? Sujeito esquisito. Tem umas idéias esquisitas.

Eugene Dumsday no rádio falando das falhas dos registros fósseis com sua nova língua glútea. *O Diabo tentou me silenciar, mas o Senhor e as técnicas cirúrgicas norte-americanas foram mais fortes.* Essas falhas eram o ponto principal do criacionista: se era verdadeira a seleção natural, onde estavam todas as mutações ao acaso que acabaram não sendo selecionadas? Onde estavam os filhos monstruosos, os bebês deformados da evolução? Os fósseis nada diziam. Nenhum cavalo de três pernas. *Não adianta nada discutir com esses malucos*, disse o motorista. *Eu não sou muito de Deus não.* Não adianta mesmo, uma parcela da consciência de Chamcha concordou. Não adianta dizer que os "registros fósseis" não são uma espécie de armário todo arrumadinho. E que a teoria da evolução tinha avançado muito desde Darwin. O que se diz agora é que ocorreram grandes mudanças nas espécies não da maneira trôpega, por tentativa e erro, concebida de início, mas sim em grandes saltos radicais. A história da vida não era aquele progresso tosco — o progresso da própria classe média inglesa — que o pensamento vitoriano queria que fosse, mas sim violento, cheio de transformações cumulativas e dramáticas: em termos antigos, mais revolucionário que evolucionário. — Já chega, disse o motorista. Eugene Dumbsday desapareceu do éter, substituído por música de discoteca. *Ave atque vale.*

O que Saladin Chamcha compreendeu nesse dia foi que vinha vivendo em um estado de paz falsificada, que a mudança ocorrida nele era irreversível. Um mundo novo, sombrio, se abrira diante dele (ou dentro dele) ao cair do céu; por mais que tentasse recriar sua velha existência, esse fato, entendia agora, não podia ser negado. Parecia enxergar diante de si uma estrada que se bifurcava para a esquerda e para a direita. Fechando os olhos, reclinando-se no estofamento do táxi, escolheu o caminho da esquerda.

2

A TEMPERATURA CONTINUOU a subir; e quando a onda de calor atingiu o pico, e ali se manteve por tanto tempo que toda a cidade, edifícios, cursos de água, habitantes, chegaram perigosamente perto de ferver — Mr. Billy Battuta e sua companheira Mimi Mamoulian, recentemente retornados à metrópole, depois de um período como hóspedes das autoridade penais de Nova York, anunciaram a sua grande festa "da liberação". Os contatos empresariais de Billy tinham arranjado tudo para que seu caso fosse julgado por um juiz tolerante; o charme pessoal de Billy conseguira convencer todas as ricaças de quem tinha extraído generosas somas para o propósito de recomprar sua alma do Diabo (inclusive Mrs. Struwelpeter) a assinarem um pedido de clemência, no qual as matronas declaravam sua convicção de que Mr. Battuta tinha se arrependido sinceramente do erro, e pediam, à luz de seu voto de, doravante, se concentrar em sua carreira empresarial incrivelmente brilhante (e cujas vantagens sociais enquanto geradoras de riquezas e criadoras de empregos para tanta gente, sugeriam elas, deviam também ser levadas em consideração pela Corte, mitigando seus crimes), e também de sua promessa de submeter-se a tratamento psiquiátrico completo para superar sua fraqueza por escapadelas criminosas — que o bom juiz optasse por uma pena mais leve que a sentença de prisão, "sendo o castigo representado pelo encarceramento mais bem servido", na opinião das damas, "por uma pena mais cristã". Mimi, considerada nada mais que vítima amorosa de Billy, teve a sentença suspensa; para Billy seria a deportação e uma grande multa, mas até mesmo isso foi consideravelmente abrandado quando o juiz atendeu à solicitação do advogado de Billy de que fosse permitido a seu cliente deixar o país voluntariamente, poupado do estigma de ter uma ordem de deportação carimbada no passaporte, o que seria muito danoso para os seus muitos negócios. Vinte e quatro horas depois do julgamento, Billy e Mimi estavam de volta a Londres, comemorando no Crockford's, e enviando luxuosos convites para o que prometia ser *a* festa daquela temporada estranhamente tórrida. Um desses convites chegou, com a ajuda de Mr. S. S. Sisodia, à residência de Alleluia Cone e Gibreel Farishta; outro chegou, um pouco atrasado, ao antro de Saladin Chamcha, enfiado debaixo da porta pelo solícito Jumpy. (Mimi tinha telefonado a Pamela para convidá-la, acrescentando, direta, como sempre: "Alguma idéia de onde se enfiou aquele seu marido?". Ao que Pamela respondeu, com mui inglesa falta de jeito, *sei quer dizer mas*. Em menos de meia hora, Mimi arrancou dela a história inteira, o que não estava nada mau, e concluiu, triunfante: "Parece que a sua vida está se desanuviando, Pam. Traga os dois; traga todo mundo. Vai ser um circo e tanto".)

A localização da festa era mais um dos inexplicáveis triunfos de Sisodia: o gigantesco estúdio cinematográfico Shepperton fora oferecido, aparentemente sem custo nenhum, e os convidados poderiam, portanto, gozar seus lazeres numa gigantesca recriação da Londres de Dickens ali construída. A adaptação musical do último romance completo do grande escritor, rebatizado *Friend!*, com texto e música do celebrado gênio do espetáculo musical, Mr. Jeremy Bentham, fora um sucesso estrondoso no West End e na Broadway, a despeito da natureza macabra de algumas cenas. Agora, evidentemente, *The Chums*, como era conhecido no meio artístico, estava recebendo o reconhecimento de uma produção cinematográfica milionária. "O pessoal da errerre RP", Sisodia disse a Gibreel pelo telefone, "acha que uma coco comemoração dessas, cheche cheia de estretretrelas vai ser ótimo para a caca campanha pupu publicitária."

E chegou a noite marcada; uma noite de terrível calor.

*

Shepperton! — Pamela e Jumpy já estavam lá, levados nas asas do MG de Pamela, quando Chamcha, que desprezara a companhia deles, chegou num carro da frota de veículos que os organizadores da festa tinham colocado à disposição dos convidados que, fosse por que fosse, preferiam ser levados em vez de irem dirigindo. — E alguém mais — aquele com quem Saladin caiu à Terra — também veio e está passeando pelos cenários. Chamcha entra na arena; e se deslumbra. — Ali, Londres foi alterada — não, *condensada* — de acordo com as necessidades do filme. — Aqui a mansão Stucconia dos Veneering, aqueles novos-ricos imaculadamente limpos, colocada chocantemente ao lado de Portman Square e de um canto escuro contendo vários Podsnaps. — Pior ainda: olhe os montes de lixo dos varredores de Boffin's Bower, que é perto de Holloway, colocados, nesta metrópole resumida, junto aos salões de Fascination Fledgeby em Albany, no próprio coração do West End! — Mas os hóspedes não estão com vontade de reclamar; a cidade renascida, mesmo rearranjada, ainda é de tirar o fôlego; particularmente naquela parte do imenso estúdio em que passa o rio, o rio com seus *fogs* e com o barco de Gaffer Hexam, o raso Tâmisa fluindo sob duas pontes, uma de ferro, uma de pedra. — Em suas margens de cascalho ouvem-se os passos alegres dos convidados; e soam as notas lúgubres de passos tristes, sombrios. Uma neblina de gelo seco paira sobre o cenário.

Socialites, modelos, estrelas de cinema, grandes empresários, um ramo de personagens menores da realeza, políticos úteis e toda a ralé transpira e mistura-se, nessas ruas falsificadas, com inúmeros homens e mulheres tão brilhantes de suor quanto os convidados "reais" e tão falsificados quanto a cidade: figurantes contratados, em roupas de época, além de uma seleção dos atores principais do filme. Chamcha dá-se conta, no momento em que o vê, que aquele encontro era o único propósito de sua vinda — fato que conseguiu esconder de si mesmo até aquele momento. — Gibreel está no meio da multidão cada vez mais agitada.

Sim: ali, na Ponte De Londres Que É De Pedra, sem dúvida nenhuma, Gibreel! — E aquela deve ser sua Alleluia, sua *Ice-queen Cone*! — Que expressão distante ele parece exibir, como se inclina um pouco para a esquerda; e como ela parece adorá-lo — como todo mundo o adora: pois está entre os mais importantes da festa, Battuta à sua esquerda, Sisodia à direita de Allie, e em torno deles um grupo de rostos que seriam reconhecidos desde o Peru até Timbuctu! — Chamcha se debate com a multidão que é tanto mais densa quanto mais próxima da ponte — mas está decidido —; Gibreel, ele vai chegar até Gibreel! — e, então, com o estrondo de um gongo, começa a música alta, uma das canções imortais, auge-de-show de Mr. Bentham, e a multidão se abre como o mar Vermelho diante dos filhos de Israel. — Chamcha se desequilibra, dá uns passos para trás, e a multidão que se abre esmaga-o contra um edifício falsificado de madeira — o que mais senão — uma Loja de Curiosidades; e, para se salvar, esconde-se ali dentro, enquanto um grande grupo canoro de damas peitudas de toucas e blusas de babados, acompanhadas por um excesso de cavalheiros de cartolas, vem rolando pela beira do rio, cantando a plenos pulmões.

> *O Nosso Amigo Comum, como será que ele é?*
> *O que será que ele quer?*
> *Será o tipo de homem em quem se pode ter fé?*
> *Etc. Etc. Etc.*

"Engraçado", disse uma voz de mulher atrás dele, "quando estávamos fazendo essa peça no Teatro C..., houve uma explosão de luxúria no elenco; nunca vi coisa igual. As pessoas começaram a perder as deixas de entrar em cena por causa da bagunça nas coxias."

Ele observa que a mulher que fala é jovem, pequena, cheia de corpo, longe de feia, úmida de calor, quente de vinho, e evidentemente tomada pela febre libidinosa de que fala. — A "sala" tem pouca luz, mas ele consegue ver o brilho em seus olhos. "Temos tempo", ela continua, direta. "Quando acabar essa música ainda tem o solo de Mr. Podsnap." E com isso, arrumando-se numa paródia hábil da postura cônscia da própria importância de um agente de segurança marítima, ataca sua própria versão do próximo número musical podsnaperiano:

> *Nossa língua é bem copiosa,*
> *pro estrangeiro é complicada;*
> *Nossa pátria é privilegiada,*
> *terra segura, abençoada...*

E então, num texto-cantado rex-harrisoniano, ela se dirige a um estrangeiro invisível. "E está gostando de Londres? — 'Enormesante rica.' — Enorme*mente* rica nós dizemos. Nossos advérbios ingleses não terminam em ante. E o senhor percebe muitas provas da constituição britânica nas ruas da metrópole do mundo, London, Londres, London? — 'Eu diria'", ela prossegue, ainda podsnapeando, "que há no inglês uma combinação de qualidades, uma modéstia, uma independência, uma responsabilidade, uma calma, que se pode procurar em vão entre as outras nações da Terra."

Enquanto fala, a criatura vai se aproximando de Chamcha, desabotoando a blusa; e ele, como um mangusto com a cobra, ali fica, imobilizado, enquanto ela, expondo um belo seio direito, que lhe oferece, afirma que desenhou sobre ele — como ato de orgulho cívico — o mapa de Londres, nada mais nada menos, com pincel atômico vermelho, e o rio todo em azul. A metrópole o atrai — mas ele, dando um grito inteiramente dickenseniano, sai da Loja de Curiosidades para a loucura da rua.

Gibreel está olhando diretamente para ele da Ponte de Londres; os olhos de ambos — ao menos parece a Chamcha — se encontram. Sim: Gibreel levanta um braço desanimado, e acena.

*

O que acontece em seguida é trágico. — Ou, pelo menos, o eco da tragédia, uma vez que o original em sua plenitude não está ao alcance dos homens e mulheres contemporâneos, pelo que se diz. — Um burlesco para os nossos tempos degradados, imitativos, em que palhaços reencenam o que antes era feito por heróis e por reis. — Bem, então, assim seja. — A questão que aqui se faz continua tão ampla quanto sempre foi: qual é a natureza do mal, como ele nasce, como cresce, como toma possessão unilateral dos muitos lados da alma humana? Ou, digamos: o enigma de Iago.

Não é estranho a exegetas lítero-teatrais, derrotados pela personagem, atribuírem suas ações a "maldade sem motivo". O mal é o mal e a vontade de fazer o mal, e pronto; o veneno da serpente em sua essência. — Bem, essa displicência não passará incólume aqui. Meu Chamcha pode não ser nenhum Ancião de Veneza, minha Allie nenhuma Desdêmona estrangulada, Farishta nenhum páreo para o Mouro, mas eles todos estarão envoltos nas explicações que meu entendimento permitir. — Então, Gibreel agora acena uma saudação; Chamcha se aproxima; a cortina se abre sobre um palco escuro.

*

Observemos, primeiro, como está isolado este Saladin; só uma estranha bêbada de seio cartografado ofereceu-se como companhia, e é, portanto, sozinho que ele avança pela multidão festiva em que todos parecem ser (e não são) amigos uns dos outros — enquanto ali, na Ponte de Londres está Farishta, assolado por admiradores, no centro da multidão;

em seguida, apreciemos o efeito que teve sobre Chamcha, que amava a Inglaterra na forma de sua esposa inglesa perdida — a presença dourada, pálida e glacial de Alleluia Cone ao lado de Farishta; ele arrebata um cálice da bandeja de um garçom que passa, bebe depressa o vinho, pega outro; e parece enxergar, na distante Allie, a totalidade de sua perda;

e de outras maneiras também Gibreel está se transformando rapidamente na soma das derrotas de Saladin — ali com ele agora, neste exato instante, está outro traidor; jovem matrona, com mais de cinqüenta, batendo os cílios como se tivesse dezoito, a agente de Chamcha, a terrível Charlie Sellers —; *ele* você não compararia a um vampiro da Transilvânia, não é?, Charlie, grita por dentro o irado observador — e agarra mais um copo —; e no fundo do copo vê o próprio anonimato, a igual celebridade do outro, e a grande injustiça de uma tal divisão;

principalmente porque — pensa amargamente — Gibreel, o conquistador de Londres, não vê nenhum valor no mundo que agora lhe cai aos pés! — o maldito sempre desdenhou o lugar, Própria Londres, Vilayet, os ingleses, Spoono, todos peixes mortos, juro —; Chamcha, avançando inexoravelmente na direção dele em meio à multidão, parece ver, *nesse exato momento*, o mesmo desdém no rosto de Farishta, aquele desprezo de um Podsnap ao contrário, para quem tudo o que é inglês merece derrisão em vez de elogios — Oh, Deus, a crueldade de ele, Saladin, cujo objetivo e cruzada era fazer sua aquela cidade, ser obrigado a vê-la de joelhos diante de seu rival desdenhoso! —; e há também o seguinte: Chamcha cobiça o lugar de Farishta, enquanto o seu próprio lugar não é de nenhum interesse para Gibreel.

O que é imperdoável?

Chamcha, olhando a cara de Farishta pela primeira vez desde a áspera despedida na casa de Rosa Diamond, vendo o estranho vazio nos olhos do outro, relembra com força extraordinária o vazio anterior, Gibreel parado nos degraus, sem fazer nada, enquanto ele, Chamcha, de chifres e cativo, era arrastado na noite; e sente voltar o ódio, sente o ódio a enchê-lo de alto a baixo como bile verde, *não tem desculpa*, grita o ódio, *para o inferno com mitigações e o-que-é-que-ele-podia-fazer; o que não tem perdão não tem perdão. Não se pode avaliar um dano interno pelo tamanho do buraco.*

Portanto: Gibreel Farishta, levado a julgamento por Chamcha, recebe sentença mais dura do que Mimi e Billy em Nova York, e é declarado culpado, por toda a eternidade, do Ato Imperdoável. Do qual decorre o que decorre. — Mas podemos nos permitir especular um pouco sobre a verdadeira natureza deste Ultimato, desta Ofensa Irremissível. — Será mesmo, pode ser que seja, simplesmente o seu silêncio na escada da casa de Rosa? — Ou existem ressentimentos mais profundos aí, queixas para as quais essa pretensa Causa Primária é, na verdade, nada mais que uma substituição, uma fachada? — Pois não são ambos opostos complementares, esses dois, cada um a sombra do outro? — Um querendo ser transformado na estrangeirice que admira, o outro preferindo, desdenhosamente, transformar; um, o sujeito infeliz que parece ser sempre punido por crimes não cometidos, o outro, chamado angélico por todo mundo, o tipo de homem que se safa de todas. — Podemos descrever Chamcha como sendo um tanto menor que a vida; mas o ruidoso, vulgar, Gibreel é, sem dúvida, bem maior que a vida, disparidade essa que pode facilmente inspirar desejos neoprocrusteanos em Chamcha: expandir-se para reduzir o tamanho de Farishta.

O que é imperdoável?

O que senão a trêmula nudez de ser *inteiramente conhecido* por uma pessoa em quem não se confia? — E Gibreel não viu Saladin Chamcha em circunstâncias — seqüestro, queda, prisão — nas quais os segredos do ser ficam inteiramente expostos?

Pois então. — Estamos chegando mais perto? Podemos chegar a dizer que esses dois são dois *tipos* fundamentalmente diversos de seres? Podemos concordar que Gibreel, com todo seu nome artístico e desempenhos, e a despeito de seus slogans de renascimento, de começar de novo, de metamorfoses, sempre permaneceu, em grande parte, *contínuo* — isto é, preso a seu passado e resultante dele —; que ele não escolheu nem a doença quase fatal, nem a queda transmutatória — que, de fato, ele teme acima de tudo os estados alterados para os quais vazam seus sonhos, submergindo o seu eu desperto, fazendo dele aquele Gibreel angélico que não tem nenhuma vontade de ser —; de forma que o eu dele ainda é o que podemos descrever, para nossos propósitos presentes, como "verdadeiro"... enquanto Saladin Chamcha é uma criatura de descontinuidades *escolhidas*, uma reinvenção *voluntária*; sendo a sua revolta *intencional* contra a história o que o torna, no linguajar que escolhemos, "falso"? E não podemos prosseguir e afirmar que essa falsidade do eu é que possibilita a existência em Chamcha de uma falsidade pior e mais profunda — que podemos chamar de "mal" — e que esta é a verdade, a porta, que se abriu nele com a queda? — Enquanto Gibreel, para seguirmos a lógica da terminologia que estabelecemos, deve ser considerado "bom" em virtude de *desejar continuar*, apesar de todas as vicissitudes, um homem no fundo não traduzido.

Mas, e outra vez mas: isto soa perigosamente como uma falácia intencional, não soa? — Tais distinções, repousando como não podem deixar de repousar na idéia do eu como (idealmente) homogêneo, não híbrido, "puro" — noção essa absolutamente fantástica! — não podem, não devem, bastar. Não! Digamos uma coisa ainda mais dura: que o mal não está tão longe das nossas superfícies como gostamos de dizer que está. — Que, na verdade, tendemos para ele *naturalmente*, isto é, *sem contrariar nossa natureza*. — E que Saladin Chamcha se propôs a destruir Gibreel Farishta porque, afinal, isso resultou tão fácil de fazer; sendo o verdadeiro apelo do mal a sedutora facilidade com que se pode tomar essa via. (E, acrescentemos como conclusão, a impossibilidade de retorno desta última.)

Saladin Chamcha, porém, insiste numa linha mais simples. "Foi a traição dele na casa de Rosa Diamond; o seu silêncio, mais nada."

Ele pisa na falsificação da ponte de Londres. De um palquinho de marionetes listrado de branco e vermelho, Mr. Punch — espancando Judy — grita para ele: *É assim que se faz!* E Gibreel também grita uma saudação, o entusiasmo das palavras desmentido pela incongruente letargia da voz: "Spoono, é você. Seu demônio. Aqui comigo, em tamanho natural. Venha cá, Salad *baba*, meu velho Chumch".

*

Aconteceu o seguinte:
No momento em que Saladin Chamcha se aproximou de Allie Cone o suficiente para ser perfurado e um tanto congelado pelos olhos dela, sentiu a renascida animosidade por Gibreel estender-se também a ela, com aquele olhar gélido de vá-para-o-inferno, aquele ar de ser conhecedora de algum grande e secreto mistério do universo; e também uma qualidade que ele depois

qualificaria de *selvagem*, uma coisa dura, ascética, anti-social, contida, uma essência. Por que isso o incomodava tanto? Por que, antes mesmo de ela abrir a boca, ele a tinha caracterizado como parte do inimigo?

Talvez porque a desejasse; e desejasse, ainda mais, o que tomou por uma certeza interna dela; que ele não possuía, e portanto invejava, tentando destruir o que invejava. Se amar é um desejo de ser como (ou mesmo se tornar) o amante, devemos afirmar que o ódio pode ser engendrado pela mesma ambição, quando ela não pode ser satisfeita.

Aconteceu o seguinte: Chamcha inventou uma Allie, e transformou-se no antagonista da própria ficção... Mas não demonstrou nada disso. Sorriu, apertou mãos, prazer em conhecê-la; e abraçou Gibreel. *Eu o sigo para servir a meus propósitos*. Allie, sem nada suspeitar, pediu licença. Os dois deviam ter muito a conversar, disse: e prometendo voltar logo, afastou-se: para explorar, conforme disse. Ele notou que ela mancou dois ou três passos, depois parou, e caminhou com firmeza. Dentre as coisas que ele não sabia a respeito dela estava a dor.

Sem saber que o Gibreel de pé a sua frente, de olhar remoto e fala distraída, estava sob estrita supervisão médica; nem que era obrigado a tomar diariamente certas drogas que toldavam os sentidos, devido a uma possibilidade muito real de recaída da doença não mais desconhecida, ou seja, esquizofrenia paranóide; nem que, por absoluta insistência de Allie, tinha sido mantido à distância do pessoal do cinema, por quem ela passara a ter profunda desconfiança, desde seu último ataque; nem que a presença deles na festa de Battuta-Mamoulian fora uma coisa à qual ela se opusera de todo coração, concordando só depois de uma cena terrível em que Gibreel rugiu que não admitia mais ser mantido prisioneiro, e que estava decidido a fazer um esforço para retomar a sua "vida real"; nem que o esforço que cuidar de um amante perturbado, capaz de enxergar pequenos demônios em forma de morcegos dependurados de cabeça para baixo dentro da geladeira tinha emagrecido Allie de esgotamento, forçada a assumir os papéis de enfermeira, bode expiatório e muleta

— forçando-a, em suma, a agir de forma contrária a sua própria natureza complexa e perturbada —; sem saber nada disso, não percebendo que o Gibreel que enxergava agora, e que acredita ver, Gibreel, a corporificação de toda a sorte de que o Chamcha assolado pela Fúria via-se tão desprovido, era também uma criatura de sua fantasia, uma ficção, tanto quanto a Allie inventada-alvo de ressentimento, a clássica loira mortal ou *femme fatale* invocada por sua invejosa, atormentada, imaginação de Orestes — Saladin, em sua ignorância, mesmo assim conseguiu penetrar, por mero acaso, na frincha da armadura (realmente um tanto quixotesca) de Gibreel, e entendeu como o seu odiado Outro podia rapidamente ser destruído.

Uma pergunta banal de Gibreel serviu de abertura. Limitado pelos sedativos ao mero bate-papo, ele perguntou, vago: "E como vai a sua boa esposa?". Ao que Chamcha, a língua solta pelo álcool, despejou: "Como? Fodida. *Enceinte*. Ótima, com um bebê na barriga". O soporífico Gibreel não percebeu a violência desse discurso, abriu um grande sorriso ausente, passou um braço pelos ombros de Saladin. "*Shabash mubarak*", cumprimentou. "Spoono! Trabalhou depressa."

"Dê os parabéns para o amante dela", Saladin rugiu pesadamente. "Meu velho amigo, Jumpy Josh. Esse aí, admito, é um homem. Enlouquece as mulheres, pelo visto. Só Deus sabe por quê. Elas querem bebês dele e nem esperam para pedir licença a ele."

"Quem, por exemplo?", Gibreel gritou, fazendo algumas cabeças se virarem para olhar e Chamcha recuar, surpreso. "Quem quem quem?", piou como uma coruja, provocando risadinhas bêbadas. "Eu digo quem por exemplo. Minha mulher, por exemplo, ela. Não é nenhuma dama, mister Farishta, Gibreel. Pamela, minha esposa nadadama."

Nesse exato momento, quis a sorte — enquanto o quase bêbado Saladin ignorava o efeito de suas palavras sobre Gibreel — para quem duas imagens se combinaram explosivamente, sendo a primeira uma súbita lembrança de Rekha Merchant no tapete voador alertando que Allie alimentava o desejo secreto de ter um filho dele sem informar ao pai, *quem pede a permissão da semente para plantar?*, e sendo a segunda uma visão do corpo do instrutor de artes marciais em conjunção carnal cheia de chutes com a mesma Miss Alleluia Cone —, que a figura de Jumpy Josh surgisse cruzando a "ponte Southwark" em estado de grande agitação, procurando Pamela, de quem tinha se perdido durante a mesma onda de cantores dickensianos que havia empurrado Saladin para os seios metropolitanos da moça dentro da Loja de Curiosidades. "Por falar no diabo", Saladin apontou. "Ali está o filho-da-puta." Voltou-se para Gibreel, mas ele tinha desaparecido.

Allie Cone reapareceu, furiosa, frenética. "Onde ele está? Meu Deus! Não posso largar dele nem um *segundo*, porra? E você não podia ter ficado de olho nele, não?"

"Nossa, qual é o problema...?" Mas Allie já tinha mergulhado na multidão, de forma que quando Chamcha viu Gibreel atravessando a "ponte Southwark" ela já estava fora de alcance. — E Pamela surgiu, perguntando: "Você viu Jumpy?" — Ele apontou, "Por ali", e ela também desapareceu sem uma palavra de agradecimento; e ele viu, então, Jumpy atravessando a "ponte Southwark" na direção oposta, os cabelos crespos mais despenteados do que nunca, os ombros de cabide levantados no sobretudo que se recusou a tirar, os olhos procurando, o polegar querendo ir para a boca — e, logo depois, Gibreel atravessando o simulacro daquela Ponte Que É De Ferro, indo na mesma direção de Jumpy.

Em resumo, as coisas começaram a beirar o farsesco; mas quando, minutos depois, o ator que fazia o papel de "Gaffer Hexam", que ficava vigiando aquele trecho de Tâmisa dickensiano à espera de corpos flutuantes, para aliviá-los de valores antes de entregá-los à polícia — veio remando depressa rio de estúdio abaixo, devidamente esfarrapado, com os cabelos em pé, a farsa imediatamente terminou: pois em seu maldito barco jazia o insensato corpo de Jumpy Josh no sobretudo ensopado. "Desmaiado", gritou o barqueiro, apontando para um grande galo na cabeça de Jumpy, "é um milagre ele, inconsciente desse jeito, não ter se afogado."

*

Uma semana depois, em resposta a um ardente telefonema de Allie Cone, que o tinha localizado via Sisodia, Battuta e finalmente Mimi, e que parecia ter descongelado um pouco, Saladin Chamcha viu-se no banco de passageiros de uma perua Citroën de três anos de idade, que a futura Alicja Boniek tinha dado de presente à filha antes de partir para uma extensa temporada californiana. Allie o encontrara na estação Carlisle, repetindo as desculpas telefônicas anteriores — "Não tenho nenhum direito de falar assim com você; você não sabia de nada, sobre isso, quero dizer, graças a Deus ninguém viu o ataque, e parece que abafaram a coisa, mas aquele coitado, uma remada na cabeça por trás, não é nada bom; a questão é que nos mudamos para o norte, uns amigos meus foram viajar, achei melhor ficar fora do alcance, e, bom, ele tem perguntado por você; você podia ajudar, acho, e para ser franca estou mesmo precisando de ajuda", o que deixou Saladin um pouco mais informado, mas consumido de curiosidade — e agora a Escócia corria pela janela do Citroën numa velocidade alarmante: um trecho da muralha de Adriano, o velho abrigo dos amantes fugidos Gretna Green, depois para o interior das Southern Uplands, Ecclefechan, Lockerbie, Beattock, Elvanfoot. Chamcha tinha uma tendência a pensar em todos os locais não metropolitanos como profundezas do espaço interestelar, e nas viagens por eles como jornadas cheias de perigos: se o carro quebrasse nesses vazios sem dúvida morreriam sozinhos e nunca seriam encontrados. Notara, preocupado, que um dos faróis do Citroën estava quebrado, que o marcador de combustível estava no vermelho (afinal, estava quebrado também), a luz do dia estava caindo, e Allie dirigia como se a rodovia A74 fosse a pista de Silverstone num dia de sol. "Ele não pode ir longe sem transporte, mas nunca se sabe", explicou, sombria. "Três dias atrás, roubou as chaves do carro, e foi encontrado na contramão numa saída da M6, gritando coisas sobre a danação. *Preparem-se para a vingança do Senhor*, disse aos policiais rodoviários, *pois logo conclamarei o meu tenente, Azraeel*. Eles anotaram tudo nas cadernetinhas." Chamcha, com o coração ainda cheio da própria paixão vingadora, fingiu simpatia e surpresa. "E Jumpy?", perguntou. Allie tirou as duas mãos do volante e fez um gesto de nem-sei-o-que-fazer, enquanto o carro serpenteava apavorantemente pela estrada cheia de curvas. "Os médicos dizem que o ciúme possessivo pode ser parte da mesma coisa; que pode detonar a loucura, como um estopim."

Ela estava contente de poder falar e Chamcha ouviu com toda boa vontade. Se ela confiava nele, era porque Gibreel confiava também; não tinha nenhuma intenção de prejudicar essa confiança. *Ele, uma vez, traiu minha confiança; que agora, para variar, confie em mim.* Era um titeriteiro iniciante; precisava estudar os cordões e descobrir qual estava ligado a quê... "Eu não posso fazer nada", Allie estava dizendo. "De alguma forma sinto que a culpa é minha. Nossa vida não está funcionando e acho que é por minha causa. Minha mãe fica furiosa comigo quando digo isso." Alicja, momentos antes de tomar o avião para o oeste, ralhou com a filha no Terminal Três. "Não sei de onde você tira essas idéias", gritou entre mochileiros, malas e chorosas mães asiáticas. "Pode-se dizer que a vida de seu pai também não saiu de acordo com os planos. Mas será que os campos de concentração eram culpa dele? Estude história, Alleluia. Neste século, a história parou de dar atenção à velha orientação psicológica da realidade. O que eu quero dizer é que, hoje em dia, a personalidade não é mais um destino. A economia é destino. A ideologia é destino. Bombas são destino. Que importa para a fome, para a câmara de gás, para uma granada, a maneira como você viveu sua vida? Vem a crise, vem a morte, e o seu patético eu individual não tem nada a ver com isso, sofre os efeitos apenas. Esse seu Gibreel: talvez ele seja a história para você." Sem aviso prévio, ela tinha voltado ao estilo grandioso de se vestir, de que Otto Cone tanto gostava e, aparentemente, à oratória adequada aos grandes chapéus pretos e roupas de babados. "Aproveite a Califórnia, mamãe", Allie disse, seca. "Uma de nós está contente", Alicja respondeu. "Por que não posso ser eu?" E antes que a filha pudesse responder, avançou pela barreira privativa de passageiros, sacudindo passaporte, ficha de embarque, passagem, em direção aos frascos de *Opium* e gin Gordon's da loja *duty-free*, que estavam em oferta debaixo de uma placa iluminada que dizia DÊ UM ALÔ ÀS BOAS COMPRAS.

À última luz do dia, a estrada contornou uns morros sem árvores, cobertos de urzes. Havia muito tempo, em um outro país, num outro entardecer, Chamcha tinha circundado uma outra elevação e avistara as ruínas de Persépolis. Agora, porém, estava indo em direção a uma ruína humana; não para admirar, talvez mesmo (pois a decisão de fazer o mal nunca é tomada definitivamente até o próprio momento do ato; sempre existe uma última chance de retirada) para vandalizar. Para rabiscar o próprio nome na carne de Gibreel: *Saladin esteve aqui.* "Por que ficar com ele?", perguntou a Allie, e, para sua surpresa, ela corou. "Por que não se poupar dessa dor?"

"Eu não conheço bem você, nem um pouco, para dizer a verdade", ela começou, depois fez uma pausa e decidiu. "Não tenho orgulho da resposta, mas é a verdade", disse. "Por causa do sexo. Nós dois juntos... é uma coisa incrível, perfeita, nunca vivi nada igual. Amantes de sonho. Ele parece que, que *sabe*. Que sabe tudo de *mim*." E calou-se; a noite escondeu seu rosto. A amargura de Chamcha reemergiu. Amantes de sonho em toda sua volta; ele, sem sonhos, só podia assistir. Rilhou, raivoso, os dentes; e, sem querer, mordeu a língua.

Gibreel e Allie tinham se entocado em Durisdeer, uma aldeia tão pequena que não tinha nem *pub*, e moravam numa igreja desconsagrada convertida — o termo quase religioso soou estranho a Chamcha — em residência por um arquiteto amigo de Allie que tinha feito fortuna com essas metamorfoses do sagrado em profano. Saladin achou que o lugar era lúgubre, apesar de todas as paredes brancas, luzes embutidas e grosso carpete de parede a parede. Havia lápides no jardim. Como retiro para um homem que sofria da alucinação paranóica de ser o arcanjo-chefe de Deus, Chamcha refletiu, não seria a melhor escolha. A igreja ficava um tanto apartada das dez ou doze casas de pedra-e-telha que constituíam a comunidade: isolada mesmo dentro do isolamento. Quando o carro estacionou, Gibreel estava parado na porta, uma sombra recortada contra o hall iluminado. "Você veio", gritou. "*Yaar*, que ótimo. Bem-vindo à prisão, porra."

As drogas o deixavam desastrado. Quando os três se sentaram em torno da mesa de pinho da cozinha sob a iluminação enobrecida, regulável em altura e intensidade, ele derrubou duas vezes a caneca de café (ostentou sua abstinência da bebida quando Allie serviu duas doses generosas de scotch para acompanhar Chamcha), e, xingando, tropeçou pela cozinha para pegar toalhas de papel e limpar a sujeira. "Quando me encho de estar assim, corto os remédios sem contar para ela", confessou. "E aí a porra da história começa de novo. Juro, Spoono, não tolero a idéia de que não vai parar nunca, que a minha única escolha é entre as drogas ou os macaquinhos aqui no sótão. Não agüento mais, porra. Juro, *yaar*, se eu tivesse certeza que ia ficar assim, eu, bah, nem sei, eu, não sei o que eu fazia."

"Cale a boca", Allie disse, baixo. Mas ele gritou: "Spoono, eu cheguei a bater nela, sabia? Que inferno. Um dia achei que ela era um demônio *rakshasa* e parti para cima dela. Você sabe a força da loucura, não sabe?".

"Felizmente, eu estava fazendo aquelas aulas — uuh, iiii — de autodefesa", Allie sorriu. "Ele está exagerando para não ficar com vergonha. Na verdade, foi ele que acabou batendo a cabeça no chão." "Bem aqui", Gibreel concordou, como um cordeiro. O piso da cozinha era de grandes pedras chatas. "Deve ter doído", Chamcha arriscou. "Tem razão", Gibreel rugiu, agora estranhamente alegre. "Me deixou *bilkul* desmaiado."

O interior da igreja tinha sido dividido em um grande salão de pé-direito duplo (em jargão imobiliário, de "duplo volume") — a antiga parte pública da igreja — e uma outra metade mais convencional, com cozinha e área de serviço embaixo e quartos e banheiro em cima. Incapaz de dormir, por alguma razão, Chamcha ficou vagando de noite pela grande sala de estar (grande e fria: a onda de calor podia estar assolando o Sul da Inglaterra, mas não havia nem vestígio dela aqui, onde o clima era outonal e gelado), e vagou entre as vozes fantasmas dos pregadores expulsos enquanto Gibreel e Allie faziam amor em alto volume. *Como Pamela.* Tentou pensar em Mishal, em Zeeny Vakil, mas não funcionou. Enfiando os dedos nas orelhas, lutou contra os efeitos sonoros da copulação de Farishta e Alleluia Cone.

Aquela ligação era de alto risco desde o início, refletiu: primeiro, a dramática renúncia à carreira de Gibreel e sua fuga para o outro lado do mundo, e agora, a determinação absoluta de Allie de *assumir*, de derrotar dentro dele essa divindade louca, angélica, e restaurar a humanidade que adorava nele. Os dois não faziam concessões; iam até o fim. Enquanto ele, Saladin, tinha se contentado em viver sob o mesmo teto que a esposa e seu amante. Qual a melhor atitude? O capitão Ahab morreu afogado, lembrou-se; foi o marinheiro, Ishmael, que sobreviveu.

*

De manhã, Gibreel propôs uma subida ao "Topo" local. Mas Allie recusou, apesar de Chamcha perceber claramente que o retorno à vida ao ar livre a deixava reluzente de alegria. "Essa bendita *mame* de pés chatos", Gibreel xingou, amoroso. "Vamos, Salad. Nós que somos ratos da cidade vamos mostrar para a conquistadora do Everest como se escala uma montanha. Porra de vida toda de ponta-cabeça, *yaar*. Nós escalamos a montanha enquanto ela fica aqui fazendo telefonemas de negócios." A cabeça de Saladin funcionava a mil por hora: entendia agora aquele estranho andar mancando em Shepperton; entendia, também, que aquele retiro isolado teria de ser temporário — que Allie, ao estar ali, estava sacrificando a própria vida e não poderia continuar assim indefinidamente. O que fazer? Alguma coisa? Nada? — Se ia haver vingança, como e quando? "Ponha estas botas", Gibreel ordenou. "Acha que vamos ficar sem chuva o dia inteiro?"

Não ficaram. Assim que chegaram ao monturo de pedras no pico da elevação que Gibreel escolhera, foram envoltos por uma fina garoa. "Bela vista", Gibreel disse, ofegante. "Olhe: lá está ela, deitada como o grande Panjandrum." E apontou a igreja-residência. Chamcha, com o coração batendo forte, estava se sentindo idiota. Devia estar parecendo um homem com problema de coração. Qual era a glória de morrer de ataque do coração naquele pico de nada, por nada, na chuva? Gibreel pegou os binóculos e começou a olhar o vale. Não havia quase nada para se observar — dois ou três homens e cachorros, alguns carneiros, nada mais. Gibreel acompanhou os homens com os binóculos. "Agora que estamos sozinhos", disse, de repente, "posso contar por que, de verdade, viemos para esta porra deste buraco vazio. É por causa dela. É, é; não se iluda com o papel que eu estou fazendo! É por causa de toda essa beleza dela. Os homens, Spoono: ficam atrás dela feito moscas. Juro, porra! Eu vejo, babando e agarrando. Não está direito. Ela é uma pessoa muito reservada, a pessoa mais reservada do mundo. Temos de proteger Allie do desejo."

Esse discurso pegou Saladin de surpresa. Pobre coitado, pensou, está mesmo perdendo o juízo a todo o vapor. E logo, na trilha desse pensamento, uma segunda sentença apareceu, como por mágica, dentro de sua cabeça: *Mas não pense que vou perdoar você.*

*

No caminho de volta para a estação ferroviária de Carlisle, Chamcha mencionou o despovoamento da zona rural. "Não há trabalho", Allie disse. "Por isso está vazio. Gibreel diz que não entende a idéia de todo esse espaço indicar pobreza: para ele parece luxo, comparado com as multidões da Índia." "E o seu trabalho?", Chamcha perguntou. "O que tem?", ela sorriu, a fachada de donzela do gelo havia muito abandonada. "Gentileza sua perguntar. Eu sempre penso que um dia vai ser a minha vida em primeiro lugar. Ou, mesmo achando difícil usar a primeira pessoa do plural: a nossa vida. Soa melhor, não é?"

"Não deixe que ele afaste você de Jumpy", Saladin aconselhou, "dos seus mundos, de qualquer coisa." Pode-se dizer que foi nesse momento que a campanha realmente começou; quando ele pegou aquela via sedutora, sem esforço, em que só tinha uma direção a seguir. "Tem razão", Allie respondeu. "Meu Deus, se ele soubesse. Aquele precioso Sisodia dele, por exemplo: não é só por *starlets* de dois metros de altura que ele se interessa, se bem que realmente goste delas." "Ele passou uma cantada em você", Chamcha arriscou; e, ao mesmo tempo, arquivou a informação para possível uso posterior. "Ele é completamente sem-vergonha", Allie riu. "Bem debaixo do nariz de Gibreel. Mas não se ofende com rejeição: simplesmente se inclina e murmura *sem quequequerer ofender*, e pronto. Já imaginou se eu contasse para Gibreel?"

Na estação, Chamcha desejou boa sorte a Allie. "Vamos ter de ir a Londres por umas duas semanas", ela disse da janela do carro. "Tenho umas reuniões. Talvez você e Gibreel pudessem se encontrar; este encontro fez muito bem para ele."

"É só telefonar", ele acenou adeus e ficou olhando o Citroën desaparecer na estrada.

*

Que Allie Cone, terceiro ponto de um triângulo de ficções — pois Gibreel e Allie não tinham se juntado, em grande parte, devido ao fato de imaginarem, a partir das próprias carências, uma "Allie" e um "Gibreel" por quem um e outro podiam se apaixonar? E Chamcha não estava agora impondo a eles as exigências de seu próprio coração perturbado e decepcionado? —, viria a ser o agente inocente e involuntário da vingança de Chamcha, foi uma coisa que ficou ainda mais clara para o conspirador, Saladin, quando descobriu que Gibreel, com quem combinara passar uma tarde equatorial em Londres, não queria outra coisa senão descrever, em embaraçosos detalhes, o êxtase carnal que experimentava na cama com Allie. Que tipo de gente, Saladin pensou, desgostoso, sente prazer em impor suas intimidades aos outros, não-participantes? Enquanto Gibreel (com algo próximo do deleite) ia descrevendo posições, mordidas amorosas, vocabulários secretos do desejo, os dois passeavam por Brickhall Fields, entre meninas escolares e crianças de patins e pais que atiravam bumerangues e *frisbees* sem nenhuma competência para filhos desdenhosos, cruzando com a ardente carne horizontal das secretárias; e Gibreel interrompeu sua rapsódia erótica para mencionar, como um louco, que "às vezes eu olho essa gente cor-de-rosa e em vez de pele, Spoono, o que vejo é carne apodrecida; sinto cheiro de putrefação aqui", e tocou fervorosamente as narinas, como se revelasse um mistério, "em meu *nariz*". E voltou para o interior das coxas de Allie, seus olhos nebulosos, o vale perfeito da parte baixa das costas, os gritinhos que gostava de dar. Era um homem em perigo iminente de se desmantelar. A energia selvagem, a particularidade maníaca de suas descrições sugeriam a Chamcha que ele devia estar reduzindo as doses de novo, que estava rolando para o alto de uma onda de confusão mental, aquele estado de febril excitação que era como uma cega embriaguez sob certos aspectos (segundo Allie), ou seja, Gibreel não conseguia se lembrar de nada que dizia ou fazia quando, como era inevitável, voltava para o chão. — As descrições prosseguiam, sem fim, o comprimento inusitado dos bicos de seus seios, seu desprazer em que lhe mexessem no umbigo, a sensibilidade que tinha nos dedos dos pés. Chamcha disse a si mesmo que, com loucura ou sem loucura, o que toda essa conversa de sexo revelava (porque havia a conversa com Allie no Citroën também) era a *fraqueza* daquela suposta "grande paixão" — termo que Allie tinha empregado meio brincando — porque, resumindo, não havia mais nada na relação que valesse a pena; simplesmente não havia nenhum outro aspecto da vida deles de que falar bem. — E ao mesmo tempo, no entanto, ele começou a ficar excitado. Começou a se ver do lado de fora de uma janela, e lá dentro estava ela, nua como uma atriz numa tela, as mãos de um homem a acariciá-la de mil maneiras diferentes, levando-a mais e mais perto do êxtase; ele viu a si mesmo como aquele par de mãos, quase sentiu seu frescor, suas reações, quase escutou seus gritos. — Controlou-se. Seu desejo o enojava. Ela era inacessível; aquilo era puro voyeurismo, e não ia ceder a isso. — Mas o desejo despertado pelas revelações de Gibreel não desapareceu.

A obsessão sexual de Gibreel, Chamcha relembrou a si

mesmo, facilitava as coisas. "Ela é mesmo uma mulher muito atraente", murmurou à guisa de experiência, e ficou satisfeito de receber de volta um olhar comprido, furioso. Depois disso, Gibreel, exibindo controle sobre si mesmo, passou o braço em torno de Saladin e trovejou. "Desculpe, Spoono, eu sou muito malhumorado quando se trata dela. Mas você e eu! Nós somos *bhaibhai*! Passamos pelo pior e saímos sorrindo; vamos lá, chega deste parque chato. Vamos para a cidade."

Há um momento prévio ao mal; depois o momento do; depois um tempo posterior ao, quando o passo já foi dado, e cada passo subseqüente fica progressivamente mais fácil. "Tudo bem", Chamcha respondeu. "É ótimo ver que você está bem."

Um menino de seis ou sete anos passou por eles numa bicicleta BMX. Chamcha virou a cabeça para acompanhar o trajeto da criança, viu que deslizava por uma avenida coberta por um arco de árvores, que o sol forte conseguia atravessar e respingar. O choque de descobrir a localização de seu sonho deixou Chamcha desorientado por um momento, e com um gosto ruim na boca: o gosto amargo do que podia ter sido. Gibreel fez sinal para um táxi; e mandou seguir para Trafalgar Square.

Ah, ele estava de muito bom humor aquele dia, desprezando Londres e os ingleses com muito do antigo brio. Onde Chamcha enxergava uma atraente grandeza desbotada, Gibreel via uma ruína, uma cidade-Crusoé, perdida numa ilha do passado, tentando, com a ajuda de uma subclasse Sexta-feira, manter as aparências. Sob o olhar de leões de pedra ele perseguiu os pombos, gritando: "Juro, Spoono, em nossa terra estes pombos gordos não duravam um dia; vamos pegar um para o jantar". A alma anglicizada de Chamcha rangeu de vergonha. Depois, em Covent Garden, descreveu para Gibreel o dia em que o velho mercado de frutas e legumes mudou-se para Nine Elms. As autoridades, preocupadas com os ratos, tinham selado os esgotos e matado dezenas de milhares; mas centenas sobreviveram. "Naquele dia, ratos famintos formaram enxames nas calçadas", recordou, "correndo pelo Strand e pela ponte de Waterloo, entrando e saindo de lojas, desesperados atrás de comida." Gibreel deu um ronco. "Agora tenho certeza que isto aqui é um navio que está afundando", gritou, e Chamcha ficou furioso de ter lhe dado a chance de dizer aquilo. "Até os fodidos dos ratos caem fora." E, depois de uma pausa: "O que eles precisavam era de um flautista, não é? Que levasse todos para a destruição com uma melodia".

Quando não estava insultando os ingleses ou descrevendo o corpo de Allie desde a raiz dos cabelos até o macio triângulo do "lugar do amor, a bendita *yoni*", parecia ter vontade de fazer listas: quais eram os dez livros favoritos de Spoono, queria saber; quais os filmes também, e as estrelas de cinema, as comidas. Chamcha dava respostas cosmopolitas, convencionais. Sua lista de filmes incluía *Potemkin*, *Kane*, *Otto e mezzo*, *Os sete samurais*, *Alphaville*, *El angel exterminador*. "Fizeram lavagem cerebral em você", Gibreel zombou. "Toda essa merda de cinema de arte ocidental." Suas listas dos melhores dez de tudo eram sempre da "nossa terra", e agressivamente populares. *Mother India*, *Mr. India*, *Shree Charsawhees*: nenhum filme de Ray, nem de Mrinal Sen, nem Aravindan ou Ghatak. "Sua cabeça está tão cheia de lixo", observou, "que você esqueceu tudo o que vale a pena conhecer."

Aquela excitação crescente, a falante determinação de transformar o mundo num amontoado de paradas de sucesso, o feroz empenho em caminhar — deviam ter andado uns trinta quilômetros ao fim do dia — sugeriam a Chamcha que não precisava muito, agora, para fazê-lo ultrapassar o limite. *Parece que acabei sendo um homem de confiança também, Mimi. A arte do assassino é atrair a vítima para perto, para ficar mais fácil de apunhalar.* "Estou ficando com fome", Gibreel anunciou, imperioso. "Me leve para um dos dez melhores restaurantes."

No táxi, Gibreel cutucou Chamcha, que não lhe tinha informado o destino que tomavam. "Alguma espelunca francesa, *na*? Ou japonesa, com peixe cru e polvo. Meu Deus, por que é que eu confio no seu gosto?"

Chegaram ao Shaandaar Café.

*

Jumpy não estava.

E aparentemente Mishal Sufyan também não tinha feito as pazes com a mãe; Mishal e Hanif estavam ausentes, e nem Anahita nem a mãe cumprimentaram Chamcha com algo que se pudesse considerar caloroso. Só Haji Sufyan foi receptivo: "Venha, venha, sente; você está ótimo". O café estava estranhamente vazio, e nem mesmo a presença de Gibreel conseguiu criar alguma animação. Chamcha precisou de alguns segundos para entender o que estava acontecendo; e viu o quarteto de jovens brancos sentado numa mesa de canto, loucos por uma briga.

O jovem garçom bengalês (que Hind tinha sido obrigada a contratar quando a filha mais velha foi embora) chegou e anotou o pedido — berinjelas, sikh *kabab*, arroz — olhando raivosamente na direção do quarteto agressivo que estava, só agora Saladin percebeu, muito, muito bêbado. O garçom, Amin, estava tão incomodado com Sufyan quanto com os bêbados. "Ele não devia ter deixado sentarem à mesa", murmurou para Chamcha e Gibreel. "Agora, sou obrigado a servir. Com o patrão tudo bem: ele não está na linha de fogo, certo?"

Os bêbados receberam seus pratos ao mesmo tempo que Chamcha e Gibreel. Quando começaram a reclamar da comida, a atmosfera da sala ficou ainda mais carregada. Finalmente, eles se levantaram. "Não vamos comer essa merda, seus babacas", gritou o líder, um sujeito minúsculo, mirrado, com cabelo cor de areia, cara magra, pálida, cheia de espinhas. "É *merda*. Vocês vão se foder, seus babacas fodidos." Seus três companheiros saíram do café, rindo e xingando. O líder ficou um momento mais. "Estão gostando da comida?", gritou para Chamcha e Gibreel. "É uma merda fodida. É isso que vocês comem na sua terra, é? Babacas." A expressão de Gibreel dizia claramente: então foi assim que os britânicos, essa grande nação de conquistadores, terminou. Não respondeu nada. O baixinho com cara de rato veio até eles. "Eu fiz uma pergunta, porra", disse. "Perguntei se estão gostando dessa porra desse *jantar de merda*." E Saladin Chamcha, talvez incomodado pelo fato de Gibreel não ter sido confrontado pelo homem que podia chegar a matar — pegando-o de surpresa, por trás, à maneira covarde —, se viu respondendo: "Estaria gostando, sim, se não fosse você". O homem-rato, balançando nas pernas, digeriu essa informação, e em seguida fez uma coisa muito surpreendente. Respirou fundo, esticou seu um metro e sessenta de altura, depois inclinou-se e cuspiu violentamente, e copiosamente, em cima da comida.

"*Baba*, se esse está na sua lista dos dez melhores", Gibreel disse no táxi de volta para casa, "não me leve aos lugares de que você não gosta muito."

"*Minnamin, Gut mag alkan, Pern dirstan*", Chamcha respondeu. "Quer dizer: 'Meu caro, Deus deixa com fome, o Diabo com sede'. Nabokov."

"Ele de novo", Gibreel reclamou. "Que diabo de língua é essa?"

"Ele inventou. A babá de Kinbote, Zemblan, diz isso para ele em criança. Em *Fogo pálido*."

"*Perndirstan*", Farishta repetiu. "Soa como nome de um país: do Inferno, talvez. Mas eu desisto. Como é que pode ler um livro escrito por alguém que inventa uma língua?"

Estavam quase chegando ao apartamento de Allie, que dava para Brickhall Fields. "O dramaturgo Strindberg", Chamcha disse, abstraído, como se estivesse seguindo alguma linha profunda de raciocínio, "depois de dois casamentos infelizes, casou-se com uma linda e famosa atriz de vinte anos, chamada Harriet Bosse. No *Sonho* ela fazia um belo Puck. Ele escreveu peças para ela: o papel de Eleanora em *Páscoa*. Um 'anjo de paz'. Os rapazes ficavam loucos com ela, e Strindberg, bom, ele acabou ficando com tanto ciúme que quase enlouqueceu. Tentava prender a mulher em casa, longe dos olhos dos homens. Ela queria viajar; ele comprava livros de viagem para ela. Como naquela música de Cliff Richard: "*Gonna lock her up in a trunk/ so no big hunk/ can steal her away from me*".

A cabeça pesada de Farishta oscilou em reconhecimento. Tinha caído numa espécie de devaneio. "O que aconteceu depois?", perguntou, quando chegaram ao destino. "Ela abandonou Strindberg", Chamcha declarou, inocente. "Disse que não conseguia ver conciliação possível entre ele e a espécie humana."

*

Caminhando da estação de metrô para casa, Alleluia Cone lia a carta delirantemente feliz que a mãe lhe tinha escrito de Stanford, Calif. "Se disserem que a felicidade é inatingível", Alicja escreveu em letras grandes, redondas, inclinadas, canhotas, "por favor mandem falar comigo. Eu corrijo todos. Eu a encontrei duas vezes, a primeira com seu pai, como você sabe, a segunda com este homem grande e gentil, cujo rosto tem a cor exata das laranjas que crescem por aqui. Satisfação, Allie. É melhor que excitação. Experimente, você vai gostar." Quando levantou os olhos, Allie viu o fantasma de Maurice Wilson sentado em cima de uma grande faia cor de cobre, com sua roupa de lã de sempre — boina escocesa, suéter de losangos estilo Pringle, calções bufantes — parecendo incomodado com tanta roupa naquele calor. "Não tenho tempo para você agora", ela disse, e ele deu de ombros. *Posso esperar*. Os pés dela iam mal de novo. Empinou o queixo e seguiu em frente.

Saladin Chamcha, escondido atrás da mesma árvore cor de cobre intenso da qual o fantasma de Maurice Wilson assistia o doloroso caminhar de Allie, viu Gibreel Farishta sair depressa da porta do bloco de apartamentos em que esperava impacientemente o retorno dela; viu que ele tinha os olhos vermelhos e furiosos. Os demônios do ciúme estavam sentados sobre seus ombros, e ele berrava a mesma velha canção de sempre, ondediabos quem o que nãopensequepodemenganar estápensandoquê putaputaputa. Aparentemente, Strindberg tinha sido bemsucedido onde Jumpy (por estar ausente) falhara.

O observador dos ramos superiores se desmaterializou; o outro afastou-se, sacudindo a cabeça, satisfeito, passeando pela avenida à sombra de árvores frondosas.

*

Os telefonemas que tanto Allie como Gibreel começaram a receber, primeiro na residência de Londres e em seguida num endereço remoto em Dumfries and Galloway, não eram muito freqüentes; por outro lado, não se podia dizer que eram raros. Nem havia vozes demais para serem plausíveis; por outro lado, eram variadas. Não eram chamados breves, como os dos fungadores e outros que abusam do serviço telefônico, mas também nunca duravam tempo suficiente para a polícia, que grampeara os telefones, poder identificar a fonte. O episódio desagradável também não durou demais — questão de meras três semanas e meia, depois das quais as pessoas que chamavam desistiram para sempre; mas deve-se mencionar que duraram exatamente o que deviam durar, isto é, até levarem Gibreel Farishta a fazer com Allie Cone aquilo que tinha feito antes com Saladin — ou seja, o Ato Imperdoável.

Deve-se dizer que ninguém, nem Allie, nem Gibreel, nem mesmo os rastreadores profissionais de telefonemas que os dois contrataram, sequer suspeitou que as chamadas eram obra de um único homem; mas para Saladin Chamcha, antes renomado (mesmo que apenas em círculos especializados) como o Homem das Mil Vozes, tal engodo era uma coisa simples, sem qualquer esforço ou risco. Em resumo, ele foi obrigado a escolher (dentre suas mil e uma vozes) um total de não mais de trinta e nove.

Quando Allie atendia, escutava homens desconhecidos murmurando segredos íntimos em seu ouvido, estranhos que pareciam conhecer os recantos mais secretos de seu corpo, seres sem rosto que provavam ter aprendido, por experiência, todas as suas preferências entre a miríade de formas do amor; e quando começaram as tentativas de rastrear os chamados, sua humilhação ficou ainda maior, porque agora não podia mais simplesmente desligar o telefone, mas tinha de ouvir tudo, sentindo calor no rosto e frio na espinha, tentando prolongar (o que não funcionava) os telefonemas.

Gibreel também recebeu sua quota de vozes: soberbos aristocratas byronianos gabando-se de ter "conquistado o Everest", ratos de sarjeta desprezíveis, vozes untuosas de melhores amigos misturando alertas e falsa comiseração, *uma palavra de aviso, como pode ser tão bobo, ainda não percebeu o que ela é, qualquer coisa que use calças, seu boboca, escute o que diz um amigo.* Mas uma voz se destacava das outras, a alta e espiritual voz de um poeta, uma das primeiras vozes que Gibreel ouviu e a que o pegou mais fundo; uma voz que falava exclusivamente em rimas, recitando versinhos de pé-quebrado de uma discreta ingenuidade, até mesmo inocência, contrastando tão fortemente com a rusticidade masturbatória da maioria das outras vozes, que Gibreel logo passou a considerá-la como a mais insidiosamente ameaçadora de todas.

> *Gosto de café, gosto de chás,*
> *gosto das coisas que você me faz.*

Diga isso para ela, a voz sussurrou e desligou. Outro dia voltou com outra rima:

> *Gosto de manteiga, gosto de torrada,*
> *você é a minha melhor namorada.*

Dê esse recado para ela também, por gentileza. Gibreel concluiu que havia algo de demoníaco, algo profundamente imoral na corrupção encoberta desses ritmos de cartão-postal.

> *Doce a maçã, o limão azedo,*
> *assim se chama quem amo em segredo.*

A... l... l... Enojado e com medo, Gibreel bateu o telefone; e tremeu. Depois disso, o versificador parou de ligar durante algum tempo; mas era a voz dele que Gibreel começou a esperar, abominando seu reaparecimento, tendo aceitado talvez, em algum nível mais profundo que o consciente, que esse mal infantil, infernal é que ia acabar definitivamente com ele.

*

Mas, oh, que fácil a coisa resultou! Com que conforto o mal se alojava naquelas cordas vocais macias, infinitamente flexíveis, aquelas cordas de titeriteiro! Com que segurança deslizavam pelos altos fios do sistema telefônico, equilibradas como um acrobata descalço; com que confiança chegavam à presença das vítimas, tão seguras do seu efeito quanto um homem bonito num terno bem cortado! E que cuidado havia na dosagem de tempo, as vozes vindo, todas, menos aquela que daria o golpe de misericórdia — Saladin também tinha compreendido a potência especial do versejador —, vozes profundas e rachadas, lentas, rápidas, tristes e animadas, cheias de agressividade e tímidas. Uma a uma, elas gotejavam nas orelhas de Gibreel, enfraquecendo seu contato com o mundo real, atraindo-o pouco a pouco para sua teia enganosa, de forma que pouco a pouco a mulher obscena que inventaram começou a cobrir a mulher real com uma película verde, viscosa, e a despeito de todos os protestos ele começou a se afastar dela; e então chegou a hora dos pequenos versos satânicos que o enlouqueciam.

*

A violeta é azul, a rosa é carmim,
nem açúcar é tão doce assim.

Passe adiante. Ele voltou, inocente como sempre, dando origem a um torvelinho de borboletas no estômago de Gibreel. Depois disso, as rimas passaram a vir generosas e em rápida seqüência. Podiam ter a malícia de pátio de escola:

Quando vai pra Waterloo
não veste nada no sul.
Quando vai pra Leicester Square,
nem sutiã usa sequer.

e, uma ou duas vezes, o ritmo de um canto de torcida esportiva.

Sem calcinha, solta traque,
Sis! Bum! Bah!
Alleluia! Alleluia!
Rah! Rah! Rah!

E, por último, depois que voltaram para Londres, um dia que Allie estava fora, na cerimônia de inauguração de um mercado de comida congelada em Hounslow, a última rima:

> *Uns gostam de maçã, outros preferem figo,*
> *Ela está aqui, na minha cama comigo.*

Até logo, idiota.

Sinal de telefone.

*

Quando Alleluia Cone voltou, descobriu que Gibreel tinha ido embora, e, no silêncio vandalizado do apartamento, decidiu que desta vez não ia recebê-lo de volta, por pior que fosse o estado dele ou por mais submisso que viesse rastejando para ela, implorando perdão e amor; porque antes de ir embora, ele tinha obrado uma terrível vingança, destruindo todos os Himalaias substitutos que ela colecionara durante anos, derretendo o Everest de gelo que ela guardava no freezer, puxando e esfarrapando os picos de seda de pára-quedas que pairavam acima da cama, reduzindo a pedaços (usando a machadinha que ficava ao lado do extintor, no armário de vassouras) a lembrança inestimável de sua conquista do Chomolungma, esculpida para ela pelo *sherpa* Pemba, como alerta e como comemoração. *Para Ali Bibi. Nós teve sorte. Não tenta de novo.*

Ela abriu as janelas e gritou imprecações ao inocente Fields lá embaixo. "Que morra devagar! Há de queimar no inferno!"

Depois, chorando, ligou para Saladin Chamcha para contar a má notícia.

*

Mr. John Maslama, dono da Danceteria Hot Wax, da cadeia de lojas de discos do mesmo nome, e da Fair Winds, a legendária loja onde se podia comprar os melhores instrumentos de sopro —

clarinetas, saxofones, trombones — de toda Londres, era um homem ocupado, de forma que atribuiria à intervenção da Divina Providência o feliz acaso de estar presente na loja de sopros quando o Arcanjo de Deus entrou com raios e trovões pousados como uma coroa de louros em sua nobre fronte. Sendo um homem de negócios prático, Mr. Maslama tinha, até esse momento, escondido de seus funcionários o trabalho extracurricular que vinha fazendo como mensageiro-chefe do retornado Ser Celestial e Semidivino, pregando cartazes em vitrinas sempre que tinha a certeza de não estar sendo observado, deixando de assinar os anúncios que fazia em jornais e revistas, com consideráveis despesas pessoais, proclamando a iminente Glória da Vinda do Senhor. Ele divulgava *press releases* através de uma subsidiária de relações públicas da agência Valance, pedindo que seu anonimato fosse cuidadosamente preservado. Esses *releases* — que gozaram, durante algum tempo, de uma divertida popularidade entre os jornalistas de Fleet Street — anunciavam cripticamente que "Nosso cliente está em posição de afirmar que viu com seus próprios olhos a Glória mencionada acima. Gibreel está entre nós neste momento, em algum lugar do coração da cidade de Londres — provavelmente em Camden, Brickhall, Tower Hamlets ou Hackney — e logo se revelará, talvez dentro de dias ou semanas". Tudo isso era desconhecido dos três altos e lânguidos vendedores da loja Fair Winds (Maslama se recusava a empregar vendedoras ali; "meu lema", gostava de dizer, "é que ninguém confia numa mulher para ajudá-lo com sua corneta"), razão pela qual nenhum deles conseguiu acreditar nos próprios olhos quando seu enfezado patrão sofreu uma súbita e completa mudança de personalidade, e correu para aquele estranho desarrumado e barbudo, como se ele fosse o próprio Deus Todo-Poderoso — com os sapatos de duas cores de couro legítimo, terno Armani e cabelos lambidos *à la* Robert De Niro acima das proliferantes sobrancelhas, Maslama não parecia o tipo que rasteja, mas era *isso* que estava fazendo, sim, sobre a própria *barriga*, empurrando os funcionários, *eu mesmo atendo esse cavalheiro*, curvando-se e tremendo, andando para trás, dá para acreditar? — De qualquer forma, o estranho tinha aquele *gordo cinto de dinheiro* debaixo da camisa e começou a despejar quantidades de notas de alto valor; apontou um trompete de uma prateleira alta, *aquele*, assim mesmo, sem nem olhar, e Mr. Maslama já estava em cima da escada, eu-pego-já-disse-eu-*pego*, e, então, a parte realmente surpreendente, tentou recusar o pagamento. Maslama!, dizendo não não *senhor* não é nada *senhor*, mas o estranho pagou assim mesmo, enfiando notas no bolso de cima do paletó de Maslama como se ele não passasse de um *mensageiro de hotel*, precisava ver, e para terminar o cliente vira-se para a loja inteira e grita no pico da voz, *Eu sou o braço direito de Deus*. — E de repente, não dava para acreditar, o bendito dia do juízo final tinha chegado. — Maslama ficou fora de si, bem abalado, ficou, chegou a cair de *joelhos*. — Aí, o estranho levantou o trompete acima da cabeça e gritou: *Eu batizo este trompete de Azraeel, a Trombeta Final, o Exterminador de Homens!* — e nós ficamos lá, estou dizendo, feito estátuas de pedra, porque em volta da cabeça desse maluco fodido, desse filho-da-puta *total*, havia essa *luz*, entende?, brilhando, em raios, assim, a partir de um ponto atrás da cabeça dele.

Um halo.

Digam o que disserem, os três vendedores declarariam depois a quem quisesse ouvir, *digam o que disserem, nós vimos o que vimos*.

3

A MORTE DO DR. UHURU SIMBA, antes Sylvester Roberts, quando estava sob custódia, esperando julgamento, foi descrita pelo oficial de relações com a comunidade do distrito de Brickhall, um certo inspetor Stephen Kinch, como "uma possibilidade em um milhão". Ao que parece, o dr. Simba estava tendo um pesadelo tão apavorante que o fez gritar violentamente no sono, atraindo a imediata atenção dos dois oficiais de serviço. Esses senhores, ao correrem para a cela dele, chegaram a tempo de ver a forma ainda adormecida daquele homem gigantesco ser literalmente levantada do catre pela influência maligna do sonho e atirada ao chão. Ambos os oficiais ouviram um forte estalo; era o som do pescoço do dr. Uhuru Simba se quebrando. A morte foi instantânea.

A minúscula mãe do morto, Antoinette Roberts, de chapéu e vestido pretos baratos, de pé em cima da carroceria da pick-up do filho mais novo, o véu de luto afastado do rosto em desafio, não demorou nada para pegar as palavras do inspetor Kinch e jogá-las de volta na cara dele, impotente, de queixo fraco, corada, cuja expressão intimidada testemunhava a humilhação de ser chamado por seus colegas oficiais de *niggerjimmy* e, pior ainda, de *cogumelo*, querendo dizer que estava sempre no escuro, e de tempos em tempos — como na presente ocasião, por exemplo — as pessoas jogavam merda em cima dele. "Quero que todos entendam", declamou Mrs. Roberts para a considerável multidão que se reuniu, furiosa, diante da delegacia de polícia de High Street, "que essa gente está jogando com nossas vidas. Que estão apostando com as nossas chances de sobrevivência. Quero que todos pensem no que isso significa em termos do respeito que eles demonstram por nós enquanto seres humanos." E Hanif

Johnson, na qualidade de advogado de Uhuru Simba, acrescentou suas explicações de cima da carroceria da pick-up de Walcott Roberts, observando que o suposto salto fatal de seu cliente tinha sido do catre inferior do beliche da cela; que, num momento de grande superpopulação nas cadeias do país, era estranho, para dizer o mínimo, que o outro catre estivesse desocupado, garantindo assim que não houvesse nenhuma outra testemunha da morte, além dos oficiais da prisão; e que aquele pesadelo não era de forma alguma a única explicação possível para os gritos de um negro em poder das autoridades legais. Em suas palavras finais, depois qualificadas pelo inspetor Kinch como "inflamatórias e não profissionais", Hanif comparou as palavras do oficial de relações com a comunidade às do notório racista John Kingsley Read, que uma vez reagiu à notícia da morte de um negro com o slogan: "Um a menos; ainda falta um milhão". A multidão murmurou, borbulhou; era um dia quente e perverso. "Mantenham o fogo aceso", gritou o irmão de Simba, Walcott, para a multidão. "Que ninguém esfrie a cabeça. Mantenham a raiva acesa."

Como Simba já havia, de fato, sido julgado e condenado por aquela que ele próprio uma vez chamara de "imprensa arco-íris: vermelha como sangue, roxa como hematoma, azul como cianose, verde como catarro", a sua morte pareceu um ato de justiça para muita gente, a queda compensatória de um assassino monstruoso. Mas em outro tribunal, silencioso e negro, ele recebera uma sentença absolutamente favorável, e essas avaliações opostas do morto se transferiram, como conseqüência de sua morte, para as ruas da cidade, e fermentaram no infindável calor tropical. A "imprensa arco-íris" encheu suas páginas com o apoio de Simba a Kadhafi, a Khomeini, a Louis Farrakhan; enquanto nas ruas de Brickhall, jovens homens e mulheres sopravam o fogo brando de sua raiva, um fogo obscuro, mas capaz de impedir a passagem da luz.

Duas noites depois, atrás da Cervejaria Charringtons, em Tower Hamlets, o Esquartejador de Velhinhas atacou outra vez. E, na noite seguinte, uma velha foi assassinada perto de um parque de diversões em Victoria Park, Hackney; mais uma vez, a horrenda "assinatura" do esquartejador — o arranjo ritual dos órgãos internos em volta do corpo da vítima, cuja configuração exata jamais fora dada a público — estava presente no caso. Quando o inspetor Kinch, parecendo um tanto desgastado, apareceu na televisão para propor a estranha teoria de que um "imitador" tinha descoberto, de alguma forma, a marca registrada mantida tão cuidadosamente em segredo durante tanto tempo, e assumido, portanto, o posto que o falecido Uhuru Simba deixara vazio — então, como medida de prevenção, o comissário achou aconselhável quadruplicar a presença da polícia nas ruas de Brickhall, e manter em alerta um número tão grande de policiais que foi preciso cancelar todas as partidas de futebol do fim de semana na capital. E, na verdade, havia um grande nervosismo no antigo território de Uhuru Simba; Hanif Johnson declarou que a presença ostensiva da polícia nas ruas era "provocadora e incendiária", e no Shaandaar e no Pagal Khana começaram a se reunir grupos de jovens negros e asiáticos decididos a enfrentar as patrulhas policiais. Na Hot Wax, a figura escolhida para *derreter* não foi outra senão a do suado e já deliqüescente oficial de relações com a comunidade. E a temperatura continuou a subir, inexoravelmente.

Começaram a ocorrer incidentes violentos com freqüência cada vez maior: ataques a famílias negras em edifícios comunitários, assédio de crianças negras que voltavam da escola para casa, brigas em *pubs*. No Pagal Khana, um jovem com cara de rato e três companheiros cuspiram na comida de muita gente; como conseqüência da briga que se seguiu, três garçons bengaleses foram acusados de ataque e danos físicos; o quarteto expectorante, porém, não foi detido. Correram pela comunidade histórias de violência policial, de jovens negros jogados para dentro de carros e peruas não identificados, pertencentes a grupos de patrulha especial, e jogados para fora, de maneira igualmente discreta, cobertos de cortes e contusões. Patrulhas de autodefesa, formadas por rapazes sikhs, bengaleses e afro-caribenhos — descritas pelos oponentes policiais como grupos *vigilantes* —, começaram a percorrer o distrito a pé ou em velhos Fords Zodiac e Cortina, decididos a não "esperarem sentados". Hanif Johnson disse à amante Mishal Sufyan, que agora vivia com ele, que na sua opinião bastava mais um assassinato do Esquartejador para acionar o detonador. "O assassino não está só se gabando de estar em liberdade", disse. "Está caçoando da morte de Simba também, e isso as pessoas não vão engolir."

Numa noite de calor extremamente úmido, descendo essas ruas ferventes, veio Gibreel Farishta tocando seu trompete dourado.

*

Às oito horas dessa noite, um sábado, Pamela Chamcha estava com Jumpy Joshi — que não permitira que fosse desacompanhada — perto de uma cabine de fotos automática na esquina do saguão principal da estação Euston, sentindo-se ridiculamente conspiratória. Às oito e quinze, foi abordada por um esquelético jovem que parecia mais alto do que ela se lembrava; indo atrás dele, sem dizer uma palavra, ela e Jumpy entraram numa velha pick-up azul e foram levados para um minúsculo apartamento no andar de cima de uma loja de bebidas em Railton Road, Brixton, onde Walcott Roberts os apresentou à mãe, Antoinette. Os três homens, que Pamela imaginaria depois serem haitianos, por razões que admitira serem estereotipadas, não foram apresentados. "Aceite um copo de vinho com gengibre", Antoinette Roberts ordenou. "Vai fazer bem até para o bebê."

Quando Walcott terminou de fazer as honras da casa, Mrs. Roberts, parecendo perdida na volumosa poltrona de estofamento rasgado (suas pernas, que não chegavam a tocar no chão, surpreendentemente pálidas, finas como palitos, projetavam-se da saia preta para terminar em meias de tornozelo cor-de-rosa e sapatos de amarrar), foi direto ao assunto. "Esses senhores eram colegas do meu filho", disse. "Parece que a provável razão da morte dele foi um trabalho que estava fazendo sobre um assunto que, pelo que me disseram, é do seu interesse. Nós achamos que chegou a hora de agir mais formalmente, através dos canais que você representa." Nesse momento, um dos três "haitianos" silenciosos entregou uma pasta vermelha de plástico para Pamela. "Aí dentro", Mrs. Roberts explicou, gentil, "você vai encontrar muitas provas da existência de uma seita de bruxos em toda a Polícia Metropolitana."

Walcott levantou-se. "Temos de ir agora", disse, firme. "Por favor." Pamela e Jumpy levantaram-se. Mrs. Roberts acenou com a cabeça, vaga, ausente, estalando as juntas de suas mãos enrugadas. "Até logo", Pamela disse, e ofereceu as condolências convencionais. "Não desperdice seu fôlego, menina", Mrs. Roberts interrompeu. "Só peço é que me pegue esses bruxos. Com uma estaca no *coração*."

*

Walcott Roberts deixou os dois em Notting Hill às dez da noite, Jumpy estava tossindo muito e reclamou da dor de cabeça que tinha voltado várias vezes desde o ataque que sofrera em Shepperton, mas quando Pamela admitiu que estava nervosa com a idéia de ter em sua posse a única cópia dos explosivos documentos da pasta plástica, Jumpy insistiu mais uma vez em acompanhá-la até o escritório do Conselho de Relações Comunitárias de Brickhall, onde ela planejava fazer fotocópias para distribuir a um certo número de amigos e colegas confiáveis. Assim foi que, às dez e quinze, os dois estavam no adorado MG de Pamela, atravessando a cidade em direção ao leste, debaixo da tempestade que se formava. Uma velha perua Mercedes azul seguiu os dois, como tinha seguido a pick-up de Walcott antes; quer dizer, sem ser notada.

Quinze minutos antes, uma patrulha de sete grandes jovens sikhs amontoados dentro de um Vauxhall Cavalier tinha passado pela ponte do canal de Malaya Crescent no sul de Brickhall. Ouvindo um grito vindo da trilha debaixo da ponte, correram para o local, onde viram um homem pálido e desbotado, de altura e peso medianos, cabelos loiros caindo sobre olhos castanho-claros, que se pôs de pé, bisturi na mão, e fugiu para longe do corpo de uma velha, cuja peruca azulada tinha caído e flutuava no canal como uma água-marinha. Os jovens sikhs alcançaram o homem com facilidade e o dominaram.

Por volta das onze da noite, a notícia da captura do assassino serial tinha já se espalhado por todos os cantos do bairro, acompanhada de um mar de boatos: que a polícia tinha relutado em acusar o maníaco, que os membros da patrulha tinham sido detidos para interrogatório, que estavam planejando acobertar tudo. Começaram a surgir multidões pelas esquinas, e quando os *pubs* se esvaziaram explodiu uma série de brigas. Houve alguns danos a propriedades: três carros tiveram as janelas quebradas, uma loja de vídeos foi saqueada, alguns tijolos atirados. Foi nesse ponto, às onze e meia de um sábado à noite, quando os clubes e danceterias começavam a liberar suas populações excitadas e altamente carregadas, que o superintendente da divisão policial, depois de consultar autoridades superiores, declarou que Brickhall estava agora em estado de perturbação da ordem, e lançou toda a tropa da Polícia Metropolitana contra os "agitadores".

Foi também nesse momento que, depois de jantar com Allie Cone no apartamento dela que dava para Brickhall Fields, mantendo as aparências, consolando, murmurando insinceridades animadoras, Saladin Chamcha saiu para a noite; e encontrou um *testudo* de homens de capacete com escudos plásticos marchando na direção dele pelo Fields em trote firme, inexorável; e testemunhou a chegada, no alto, de chusmas de helicópteros, como bandos de gafanhotos gigantes, que derramavam luz como se fosse uma chuva pesada; e viu o avanço dos canhões de água; e, obedecendo a um irresistível reflexo primal, virou-se e, sem saber que estava indo para o lado errado, correu a toda a velocidade na direção do Shaandaar.

*

As câmeras de televisão chegaram bem a tempo para a batida no Club Hot Wax.

Isto é o que enxerga uma câmera de TV: menos dotada que o olho humano, sua visão noturna limita-se ao que lhe mostra a

luz dos holofotes. Um helicóptero gira em cima da casa noturna, urinando luz em longos fluxos dourados; a câmera entende essa imagem. A máquina do Estado caindo sobre seus inimigos.
— E lá está a câmera no céu; em algum lugar, um editor de noticiário liberou a verba para filmagem aérea, e de um outro helicóptero uma equipe de notícias está *filmando para baixo*. Nenhuma tentativa é feita de afastar esse helicóptero. O ruído das hélices encobre o ruído da multidão. Também sob esse aspecto o equipamento de gravação de vídeo é menos sensível do que, neste caso, o ouvido humano.

— Corte. — Um homem, iluminado por um holofote, fala rapidamente ao microfone. Atrás dele há uma desordem de sombras. Mas entre o repórter e a desordem da terra de sombras, há uma muralha: homens com capacetes, portando escudos. O repórter fala com gravidade; coquetéismolotov balasdeplástico baixasentreospoliciais canhõesdeágua saques, limitando-se, evidentemente, aos fatos. Mas a câmera vê aquilo que ele não menciona. Uma câmera é uma coisa que pode ser quebrada ou roubada com facilidade; sua fragilidade a torna exigente. Uma câmera exige lei, ordem, uma fila de policiais uniformizados. Procurando se preservar, ela se mantém atrás da muralha de escudos, observando a terra de sombras de longe e, é claro, de cima: ou seja, ela escolhe um lado.

— Corte. — Os holofotes iluminam um novo rosto, de queixo caído, agitado. Esse rosto tem um nome: uma legenda aparece sobre sua farda. *Inspetor Stephen Kinch*. A câmera o vê como ele é: um bom homem numa função impossível. Um pai, um homem que gosta de sua cervejinha. Ele fala: impossível-tolerar-áreas-interditadas indispensável-melhor-proteção-para-os-policiais vejam-os-escudos-plásticos-pegando-fogo. Ele menciona o crime organizado, os agitadores políticos, a manufatura de bombas, as drogas. "Compreendemos que alguns desses meninos podem ter suas queixas, mas não podemos e não vamos servir de palmatória da sociedade." Encorajado pelas luzes e pelas lentes silenciosas, pacientes, ele vai além. Esses meninos não sabem a sorte que têm, sugere. Deviam saber de suas origens. A África, a

Ásia, o Caribe: esses sim são lugares com problemas reais. Lugares onde as queixas da população merecem respeito. As coisas não são assim tão más por aqui, nem de longe; não temos matanças, nem tortura, nem golpes militares. As pessoas deviam dar valor ao que têm para não perder essas coisas. Nossa terra sempre foi pacífica, diz ele. A industriosa raça desta ilha. — Atrás dele, a câmera enxerga macas, ambulâncias, dor. — Enxerga estranhas formas humanóides sendo içadas das entranhas do Club Hot Wax, e reconhece as figuras dos poderosos. O inspetor Kinch explica. Eles são derretidos num forno neste lugar, acham que isso é diversão, coisa com que eu não concordaria. — A câmera observa os modelos de cera com desprazer. — Não parece haver algo de *bruxaria* nisso, algo canibalístico, um cheiro nada saudável? Será que andavam praticando *magia negra* neste lugar? — A câmera enxerga janelas quebradas. Vê algo queimando a meia distância: um carro, uma loja. Não pode compreender, nem demonstrar, o objetivo dessas coisas. Essa gente queimando suas próprias ruas.

— Corte. — Eis uma loja de vídeo fortemente iluminada. Sobraram vários aparelhos na vitrina; a câmera, mais delirante dos narcisistas, assiste TV, criando, por um instante, uma infinita sucessão de telas de televisão, que diminuem até o tamanho de um ponto. — Corte. — Eis uma cabeça séria banhada em luz: um debate em estúdio. A cabeça está falando dos fora-da-lei. Billy, the Kid, Ned Kelly: esses, sim, eram homens que tinham posições tanto *pró* quanto *contra*. Os modernos assassinos em série, não possuindo essa dimensão heróica, não passam de seres doentes, perturbados, inteiramente vazios enquanto personalidades, seus crimes caracterizados por uma atenção ao processo, à metodologia — digamos, *ritual* —, provocados, talvez, pela necessidade que esses não-entes demonstram de serem notados, de se destacarem e se transformarem, por um momento, em estrelas. — Ou por uma espécie de transferência do desejo de morte: matar o ser amado e assim destruir a si mesmo. — Mas como seria o *Esquartejador de Velhinhas?*, pergunta um dos entrevistadores. *E como classificar Jack?* — Um verdadeiro fora-da-lei, insiste a cabeça, é a sombra da imagem espelhada do herói. — *Esses agitadores, talvez?*, vem o desafio. *O senhor não está correndo o risco de romantizar, de "legitimar"?* — A cabeça se sacode, lamenta o materialismo da juventude moderna. Não é de saquear lojas de vídeo que a cabeça está falando. — *Mas que dizer dos antigos, então? Butch Cassidy, os irmãos James, o capitão Moonlight, a gangue dos Kelly. Todos roubavam bancos, não roubavam?* — Corte. — Mais tarde, nessa mesma noite, a câmera voltará para esta vitrina. Os aparelhos de televisão terão desaparecido.

— Do ar, a câmera observa a entrada do Club Hot Wax. Agora a polícia já terminou com as imagens de cera e está retirando seres humanos de verdade. A câmera se fecha nas pessoas presas: um albino alto; um homem vestindo terno Armani, parecendo a cópia escura de De Niro; uma jovem de — quanto? — catorze, quinze? — um mal-humorado rapaz de seus vinte anos. Não aparece nenhum nome nas legendas; a câmera não conhece esses rostos. Gradualmente, porém, os *fatos* emergem. O DJ do clube, Sewsunker Ram, conhecido como "Pinkwalla", e seu proprietário, Mr. John Maslama, serão acusados de comandar uma operação de narcóticos de larga escala — crack, heroína, haxixe, cocaína. O homem preso junto com eles, vendedor na loja de instrumentos musicais pertencente a Maslama, Fair Winds, é o proprietário de uma perua no interior da qual se encontrou quantidade não especificada de "drogas pesadas"; e também diversos gravadores de vídeos "quentes". O nome da jovem é Anahita Sufyan; ela é menor de idade e, segundo comentários, andava bebendo pesadamente; insinua-se também que fazia sexo com pelo menos um dos três homens presos. Além disso, afirma-se que ela tem um histórico de fugir da escola e de associar-se a conhecidos criminosos: uma delinqüente, sem dúvida. — Um jornalista iluminado oferecerá à nação esses petiscos, muitas horas depois dos eventos, mas a notícia já está correndo solta pela ruas: Pinkwalla! — E o Wax: destruíram o lugar — *arrasaram!* — Agora é *guerra*.

Isso acontece, porém — como muitas outras coisas —, em lugares que a câmera não enxerga.

*

Gibreel:
desloca-se como num sonho, porque depois de dias vagando pela cidade sem comer nem dormir, com o trompete chamado Azraeel abrigado em segurança num bolso do sobretudo, não distingue mais os estados de sono e vigília — ele compreende um pouco, agora, como deve ser a onipresença, porque se desloca através de várias histórias ao mesmo tempo. Há um Gibreel que lamenta a traição de Alleluia Cone e um Gibreel que paira sobre o leito de morte de um Profeta e um Gibreel que observa em segredo o progresso de uma peregrinação em direção ao mar, esperando o momento de se revelar, e um Gibreel que sente a vontade do adversário mais poderosa a cada dia, atraindo-o sempre, conduzindo-o para o abraço final: o sutil, enganoso adversário, que assumiu o rosto de seu amigo, de Saladin, seu amigo mais verdadeiro, para seduzi-lo a baixar a guarda. E existe um Gibreel que anda pelas ruas de Londres, tentando compreender a vontade de Deus.

Deverá ser o agente da ira de Deus?

Ou de seu amor?

Ele é vingança ou é perdão? Deve a trombeta fatal continuar guardada no bolso, ou deve tirá-la e tocar?

(Não estou dando nenhuma instrução a ele. Também estou interessado em suas escolhas — no resultado desse embate. Personalidade *versus* destino: um enfrentamento de luta livre. Duas quedas, duas submissões ou um nocaute é que vão decidir.)

Lutando com suas muitas histórias ele prossegue.

*

Há momentos em que sofre por ela, Alleluia, o próprio nome uma exaltação; mas recorda então os versos diabólicos, e desvia os pensamentos. O trompete no bolso pede para ser tocado; mas ele se controla. Não é hora ainda. Em busca de pistas — *o que deve ser feito?* — ele marcha pelas ruas da cidade.

Em algum lugar, vê um aparelho de televisão através de uma

janela noturna. Na tela, está a cabeça de uma mulher, uma famosa "apresentadora", sendo entrevistada por um "anfitrião" irlandês, igualmente famoso, piscando os olhos. — Qual é a pior coisa do mundo para você? — Ah, acho que, é, é, sim, que seria, ah, *claro*: ficar sozinha na noite de Natal. Numa situação dessas a gente teria de se enfrentar, não acha?, de olhar num espelho cruel e perguntar para si mesma, *é só isso que existe?* — Gibreel, sozinho, sem saber em que data estava, segue em frente. No espelho, o adversário se aproxima no mesmo ritmo que ele, chamando, abrindo os braços.

A cidade lhe manda uma mensagem. Aqui, diz ela, foi onde o rei holandês resolveu viver quando veio para cá faz três séculos. Naqueles dias, isto era uma aldeia fora da cidade, plantada num verde campo inglês. Mas quando o rei chegou para tomar residência, brotaram dos campos as praças de Londres, os edifícios de tijolos aparentes com ameias holandesas subiram em direção ao céu, para que os seus cortesãos tivessem onde morar. Nem todos os migrantes são desprovidos de poder, sussurram os edifícios ainda em pé. Eles impõem suas necessidades à nova terra, trazendo sua própria coerência à terra recém-descoberta, imaginando-a de novo. Mas cuidado, alerta a cidade. A incoerência também tem o seu momento. Cavalgando pelos parques em que escolheu viver — que ele *civilizou* —, Guilherme III foi atirado do cavalo, caiu pesadamente no solo recalcitrante e quebrou o real pescoço.

Há dias em que Gibreel se vê caminhando entre cadáveres ambulantes, grandes multidões de mortos, todos se recusando a admitir que faleceram, corpos amotinados que continuam a se comportar como gente viva, fazendo compras, tomando ônibus, flertando, indo para casa para fazer amor, fumando cigarros. *Mas vocês estão mortos*, Gibreel grita para eles. *Zumbis, voltem para os túmulos*. Eles o ignoram, ou riem, ou ficam envergonhados, ou o ameaçam com punhos fechados. Ele se cala, e segue depressa.

A cidade torna-se vaga, amorfa. Vai ficando impossível descrever o mundo. Peregrinação, profeta, adversário se mesclam, desaparecem em névoa, emergem. Assim como ela: Allie, Al-Lat. *Ela é o pássaro exaltado. Grandemente desejada.* Ele se lembra agora: ela lhe contara, muito tempo antes, sobre a poesia de Jumpy. *Ele está tentando fazer uma coletânea. Um livro.* O artista que chupa o dedo, com suas visões infernais. Um livro é produto de um pacto com o Diabo que inverte o contrato faustiano, dissera a Allie. Dr. Faustus sacrificou a eternidade em troca de duas dúzias de anos de poder; o escritor concorda em arruinar a própria vida, e ganha (mas só se tiver sorte) talvez não a eternidade, mas a posteridade, ao menos. De uma forma ou de outra (era o que Jumpy pensava) é o Diabo quem vence.

O que escreve um poeta? Versos. O que está retinindo na cabeça de Gibreel? Versos. O que lhe partiu o coração? Versos e, ainda uma vez, versos.

O trompete, Azraeel, clama de dentro do bolso do casaco: *Pegue-me! Simsimsim: a Trombeta. Para o inferno com tudo, com essa besteira de arrependimento: basta encher as bochechas e tu-tu-ru-tu. Vamos, é hora da festa.*

Como está quente: úmido, opressivo, intolerável. Esta não é a Própria Londres: não esta cidade imprópria. Pista Aérea Um, Mahagonny, Alphaville. Ele perambula por uma confusão de línguas. Babel: contração do assírio *babilu.* "O Portão de Deus." Babylondon.

Onde é isto?
— Sim. — Ele vagueia, uma noite, atrás das catedrais da Revolução Industrial, os terminais ferroviários do norte de Londres. A anônima King's Cross, a ameaça que parece um morcego da torre de St. Pancras, os tanques de gás vermelhos e brancos inflando e murchando como gigantescos pulmões de aço. Onde um dia, em batalha, tombou a rainha Boudicca, Gibreel Farishta luta consigo mesmo.

A Goodsway: — mas, Oh, que artigos suculentos se abrigam em batentes e debaixo das luzes de tungstênio, que petiscos estão em oferta por ali! — Girando as bolsas, chamando, de saias prateadas, usando meias arrastão: são artigos não apenas jovens (média de treze a catorze anos), mas também baratos. Têm histórias curtas, idênticas: todas têm filhos enfiados em algum lugar, todas foram expulsas de casa por pais irados, puritanos, nenhuma delas é branca. Cáftens com facas tiram noventa por cento do que elas ganham. Artigos são artigos apenas, afinal de contas, principalmente quando são lixo.

— Gibreel Farishta na Goodsway é chamado por sombras e por luzes; e de início aperta o passo. *O que é que tenho a ver com isso? Maldita legião de fêmeas.* Mas então diminui o passo e pára, ouvindo alguma outra coisa a chamá-lo das luzes e sombras, alguma carência, algum pedido sem palavras, escondido debaixo das miúdas vozes das prostitutas de dez libras. Seus passos vão ralentando, e estacam. Ele é tomado pelos desejos delas. *De quê?* Elas vêm para ele agora, atraídas por ele como peixes puxados por anzóis invisíveis. E quando se aproximam seu passo muda, os quadris perdem o balanço, os rostos começam a aparentar a própria idade, mesmo com toda a maquiagem. Quando chegam a ele, ajoelham-se. *Quem pensam que sou?*, ele pergunta, e quer acrescentar: *Eu sei os seus nomes. Já encontrei vocês antes, em outro lugar, detrás de uma cortina. Doze de vocês, como agora. Ayesha, Hafsah, Ramlah, Sawdah, Zainab, Zainab, Maimunah, Safia, Juwairiyah, Umm Salamah, a makhzumita, Rehana, a judia, e a bela Maria, a copta.* Silenciosas, elas continuam de joelhos. Seus desejos lhe são comunicados sem palavras. *O que é um arcanjo senão um marionete?* Kathputli, *boneco. Os fiéis nos dobram a sua vontade. Somos forças da natureza e eles nossos senhores. E senhoras também.* O peso nos membros, o calor, e nos ouvidos o zunido como de abelhas nas tardes de verão. Seria fácil desmaiar.

Ele não desmaia.

Ele fica de pé entre as crianças ajoelhadas, esperando os cáftens.

E quando vêm, ele finalmente tira e leva aos lábios a corneta inquieta: o exterminador, Azraeel.

*

Quando a língua de fogo emerge da boca de sua trombeta dourada e consome os homens que se aproximam, envolvendo-os num casulo de chamas, queimando-os tão completamente que não sobram nem os seus sapatos fumegando na calçada, Gibreel entende.

Está caminhando de novo, deixando para trás a gratidão das putas, indo na direção do distrito de Brickhall, Azraeel de volta ao bolso grande. As coisas estão clareando.

Ele é o Arcanjo Gibreel, o anjo da Recitação, com o poder da revelação em suas mãos. Ele pode tocar os peitos de homens e mulheres, colher os desejos mais fundos de seus corações, e torná-los reais. Ele é o saciador de desejos, o aplacador de paixões, o cumpridor de sonhos. Ele é o gênio da lâmpada, e seu mestre é o Roca.

Quais desejos, quais imperativos estão no ar da meia-noite? Ele os aspira. — E assente, assim seja, sim. — Que seja o fogo. Esta é a cidade que se limpou com chamas, que se purgou queimando até o chão.

Fogo, chuva de fogo. "Este é o juízo de Deus em sua ira", Gibreel Farishta proclama à noite tumultuada, "que os homens recebam os desejos que abrigam no coração, e que sejam por eles consumidos."

Altos prédios residenciais de baixo custo o envolvem agora. *Negro come merda de branco*, sugerem as paredes nada originais. Os prédios têm nomes: "Isandhlwana", "Rorke's Drift". Mas uma ação revisionista está em curso, pois duas dessas quatro torres foram rebatizadas e têm agora os nomes de "Mandela" e "Toussaint l'Ouverture". — As torres apóiam-se sobre pilotis e no concreto armado abaixo e entre eles existe o uivo de um vento perpétuo, e um redemoinho de lixo: peças de cozinha destroçadas, pneus vazios de bicicletas, lascas de portas quebradas, pernas de bonecas, restos de legumes arrancados dos sacos de lixo por cães e gatos famintos, embalagens de *fast-food*, latas rolando, esperanças de emprego abandonadas, esperanças perdidas, ilusões esquecidas, raivas gastas, amargura acumulada, medo vomitado, e uma banheira enferrujada. Ele fica imóvel enquanto pequenos grupos de residentes passam correndo em diversas direções. Alguns (não todos) levam armas. Paus, garrafas, facas. Todos os grupos têm membros brancos assim como negros. Ele leva o trompete aos lábios e começa a tocar.

Botões de fogo brotam no concreto, alimentados pelos montes de objetos e sonhos descartados. Há uma pequena pilha podre de inveja: ela queima verde na noite. Os fogos são de todas as cores do arco-íris, e nem todos precisam de combustível. Ele sopra as pequenas flores de fogo da trombeta e elas dançam no concreto, sem precisar nem de raízes, nem de materiais combustíveis. Aqui, uma cor-de-rosa! Ali, o que ficaria bonito?, já sei: uma rosa de prata. — E os brotos agora florescem em arbustos, sobem como trepadeiras pelos lados das torres, procuram os vizinhos, formando sebes de chamas multicores. É como olhar um jardim luminoso, o crescimento acelerado muitos milhares de vezes, um jardim brotando, florescendo, além da conta, se enredando, tornando-se impenetrável, um jardim de densas quimeras entrelaçadas, rivalizando à sua maneira incandescente com o espinheiro que se espalhou em torno do castelo da bela adormecida em outro conto de fadas, muito tempo atrás.

Mas aqui, não existe nenhuma beleza dormindo dentro. Existe Gibreel Farishta caminhando por um mundo de fogo. Na High Street, ele vê casas feitas de chamas, com muros de fogo, e labaredas como cortinas presas nas janelas. — E há homens e mulheres com peles incendiadas passando, correndo, girando em volta dele, vestidos em casacos chamejantes. A rua ficou incandescente, derretida, um rio cor de sangue. — Tudo, tudo fica em chamas quando ele toca sua alegre corneta, *dando às pessoas o que elas querem*, os cabelos e dentes da cidadania fumegando, vermelhos, vidro queimando, e pássaros voando no céu com asas flamejantes.

O adversário está muito próximo. O adversário é um ímã, é o olho de um furacão, é o centro irresistível de um buraco negro, sua força gravitacional criando um horizonte uniforme do qual nem Gibreel, nem a luz, podem escapar. *Por aqui*, chama o adversário. *Estou aqui*.

Não um palácio, apenas um café. E nos quartos do andar de cima, uma pensão. Nenhuma princesa adormecida, só uma mulher decepcionada, derrubada pela fumaça, jaz ali inconsciente; e ao lado dela, no chão ao lado da cama, igualmente inconsciente, seu marido, o ex-professor, retornado de Meca, Sufyan. — Enquanto isso, por toda parte do Shaandaar incendiado, pessoas sem rosto se debruçam de janelas, acenando dolorosamente por socorro, incapazes (por não terem bocas) de gritar.

O adversário: ele sopra!
Silhuetado contra o pano de fundo do Shaandaar Café flamejante, veja, o sujeito em pessoa!
Azraeel salta para a mão de Farishta sem esperar chamado.

Mesmo um arcanjo pode experimentar uma revelação, e quando Gibreel percebe, pelo mais fugaz dos instantes, o olhar de Saladin Chamcha — ali, naquela fração de segundo infinita, caem os véus de diante de seus olhos — e ele se vê caminhando com Chamcha por Brickhall Fields, perdido numa rapsódia, revelando os mais íntimos segredos de sua vida sexual com Alleluia Cone — aqueles mesmos segredos que depois seriam sussurrados em telefonemas por uma horda de vozes perversas — e debaixo de tudo isso Gibreel discerne agora o talento unificador do adversário, que podia ser gutural e agudo, que insultava e louvava, que era ao mesmo tempo insistente e tímido, que era prosaico — sim! — e versificador também. E agora, finalmente, Gibreel Farishta reconhece pela primeira vez que o adversário não se limitou a adotar as feições de Chamcha como disfarce — nem se trata de algum caso de possessão paranormal, de invasão de corpo por um invasor do Inferno; que, em resumo, o mal não é externo a Saladin, mas brota do mesmo recesso de sua verdadeira natureza, que se espalhou pelo seu ser como um câncer, apagando o que havia de bom nele, enxotando seu espírito — e fazendo isso tudo com muitos desvios e meneios enganosos, parecendo às vezes recuar, enquanto, de fato, durante a ilusão de recuo, acobertado por ela, por assim dizer, continuava perniciosamente a se espalhar —; e agora, sem dúvida, já o tinha dominado inteiro; agora nada restava de Saladin além daquilo, o escuro fogo do mal em sua alma, consumindo-o tão inteiramente quanto o outro fogo, multicolorido e abrangente que devora a cidade que grita. Na verdade, estas são as "mais horrendas, pérfidas, malditas chamas, nada semelhantes à fina flama de um fogo ordinário".

O fogo faz um arco atravessando o céu. Saladin Chamcha, o adversário, que é também *Spoono, meu velho Chumch*, desapareceu pela porta do Shaandaar Café. É ali a boca do buraco negro; o horizonte cerra-se em torno dela, todas as outras possibilidades se dissolvem, o universo se reduz a esse ponto solitário e irresistível. Soprando um grande som em seu trompete, Gibreel mergulha pela porta aberta.

*

O edifício ocupado pelo Conselho de Relações Comunitárias de Brickhall era um monstro de um único andar de tijolos roxos com janelas à prova de balas, uma criação no estilo bunker dos anos 60, quando tais linhas eram consideradas elegantes. Não era um edifício fácil de se entrar; a porta, dotada de porteiro eletrônico, abria para um vale estreito ao longo de um dos lados do edifício, que terminava numa segunda porta, também com trava de segurança. Havia também um alarme contra roubo.

Esse alarme, isso transpirou depois, tinha sido desligado, provavelmente pelas duas pessoas, um homem, uma mulher, que entraram com ajuda de uma chave. Sugeriu-se oficialmente que essas pessoas tinham a intenção de um ato de sabotagem, um "trabalho interno", visto que um deles, a mulher morta, fora de fato funcionária da organização que ocupava aqueles escritórios. As razões do crime permaneciam obscuras, e como os criminosos tinham perecido no incêndio, era pouco provável que jamais viessem à luz. Um "gol contra" continuava sendo a explicação mais provável.

Um aspecto trágico; a morta estava em avançado estágio de gravidez.

O inspetor Stephen Kinch, ao proferir a declaração que informava esses fatos, fez uma "ligação" entre o incêndio no CRC de Brickhall e o do Shaandaar Café, onde o segundo morto, o homem, era residente semipermanente. Era possível que fosse o agente incendiário e que a mulher, que era sua amante, apesar de casada e ainda coabitando com outro homem, não fosse mais que sua vítima. Não se podia descartar motivos políticos — ambos os indivíduos eram bem conhecidos por suas posições políticas — embora fosse tão turvo o ambiente dos grupelhos de extrema esquerda freqüentados por ambos que seria muito difícil obter um quadro claro de quais poderiam ser esses motivos. Era também possível que os dois crimes, mesmo se cometidos pelo mesmo homem, tivessem motivos diferentes. Era possível que o homem fosse apenas um criminoso contratado, que tocou fogo no Shaandaar pelo dinheiro do seguro, a pedido dos proprietários, agora falecidos, tocando fogo no CRC a pedido de sua amante, talvez por conta de alguma vingança interna do escritório.

Não restava a menor dúvida de que o incêndio do CRC havia sido provocado voluntariamente. Grande quantidade de gasolina fora espalhada sobre escrivaninhas, papéis, cortinas. "Muitas pessoas não compreendem a velocidade com que o fogo se espalha pela gasolina", afirmou o inspetor Kinch aos jornalistas que anotavam. Os corpos, queimados a tal ponto que foi necessário recorrer às fichas dentárias para a identificação, haviam sido encontrados na sala de fotocópias. "É tudo o que sabemos." Fim.

Eu sei mais.
Mas tenho algumas perguntas. — Por exemplo, sobre uma perua Mercedes azul sem placa que seguiu a pick-up de Walcott Roberts e depois o MG de Pamela Chamcha. — Sobre os ho-

mens que saíram dessa perua, rostos cobertos por máscaras de dia das bruxas, e forçaram a entrada no escritório do CRC assim que Pamela destrancou a porta externa. — Sobre o que realmente aconteceu dentro do escritório, porque tijolos roxos e vidros à prova de balas não são facilmente penetrados pelo olho humano. — E, finalmente, sobre o paradeiro de uma pasta de plástico vermelho, e dos documentos nela contidos.

Inspetor Kinch? O senhor está aí?

Não. Ele já foi. Não tem respostas para mim.

*

Eis Mr. Saladin Chamcha, em seu casaco de pêlo de camelo com gola de seda, correndo pela High Street como um malandro qualquer. — O mesmo terrível Mr. Chamcha que acaba de passar uma noite na companhia de uma perturbada Alleluia Cone, sem sentir nem um lampejo de remorso. — "Olho para os seus pés", Otelo disse de Iago, "mas não, isso é fábula." Chamcha também não é mais fabuloso; sua humanidade é forma e explicação suficiente para seu ato. Ele destruiu o que não é e não pode ser; ele se vingou, pagando traição com traição; e o fez explorando a fraqueza do inimigo, ferindo-o no calcanhar vulnerável. — Há satisfação nisso. — Mesmo assim, eis Mr. Chamcha correndo. O mundo está cheio de raiva e de eventos. As coisas se equilibram. Um edifício queima.

Bumba, bate o seu coração. *Dumba, bumba, dadum.*

Ele agora vê o Shaandaar, em chamas; e pára com um escorregão. Tem o peito apertado — *badumba!* — e uma dor no braço esquerdo. Ele não percebe; está olhando fixamente o edifício que queima.

E vê Gibreel Farishta.

E volta-se; e corre para dentro.

"Mishal! Sufyan! Hind!", grita o pérfido Mr. Chamcha. O andar térreo ainda não está em fogo. Ele abre a porta da escada, e um vento escaldante, pestilento joga-o para trás. *O bafo do dragão*, pensa. O patamar está em chamas; as labaredas sobem como lençóis do chão ao teto. Impossível avançar.

"Alguém aí?", grita Saladin Chamcha. "Tem alguém aí?" Mas o dragão ruge mais forte que seus gritos.

Algo invisível dá-lhe um chute no peito e atira-o de costas no chão do café, entre as mesas vazias. *Dum*, canta seu coração. *Tome isto. E isto.*

Ele ouve um ruído acima da cabeça, como os passos de um bilhão de ratos, roedores espectrais seguindo atrás de um flautista fantasmagórico. Olha para cima: o teto está em chamas. Descobre que não pode levantar. Enquanto olha, uma parte do teto se destaca, e ele vê um pedaço da viga caindo em sua direção. Cruza os braços em frágil autodefesa.

A viga o prende ao chão, quebrando-lhe os dois braços. Seu peito está cheio de dor. O mundo some. É difícil respirar. Não pode falar. Ele é o Homem das Mil Vozes, e não lhe sobra nenhuma.

Gibreel Farishta, com Azraeel na mão, entra no Shaandaar Café.

*

O que acontece quando você vence?

Quando seus inimigos estão à sua mercê: como agir então? Fazer concessões é a tentação dos fracos; este é o teste dos fortes. — "Spoono", Gibreel acena para o homem caído. "Você me enganou mesmo, mister; sério, você é um cara e tanto." E Chamcha vendo o que existe nos olhos de Gibreel, não pode negar que entende o que vê. "O q...", ele começa a dizer, e desiste. *O que vai fazer?* Há fogo caindo em toda volta deles: um chiado de chuva dourada. "Por que fez isso?", Gibreel pergunta, e afasta a pergunta com um gesto de mão. "Besteira perguntar uma coisa dessas. Devia perguntar é o que deu em você de entrar aqui assim? Que besteira. Gente, não é? Spoono? Uns malucos filhos-da-puta, só isso."

Agora formaram-se poças de fogo em volta deles. Logo estarão cercados, náufragos numa ilha temporária em meio a um mar letal. Chamcha sente um segundo chute no peito, e se sacode violentamente. Está diante de três mortes — pelo fogo, por "causas naturais" e por Gibreel. — Faz um esforço desesperado para falar, mas só consegue coaxar: "Des. U. Pe." *Desculpe*. "Te. Pie." *Tenha piedade*. As mesas do café estão queimando. Mais vigas despencam do alto. Gibreel parece ter entrado em transe. Repete, vagamente: "Umas coisas idiotas".

Será possível que o mal nunca seja absoluto, que a sua vitória, por mais poderosa, nunca seja completa?

Veja esse homem caído. Ele buscou, sem remorso, abalar a cabeça de um semelhante; e, para isso, explorou uma mulher inteiramente inocente, pelo menos em parte devido ao próprio desejo impossível e voyeurista que sente por ela. E, no entanto, esse mesmo homem arriscou a vida, praticamente sem hesitação, numa temerária tentativa de resgate.

O que significa isso?

O fogo se fecha em torno dos dois homens, a fumaça tomando tudo. Em questão de segundos os dois serão devorados. Há questões mais urgentes para responder do que aquelas *cretinas* feitas acima.

Qual será a escolha de Farishta?

Ele tem uma escolha?

Gibreel deixa cair o trompete; inclina-se, libera Saladin da prisão da viga; e o carrega nos braços. Chamcha, costelas e braços quebrados, geme baixinho, como o criacionista Dumsday antes de receber uma língua nova feita de nádega de primeira. "Ta. De." *Tarde demais*. Uma língua de fogo gruda na barra de seu casaco. O espaço está todo cheio de acre fumaça negra, entrando em seus olhos, tapando-lhe os ouvidos, entupindo nariz e pulmões. — Porém, Gibreel Farishta começa a soprar suavemente, um sopro longo, contínuo, de extraordinária duração, e soprando na direção da porta seu alento corta o fogo e a fumaça como uma faca — e Saladin Chamcha, sufocando, desmaiando, com uma mula chutando dentro do peito, parece ver — mas depois jamais terá certeza se viu mesmo — o fogo se abrir diante deles como o mar vermelho em que se transformou, e a fumaça se dividindo também, como uma cortina, como um véu, até haver diante deles uma trilha aberta para a porta — e Gibreel Farishta caminha depressa por ela, levando Saladin pelo caminho do perdão até o ar quente da noite; de forma que numa noite em que a cidade está em guerra, uma noite pesada de inimizade, de raiva, ocorre esta pequena vitória redentora do amor.

*

Conclusões.

Quando eles saem, Mishal Sufyan está na frente do Shaandaar, chorando pelos pais, sendo consolada por Hanif. — É a vez de Gibreel fraquejar; ainda carregando Saladin, ele desmaia aos pés de Mishal.

Agora, Mishal e Hanif estão na ambulância com os dois homens inconscientes. Chamcha tem uma máscara de oxigênio sobre o nariz e a boca, enquanto Gibreel, que não sofreu nada além de exaustão, fala durante o sono: um murmúrio delirante sobre um trompete mágico e o fogo que ele soprava, como música, de sua boca. — E Mishal, que se lembra de Chamcha como um diabo, e passou a aceitar muitas coisas como possíveis, diz: "Acha que...?". Mas Hanif é definitivo, firme. "Nem pensar. Esse aí é Gibreel Farishta, o ator, você não reconhece? O coitado está só representando alguma cena de filme." Mishal não desiste. "Mas, Hanif...", e ele fica enfático. Falando manso, porque, afinal, ela acaba de ficar órfã, insiste. "O que aconteceu aqui em Brickhall hoje foi um fenômeno sociopolítico. Não vamos cair na armadilha de nenhum maldito misticismo. Trata-se de história: de um acontecimento na história da Grã-Bretanha. De um processo de mudança."

De repente, a voz de Gibreel muda, e o assunto também. Ele fala de *peregrinos*, de *um bebê morto*, e de *Os Dez Mandamentos*, e de *uma mansão decadente*, e de uma *árvore*; porque depois do incêndio purificador ele está sonhando, pela última vez, um de seus sonhos seriados. E Hanif diz: "Escute, Mishu, minha querida. É tudo faz-de-conta, só isso". Passa um braço em torno dela, beija-lhe o rosto, apertando-a junto ao corpo. *Fique co-*

migo. O mundo é real. Temos de viver nele; temos de viver aqui, continuar vivendo.

Bem nesse momento, Gibreel Farishta, ainda dormindo, grita com toda a força de sua voz.

"Mishal! Volte! Não aconteceu nada! Mishal, pelo amor de Deus, venha embora, volte, volte."

VIII
A ABERTURA DO MAR DA ARÁBIA

Era costume de Srinivas, o comerciante de brinquedos, ameaçar de vez em quando a mulher e os filhos dizendo que um dia, quando tivesse perdido o gosto pelo mundo material, largaria tudo, inclusive seu próprio nome, para se tornar um *sanyasi*, vagando de aldeia em aldeia com a tigela de esmolas e um cajado. Mrs. Srinivas tratava essas ameaças com tolerância, sabendo que seu marido gelatinoso e bem-humorado gostava de ser considerado um homem devoto, mas também um tanto aventureiro (pois não tinha insistido em fazer aquele vôo absurdo e apavorante sobre o Grand Canyon, na *Amrika*, anos atrás?). A idéia de se transformar num santo mendicante satisfazia ambas as ambições dele. Quando ela via seu amplo traseiro tão confortavelmente acomodado na poltrona da varanda, olhando o mundo através da forte grade de ferro, ou quando o via brincar com a filha mais nova, Minoo, de cinco anos de idade, ou quando observava que o apetite dele, longe de diminuir às proporções de uma tigela de esmolas, aumentava, satisfeito, ao longo dos anos — Mrs. Srinivas apertava os lábios num biquinho, adotava a expressão altiva de uma artista de cinema (apesar de ser tão gorda e sacolejante quanto o marido) e entrava em casa assobiando. Portanto, quando ela encontrou a poltrona vazia, com o copo de suco de lima pela metade sobre um dos braços, foi tomada inteiramente de surpresa.

Para dizer a verdade, o próprio Srinivas nunca foi capaz de explicar exatamente o que o fez deixar o conforto de sua varanda matinal e ir observar a chegada dos aldeões de Titlipur. Os meninos vagabundos que sabiam de tudo uma hora antes que acontecesse tinham gritado na rua que vinha vindo uma improvável procissão de gente carregando sacos e bagagens pela estrada de batatas, na direção da grande estrada principal, liderada por uma menina de cabelo prateado, com grandes exclamações de borboletas por cima da cabeça deles, seguidos, na retaguarda, por Mirza Saeed Akhtar na sua perua Mercedes-Benz verde-oliva, com cara de quem engasgou com um caroço de manga.

Mesmo com todos os silos de batatas e famosas fábricas de brinquedos, Chatnapatna não era um lugar assim tão grande a ponto de a chegada de cento e cinqüenta pessoas passar despercebida. Pouco antes de a procissão chegar, Srinivas tinha recebido uma delegação de operários de sua fábrica, pedindo permissão para interromper o trabalho durante algumas horas para assistir ao grande evento. Sabendo que provavelmente iam parar de qualquer forma, Srinivas permitiu. Mas ficou, durante algum tempo, teimosamente plantado na varanda, tentando fingir que as borboletas da excitação não tinham começado a agitar seu amplo estômago. Mais tarde, ele confidenciaria a Mishal Akhtar: "Era um pressentimento. Que dizer? Eu sabia que vocês todos não estavam ali para se divertir. Ela veio por minha causa".

Titlipur chegou a Chatnapatna em meio a uma consternação de bebês uivando, crianças gritando, velhos rangendo e piadas amargas do Osman do touro bum-bum, de quem Srinivas não gostava nada. Os meninos de rua informaram ao rei dos brinquedos que entre os viajantes estavam a mulher e a sogra do *zamindar* Mirza Saeed, e que elas vinham a pé como os camponeses, vestindo pijamas *kurta* simples e nenhuma jóia. Foi nesse ponto que Srinivas se arrastou até a cantina à beira da estrada, em torno da qual os peregrinos de Titlipur se amontoaram, enquanto distribuíam *bhurtas* e *parathas* de batatas. Ele chegou junto com o jipe da polícia de Chatnapatna. O inspetor vinha de pé no banco de passageiros, gritando num megafone que tencionava tomar medidas severas contra essa marcha "comunal" se não se dispersassem imediatamente. Coisa de hindu-muçulmano, Srinivas pensou; mau, muito mau.

A polícia estava tratando a peregrinação como uma espécie de manifestação sectária, mas quando Mirza Saeed Akhtar avançou e contou a verdade ao inspetor, o oficial ficou confuso. Sri Srinivas, o brâmane, não era, evidentemente, um homem que jamais tivesse pensado em fazer uma peregrinação a Meca, mas mesmo assim estava impressionado. Ele abriu caminho na multidão para ouvir o que estava dizendo o *zamindar*: "E é intenção desta boa gente ir a pé até o mar da Arábia, pois acreditam que as águas vão se abrir para eles". A voz de Mirza Saeed soava fraca, e o inspetor, oficial-chefe da Delegacia de Chatnapatna, não se convenceu. "Está falando sério, *ji*?" Mirza Saeed disse: "Eu não. Mas *eles* estão indo muito a sério. O meu plano é fazer com que mudem de idéia antes que aconteça alguma coisa maluca". O OCD, todo correias, bigodes e pose, sacudiu a cabeça: "Mas veja bem, meu senhor, como posso permitir que tantos indivíduos se congreguem na rua? Vai haver nervosismo, é possível que ocorram acidentes". Nesse momento, a multidão de peregrinos se abriu, e Srinivas viu pela primeira vez a figura fantástica da menina vestida inteiramente de borboletas, com os cabelos de neve descendo até os tornozelos. "*Arré deo*", gritou. "Ayesha, é você?" E acrescentou, tolamente: "Cadê as minhas bonecas de Planejamento Familiar?".

Sua explosão foi ignorada; todo mundo estava observando Ayesha, que se aproximava do OCD de peito estufado. Ela não disse nada, mas sorriu e cumprimentou com a cabeça, e o sujeito pareceu ficar vinte anos mais moço, até que, no tom de um menino de dez, onze anos, disse: "Tudo bem, tudo bem, *mausi*. Desculpe, *ma*. Não se ofenda. Mil perdões, por favor". E assim terminou o problema com a polícia. Horas depois, no calor da tarde, um grupo de jovens da cidade, conhecido por ter ligações com a RSS e com a Vishwa Hindu Parishad, começou a atirar pedras dos telhados próximos; o oficial-chefe da Delegacia deteve todos em menos de dois minutos e os pôs na cadeia.

"Ayesha, minha filha", Srinivas disse em voz alta, para o vazio, "que diabo aconteceu com você?"

Durante o calor do dia, os peregrinos descansaram nas sombras que conseguiam encontrar. Srinivas passeou entre eles numa espécie de transe, cheio de emoção, dando-se conta de que uma grande virada em sua vida tinha surgido inexplicavelmente. Seus olhos estavam sempre procurando a imagem transfigurada de Ayesha, a vidente, que descansava à sombra de uma figueira na companhia de Mishal Akhtar, de sua mãe Mrs. Qureishi e do apaixonado Osman com seu touro. Srinivas acabou topando com o *zamindar* Mirza Saeed, que estava deitado no banco de trás do Mercedes-Benz, desperto, um homem atormentado. A humildade com que Srinivas dirigiu-se a ele brotava do deslumbramento. "*Sethji*, não acredita na menina?"

"Srinivas", Mirza Saeed sentou-se para responder, "somos homens modernos. Sabemos, por exemplo, que os velhos morrem nas viagens longas, que Deus não cura câncer e que o mar não se abre. Temos de impedir essa idiotice. Venha comigo. O carro tem muito espaço. Você talvez consiga me ajudar a convencer essa gente a não ir; essa Ayesha, ela é muito grata a você, talvez escute o que diz."

"Ir no carro?" Srinivas sentiu-se desamparado, como se mãos poderosas o pegassem pelos membros. "Tenho meu negócio, mas."

"Isso aqui é uma missão suicida para muitos da nossa gente", Mirza Saeed insistiu. "Preciso de ajuda. Naturalmente, posso pagar."

"Não se trata de dinheiro", Srinivas recuou, ofendido. "Desculpe, por favor, *sethji*. Preciso pensar."

"Não está vendo?", Mirza Saeed gritou na direção dele. "Não somos gente comunal, você e eu. *Bhai-bhai* hindu-muçulmano! Nós dois podemos abrir uma frente secular contra esse fanatismo."

Srinivas voltou. "Mas eu não sou descrente", protestou. "Eu tenho sempre a imagem da deusa Lakshmi na minha parede."

"A riqueza é uma deusa excelente para os negociantes", disse Mirza Saeed.

"E no meu coração", Srinivas acrescentou. Mirza Saeed perdeu a paciência. "Deusas, por favor! Até seus filósofos admitem que elas não passam de conceitos abstratos. Encarnações de Shakti que é, em si, uma noção abstrata: o poder dinâmico dos deuses."

O comerciante de brinquedos estava olhando Ayesha adormecida debaixo de sua colcha de borboletas. "Não sou nenhum filósofo, *sethji*", disse. E não revelou que seu coração tinha saltado para a boca porque se dera conta de que a menina adormecida e a deusa do calendário na parede de sua fábrica tinham o mesmo rosto, idêntico.

*

Quando a peregrinação deixou a cidade, Srinivas foi junto, fazendo ouvidos moucos às ameaças da mulher descabelada, que carregou Minoo e a sacudiu diante do rosto do marido. Ele explicou a Ayesha que mesmo não tendo vontade de visitar Meca, sentira-se tomado por um anseio de caminhar ao lado dela durante algum tempo, talvez mesmo até o mar.

Ao tomar seu lugar entre os aldeões de Titlipur e acertar o passo com o homem a seu lado, observou, com uma mistura de incompreensão e assombro, que um enxame infinito de borboletas voava acima deles, como um guarda-sol gigantesco fazendo sombra para os peregrinos. Era como se as borboletas de Titlipur tivessem assumido as funções da grande árvore. Em seguida, deu um grito de medo, deslumbramento e prazer, porque algumas dúzias dessas camaleônicas criaturas aladas tinham pousado em seus ombros e assumido, imediatamente, o tom exato do escarlate de sua roupa. E reconheceu o homem a seu lado como o *sarpanch*, Muhammad Din, que tinha escolhido não caminhar na frente. Ele e sua mulher Khadija marchavam contentes, a despeito da idade avançada, e ao ver a bênção lepidóptera que pousara sobre o comerciante de brinquedos, Muhammad Din pegou sua mão.

*

Estava ficando cada vez mais claro que as chuvas não viriam. Filas de gado ossudo migravam pela paisagem, em busca de água. *O Amor é Água*, alguém tinha escrito com cal na parede de tijolos de uma fábrica de velocípedes. Na estrada, encontraram outras famílias que se dirigiam para o sul com suas vidas empacotadas no lombo de burros moribundos, elas também marchando cheias de esperança na direção da água. "Mas não água salgada", Mirza Saeed gritou aos peregrinos de Titlipur. "E não achando que ela vai se abrir em duas! Eles querem continuar vivos, mas vocês, malucos, querem morrer." Abutres se juntavam na beira da estrada, assistindo à passagem dos peregrinos.

Mirza Saeed passou as primeiras semanas da peregrinação ao mar da Arábia num estado de agitação histérica permanente. A maior parte da caminhada era feita de manhã e no fim da tarde, e nesses momentos, Saeed saltava da perua para implorar à mulher moribunda: "Pense bem, Mishu. Você está doente. Venha e deite um pouco pelo menos, deixe eu fazer uma massagem nos seus pés". Mas ela recusava, e sua mãe o enxotava. "Está vendo, Saeed, você é tão negativo que deprime. Vá beber sua Coca-Cola no seu carro com ar-condicionado e deixe os *yatris* em paz." Depois da primeira semana, o carro com ar-condicionado perdeu seu condutor. O chofer de Mirza Saeed pediu demissão e juntou-se aos peregrinos a pé; o *zamindar* foi obrigado a pegar a direção ele mesmo. Depois disso, quando se via dominado pela ansiedade, tinha de parar o carro, estacionar e correr como um louco para lá e para cá entre os peregrinos, ameaçando, seduzindo, oferecendo subornos. Pelo menos uma vez por dia ele amaldiçoava Ayesha na cara dela, por ter arruinado sua vida, mas não conseguia sustentar os insultos porque toda vez que olhava para ela a desejava tanto que sentia vergonha. O câncer tinha começado a acinzentar a pele de Mishal, e também Mrs. Qureishi começava a se esgotar; seus sapatos elegantes tinham se desintegrado e ela sofria com bolhas que pareciam balões de água nos pés. Quando Saeed ofereceu o conforto do carro, porém, ela continuou a recusar, decidida. O encantamento que Ayesha lançara sobre os peregrinos mantinha-se firme. — E depois dessas excursões ao cerne da peregrinação, Mirza Saeed, suando e tonto de calor e de crescente desespero, percebia que os caminhantes tinham deixado seu carro lá atrás e tinha de correr de volta sozinho, imerso em melancolia. Um dia, voltou para a perua e descobriu que um coco, atirado pela janela de um ônibus em trânsito, tinha estilhaçado o vidro de segurança do pára-brisa, que parecia agora uma teia de aranha cheia de moscas de diamante. Teve de arrancar todos os cacos, e os diamantes de vidro pareciam caçoar dele ao cair na estrada e dentro do carro, pareciam falar da transitoriedade e do pouco valor das posses terrenas, porém um homem secular vive num mundo de coisas, e Mirza Saeed não tencionava se deixar quebrar com tanta facilidade quanto o pára-brisa. À noite, ia se deitar ao lado da mulher, num colchão debaixo das estrelas, à margem da grande estrada principal. Quando contou do acidente, ela lhe deu um frio consolo. "É um sinal", disse. "Abandone o carro e junte-se a nós afinal."

"Abandonar um Mercedes-Benz?", Saeed gritou em genuíno horror.

"Que importa?", Mishal respondeu com voz exausta, cinzenta. "Você vive falando de desgraça. Que diferença pode fazer um Mercedes?"

"Você não entende", Saeed choramingou. "Ninguém me entende."

Gibreel sonhou uma seca:

A terra tostou sob o céu sem chuvas. As carcaças de ônibus e monumentos antigos apodrecendo nos campos junto às plantações. Mirza Saeed viu, pelo pára-brisa quebrado, a calamidade instalar-se: os burros selvagens trepando, fatigados e caindo mortos, ainda em conjunção carnal, no meio da estrada, as raízes das árvores expostas pela erosão do solo, parecendo gigantescas garras de madeira arranhando a terra em busca de água, os fazendeiros empobrecidos obrigados a trabalhar para o Estado como obreiros, cavando um reservatório ao lado da estrada, um receptáculo vazio para a chuva que não vinha. Vidas miseráveis à beira da estrada: uma mulher com uma trouxa indo para uma tenda de gravetos e trapos, uma menina condenada a arear, dia após dia, um pote, uma panela, em seu retalho de poeira imunda. "Essas vidas valem tanto quanto as nossas?", Mirza Saeed

Akhtar perguntava a si mesmo. "Tanto quanto a minha? A de Mishal? Como experimentaram pouco, como têm pouco para alimentar a alma." Um homem de *dhoti* e *pugri* solto, como um pássaro em cima de um marco de pedra, trepado ali com um pé apoiado no joelho da outra perna, uma mão debaixo do cotovelo oposto, fumando um *biri*. Quando Mirza Saeed Akhtar passou, ele cuspiu, e atingiu o *zamindar* bem no rosto.

A peregrinação avançava lentamente, três horas de caminhada de manhã, outras três depois do calor, ao ritmo do mais lento dos peregrinos, sujeita a infinitos atrasos, as doenças das crianças, a pressões das autoridades, a uma roda que caía de um dos carros de boi; trezentos quilômetros até o mar, a três quilômetros por dia, na melhor das hipóteses, uma jornada de aproximadamente onze semanas. A primeira morte aconteceu no décimo oitavo dia. Khadija, a velha sem nenhum tato que fora durante meio século a esposa satisfeita e satisfatória do *sarpanch* Muhammad Din, viu um arcanjo em sonho. "Gibreel", murmurou, "é você?"

"Não", a aparição replicou. "Sou eu, Azraeel, o que faz o trabalho sujo. Desculpe a decepção."

Na manhã seguinte, ela continuou com a peregrinação, sem revelar a visão ao marido. Depois de duas horas, chegaram à ruína de uma das estalagens demarcatórias *mughal* que, em tempos antigos, foram construídas a intervalos de dez quilômetros ao longo da estrada. Quando Khadija viu a ruína, nada sabia de sua história, dos viajantes roubados durante o sono e tudo, mas compreendeu muito bem o seu presente. "Tenho de entrar ali e descansar", disse ao *sarpanch*, que protestou: "Mas a marcha!". "Não tem importância", respondeu, serena. "Você alcança os outros depois."

Deitou-se no cascalho da velha ruína, com a cabeça pousada numa pedra lisa que o *sarpanch* encontrou para ela. O velho chorou, mas não adiantou nada, e ela morreu em um minuto. Ele correu de volta à multidão e enfrentou Ayesha, furioso. "Não devia nunca ter ouvido você", disse. "Você matou minha mulher."

A marcha parou. Mirza Saeed Akhtar, percebendo uma oportunidade, insistiu aos gritos que Khadija tinha de ser levada para um cemitério muçulmano adequado. Mas Ayesha contestou: "O arcanjo ordenou que a gente fosse direto para o mar, sem voltas nem desvios". Mirza Saeed apelou aos peregrinos. "Ela é a amada esposa do seu *sarpanch*", berrou. "Vão jogar a coitada num buraco na beira da estrada?"

Quando os aldeões de Titlipur concordaram que Khadija fosse enterrada imediatamente, Saeed não conseguiu acreditar em seus ouvidos. Deu-se conta de que a determinação deles era ainda maior do que suspeitava: até mesmo o consternado *sarpanch* concordou. Khadija foi enterrada no canto de um campo desolado, atrás da ruína do marco do passado.

No dia seguinte, porém, Mirza Saeed notou que o *sarpanch* tinha se desligado da peregrinação e vagava, desconsolado, a pouca distância do resto, fungando pelos arbustos de primaveras. Saeed saltou do Mercedes e correu até Ayesha, para fazer mais uma cena. "Monstro!", gritou. "Monstro desalmado! Por que trouxe a pobre mulher para morrer aqui?" Ela o ignorou, mas, no caminho de volta à perua, o *sarpanch* aproximou-se e disse: "A gente era pobre. Sabia que não tinha esperança de ir a Meca Sharif, até ela convencer a gente. Ela convenceu, e agora veja o resultado".

Ayesha, a *kahin*, pediu para falar com o *sarpanch*, mas não lhe deu nenhuma palavra de consolação. "Fortaleça a sua fé", ralhou com ele. "Quem morre na grande peregrinação tem lugar garantido no Paraíso. Sua mulher está sentada agora entre anjos e flores. De que você está reclamando?"

Nessa noite, o *sarpanch* Muhammad Din aproximou-se de Mirza Saeed, que estava sentado perto de uma fogueira. "Desculpe, *sehtji*", disse, "mas será que seria possível eu ir, como o senhor ofereceu antes, no seu carro?"

Não querendo abandonar de todo o projeto que tinha levado sua mulher à morte, incapaz de manter a fé absoluta que a empresa exigia, Muhammad Din entrou na perua do ceticismo. "Meu primeiro convertido", Mirza Saeed alegrou-se.

*

Na quarta semana, a deserção do *sarpanch* Muhammad Din começou a fazer efeito. Ele se sentava no banco de trás do Mercedes, como se fosse o *zamindar*, e Mirza Saeed o chofer, e pouco a pouco o estofamento de couro e o aparelho de ar-condicionado e o gabinete de uísque e soda e os vidros elétricos espelhados das janelas começaram a ensinar-lhe a altivez; ele empinou o nariz e adquiriu aquela expressão superior de um homem que pode ver sem ser visto. No banco do motorista, Mirza Saeed sentia os olhos e o nariz se encherem da poeira que entrava pelo buraco deixado pelo pára-brisa quebrado, mas, apesar do desconforto, sentia-se melhor do que antes. Agora, ao fim de cada dia, um bando de peregrinos se reunia em torno do Mercedes-Benz com sua estrela brilhante, e Mirza Saeed tentava fazê-los voltar à razão, enquanto olhavam o *sarpanch* Muhammad Din baixar e levantar os vidros espelhados das janelas traseiras, de forma que viam, se alternando, a imagem dele e a de si próprios. A presença do *sarpanch* no Mercedes atribuía nova autoridade às palavras de Mirza Saeed.

Ayesha não tentava chamar de volta os aldeões, e até esse momento sua segurança era justificada: não houvera nenhuma outra deserção para o lado dos descrentes. Mas Saeed percebia que lançava muitos olhares em sua direção e, fosse ela visionária ou não, Mirza Saeed era capaz de apostar que aqueles eram os olhares mal-humorados de uma jovem que não tinha mais tanta certeza de conseguir o que queria.

Então, ela desapareceu.

Afastou-se, durante uma sesta da tarde, e só reapareceu um dia e meio depois, quando já se instalara o pandemônio entre os peregrinos — ela sempre soube como manipular os sentimentos da platéia, Saeed admitiu; Ayesha caminhou lentamente para eles através da paisagem poeirenta, e dessa vez seus cabelos estavam manchados de ouro, e suas sobrancelhas também estavam douradas. Reuniu os aldeões e contou que o arcanjo estava insatisfeito com o fato de o povo de Titlipur ter se enchido de dúvidas só por causa da subida de um mártir para o Paraíso. Alertou que ele estava pensando seriamente em retirar a oferta de abrir as águas, "e tudo o que vai sobrar para vocês é um banho de água salgada no mar da Arábia, para depois voltar aos campos de batatas desertos, onde nunca mais choverá". Os aldeões ficaram horrorizados. "Não, não pode ser", imploraram. "Bibiji, desculpe." Era a primeira vez que usavam o nome da santa de antanho aplicado àquela menina que os conduzia com um absolutismo que começava agora a assustá-los, tanto quanto os tinha impressionado antes. Depois do discurso dela, o *sarpanch* e Mirza Saeed ficaram sozinhos na perua. "O arcanjo vence o segundo round", Mirza Saeed pensou.

*

Por volta da quinta semana, a saúde da maioria dos outros peregrinos tinha deteriorado drasticamente, os mantimentos estavam se esgotando, era difícil encontrar água, e os canais lacrimais das crianças estavam secos. Bandos de abutres estavam sempre por perto.

À medida que os peregrinos deixavam para trás as áreas rurais e se aproximavam de zonas mais densamente povoadas, o nível de dificuldade aumentava. Os ônibus interurbanos e os caminhões muitas vezes se recusavam a desviar, e os pedestres tinham de pular de lado, gritando e se atropelando, para sair do caminho. Ciclistas, famílias de seis pessoas em motocicletas Rajdoot, comerciantes mesquinhos gritavam-lhes ofensas. "Malucos! Caipiras! Muçulmanos!" Muitas vezes, eram obrigados a continuar andando durante a noite inteira porque as autoridades desta ou daquela cidadezinha não queriam aquele povinho dormindo em suas calçadas. Era inevitável que houvesse mais mortes.

Então, o touro do convertido, Osman, caiu de joelhos entre as bicicletas e o esterco de camelo de uma cidadezinha sem nome. "Levante, idiota", ele gritou, impotente. "O que acha que está fazendo? Vai morrer assim na frente das barracas de frutas de estranhos?" O touro sacudiu a cabeça duas vezes, sim, e expirou.

Borboletas cobriram o cadáver, adotando a cor de seu pêlo cinzento, dos cones dos chifres e dos guizos. O inconsolável Osman correu para Ayesha (que tinha vestido um sári sujo como concessão ao pudor urbano, mesmo com nuvens de borboletas ainda à sua volta, como a glória). "Touro vai para o céu?", perguntou com triste voz; ela encolheu os ombros. "Touro não tem alma", disse, imperturbável, "e estamos marchando para salvar almas." Osman olhou para ela e percebeu que não a amava mais. "Você virou um demônio", disse, enojado.

"Eu não sou nada", Ayesha respondeu. "Sou um mensageiro."

"Então me diga por que o seu Deus gosta tanto de destruir os inocentes", Osman rugiu. "Do que ele tem medo? Ele é tão inseguro que precisa que a gente morra para provar o nosso amor?"

Como em resposta a tal blasfêmia, Ayesha impôs medidas disciplinares ainda mais estritas, insistindo que os peregrinos fizessem todas as cinco orações e decretando que as sextas-feiras seriam dias de jejum. No final da sexta semana, tinha forçado os caminhantes a abandonar mais quatro corpos nos lugares onde tombaram: dois velhos, uma velha e uma menina de seis anos. Os peregrinos continuaram, virando as costas aos mortos; atrás deles, porém, Mirza Saeed coletou os corpos e tomou as providências para que tivessem enterro decente. Foi ajudado nisso pelo *sarpanch*, Muhammad Din, e pelo antigo intocável, Osman. Nesses dias, ficaram bem atrás do grupo, mas uma perua Mercedes-Benz não leva muito tempo para alcançar mais de cento e quarenta homens, mulheres e crianças caminhando fatigados na direção do mar.

*

O número de mortos cresceu, e o grupo de peregrinos inquietos em torno do Mercedes aumentava noite após noite. Mirza Saeed começou a lhes contar histórias. Contou dos lemingues e da feiticeira Circe que transformava os homens em porcos; contou, também, a história do flautista que atraiu as crianças de uma cidade para uma fenda na montanha. Depois de contar essa história na língua deles, recitou os versos em inglês, para que pudessem ouvir a música da poesia, mesmo não entendendo as palavras. "A cidade de Hamelin fica em Brunswick", começou. "Perto da famosa cidade de Hanover. O rio Weser, largo, profundo e azul, banha suas muralhas pelo lado sul..."

Então teve a satisfação de ver a menina Ayesha avançar, parecendo furiosa, enquanto as borboletas brilhavam como uma fogueira atrás dela, como se fossem labaredas saindo de seu corpo.

"Quem escuta os versos do Diabo, recitados na língua do Diabo", gritou, "acaba indo para o Diabo."

"Então a escolha", Mirza Saeed respondeu, "é entre o Diabo e o profundo mar azul."

*

Passaram-se oito semanas, e as relações entre Mirza Saeed e a esposa Mishal tinham deteriorado a tal ponto que não se falavam mais. Agora, apesar de o câncer tê-la deixado mais cinzenta que as cinzas de um funeral, Mishal tinha se tornado tenente de Ayesha e sua mais devotada discípula. As dúvidas dos outros caminhantes tinham apenas fortalecido sua própria fé, e ela não hesitava em culpar o marido por todas essas dúvidas.

"Além disso", dissera a ele na última conversa, "não existe mais nenhum calor em você. Tenho medo de me aproximar."

"Nenhum calor?", ele gritou. "Como pode dizer isso? Nenhum calor? Por quem é que eu estou correndo nesta maldita peregrinação? Para cuidar de quem? Porque amo quem? Porque estou tão preocupado, tão triste, tão cheio de dor por quem? Nenhum calor? Não me conhece mais? Como pode dizer uma coisa dessas?"

"Ouça o que está dizendo", ela falou, numa voz que começava a se desmanchar numa espécie de fumaça, numa opacidade. "Sempre a raiva. A raiva fria, gelada, como uma fortaleza."

"Isto não é raiva", ele replicou. "É ansiedade, infelicidade, miséria, sofrimento, dor. Onde é que está ouvindo raiva?"

"Eu ouço", ela disse. "Todo mundo pode ouvir, a quilômetros de distância."

"Venha comigo", ele implorou. "Levo você para as melhores clínicas da Europa, do Canadá, dos Estados Unidos. Confie na tecnologia ocidental. Eles fazem maravilhas. Além do mais, você sempre gostou de aparelhos."

"Estou indo em peregrinação a Meca", ela respondeu, e virou as costas.

"Vaca idiota", ele berrou para as costas dela. "Só porque vai morrer não tem de levar toda essa gente com você." Mas ela continuou andando pelo acampamento à beira da estrada, sem olhar para trás. E agora que tinha perdido o controle e dito o indizível, provando que ela estava certa, Mirza caiu de joelhos e chorou. Depois dessa briga, Mishal se recusou a continuar dormindo ao lado dele. Ela e a mãe colocaram os colchonetes ao lado da profetisa envolta em borboletas a caminho de Meca.

De dia, Mishal trabalhava incessantemente entre os peregrinos, tranqüilizando-os, sustentando sua fé, juntando-os sob as asas de sua delicadeza. Ayesha tinha começado a se recolher mais e mais fundo no silêncio, e Mishal Akhtar transformou-se, para todos os propósitos e finalidades, na líder dos peregrinos. Mas perdeu o controle de um deles: Mrs. Qureishi, sua mãe, esposa do diretor do banco do Estado.

A chegada de Mr. Qureishi, o pai de Mishal, foi um acontecimento. Os peregrinos tinham parado à sombra de uma fileira de plátanos e estavam ocupados recolhendo lenha e areando panelas, quando o cortejo de automóveis foi avistado. Imediatamente, Mrs. Qureishi, que estava dez quilos mais magra do que no começo da marcha, deu um gritinho e pôs-se de pé, tentando freneticamente limpar a sujeira das roupas e arranjar os cabelos. Mishal viu a mãe atrapalhada com um batom derretido e perguntou: "Qual é o problema, *ma*? Sossegue, *na*".

A mãe apontou um dedo fraco para os carros que se aproximavam. Momentos depois, a figura alta e severa do grande banqueiro pairava sobre eles. "Se eu não visse com meus próprios olhos não iria acreditar", disse. "Vieram me contar, mas eu recusei a idéia. Por isso levei tanto tempo para descobrir. Desaparecer assim de Peristan, sem uma palavra: o que significa isso?"

Mrs. Qureishi estremeceu desamparada sob o olhar do marido, começando a chorar, sentindo os calos dos pés e a fadiga que se instalara em cada poro de seu corpo. "Ah, meu Deus, eu não sei, desculpe", disse. "Só Deus sabe o que houve comigo."

"Não sabe que ocupo um posto delicado?", gritou Mr. Qureishi. "É essencial que eu tenha a confiança do público. O que vão dizer de minha mulher sair vagabundeando com *bhangis*?"

Mishal abraçou a mãe e mandou o pai parar de gritar. Mr. Qureishi deu-se conta, então, de que a filha tinha a marca da morte na testa e imediatamente murchou, como um balão. Mishal contou do câncer e da promessa da vidente Ayesha de que ocorreria um milagre em Meca, e que ficaria completamente curada.

"Então me deixe levar você de avião para Meca já", implorou o pai. "Para que andar se pode ir de Airbus?"

Mas Mishal continuou inabalável. "Vá embora", disse ao pai. "Só os crentes podem fazer isso acontecer. Mamãe cuida de mim."

Desanimado, Mr. Qureishi e sua limusine juntaram-se a Mirza Saeed na retaguarda da procissão, enviando constantemente um dos dois empregados que o tinham escoltado em motocicletas para perguntar se Mishal queria comida, remédio, Thums Up, qualquer coisa. Mishal recusou todas as ofertas, e depois de três dias — porque um banco é um banco — Mr. Qureishi partiu de volta à cidade, deixando para trás o motociclista *chaprassi* para servir as mulheres. "Ele está aqui para tudo o que mandarem", disse a elas. "Não sejam bobas. Facilitem ao máximo esta história."

No dia seguinte à partida de Mr. Qureishi, o *chaprassi* Gul Muhammad abandonou a motocicleta e juntou-se aos peregrinos pedestres, amarrando um lenço na cabeça como sinal de devoção. Ayesha não disse nada, mas quando viu o *wallah* motociclista juntar-se à peregrinação, sorriu um diabólico sorriso que relembrou Mirza Saeed de que ela era, afinal, não só uma figura de sonho, mas também uma menina de carne e osso.

Mrs. Qureishi começou a reclamar. O breve contato com a

vida antiga quebrara sua determinação, e agora que era tarde demais, começara a pensar constantemente em festas e em sofás macios e em copos de limonada gelada. De repente, começou a lhe parecer completamente fora de propósito que uma pessoa com a sua criação tivesse de seguir descalça como um qualquer. Apresentou-se a Mirza Saeed com uma expressão humilhada no rosto.

"Saeed, meu filho, você me odeia?", perguntou, sedutora, as feições gordas se ajeitando numa paródia de coqueteria.

Saeed ficou horrorizado com aquela careta. "Claro que não", conseguiu responder.

"Você me odeia, sim, me abomina, e minha causa está perdida", ela flertou.

"*Ammaji*", Saeed engoliu em seco, "o que está dizendo?"

"Porque de vez em quando eu falava duro com você."

"Por favor, esqueça", disse Saeed, meio divertido com a representação, mas ela insistiu. "Tem de saber que foi tudo por amor, não é? O amor", disse Mrs. Qureishi, "é uma coisa esplendorosa."

"É o que faz o mundo girar", Mirza Saeed concordou, tentando entrar no espírito da conversa.

"O amor tudo pode", Mrs. Qureishi confirmou. "Conseguiu vencer a minha raiva. E isso eu tenho de lhe provar, seguindo com você no carro."

Mirza Saeed curvou-se. "É seu, *Ammaji*."

"Então, podia pedir para aqueles dois aldeões sentarem na frente com você? Uma dama precisa ficar protegida, não é?"

"É", ele replicou.

*

A história da aldeia que estava marchando para o mar espalhou-se por todo o país, e na nona semana os peregrinos estavam sendo assolados por jornalistas, por políticos locais em busca de votos, por negociantes que se ofereciam para patrocinar a marcha dos *yatris* caso eles consentissem em usar tabuletas-sanduíche anunciando diversos artigos e serviços, por turistas estrangeiros em busca dos mistérios do Oriente, por nostálgicos gandhianos e pelos abutres humanos que vão a corridas de automóvel para assistir aos desastres. Quando viram o enxame de borboletas camaleônicas e a maneira como elas vestiam a menina Ayesha e proviam seu único alimento sólido, esses visitantes ficaram perplexos e se retiraram confusos em suas expectativas, ou seja, com um buraco em sua imagem do mundo que jamais conseguiriam preencher. Fotos de Ayesha estavam aparecendo nos jornais, e os peregrinos chegaram a passar por painéis de outdoor nos quais a beleza lepidóptera fora pintada três vezes maior que o natural, ao lado de frases que diziam *Nossos tecidos também são delicados como asas de borboleta*, ou coisas assim. Então, chegaram notícias mais alarmantes. Certos grupos religiosos extremistas fizeram declarações denunciando a "Haj Ayesha" como uma tentativa de "seqüestrar" a opinião pública e "incitar o sentimento comunal". Panfletos começaram a ser distribuídos — Mishal pegou alguns do chão da estrada — nos quais se dizia que a "*Padyatra*, ou peregrinação a pé, era uma antiga tradição pré-islâmica da cultura nacional, não propriedade importada dos imigrantes *mughal*". E também que: "Ao apossar-se dessa tradição, aquela que se intitula Ayesha Bibiji está flagrante e deliberadamente incendiando uma situação já delicada".

"Não haverá problema", anunciou a *kahin*, rompendo seu silêncio.

*

Gibreel sonhou um subúrbio:

Quando a Haj Ayesha aproximou-se de Sarang, o subúrbio mais distante da grande metrópole à margem do mar da Arábia para onde a menina visionária a conduzia, jornalistas, políticos e oficiais de polícia redobraram suas visitas. De início, os policiais ameaçaram desbaratar a marcha pela força; os políticos, no entanto, aconselharam que isso iria dar uma forte impressão de ato sectário e poderia levar à explosão de violência comunal de alto a baixo no país. Os chefes de polícia acabaram concordando em permitir a marcha, mas reclamaram, ameaçadores, que não podiam "salvaguardar a passagem" dos peregrinos. Mishal Akhtar disse: "Vamos continuar".

O subúrbio de Sarang devia sua importância à presença de consideráveis depósitos de carvão nas proximidades. Ocorreu que os mineiros de carvão de Sarang, homens que tinham passado a vida cavando caminhos pela terra — "abrindo" a terra, pode-se dizer — não engoliram a idéia de uma menina poder fazer a mesma coisa com o mar, a um simples gesto da mão. Os quadros de certos grupos comunais entraram em ação, incitando os mineiros à violência, e como resultado das atividades desses agentes provocadores formou-se um batalhão, levando bandeiras que exigiam: ABAIXO A PADYATRA ISLÂMICA! FORA COM A BRUXA BORBOLETA!

Na noite anterior à entrada deles em Sarang, Mirza Saeed fez mais um inútil apelo aos peregrinos. "Amanhã seremos todos mortos." Ayesha cochichou no ouvido de Mishal, e ela falou: "Melhor mártir do que covarde. Algum covarde aqui?".

Havia um. Sri Srinivas, explorador do Grand Canyon, proprietário da Brinquedos Univas, cujo lema era criatividade e sinceridade, ficou do lado de Mirza Saeed. Como devoto seguidor da deusa Lakshmi, cujo rosto era tão surpreendentemente igual ao de Ayesha, sentiu-se incapaz de participar das hostilidades que viessem a ocorrer de qualquer lado. "Sou um fraco", confessou a Saeed. "Amei Miss Ayesha e um homem deve lutar por aquilo que ama; mas fazer o quê?, preciso ficar neutro." Srinivas era o quinto membro da sociedade renegada do Mercedes-Benz, e agora Mrs. Qureishi não tinha escolha senão repartir o banco de trás com um homem comum. Srinivas cumprimentou-a infeliz e, vendo que ela se afastava mal-humorada e resmungando, fez um esforço de pacificação. "Por favor, aceite o penhor de minha estima." — E tirou de um bolso interno uma boneca de Planejamento Familiar.

Nessa noite, os desertores ficaram dentro da perua enquanto os fiéis rezavam ao ar livre. Tinham recebido permissão para acampar num pátio de estacionamento de trens de carga, guardados pela polícia militar. Mirza Saeed não conseguiu dormir.

Estava pensando numa coisa que Srinivas tinha lhe dito, sobre ter uma cabeça gandhiana, "mas sou fraco demais para pôr em prática essas idéias. Desculpe, mas é verdade. Não fui feito para o sofrimento, *sethji*. Devia ter ficado com minha mulher e filhos, e cortado pela raiz essa doença de aventura que me fez acabar num lugar destes".

Em sua insônia, Mirza Saeed respondeu ao comerciante de brinquedos adormecido: em minha família nós também sofremos de uma espécie de doença: o alheamento, a incapacidade de nos ligarmos às coisas, aos fatos, aos sentimentos. A maior parte das pessoas se define pelo trabalho que faz, ou pelo lugar de onde vem, ou algo assim; nós vivemos demais para dentro de nossas cabeças. Isso torna muito difícil lidar com a realidade.

O que queria dizer que ele achava muito difícil acreditar que tudo aquilo estava acontecendo; mas estava.

*

Quando os peregrinos de Ayesha estavam prontos para partir na manhã seguinte, as imensas nuvens de borboletas que tinham viajado com eles desde Titlipur subitamente se desmancharam e desapareceram, revelando que o céu estava se enchendo de outro tipo mais prosaico de nuvens. Até mesmo as criaturas que vestiam Ayesha — o corpo de elite, por assim dizer — debandaram, e ela teve de liderar a procissão vestida na simplicidade de um velho sári de algodão com uma barra de folhas estampadas. O desaparecimento do milagre, que parecia validar a peregrinação, deixou os caminhantes todos deprimidos; de forma que, a despeito das exortações de Mishal Akhtar, privados que estavam da bênção das borboletas, foram incapazes de cantar enquanto avançavam ao encontro de seu destino.

*

O batalhão Abaixo a Padyatra Islâmica tinha preparado boas-vindas para Ayesha numa rua ladeada em ambas as calçadas de barracas de consertadores de bicicletas. Eles bloquearam a rota dos peregrinos com bicicletas mortas, e atrás dessa barricada de rodas quebradas, guidãos tortos e campainhas silenciadas, esperaram que a Haj Ayesha entrasse na parte norte da rua. Ayesha caminhou na direção do batalhão como se ele não existisse, e quando chegou ao último cruzamento antes dos paus e facas inimigos à espera, ouviu-se um trovão como a trombeta do Juízo Final e um oceano despencou do céu. A seca acabava tarde demais para salvar as colheitas; depois, muitos dos peregrinos diriam acreditar que Deus tinha economizado a água só com essa finalidade, deixando que se acumulasse no céu até ser infinita como o mar, sacrificando a colheita anual para salvar sua profetisa e o seu povo.

A força alarmante da tempestade fez fraquejarem tanto os peregrinos quanto os atacantes. Na confusão da enchente, uma segunda trombeta do Juízo Final se fez ouvir. Esta era, na verdade, a buzina da perua Mercedes-Benz de Mirza Saeed, que ele tinha dirigido em alta velocidade pelos sufocantes canais laterais do subúrbio, derrubando varais de camisas dependuradas, carrinhos com pilhas de abóboras e bandejas de objetos de plástico baratos, até chegar à rua dos cesteiros, que cruzava a rua dos consertadores de bicicletas um pouco ao norte da barricada. Aí ele acelerou ao máximo e avançou na direção do cruzamento espalhando pedestres e bancos de palha para todo lado. Chegou ao cruzamento imediatamente depois que o mar despencou do céu, e freou violentamente. Sri Srinivas e Osman saltaram, agarraram Mishal Akhtar e a profetisa Ayesha e atiraram as duas para dentro do Mercedes numa confusão de pernas, cusparadas e ofensas. Saeed acelerou para longe do local antes que qualquer um tivesse conseguido limpar a água dos olhos.

Dentro do carro: corpos empilhados em raivosa confusão. Do fundo da pilha, Mishal Akhtar gritava ofensas ao marido: "Sabotador! Traidor! Lixo! Burro!"— Ao que Saeed respondeu, sarcástico: "Martírio é muito fácil, Mishal. Não quer ver o oceano se abrir, como uma flor?".

E Mrs. Qureishi, enfiando a cabeça entre as pernas invertidas de Osman, acrescentou, respirando afogueada: "Tudo bem, chega, Mishu. Nossa intenção era boa".

*

Gibreel sonhou uma enchente:

Quando veio a chuva, os mineiros de Sarang estavam esperando os peregrinos com picaretas nas mãos, mas quando a barricada de bicicletas foi levada pela água não conseguiram escapar da sensação de que Deus tinha tomado o partido de Ayesha. O sistema de escoamento da cidade cedeu instantaneamente diante do ataque avassalador da água, e os mineiros logo se viram numa enchente lodosa que chegava até a cintura. Alguns tentaram ir na direção dos peregrinos, que continuavam fazendo um esforço para avançar. Mas então a tempestade redobrou de força, e redobrou de novo, caindo do céu em grossas lâminas, entre as quais estava ficando difícil respirar, como se a terra estivesse sendo engolida, e o firmamento de cima quisesse voltar a se unir ao firmamento de baixo.

Gibreel, sonhando, sentiu a visão toldada pela água.

*

A chuva parou, e um Sol aquoso brilhou sobre um cenário veneziano de devastação. As ruas de Sarang eram agora canais, ao longo dos quais flutuava todo tipo de destroços. Nos lugares onde havia pouco passavam riquixás puxados por motos, carroças puxadas por camelos e bicicletas consertadas, boiavam agora jornais, flores, pulseiras, melancias, guarda-chuvas, *chappals*, óculos escuros, cestas, excremento, frascos de remédio, cartas de baralho, *dupattas*, panquecas, lâmpadas. A água tinha uma coloração estranha, avermelhada, que fazia o populacho encharcado imaginar que a rua estava cheia de sangue. Não se via nem um traço dos mineiros valentões, nem dos peregrinos de Ayesha. Um cachorro atravessou a nado o cruzamento perto da barricada de bicicletas destruída, e pairava sobre tudo o úmido silêncio da enchente, cujas águas lambiam os ônibus ilhados, enquanto crianças olhavam dos telhados os canais deliqüescentes, abaladas demais para sair e brincar.

Então as borboletas voltaram.

Do nada, como se tivessem se escondido atrás do Sol; e para comemorar o fim da chuva assumiram todas a cor da luz solar. A chegada desse imenso tapete de luz no céu deixou inteiramente confuso o povo de Sarang, já um tanto perdido depois da tempestade; temendo o Apocalipse, todos se esconderam dentro das casas e fecharam as janelas. No alto de uma elevação próxima, porém, Mirza Saeed Akhtar e seu grupo observavam a volta do milagre e foram tomados, todos eles, até mesmo o *zamindar*, por uma espécie de assombro.

Mirza Saeed tinha dirigido a todo o vapor, apesar de meio cego pela chuva que caía pelo pára-brisa quebrado, tomando uma ladeira que circundava um monte, até parar diante do portão nº 1 da mina de carvão Sarang. Debaixo da chuva as bocas da mina eram quase invisíveis. "Burro", Mishal Akhtar xingou, fraca. "Aqueles vagabundos estão lá esperando a gente e você nos traz aqui para encontrar os colegas deles. Bela idéia, Saeed. Maravilhosa."

Mas não tiveram maiores problemas com os mineiros. Esse foi o dia da tragédia que deixou quinze mil mineiros enterrados vivos debaixo do monte Sarangi. Exaustos e ensopados até os ossos, Saeed, Mishal, o *sarpanch*, Osman, Mrs. Qureishi, Srinivas e Ayesha ficaram olhando enquanto ambulâncias, carros de bombeiro, equipes de resgate e chefes mineiros chegavam em grande quantidade, para sair, muito depois, sacudindo as cabeças. O *sarpanch* agarrou os lóbulos das orelhas entre indicadores e polegares. "A vida é dor", disse. "A vida é dor e perda; é uma moeda sem valor, menos que um *kauri*, que um *dam*."

Osman, o do touro morto, que, como o *sarpanch*, tinha perdido um companheiro querido durante a peregrinação, chorou também. Mrs. Qureishi tentou amenizar as coisas: "O principal é que estamos bem", mas ninguém reagiu. Ayesha então fechou os olhos e recitou na voz cantada da profecia: "É o julgamento que se abateu sobre eles pela maldade que intentaram".

Mirza Saeed ficou furioso. "Eles não estavam na barricada", gritou. "Estavam trabalhando no fundo da terra, droga."

"Cavaram seus próprios túmulos", Ayesha respondeu.

*

Foi quando avistaram as borboletas que retornavam. Incrédulo, Saeed viu a nuvem dourada quando começou a se juntar, lançando em seguida correntes de luz alada em todas as direções. Ayesha queria voltar para o cruzamento. Saeed discordou: "Está tudo inundado lá embaixo. Nossa única chance é descer de carro pelo outro lado deste morro e sair do lado oposto da cidade". Mas Ayesha e Mishal já tinham começado a voltar; a profetisa apoiava pela cintura a outra mulher, cinzenta.

"Mishal, pelo amor de Deus", Mirza Saeed gritou para a mulher. "Pelo amor de Deus. O que é que eu vou fazer com o carro?"

Mas ela desceu o morro, na direção da enchente, pesadamente apoiada em Ayesha, a vidente, sem desviar os olhos.

Foi assim que Mirza Saeed Akhtar veio a abandonar sua adorada perua Mercedes-Benz perto da entrada das minas inundadas de Sarang, juntando-se à peregrinação a pé até o mar da Arábia.

Os sete viajantes encharcados estavam com água até as coxas no cruzamento da rua dos consertadores de bicicletas com a alameda dos cesteiros. Muito lentamente, a água tinha começado a baixar. "Encare os fatos", Mirza Saeed argumentou. "A peregrinação acabou. Os aldeões estão sabe-se lá onde, talvez afogados, possivelmente assassinados, perdidos com toda certeza. Não sobrou ninguém para seguir você, a não ser a gente." Ele enfiou a cara no rosto de Ayesha. "Portanto esqueça, minha filha; você acabou."

"Olhe", disse Mishal.

De todos os lados, saindo dos becos dos consertadores, os aldeões de Titlipur vinham retornando para o lugar da dispersão. Tinham o corpo coberto de borboletas douradas da cabeça aos pés, e longas linhas das pequenas criaturas voavam na frente deles, como cordas que os puxavam de dentro de um poço. O povo de Sarang ficou olhando das janelas, aterrorizado, e quando as águas do castigo recuaram, a Haj Ayesha tornou a se formar no meio da rua.

"Não acredito", disse Mirza Saeed.

Mas era verdade. Todos os membros da peregrinação tinham sido localizados pelas borboletas e trazidos de volta para a rua principal. Estranhas histórias foram contadas depois: que quando as criaturas pousavam num tornozelo quebrado a fratura se curava, e as feridas abertas fechavam-se como por mágica. Muitos caminhantes afirmaram ter despertado da inconsciência com borboletas voejando em torno de seus lábios. Alguns chegaram a acreditar que estavam mortos, afogados, e que as borboletas os tinham trazido de volta à vida.

"Não sejam burros", Mirza Saeed gritou. "Foi a tempestade que salvou vocês; ela eliminou os seus inimigos, portanto não é nenhuma surpresa que poucos de vocês estejam feridos. Vamos ser científicos, por favor."

"Abra os olhos, Saeed", disse Mishal, indicando a presença diante deles de mais de cem homens, mulheres e crianças envoltos em borboletas fulgurantes. "O que a sua ciência pode dizer disso?"

*

Nos últimos dias da peregrinação, toda a cidade estava em torno deles. Oficiais da corporação municipal fizeram uma reunião com Mishal e Ayesha para planejar um trajeto que atravessasse a metrópole. Nesse trajeto havia mesquitas, onde os peregrinos podiam dormir sem ocupar as ruas. Era intensa a excitação da cidade: todos os dias, quando os peregrinos partiam para uma nova pousada, eram observados por enormes multidões, algumas hostis, mostrando os dentes, mas muitas trazendo presentes de guloseimas, remédios e comida.

Mirza Saeed, esgotado e imundo, estava em estado de profunda frustração por não ter conseguido convencer mais do que um punhado de peregrinos de que era melhor confiar na razão e não em milagres. Os milagres estavam funcionando bastante bem para eles, diziam os aldeões de Titlipur, com toda razão.

"Essas malditas borboletas", Saeed murmurou ao *sarpanch*. "Sem elas, teríamos uma chance."

"Mas elas estão conosco desde o começo", respondeu o *sarpanch* com um encolher de ombros.

Mishal Akhtar estava perto da morte, isso era claro; começou a cheirar a morte, e sua palidez de papel assustava muito Saeed. Mas Mishal não deixava que chegasse perto dela. Colocou em ostracismo também a mãe, e quando o pai tirou uma folga do banco para visitá-la na peregrinação, na primeira noite que passaram numa mesquita da cidade, ela mandou que fosse embora. "As coisas chegaram a tal ponto", anunciou, "que só os puros podem estar com os puros." Quando Mirza Saeed ouviu a dicção de Ayesha, a profetisa, saindo da boca de sua mulher, perdeu toda a esperança.

Veio a sexta-feira, e Ayesha concordou que a peregrinação fosse interrompida por um dia para participarem das orações da sexta-feira. Mirza Saeed, que tinha esquecido quase todos os versos árabes que um dia foram enfiados de cor em sua cabeça, e mal se lembrava quando tinha de ficar de pé com as mãos como um livro diante do corpo, quando se ajoelhar, quando tocar o chão com a testa, arrastou-se por toda a cerimônia com crescente insatisfação. Ao final das orações, porém, aconteceu uma coisa que deteve o avanço da Haj Ayesha.

Enquanto os peregrinos olhavam os fiéis saindo do pátio da mesquita, começou uma comoção no portão principal. Mirza Saeed foi investigar. "Qual é o problema?", perguntou, forçando a passagem pela multidão que havia nos degraus da mesquita; então, viu o cesto pousado no último degrau. — E ouviu, saindo do cesto, o choro de um bebê.

A criança abandonada tinha, talvez, duas semanas de vida, era evidentemente ilegítima, e suas opções de vida eram também evidentemente limitadas. A multidão estava confusa, em dúvida. Então apareceu o Imã da mesquita no alto da escadaria, e ao lado dele estava Ayesha, a vidente, cuja fama se espalhara por toda a cidade.

A multidão abriu-se como um mar, e Ayesha e o Imã desceram até o cesto. O Imã examinou brevemente o bebê, levantou-se e dirigiu-se à multidão.

"Esta criança nasceu em malícia", disse. "É filha do Diabo." Ele era jovem.

O humor da multidão mudou para a raiva. Mirza Saeed Akhtar gritou: "Você, Ayesha, *kahin*. O que diz?".

"Tudo nos será exigido", ela respondeu.

A multidão não precisou de convite mais explícito e apedrejou o bebê até a morte.

*

Depois disso, os Peregrinos Ayesha recusaram-se a continuar. A morte do bebê abandonado criou uma atmosfera de motim entre os aldeões fatigados, nenhum dos quais levantara nem atirara uma pedra sequer. Mishal, agora branca como neve, estava debilitada demais pela doença para discutir com os caminhantes; Ayesha, como sempre, recusou-se a discutir. "Se virarem as costas a Deus", alertou os aldeões, "não se assustem quando ele fizer a mesma coisa com vocês."

Os peregrinos estavam acocorados em grupo num canto da grande mesquita, pintada de verde intenso por fora e de azul-brilhante por dentro, iluminada, quando necessário, por tubos multicoloridos de néon. Depois do alerta de Ayesha, eles lhe viraram as costas e se apertaram mais uns contra os outros, embora o tempo estivesse quente e úmido. Mirza Saeed, percebendo uma oportunidade, decidiu desafiar Ayesha abertamente, mais uma vez. "Diga-me", perguntou suavemente, "como exatamente o anjo lhe dá toda essa informação? Você nunca nos diz as palavras exatas, só a sua interpretação delas. Por que ser indireta assim? Por que não citar simplesmente?"

"Ele fala comigo", Ayesha respondeu, "de forma clara e que não se esquece."

Mirza Saeed, cheio da amarga energia do desejo por ela, e de dor por seu desentendimento com a mulher moribunda, e das lembranças das tribulações da marcha, farejou nas reticências dela a fraqueza que estava buscando. "Por favor, seja mais específica", insistiu. "Senão, como as pessoas vão acreditar? Que forma é essa?"

"O arcanjo canta para mim", ela admitiu, "com a melodia das canções das paradas de sucesso."

Mirza Saeed bateu as mãos, deliciado, e começou a rir o riso alto e ressoante da vingança, e Osman, o rapaz do touro, juntou-se a ele, batendo o ritmo em seu *dholki* e pulando no meio dos aldeões agachados, cantando os últimos *filmi ganas*, fazendo olhos de bailarina *nautch*. "Ho ji!", cantarolou. "É assim que Gibreel recita, ho ji! Ho ji!"

E um após outro, peregrino após peregrino, todos se levantaram e juntaram-se à dança do tamboreiro que girava, dançando sua desilusão e descontentamento no pátio da mesquita, até que o Imã veio correndo berrar contra o desrespeito desses atos.

*

Caiu a noite. Os aldeões de Titlipur estavam agrupados em torno de seu *sarpanch*, Muhammad Din, e corriam sérias conversas sobre um retorno a Titlipur. Talvez uma parte da colheita ainda pudesse ser salva. Mishal Akhtar estava morrendo, com a cabeça no colo da mãe, assolada pela dor, uma única lágrima brotando de seu olho esquerdo. E num canto distante do pátio da mesquita verdeazul com sua iluminação tecnicolor, a visionária e o *zamindar* conversavam, sozinhos. Uma Lua — nova, fria, com chifres — brilhava.

"Você é um homem esperto", disse Ayesha. "Não deixou passar a sua vez."

Foi quando Mirza Saeed fez a oferta de acordo. "Minha mulher está morrendo", disse. "E quer muito ir até Meca Sharif. Portanto, nós temos interesses comuns, você e eu."

Ayesha ouviu. Saeed insistiu: "Ayesha, não sou um homem mau. Deixe eu dizer uma coisa: fiquei muito impressionado com diversas coisas nessa marcha; *muito* impressionado. Você proporcionou para essa gente uma profunda experiência espiritual, sem dúvida nenhuma. Não pense que gente moderna não tem dimensão espiritual".

"O povo me abandonou", Ayesha disse.

"O povo está confuso", Saeed replicou. "A questão é a seguinte: se você de fato levar essa gente até o mar e nada acontecer, meu Deus, eles vão realmente se voltar contra você. Então, o acordo é o seguinte. Eu telefonei para o papai de Mishal e ele concordou em arcar com metade da despesa. Nossa proposta é levar você e Mishal e, digamos, dez — doze! — aldeões, de avião, para Meca, dentro de quarenta e oito horas, pessoalmente. As reservas estão feitas. Deixamos com você a escolha dos indivíduos mais adequados para a viagem. Aí, realmente, você terá feito um milagre para alguns em vez de para nenhum. Em minha opinião a própria peregrinação foi um milagre, de certa forma. Portanto, você terá feito muito."

Ele prendeu a respiração.

"Tenho de pensar", disse Ayesha.

"Pense, pense", Saeed animou, contente. "Pergunte a seu arcanjo. Se ele concordar, então é porque está certo."

*

Mirza Saeed Akhtar sabia que assim que Ayesha anunciasse que o Arcanjo Gibreel tinha aceitado a oferta, seu poder estaria destruído para sempre, porque os aldeões perceberiam a fraude e o desespero dela também. — Mas como podia ela recusar? — Que escolha tinha de fato? "É doce a vingança", disse para si mesmo. Uma vez desacreditada a mulher, ele certamente levaria Mishal a Meca, se ainda fosse seu desejo.

As borboletas de Titlipur não tinham entrado na mesquita. Elas debruavam as paredes externas e a cúpula, brilhando esverdeadas na escuridão.

*

Ayesha na noite: percorrendo as sombras, deitando, levantando para caminhar de novo. Havia uma incerteza em torno dela; então veio a lentidão, e ela pareceu dissolver-se nas sombras da mesquita. Voltou ao amanhecer.

Depois da oração matinal, pediu licença aos peregrinos para dirigir-se a eles; e, incertos, eles concordaram.

"Na noite passada o anjo não cantou", disse ela. "Em vez disso, me falou da dúvida, e de como o Diabo faz uso dela. Eu disse: mas eles duvidam de mim, o que posso fazer? Ele respondeu: só a prova pode silenciar a dúvida."

Ela conseguiu a atenção total deles. Em seguida, contou o que Mirza Saeed tinha sugerido à noite. "Ele me disse para ir perguntar ao meu anjo, mas eu já sabia a resposta", gritou. "Como posso escolher entre vocês? É todos nós, ou nenhum."

"Por que iríamos com você", perguntou o *sarpanch*, "depois de todos os mortos, do bebê, de tudo?"

"Porque quando as águas se abrirem, vocês serão salvos. Entrarão para a Glória do Altíssimo."

"Que águas?", Mirza Saeed berrou. "Como elas vão se abrir?"

"Venham comigo", Ayesha concluiu, "e julguem a mim pela abertura das águas."

A proposta dele continha uma velha questão: *Que tipo de idéia é você?* Ela, por sua vez, tinha dado a ele uma velha resposta. *Eu fui tentada, mas estou renovada; sou inflexível; absoluta; pura.*

*

A maré estava alta quando a Peregrinação Ayesha marchou por uma alameda lateral do Holliday Inn, cujas janelas estavam cheias de amantes de astros do cinema usando suas câmeras Polaroid novas — quando os peregrinos sentiram o asfalto da cidade se esfarelar e amolecer transformando-se em areia — quando se viram atravessando uma grossa camada de cocos podres embalagens de cigarro abandonadas cocôs de cavalo garrafas não degradáveis cascas de frutas águas-vivas e papel —; e no meio da areia meio marrom debaixo de altos coqueiros e das sacadas dos blocos de apartamentos de luxo com vista para o mar — e passaram por bandos de jovens cujos músculos eram tão trabalhados que pareciam deformações, e que faziam contorções de ginástica de todos os tipos, em uníssono, como um exército assassino de bailarinos — passando junto a veranistas, membros de clubes e famílias que tinham vindo tomar a fresca ou fazer contatos de negócios ou cavar a vida na areia — e viram, pela primeira vez na vida, o mar da Arábia.

Mirza Saeed enxergou Mishal, sustentada por dois aldeões, porque não tinha mais forças para ficar em pé sozinha. Ayesha estava a seu lado, e ocorreu a Saeed que a profetisa, de alguma forma, parecia ter saído de dentro da mulher moribunda, que todo o brilho de Mishal tinha saltado de dentro de seu corpo e assumido aquela forma mitológica, deixando atrás de si uma casca que ia morrer. Então ficou com raiva de si mesmo por permitir que o sobrenaturalismo de Ayesha o infectasse também.

Os aldeões de Titlipur concordaram em seguir Ayesha depois de uma longa discussão da qual pediram que ela não participasse. O senso comum lhes dizia que seria tolice voltar depois de terem ido tão longe e estar tão perto do objetivo; mas as novas dúvidas em suas almas minavam-lhes a força. Era como se emergissem de algum Shangri-La inventado por Ayesha, porque agora que estavam simplesmente andando atrás dela, em vez de segui-la no sentido real, pareciam envelhecer e adoecer a cada passo. No momento em que avistaram o mar, eram um bando enfraquecido, capenga, reumático, febril, de olhos vermelhos, e Mirza Saeed imaginou quantos seriam capazes de avançar os poucos metros finais até a beira da água.

As borboletas estavam com eles, no alto, acima de suas cabeças.

"E agora, Ayesha?", Saeed gritou para ela, tomado pela idéia horrível de que sua amada esposa podia morrer ali, debaixo dos cascos dos cavalos de aluguel e dos olhares dos vendedores de caldo de cana. "Você trouxe todos à beira da extinção, mas aqui está um fato inquestionável: o mar. Onde está o seu anjo agora?"

Com a ajuda dos aldeões, ela subiu a uma *thela* abandonada ao lado de uma barraca de refrigerantes, e não respondeu à pergunta de Saeed até poder olhar para ele de cima de seu novo suporte. "Gibreel diz que o mar é como nossas almas. Quando abrimos nossas almas, marchamos para a sabedoria. Se somos capazes de abrir nossos corações, somos capazes de abrir o mar."

"A partição da terra foi um desastre e tanto por aqui", ele provocou. "Bastante gente morreu, você deve se lembrar. Acha que vai ser diferente na água?"

"Shh", Ayesha disse, de repente. "O anjo está quase chegando."

Era surpreendente que depois de toda a atenção recebida pela marcha houvesse apenas uma multidão de tamanho mediano na praia; porém as autoridades tinham tomado muitas precauções, fechando ruas, desviando o tráfego; de forma que havia, talvez, duzentos curiosos na praia. Nada preocupante.

O que *era* estranho era que os espectadores não viam as borboletas, nem o que fizeram em seguida. Mas Mirza Saeed observou claramente a grande nuvem fulgurante voar sobre o mar; fazer uma pausa; pairar; e assumir a forma de um ente colossal, um gigante radioso inteiramente constituído de pequenas asas batendo, que se estendia de horizonte a horizonte, enchendo todo o céu.

"O anjo!", Ayesha gritou para os peregrinos. "Estão vendo agora! Ele estava conosco o caminho inteiro. Acreditam agora?" Mirza Saeed viu os peregrinos recuperarem a fé absoluta. "Sim", choravam, implorando perdão. "Gibreel! Gibreel! *Ya* Alá."

Mirza Saeed fez um último esforço. "As nuvens assumem muitas formas", gritou. "Elefantes, estrelas de cinema, qualquer coisa. Olhem, está mudando neste minuto." Mas ninguém prestou atenção nele; estavam observando, cheios de deslumbramento, as borboletas dividirem o mar.

Os aldeões gritavam e cantavam de alegria. "Abriu! Abriu!", gritavam. Alguns observadores chamaram Mirza Saeed: "Ei, mister, por que eles estão tão agitados? Não estamos vendo nada fora do comum".

Ayesha tinha começado a caminhar para a água, e Mishal estava sendo arrastada junto por seus dois ajudantes. Saeed correu para ela e começou a lutar com os aldeões. "Larguem minha mulher. Já! Malditos! Eu sou o seu *zamindar*. Larguem dela. Tirem essas mãos sujas!" Mas Mishal sussurrou: "Eles não vão obedecer. Vá embora, Saeed. Você está fechado. O mar só se abre para os que estão abertos".

"Mishal!", ele gritou, mas os pés dela já estavam molhados.

Assim que Ayesha entrou na água, os aldeões começaram a correr. Os que não conseguiam correr, montavam nas costas dos que conseguiam. Segurando seus bebês, as mães de Titlipur correram para o mar; netos montaram os avós nos ombros e correram para as ondas. Em questão de minutos, toda a aldeia estava na água, chapinhando, caindo, levantando, avançando com firmeza na direção do horizonte, sem jamais olhar para trás. Mirza Saeed estava na água também. "Volte", ele implorava à mulher. "Não está acontecendo nada; volte."

À beira da água, estavam Mrs. Qureishi, Osman, o *sarpanch*, Sri Srinivas. A mãe de Mishal chorava operisticamente: "Oh, minha filha, minha filha. O que vai ser?". Osman disse: "Quando tiverem certeza que milagres não acontecem, eles vão voltar". "E as borboletas?", Srinivas resmungou. "O que é que elas são? Um acaso?"

Estavam tomando consciência de que os aldeões não iam voltar. "Já não deve mais dar pé para eles", disse o *sarpanch*. "Quantos sabem nadar?", perguntou a soluçante Mrs. Qureishi. "Nadar?", Srinivas gritou. "Desde quando gente do interior sabe nadar?" Estavam todos gritando uns com os outros, como se estivessem a quilômetros de distância, pulando de um pé para o outro, os corpos exigindo que entrassem na água, que dissessem alguma coisa. Parecia que estavam dançando numa fogueira. O encarregado do esquadrão de polícia que tinha sido enviado com o propósito de controlar a multidão aproximou-se quando Saeed saiu correndo da água.

"O que está acontecendo?", perguntou o oficial. "Que agitação é essa?"

"Detenha essa gente", Mirza Saeed ofegou, apontando o mar.

"São agitadores?", perguntou o policial.

"Eles vão morrer", Saeed respondeu.

Era tarde demais. Os aldeões, cujas cabeças ainda eram visíveis, oscilavam à distância, tinham atingido o limite da plataforma continental. Quase todos juntos, sem nenhuma tentativa visível de se salvar, afundaram abaixo da superfície da água. Momentos depois, todos os peregrinos Ayesha tinham sumido de vista.

Nenhum deles reapareceu. Nem uma única cabeça sufocada, nem um braço agitado.

Saeed, Osman, Srinivas, o *sarpanch*, e até a gorda Mrs. Qureishi correram para a água, gritando: "Deus tenha piedade; vamos, todo mundo, ajudem".

Quando em risco de afogamento, seres humanos se debatem na água. Vai contra a natureza humana simplesmente caminhar humildemente até o mar engolir a pessoa. Mas Ayesha, Mishal Akhtar e os aldeões de Titlipur afundaram abaixo do nível do mar; e nunca mais foram vistos.

Mrs. Qureishi foi puxada para terra por policiais, o rosto azulado, os pulmões cheios de água, e precisou do beijo da vida. Osman, Srinivas e o *sarpanch* foram removidos pouco depois. Só Mirza Saeed continuava a mergulhar, cada vez mais longe no mar, ficando embaixo da água por períodos mais e mais longos; até que ele também foi resgatado do mar da Arábia, esgotado, enjoado e desfalecendo. A peregrinação estava terminada.

Mirza Saeed acordou numa ala de hospital para encontrar um homem do DIC ao lado de sua cama. As autoridades estavam considerando a possibilidade de acusar os sobreviventes da expedição de Ayesha de tentativa ilegal de imigração, e os detetives receberam instruções de tomar seus depoimentos antes que tivessem tempo de conversar uns com os outros.

Este foi o testemunho do *sarpanch* de Titlipur, Muhammad Din: "Bem na hora em que achei que minhas forças iam se acabar e que com certeza eu ia morrer ali dentro da água, vi, com meus próprios olhos, vi o mar se dividir, como cabelo penteado; e estavam todos lá, longe, se afastando de mim. Ela estava lá também, minha mulher, Khadija, que eu amava".

Isto foi o que Osman, o rapaz do touro, disse aos detetives que estavam muito abalados com o depoimento do *sarpanch*: "Primeiro, fiquei com muito medo de me afogar. Mesmo assim, continuei procurando, procurando, principalmente por ela, Ayesha, que eu conheci antes de ficar perturbada. E no último minuto, eu vi acontecer, a maravilha. A água abriu, e eu vi eles andando pelo fundo do oceano, no meio dos peixes mortos".

Sri Srinivas também jurou pela deusa Lakshmi que tinha visto a abertura do mar da Arábia; e quando os detetives chegaram em Mrs. Qureishi, ficaram profundamente irritados, porque sabiam que era impossível aquela gente ter inventado junta a mesma história. A mãe de Mishal, esposa do grande banqueiro, contou a mesma história em suas próprias palavras. "Acreditem, não acreditem", ela terminou, enfática, "o que meus olhos viram, minha língua repete."

Arrepiados, os homens do DIC tentaram um interrogatório mais agressivo: "Escute aqui, *sarpanch*, chega de falar merda. Tinha muita gente, e ninguém viu nada. Os corpos afogados já estão boiando de volta para o litoral, inchados como balões e fedendo que é um inferno. Se continuar mentindo vamos levar você e enfiar seu nariz na verdade".

"Podem me mostrar o que quiserem", disse o *sarpanch* Muhammad Din a seus interrogadores. "Mas eu vi o que eu vi."

"E você?", os homens do DIC reunidos perguntaram assim que Mirza Saeed Akhtar acordou. "O que é que você viu na praia?"

"Como podem perguntar uma coisa dessas?", ele protestou. "Minha mulher morreu afogada. Não venham me infernizar com perguntas."

Quando descobriu que era o único sobrevivente da Haj Ayesha que não tinha visto a abertura das águas — foi Sri Srinivas que lhe contou o que os outros viram, acrescentando, lamentoso: "É uma vergonha para nós, não termos sido considerados dignos de ir junto. Para nós, *sethji*, as águas fecharam, fecharam na nossa cara como os portões do Paraíso" —, Mirza Saeed caiu em prantos e chorou durante uma semana e mais um dia, os soluços secos continuando a sacudir seu corpo muito depois de os canais lacrimais terem esgotado todo o sal.

Então, ele voltou para casa.

*

As traças tinham devorado os *punkahs* de Peristan e a biblioteca tinha sido consumida por um bilhão de vermes famintos. Quando abriu as torneiras, saíram cobras em vez de água, e trepadeiras tinham se enrolado nas altas colunas da cama de dossel em que dormiram vice-reis. Era como se o tempo tivesse se acelerado em sua ausência, e séculos tivessem se passado, em vez de meses, e quando tocou o gigantesco tapete persa enrolado no salão de baile, ele se desfez entre seus dedos, e as banheiras estavam cheias de sapos de olhos escarlates. À noite, chacais uivavam no vento. A grande árvore estava morta, ou quase morta, e os campos estavam áridos como o deserto; os jardins de Peristan, no qual, fazia muito tempo, vira pela primeira vez a bela jovem, estavam havia muito amarelecidos e feios. Abutres eram as únicas aves no céu.

Ele puxou a cadeira de balanço para a varanda, sentou-se e balançou suavemente até adormecer.

Uma vez, apenas uma vez, visitou a árvore. A aldeia tinha se desfeito em pó; camponeses sem-terra e saqueadores tinham tentado tomar conta da terra abandonada, mas a seca os tinha afastado. Ali não chovera. Mirza Saeed voltou a Peristan e passou o cadeado nos portões enferrujados. Não estava interessado no destino dos outros sobreviventes; foi até o telefone e arrancou o fio da parede.

Depois da passagem de um número indeterminado de dias, ocorreu-lhe que estava morrendo de fome, porque podia sentir o corpo cheirando a removedor de esmalte de unhas; mas como não sentia nem fome, nem sede, resolveu que não valia a pena procurar comida. Para quê? Melhor balançar na cadeira e não pensar, não pensar, não pensar.

Na última noite de sua vida, ouviu um ruído como de um gigante esmagando uma floresta sob os pés, e sentiu um fedor como do peido de um gigante, e deu-se conta de que a árvore estava queimando. Saiu de sua cadeira e cambaleou, tonto, até o jardim para olhar o fogo, cujas chamas consumiam histórias, lembranças, genealogias, purificando a terra e avançando em sua direção para libertá-lo — como o vento estava soprando as chamas na direção de sua mansão, logo, logo, seria a sua vez. Viu a árvore explodir em mil pedaços, e o tronco rachar, como um coração; depois virou as costas e arrastou-se para o ponto do jardim onde Ayesha tinha chamado a sua atenção pela primeira vez — e sentiu uma lentidão cair sobre ele, um grande peso, e deitou-se na poeira ressecada. Antes de seus olhos se fecharem, sentiu alguma coisa lhe roçando os lábios, e viu um enxamezinho de borboletas tentando entrar em sua boca. Então o mar caiu sobre ele, e estava na água, ao lado de Ayesha, que tinha saído, milagrosamente, de dentro do corpo de sua mulher... "Abra", ela estava gritando. "Abra bem!" Tentáculos de luz fluíam do umbigo dela e ele os cortava, cortava, usando o lado da mão. "Abra", ela gritava. "Chegou até aqui, agora faça o resto." — Como podia ouvir sua voz? — Estavam debaixo da água, perdidos no rugido do mar, mas podia ouvi-la claramente, todos podiam ouvi-la, aquela voz como um sino. "Abra", ela disse. Ele fechou.

Era uma fortaleza com portões que batiam. — Estava se afogando. — Ela também estava se afogando. Ele viu água enchendo sua boca, ouviu quando começou a borbulhar em seus pulmões. Então, alguma coisa dentro dele recusou aquilo, fez uma outra escolha, e no momento em que seu coração se partiu, ele abriu.

Seu corpo abriu-se em dois do pomo-de-adão até as virilhas, e ela pôde alcançar fundo dentro dele, e então ela estava aberta, todos estavam, e no momento em que se abriram, as águas se separaram, e caminharam todos para Meca pelo leito do mar da Arábia.

IX
A LÂMPADA MARAVILHOSA

Dezoito meses depois do ataque cardíaco, Saladin Chamcha estava voando de novo, em resposta à notícia telegrafada de que seu pai tinha atingido os estágios terminais de um mieloma múltiplo, um câncer sistêmico da medula óssea que era "cem por cento fatal", como disse, sem nenhum sentimentalismo, a médica pessoal de Chamcha quando ele telefonou para se informar. Não tinha havido nenhum contato real entre pai e filho desde que Changez Chamchawala mandou para Saladin os proventos de sua nogueira derrubada eternidades antes. Saladin tinha mandado uma breve nota avisando que sobrevivera ao desastre do *Bostan*, e recebera uma missiva ainda mais concisa em resposta: "Informação recebida. Informação já de nosso conhecimento". Quando o telegrama de más notícias chegou, porém — a signatária era a segunda esposa, Nasreen II, que ele não conhecia, e o tom era bastante direto: SEU PAI PERTO DO FIM PT SE QUISER VER MELHOR SE APRESSAR PT N CHAMCHAWALA (SRA) — ele descobriu, surpreso, que depois de uma vida inteira de relações difíceis com o pai, depois de longos anos de telegramas zangados e "rompimentos irrevogáveis", era de novo capaz de uma reação direta. Era simplesmente, absolutamente, imperativo que chegasse a Bombaim antes que Changez partisse para sempre.

Passou a maior parte do dia na fila de visto no setor consular da India House, e, depois, horas tentando persuadir o fatigado funcionário da urgência do seu pedido. Tinha feito a bobagem de esquecer de trazer o telegrama, e, como resultado, ouviu que "seria uma prova. Entende? Qualquer pessoa pode vir até aqui e dizer que o pai está morrendo, não é? Para apressar". Chamcha fez um esforço para conter a raiva, mas finalmente explodiu. "Eu tenho cara de fanático *khalistan*?" O funcionário deu de ombros. "Vou lhe dizer quem sou eu", Chamcha rugiu, provocado por aquele dar de ombros. "Eu sou o pobre coitado que estava naquela explosão provocada por terroristas, que caiu de trinta mil pés de altura por causa de terroristas, e agora, por causa desses mesmos terroristas, tem de ser insultado por escrevinhadores como você." Seu pedido de visto, colocado com firmeza pelo adversário debaixo de uma grande pilha, só foi expedido três dias depois. O primeiro vôo disponível seria só trinta e seis horas depois: e era num avião 747 da Air India, cujo nome era *Gulistan*.

Gulistan e Bostan, os jardins gêmeos do Paraíso — um explodiu, então sobrou só um... Chamcha, descendo por um dos tubos que despejam passageiros do Terminal Três para o avião, viu o nome pintado ao lado da porta aberta do 747, e ficou dois tons mais pálido. Então ouviu a aeromoça indiana, vestida de sári, cumprimentá-lo com um sotaque inconfundivelmente canadense, e perdeu a coragem, recuando, num reflexo de puro e simples terror. Parado ali, olhando a fila irritada de passageiros que esperavam para embarcar, tomou consciência de como devia estar parecendo absurdo, com a maleta de couro marrom numa mão, dois porta-ternos fechados com zíper na outra e os olhos saltados; mas durante um longo momento foi inteiramente incapaz de se mover. A multidão foi ficando agitada; *se isto fosse uma artéria*, ele se viu pensando, *eu seria o maldito entupimento*. "Eu coco costumava ter medo também", ouviu uma voz animada. "Mas agora tenho um trutruque. Eu baba bato as mãos durante a decocolagem e o avião sempre soso sobe para o ce ce céu."

*

"Hoje a deusa mama mais importante é sem dúvida Lakshmi", Sisodia confidenciou por cima de um copo de uísque, quando já estavam voando em segurança. (Fiel à palavra, ele tinha batido os braços loucamente enquanto o *Gulistan* corria pela pista, e depois se acomodara satisfeito na poltrona, sorrindo, modesto. "Fufufunciona sempre." Estavam ambos viajando no andar superior do 747, reservado para os não-fumantes da classe executiva, e Sisodia mudou-se para o lugar vago ao lado de Chamcha como ar preenchendo um vácuo. "Pode me chamar de Whisky", insistiu. "O que é que vovo você faz? Quanto gaga ganha? Quanto tempo fafaz que está fora? Conhece alguma mulher na cidade, ou quer ajujujuda?") Chamcha fechou os olhos e fixou os pensamentos no pai. A coisa mais triste, deu-se conta, é que não conseguia recordar nem um único dia feliz ao lado de Changez em toda a sua vida de adulto. E a coisa mais animadora era a descoberta de que mesmo o crime imperdoável de ser pai de alguém podia, afinal, acabar perdoado. *Agüente firme*, pediu em silêncio. *Estou chegando o mais depressa que posso.* "Nesta época altamente mamamaterialista", Sisodia explicou, "quem mais poderia ser além da deusa da rirriqueza? Em Bombaim, os jovens executivos fazem fefe festas *poopoo pooja* de noite inteira. Presididas pela estátua de Lakshmi, com as mãos viviradas para fora, e lâmpadas descendo pelos dede dedos, acendendo em seqüência, entende?, como se a riqueza jo jo jorrasse das mãos dela." Na tela de projeção da cabine, uma aeromoça fazia a demonstração dos diversos procedimentos de segurança. Num canto da tela, um quadro menor mostrava uma figura masculina traduzindo o que ela dizia para linguagem de sinais. Isso era progresso, Chamcha admitiu. Filme em vez de seres humanos, um pequeno aumento de sofisticação (a linguagem de sinais) e um grande aumento nos preços. Alta tecnologia ostensivamente a serviço da segurança; enquanto, na verdade, as viagens aéreas tornavam-se dia a dia mais perigosas, com o envelhecimento da frota de aeronaves de todo o mundo, que ninguém tinha dinheiro para renovar. Todos os dias caíam pedaços de aviões, ou pelo menos era o que parecia, e as colisões e quase colisões também aumentavam. Portanto, o filme era uma espécie de mentira, porque a sua simples existência dizia: *Veja o quanto nos empenhamos por sua segurança. Fazemos até um filme sobre isso.* Estilo em lugar de consistência, imagem em lugar da realidade... "Estou planejando um fifi filme de grande orçamento sobre ela", disse Sisodia. "É absolutamente coco confidencial. Talvez um veve veículo para Sridevi, espepepero. Agora que o retorno de Gibreel está frafra fracassando, ela é a número um, a suprema."

Chamcha tinha ouvido dizer que Gibreel Farishta retornara ao cinema. O primeiro filme, *A abertura do mar da Arábia*, fora um fracasso retumbante; os efeitos especiais pareciam domésticos, a menina no papel principal de Ayesha, uma certa Pimple Billimoria, era lamentavelmente inadequada, e o retrato que Gibreel fazia do arcanjo tinha sido considerado narcisista e megalomaníaco por diversos críticos. Já iam longe os dias em que ele não se dava mal; a segunda produção, *Mahound*, tinha atingido todos os recifes religiosos possíveis e naufragara sem deixar traços. "Sabe?, ele preferiu mudar para outros produtores", Sisodia lamentou. "A ambibibição da estre estre estrela. Comigo os efefefeitos sempre funcionam e o bom gogo gosto é gaga garantido." Saladin Chamcha fechou os olhos e reclinou-se na poltrona. Tinha bebido o uísque depressa demais por causa do medo de voar, e sua cabeça começava a girar. Sisodia parecia não se lembrar da ligação que ele tivera com Farishta, o que era bom. Era lá que essa ligação devia ficar: no passado. "Shh shh Sridevi como Lakshmi", Sisodia cantarolou, sem muita segurança. "Isso sim é ouro pupu puro. Você é a a ator. Devia trabalhar em su su sua terra. Telefone para mim. Quem sabe fafa fazemos negócio. Este filme: *platina* pu pu pura."

A cabeça de Chamcha girava. Que sentidos estranhos as palavras estavam assumindo. Poucos dias antes, a expressão *volta ao lar* soaria falsa. Mas agora o pai estava morrendo, e velhas emoções lançavam tentáculos para agarrá-lo. Talvez sua língua estivesse se enrolando de novo, mandando para o leste também a pronúncia, junto com o resto. Ele mal ousava abrir a boca.

Quase vinte anos antes, quando o jovem e recém-rebatizado Saladin batalhava para ganhar a vida à margem do teatro londrino, a fim de manter uma distância segura do pai; e quando Changez se recolhia de outras formas, tornando-se recluso e religioso; então, um dia, saído do nada, o pai escrevera ao filho, oferecendo-lhe uma casa. A propriedade era uma mansão espaçosa na estância montanhosa de Solan. "A primeira propriedade que comprei", Changez escreveu, "e, por isso, a primeira que estou dando de presente a você." A reação instantânea de Saladin foi ver a oferta como uma cilada, uma maneira de estabelecer um vínculo dele com o *lar*, com a teia de poder do pai; e quando descobriu que a propriedade de Solan fora, havia muito tempo, requisitada pelo governo indiano em troca de um aluguel ridículo e que fazia muitos anos era ocupada por uma escola para meninos, o presente revelou-se mais uma ilusão. Que importava a Chamcha se, nas visitas que se desse ao trabalhar de fazer, a escola estivesse disposta a tratá-lo como chefe de Estado, encenando desfiles e demonstrações de ginástica? Esse tipo de coisa era atraente para a enorme vaidade de Changez, mas Chamcha não queria nada disso. A questão era que a escola não ia sair dali; o presente era inútil, e provavelmente uma dor de cabeça administrativa também. Escreveu ao pai recusando a oferta. Foi a última vez que Changez Chamchawala tentou lhe dar alguma coisa. O *lar* afastava-se do filho pródigo.

"Nunca me esqueço de um rorrosto", disse Sisodia. "Você é amimigo de Mimi. O sossobrevivente do *Bostan*. Eu sabia no momento em que vi o seu papa pânico no popo portão. Espero que não esteja se sessentindo muito mama mal." Saladin, com o coração pesado, sacudiu a cabeça, não, estou bem, juro. Sisodia, cintilando, parecendo um joelho, piscou monstruosamente para uma aeromoça que passava e pediu mais uísque. "É uma pepena o que aconteceu com Gibreel e a mulher", Sisodia continuou. "Com o nome lindo que tinha, alla alla Alleluia. Que temperamento tem aquele rapaz, que su su sujeito cici ciumento. Fica difícil para uma momoça momoderna. Eles rorro romperam." Sisodia tornou a recolher-se a um sono fingido. *Acabo de me recuperar do passado. Vá embora, vá embora.*

Tinha declarado formalmente que sua recuperação se completara apenas cinco semanas antes, no casamento de Mishal Sufyan e Hanif Johnson. Depois da morte dos pais no incêndio do Shaandaar, Mishal tinha sido assolada por uma culpa terrível, ilógica, que fazia a mãe lhe aparecer em sonhos, para censurar:

"Se você pelo menos tivesse me passado o extintor de incêndio na hora em que eu pedi. Se você tivesse pelo menos soprado um pouco mais forte. Mas você nunca escuta o que eu digo e seu pulmão está tão estragado pelo cigarro que você não consegue soprar nem uma vela, quanto mais uma casa inteira". Sob o olhar severo do fantasma da mãe, Mishal mudou-se do apartamento de Hanif, alugou um quarto numa casa junto com três outras moças, candidatou-se e conseguiu o emprego que tinha sido de Jumpy Joshi no centro esportivo, e brigou com as companhias de seguro até pagarem o que deviam. Só quando o Shaandaar estava pronto para reabrir sob sua direção foi que o fantasma de Hind Sufyan concordou que já era hora de partir para o além; então Mishal telefonou para Hanif e pediu o advogado em casamento. Ele ficou surpreso demais para responder, e teve de passar o telefone para um colega que explicou que o gato tinha comido a língua de Mr. Johnson, e aceitou a proposta de Mishal em nome do advogado emudecido. Portanto, todo mundo estava se recuperando da tragédia; até Anahita, obrigada a morar com uma velha tia repressiva e antiquada, conseguiu parecer satisfeita com o casamento, talvez porque Mishal lhe prometera um quarto só para ela no Hotel Shaandaar reformado. Mishal tinha convidado Saladin para ser seu padrinho, em reconhecimento pela tentativa de salvar a vida dos pais, e a caminho do cartório, na van de Pinkwalla (todas as acusações contra o DJ e seu patrão, John Maslama, haviam sido retiradas por falta de provas), Chamcha disse à noiva: "Tenho a sensação de que o dia de hoje é um novo começo para mim também; talvez para todos nós". No caso dele, isso significava a cirurgia de ponte de safena, a dificuldade de aceitar tantas mortes e os pesadelos nos quais se via metamorfoseado uma vez mais em alguma espécie de demônio sulfuroso, de cascos fendidos. Durante algum tempo, viu-se também profissionalmente paralisado por uma vergonha tão profunda que, quando finalmente os clientes voltaram a chamá-lo para usar uma de suas vozes, por exemplo, a voz de uma ervilha congelada ou de um fantoche de pacote de salsichas, ele sentiu a lembrança de seus crimes telefônicos apertar-lhe a garganta, estrangulando a caracterização logo ao nascer. No casamento de Mishal, porém, repentinamente sentiu-se livre. Foi uma cerimônia e tanto, em grande parte porque o jovem casal não parava de se beijar, e teve de ser advertido pela cartorária (uma jovem agradável que exortou os convidados a não beberem demais se pensavam em dirigir depois) para prestar atenção e repetir as palavras porque o próximo casal de noivos já devia estar chegando. Depois, no Shaandaar, os beijos continuaram, foram ficando gradualmente mais longos e mais explícitos, até que os convidados acabaram se sentindo demais em um momento de privacidade, e foram indo embora discretamente, deixando Hanif e Mishal sozinhos para gozar uma paixão tão arrebatadora que nem perceberam a partida dos amigos; não notaram também a pequena multidão de crianças que se juntou na frente da janela do Shaandaar Café para observar os dois. Chamcha foi o último convidado a sair e fez aos noivos o favor de baixar as persianas, para infelicidade das crianças; e saiu para a High Street reconstruída sentindo o passo tão leve que chegou a dar uma espécie de salto envergonhado.

Nada dura para sempre, pensou detrás das pálpebras fechadas, em algum ponto acima da Ásia Menor. Talvez a infelicidade seja o *continuum* no qual transcorre a vida humana, e a alegria apenas uma série de bips, de ilhas na corrente. Ou se não a infelicidade, ao menos a melancolia... Essas divagações foram interrompidas por um vigoroso ronco da poltrona a seu lado. Mr. Sisodia, com o copo de uísque na mão, estava dormindo.

O produtor era, evidentemente, um sucesso com as aeromoças. Elas se agitaram em torno de sua pessoa adormecida, retirando o copo de seus dedos e levando para um lugar seguro, estendendo um cobertor sobre a parte de baixo de seu corpo, e admirando, excitadas, sua cabeça adormecida: "Não parece um cachorrinho? Que gracinha!". Chamcha lembrou-se, inesperadamente, das damas de sociedade de Bombaim acariciando-lhe a cabeça durante os pequenos serões de sua mãe, e teve de controlar lágrimas surpresas. Sisodia, na verdade, parecia vagamente obsceno; tinha tirado os óculos antes de adormecer, e essa ausência dava-lhe um estranho ar de nudez. Aos olhos de Chamcha ele parecia mais um descomunal *lingam* de Shiva. Talvez por isso fosse tão popular com as mulheres.

Folheando as revistas e jornais oferecidos pela aeromoça, Saladin cruzou com um velho conhecido em apuros. A versão pasteurizada do *Aliens Show* de Hal Valance tinha fracassado inteiramente nos Estados Unidos e estava sendo tirada do ar. Pior ainda, sua agência de publicidade e subsidiárias tinham sido engolidas por um leviatã norte-americano, e era provável que Hal estivesse para ser dispensado, vencido pelo dragão transatlântico que se propusera a domar. Era difícil sentir pena de Valance, desempregado e reduzido a uns últimos milhões, abandonado por sua adorada Mrs. Torture e seus capangas, relegado ao limbo reservado aos favoritos caídos em desgraça, junto com os empresários-inventores fracassados, os financistas desonestos e os ministros renegados; mas Chamcha, voando para o leito de morte do pai, estava num estado tão emocional que conseguiu sentir um último aperto na garganta até pelo perverso Hal. *Na mesa de sinuca de quem*, pensou vagamente, *estará Baby jogando agora?*

Na Índia, a guerra entre homens e mulheres não dava nenhum sinal de diminuir. No *Indian Express* leu o relato do mais recente caso de "mulher suicidada". *O marido, Prajapati, está desaparecido*. Na página seguinte, na seção semanal de pequenos anúncios de casamento, pais de rapazes ainda procuravam, e pais de moças ainda ofereciam, noivas de compleição "clara". Chamcha lembrou-se do amigo de Zeeny, o poeta Bhupen Gandhi, falando de tais coisas com apaixonada amargura. "Como acusar outros de serem preconceituosos quando suas próprias mãos estão sujas?", declamara. "Na Grã-Bretanha, muitos de vocês falam de vitimização. Bom. Eu não estive lá, não sei qual é a situação de vocês, mas em minha experiência pessoal nunca me senti confortável de ser qualificado de vítima. Em termos de classe, evidentemente, não sou. Mesmo falando culturalmente, você encontra aqui todas as intolerâncias, todos os comportamentos associados aos grupos opressores. Portanto, mesmo com muitos indianos sendo, sem dúvida, oprimidos, não acho que nenhum de *nós* esteja em posição de reivindicar posição tão glamourosa."

"O problema com as críticas radicais de Bhupen", Zeeny observara, "é que os reacionários como o Salad *baba* aqui simplesmente adoram engolir todas."

Estava havendo um escândalo de armamentos; teria o governo indiano pago propinas a intermediários, e depois procurado acobertar tudo? Vastas somas de dinheiro estavam em questão, o primeiro-ministro tinha perdido credibilidade, mas Chamcha não conseguia se importar com nada daquilo. Estava olhando, numa página, uma fotografia borrada de corpos indistintos, inchados, boiando rio abaixo em grande número. Numa cidade do Norte da Índia, ocorrera um massacre de muçulmanos, e seus corpos, jogados na água, esperavam os cuidados de algum Gaffer Hexam do século XX. Havia centenas de corpos, estufados e apodrecidos; o fedor parecia sair da página. Na Cachemira, um ministro, antes popular, que tinha "feito um acordo" com o Congresso I, fora bombardeado com sapatos por grupos irados de fundamentalistas islâmicos durante as preces de Eid. A tensão sectária dos diversos grupos estava por toda parte: como se os deuses estivessem em guerra. No eterno conflito entre a beleza do mundo e sua crueldade, a crueldade ganhava terreno dia a dia. A voz de Sisodia intrometeu-se nesses pensamentos morosos. O produtor tinha acordado e visto a fotografia de *meerut* olhando para ele sobre a mesinha dobrável de Chamcha. "O fato é que", disse sem nenhum sinal de sua costumeira bonomia, "a fefé religiosa, que dá forma às maiores aspipirações da raça humana, está agora, em nosso papaís, a serviço dos instintos mais baixos, e dede Deus é a criatura do mal."

CRIMINOSOS CONHECIDOS RESPONSÁVEIS POR MORTES, alegou um porta-voz do governo, mas "elementos progressistas" recusavam essa análise. POLÍCIA URBANA CONTAMINADA POR AGITADORES, sugeria o contra-argumento. NACIONALISTAS HINDUS TOMADOS DE LOUCURA. Um quinzenário político mostrava a foto das faixas afixadas diante da Juma Masjid, na Velha Délhi.

O Imã, um homem de barriga frouxa e olhos cínicos, que podia ser encontrado quase toda manhã em seu "jardim"— um terreno árido de terra vermelha e cascalho à sombra da mesquita — contando as rupias doadas pelos fiéis, enrolando as notas uma a uma, de forma que parecia estar segurando um punhado de cigarros *beedi* — e que não era alheio à política comunalista, tinha, aparentemente, decidido que o terror *meerut* devia ser visto pelo lado bom. *Apague o Fogo de seu Peito*, gritava a faixa. *Saudemos com Respeito aqueles que encontraram o Martírio nas Balas da Polícia*. E também: *Ai de nós! Ai de nós! Ai de nós! Desperta primeiro-ministro!* E, finalmente, o chamado à ação: *Faremos* Bandh, com a data prevista para a greve geral.

"Tristes dias", Sisodia continuou. "A televisão e a economia também têm efeitos Delhi Delhi deletérios sobre o cinema." E logo se animou com a aproximação da aeromoça. "Tenho de confessar que faço parte do *mile high clu clu club*", disse alegre para a moça escutar. "E você? Quer que arranje alguguma coisa para você?"

Ah, as dissociações de que é capaz a mente humana, deslumbrou-se Saladin, sombrio. Ah, os eus conflitantes que lutam e se debatem dentro destes sacos de pele. Não é de admirar que não se consiga manter a concentração em nada por muito tempo; não é de admirar que se inventem aparelhos de controle remoto para mudar de canal. Se virássemos esses instrumentos para nós mesmos, iríamos descobrir mais canais do que jamais sonhou qualquer magnata das TVs a cabo e por satélite... Descobriu que os próprios pensamentos flutuavam, por mais que tentasse fixá-los no pai, na questão de Miss Zeenat Vakil. Tinha telegrafado antes, avisando de sua chegada; será que ela iria buscá-lo no aeroporto? O que podia ou não podia acontecer entre eles? Teria, ao deixá-la, ao não voltar, ao perder contato por tanto tempo, cometido o Ato Imperdoável? Ela seria — pensou, e chocou-se ao se dar conta que nunca lhe ocorrera a idéia antes — casada? Apaixonada? Comprometida? Quanto a ele próprio: o que queria de fato? *Saberei assim que a vir*, pensou. O futuro, mesmo sendo um lampejo envolto em perguntas, não seria eclipsado pelo passado; mesmo quando a morte ocupava o centro do palco, a vida continuava lutando por direitos iguais.

O vôo transcorreu sem incidentes.

Zeenat Vakil não estava esperando no aeroporto.

"Venha comigo", Sisodia acenou. "Meu carro veio me pepe pegar, por favor pepe permita que eu."

*

Trinta e cinco minutos depois, Saladin Chamcha estava em Scandal Point, parado nos portões de sua infância com a maleta e os porta-ternos, olhando para um sistema de segurança importado de videocontrole. Nas paredes externas tinham pintado frases antidrogas: NENHUM SONHO É PURO/ SE O AÇÚCAR É ESCURO. E NEGRO É O FUTURO/ QUANDO O AÇÚCAR É ESCURO. Coragem, meu velho, ele disse a si mesmo; e tocou, como indicado, uma só vez, com firmeza, para chamar atenção.

*

No jardim luxuriante, o toco da nogueira cortada atraiu seu olhar irrequieto. Deviam usá-lo como mesa de piquenique agora, imaginou, amargo. Seu pai sempre tivera o dom do melodramático, do gesto de autopiedade, e almoçar sobre uma superfície recheada com tal carga emocional — sem dúvida com muitos profundos suspiros entre um bocado e outro — combinaria bem com ele. Será que ia dramatizar a própria morte também?, Saladin pensou. Com que ostentação o velho desgraçado podia exigir atenção agora! Quem quer que esteja nas proximidades de um moribundo está inteiramente à sua mercê. Socos desferidos de um leito de morte deixam marcas que nunca se apagam.

A madrasta surgiu da mansão de mármore do moribundo para cumprimentar Chamcha sem o menor indício de rancor. "Salahuddin. Que bom que veio. Vai animar o espírito dele, e agora é com o espírito que ele tem de lutar, porque o corpo já está mais ou menos *kaput*." Ela devia ser, talvez, seis ou sete anos mais moça do que a mãe de Saladin seria agora, mas com a mesma compleição de passarinho. Seu pai, grande e expansivo, tinha sido incrivelmente coerente pelo menos nesse campo. "Quanto tempo ainda tem de vida?", Saladin perguntou. Nasreen era tão realista quanto o telegrama sugerira. "Pode ser qualquer dia." O mieloma estava em todos os "ossos longos" de Changez — o câncer tinha introduzido seu vocabulário próprio na casa; não se falava mais de *braços e pernas* — e também no crânio. Células cancerosas tinham sido detectadas até no sangue em torno dos ossos. "Devíamos ter desconfiado", Nasreen disse, e Saladin começou a sentir a força daquela mulher, a determinação com que dominava os sentimentos. "A perda de peso acentuada nestes últimos dois anos. Ele reclamava também de dores no joelho, por exemplo. Mas você sabe como é. Com um velho, você sempre põe a culpa na idade, não pensa numa doença horrível, má." Calou-se, precisando controlar a voz. Kasturba, a ex-*ayah*, viera se encontrar com eles no jardim. Ele ficou sabendo que o marido dela, Vallabh, tinha morrido quase um ano antes, de velhice, durante o sono: uma morte mais suave do que aquela que estava agora devorando o corpo de seu patrão, do sedutor de sua mulher. Kasturba ainda vestia os sáris antigos, espalhafatosos, de Nasreen I: hoje tinha escolhido um estampado op-art, preto e branco, dos mais estonteantes. Ela também cumprimentou Saladin calorosamente: abraço beijos lágrimas. "De minha parte", soluçou, "não vou parar de rezar por um milagre, enquanto restar um alento no pobre peito dele."

Nasreen II abraçou Kasturba; as duas mulheres pousaram as cabeças uma no ombro da outra. A intimidade entre as duas era espontânea e livre de ressentimentos; como se a proximidade da morte lavasse todas as desavenças e ciúmes da vida. As duas velhotas confortavam-se mutuamente no jardim, uma consolando a outra pela perda iminente da coisa mais preciosa de todas: amor. Ou antes: ser amada. "Vamos", Nasreen disse, finalmente, a Saladin. "Ele tem de ver você logo."

"Ele sabe?", Saladin perguntou. Nasreen respondeu com uma evasiva. "É um homem inteligente. Fica perguntando onde foi parar seu sangue todo. Diz que só existem duas doenças em que o sangue desaparece assim. Uma é tuberculose." Saladin pressionou: "Mas ele nunca disse a palavra?". Nasreen baixou a cabeça. A palavra nunca tinha sido dita, nem por Changez, nem em sua presença. "Ele não deveria saber?", Chamcha perguntou. "Um homem não tem o direito de se preparar para a morte?" Viu os olhos de Nasreen fuzilarem por um instante. *Quem pensa que é para vir nos dizer o que temos de fazer? Você desistiu de todos os seus direitos.* Mas se apagaram e quando ela falou foi com uma voz controlada, sem emoção, baixa: "Não! Como contar para ele, coitado! Vai partir seu coração".

O câncer tinha engrossado o sangue de Changez a ponto de o coração ter a maior dificuldade para bombeá-lo para o resto do corpo. Tinha também poluído a corrente sanguínea com corpos estranhos, plaquetas, que atacavam qualquer sangue que lhe fosse injetado por transfusão, mesmo sangue do mesmo tipo do seu. *Portanto, nem nisso posso ajudá-lo*, Saladin compreendeu. Changez podia facilmente morrer desses efeitos colaterais antes que o câncer o matasse. Se morresse de câncer, o fim assumiria a forma ou de pneumonia ou de parada renal; os médicos, sabendo que não podiam fazer nada por ele, tinham-no mandado de volta para casa para esperar. "Como o mieloma é sistêmico, não se pode usar nem quimioterapia nem radiação", Nasreen explicou. "O único medicamento é a droga Melphalan, que em alguns casos prolonga a vida, durante anos até. Mas fomos informados de que ele está numa categoria que não responde aos comprimidos de Melphalan." *Ninguém contou a ele*, insistiam as vozes internas de Saladin. *E isso está errado, errado, errado.* "Mesmo assim, aconteceu um milagre", Kasturba disse. "Os médicos contaram que normalmente esse é um dos tipos mais dolorosos de câncer; mas seu pai não sente dor. Se a gente reza, às vezes recebe a graça." Devido à estranha ausência de dor era que o câncer tinha levado tanto tempo para ser diagnosticado; já estava se espalhando pelo corpo de Changez fazia pelo menos dois anos. "Quero ver meu pai agora", Saladin pediu, delicadamente. Um criado tinha levado a maleta e os porta-ternos para dentro enquanto conversavam; agora, afinal, seguiu no mesmo rumo da bagagem.

O interior da casa continuava intocado — a generosidade da segunda Nasreen com a memória da primeira parecia inesgotável, pelo menos durante esses dias, os últimos do esposo comum sobre a Terra — só que Nasreen II tinha trazido sua coleção de aves empalhadas (poupas e papagaios raros protegidos por redomas de vidro, um pingüim-rei adulto no hall de mármore e mosaico, o bico cheio de minúsculas formigas vermelhas) e as vitrinas de sua coleção de borboletas. Saladin passou por essa colorida galeria de asas mortas na direção do estúdio do pai — Changez insistira em deixar seu quarto e mudar a cama para baixo, para o retiro revestido de madeira, cheio de livros apodrecendo, para que as pessoas não tivessem de correr para cima e para baixo o dia inteiro para cuidar dele — e, finalmente, chegou à porta da morte.

Na juventude, Changez Chamchawala tinha adquirido a mania desconcertante de dormir com os olhos inteiramente abertos, "em guarda", como gostava de dizer. Agora, quando Saladin entrou silenciosamente no quarto, o efeito daqueles olhos cinzentos abertos, fixando cegamente o teto, era positivamente enervante. Por um momento, Saladin achou que era tarde demais; que Changez tinha morrido enquanto ele conversava no jardim. Então o homem na cama emitiu uma série de pequenas tosses, virou a cabeça e estendeu um braço incerto. Saladin Chamcha foi até o pai e curvou a cabeça debaixo da palma do velho, que o acariciou.

*

Apaixonar-se pelo pai depois de tantas décadas iradas era um sentimento sereno e belo; uma coisa renovadora, vitalizante. Saladin sentia vontade de dizer isso, mas não disse, porque soaria vampiresco; como se ao sugar essa nova vida da vida do pai estivesse abrindo espaço para a morte dentro do corpo de Chamcha. Mesmo não falando, porém, Saladin sentia-se a cada hora mais próximo de muitos eus antigos, rejeitados, muitos Saladins alternativos — ou melhor, Salahuddins — que tinham se separado dele à medida que ia fazendo as diversas escolhas de sua vida, mas que tinham, aparentemente, continuado a existir, talvez nos universos paralelos da teoria quântica. O câncer tinha literalmente roído Changez Chamchawala até os ossos; as faces afundaram para as cavidades do crânio, e tinha de colocar uma almofada de espuma debaixo das nádegas por causa da atrofia da musculatura. Mas tinha roído também os seus defeitos, tudo o que havia nele de dominador, tirânico e cruel, de forma que o homem brincalhão, amoroso e brilhante que havia por baixo estava exposto, mais uma vez, para que todos vissem. *Se ele ao menos tivesse sido essa pessoa a vida inteira*, Saladin pegou-se pensando (pela primeira vez em vinte anos, tinha começado a achar agradável o som de seu nome completo, não anglicizado). Como era difícil descobrir o próprio pai quando não havia outra escolha senão dizer adeus.

Na manhã de sua volta, o pai pediu a Salahuddin Chamchawala que lhe fizesse a barba. "Essas minhas velhas não sabem de que lado funciona o Philishave." A pele de Changez estava dependurada do rosto em pregas moles, coriáceas, e os pêlos (quando Salahuddin limpou o barbeador) pareciam cinzas. Salahuddin não se lembrava quando tinha tocado assim o rosto do pai pela última vez, esticando delicadamente a pele para passar o barbeador movido a pilhas, alisando com a mão depois para ver se estava bom. Ao terminar, continuou por um momento deslizando os dedos pelas faces de Changez. "Olhe só o velho", Nasreen disse a Kasturba, quando entraram no quarto, "não tira os olhos do menino." Changez Chamchawala deu um sorriso exausto, revelando uma boca de dentes abalados, cheios de saliva e restos de comida.

Quando o pai dormiu de novo, depois que Kasturba e Nasreen o forçaram a beber um pouquinho de água, e fixou — em quê? — os olhos abertos, sonhadores, que enxergavam três mundos ao mesmo tempo, o mundo real de seu estúdio, o mundo visionário dos sonhos, e a outra vida que se aproximava também (pelo menos foi o que Salahuddin, por um momento, se descobriu imaginando) — o filho foi, então, para o quarto velho de Changez para descansar. Cabeças grotescas de terracota pintada o vigiavam das paredes: um demônio com chifres; um árabe intenso com um falcão no ombro; um careca de olhos virados para cima, com a língua para fora em pânico por causa da mosca enorme pousada na sobrancelha. Incapaz de dormir sob o olhar dessas figuras, que conhecia e odiava desde criança, porque passara a vê-las como retratos de Changez, acabou se mudando para um outro quarto, neutro.

Ao acordar, no fim da tarde, desceu para encontrar as duas mulheres na porta do quarto de Changez, tentando entender os detalhes do medicamento. Além do comprimido diário de Melphalan, tinham receitado uma bateria de drogas na tentativa de combater os perniciosos efeitos colaterais do câncer: anemia, sobrecarga do coração e assim por diante. Dinitrato de isossorbida, dois comprimidos, quatro vezes ao dia; Furosemide, um comprimido, três vezes; Prednisolone, seis comprimidos, duas vezes diárias... "Eu faço isso", disse às velhas aliviadas. "Pelo menos, é alguma coisa que posso fazer." Agarol para a prisão de ventre, Spironolactone para sabe-se lá o quê, e um zyloric, Allopurinol: de repente, ele se lembrou, estranhamente, de uma antiga crítica teatral em que o crítico inglês Kenneth Tynan imaginava as personagens polissilábicas de *Tamerlão, o Grande*, como "uma horda de pílulas e drogas miraculosas decididas a dizimar umas às outras":

> *Enfrentas-me aqui, ó ousado Barbitúrico?*
> *Senhor, sua avó morreu — a velha Nembutal.*
> *Os astros cintilam chorando Nembutal...*
> *Quanta bravura é preciso para ser rei,*
> *caros Auromicina e Formaldeído.*
> *Quanta bravura é preciso para ser rei,*
> *e cavalgar em triunfo em Anfetamina?*

As coisas que a memória da gente regurgita! Mas talvez esse *Tamerlão* farmacêutico não fosse um mau panegírico para o monarca tombado em seu estúdio de livros roídos, olhando para três mundos, esperando o fim. "Vamos, *abba*", ele marchou alegre para a sua presença. "Hora de salvar sua vida."

Ainda em sua bandeja, numa estante do estúdio de Changez: uma certa lâmpada de cobre e latão, que se dizia ter o poder de realizar desejos, mas ainda (por não ter sido nunca esfregada) não testada. Um pouco sem brilho agora, ela observava seu dono moribundo; e era, por sua vez, observada por seu único filho. Que por um breve instante viu-se fortemente tentado a pegá-la, esfregar três vezes e pedir um encantamento mágico ao djim de turbante... mas Salahuddin deixou a lâmpada onde estava. Não havia lugar para djins, nem monstros, nem *afreets* aqui; não se admitiria nenhum fantasma, nenhuma fantasia. Nada de fórmulas mágicas; só a impotência das pílulas. "Chegou o curandeiro", Salahuddin cantarolou, sacudindo os frasquinhos, despertando do sono o pai. "Remédio", Changez fez uma careta infantil. "Éca, blá, pfu."

*

Nessa noite, Salahuddin forçou Nasreen e Kasturba a dormirem confortavelmente em suas próprias camas, enquanto ele cuidava de Changez, deitando-se num colchão no chão. Depois da dose de Isossorbide, à meia-noite, o moribundo dormiu durante três horas, e precisou ir ao banheiro. Salahuddin praticamente o levantou, e ficou surpreso com a ausência de peso de Changez. Aquele homem sempre fora pesado, mas agora era um pasto vivo para o avanço das células cancerosas. No banheiro, Changez recusou ajuda. "Ele não deixa a gente fazer nada", Kasturba tinha reclamado, amorosa. "É tão tímido." Na volta para a cama, apoiou-se suavemente no braço de Salahuddin e foi arrastando os pés chatos calçados em velhos e gastos chinelos, os cabelos que restavam espetados em ângulos cômicos, a cabeça pendurada para a frente no pescoço frágil, fino. Salahuddin sentiu, de repente, vontade de carregar o velho no colo, de niná-lo entre os braços e cantar canções tranqüilas e confortadoras. Em vez disso, ele deixou escapar, nesse momento tão pouco apropriado, um pedido de reconciliação. "*Abba*, eu vim porque não queria que houvesse mais nenhum problema entre nós..." *Idiota de merda. Que te queime o Diabo, pálido maluco. No meio da noite, porra! Se ele ainda não adivinhou que está morrendo, esse discursinho de leito de morte sem dúvida vai revelar tudo para ele.* Changez continuou arrastando os pés; o toque no braço do filho ficou imperceptivelmente mais forte. "Isso não interessa mais", disse. "Está esquecido, seja o que for."

De manhã, Nasreen e Kasturba entraram, vestindo sáris limpos, parecendo descansadas e reclamando: "Foi tão ruim dormir longe dele que nem pregamos o olho". Caíram em cima de Changez, e suas carícias eram tão ternas que Salahuddin teve aquela mesma sensação de estar espionando um momento privado que tivera no casamento de Mishal Sufyan. Saiu do quarto discretamente enquanto os três amantes se abraçavam, se beijavam e choravam.

A morte, o grande acontecimento, tecia seu encantamento pela casa de Scandal Point. Salahuddin a ele se submeteu como todo mundo, até Changez que, naquele segundo dia, deu várias vezes o seu velho sorriso torto, aquele que dizia eu sei o que está acontecendo, eu enfrento, não pensem que sou bobo. Kasturba e Nasreen cuidavam dele constantemente, escovando-lhe os cabelos, insistindo para que comesse e bebesse. Sua língua estava grossa na boca, tornando a fala ligeiramente arrastada, dificultando a deglutição; ele recusava tudo o que era fibroso, até os peitos de frango que tinha adorado a vida inteira. Um bocado de sopa, purê de batatas, uma colherada de mingau. Comida de bebê. Quando se sentou na cama, Salahuddin sentou-se atrás dele; Changez encostou-se no corpo do filho enquanto comia.

"Abra a casa", Changez ordenou naquela manhã. "Quero ver umas caras risonhas por aqui, em vez dessas caretas desanimadas de vocês." E assim, depois de longo tempo, as pessoas vieram: jovens e velhos, primos meio esquecidos, tios, tias; alguns companheiros dos velhos dias do movimento nacionalista, cavalheiros de costas eretas e cabelos grisalhos, paletós *achkan* e monóculos; funcionários de várias fundações e instituições filantrópicas fundadas por Changez anos antes; rivais fabricantes de pesticidas agrícolas e esterco artificial. Uma verdadeira miscelânea, Salahuddin pensou; mas ficou também maravilhado de ver como todo mundo se comportava bem na presença do moribundo: os jovens conversando intimidades das próprias vidas, como se quisessem convencê-lo de que a vida em si é invencível, oferecendo a ele o rico consolo de ser um membro da grande procissão da espécie humana — enquanto os velhos evocavam o passado, para que ele soubesse que nada fora esquecido, nada perdido; que a despeito dos anos de retiro auto-imposto, ele continuara ligado ao mundo. A morte desperta o que há de melhor nas pessoas; era bom — Salahuddin percebeu — ver que os seres humanos eram assim também: considerados, amorosos, até nobres. Ainda somos capazes de exaltação, pensou num estado de espírito celebratório; apesar de tudo, ainda somos capazes de transcender. Uma bela jovem — ocorreu a Salahuddin que podia ser talvez sobrinha dele, e ficou envergonhado de não saber seu nome — estava tirando fotos Polaroid de Changez com suas visitas, e o doente estava se divertindo muito, fazendo caretas, e beijando os muitos rostos estendidos para ele com um brilho nos olhos que Salahuddin identificou como nostalgia. "É como uma festa de aniversário", pensou. Ou: como o despertar de Finnegan. O morto se recusando a deitar e que os vivos se divirtam.

"Temos de contar para ele", Salahuddin insistiu quando as visitas foram embora. Nasreen baixou a cabeça; e fez que sim. Kasturba caiu em prantos.

Contaram na manhã seguinte, tendo solicitado que o especialista estivesse presente para responder a qualquer pergunta que Changez quisesse fazer. O especialista, Panikkar (nome que os ingleses pronunciariam errado e dariam risada, Salahuddin pensou, igual ao nome muçulmano "Fakhar"), chegou às dez da manhã, rutilante de auto-estima. "Eu conto para ele", disse, tomando conta da situação. "A maioria dos pacientes sente vergonha de que seus entes queridos vejam seu medo." "De jeito nenhum", Salahuddin disse com uma veemência que o surpreendeu. "Bem, nesse caso", Panikkar encolheu os ombros, fazendo menção de sair; o que funcionou, porque Nasreen e Kasturba insistiram com Salahuddin: "Por favor, não vamos brigar". Derrotado, Salahuddin conduziu o médico à presença do pai; e fechou a porta do estúdio.

***

"Estou com câncer", Changez Chamchawala disse a Nasreen, Kasturba e Salahuddin quando Panikkar foi embora. Falou com clareza, enunciando a palavra com um cuidado desafiador, exagerado. "Está bem avançado. Não foi surpresa. Eu disse para Panikkar: 'Foi o que eu falei para você no primeiro dia. Para onde podia ter ido todo o meu sangue?'." Do lado de fora do estúdio, Kasturba disse a Salahuddin: "Desde que você chegou, ele estava com um brilho no olho. Ontem, com toda aquela gente, como estava contente! Mas agora o olhar dele apagou. Agora, ele não vai mais lutar".

Nessa tarde, Salahuddin viu-se sozinho com o pai enquanto as duas mulheres cochilavam. Descobriu que ele, que tinha insistido tanto para esclarecer tudo, para dizer o nome da coisa, estava agora sem jeito e desarticulado, sem saber o que dizer. Mas Changez tinha algo a dizer.

"Quero que saiba", disse ao filho, "que não tenho nenhum problema com esta coisa. A gente tem de morrer de alguma coisa, e eu não estou morrendo nada moço. Não tenho nenhuma ilusão; sei que não vou mais para lugar nenhum agora. É o fim. E está bem. A única coisa que me dá medo é a dor, porque quando existe dor, o homem perde a dignidade. Não quero que isso aconteça." Salahuddin ficou assombrado. *Primeiro se apaixonar pelo pai de novo, e depois se encher de admiração por ele também.* "O médico disse que seu caso é um em um milhão", respondeu, sincero. "Parece que foi poupado da dor." Alguma coisa dentro de Changez se relaxou ao ouvir isso, e Salahuddin percebeu o medo que o velho estivera sentindo, o quanto precisava saber... "Bá", Changez Chamchawala protestou. "Então, estou pronto. E a propósito: você fica com a lâmpada, afinal."

Uma hora depois, a diarréia começou: um ralo líquido negro. Em angustiados telefonemas para o pronto-socorro do Hospital Breach Candy, Nasreen descobriu que Panikkar não podia ser encontrado. "Suspendam o Agarol imediatamente", ordenou o médico de plantão, receitando Imodium no lugar. Não adiantou. Às sete da noite, o risco de desidratação continuava aumentando, e Changez estava fraco demais para sentar-se para comer. Não tinha nenhum apetite, mas Kasturba conseguiu dar-lhe algumas colheradas de semolina com abricós descascados. "Hum, hum", ele disse, irônico, dando o seu sorriso torto.

Adormeceu, mas por volta da uma da manhã tinha se levantado e tornado a deitar três vezes. "Pelo amor de Deus", Salahuddin berrou ao telefone, "eu quero o número da casa de Panikkar." Mas o regulamento do hospital não permitia. "Tem de avaliar", disse o médico de plantão, "se não é hora de trazê-lo para cá." Vaca, Salahuddin Chamchawala disse, sem som. "Muito obrigado."

Às três da manhã, Changez estava tão fraco que Salahuddin o levou quase carregado para o banheiro. "Tirem o carro", gritou para Nasreen e Kasturba. "Vamos para o hospital. Agora." A prova de que Changez estava declinando era que dessa última vez permitiu que o filho o ajudasse. "Merda preta é mau sinal", o velho disse, ofegante. Seus pulmões estavam alarmantemente congestionados; a respiração era como bolhas subindo em cola. "Alguns cânceres são lentos, mas acho que este é rápido. A deterioração é muito rápida." E Salahuddin, o apóstolo da verdade, mentiu, consolador: *Abba, não se preocupe. Você vai ficar bom.* Changez Chamchawala sacudiu a cabeça. "Estou indo embora, filho", disse. Seu peito arfou; Salahuddin agarrou uma caneca de plástico e segurou diante da boca de Changez. O moribundo vomitou mais de meio litro de muco misturado com sangue: e depois disso ficou fraco demais para falar. Dessa vez, Salahuddin teve de carregá-lo para o banco de trás do Mercedes, onde ficou sentado entre Nasreen e Kasturba, enquanto Salahuddin dirigia a toda a velocidade para o Hospital Breach Candy, menos de um quilômetro rua abaixo. "Quer que abra a janela, *abba*?", perguntou num determinado momento, e Changez sacudiu a cabeça e borbulhou: "Não". Muito depois, Salahuddin deu-se conta de que essa tinha sido a última palavra de seu pai.

A ala de emergência. Pés correndo, atendentes, cadeira de rodas, Changez sendo içado para uma cama, cortinas. Um médico jovem, fazendo o que precisava ser feito, muito depressa, mas sem dar a sensação de pressa. *Gosto dele*, Salahuddin pensou. Então, o médico olhou-o nos olhos e disse: "Acho que não vai resistir". A sensação era a de um soco no estômago. Salahuddin deu-se conta de que estava se agarrando a uma esperança perdida, *vão cuidar dele e voltamos para casa; ainda não é o fim*, e sua primeira reação foi de raiva. *Você é o mecânico. Não me diga que o carro não pega; arrume a porra da máquina.* Changez estava largado, afogando-se nos próprios pulmões. "Não dá para chegar ao pulmão com esse *kurta*; vamos..." *Cortar fora. Faça o que for preciso.* O gotejar do soro, o bip de um coração cada vez mais fraco na tela, impotência. O jovem doutor murmurando: "Falta pouco agora, então...". Diante disso, Salahuddin Chamchawala fez uma coisa crassa. Virou-se para Nasreen e Kasturba e disse: "Venham depressa. Agora. Venham se despedir". "Pelo amor de Deus!", o médico explodiu... as mulheres não choraram, mas foram até Changez e pegaram suas mãos. Salahuddin ficou vermelho de vergonha. Jamais saberia se o pai ouviu a sentença de morte gotejando da boca do filho.

Salahuddin encontrou palavras melhores, relembrando o urdu depois de uma longa ausência. *Estamos todos com você, abba. Com todo o nosso amor.* Changez não podia falar, mas aquilo era — não era? — sim, devia ser — um pequeno sinal de reconhecimento. *Ele me ouviu.* Então, de repente, Changez Chamchawala abandonou o próprio rosto; ainda estava vivo, mas não estava mais ali, tinha se voltado para dentro, para ver o que houvesse para ver. *Está me ensinando a morrer*, Salahuddin pensou. *Ele não desvia os olhos, encara a morte de frente.* Em nenhum momento de sua agonia Changez Chamchawala pronunciou o nome de Deus.

"Por favor", disse o médico, "agora vão para o outro lado da cortina e deixem a gente fazer uma última tentativa." Salahuddin conduziu as duas mulheres alguns passos adiante, e, então, quando a cortina escondeu Changez de suas vistas, elas choraram. "Ele jurou que nunca ia me deixar", Nasreen soluçou, o férreo controle se quebrando afinal, "e agora foi embora." Salahuddin foi espiar por uma fresta da cortina; e viu quando aplicavam o choque no corpo do pai, o súbito rabisco verde da pulsação no monitor; viu médico e enfermeiras dando socos no peito do pai; viu derrota.

A última coisa que viu no rosto do pai, pouco antes do último e inútil esforço da equipe médica, foi um terror tão profundo que gelou Salahuddin até os ossos. O que teria visto? O que esperava por ele, por todos nós, capaz de produzir tal terror nos olhos de um homem valente? — Depois de tudo acabado, voltou para o lado de Changez; e viu a boca do pai curvada para cima, num sorriso.

Acariciou aquela face doce. *Não fiz a barba nele hoje. Morreu barbudo.* Como já estava frio o rosto; mas o cérebro, o cérebro retinha certo calor. Tinham enfiado algodão em suas narinas. *Mas suponhamos que tenha sido um erro? E se ele quiser respirar?*, Nasreen Chamchawala estava ao lado dele. "Vamos levar seu pai para casa", disse.

*

Changez Chamchawala voltou para casa numa ambulância, deitado numa bandeja de alumínio no chão, entre as duas mulheres que o amavam, enquanto Salahuddin seguia atrás com o carro. Os homens da ambulância o colocaram no estúdio; Nasreen ligou o ar-condicionado no máximo. Tratava-se, afinal de contas, de uma morte tropical, o Sol ia nascer logo.

O que será que ele viu?, Salahuddin pensava. *Por que o terror? E de onde veio aquele sorriso final?*

As pessoas vieram de novo. Tios, primos, amigos, tomaram conta de tudo, fizeram todos os arranjos. Nasreen e Kasturba sentaram-se sobre lençóis brancos no chão da sala em que, uma vez, Saladin e Zeeny tinham vindo visitar um ogro, Changez; mulheres sentaram-se com elas para velar, muitas recitando sem parar o mesmo *qalmah*, girando as contas na mão. Salahuddin ficou irritado com isso; mas não teve vontade de mandar que parassem. — Então veio o *mullah*, e costurou a mortalha de Changez, e chegou a hora de lavar o corpo; e mesmo havendo muitos homens presentes e não havendo necessidade de ele ajudar, Salahuddin insistiu. *Se ele foi capaz de olhar a morte de frente, eu também sou.* — E quando seu pai estava sendo lavado, o corpo rolando para cá e para lá segundo as ordens do *mullah*, a pele macerada e frouxa, a cicatriz da operação de apêndice longa, marrom, Salahuddin relembrou a única outra vez na vida em que tinha visto nu o pai que era tão discreto fisicamente: tinha nove anos de idade, e entrara por acaso num banheiro onde Changez estava tomando banho de chuveiro, e a visão do pênis do pai foi um choque jamais esquecido. Aquele órgão grosso e curto, como um bastão. Ah, a força daquele membro, e a insignificância do seu... "Os olhos dele não fecham", o *mullah* reclamou. "Você devia ter feito isso antes." Era um sujeito forte, pragmático, esse *mullah*, com sua barba sem bigode. Tratava o corpo como uma coisa sem importância, que tinha de ser lavada como um carro, ou uma janela, ou um prato. "Você é de Londres? Da própria Londres? Eu vivi lá muitos anos. Era porteiro no Claridge's Hotel." *Ah, é mesmo? Interessante.* O homem queria conversar amenidades! Salahuddin ficou horrorizado. *Esse aí é o meu pai, não entende?* "Essa roupa", o *mullah* perguntou, apontando o último pijama *kurta* de Changez, que tinha sido cortado no hospital. "Vai precisar dela?" *Não, não, pode levar. Por favor.* "Muita gentileza a sua." Pequenos pedaços de pano preto estavam sendo enfiados na boca e debaixo das pálpebras de Changez. O *mullah* disse: "Esse pano esteve em Meca". *Tire!* "Não estou entendendo. É tecido sagrado." *Ouviu o que eu disse: fora, fora.* "Que Deus tenha piedade de sua alma."

E:

O esquife, coberto de flores, como um berço gigante.

O corpo, envolto em branco, com lascas de sândalo espalhadas por cima para perfumar.

Mais flores, e uma cobertura de seda verde com versos do Alcorão bordados em ouro.

A ambulância, com o caixão dentro dela, esperando permissão da viúva para partir.

As últimas despedidas das mulheres.

O cemitério. Homens de luto correndo para levar o caixão

nos ombros pisam no pé de Salahuddin, lascando um pedaço da unha do dedão.

Entre os presentes, um velho amigo com quem Changez tinha rompido, mas que viera apesar da pneumonia dupla; e outro velho, que chorava copiosamente, e que morreria no dia seguinte; e todo tipo de gente, o registro ambulante da vida de um morto.

O túmulo. Salahuddin desce para dentro dele, fica na cabeceira, o coveiro nos pés. Changez Chamchawala é descido. *O peso da cabeça de meu pai em minhas mãos. Eu a pouso para descansar.*

Provamos que o mundo é real, alguém escreveu, quando morremos nele.

*

À espera dele quando voltou do cemitério: uma lâmpada de cobre e latão, sua herança renovada. Entrou no estúdio de Changez e fechou a porta. Ali estavam os chinelos velhos ao lado da cama, transformados, como ele previra, em "um par de sapatos vazios". A roupa de cama guardava ainda a marca do corpo do pai; o quarto estava tomado por um perfume enjoativo: sândalo, cânfora, cravo. Pegou a lâmpada da estante e sentou-se à escrivaninha de Changez. Tirou um lenço do bolso e esfregou-a vigorosamente: uma, duas, três vezes.

As luzes se acenderam todas imediatamente.

Zeenat Vakil entrou na sala.

"Ah, meu Deus, desculpe, vai ver que você queria ficar no escuro, mas fica tão triste com as persianas fechadas." Sacudindo os braços, falando alto com sua bela voz crocitante, os cabelos penteados, dessa vez, num rabo-de-cavalo que ia até a cintura, ali estava ela, o djim dele. "Sinto muito não ter vindo antes, estava querendo magoar você, que hora fui escolher, que porra de egoísmo, *yaar*, é tão bom ver você, coitado do boboca órfão."

Era a mesma de sempre, mergulhada na vida até o pescoço, alternando eventuais aulas sobre arte na universidade com a prática médica e as atividades políticas. "Eu estava lá no bendito hospital quando você foi, sabe? Estava ali mesmo, mas só soube do seu pai depois que acabou, e mesmo assim não fui lá dar um abraço em você, que filha-da-puta, se quiser me expulsar eu vou embora sem reclamar." Aquela mulher era generosa, a mais generosa que ele jamais conhecera. *Quando encontrar com ela, vai saber*, tinha prometido a si mesmo, e estava dando certo. "Eu te amo", ouviu a si mesmo dizendo, e ela estacou no meio do passo. "Tudo bem, não vou tomar isso como um compromisso", disse, parecendo muito satisfeita. "Evidentemente, você está mentalmente desequilibrado. Sorte sua não estar em um dos nossos grandes hospitais públicos; eles colocam os malucos junto com os viciados em heroína, e tem tanto tráfico lá dentro que os coitados dos loucos acabam cheios de maus costumes. De qualquer forma, se você disser isso de novo dentro de quarenta dias, cuidado, porque aí eu vou levar a sério. Neste momento, pode ser uma doença."

A reentrada da imbatível (e aparentemente descomprometida) Zeeny em sua vida completava o processo de renovação, de regeneração, que tinha sido o mais surpreendente e paradoxal resultado da doença terminal do pai. Sua antiga vida inglesa, sua estranheza, seus males, pareciam agora muito remotos, até irrelevantes, como o seu nome truncado usado como pseudônimo. "Já era hora", Zeenat aprovou quando ele contou que voltara a usar *Salahuddin*. "Agora vai poder parar de representar, afinal." É, parecia o começo de uma nova fase, na qual o mundo seria sólido e real, e na qual não haveria mais a grande figura de um pai postado entre ele e a inevitabilidade do túmulo. Uma vida órfã, como a de Maomé; como a de todo mundo. Uma vida iluminada por uma morte estranhamente radiosa, que continuava a fulgurar aos olhos de sua alma, como uma espécie de lâmpada mágica.

De agora em diante, preciso pensar que estou vivendo no primeiro instante do futuro, ele decidiu dias depois, no apartamento de Zeeny na Sophia College Lane, enquanto se recuperava, na cama dela, de seu ávido entusiasmo ao fazer amor. (Ela o convidara timidamente para ir à casa dela, como se estivesse removendo um véu, depois de longa reserva.) Mas uma história não se perde com facilidade; ele estava vivendo também, afinal, no *momento presente do passado*, e a sua vida de antes estava a ponto de envolvê-lo de novo, para completar o ato final.

*

Deu-se conta de que era um homem rico. O testamento de Changez estabelecia que a vasta fortuna do magnata e a miríade de interesses empresariais deviam ser supervisionados por um grupo de distintos curadores, sendo as rendas divididas igualmente entre três pessoas: a segunda esposa de Changez, Nasreen; Kasturba, a quem ele se referia no documento como "em todos os sentidos, minha terceira esposa"; e seu filho, Salahuddin. Depois da morte das duas mulheres, porém, os curadores poderiam ser dispensados no momento em que Salahuddin quisesse: ele herdava, em resumo, tudo. "Com a condição", Changez Chamchawala estipulara, astutamente, "de que o malandro aceite o presente anteriormente rejeitado, a saber, o prédio escolar requisitado pelo governo, localizado em Solan, Himachal Pradesh." Changez podia ter cortado a nogueira, mas jamais tinha pensado em eliminar Salahuddin de seu testamento. — As casas de Pali Hill e Scandal Point, porém, ficaram de fora. A primeira passava diretamente para a posse de Nasreen Chamchawala; a segunda transformava-se, imediatamente, em propriedade exclusiva de Kasturbabai, que logo anunciou sua intenção de vender a velha casa para empreiteiros. O lugar valia uma fortuna e Kasturba não era nada sentimental em termos de propriedades. "Morei aqui a minha vida inteira", informou. "Portanto, só eu é que posso decidir." Nasreen Chamchawala ficou inteiramente indiferente ao destino da velha casa. "Mais um arranha-céu, menos um pedaço da velha Bombaim", disse, encolhendo os ombros. "Que diferença faz? As cidades mudam." Já estava se preparando para voltar a Pali Hill, tirando as vitrines de borboletas das paredes, arrumando os pássaros empalhados no hall. "Deixe", disse Zeenat Vakil. "Você não ia viver naquele museu mesmo."

Ela estava certa, claro; nem bem ele tinha resolvido voltar

o rosto para o futuro e já estava se dispersando e lamentando o fim da infância. "Vou sair com George e Bhupen, lembra?", disse ela. "Por que não vem junto? Precisa começar a se plugar na cidade." George Miranda tinha terminado um documentário sobre o comunalismo, tendo entrevistado hindus e muçulmanos de todos os graus de radicalismo. Fundamentalistas de ambas as religiões tinham imediatamente procurado proibir a exibição do filme, e, embora os tribunais de Bombaim rejeitassem a proibição, o caso tinha ido parar na Corte Suprema. George, com o queixo ainda mais barbudo, os cabelos mais lambidos e a barriga ainda maior do que Salahuddin se lembrava, bebeu rum num bar de Dhobi Talao e esmurrou a mesa com socos pessimistas. "É a mesma Corte Suprema do famoso Shah Bano", gritou, referindo-se ao caso notório em que, sob pressão de extremistas islâmicos, a Corte determinara que o pagamento de pensões era contrário à vontade de Alá, fazendo assim com que as leis da Índia fossem ainda mais reacionárias que as do Paquistão, por exemplo. "Portanto, não tenho muita esperança." Ele torceu, desconsolado, as pontas enceradas do bigode. Sua nova namorada, uma mulher bengalesa alta e magra, com cabelo cortado curto, que Salahuddin achou um tanto parecida com Mishal Sufyan, escolheu esse momento para atacar Bhupen Gandhi por ter publicado um livro de poemas sobre sua visita "à pequena cidade santuário" Gagari, nas Gats ocidentais. Os poemas haviam sido criticados pela direita hindu; um eminente professor do Sul da Índia tinha declarado que Bhupen "renunciara a seu direito de ser chamado de poeta indiano", mas na opinião da jovem, Swatilekha, a religião tinha seduzido Bhupen, levando-o a uma perigosa ambigüidade. Com os cabelos grisalhos agitados, a cara de lua brilhante, Bhupen se defendeu. "O que eu disse foi que a única colheita que se faz em Gagari é de deuses de pedra tirados das montanhas. Falei de uma multiplicidade de lendas, com o tilintar dos cincerros das vacas sagradas que pastam nas encostas. Não são imagens ambíguas." Swatilekha não se convenceu. "Hoje em dia", insistiu, "nossas posições têm de ser expressas com clareza cristalina. Todas as metáforas podem ser mal interpretadas." Ela enunciou sua própria teoria. A sociedade era orquestrada pelo que chamava de *grandes narrativas*: a história, a economia, a ética. Na Índia, o desenvolvimento de um aparelho de Estado corrupto e fechado havia "excluído as massas populares do projeto ético". O resultado era que o povo buscava satisfações éticas na mais antiga das grandes narrativas, ou seja, na fé religiosa. "Mas essas narrativas estão sendo manipuladas pela teocracia e por vários elementos políticos, de maneira inteiramente retrógrada." Bhupen disse: "Não se pode negar a ubiqüidade da fé. Se escrevermos de maneira preconceituosa colocando essa crença como ilusória ou falsa, não seríamos culpados de elitismo, de impor nossa visão de mundo às massas?". Swatilekha reagiu com desdém. "Na Índia de hoje, se estão traçando linhas de batalha", disse. "Secular *versus* religioso, luz *versus* sombra. Melhor escolher de que lado você está."

Furioso, Bhupen levantou-se para ir embora. Zeeny o acalmou: "Não podemos nos permitir nenhum cisma. Temos planos a fazer". Ele tornou a se sentar e Swatilekha o beijou no rosto. "Desculpe", disse ela. "Universidade demais, é o que George sempre diz. Na verdade, eu adorei os poemas. Estava só discutindo uma hipótese." Bhupen, abrandado, fingiu que lhe dava um soco no nariz e a crise passou.

Salahuddin compreendeu, então, que tinham se encontrado para discutir a parte que lhes cabia numa notável demonstração política: uma corrente humana que iria do Portal da Índia até os mais extremos subúrbios do norte da cidade, em apoio à "integração nacional". O Partido Comunista da Índia (marxista) tinha recentemente organizado uma corrente humana desse tipo em Kerala, com grande sucesso. "Mas aqui em Bombaim", George Miranda argumentou, "será inteiramente diferente. Em Kerala, o PC (M) está no poder. Aqui, com esses filhos-da-puta desses Shiv Sena de direita no poder, temos de estar prontos para todo tipo de problema, da obstrução da polícia ao ataque direto de grupos violentos — principalmente quando a corrente passar, como vai ter de passar, pelas fortalezas Sena, em Mazagaon etc." Apesar de todos esses perigos, Zeeny explicou a Salahuddin, tais demonstrações públicas eram essenciais. Com o crescimento da violência comunal — e o incidente *meerut* era apenas o mais recente numa longa seqüência de incidentes criminosos — era imperativo que as forças de desintegração não conseguissem o que queriam. "Temos de mostrar que existem também forças contrárias a eles." Salahuddin ficou um tanto surpreso com a rapidez com que, mais uma vez, sua vida começara a mudar. *Eu, participando de um evento do PC (M). As surpresas não acabam nunca; devo estar realmente apaixonado.*

Uma vez tudo arranjado — quantos amigos cada um conseguiria levar, onde se reunir, o que levar de comida, bebida e equipamento de primeiros socorros —, todos relaxaram, beberam o rum escuro barato e conversaram inconseqüentemente. Foi quando Salahuddin ouviu, pela primeira vez, os boatos que tinham começado a circular pela cidade sobre o comportamento estranho do astro de cinema Gibreel Farishta, e sentiu sua vida anterior picá-lo como um espinho escondido; ouviu o passado, como uma trombeta distante, soando em seus ouvidos.

*

O Gibreel Farishta que voltara de Londres para Bombaim com a finalidade de retomar o rumo de sua carreira cinematográfica não era, no consenso geral, o velho e irresistível Gibreel. "O cara parece estar indo direto para o suicídio", declarou George Miranda, que sabia todas as fofocas cinematográficas. "Quem sabe por quê? Dizem que ficou meio maluco porque foi infeliz no amor." Salahuddin ficou de boca fechada, mas sentiu a cara esquentando. Allie Cone tinha se recusado a receber Gibreel de volta depois dos incêndios de Brickhall. Em questão de perdão, Salahuddin pensou, ninguém tinha pensado em consultar a inocente total e enormemente prejudicada Alleluia; *mais uma vez, tornamos a vida dela periférica às nossas. Não é de admirar que ainda esteja furiosa.* Gibreel contara a Salahuddin, num último telefonema, um tanto tenso, que estava voltando a Bombaim "na esperança de nunca mais ver Allie, nem você, nem esta porra desta cidade gelada, pelo resto da minha vida inteira". E agora ali estava ele, segundo tudo o que se dizia, naufragando de novo, e em sua própria terra. "Ele está fazendo um filme bem esquisito", George continuou. "E dessa vez teve de botar dinheiro do próprio bolso. Depois de dois fracassos, os produtores fugiram rápido. Se esse agora afundar, ele vai estar quebrado, acabado, *funtoosh*." Gibreel tinha se envolvido numa refilmagem da história do *Ramayana*, na qual heróis e heroínas em trajes modernos tornavam-se corruptos e maus em vez de puros e livres de pecado. Rama era voluptuoso e bêbado e Sita uma temperamental; enquanto Ravana, o rei-demônio, era mostrado como um homem honesto e íntegro. "Gibreel faz o papel de Ravana", George explicou com um horror fascinado. "Parece que ele está tentando deliberadamente provocar um confronto com sectários religiosos, sabendo que não tem chance, que vai ser reduzido a nada." Vários membros do elenco já tinham abandonado a produção, dando entrevistas sensacionalistas em que acusavam Gibreel de "blasfêmia", "satanismo" e outras transgressões. Sua última amante, Pimple Billimoria, tinha aparecido na capa de *Ciné-Blitz*, dizendo: "Foi como beijar o Diabo". O velho problema do hálito sulfuroso de Gibreel, evidentemente, voltara com tudo.

Seu comportamento estranho ocupava as más línguas ainda mais do que a sua escolha de roteiros de filmes. "Um dia ele é todo doçura e luz", disse George. "No outro vem trabalhar como se fosse Deus Todo-Poderoso e chega a exigir que as pessoas se ajoelhem. Pessoalmente, não acredito que o filme chegue a ser terminado a menos que ele cuide da própria saúde mental que, sinceramente, acho que está abalada. Primeiro a doença, depois o desastre de avião, depois o caso de amor infeliz: dá para entender os problemas do cara." E havia rumores ainda piores: estava sendo investigado por causa de impostos; oficiais de polícia o tinham visitado para fazer perguntas sobre a morte de Rekha Merchant, e o marido dela, o rei dos rolamentos, ameaçara "quebrar todos os ossos do desgraçado", o que fez com que Gibreel precisasse de guarda-costas para usar os elevadores de Everest Vilas; e o pior de tudo eram as insinuações de visitas noturnas ao distrito da luz vermelha da cidade, onde, dizia-se, tinha freqüentado certo estabelecimento da Foras Road, até que os cafetões o expulsaram porque as mulheres estavam sendo machucadas. "Dizem que algumas ficaram em mau estado", George revelou. "Que tiveram de pagar uma fortuna para abafar o caso. Eu não sei. As pessoas falam qualquer coisa. Essa Pimple, é claro, aderiu logo. *O homem que odeia as mulheres*. Ela está construindo a imagem de *femme fatale* com tudo isso. Mas alguma coisa está muito errada com Farishta. Ouvi dizer que você conhece o sujeito", George terminou, olhando para Salahuddin; que corou.

"Não muito bem. Só por causa do desastre de avião." Estava agitado. Parecia que Gibreel não tinha conseguido escapar de seus demônios interiores. Ele, Salahuddin, tinha acreditado — ingenuamente, percebia agora — que os incidentes do incêndio de Brickhall, quando Gibreel salvou-lhe a vida, haviam, de alguma forma, purificado os dois, consumindo nas chamas aqueles demônios; que, de fato, o amor havia se demonstrado um poder tão humanizador quanto a raiva; que, tanto quanto o vício, a virtude era capaz de transformar os homens. Mas nada é para sempre; e aparentemente, nenhuma cura é completa.

"A indústria cinematográfica está cheia de malucos", Swatilekha disse a George, afetuosa. "É só olhar para você, mister." Mas Bhupen ficou sério. "Sempre vi Gibreel como uma força positiva", disse. "Um ator originário de uma minoria que fazia papéis de muitas religiões e era aceito. Se ele perdeu o prestígio, isso é mau sinal."

Dois dias depois, Salahuddin Chamchawala leu nos jornais de domingo que um grupo internacional de alpinistas tinha chegado a Bombaim, a caminho de uma tentativa de escalar o Hidden Peak. Quando viu que fazia parte do grupo a famosa "Rainha do Everest", Miss Alleluia Cone, teve uma estranha sensação de assombro, uma sensação de que as sombras de sua imaginação estavam emergindo para o mundo real, que o destino estava adquirindo a lógica lenta e fatal de um sonho. "Agora sei o que é um fantasma", pensou. "Assuntos inacabados, isso é que é."

*

A presença de Allie em Bombaim veio a preocupá-lo cada vez mais nos dois dias seguintes. Sua cabeça insistia em fazer estranhas conexões entre, por exemplo, a evidente recuperação de seu problema com os pés e o fim de seu caso com Gibreel: como se ele é que a aleijasse com seu amor ciumento. Racionalmente sabia que, de fato, o problema com os arcos dos pés caídos era anterior ao relacionamento com Gibreel, mas tinha entrado num estado de espírito estranhamente sonhador, e parecia impermeável à lógica. O que é que ela estava realmente fazendo ali? Por que tinha vindo? Estava convencido que alguma terrível tragédia estava para acontecer.

Zeeny, que devido à clínica no hospital, às aulas da universidade e ao trabalho de preparação da corrente humana estava, atualmente, sem tempo para Salahuddin e seus estados de espírito, tomou erroneamente o silêncio introvertido dele por expressão de dúvida — sobre seu retorno a Bombaim, sobre o fato de se ver arrastado a atividades políticas de um tipo que tinha sempre abominado, sobre ela. Para disfarçar o medo, falou com ele na forma de uma aula. "Se é sério que quer se livrar do seu estrangeirismo, Salad *baba*, não se deixe cair nessa espécie de limbo sem raízes, certo? Estamos todos aqui. Bem aqui, na sua frente. Você devia tentar estabelecer contato adulto com este lugar, com este momento. Tente abraçar esta cidade como ela é, não como alguma memória de infância que deixa você ao mesmo tempo enjoado e saudoso. Chegue mais perto. Da cidade de verdade. Compre as suas falhas. Transforme-se numa criatura saída dela; participe." Ele concordava com a cabeça, ausente; e ela, achando que estava se preparando para abandoná-la de novo, saiu explodindo num acesso de raiva que o deixou inteiramente perplexo.

Devia telefonar para Allie? Teria Gibreel contado a ela das vozes?

Devia procurar ver Gibreel?

Alguma coisa está para acontecer, alertava sua voz interior. *Vai acontecer, e você não sabe o que é, e não pode fazer absolutamente nada a respeito. Ah, sim: é alguma coisa má.*

*

Aconteceu no dia da demonstração que, contra todas as expectativas, foi um sucesso. Algumas escaramuças menores foram registradas no distrito de Mazagaon, mas o evento foi, no geral, tranqüilo. Observadores do PCI (M) falaram de uma corrente contínua de homens e mulheres de mãos dadas atravessando de alto a baixo a cidade, e Salahuddin, entre Zeeny e Bhupen, na Muhammad Ali Road, não podia negar o poder da imagem. Muita gente que participava da corrente estava chorando. Às oito horas em ponto, os organizadores — Swatilekha, figura de destaque entre eles, em cima de um jipe, megafone na mão — deram a ordem de juntarem-se as mãos. Uma hora depois, quando o rush atingia o pico na cidade, a multidão começou a se dispersar. No entanto, apesar dos milhares de pessoas envolvidas no evento, apesar da natureza pacífica e da mensagem positiva, a formação da corrente humana não apareceu no noticiário da televisão Doordarshan. Nem a rádio All-India deu a notícia. A maior parte da "imprensa multilíngua" (favorável ao governo) também omitiu qualquer menção. Um diário de língua inglesa e um jornal dominical trouxeram a notícia; só isso. Quando Zeeny e Salahuddin voltavam a pé para casa, ela, lembrando o tratamento dispensado à corrente de Kerala, previu esse silêncio ensurdecedor. "É um acontecimento comunista", explicou. "Portanto, oficialmente, é um não-evento."

O que é que gritavam as manchetes em letras de três centímetros de altura, enquanto a corrente humana não merecia nem um sussurro em letras miúdas?

MORREM RAINHA DO EVEREST E MAGNATA DO CINEMA
DUPLA TRAGÉDIA EM MALABAR HILL
GIBREEL FARISHTA DESAPARECIDO
A MALDIÇÃO DE EVEREST VILAS ATACA OUTRA VEZ

O corpo do respeitado produtor cinematográfico, S. S. Sisodia, foi encontrado por empregados domésticos, caído no centro do grande tapete da sala de estar do apartamento do celebrado ator Mr. Gibreel Farishta, com um tiro no coração. Em acidente que se acreditava "relacionado ao fato", Miss Alleluia Cone tinha caído de cabeça do alto do edifício, do qual, dois anos antes, Mrs. Rekha Merchant tinha atirado aos filhos e a si mesma para o concreto.

Os jornais matinais não tinham dúvidas quanto ao último papel de Farishta. FARISHTA, SUSPEITO, ESTÁ DESAPARECIDO.

"Vou voltar para Scandal Point", Salahuddin disse a Zeeny, que, entendendo errado o significado desse retiro a uma câmara interior do espírito, teve um ataque: "Mister, é melhor tomar uma decisão". Ao ir embora, ele não sabia o que fazer para que ela entendesse o que sentia; como explicar aquele opressivo sentimento de culpa, de *responsabilidade*: como contar a ela que essas mortes eram as flores sombrias de sementes que ele tinha plantado havia muito tempo? "Só preciso pensar", disse, fraco, confirmando as suspeitas dela. "Um ou dois dias."

"Salad *baba*", ela disse, ríspida. "Tenho de admitir, cara. Seu *timing*: fantástico."

*

Uma noite depois de participar da corrente humana, Salahuddin Chamchawala estava olhando pela janela do quarto de sua infância para os padrões noturnos do mar da Arábia, quando Kasturba bateu com urgência na porta. "Tem um homem aí para ver você", disse, quase sibilando as palavras, claramente apavorada. Salahuddin não tinha visto ninguém entrando pelo portão. "Pela entrada de serviço", Kasturba respondeu a sua pergunta. "Escute, *baba*, é Gibreel. Gibreel Farishta, que os jornais disseram que...", sua voz falhou e ela mordeu, agitada, as unhas da mão esquerda.

"Onde é que ele está?"

"O que é que eu ia fazer, fiquei com medo", Kasturba choramingou. "Falei para ele, no estúdio de seu pai, está esperando só lá. Mas talvez seja melhor você não ir. Chamo a polícia? *Baapu ré*, que coisa."

Não. Não chame. Vou ver o que ele quer.

Gibreel estava sentado na cama de Changez com a velha lâmpada nas mãos. Vestia um pijama *kurta* branco, sujo, e parecia um homem que não dormia havia muito. Tinha os olhos sem foco, apagados, mortos. "Spoono", disse, esgotado, apontando com a lâmpada uma poltrona. "Faça de conta que está em sua casa."

"Você está péssimo", Salahuddin arriscou, arrancando do outro um sorriso distante, cínico, estranho. "Sente e cale a boca, Spoono", disse Gibreel Farishta. "Estou aqui para lhe contar uma história."

Então foi você, Salahuddin compreendeu. *Foi você mesmo: matou os dois.* Mas Gibreel tinha fechado os olhos, juntado os dedos e embarcou na história — que era também o final de muitas histórias — assim:

> *Kan ma kan*
> *fi qadim azzaman...*

*

Era uma vez   ou não era não   num tempo há muito esquecido

Bem, de qualquer forma   foi mais ou menos assim

Não posso ter certeza   porque quando eles apareceram eu estava fora de mim   é, *yaar*   estava fora de mim completamente

    alguns dias são difíceis   como eu posso lhe contar como é a doença   alguma coisa assim   mas não tenho certeza

Uma parte de mim está sempre fora de mim   gritando não   por favor não   mas não adianta   entende   quando vem a doença

Eu sou o anjo   deus, o maldito anjo de deus   e ultimamente o anjo vingador   Gibreel o vingador   sempre a vingança

    por que

Não tenho certeza   algo assim   pelo crime de ser humano

principalmente quando mulher   mas não só as pessoas têm de pagar

Algo assim

Então ele trouxe ela junto com ele   sem má intenção

agora eu sei ele só queria juntar a gente   vovo você não entende ele disse   ela não esquequeceu você nem de longe e você ele disse ainda é louco popor ela todo mundo sabe   o que ele queria era que a gente ficasse   ficasse   ficasse

Mas eu ouvi os versos

Entende Spoono

Versos

Doce a maçã o limão azedo   Sis bum bah

Gosto de café gosto de chá

Violeta azul   rosa carmim   lembre de mim quando eu estiver morto morto morto

Essas coisas

Não conseguia tirar da cabeça   e ela mudou diante dos meus olhos xinguei de uma porção de nomes   puta   assim e ele eu sabia dele Sisodia   aquele sacana   Eu sabia o que os dois estavam fazendo

rindo de mim   na minha própria casa   algo assim

gosto de manteiga gosto de torrada

Versos Spoono quem você acha que inventa essas coisas malditas

Então invoquei a ira de Deus   apontei o dedo dei um tiro no coração dele mas ela vaca pensei vaca   fria como gelo

ficou e esperou   só esperou   depois não sei   não tenho certeza   a gente não estava sozinho

Algo assim

Rekha estava lá   voando no tapete   lembra dela Spoono

lembra de Rekha no tapete   quando ele caiu e um outro sujeito com cara de louco vestido de escocês meio *gora*   não entendi o nome

Ela viu os dois ou não viu os dois   não tenho certeza   ela ficou lá de pé

Foi idéia de Rekha fazer ela subir a escada pico do Everest depois que chega lá só dá para descer
Apontei o dedo para ela subimos
Eu não empurrei
Rekha empurrou
Eu não empurraria
Spoono
Acredite Spoono
Droga
Eu amava aquela mulher

*

Salahuddin estava pensando como Sisodia, com seu notável dom para o encontro casual (Gibreel no meio do trânsito em Londres, o próprio Salahuddin em pânico diante da porta aberta do avião e, agora, aparentemente, Alleluia Cone no saguão do hotel), tinha tropeçado acidentalmente com a morte — pensava também em Allie, que tinha menos sorte do que ele para cair, fazendo (no lugar de sua sonhada subida solo do Everest) essa infame descida fatal — e como ia morrer por causa de seus versos. Mas não conseguia considerar injusta a sua sentença de morte.

Bateram na porta. *Abra, por favor. Polícia.* Kasturba tinha chamado a polícia, afinal.

Gibreel tirou a tampa da lâmpada maravilhosa de Changez Chamchawala e deixou cair ruidosamente no chão.

Ele escondeu uma arma ali dentro, Salahuddin entendeu. "Cuidado", gritou. "Tem um homem armado aqui." As batidas cessaram e Gibreel esfregou a mão na lâmpada: uma, duas, três vezes.

O revólver pulou para sua outra mão.

Apareceu um gênio pavoroso de gigantesca estatura, Salahuddin recordou. *"Qual o seu desejo? Sou um escravo daquele que possui a lâmpada."* Que coisa limitadora é uma arma, Salahuddin pensou, sentindo-se estranhamente distanciado dos acontecimentos. — Como Gibreel quando vinha a doença. — É, realmente;

uma coisa extremamente restritiva. — Como eram poucas as escolhas, agora que Gibreel era o homem *armado* e ele o *desarmado*; como o universo tinha encolhido! Os verdadeiros djins de antigamente tinham o poder de abrir os portais do Infinito, de tornar as coisas possíveis, de realizar todas as maravilhas; em comparação, como era banal essa aparição moderna, esse descendente degradado de ancestrais poderosos, esse frágil escravo de uma lâmpada do século XX.

"Eu falei para você, faz muito tempo", Gibreel Farishta disse calmamente, "que se eu achasse que a doença não ia me abandonar nunca, que ia voltar sempre, que não ia ser capaz de agüentar." Então, muito depressa, antes que Salahuddin pudesse mexer um dedo, Gibreel colocou o cano da arma na própria boca; e puxou o gatilho; e estava livre.

Ele ficou na janela de sua infância e olhou o mar da Arábia. A Lua estava quase cheia; o luar, espalhando-se das pedras de Scandal Point até o horizonte distante, criava a ilusão de um caminho prateado, como um repartido nos cabelos brilhantes da água, como uma estrada para terras miraculosas. Ele sacudiu a cabeça; não podia mais acreditar em contos de fadas. A infância estava acabada, e a paisagem vista dessa janela não era nada mais que um eco antigo e sentimental. Pro inferno com aquilo! Que viessem os tratores. Se o velho se recusava a morrer, o novo não podia nascer.

"Vamos", disse a voz de Zeenat Vakil por cima de seu ombro. Parecia que apesar de todos os seus erros, de sua fraqueza, de sua culpa — apesar de sua humanidade —, ele estava tendo uma outra chance. Impossível explicar a sorte, claro. Ela simplesmente estava ali, com a mão em seu cotovelo. "Para a minha casa", Zeenat ofereceu. "Vamos sair daqui de uma vez."

"Estou indo", ele respondeu, e virou as costas para a paisagem.

AGRADECIMENTOS

As citações do Alcorão neste livro são compósitos das traduções inglesas de N. J. Dawood, editada pela Penguin, e de Maulana Muhammad Ali (Lahore, 1973), com um toque meu; a citação de Faiz Ahmad Faiz é uma variante da tradução de Mahmood Jamal no *Penguin Book of Modern Urdu Poetry*. Devo a descrição do Manticora ao *Livro dos seres imaginários*, de Jorge Luis Borges. O material sobre a Argentina provém, em parte, dos escritos de W. H. Hudson, principalmente *Far away and long ago*. Gostaria de agradecer a Pauline Melville por desembaraçar minhas tranças; e de confessar que os poemas "Gagari" de "Bhupen Gandhi" são, na verdade, ecos da coletânea de Arun Kilatkar, *Jejuri*. Os versos de "Living Doll" são de Lionel Bart (© 1959 Peter Maurice Music Co. Ltd., todos os direitos para os EUA e Canadá administrados pela Colgems-EMI Music, Inc.) e os de Kenneth Tynan na parte final do romance foram tirados de *Tynan Right and Left* (© Kenneth Tynan, 1967).

As identidades de muitos autores com quem aprendi ficarão, espero, claras pelo próprio texto; outros devem permanecer anônimos, mas agradeço a eles também.

GLOSSÁRIO

ABBA — pai.

ACHHA — a frase completa *Achha, means what?* é jargão típico de Bombaim. Significa: "Tudo bem, e aí?".

ACHKAN — paletó longo característico da nobreza muçulmana do final do século XIX, atualmente em desuso.

AÇÚCAR ESCURO — *brown sugar*, nome da heroína, usado no ambiente específico dos dependentes; aplica-se também ao interesse sexual específico de indivíduos brancos por negros.

AD OU THAMOUD — no Alcorão, duas tribos que rejeitaram os profetas de Deus.

ADDA — lar; covil de ladrões, lugar pouco recomendável; fofoca; metade, meio.

AFEEM — ópio.

AFREET — demônio árabe.

ALLAHU AKBAR — "Deus é Grande".

AMMA; AMMI — mãe.

AMRIKA — pronúncia indiana para "América".

ANGREZ — "inglês".

ARRÉ DEO — interjeição equivalente a "Ah, meu Deus!".

ASSAM — província indiana, produtora de chá, onde milhares de refugiados muçulmanos de Bangladesh foram massacrados por hindus em 1985.

AYAH — babá; dama de companhia.

BAAPU RÉ — *Baapu*: pai; palavra respeitosa para dirigir-se a um homem mais velho. *Ré*: interjeição. *Baapu ré*: oh pai!. *Baap ré*: exclamação de surpresa ou espanto.

BABA — velho santo.

BABU — pequeno funcionário. Usado com sentido depreciativo para indicar o estrangeiro que fala mal o inglês, misturando-o a sua própria língua.

BACHCHA — criança.

BACHCHI — menina.

BANDH — fechado; greve.

BARFI — doce feito com leite.

BARON SAMEDI — figura do vodu antilhano, que intermedeia com o mundo dos mortos.

BEEDI — cigarros enrolados manualmente.

BEGUM SAHIBA — senhora da casa, esposa honrada.

BEHEMOTH — coisa ou animal enorme.

BEHESHTI — pessoa que providencia a limpeza de certos lugares e carrega água num saco de couro.
BENARSI — da cidade de Benares — ou Varanasi —; ao estilo dessa cidade.
BHAENCHUD — "homem que dorme com a própria irmã": exclamação grosseira.
BHAI — irmão.
BHANGI — pessoa de casta baixa; varredor.
BHANGRA BEAT — ritmo musical de dança popular entre jovens indianos e paquistaneses de Londres, originário das danças punjabi.
BHEL-PURI — panquecas fritas, de massa de lentilha e arroz.
BHURTA — batatas amassadas e condimentadas.
BIBI — mulher.
BIBIJI — esposa. Composto de "mulher", *bibi*, com o sufixo honorífico *ji*.
BILKUL — inteiramente, completamente.
BIRI — cigarrilha indiana.
BOSTAN — um dos dois paraísos tradicionais do islamismo. O outro é Gulistan.
BUNGLEDITCH — trocadilho intraduzível com *Bangladesh*, significando algo como "fosso de erros".
BURQA — vestimenta tradicional muçulmana que cobre todo o corpo da mulher.
BUSTEE — favela.
CHAAT — refeição ligeira. Especificamente frutas e legumes cortados em cubos, com ou sem carne ou camarão, servidos com molho agridoce.
CHALOO CHAI — chá com leite, adoçado e aromatizado com especiarias.
CHAMCHA — colher.
CHAPATI — pão indiano de forma chata, frito em manteiga clarificada.
CHAPPAL — chinelo; sandália.
CHAPRASSI — auxiliar de escritório ou comércio encarregado de pequenos serviços.
CHHATRI — guarda-chuva; em arquitetura, pequena estrutura decorativa guarnecida com uma cúpula.
CHHI CHHI — expressão de desagrado diante de algo sujo ou obsceno.
CHHOOI-MOOI — coisa ou pessoa muito bonita, que não se deve tocar porque se tocada ela perde a beleza.
CHOLA NATRAJ — escultura tradicional hindu que mostra o deus Shiva de seis braços dançando dentro de um círculo de fogo, da dinastia chola (sécs. IX a XII).
CHOLI — blusa que as mulheres usam com o sári.
CHOOTIA — fodedor.
CHWEETIE-PIE — má pronúncia indiana para *sweet pie*; doçura; queridinho.
CROREPATI — milionário. Um *crore* corresponde a dez milhões.
CUTESO — má pronúncia indiana para *cute*; engraçadinho.
DABBA; DABBAWALLA — a *dabba* é a refeição caseira entregue em locais de trabalho pelo *dabbawalla*.
DACOIT — bandidos.

DADA — cáften.
DALDA — manteiga clarificada, ingrediente importante da culinária indiana.
DAM — valor.
DESH — "terra de", sufixo indiano indicativo de lugar.
DHABA — hotel muito pobre, pensão modesta.
DHARMA — conceito hindu de dever.
DHOLKI — tambor folclórico.
DHOTI — calça masculina, típica do vestuário indiano, feita com um pano claro, comprido, enrolado de maneira a formar uma calça muito ampla.
DJELLABAH — camisolão com capuz, usado no Norte da África.
DOLLY — espécie de pequeno guindaste com rodas que permite subir e baixar a câmera cinematográfica ao deslocá-la no espaço.
DOORDARSHAN — rede nacional de televisão do governo da Índia.
DOSA — panquecas de farinha de lentilha.
DUPATTA — lenço muito longo usado para cobrir a cabeça em sinal de respeito.
DYBBUK — espírito demoníaco do folclore judaico que se apossa de seres humanos.
EID — feriado religioso muçulmano. O Grande Eid comemora a data em que Abraão se dispôs a sacrificar seu filho a Deus; o Pequeno Eid é o dia em que se encerra o Ramadan.
EKDUMJALDI — de repente, subitamente.
FANCY-A-DONALD — a fala específica do East End de Londres, o *cockney*, constitui quase um dialeto do inglês. Sua mecânica básica consiste em compor rimas aleatórias e utilizar uma pela outra, ou omitir exatamente as palavras rimadas. *Donald Duck* rima com *fuck*, "foda, foder"; por extensão, *Fancy-a-donald* significa "a fim de uma trepada?".
FARANGI — estrangeiro; europeu.
FARISHTA — anjo.
FILMI GANAS — canções populares de filmes de sucesso.
FUNTOOSH — "acabou-se", "fim"; algo ou alguém irrecuperavelmente arrasado, acabado.
GANESH — deus-elefante do hinduísmo, associado à prosperidade.
GANPATI BABA — o Senhor Ganesh.
GAZAL — forma poética da Pérsia clássica.
GEEP — embrião criado experimentalmente a partir de material genético de bode, *goat*, e carneiro, *sheep*, em Cambridge.
GEFILTE FISH — prato típico da culinária judaica, preparado com peixe.
GOPI — seres míticos, pastoras de vacas, amantes de Krishna, que expressam sua devoção em termos explicitamente sexuais.
GORI — mulher de pele clara.
GRAND MUGHAL; AKBAR, BIRBAL — A dinastia Mughal, muçulmana, dominou a Índia do século XVI ao XVIII. O Grande Mughal foi Akbar, o Magnífico (séc. XVI). Birbal, seu ministro, guerreiro e poeta, era famoso por sua argúcia.
GREMLIN — criatura de fantasia inventada por pilotos da Segunda Guerra Mun-

dial, responsável por falhas mecânicas dos aviões de combate; transformada, em 1984, em personagem-título de filme de ficção científica, dirigido por Joe Dante.

GUARDA CRISTÃ — a forte pronúncia texana do personagem Dumsday faz a expressão *Christian God*, "Deus cristão", soar como *Christian guard*, "guarda cristã", originando um trocadilho impossível de ser traduzido.

GULAB JAMAN — doce indiano clássico: bolas de massa de queijo fritas e servidas em calda de açúcar.

HAJ — grande peregrinação a Meca, realizada em datas determinadas, que todo muçulmano tem de realizar ao menos uma vez na vida.

HAJI — alguém que já fez a *haj*.

HAMZA-NAMA — manuscritos ilustrados do século XVI, narrando as aventuras de Hamza, tio de Maomé, antes de seu encontro com o Profeta.

HANUMAN — o rei macaco, personagem de episódios do *Ramayana*.

HARAMZADA — "filho sem pai"; biltre, expressão de desdém.

HARAMZADI — feminino da expressão precedente.

HASHASHIN — fumadores de haxixe; tribo do Norte da África, famosa por sua selvageria. A palavra árabe deu origem ao vocábulo "assassino".

HIJAB — véu usado por mulheres muçulmanas para cobrir o rosto.

HIJRA — eunuco.

HO JI! — expressão de entusiasmo usada como refrão de música popular.

HOURIS — belas virgens encarregadas do prazer dos que vão para o paraíso islâmico.

HUBSHEE — "negro".

IMAME — título hierárquico dos religiosos muçulmanos.

IP-DIP-SKY-BLUE WHO'S-THERE-NOT-YOU NOT-BECAUSE-YOU'RE-DIRTY NOT-BECAUSE-YOU'RE-CLEAN MY-MOTHER-SAYS YOU'RE-THE-FAIRY-QUEEN — tipo de verso que as crianças britânicas cantarolam ao pular corda: "ip dip, azul do céu, quem está aí?, você, não. Não porque é sujo, não porque é limpo, minha mãe disse que você é a rainha das fadas".

ISA E MARYAM — Jesus e Maria.

ISHVAR — A frase *Alá Ishvar Deus* lista, respectivamente, os nomes muçulmano, hindu e cristão da divindade suprema.

JAHANNUM, GEHENNA, MUSPELLHEIM — respectivamente, o inferno muçulmano, o inferno judeu e o inferno norueguês.

JAISALMER — cidade construída no século XII, famosa por seus templos e edifícios de arenito lavrado.

JALEBI — argolas de massa doce aromatizadas com açafrão e fritas em gordura.

JANAB — título de tratamento honorífico, equivalente a *sahib*.

JI — sufixo de respeito, agregado a termos de tratamento.

KABADDI — brincadeira infantil tradicional.

KACHORI — ervilhas condimentadas.

KAHIN — vidente.

KATHPUTLI — marionete.

KAURI — moluscos cujas conchas foram usadas como dinheiro em quase todo o Oriente.

KHALI-PILI KHALAAS — jargão de Bombaim: "destruída sem mais nem menos".

KHALISTAN — separatistas sikh, partidários do terrorismo.

KHIR — arroz-doce.

KREPLACH — prato judeu preparado com macarrão.

KURTA — túnica longa para homens e mulheres, sempre usada sobre calças.

LAFANGA — malandro, vagabundo.

LA-ILAHA ILALLAH! LA ILAHA! — "Não há outro Deus além de Deus, o Deus", tradicional chamamento para as preces muçulmanas.

LALA — homem que cuida de crianças; funcionário.

LASSI — iogurte para beber, salgado ou doce.

LATHI — cassetete longo de madeira usado pela polícia indiana.

LINGAM — o pênis.

MAHARAJ — grande senhor ou príncipe, marajá.

MALA'IKAH/MALAK — respectivamente, plural e singular de anjo, em árabe.

MANAT — fórmula respeitosa de tratamento, especialmente com interlocutores mais velhos; promessa feita num templo.

MANTICORA — fera mítica indiana com cabeça de homem, corpo de tigre ou leão, patas e cauda de escorpião ou dragão.

MASALA — tempero típico indiano; melodramático, usado na expressão *masala movie*, "pastelão".

MASALA DOSA — panquecas de farinha de lentilha, recheadas e fortemente condimentadas.

MAUSI — tia materna.

MILE HIGH CLUB — associação informal internacional de que participam todos os que já mantiveram relações sexuais em vôos de grande altitude.

MUEZZIN — religioso muçulmano com cargo importante numa mesquita, encarregado de fazer o chamado dos fiéis.

MULLAH — chefe espiritual da mesquita muçulmana.

MUMMYJI — mamãe. Combinação do *mummy* britânico com o sufixo honorífico hindi *ji*.

MUQADDAM — líder.

NAMAQOOL — tolo, insensato.

NANDI — touro branco ligado ao culto de Shiva, com quem é identificado.

NATYAM — dança tradicional indiana em que as bailarinas movimentam a cabeça de um lado para outro, sem virar o rosto.

NAUTCH — bailarina de danças profanas.

NAWAB — nababo; originalmente, título do vice-rei muçulmano (séc. XVI a XIX). Por extensão, pessoa muito rica, importante.

NIGGERJIMMY — literalmente, "alavanca de negro".

NIKAH — cerimônia de casamento muçulmana.

NKOSI SIKELEL' IAFRIKA — "Deus abençoe a África", hino tradicional africano usado como hino nacional por diversos países, cantado em manifestações de apoio a causas negras da África.

OM MANI PADMÉ HUM — "a jóia dentro do lótus", designação para Buda; o mais famoso dos mantras.

ONAGRO — burro selvagem asiático.

OOPARVALA; NEECHAYVALA — Respectivamente, o morador do andar de cima e o morador do andar de baixo.

PAAN — noz de qualquer tipo, envolta em folha de bétel, que tinge a saliva de vermelho vivo. A mistura tem efeito ligeiramente estimulante.

PADYATRA — peregrinação a pé.

PANCHAYAT — tradicional conselho municipal de aldeia.

PANI; NANI — água; vovó.

PANJANDRUM — a expressão completa, "grande *panjandrum*", significa convencido, pomposo.

PARATHA — pão chato, frito na manteiga, pode ser recheado com ervilhas ou batatas condimentadas.

PASANDA — escalopes cozidos em molho de iogurte, especialidade da cozinha Mughal.

PÊ DÊ VÊ — acrônimo de "ponto de vista", posição em que se coloca a câmera a cada tomada.

PIR — sábio; santo muçulmano.

PISTA BARFI — espécie de caramelo feito de pistache.

POOJA — termo abrangente para atos de culto no hinduísmo como oferendas, sacrifícios, preces etc.

PUGRI — turbante.

PUKKA — de raça pura; gíria colonial inglesa, corruptela da palavra hindi *pakka*: maduro.

PUNKAH; PUNKAWALLAH — grandes leques de tecido esticado em moldura de madeira, usados na ventilação de ambientes; o *punkawallah* é o criado que puxa o sistema de cordas que movimenta os leques.

PURANA — antigos escritos hindus de tradição oral, geralmente lendas de Shiva e Vishnu, originários dos Vedas e do Mahabharata.

PURDAH — cortina; situação das mulheres isoladas, tanto mulçumanas como hindus, que cobrem o rosto com véus e não têm contato com homens que não sejam da família; vestimenta dessas mulheres.

PURI — pão da culinária indiana feito com farinha branca; completo, integral.

QALMAH — o chamado tradicional para as preces islâmicas, com a frase *La ilaha ilallah!*

QASIDAH — tipo de bordado tradicional na Índia.

RAIL ROKO — protesto político em que os manifestantes bloqueiam as linhas de estradas de ferro.

RAITA — legumes cozidos em coalhada ou iogurte.

RAJIV G. — Rajiv Gandhi, político indiano já falecido, filho mais velho de Indira Gandhi.
RAKSHASA — seres míticos que têm a capacidade de transformar-se em animais e monstros.
RISHI — antigo sábio hindu.
SAHIB — forma de tratamento honorífico usado na Índia para o europeu.
SALAH — cunhado; usado como insulto, algo como: "fui para a cama com a sua irmã".
SALWAR — calças femininas especialmente largas.
SAMOSA — massa de pão recheada com carne ou legumes condimentados.
SANYASI — na religião hindu, o homem que renuncia a todos os bens do mundo, inclusive às roupas, vagando e esmolando o próprio sustento.
SARI-PULLAH — *sari*: traje tradicional das mulheres indianas, constituído por uma faixa de tecido de seis a nove metros enrolada em torno do corpo. A *pullah* é a parte do sári que cai livremente sobre o ombro, e que costuma ser a parte mais decorada do tecido.
SARPANCH — chefe do conselho municipal, o mesmo que *panchayat*.
SETH — membro de uma subcasta de comerciantes; gananciosos.
SHABASH MUBARAK — "muito bem, parabéns".
SHAITAN — nome muçulmano de Satã.
SHERPA — indivíduo do povo tibetano do mesmo nome, habitante do Nepal e do Sikkim, hábil em escalar montanhas.
SHIKSE — termo iídiche ofensivo para mulheres não-judias.
SHIV SENA — partido político de extrema direita, nacionalista, não-muçulmano, responsável por algumas ações políticas violentas.
SIKH — religião monoteísta fundada na Índia no século XVI e que funde elementos do hinduísmo e do islamismo; seus adeptos.
SIKH KABAB — churrasco de carne.
SILLY MID-OFF! PISH-TUSH! WIDOW OF WINDSOR! BUGGER ALL! — Frase sem sentido associando expressões muito diversas, todas muito caracteristicamente inglesas.
SIMURGH — pássaro gigantesco da mitologia persa.
SIRDARJI — devotos *sikhs* que jamais cortam o cabelo ou a barba.
SIVAYYAN — prato muçulmano do Norte da Índia e Paquistão: macarrão fino cozido no leite com açúcar, passas e amêndoas.
SPOONO — palavra forjada a partir de *spoon*, colher, em inglês, equivalente a *chamcha*, colher em hindi.
STEADICAM — aparelho hidráulico de sustentação para câmera cinematográfica que, aplicado ao corpo do *cameraman*, neutraliza a vibração dos passos, permitindo que a câmera se desloque com uniformidade por terrenos acidentados.
TABLA — tambor de várias tonalidades utilizado para marcar o ritmo da música tradicional indiana.

TAKHT — trono.
TESTUDO — formação militar romana: os soldados marcham juntos, cobrindo-se com um teto de escudos.
THELA — barraca de vendedor de rua montada sobre rodas.
THUMS UP COLA — refrigerante indiano que imita a Coca-Cola: *thums up* é corruptela de "polegares para cima", sinal de positivo.
TIFFIN — refeição ligeira, lanche.
TITLIPUR — cidade das borboletas.
TOLA — medida de peso equivalente a 180 gramas.
TRAVELLING MAT — recurso de trucagem cinematográfica; espécie de filme-máscara que corre junto com a película filmada originalmente, cobrindo determinadas áreas que permanecem sensíveis para receber outras imagens, permitindo fundir elementos de cenas diferentes numa única cena.
TSIMMIS — guisado tradicional da culinária judaica.
UHUD — batalha em que Maomé foi derrotado, em 625.
UMRA — rito menor de peregrinação que pode ser realizado em qualquer data.
UTTAPAM — panquecas de farinhas de lentilha e arroz, recheadas com cebola e pimentão.
VILAYET — país estrangeiro.
WAHWAH — pedal acoplado à guitarra elétrica que, pressionado, prolonga o som das cordas em uma espécie de gemido ou grito.
WICKET — o campo; determinada posição no time; movimento específico do jogo de críquete.
WING CHUN — modalidade de kung fu.
WOG — termo ofensivo usado pelos britânicos para povos de outras raças.
YAAR — amigo.
YAHUDAN — judeu.
YAKHNI — ensopado.
YATRI — viajante; peregrino.
YELLAMMA — deusa cultuada especialmente no Sul da Índia.
YETI — o abominável homem das neves, habitante mítico do Himalaia.
YONI — a genitália feminina.
ZAMINDAR — proprietário de terras.
ZENANA — ala feminina nas residências muçulmanas.
ZINDABAD — exclamação de júbilo e saudação.

SALMAN RUSHDIE nasceu em Bombaim, Índia, em 1947, de família muçulmana liberal. Em 1968 formou-se em história no King's College, em Cambridge. Passou a dedicar-se à literatura em 1971. De sua autoria, além de *Os versos satânicos*, a Companhia das Letras publicou os romances *Os filhos da meia-noite*, que venceu o Booker Prize (1981), o Booker of Bookers Prize (1993) e o Best of Booker (2008); *Haroun e o Mar de Histórias*; *O último suspiro do mouro*, vencedor do Whitbread Prize (1995); *O chão que ela pisa*; *Fúria*; *Shalimar, o equilibrista*; *A feiticeira de Florença*; *Luka e o Fogo da Vida*; a coletânea de contos *Oriente, Ocidente* e a reunião de ensaios e artigos *Cruze esta linha*.

1ª edição Companhia das Letras [1998] 5 reimpressões
1ª edição Companhia de Bolso [2008] 4 reimpressões

Esta obra foi composta pela Verba Editorial em
Janson Text e impressa pela Gráfica Bartira em ofsete
sobre papel Pólen Natural da Suzano S.A.

A marca FSC® é a garantia de que a madeira utilizada na fabricação do papel deste livro provém de florestas que foram gerenciadas de maneira ambientalmente correta, socialmente justa e economicamente viável, além de outras fontes de origem controlada.